L'Amérique latine au XXe siècle

Leslie Manigat

L'Amérique latine au XXe siècle

1889-1929

Éditions du Seuil

Une première édition de ce livre a paru
en 1973 aux Éditions Richelieu dans la collection
« L'Univers contemporain »

EN COUVERTURE : Scènes de la révolution mexicaine
dans l'œuvre de Diego Rivera.
Détail d'une fresque représentant
l'entrée de Madero à Mexico.
(Hôtel du Prado, Mexico.)

ISBN 2-02-012373-8.

Avant-propos

Souvent l'enseignant, sollicité de publier, aime faire subir au préalable à ses analyses l'épreuve probatoire de l'exposition orale à ses étudiants en salle de faculté, comme à un premier public. Ainsi naissent ces thèmes de cours — nous dirions aujourd'hui : d'unités de valeur — dont le traitement en chaire constitue la première ébauche d'un ouvrage.

La matière de ce volume a fait l'objet de mon enseignement à l'université de Paris-VIII (Vincennes) au cours de l'année universitaire 1971-1972. Les questions qui m'ont été posées, les centres d'intérêt qui se sont précisés au cours des discussions m'ont amené, par la suite, soit à « décentrer » tel moment de l'analyse, soit à orienter celle-ci dans telle direction, soit à prolonger ou à raccourcir tel développement pour mieux rencontrer, *a posteriori*, la curiosité de mes étudiants du département d'Histoire de Vincennes. Je dois donc à ceux-ci un mot de remerciement au moment où cette histoire de « l'évolution de l'Amérique latine au XXe siècle » nous échappe pour aller à la rencontre de son deuxième public, plus large sans doute, mais, pour un auteur, plus anonyme.

Il ne sera pas difficile, j'imagine, aux spécialistes de tel ou tel point particulier (et ils sont si divers !) ou de tel ou tel pays (et il y en a une vingtaine) de relever et de souligner des insuffisances, des omissions et des erreurs dans un livre qui, je le sais, ne peut pas manquer de se ressentir de tout ce que peut ignorer un auteur individuel. Je voudrais simplement qu'on prenne ce travail pour ce qu'il est : un essai de synthèse des problèmes et un premier effort de vision d'ensemble d'une évolution, auquel je souhaite moi-même, au nom du progrès de la connaissance historique de l'Amérique latine contemporaine, de vieillir le plus vite possible. Pour ce travail, on ne disposait pas, en français, d'histoire de la période susceptible de constituer ces précédents qui servent à l'historien de point de départ, puisque le volume du professeur V.-L. Tapié, qui a ouvert la voie dans ce domaine, a été consacré à l'histoire du XIXe siècle, que les travaux de P. Chaunu, embrassant dans de larges perspectives l'histoire de l'Amérique latine à travers les siècles, survolent le XXe de façon nécessairement rapide et que les travaux spécialisés de P. Léon et de Lambert, par exemple, traitent l'un, excellemment, de l'évolution économique de l'Amérique latine de 1815 à 1967 et l'autre, de façon claire et intelligible, des structures sociales et des institutions politiques latino-américaines actuelles, c'est-à-dire se cantonnent dans des provinces particulières. Il fallait donc tenter l'aventure de l'histoire totale du XXe siècle latino-américain.

Commencée « rue Saint-Guillaume », où j'ai pu bénéficier de l'importante documentation spécialisée de l'Institut des hautes études de l'Amérique latine et de celle, non moins appréciable en ce domaine, de la Fondation nationale des sciences politiques à laquelle j'ai continué d'appartenir du pied droit (le pied gauche, si je puis dire, étant à Vincennes), l'élaboration de cet ouvrage a progressé, comme le café « bandeirante » latino-américain de Roger Bastide, au cours de mes pérégrinations professionnelles de vacances, temps de travail intensif pour l'enseignant comme chacun sait.

Tantôt à Yale University, où, grâce aux auspices du Council on Latin American Studies, j'ai pu exploiter la richesse du fonds latino-américain de la bibliothèque centrale. Tantôt à Caracas où l'accueil de l'IFEDEC (Institut de formation de la Démocratie chrétienne) et du CIDAL (Centre d'information et de documentation sur l'Amérique latine) m'a assuré un temps de pause et de réflexion méthodologique. Tantôt à Nuffield Flats, sur le campus de l'University of the West Indies, à la Jamaïque, où j'ai retrouvé cette chaude hospitalité caraïbe. Tantôt même, un moment, à Londres où m'a appelé, à son séminaire latino-américain de Chatham House, le Royal Institute of International Affairs. Tantôt enfin à Madrid, à la Casa Velasquez dont le directeur M. François Chevalier m'a amicalement aménagé l'agrément du repli et les conditions de recueillement propices à l'achèvement de la rédaction. Mes remerciements vont donc à tous, personnes et institutions, dont j'aime à me souvenir de l'aide et de l'amitié.

Au cours de mes propres études universitaires en France, de 1948 à 1953, nul esprit ne m'a peut-être plus marqué que celui de Lucien Febvre, lequel aimait à citer Michelet : « Je n'ai point de parti... Pourquoi ? Parce que dans l'histoire, j'ai vu l'histoire, rien de plus... Je n'ai point d'école... Pourquoi ? Parce que je n'ai pas exagéré l'importance des formules, parce que je n'ai voulu asservir aucun esprit : au contraire, les affranchir, leur donner la force vivante qui fait juger et trouver. » Et d'insister finement et fortement cependant sur l'indispensable « souci des idées et des théories » sans toutefois « ces systèmes dont Claude Bernard disait, lui aussi, qu'ils tendent à asservir l'esprit humain ».

C'est dire que, tout en explicitant ma dette de gratitude intellectuelle envers tous les maîtres de la vieille Université de Paris qui, il y a plus de vingt ans, m'ont formé et dont je détache, pour l'histoire des relations internationales, cette lorgnette à travers laquelle j'essaie — habituellement — d'apercevoir l'histoire totale, le nom du doyen Pierre Renouvin, et tout en exprimant ma reconnaissance à son disciple Jean-Baptiste Duroselle qui, en associant à cette collection un ancien élève, continue la grande tradition libérale universitaire française, je voudrais tout de même signaler que ce livre est écrit par quelqu'un à qui il est arrivé, chez lui, dans sa petite patrie caraïbe, l'agréable et réconfortante aventure de se voir considérer comme un franc-tireur haïtien de l'école historique française des *Annales (économies, sociétés et civilisa-*

tions), tout en étant soucieux, fidèle d'ailleurs en cela au véritable enseignement de Marc Bloch, de ne pas trop négliger ni sous-estimer l'événementiel.

Madrid, Pâques 1972
et Paris-Meudon, le 1er mai 1972

Introduction

Une histoire de l'Amérique latine au XXe siècle ? L'entreprise, au moment où un énorme travail de prospection et de révision est en cours, ne peut manquer de paraître — et d'être, dans une large mesure — prématurée, surtout s'il s'agit de cette « histoire totale » dont se réclame, à juste titre, l'école historique contemporaine. Il est sans doute un peu tôt, dans l'état actuel de mise à jour des sources de plus en plus diversifiées et au stade présent de l'effort de réinterprétation, souvent matière à controverse, qui l'accompagne, pour glaner sur les chantiers de l'histoire nouvelle de l'Amérique latine les éléments cohérents et définitifs d'une synthèse minutieuse dans ses champs d'exploration, complète dans son inventaire explicatif et rigoureuse dans son ordonnancement.

En effet, ce qu'on a pris, depuis plus d'un siècle, l'habitude commode et alors justifiée, puisqu'on ne considérait que ses élites, d'appeler l'Amérique latine, consacrant par là et privilégiant du coup une filiation européenne incontestable — mais au prix d'un oubli de tout ce qui était « non latin » dans cette réalité — n'est pas facile à saisir dans son évolution contemporaine pour laquelle, en outre, cessent d'être légitimes, à la fois l'ancienne conception élitiste de son destin et la perspective européocentriste imposée à l'histoire du monde par la vieille Europe. Rebelle à l'analyse historique ? Certes pas, mais complexe dans l'unité de vocation qu'elle s'attribue, changeante dans l'immuabilité de structure qu'on lui suppose.

L'enquête est donc au stade de l'inventaire de ces matériaux nouveaux, sous toutes les formes auxquelles ils se prêtent à la curiosité de l'observateur. De l'ingéniosité de ce dernier, il dépendra qu'ils deviennent des documents de la nouvelle histoire latino-américaine. Mais plus qu'un immense travail de simple information historique par un retour aux sources — et une nouvelle interrogation de celle-ci —, c'est une révolution qui s'opère dans l'appréhension, la compréhension et l'explication de l'évolution des pays d'Amérique latine, à partir d'une nouvelle « lecture » de celle-ci, lecture qui s'aide aussi bien d'une rénovation conceptuelle et théorique que d'emprunts faits aux disciplines voisines et à leurs techniques les plus appropriées. La synthèse sera sans doute possible, dans une décennie ou deux, et sera alors œuvre collective.

Pourtant, il était impossible de ne pas faire d'ores et déjà une place à cette Amérique latine dans une histoire du XXe siècle, je veux dire, de ne pas reconnaître sa place et son rôle dans cette marche de l'humanité au cours de notre siècle. Elle a participé à l'évolution de celle-ci, tantôt à titre d'objet, tantôt à titre de sujet, parmi les acteurs et données de l'histoire dont elle a scandé les progrès à coups de restructurations idéologiques (positivisme, indigénisme, nationalisme, fascisme, populisme, socialisme...), de révolutions (la révolution mexicaine de 1910 et la révolution cubaine de 1959, par exemple), de mutations (sa modernisation par l'industrialisation et l'urbanisation), et d'irruptions dans la grande politique mondiale (ses « rentrées en scène » périodiques de 1910 à nos jours). Entreprise nécessaire, donc, malgré ses difficultés, voire ses impossibilités provisoires. Entreprise utile — du moins l'espère-t-on — dans la mesure où un regard d'ensemble, malgré ce qui échappe au champ de vision, peut rendre quelques services et éclairer quelques lanternes qui, elles, jetteront quelques lumières sur quelques pans de mur. Entreprise en tout cas attachante, sinon par ce qu'elle réalise, du moins par ce qu'elle promet et, qui sait, permet pour plus tard.

Triple saisie d'une quadruple histoire

De cette contradiction est né cet ouvrage, avec ses ambitions et ses limites, sur l'évolution de l'Amérique latine au XXe siècle. Esquisse d'une mise au point provisoire, il n'en veut pas moins offrir trois angles de prises de vue sur l'Amérique latine contemporaine : une saisie agrégative, particulièrement dans l'analyse des structures de base et des conjonctures importantes, et qui consiste à réunir, en un faisceau, les diverses données — souvent contradictoires — qui paraissent les plus intimement liées aux phénomènes dont on veut étudier les ressorts, les interactions et la portée ; une saisie évolutive, particulièrement dans l'analyse des processus de développement, et qui s'attache à retrouver et à dégager le rythme — souvent inégal — de progression du réel vécu dans l'épaisseur de son tissu multiple ; et enfin (et toujours) une saisie problématique ; je veux dire qu'il s'agira moins du film des événements qui ont fourni la substance factuelle de l'évolution du subcontinent, que des problèmes de tous ordres que l'humanité diversifiée de l'Amérique latine a confrontés et auxquels elle a apporté, au fil de notre siècle, la série de ces solutions ou demi-solutions ou non-solutions qui ont constitué, à tort ou à raison, en bien ou en mal, la succession de ses réponses aux défis changeants de notre temps.

En réalité, ces trois angles de prises de vue visent, simultanément, les quatre niveaux auxquels se déploie l'histoire de l'ensemble latino-américain. En effet, c'est une quadruple aventure qui se déroule et qu'il faut intégrer pour retrouver toute la richesse du réel vécu, à la fois dans sa diversité d'expression et dans son unité organique.

1. Il y a l'histoire régionale de ces horizons particuliers aux diverses provinces, parfois même aux divers États locaux au sein d'une entité nationale : l'évolution de la *patria chica,* cette petite patrie, aux contours définis et à la personnalité originale, et à laquelle l'attachement de ses fils fait qu'on est *antioqueño* avant d'être un Colombien, un « Yucatanais » qui ne respire pas au même rythme que le Mexicain à part entière de Mexico, un *llanero* qui est toute une manière spécifique d'être vénézuélien, à la

différence d'un *caraqueño,* un « pauliste » qui sent seulement au deuxième degré sa solidarité avec son concitoyen brésilien du Nord-Est, un *porteño* qui voudrait servir de référence exclusive pour définir l'Argentin « bon teint ». Parfois ces petites patries vont jusqu'à s'opposer les unes aux autres à l'intérieur de l'unité nationale : bipolarité León-Managua au Nicaragua ou Cartago-San José à Costa Rica, dualisme andin et caraïbe en Colombie ou Altiplano et plaines du Nord et de l'Est en Bolivie, dichotomie sierra et côte en Équateur ou au Pérou, etc. Quelquefois même, une de ces petites patries se sent ou est à ce point « unique » qu'elle se considère ou qu'on la considère comme « un corps étranger » dans l'ensemble national, tel l'État du Rio Grande do Sul à l'époque de la « vieille république » brésilienne (1889-1929). Cette histoire régionale prend, en Amérique latine, un relief particulier, non seulement à cause de la persistance des caciques locaux et des caudillos régionaux dont le pouvoir est alimenté par un régionalisme qu'ils contribuent à maintenir à leur tour, mais aussi parce que la vie nationale est souvent l'expression de la prépondérance d'une de ces régions plutôt que le produit d'une intégration interrégionale qui reste à faire. C'est ainsi l'évolution de toute une mosaïque bariolée de régions juxtaposées qui sollicite notre attention.

2. Il y a l'histoire nationale de ces États constitués à partir de l'indépendance — pour la plupart entre 1804 et 1825 —, entités devenues réelles grâce à la consolidation opérée par le temps dans son œuvre de cristallisation des frontières politiques. C'est la « patria », la patrie tout court, l'État-nation étant la référence au nom de laquelle se constituent et s'affirment les nationalismes latino-américains. C'est l'histoire classique des vingt pays d'Amérique latine au XXe siècle, tous des républiques à l'époque où nous étudions leur évolution, avec, chacun, sa structure d'autorité, ses structures socio-économiques et ethno-culturelles, le niveau d'organisation et d'exploitation de ses richesses naturelles, la tradition et l'évolution

de la qualité des rapports entre dirigeants et dirigés, bref avec chacun sa personnalité nationale façonnée par la géohistoire. La quantité des ressources — réelle ou réputée — du Honduras semble, d'emblée, lui assurer un autre destin que la sienne paraît conférer au Pérou ; la modestie des dimensions du Salvador ne peut pas lui attribuer les mêmes perspectives de développement que l'énormité de son territoire offre au géant brésilien ; les caractéristiques ethno-culturelles de la république caraïbe d'Haïti, noire et francophone, ne peuvent pas, au prime abord, la vouer à une aventure spontanément identique à celle de l'Argentine européenne et hispanophone ; la qualité de la vie ne semble pas, à première vue, devoir être la même au Nicaragua dictatorial et en Uruguay démocratique. Sans aller jusqu'à parler de ces *Vingt Amériques latines* à la manière d'un titre célèbre, les républiques sœurs au sud du Rio Grande ont connu une évolution dont les dissemblances, d'un État à l'autre, obligent l'historien à être attentif aux traits particuliers propres à chacune de ces individualités nationales.

3. Il y a, par-delà l'État-nation, l'histoire zonale de ces réalités aux aspects transnationaux que sont les grandes unités géohistoriques et ethno-culturelles d'Amérique latine comme les États du cône sud, les États andins, les pays caraïbes ou, à l'intérieur de ceux-ci, l'ensemble des cinq États d'Amérique centrale. Une histoire que les caractéristiques originales de ces groupes étatiques régionaux rendent différente d'une zone à l'autre, avec des problématiques différentes, une orientation de développement et une qualité de vie qui imposent de nécessaires distinctions à l'historien. Cette répartition zonale des pays d'Amérique latine, base d'une typologie classique, sert de cadre à une histoire qui traduit l'existence et exprime l'évolution de ces ensembles étatiques régionaux, résultant de regroupements à partir de critères géographiques, d'affinités et de solidarités latentes par-delà les frontières politiques, et qui sont tentés de devenir manifestes, créant les « patrias nuevas » en gestation, ces nouvelles patries de

demain si le processus d'intégration zonale en cours réalise ses objectifs (groupe andin, marché commun centraméricain, union douanière caraïbe, etc.).

4. Il y a enfin l'histoire du destin collectif des peuples d'Amérique latine, de ces mouvements d'ensemble qui ont affecté la vie du subcontinent. Histoire en laquelle culminent les trois autres mais qui, à son niveau global, a sa propre problématique et son propre rythme. Une histoire qui oblige l'historien à être attentif à dégager les lignes de force de l'évolution latino-américaine en général, à saisir et à expliquer les pulsations collectives de l'Amérique latine tout entière, à enregistrer le récitatif des conjonctures, à travers le flux de la durée, avec les traits dominants des visages successifs qu'il prête, dans son déroulement, à l'ensemble latino-américain. C'est la *patria grande,* vieille aspiration bolivarienne, sans doute prématurée au XIXe siècle, mais relancée par le mouvement apriste en notre siècle et en passe de devenir une réalité certaine à bien des égards, qui fait déjà battre à l'unisson le cœur des peuples de toute l'Amérique latine et que son absence d'expression politique organisée ne doit pas faire sous-estimer à l'historien du XXe siècle.

Les trois premières histoires des Amériques latines sont consubstantielles à cette histoire globale de la nation latino-américaine, même si le tissu interstitiel est, tantôt et ici, serré et solidaire, tantôt et là, lâche et dissemblant. Changeant d'image, on peut dire que la voix de chacune des petites patries, des patries réelles et des nouvelles patries a son registre propre, soliste à tour de rôle selon les conjonctures et au fil des décennies, dans l'ensemble choral d'une grande patrie latino-américaine, qui sait intégrer accords et dissonances dans son chant polyphonique.

Cette histoire est politique, non pas dans le sens de l'isolement, comme en laboratoire, du phénomène politique préalablement détaché de l'économique et du social, ces derniers étant rappelés de temps à autre comme simples dames de compagnie d'une politique-reine, mais au sens le plus large possible de l'étymologie : un *modus operandi,* dans le cadre de l'*autorité de l'État,* entre des forces et des intérêts de toute nature, une manière d'organisation et de synthèse des *affaires de la cité* au niveau du *pouvoir.* C'est-à-dire qu'elle s'efforcera d'intégrer la structure d'autorité, cadre des rapports entre gouvernants et gouvernés, dans le réaménagement constant de ses relations complexes avec les autres structures qui la sous-tendent, ou simplement l'accompagnent, ou parfois même la coiffent, en établissant toujours avec elles, pour réaliser ce *modus vivendi* qui s'appelle la vie politique, tout un jeu de corrélations fonctionnelles, créateur de solidarité organique dans l'unité de texture du réel vécu. C'est Lucien Febvre qui disait : « L'homme... on peut bien le saisir, pour la commodité, par tel ou tel membre, par la jambe ou par le bras plutôt que par la tête : c'est toujours l'homme tout entier qu'on entraîne dès qu'on tire. »

Le problème d'une périodisation pour le XXe siècle latino-américain

On comprend, dans ces conditions, qu'il soit malaisé de distinguer les phases successives du processus évolutif de l'ensemble des diverses économies, sociétés et civilisations latino-américaines au XXe siècle. Dans cette course au développement entre la vingtaine d'États-nations de la partie centrale et méridionale du Nouveau Monde, les points de départ ne sont pas les mêmes ni les points d'arrivée ; les ascensions ne sont pas toujours contemporaines, ni les descentes ; les relances se font souvent en ordre dispersé, ainsi que les accidents de parcours, et donc les étapes sur l'itinéraire — ces dates-césures de l'évolution — sont variables d'un secteur d'activité à l'autre et d'un pays à l'autre. Regrouper arbitrairement le peloton, c'est ne pas tenir compte de la physionomie réelle de la course.

On peut toutefois relever des conjonctures majeures —

sinon toujours telle ou telle année précise — qui constituent en même temps (par simultanéité spontanée ou par contagion) des tournants dans l'histoire sectorielle de presque tous les pays du subcontinent ; et ce sont ces conjonctures charnières spécifiques qui servent de base commune pour distinguer et caractériser les phases de l'évolution du destin global de l'Amérique latine. C'est, en effet, en confrontant des périodisations spécialisées, c'est-à-dire propres à tel ou tel domaine particulier de l'évolution latino-américaine comme, en matière économique, le rythme de l'industrialisation, en matière politique, la succession des générations de partis politiques, et, sur le plan international, les phases du développement des relations avec les États-Unis, qu'on arrive à dégager, en rapprochant et en privilégiant concordances et correspondances, une périodisation générale pour l'Amérique latine de la fin du XIXe siècle à nos jours.

1. L'une de ces périodisations spécialisées a été établie, en matière économique, pour étudier le rythme de l'industrialisation de l'Amérique latine de la fin du XIXe siècle à nos jours, distinguant trois grandes étapes découpées par les tournants de 1929-1931 et de 1959-1960.

Une première étape va de 1889-1890 à 1929-1931. Elle est marquée, à l'ère de l'intégration de l'Amérique latine dans le marché mondial du capitalisme monopolistique, par la prépondérance des investissements directs dans les industries extractives (gisements miniers et pétrolifères) pour l'exportation et aussi dans les services publics (transports, électricité, téléphone, etc.). Ces investissements, pour la plupart d'origine étrangère, européenne d'abord (principalement anglaise) et de plus en plus nord-américaine, ont développé des secteurs industriels d'enclave dans des économies restées fondamentalement agricoles ou pastorales, à l'ère de la « croissance vers l'extérieur » (exportation de produits primaires et importation de produits secondaires).

Cependant la Première Guerre mondiale a suscité une première vague de création d'industries locales de transformation des produits agricoles et des matières premières : c'est l'amorce de l'avènement d'un véritable secteur secondaire urbain dans les économies et sociétés latino-américaines.

Une deuxième étape, en gros de 1932 à 1959-1960, se caractérise par l'accent mis sur les investissements directs dans les industries substitutives d'importation, ce qui marque l'avènement d'un marché national de consommation de produits industriels locaux et implique une protection de la production nationale à laquelle on se soucie de réserver ce marché. Villes et régions industrielles se développent alors sous le double fouet concurrent de l'initiative privée stimulée par la demande d'un marché interne en expansion et de l'initiative étatique procédant à des nationalisations (les premières nationalisations pétrolières ont lieu en Bolivie en 1937 et au Mexique en 1938) et à des investissements publics (Volta Redonda est de 1941), les importations tendant à la limite à se réduire aux biens d'équipement exigés par l'industrialisation par substitution d'importations. La Seconde Guerre mondiale accélère ce processus d'industrialisation.

Une troisième étape est née depuis le début de la décennie des années 1960 d'une réversion de la stratégie d'industrialisation des pays d'Amérique latine, tendant à accroître l'efficacité d'organisation et de rendement des industries latino-américaines pour les rendre compétitives à l'échelle internationale et élever leur capacité exportatrice. Avec sa nouvelle politique industrielle, l'Amérique latine recherche une plus grande maturité structurelle pour son économie, un effort de développement scientifique et technologique plus approprié à ses besoins et aux conditions locales et une plus grande expansion de ses exportations de produits manufacturés à destination de marchés plus vastes. De là l'accent nouveau de ses doléances, faisant aller de pair la construction d'une intégration économique difficile et la revendication de l'ouverture plus large d'accès au marché de consommation nord-américain pour les produits finis ou semi-finis sortis de ses usines. Cette stratégie offensive s'appuie, en partie pour des raisons doctrinales et en partie par nécessité, sur un développement concomitant des investissements publics dynamisant le secteur du capitalisme d'État, lui-même accru par les nationalisations récentes, le tout tendant non seulement à préserver le contrôle national sur les ressources de base et sur les secteurs clefs dans une stratégie de développement, mais aussi à répondre aux exigences du nouveau modèle d'industrialisation.

On aboutit ainsi aux trois étapes de l'industrialisation de l'Amérique latine, comportant les subdivisions suivantes :

— première étape : 1890 à 1929-1931, avec deux phases : 1890 à 1913 et 1914 à 1931 ;

— deuxième étape : 1932-1933 à 1959-1960, avec deux phases : 1933 à 1945 et 1946 à 1960 ;

— troisième étape : 1961 à nos jours.

2. Une seconde périodisation se fonde, en matière politique, sur la succession des générations de partis politiques. Sensible à l'apparition de partis de type ou de style nouveau, sans que nécessairement pour autant ces partis récents dominent la scène politique à leur naissance, elle distingue quatre générations successives de partis politiques latino-américains de la fin du XIXe siècle à nos jours.

De 1889 environ jusque vers 1910, c'est la contestation de la détention du monopole du pouvoir par les « partis historiques » : conservateurs et libéraux, en alternance, et donc du bipartisme de la vie politique latino-américaine depuis l'indépendance.

Cette contestation, empruntant ses modèles à l'Europe, se fait sous la poussée du républicanisme social, du radicalisme et de l'anarcho-syndicalisme.

Une nouvelle génération de partis politiques voit le jour ou se développe entre 1911 et 1930 : ce sont les partis socialistes et communistes dont l'apparition porte la contestation sur les structures fondamentales de la société et, en même temps qu'elle s'attaque à la propriété, met en cause le système de partis de cadres encore prédominant, au profit des partis de masse ou à vocation de masse.

Une troisième génération de partis couvre la période qui va de 1931 à 1959. Elle correspond, une fois écartée la tentation de la séduction fasciste, à l'âge d'or des populismes latino-américains, mobilisant les masses urbaines avec leur nationalisme et son expression socioculturelle, l'indigénisme, là où il y a lieu, et leur réformisme, souvent dans un climat de combat contre les vieilles et tenaces oligarchies, ce qui leur donne alors une allure révolutionnaire.

Enfin une dernière génération voit depuis 1960 naître les types dits castristes ou maoïstes, préconisant, sur la gauche des partis communistes, la guérilla — surtout rurale — comme moyen révolutionnaire exclusif d'accès au pouvoir, et s'épanouir, sinon apparaître, le type démo-chrétien ou social-chrétien, branche militante novatrice, révolutionnaire même, d'un catholicisme de gauche qui va jusqu'à se dire socialisant et même socialiste.

On aboutit ainsi à quatre phases dans l'évolution du système des partis, délimitées respectivement par la révolution mexicaine de 1910, la crise mondiale de 1929 et la révolution cubaine de 1959 : 1re phase : jusqu'en 1910 ; 2e phase : de 1911 à 1929 ; 3e phase : de 1930 à 1959 ; 4e phase : de 1960 à nos jours.

3. Une troisième périodisation spécifique concerne, sur le plan international, les relations des États-Unis — le « colosse du Nord » — avec l'Amérique latine — les « voisins du Sud ». Elle découpe notre période en quatre tranches chronologiques successives.

De la fin du XIXe siècle à 1913, c'est l'adoption d'une nouvelle politique latino-américaine des États-Unis, à l'avènement de la conscience de grande puissance de ceux-ci, et la formulation, d'une part, du panaméricanisme institutionnel sous leur égide et, d'autre part, des deux types d'intervention privilégiés de l'administration républicaine de Theodore Roosevelt comme de celle, démocrate, de Woodrow Wilson : le *Big Stick* (politique du gros bâton) et la *Dollar Diplomacy* (la diplomatie du dollar) pour implanter l'influence politique, économique et financière de Washington au sud du Rio Grande.

De 1913 à 1933, c'est la substitution, presque partout, de la prépondérance américaine à la traditionnelle hégémonie économique et financière européenne en Amérique latine. Ce que la guerre de 1914-1918 a commencé, la crise de 1929 l'achève, tandis que, sur le plan politique et militaire, entre la première et la seconde, l'Amérique n'hésite pas à intervenir militairement dans la zone des Caraïbes et même à occuper des pays dans cette zone.

De 1933 à 1959, c'est officiellement la politique de non-intervention militaire directe et du bon voisinage, génératrice de cette solidarité hémisphérique — entre Nord et Sud du continent — nécessaire à l'origine pour faire face au nationalisme hostile de l'Amérique latine et aux conséquences de la crise de 1929 en jetant du lest. Par la suite, elle est renforcée pour faire face au danger du fascisme européen, et enfin maintenue pour être utilisée contre le « communisme international » pendant la guerre froide.

De 1959 à nos jours, la victoire de la révolution cubaine, anti-impérialiste devenue socialiste, pose la politique du *containment* du castrisme en termes de parade politique, militaire et socio-économique des États-Unis. La parade politique, après le bref intermède kennedyen, consiste dans une politique dite réaliste vis-à-vis des régimes existants, pourvu qu'ils ne soient pas communistes ou crypto-communistes, sans se préoccuper de marquer des sympathies préférentielles pour les *good guys* (les bons régimes démocratiques) puisque l'expérience révèle que les *bad guys* (les affreuses dictatures) sont des alliés plus sûrs et plus décidés dans la lutte répressive anticommuniste. La parade militaire favorise l'avènement de l'armée au pouvoir pour essayer de bloquer le passage du nationalisme révolutionnaire au socialisme, prépare et organise les *rangers* et les forces antiguérillas dans les pays d'Amérique latine et n'hésite pas à pratiquer la politique dite du « verrou » assortie d'intervention militaire pour empêcher un second Cuba. Socio-économique, la parade américaine a été d'abord l'« Alliance pour le progrès », formule réformiste avec son double accent sur les investissements publics sociaux et les réformes de structure interne que les successeurs de Kennedy sacrifient au retour pur et simple à la politique traditionnelle de foi dans les investissements privés comme facteurs de progrès économique et social en Amérique latine.

On aboutit ainsi à quatre phases : 1re phase : de 1889 à 1913 ; 2e phase : de 1913 à 1933 ; 3e phase : de 1933 à 1959 ; 4e phase : de 1959 à nos jours.

4. Essai d'une périodisation générale.

Sur la base de cette triple périodisation spécialisée et de la nécessaire intégration de l'histoire latino-américaine dans l'histoire universelle, il apparaît maintenant possible de découper l'évolution générale de l'Amérique latine en deux grandes périodes, séparées par la crise de 1929, chacune de ces deux périodes se subdivisant à son tour en deux phases, respectivement séparées par la révolution mexicaine de 1910-1912 et la révolution cubaine de 1959-1960.

Première période : de la fin du XIXe siècle à la crise mondiale de 1929 correspondant à la mise en chantier d'une nouvelle Amérique latine (1889-1930). Cette période, qui fait l'objet du présent volume, comprend deux phases : l'une, la révision des anciennes fondations et la pose de nouvelles, va de 1889 à la révolution mexicaine de 1910-1911, et l'autre, l'élan des forces de la modernisation, couvre les deux décennies qui vont de la révolution mexicaine à la crise de 1929.

Deuxième période : de la crise de 1929 à nos jours. C'est l'histoire des tiraillements et des aléas d'une difficile reconstruction, qui sera traitée dans un autre volume et qui couvrira les deux phases qui vont respectivement de la crise de 1929 à la révolution cubaine de 1959-1960 : c'est la recherche de formules nouvelles pour un réaménagement des structures internes et des rapports internationaux de l'Amérique latine ; et de la révolution cubaine à nos jours : c'est, avec la perception du blocage auquel aboutissent le rythme et les modalités d'évolution de la phase précédente, une période de crise ouverte. Crise parfois violente des structures de relations inégales internes, exprimée par le militantisme social, crise aiguë des structures de relations hégémoniques externes, exprimée par le militantisme national. Face à cette crise, la montée du nationalisme révolutionnaire — en tant que lutte contre le « colonialisme » interne et contre la dépendance externe — coïncidant avec l'affaiblissement de l'exemplarité des voies moyennes et engendrant un « reclassement des forces politiques en Amérique latine » semble déboucher sur l'alternative soit d'un autoritarisme socialisant ou socialiste, soit d'un durcissement fasciste ou fascisant. Dans les deux cas, c'est, une fois de plus, la démocratie libérale représentative — officiellement le dogme politique du continent — qui est appelée à y perdre, n'étant plus qu'une référence nominale pour une communauté à la recherche de sa voie de développement économique et social.

La mise en chantier d'une nouvelle Amérique latine (de 1889 à la crise mondiale de 1929-1932)

Il a été parfois écrit que l'évolution de l'Amérique latine est une alternance de phases de somnolence ou de sommeil et de phases d'éveil ou de réveil. Cette schématisation a fait parler de la période d'après l'indépendance comme d'un « temps mort » précédant la nôtre, à la fin du siècle dernier, baptisée « période de rapide développement économique et d'intense transformation sociale » jusqu'à la grande crise économique mondiale de 1929.

De cette simplification commode, éclairante même, mais abusive en fin de compte, on peut cependant retenir qu'il y a, en effet, comme un rythme saisonnier dans l'histoire des pays latino-américains, avec ces poussées de sève et ces bourgeonnements par quoi s'exprime l'émergence des « générations » politiques. Ainsi, une double illustration significative ouvre et clôt notre période. Avant la fin du XIXe siècle, si nous observons, par exemple, la scène politique d'un pays qui commence à connaître une véritable mutation, comme l'Argentine, nous la voyons remplie du combat mené par la « génération de 1890 », qui devait jouer un grand rôle dans le développement historique du pays, avec des leaders comme Hipolyto Irigoyen, fondateur et figure de proue de l'Union civique radicale, Lisandro de la Torre, fondateur et figure de proue du parti démocrate progressiste et Juan B. Justo, fondateur et figure de proue du parti socialiste. Avant la crise de 1929, si nous observons, par exemple, la scène politique d'un autre pays qui va connaître, à son tour, une mutation non moins incontestable, comme le Venezuela, nous y voyons le théâtre du combat mené par la « génération de 1928 » qui va également jouer un grand rôle dans le développement historique du pays, avec des leaders comme Romulo Betancourt, fondateur et figure de proue de la future Acción Democrática (AD), Jovito Villalba, fondateur et figure de proue de la future Unión Republicana Democrática (URD) et, dans une certaine mesure, Gustavo Machado, fondateur et principal dirigeant du futur Partido Communista Venezolano (PCV).

Mais ces renouvellements comme en saccades, scandés par des générations marquantes, ne doivent pas obscurcir le lent cheminement de courants plus réguliers en Amérique latine comme, par exemple, l'évolution démographique du subcontinent dont la population passe de 33 millions d'habitants en 1850 à 63 millions en 1900 et à 90 millions en 1929, ou la progression des investissements nord-américains dont le montant passe de 308 millions de dollars en 1897 à 3 705 millions en 1929. Ce sont ces courants de toutes sortes qui se nouent en mille liens et tissent la substance des problèmes confrontés par les générations successives de Latino-Américains, marquantes ou pas, tout au long du « récitatif des conjonctures ». Celles-ci, dans leur succession, passent des unes aux autres comme en se fondant les unes et les autres dans le flux continu de la durée historique.

Le grand tournant :
des structures postcoloniales
aux fondations modernes
1889-1910

OCÉAN ATLANTIQUE
OCÉAN PACIFIQUE
HIDALGO DEL PARRAL
Monclova
REYNOSA
GOLFE DU MEXIQUE
Mexique
Monterrey
Ciudad Madero
Tampico
CERRO DEL MERCADO
Guadalajara
Salamanca
FAJA DE ORO
POZA RICA
LAS PESADAS
TABASCO
EL VOLCAN
LAS TRUCHAS
Las Truchas
Puebla
Orizaba
La Havane
Cuba
Rép. Dominicaine
St-Domingue
Haïti
Porto Rico
La Jamaïque
Pt-au-Prince
Belize
Honduras
Tegucigalpa
Guatemala
El Salvador
Nicaragua
Managua
Costa Rica
San José
MER DES ANTILLES
Guadeloupe
Dominique
Martinique
Ste-Lucie
Barbade
Trinidad
LAC MARACAIBO
ZONE DU CANAL
Caracas
Venezuela
C. Bolivar
CERRO BOLIVAR
EL PAO
Georgetown
Paramaribo
Guyane
Surinam
Guyane Fr.
Panama
Paz del Rio
Bogota
SERRA DO NAVIO
Quito
Colombie
Équateur
Amazone
Marañon
R. ITACAIUNA
SERRA DOS CARAJAS
R. Madeira
R. Tapajos
R. Tocantins
Chimbote
CERRO DE PASCO
LA OROYA
Lima
Pérou
Brésil
RONDONIA
NIQUELANDIA
MARCONA
CATAVI
POTOSI
La Paz
SAGASCA
MUTUM
MORRO DO URUCUM
Brasilia
Bolivie
ITABIRA
LA EXOTICA
CHUQUICAMATA
CAMIRI
Volta Redonda
Rio de Janeiro
Paraguay
Parana
EL SALVADOR
ALGARROBO
Asuncion
ROMERAL
RIO BLANCO
LA DISPUTADA
Uruguay
Rosario
EL TENIENTE
Montevideo
Santiago
Buenos Aires
Huachipato
Argentine
COMODORO RIVADAVIA
TERRE DE FEU
Mines
principaux gisements
fer
Cu, cuivre; Pb, plomb
Zn, zinc ; Ag, argent
étain
bauxite
manganèse
nickel
pétrole ou gaz
nitrate
Sites industriels
sidérurgie
importante concentration industrielle
Ressources agricoles commercialisées
céréales
élevage du bétail
cultures tropicales de plantations
AMÉRIQUE LATINE POLITIQUE ET ÉCONOMIQUE

De la dernière décennie du XIXᵉ siècle à la révolution mexicaine

De 1886 à 1891, l'Amérique latine est en pleins feux de l'actualité. S'y multiplient, en effet, les inaugurations dont la plupart ne manquent pas d'attirer et de retenir l'attention mondiale et dont chacune, en tout cas, ouvre des perspectives nouvelles, proches ou lointaines, au développement des sociétés latino-américaines du Nouveau Monde, grandes et petites.

Un choix au hasard, mais dans des domaines d'activités différents, suffira pour en montrer l'importance significative.

1886, *c'est l'année, en Uruguay, de l'avènement des civils au pouvoir, mettant fin à l'ère du militarisme, et, en Colombie, celle de la victoire de la centralisation sur le régionalisme avec la Constitution de 1886 qui remportera le record de longévité avec un demi-siècle de maintien en vigueur.*

1887, *c'est, à Buenos Aires, l'année de la fondation, sur l'initiative de l'anarchiste italien Malatesta, du premier syndicat de résistance argentin, celui des ouvriers boulangers, et de la création de l'important syndicat des machinistes, mécaniciens et chauffeurs, la Fraternidad, tandis qu'à Guayaquil la prospérité commerciale et bancaire des débuts de l'apogée de l'ère du cacao prépare la victoire prochaine du libéralisme équatorien.*

1888, *c'est la libération des esclaves au Brésil, suivie, l'année d'après, de la fin de l'empire et de l'avènement de la république dans ce pays, tandis qu'au Pérou la crise de la fin du « cycle du guano » est surmontée par la reprise du sucre et du cuivre.*

1889, *c'est l'année de la convocation à Washington de la première conférence interaméricaine qui créera le bureau de l'Union panaméricaine.*

1890, *c'est l'année où la Banque d'Angleterre reprend à son compte les créances de la maison Baring Brothers de Londres après la faillite de celle-ci qui était la créancière de plusieurs pays latino-américains, tandis que la Compagnie Grace, par l'intermédiaire de la Peruvian Corporation, à Londres, prend à sa charge le paiement de toute la dette extérieure péruvienne contre la cession, pour soixante-six ans, de tous les chemins de fer péruviens, du monopole de la navigation à vapeur sur le lac Titicaca, d'un gage de 3 millions de tonnes de guano et, pour trente-trois ans, la libre utilisation de sept ports péruviens et un paiement annuel, par Lima, de 80 000 livres anglaises. C'est aussi l'année de l'installation à Monterrey, au Mexique, d'entreprises anglaises et nord-américaines, tandis qu'au Costa Rica le promoteur américain Minor Cooper Keith achève, au coût de 8 millions de dollars, le chemin de fer reliant San José à la côte caraïbe, ce qui va rendre possible l'ère de la banane.*

1891, *c'est l'avènement du régime parlementaire au Chili et c'est aussi l'année de l'inauguration des coups de force nord-américains dans la « Méditerranée américaine » avec la démonstration navale de l'amiral Gherardi pour obtenir d'Haïti la cession du môle Saint-Nicolas alors surnommé le « Gibraltar du Nouveau Monde ». Cette même année 1891, le Cubain José Martí publie* Nuestra America, *ce manifeste qui appelle déjà les masses populaires et indigènes de toute l'Amérique latine à s'intégrer dans la lutte pour l'indépendance et à prendre conscience des rapports entre la lutte des classes et la lutte anti-impérialiste.*

Une conjoncture de « grandes premières » précède et accompagne donc, en Amérique latine, l'ouverture de la dernière décennie du XIXe siècle.

Vingt et un ans plus tard, une conjoncture d'arrivée d'étape, celle de 1910-1911, où, au Mexique, éclate la révolution de 1910, l'une des plus grandes de l'histoire de l'Amérique latine et dont la puissance d'ébranlement va affecter le subcontinent tout entier avec son quadruple contenu agraire, bourgeois, indigéniste et nationaliste. Phénomène de dimension latino-américaine, la révolution mexicaine clôt la première phase, celle de la préface à la modernisation. Avec et après elle, ce sera l'élan vigoureux, bien qu'inégalement efficace, de cette dernière.

Les vingt et un ans qui se sont écoulés entre 1889 et 1910 — le temps pour arriver à la majorité — ont provoqué une action érosive, destructrice des structures postcoloniales et jeté les fondations modernes de l'Amérique latine. C'est le grand tournant.

1. L'Amérique latine dans la décennie de fin de siècle

L'Amérique latine a eu le Code civil avant
la machine à vapeur.

Images et réalités

Aux approches de l'an 1900, on se fait encore de l'Amérique latine, à partir de l'Europe de la Belle Époque et dans le milieu des lecteurs des nouveaux journaux à sensation, une image bien folklorique.

Une image d'Épinal : l'Eldorado

Pour le commun des mortels, le Latin d'Amérique, c'est l'homme au « sombrero », qu'il s'agisse de ce chapeau qu'on appelle « panama » alors qu'il est fabriqué en Equateur, ou de celui dont on coiffe volontiers l'Argentin confondu pour la cause avec le « Mexicain basané ». La vie là-bas, assure-t-on, est une longue *siesta* préparatoire à la *fiesta.* Et puis, le gaucho, ce cow-boy méridional mais « à la latine », ne le voit-on pas peupler une pampa que certains font commencer dès qu'on passe du nord au sud du Rio Grande puisque, comme chacun sait, elle dispute aux Andes, par son immensité, la superficie de l'Amérique latine tout entière ! A quoi bon perdre son temps à distinguer les Argentins des Uruguayens ou les Mexicains des Guatémaltèques, ou les Vénézuéliens des Colombiens, ou les Boliviens des Paraguayens, etc. ? C'est bien connu qu'ils se ressemblent tous. La preuve n'en est-elle pas d'ailleurs que pour les danseurs mondains des petits bals de la Belle Époque — et ils s'y connaissent —, toutes les terres qui s'étendent de la Patagonie au Mexique... constituent le pays du tango. Tout en les trouvant sympathiques, on ne doit pas les prendre trop au sérieux, ces cousins d'Amérique. N'est-on pas payé pour le savoir quand on a parfois quelques difficultés à percevoir les intérêts des créances consenties à leurs gouvernements ? Ces gouvernements ne sont-ils pas entre les mains de généraux d'opérette ? Précisément, le recensement de 1891 au Venezuela a permis, pour une population de moins de 2 millions et demi d'habitants, de dénombrer 2 950 généraux et 3 366 colonels, la plupart honoraires. Il est vrai que, là-bas, la nature, aux dimensions démesurées, recèle d'énormes richesses et la réputation de générosité de ces eldorados explique le mirage latino-américain auprès des candidats à l'émigration, aussi bien qu'auprès des épargnants en mal de placements. Ne voit-on pas les riches Latino-Américains venir faire des dépenses folles à Bristol ou sur la Côte d'Azur ? Londres et Paris ne sont-ils pas leurs rendez-vous favoris ? Par exemple, les promoteurs du boom du caoutchouc au Brésil ne sont-ils pas devenus riches à la fin du siècle, au point de sillonner l'Amazonie de bateaux à vapeur leur amenant, à Manaus, foie gras et champagne de France pour des repas à l'issue desquels ils utilisent des billets de banque pour allumer leurs cigares ? Autre exemple : le salpêtre chilien n'a-t-il pas enrichi l'Anglais John Thomas North au point de lui valoir, dans les années 1880 précisément, le surnom de « roi du nitrate » ? Il est encore dans toutes les mémoires, le bal fabuleux qu'il offrit à Londres à 900 invités, en janvier 1889, à l'hôtel Métropole dont les murs, pour la circonstance, étaient décorés de fleurs et de palmiers et les colonnes couvertes de chrysanthèmes avec, détachée en rouge, l'initiale « N » de Napoléon mais pour évoquer cette fois le nitrate et son roi, celui-ci modestement déguisé en Henri VIII tandis que, maître du temps, il faisait tout simplement déguiser sa femme en Mme Pompadour ! Combien d'émigrants européens, en prenant le bateau pour l'Amérique latine, ne se laissent-ils pas aller à rêver d'être de futurs North !

Et pourtant, certains émigrés, désenchantés, quand ils n'utilisent pas leur billet de retour, n'acceptent pas de faire souche avant d'avoir mis en garde, par lettres, contre les illusions nourries en Europe. L'Amérique latine de la dernière décennie du siècle n'est pas cette image d'Épinal ou ne l'est, en tout cas, que fort superficiellement.

Une image d'intellectuels : la nouvelle Europe

Certes, réalité à facettes multiples, l'Amérique latine, par son visage le plus connu, celui que portent et montrent ses élites, se rattache à une Europe dont la transplantation, de l'autre côté de l'Atlantique sud, aurait ainsi donc parfaitement réussi.

Son peuplement, à partir de la conquista et au niveau des classes dominantes, est hispano-portugais, faisant d'elle, à cet égard, une annexe de la nature humaine ibérique ; et l'indépendance n'y a rien changé, remplaçant les *peninsulares* par les *criollos* au commandement politique, économique et social, et donc maintenant les destinées de l'Amérique latine entre les mains des fils latins d'Europe. Cette appartenance à la latinité est célébrée chaque année à travers tout le continent par le « jour de la race » *(el día de la raza)*. Sa *finance* est d'origine anglaise, comme son commerce est à prédominance britannique et ce, depuis l'époque des guerres d'indépendance. En 1886, les investissements du Royaume-Uni en Amérique latine s'élèvent déjà à 425 millions de livres sterling, lui assurant une première place que même la Première Guerre mondiale ne suffira pas à lui faire perdre. Son *armée* est de formation prussienne, puis allemande, et Krupp sait rivaliser victorieusement avec Schneider pour tirer profit de missions envoyées très tôt au Chili, équiper l'artillerie brésilienne de canons de campagne et armer la marine argentine dès les années 1880. Le cas de l'Argentine, par exemple, est éloquent ; à partir précisément de la décennie 1890, Buenos Aires passe avec Krupp une série de contrats qui assurent presque complètement à l'Allemagne le monopole de fournitures d'armes, d'équipements militaires et de munitions à l'armée argentine. En 1899 c'est à des officiers allemands qu'est confié le soin d'organiser l'École supérieure de guerre argentine et d'y enseigner. Sa *culture* est d'inspiration française : langue française, idées politiques, sociales, philosophiques françaises, littérature française sont connues de ses élites et pratiquées avec ferveur. Poètes, écrivains et éducateurs latino-américains viennent chercher à Paris inspiration, consécration et tribune : c'est à Paris que meurt en 1889 l'Équatorien Juan Montalvo ; la France est le modèle culturel par excellence ainsi que le montre l'exemple du Nicaraguayen Ruben Dario dans *Azul* (1888) et dans *Prosas profanas* (1896). Comme le dit à l'époque Manuel Ugarte : « L'Amérique du Sud s'est donnée intellectuellement à la France avec l'ingénuité d'une vierge. »

Sans doute déjà, l'attraction des États-Unis se fait sentir comme une tentation. La presse latino-américaine de la fin du siècle ouvre ses colonnes au grand débat qui divise les faiseurs d'opinion et sera plus vif au début du siècle nouveau, sur les mérites respectifs de la culture latine (française surtout) et anglo-saxonne (américaine surtout), les dissidents, tel l'Argentin Agustin Alvarez, allant jusqu'à contester une supériorité française jusque-là acceptée comme un dogme pour vanter le pragmatisme, le sens de l'efficacité et du rendement, l'esprit de corps et de discipline que l'Amérique latine aurait intérêt à demander au nouveau « modèle » apparaissant à l'horizon culturel du Nord, modèle auquel il invite celle-là à s'élever. En Haïti, le débat est vif et oppose les plus grands noms de l'intelligentsia de la petite république noire et francophone des années charnières entre le XIXe et le XXe siècle, y compris l'intellectuel et homme politique le plus marquant d'alors, Anténor Fermin, qui, du lointain de son exil, ne peut s'empêcher d'y prendre part. Au Pérou, le Dr M. N. Villarán, champion du modernisme à l'anglo-saxonne contre le Dr Deustua, traditionaliste convaincu, préconise, dans un retentissant discours en 1900, d'adopter le type d'éducation yankee « car, à notre époque, c'est de praticiens industrieux et énergiques que la patrie a besoin pour devenir riche et par là même forte ».

Mais succomber à la tentation américaine, à la fin du XIXe siècle, ne va pas sans danger politique et l'Amérique latine reçoit des mises en garde de nombre de ses fils. L'*Ode à Theodore Roosevelt* de Ruben Dario est justement de 1900. Et puis, l'Europe est encore assez forte et rayonnante pour séduire. Son influence est renforcée par les nouveaux emprunts que l'Amérique latine fait au Vieux Continent, comme pour mieux mériter une épithète de « latine » vieille d'un tiers de siècle à peine et dont elle s'enorgueillit avec ostentation. N'est-il pas question d'Union latine dans quelques-uns de ses cercles intellectuels ?

Elle a demandé et demande à l'Europe *de nouveaux fils* et, parmi eux, les Italiens arrivent et arriveront en masse. Le Brésil, par exemple, outre des Portugais, des Allemands, des Slaves, reçoit son contingent d'Italiens. Au total, de 1887 à 1900, ce pays reçoit 860 000 immigrants du Vieux Continent qui viennent renforcer l'importance des « fils d'Europe » dans la balance démographique nationale. Parmi ces immigrants venus d'Europe, une place à part est à réserver à certaines catégories : les ouvriers, qui apportent leur qualification et une expérience syndicale, et les réfugiés politiques, qui trouvent des terres d'accueil dans les diverses républiques : anciens de la Commune, anciens de la Légion Garibaldi, anarchistes de la fin du siècle fuyant la répression européenne, tels à Buenos Aires, dans les années 1880 et 1890, les sociaux-démocrates français du groupe « Les Égaux », allemands du club « Vorwärts », les anarchistes italiens célèbres, Enrico Malatesta et Pietro Gori.

Elle a demandé et demande à l'Europe *de nouvelles techniques* pour l'exploitation de ses ressources. Ainsi, l'invention du froid artificiel et la construction du bateau français le *Frigorifique* (1876) sont à l'origine de l'exportation en grand et de l'industrie argentines de viande congelée. En Colombie, les sieurs Barriga et Arango font étudier le procédé Bessemer en vue de faire produire par la Ferreria de la Pradera les rails de chemin de fer. Au Mexique, la production de l'or connaît en 1891 un nouvel essor grâce à l'introduction et à l'utilisation dans le pays du procédé de cyanuration des métaux.

Elle a demandé et demande à l'Europe son *modèle d'urbanisation*. Au Venezuela, Guzman Blanco (1870-1888) a voulu ajouter à son titre — inventé par lui — d'« Américain illustre » la gloire d'Haussmann qu'il a entendu imiter pour aménager Caracas. Mais c'est une fois de plus, s'agissant de « nouvelle Europe », l'Argentine des années 1880 qui nous offre l'exemple de l'imitation la plus délibérée et la plus poussée avec la réalisation des plans de Torquato Alvear pour Buenos Aires. La mode est à l'européenne. A Santiago du Chili, décrite par un contemporain de 1888, « le palais Blanco Encalada est du style Louis XV le plus pur, la résidence du sieur Arrieta une splendide villa florentine. Le sieur Urmeneta s'est construit un château gothique et le sieur Claudio Vicuña habite une imitation de l'Alhambra ». Il n'y a pas jusqu'au style de consommation qui ne soit marqué par ce processus de réeuropéanisation. Le Brésilien du XIXe siècle se met au pain et à la bière et est friand des « articles de Paris », souvent fabriqués en Angleterre ou en Allemagne.

En 1898, à l'instar des grandes capitales européennes, l'éclairage électrique permet d'illuminer Buenos Aires et Mexico. L'illusion semble complète : l'Europe se reconstitue là-bas. En un certain sens et dans une certaine mesure et pour certains des 63 millions d'habitants de l'Amérique latine en 1900, c'est sans doute vrai. Mais en partie seulement.

Une autre image au revers de la médaille

Car dans la vie quotidienne des Latino-Américains de la fin du siècle, ces pays sont loin d'être des eldorados, les habitants sont loin d'être tous de souche européenne, menant une vie aisée, heureux de reconstituer ou de retrouver l'Europe au bout de leurs semelles, sur les rives de l'Atlantique centre et sud.

Il y a d'abord l'inclémence de la nature, qui ne se laisse guère facilement apprivoiser. Le salpêtre chilien est au cœur d'un des déserts les plus absolus qui soient au monde, le désert d'Atacama, et l'eau, dans les années 1880, y coûte encore plus cher que le vin. Tout doit venir d'ailleurs, y compris la nourriture quotidienne, et l'eau est amenée par bateau à Iquique et, de ce port, par des chemins de fer, jusqu'aux lieux désolés de l'exploitation des richesses en nitrate. La fortune colossale de North s'est édifiée au prix de la sueur et du sang des « mineurs du nitrate ». Les 115 kilomètres de voie ferrée unissant San José à la côte caraïbe du Costa Rica sont achevés en 1890 après avoir ôté la vie à 4000 travailleurs fauchés par une nature inhospitalière, la fièvre jaune, les maladies tropicales et par les conditions de travail : les coûts en hommes, à cette échelle, dépassent l'imagination. Quant à l'aventure du caoutchouc brésilien dont le boom fait s'édifier des fortunes colossales dans les années 1880-1890, elle n'a rien à envier à l'histoire du caoutchouc sanglant du Congo de Léopold : « Ils étaient bien portants et pleins d'ardeur, en entrant dans la forêt vierge “ fumer ” le caoutchouc. Ils le vendaient à des prix fabuleux. Mais quand ils commençaient à se sentir les maîtres du monde, le sol leur manquait sous les pieds. Leurs jambes devenaient molles et débiles et l'engourdissement montait des pieds au ventre. Un étau enserrait leur poitrine. C'était le béribéri qui faisait son apparition. Il s'emparait de leur corps, il mangeait leurs nerfs, il tuait leur vitalité... » (Josué de Castro). Non moins coûteuse en vies humaines est l'entreprise, par Lesseps, du creusement du canal de Panama à travers la jungle de l'isthme infestée de malaria et porteuse de fièvre jaune. Volcans, typhons et cyclones complètent le tableau çà et là.

Il y a aussi la cruauté des hommes. L'Amérique latine a toujours été une terre belle mais cruelle. Terre cruelle de la cruauté des anciens empires indiens, habitués, pour certains, aux hécatombes des sacrifices religieux ou des guerres fratricides. Terre cruelle de la cruauté terrible des conquistadores, pour lesquels une vie humaine ne coûtait pas cher. Cette tradition de cruauté n'est pas absente des dernières guerres de pacification contre les Indiens, guerres toutes récentes puisque menées dans la seconde moitié du XIXe siècle en Argentine, au Brésil, au Chili. Dans ce dernier pays, par exemple, les dernières opérations militaires viennent tout juste d'avoir raison de l'indépendance et de la résistance des Indiens araucans Mapuches (1880-1882). En Argentine, seule la mort, en 1893, du chef indien Calfucura met fin à une résistance de quarante ans pendant lesquels l'alternance des périodes d'hostilité et de compromis lui a permis de maintenir un véritable empire dans la pampa. Quant au Mexique, la guerre contre les Indiens Yaquis reprend et fait rage en 1897 ! Cruauté cristallisée dans la dureté des structures sociales de l'époque. Dure la situation de l'Indien *peon* sur les grands domaines. Dure la situation du travailleur noir, à peine libéré de l'esclavage à Cuba (1886) et au Brésil (1888). Dure la situation des coolies amenés des Indes parfois au rythme de 10000 par an (10885 en 1894) pour combler, dans les Caraïbes, le déficit de main-d'œuvre provoqué par l'abolition de la traite puis de l'esclavage. Dure la situation de l'ouvrier blanc, métis ou indigène. Leonardo Pena nous a laissé une description de la vie des mineurs du Nord chilien, au milieu du « grincement des broyeuses », « des sifflements des locomotives », « des coups de sirène des bateaux » et respirant un air chargé de poussière jaune : « Accumuler la plus grande somme de travail possible dans le moindre nombre d'années, tel est le problème qu'il s'agit de résoudre… Chaque mois, au moment de la paye, la ruée des milliers et des milliers de ces malheureux ouvriers vers les gargotes du littoral où, pendant quelques jours, ils vont se donner l'illusion de la richesse. Puis, délestés de leurs économies, ils reprennent à nouveau leur collier de misère » (Leonardo Pena, *Histoire du Chili*, Paris, Alcan, 1927, p. 246). Aussi, n'est-il pas étonnant qu'il y ait tension sociale, agitation, grèves dans les secteurs ouvriers les plus conscients. En 1898, les ouvriers de l'industrie textile de Tlaxcala font grève. En 1899, les ouvriers des chemins de fer argentins font une grève de 120 jours.

Décidément, cette Amérique latine de fin de siècle n'offre pas, au revers de la médaille, l'image d'un éden de tout repos.

La société postcoloniale à l'approche du défi de la modernisation

En réalité, elle a déjà connu les incursions de la modernisation, cette Amérique latine de la fin du XIXe siècle, depuis déjà les années 1870. Mais la première vague d'assaut à enfoncer les premières lignes de défense de la société postcoloniale date de la dernière décennie du siècle dernier et du tournant du nouveau. Quelle est alors cette société postcoloniale au moment où elle est entamée dans ses forces vives ?

Le caudillisme d'origine

A l'origine, le caudillisme, en tant que forme de pouvoir personnel, liée à l'existence d'une société fondamentalement rurale, dont les structures agraires reposent sur les assises de la grande propriété, est l'expression de l'archaïsme des forces et des modalités de la vie politique latino-américaine.

Le caudillo est le prototype du chef en Amérique latine

au lendemain de l'indépendance, et a su le rester, sauf exceptions, jusqu'à la fin du siècle, dans la plupart des pays, quitte à s'adapter aux nouvelles conditions. C'est un homme fort, un dictateur dont le ressort essentiel du pouvoir est la force matérielle et la violence. Il lève son armée, qui est l'instrument de sa conquête du pouvoir, et se constitue son organisation d'hommes de main, qui est sa force de frappe pour se maintenir au pouvoir. Il sait se faire craindre et obéir.

Il réussit, fort souvent aussi, à se faire admirer, car c'est un *macho*, célèbre pour son courage, sa bravoure, sa superbe et sa faconde. Il a des qualités qui frappent l'imagination des foules : habile tireur ou excellent cavalier. Ce n'est pas nécessairement un militaire de profession ; il n'est pas rare qu'il entame en même temps sa carrière militaire de « général » improvisé et sa carrière politique de « roi aux grands éperons ». Admiré et envié des hommes, il ne serait pas un macho s'il n'était aimé des femmes. Dans le machisme, il y a toujours un peu de cet élément qui est la réputation de l'homme à succès, auquel le beau sexe résiste mal.

Il a su se faire une clientèle personnelle dont la fidélité fait sa puissance. Tout un réseau de liens personnels (parenté, parrainage, patronage) assure la cohésion de son entourage auquel il accorde faveurs, fonctions, travail et protection, et sur lesquels il appuie et fait relayer son autorité, si bien que le mot même de « compadrazgos » prend souvent une nuance politique. Il dispose, pour se constituer ces clientèles, de toutes les richesses qu'il a su accumuler et dont il ne cesse de renouveler les sources privées (adversaires dépossédés, paris, jeux, opérations de toutes sortes) et publiques (c'est la conception de l'État-patrimoine personnel). Le caudillo coiffe l'autorité des « caciques locaux » et, par la contrainte s'il le faut, sait contrarier leurs tendances centrifuges. On a dit, à juste titre, qu'il est l'homme de l'unité nationale contre les tendances particularistes ou sécessionnistes.

Intolérant à l'égard de toute contestation, voire de toute opposition, il est habile aussi à se perpétuer au pouvoir.

Un tel système, autocratique de nature, ne laissait « aucune place », ni même « aucune perspective » pour des partis politiques « puisque tout reposait du haut en bas de l'échelle sur le pouvoir personnel » (François Chevalier, « Caudillos et caciques en Amérique », *Mélanges offerts à Marcel Bataillon par les hispanistes français*, Bordeaux, Féret et fils éd., 1962, p. 46).

Le caudillisme d'origine correspond à la domination de l'oligarchie foncière des *hacendados* dans un système social où les trois piliers sont la propriété de la terre, l'armée ou ce qui en tient lieu et l'Église. Le caudillo est l'expression politique de cette triarchie, tantôt l'instrument, tantôt l'arbitre et parfois l'adversaire de la domination oligarchique exclusive des hacendados et des commerçants exportateurs au cours de la période agro-exportatrice. Mais avec le temps, il s'est accommodé de la lutte des partis, quitte à utiliser les uns et les autres comme marchepied dans son ascension au pouvoir et à les mettre en veilleuse, voire à les supprimer ensuite. Et surtout, il est loin d'être d'origine aristocratique. Très souvent, au contraire, il est d'humble origine, parfois même de sang métis et n'oublie pas qu'il est un « homme nouveau » une fois parvenu au pouvoir. Cependant, quelles que soient sa forme et son évolution, le caudillisme associe le pouvoir d'un homme fort et un système de relations personnelles.

Incarnée au lendemain des indépendances par le Mexicain Antonio Lopez Santa Anna ou l'Argentin Juan Manuel Rosas, la race des caudillos est loin d'être éteinte à la fin du XIXe siècle, en dépit de son archaïsme. Le Vénézuélien Antonio Guzman Blanco est aussi proche du prototype historique que les deux précédents. Or, il inaugure son dernier mandat officiel en 1879 et il continue à être la source du pouvoir jusqu'en 1888, date à laquelle lui succède un autre caudillo, Crespo (1887-1898). Il y a du caudillo dans le Colombien Rafael Nuñez qui meurt au pouvoir en 1894. C'est un caudillo qui monte au pouvoir au Guatemala en 1898 en la personne de Manuel Estrada Cabrera.

L'hacienda traditionnelle

L'hacienda traditionnelle n'évoque pas seulement l'idée d'une unité de production agricole, sous régime de propriété privée et dans une structure agraire où le grand domaine est prédominant. Mieux qu'une forme d'appropriation et d'exploitation de la terre, c'est une « institution » qui est la clef de voûte de la société rurale traditionnelle. Certes, elle réalise, en effet, la concentration de la propriété (des centaines, des milliers, des dizaines de milliers d'hectares) entre les mains d'une petite minorité hégémonique, intéressée à maintenir une économie de produits agricoles privilégiant les formes principalement agraires, et, accessoirement, commerciales de la production. Mais elle y ajoute un mode et des rapports de production qui maintiennent la main-d'œuvre, du berceau à la tombe, sur le domaine, en lui cédant l'exploitation d'une parcelle contre des obligations matérielles comme la livraison d'une partie de la récolte ou/et la prestation de travail sur la terre que se réserve l'hacendado, et en la tenant dans un état de dépendance souvent personnelle. Car l'hacienda est aussi une organisation sociale sous des auspices privés, la société manoriale dont l'idéal est de vivre en vase clos. Idéal d'autarcie économique puisque l'hacienda tend à se suffire et à ne commercialiser qu'un faible excédent. Idéal de société fermée, à l'intérieur de laquelle le propriétaire, détenteur d'une autorité patriarcale, agit en maître et seigneur. L'hacienda, dont la productivité est faible, est imposante davantage par le nombre d'individus qu'elle permet de contrôler que par la quantité de richesses produites. L'hacendado est plus soucieux de prestige social, de statut, qu'en quête de rentabilité économique. C'est un mode de vie plus qu'une affaire, une valeur sociale plus qu'une entreprise. A l'état de quasi-servage de la classe des peones répond la mentalité quasi seigneuriale de l'aristocratie foncière des hacendados : c'est une société paraféodale qui survit encore, pour l'essentiel, aux approches de l'an 1900.

Les thèses récentes de Gunder Frank visent à détruire la conception classique que l'hacienda est de type féodal. Pour Gunder Frank, en effet, l'hacienda, dès l'origine, est capitaliste, notamment du fait que le latifundium s'est formé en réponse aux opportunités du marché. L'argumentation est intéressante qui fait de l'hacienda, même traditionnelle, une *entrepreneurial enterprise* (une affaire d'entreprise) plutôt qu'un domaine seigneurial et ne manque pas de soulever de vives controverses au cours desquelles les thèses de Frank ne sont pas sans marquer quelques points. En tout cas, comme l'accent est surtout mis, ici, sur l'archaïsme d'une forme d'exploitation dépassée — même si elle est déjà capitaliste — par le dynamisme productif du capitalisme moderne fondé sur le crédit, les salaires, la productivité et le profit dans le cadre de la propriété privée des sources et des moyens de production, l'analyse faite ici paraît sauvegardée, pour l'essentiel, puisqu'elle se range dans une interprétation nuancée qui définit l'hacienda, non certes comme féodale mais comme paraféodale tout en ayant certaines fonctions et en baignant dans un environnement créés par le capitalisme triomphant à l'échelle mondiale. Ainsi donc, même déjà capitaliste, l'hacienda traditionnelle n'en demeure pas moins archaïque comme forme d'exploitation et comme type d'organisation sociale à la fin du XIXe siècle, quand l'Europe a connu sa révolution agricole et que l'Amérique latine possède quelques plantations modernes et entreprises agricoles mécanisées.

La question des indigènes

La main-d'œuvre sur l'hacienda, dans l'Amérique indigène, est constituée par les Indiens, éléments de fixité de la situation et supports de la rigidité des structures sociales. L'Indien est « l'autre monde » de ces sociétés culturellement dualistes. En effet, parias d'une société dont la ligne de clivage des classes épouse, dans une large mesure, celle de clivage des races, figés dans des coutumes et des structures mentales multiséculaires dont le caractère archaïque a été exploité et maintenu par la domination créole postcoloniale, aliénés au contact et sous la dépendance de la classe hégémonique représentée par l'oligarchie foncière créole, les Indiens sont les sujets d'une histoire de rythme lent pour lesquels pendant des décennies, sinon des siècles, le temps a comme suspendu son vol. L'initiative historique leur appartient seulement de façon sporadique et occasionnelle, sauf exceptions locales, ou bien pour se défendre contre l'extermination ou les dépossessions. Et encore n'y parviennent-ils point. Autrement, c'est le camp de l'immobilisme. Les observant une dizaine d'années plus tard sur les hauteurs de l'Altiplano bolivien et péruvien, Keyserling dira d'eux : « L'homme de ces parages est proprement minéraloïde. »

Sur les haciendas, qu'ils soient numériquement majoritaires ou pas, ils sont toujours réduits en minorité sociologique. Ce sont eux, en effet, les *colonos,* les peones qui vivent en économie de subsistance dans un système où les instruments monétaires sont rares. Les taux de maladies et de mortalité, d'analphabétisme et de faiblesse de conscience de classe, d'alcoolisme et de dévitalisation font de cette « race-classe », sujette du colonialisme interne, la force en sommeil de la politique régionale et nationale. *Yanaconas* au Pérou, *inquilinos* au Chili, *conuqueros* au Venezuela, ce sont les marginaux de la société rurale, porteurs et symbole, par excellence, de l'archaïsme des formes de la vie sociale dans l'Amérique latine de la fin du siècle.

D'autres vivent hors des haciendas, dans les communautés indigènes, maintenant encore mieux les mœurs, les traditions, la culture ancestrales qui remontent aux temps immémoriaux d'avant la conquista. Certes, depuis que l'hacienda coexiste avec elle, la communauté indienne a connu des avatars. Elle a perdu ses hommes au profit de l'hacienda, ses terres au profit des hacendados. Elle s'est réfugiée en altitude, laissant la plaine aux criollos. Mais elle sert toujours de cadre au faible dynamisme des forces productives et vit dans la longue durée. Deux types de ces communautés ont été bien observés à la fin du XIXe siècle : l'*ejido* mexicain et l'*ayllu* péruvien.

Les particularismes régionaux

Malgré le déploiement de l'action centripète des caudillos, l'Amérique latine voit survivre, à la fin du XIXe siècle, de puissants particularismes régionaux. Souvent les habitants ne se sentent concernés qu'à l'intérieur des limites de leurs régions et ces sentiments régionalistes ont pour corollaire la volonté de la région d'être maîtresse de ses destinées. Certes, la polémique entre fédéralistes et centralistes n'est pas morte, et les constitutions de fin de siècle marquent un renforcement de la dernière tendance, sauf celle du Brésil de 1891. Mais une des caractéristiques du comportement politique dans bien des pays d'Amérique latine à la fin du siècle dernier est, tout en acceptant l'existence d'un État-nation plus large, de se sentir une solidarité plus viscérale et une allégeance plus forte vis-à-vis de la petite patrie aux horizons plus limités.

Ces entités régionales ne sont pas que des réalités politico-administratives. Leur existence est fondée sur des réalités géohistoriques, socio-économiques et ethno-culturelles. Tel le Sud du Pérou qui groupe les départements de Cuzco, d'Arequipa, de Puno et d'Apurimac, et qui possède une unité héritée de la civilisation inca. Quand on parle des trois Pérous, c'est géographiquement, économiquement et sociologiquement que cette distinction se justifie, et si la côte est espagnole et métisse, la sierra est indigène de race et de langue. En Colombie, les habitants de l'isthme de Panama ne cessent de se considérer comme une entité spécifique et de couver des ferments de sécessionnisme. Au Brésil, des personnalités éminentes de Rio de Janeiro considèrent encore à la fin du siècle dernier la « société gaucho » du Rio Grande do Sul comme un « corps étranger dans la fédération brésilienne » et qui tient plus de la pampa argentine voisine que du « vrai Brésil » : cet État possède jusqu'à son propre système de partis (sans dimension nationale) et son propre modèle de développement politique, économique et social.

Le provincialisme fait de certaines régions, dans certains pays, un véritable conservatoire de traditions, coutumes et réalités du passé le plus reculé, l'absence de communications et d'ouverture ayant joué contre l'introduction des vecteurs de changement de la période des guerres d'indépendance. Témoins du passé, ces régions sont alors le réceptacle de genres de vie dont la découverte, à la fin du siècle, fait la joie des géographes voyageurs et des ethnologues. Tel, au Venezuela, l'État de Yaracuy dans une zone de contacts entre trois éléments ethniques : indigènes, Noirs et Européens, et dont la ville, Sorte, est le lieu d'origine et le centre principal du culte de Maria Leonza, sorte de synthèse de croyances magico-religieuses des trois ethno-cultures indigène (les descendants d'Indiens Jirahara, Caquetio et Achagua), noire (les descendants d'esclaves venus du Congo et de la Guinée) et européenne (les descendants des colons espagnols) qui ont pour aire l'espace constitué par la vallée fertile du rio Yaracuy.

Dans d'autres cas, une forte personnalité régionale sert de catalyseur au changement et stimule les efforts d'impulsion de la dynamique du développement dans le corps social régional. Tel le cas de la région d'Antioquía, en Colombie, où, vers la fin du siècle, le déclenchement d'un processus de croissance crée les préconditions de l'émergence d'un pôle industriel de développement.

Vieilles économies, pays neufs

Avec ses structures agraires marquées par les survivances coloniales et précoloniales et un renouveau de l'hacienda aux dépens de la communauté indigène dans la seconde moitié du XIXe siècle ; avec ses races et ses cultures, produit d'une sédimentation humaine, propre à la géohistoire latino-américaine et siège d'un dynamisme inégal, générateur d'une classification hiérarchique fondamentalement dualiste — et engendré par elle — laissant le métissage en porte à faux ; avec l'état de développement de ses forces productives dans un système économique marqué par le paraféodalisme dominant en coexistence inégale avec des secteurs miniers et commerciaux d'économie d'enclave, à l'époque agro-exportatrice de la « croissance vers l'extérieur », l'anatomie de l'Amérique latine à la fin du XIXe siècle porte témoignage des effets de la dépendance vis-à-vis de l'Europe et des modalités de ses insertions antérieures dans l'économie internationale.

Elle se prépare à aborder le XXe siècle avec les trois types de production par lesquels elle s'est incorporée à cette économie internationale :

a. L'agriculture tropicale (zones nord du Brésil et du Pérou, Caraïbes englobant les Antilles, Amérique centrale, Yucatán mexicain, Venezuela et Colombie) fournisseuse de sucre, de cacao, de coton, de café et aussi de bois, par exemple le bois de campêche, alors nécessaire pour l'industrie des colorants.

b. L'agriculture et l'élevage de climat tempéré (Argentine, Uruguay, Sud du Brésil) fournisseuse de viandes, de cuirs, de laine et de grains.

c. L'économie minière (Mexique, Colombie, Venezuela, Pérou, Bolivie, Chili) pourvoyeuse de métaux précieux puis, plus récemment, de métaux utiles.

Mais après trois siècles et quart de domination coloniale et trois quarts de siècle d'indépendance politique, les pays d'Amérique latine restent des pays neufs, dans le double sens, *horizontal,* de pays où subsistent encore de vastes espaces et d'immenses ressources à mettre en valeur (les pionniers ont encore à faire avancer la « frontière » et les entrepreneurs ont d'intéressants champs ouverts à leurs activités) et, *vertical,* de pays où restent à intégrer d'importantes masses d'hommes (l'intégration reste à faire, qui fera passer de l'État à la nation).

Les partis historiques : conservateurs et libéraux

Le caudillisme s'est vu assez vite, après l'indépendance, contester son monopole de fait du pouvoir par les premières incursions du système des partis dans la vie politique. Les premiers à naître, un peu partout en Amérique latine, sont les partis conservateurs et les partis libéraux. Après la « préhistoire » des partis représentée par l'ère des caudillos, c'est l'ancien régime dans l'histoire des partis, la « première génération ». Partis de cadres, animés par des notables, conservateurs et libéraux représentent et défendent, les premiers les intérêts de l'oligarchie foncière, et les seconds ceux de la nouvelle bourgeoisie commerçante et professionnelle, mais chacune de ces deux strates des classes dominantes peut se partager, à l'occasion, entre les deux partis, laissant simplement une dominante conservatrice chez les hacendados et une dominante libérale chez les commerçants et les membres des professions libérales et de l'intelligentsia.

Les contestataires, à ce moment-là, sont les libéraux et l'essentiel de la contestation entre les partis est alors consacré au problème politique de la liberté émancipatrice contre la tradition absolutiste, sous la pression du développement de l'économie de marché. La revendication de la liberté politique garantie par une constitution est, entre les mains de cette « bourgeoisie conquérante », une arme pour réclamer le partage du pouvoir. Manifestement, l'inspiration doctrinale est débitrice de la « philosophie des lumières » du XVIIIe siècle, qui a trouvé son expression politique dans les révolutions françaises de 1789, de 1830 et de 1848, et le « modèle » est constitué par les institutions politiques anglo-saxonnes dont le fonctionnement régulier suscite l'admiration. Cette lutte bipartite « conservateurs-libéraux » donne à la politique une allure manichéenne.

Mais, malgré le militantisme critique et alors progressiste des libéraux — on est encore, dans la seconde moitié du XIXe siècle, à la phase offensive du cycle libéral —

l'apparition d'une classe de commerçants à côté de l'oligarchie foncière n'est pas, en soi, un fait révolutionnaire et la première génération des partis politiques latino-américains n'a réussi — ni peut-être même ne l'a voulu — nulle part à mobiliser les masses et à les appeler à participer politiquement. Le suffrage est généralement censitaire, soit directement en posant comme conditions pour être électeur ou éligible la qualité de propriétaire ou de contribuable, soit indirectement en écartant des urnes les illettrés (or, même l'Argentine, en 1895, a 54,4 % d'analphabètes !).

On a pu observer ces partis concrètement à l'œuvre, non seulement au niveau national, mais au niveau local comme dans la région de Huancavelica au Pérou où l'on voit, en 1890, deux groupes de familles d'hacendados se disputer le pouvoir : le premier, comprenant 4 à 5 familles, avec leurs clientèles à structure pyramidale, constitue le camp conservateur. Il possède la zone comprise entre Huancavelica et Lircay. Le second, comprenant 3 à 4 familles, constitue le camp libéral. Il possède la zone comprise entre Huancavelica et Acoria. Ces deux groupes de familles de grands propriétaires non seulement concentrent d'énormes extensions de terres, mais aussi monopolisent presque tous les échanges de la région. C'est la ploutocratie locale.

Les idées forces du mouvement à l'œuvre à la fin du siècle

Cette société postcoloniale est travaillée par des forces de corrosion et de renouvellement dans le sens d'une modernisation de ses structures économiques, sociales, politiques et culturelles. Sans être détruite, elle est érodée. Sans être démantelée, elle est élaguée. Sans être bouleversée, elle est entamée. Le processus de rajeunissement est en cours, pour certains pays vers les années 1860, pour la plupart vers les années 1880, et pour les derniers au tournant du siècle. En tout cas, entre 1888 et 1898, les premiers résultats sont là qui attestent non plus d'une lente incubation, mais d'une accélération.

La démocratisation du libéralisme

Contre le caudillisme, les libéraux ont ouvert la première brèche en revendiquant les libertés fondamentales et les garanties constitutionnelles. Ils ont inauguré le mouvement. Il ne s'arrêtera pas avec eux. « C'est dans la logique interne du libéralisme de déboucher sur l'égalité », écrivait déjà le libéral mexicain Jesus Reyes Heroles, prophétisant la dynamique évolutive du libéralisme latino-américain dans le dernier tiers du XIXe siècle, et la crise consécutive de la domination hégémonique de l'oligarchie postcoloniale.

En effet, la revendication du droit de suffrage mène à la revendication du suffrage universel et la réalisation de la liberté pour tous avec le dogme de la souveraineté populaire conduit aux premières revendications en faveur des travailleurs et de leurs droits sociaux.

Assurer ce passage fut la mission historique de deux partis : le parti radical, souvent à l'origine l'aile gauche des libéraux qui se radicalise, et le parti libéral-démocratique surgi sur la gauche des libéraux et des radicaux eux-mêmes.

Vers les années 1880-1890, si le libéralisme n'est plus une force neuve, il est encore dans la phase offensive et donc révolutionnaire de son cycle sur les formes de la vie politique, notamment contre l'absolutisme autocratique des caudillos. Le constitutionnalisme marque encore les luttes de cette période, qui commencent à prendre une tournure nettement plus anti-oligarchique. L'évolution est, certes, plus avancée dans deux ou trois pays où déjà le libéralisme atteint la phase réactionnaire de son cycle contre la montée des partis démocratiques et démocrates-sociaux et se retrouve sur la défensive conjointement avec l'ancien adversaire conservateur devenu, dans certains cas, l'allié. Mais ce schéma de transformation du libéralisme, de force du mouvement en force du *statu quo,* est loin d'être général.

Au Chili, où l'évolution est la plus avancée, dès les années 1850 les libéraux font alliance avec la Sociedad de la Igualdad organisée par Francisco Bilbao Barquin qui plaide non seulement pour la souveraineté du peuple et l'autorité de la raison, mais aussi pour les écoles gratuites, la formation des ouvriers, la banque des travailleurs, etc. En 1875, se fonde, sur l'initiative de Benjamin Vicuña Mackenna, le parti libéral démocratique avec forte participation des classes moyennes et des éléments populaires. Le militantisme ouvrier dans ce parti atteste le soutien apporté par le monde du travail (et non plus seulement le monde de la propriété) aux idées libérales de l'époque dans la marche de celles-ci vers la démocratie. Le mouvement populaire déclenché par le parti libéral démocratique et les attaques contre l'oligarchie que contient son programme alarment les hautes classes jusqu'à la mort du fondateur du parti en 1886. Dans l'année qui suit cette mort, prenant la relève historique, Antonio Poupin Gray fonde le parti démocratique, qui demande l'organisation de la *sécurité sociale* pour les travailleurs et se donne pour objectif la conversion de l'inquilino en *propriétaire.* Ces idées qui tranchent sur les doctrines alors jusque-là dominantes font une profonde impression dans l'opinion. C'est l'éveil d'intérêt dans les classes populaires, pour intervenir dans la vie politique. Tout un courant d'idées à vocation mobilisatrice les y pousse, dans la foulée des libéraux dont l'aile gauche a ouvert la voie en revendiquant l'élargissement du cercle des privilégiés politiques.

Au Mexique, dès l'époque de Mora (1833), le programme libéral se démocratise en parlant déjà de réforme agraire. Avec Zavala, le libéralisme démocratique prend un accent d'attaques contre les privilèges. Le mouvement de la Reforma, particulièrement entre 1867 et 1876, est le triomphe du libéralisme démocratique dans l'alliance avec les classes populaires. Cette volonté d'alliance avec les classes moyennes et populaires sera la marque du libéralisme mexicain jusqu'à la révolution de 1910, ainsi que du libéralisme vénézuélien dans la guerre fédérale (1863-1870) des jaunes (libéraux et fédéralistes) contre les bleus (conservateurs et unitaires).

En Argentine, à partir des années 1880, l'éveil de la conscience politique du peuple se fait dans l'apprentissage de la lutte idéologique contre l'oligarchie. Le mouvement populaire est au début de son cycle en 1890 au moment où se fondent l'Union civique radicale et le parti démocrate progressiste, tous deux capables, le premier surtout, de montrer à l'oligarchie leur force nouvellement acquise.

Cette démocratisation du libéralisme engendre l'entrée en crise de la domination oligarchique au Chili et en Argentine avant même la fin du siècle. C'est un véritable travail de sape, encore à ses premiers coups de pioche contre le mur résistant du système traditionnel élitiste dans la plupart des pays. Ce n'est qu'un début : le combat continuera.

Les progrès du « civilisme »

Les deux piliers du système traditionnel, l'un matériel : l'armée, l'autre moral : l'Église, portent, à la fin du siècle, les stigmates des premières défaites subies en politique. En effet, le développement politique de l'Amérique latine tend à « civiliser » et à « séculariser » le pouvoir, au prix corrélatif du double recul politique des militaires (ou plutôt du militarisme) et des ecclésiastiques (ou plutôt du cléricalisme). En 1889, à la fois meurt l'homme qui s'est peut-être le plus illustré dans ce combat idéologique : l'écrivain libéral Juan Montalvo, polémiste équatorien redoutable, exilé en Colombie puis en France, et paraît au-devant de la scène politique brésilienne le brillant juriste Rui Barbosa, auteur du décret séparant l'Église et l'État en 1890 et principal rédacteur de la Constitution de 1891 affirmant la suprématie civile. Ce rôle d'avant-garde des intellectuels ne saurait surprendre ici.

Dans certains pays, le même combat associe les deux luttes sectorielles ; ainsi, au Mexique, la guerre civile de la Reforma a opposé les deux camps sur les deux thèmes, les libéraux étant à la fois civilistes et anticléricaux (1867-1871). Son issue, favorable à ces derniers, a empêché que soient remis en cause les trois grands textes anticléricaux de la période 1856-1857 : la Ley Juarez abolissant les tribunaux spéciaux de l'armée et de l'Église, la Ley Lerdo permettant l'aliénation des biens ecclésiastiques (qui, avant la *desamortización,* couvraient un tiers des terres cultivées du pays) et la Constitution de 1857 condamnée par Pie IX. Le Mexique, avant l'avènement de Porfirio Díaz (1876), avait le mariage civil et la séparation de l'Église et de l'État.

De même au Pérou, la campagne de 1871 pour l'élection de Manuel Pardo, animée par l'équipe des doctrinaires du parti civil, s'est faite sur les deux thèmes associés du combat pour un gouvernement civil et laïque : c'est en 1871 que le Pérou a le premier président civil de son histoire, porté au pouvoir, comme il se doit, par les *civilitas* opposés aux militaires.

En Uruguay, la révolution du quebracho (1886) consacre la fin du militarisme, objectif que s'était fixé la lutte de l'équipe groupée autour du jeune José Batlle y Ordoñez et du journal *El Día* (1885), organe des civilistes et des laïques à la fois, le conservatisme étant le « monstre à deux têtes ».

Mais le plus souvent, ce sont des politiques-militaires ou caudillos qui s'en prennent à l'influence de l'Église sur la jeunesse et sur la société politique. L'influence de l'anticléricalisme de la IIIe République française et du Kulturkampf de Bismarck est ici évidente. Au Venezuela, dès sa première période au pouvoir (1870-1877), le dictateur Guzman Blanco dévoile la pointe anticléricale de sa politique en décrétant la dissolution des congrégations, la saisie de leurs biens, l'institution du mariage civil et de l'état civil laïque. Il veut même, après avoir exilé l'archevêque, faire élire haut et bas clergés par les fidèles. Au Guatemala, il n'en va pas autrement puisque c'est le président Justo Rufino Barrios (1873-1885) qui réalise la séparation de l'Église et de l'État, avec interdiction des processions dans la rue, prohibition du port de la soutane et des habits religieux en dehors des lieux du culte, expulsion des jésuites, confiscation des biens des ordres religieux et, bien entendu, mariage civil et état civil laïque. Il est resté dans l'histoire guatémaltèque comme le président qui a brisé l'influence prépondérante de l'Église dans la société de son pays.

Certes, certaines de ces « victoires » des forces du mouvement demeurent sans lendemain par suite d'une réaction conservatrice. C'est le moment que choisissent certains régimes pour rasseoir l'influence de l'Église, telle la Colombie de la Constitution de 1886 et du Concordat de 1887, refaisant de la religion catholique la religion officielle de la nation, avec « indépendance complète par rapport au pouvoir civil qui, de ce fait, n'aura pas le droit d'intervenir dans les affaires ecclésiastiques », rappelant que toute autorité vient de Dieu et rétablissant l'Église dans ses prérogatives (biens, instruction, censure).

Mais la Colombie de Rafael Nuñez va à contre-courant car la tendance dominante, sous l'influence du libéralisme qui représente alors une force puissante, est l'affaiblissement sinon l'élimination des privilèges spéciaux militaires et surtout religieux et, finalement, politiques, de la triarchie : hacienda, armée, Église, et de son expression politique : le caudillisme traditionnel.

Les premiers adversaires d'un monde hiérarchique

Cependant, l'Amérique latine « fin de siècle » commence à être agitée par des courants à l'action plus corrosive : les premiers adversaires violemment antipathiques à un monde hiérarchique. Les idées socialistes (utopiques et marxistes) anarchistes (Bakounine) et anarcho-syndicalistes y font une apparition remarquée sinon importante.

Certes, vers le milieu du siècle, les idées d'Owen,

Cabet, Fourier, Saint-Simon et autres socialistes utopiques avaient réussi à s'insinuer et à s'exprimer dans les cercles de pensée et les salons contestataires, par exemple, en Argentine par Esteban Echevarria (1805-1851), de la « génération de 1837 », l'auteur de *Dogma socialista.* A la fin du siècle, Manuel Gonzalez Prada, qui publie en 1888 *Paginas Libres,* a déjà commencé sa croisade de penseur solitaire contre l'injustice des structures sociales péruviennes, d'analyste lucide de la question sociale de son pays, de combattant idéologique contre « le colonialisme, le traditionalisme et le cléricalisme » et de précurseur de l'indigénisme par ses dénonciations de la « crucifixion d'une race ».

Mais de véritables mouvements organisés sous l'égide du socialisme ou de l'anarchisme sont déjà en mesure de faire irruption sur la scène politique, et certains pour y rester. Le plus souvent ils sont créés à l'instigation et dans le milieu des immigrants européens : groupes sociaux-démocrates de réfugiés ou immigrés français « Les Égaux », allemands du club « Vorwärts », italiens du « Fascio dei Lavoratori » et espagnols de l' « Agrupación socialista », mais ce sont les socialistes, anarchistes et anarcho-syndicalistes espagnols puis surtout italiens qui militent le plus activement dans les pays du cône sud de l'Amérique latine. Parmi ceux qui ont une vie éphémère, le Partido Communista Mexicano d'Alberto Santa Fé, de tendance bakouniniste, précise dans son journal, en 1878, que « les membres s'appelleront communistes pour se distinguer de ceux qui n'acceptent pas que le prolétariat se constitue en parti de classe ».

En 1890, les ouvriers du tabac et les dockers de Cuba s'organisent en syndicats anarcho-syndicalistes. Anarcho-syndicalistes sont aussi les leaders ouvriers des plantations du Nord du Pérou et les travailleurs des gisements de nitrate du Nord du Chili. Le 13 juin 1897 paraît le premier numéro du quotidien anarchiste *La Protesta* à Buenos Aires.

De ce bouillonnement d'idées et de mouvements naît le premier en date des partis socialistes d'Amérique latine à l'action régulière et à la vie permanente : le parti socialiste argentin fondé par Juan B. Justo en 1896 avec, comme animateurs de son Centro Socialista de Estudios, des hommes comme Leopoldo Lugones, José Ingenieros et Roberto J. Payro. Les débuts sont fort modestes puisqu'il recueille 138 voix aux élections de mars 1896 et 135 à celles de 1900 dans un pays, il est vrai, où le suffrage n'est pas universel et où la fraude électorale n'est pas absente.

Les craquements de l'édifice postcolonial

L'Amérique latine de la décennie 1888-1897 est en pleine mue ou en pleine crise, non seulement dans ceux des pays qui sont en avance du peloton comme l'ABC (Argentine, Brésil, Chili), l'Uruguay et le Mexique, mais aussi dans les autres : Équateur, Colombie, Pérou, Bolivie, Haïti, république Dominicaine par exemple. Mue ou crise de type endogène certes, comme on l'a vu. Mais aussi exogène puisque c'est l'époque où l'Amérique latine s'intègre dans l'économie mondiale propulsée par le capitalisme industriel et financier au stade de la concentration monopolistique et de l'impérialisme et subit, avec la pression de la compétition internationale, la loi de la division internationale du travail découlant de la révolution industrielle et technologique réalisée en Europe et aux États-Unis. Le vieil édifice colonial, sous cette double poussée interne et externe, craque de toutes parts. Le rythme de l'histoire s'est accéléré et comme déréglé : c'est le *tempo agitato* de la fin du siècle.

Le retour de fréquence du phénomène belliqueux

Un signe évident de ce réaménagement est constitué par les guerres des deux dernières décennies du XIXe siècle : guerres de conquête sur les Indiens, on l'a vu, pour reculer la « frontière » et ouvrir de nouveaux espaces à l'énergie des pionniers, mais aussi et surtout guerres interaméricaines et guerres civiles par quoi s'exprime la remise en cause du *statu quo* international et social.

La plus importante de ces guerres interaméricaines, après la « guerre du Paraguay » dite aussi « guerre de la Triple Alliance » (1864-1870), qui avait opposé le Paraguay à la coalition Argentine-Brésil-Uruguay, a été la « guerre du Pacifique », opposant le Chili d'un côté, au Pérou et à la Bolivie de l'autre de 1879 à 1883. Guerre pour le salpêtre du désert d'Atacama et pour le littoral bolivien où les intérêts économiques (capitaux, main-d'œuvre et technologie) chiliens étaient déjà prédominants, guerre pour l'hégémonie dans l'Amérique latine de la côte Pacifique où le rival traditionnel du Chili était le Pérou. Le traité d'Ancon (20 octobre 1883) réaménage la carte de cette région en cédant « à perpétuité et sans conditions » au Chili la province jusque-là péruvienne de Tarapaca avec ses richesses minières dont l'exploitation va contribuer à la relance de l'économie chilienne, et le littoral bolivien tout entier avec le port d'Antofagasta. Cette guerre du Pacifique, déclenchée par le Chili au seuil d'une crise de ses exportations de cuivre due à l'épuisement de ses gisements riches et à la progression insuffisante des techniques, se révèle ainsi avoir été une « fuite en avant, consistant à préférer engager une guerre de frontières plutôt qu'une offensive sur le plan des techniques ». Elle aura permis en tout cas au Chili de « relancer une nouvelle croissance, au détriment du Pérou » (Dominique Sommier, *Éveil et Blocage des économies péruvienne et chilienne,* Lyon, Éd. de l'AGEL, 1970, p. 185). Nouvel équilibre, nouvelles possibilités, nouvelles perspectives.

Mais les symptômes les plus significatifs de la rupture des équilibres structurels postcoloniaux avant la fin du siècle sont les guerres civiles, politiques et sociales et les guerres de libération nationale ou de défense nationale du tiers de siècle qui va de 1862 à 1896.

Guerre de libération nationale dont l'issue a été un succès : la résistance de 1862 à 1867, par une guérilla tenace, titanesque, des libéraux incarnant le nationalisme mexicain sous la conduite de Juarez, contre les conservateurs partisans de l'empereur Maximilien, l'étranger fait empereur du Mexique et maintenu sur un trône précaire par les baïonnettes françaises. Elle a discrédité et éliminé de la scène politique les vieux conservateurs dont les chefs, après la victoire libérale nationale de Querétaro, ont été fusillés avec l'empereur Maximilien. La réforme a donc triomphé de cette longue lutte contre les conservateurs et les catholiques : les arcades de la société postcoloniale ont cédé. Mieux : la guerre contre l'occupation française a été le creuset où se sont fondus, en un premier essai symbolique, trois éléments qui allaient constituer la communauté mexicaine nationale : Blancs libéraux ou réputés tels, ou en tout cas d'horizons plus ouverts que les limites du domaine seigneurial et de perspectives plus larges que celles vues à partir des clochers d'église, métis en ascension sociale et en ambition de puissance (Porfirio Díaz en est un), Indiens dont la mise en branle dynamise les assises mêmes de la société (Benito Juarez, héros national, en est un). Ce premier essai sera repris, élargi et transformé, quarante ans plus tard. Aussi n'est-il pas exagéré de dire, avec l'historien Rabasa, que la guerre de 1862-1867 a été la forge d'où devait sortir le nationalisme mexicain.

Guerre de libération nationale dont l'issue a été un échec : la « grande guerre » inaugurée par les nationalistes cubains sous la conduite de Carlos M. de Cespedes et de Maximo Gomez, contre la domination espagnole. Cette guerre de dix ans (1868-1878) a eu pour mérite de bipolariser la vie politique pour ou contre le « manifeste de Yara » c'est-à-dire pour ou contre l'indépendance (c'est l'affaiblissement des autonomistes), de précipiter le mûrissement d'une situation grosse d'une nation nouvelle à enfanter, de faire apparaître les hommes qui relanceront la lutte (José Martí, Antonio Maceo, Calixto Garcia), bref, de constituer une « répétition générale ».

Guerre civile, celle qui en Haïti dure presque une année : 1883, année terrible, celle de la grande insurrection du parti libéral contre l'avènement au pouvoir du parti national. A l'autre extrémité du continent, la guerre civile chilienne de 1891, déclenchée dans un pays prospère et en pleine croissance de ses exportations, par un soulèvement de la marine en faveur des parlementaristes alors en lutte contre les présidentialistes, met fin dans ce pays à la prépondérance présidentielle caractérisée par un exécutif fort, au profit de la république parlementaire. Significativement, les insurgés, déjà certains de l'hostilité des hacendados au gouvernement, soutenus par les banquiers et forts de la sympathie de certains intérêts étrangers effrayés par la tournure nationaliste et autoritaire que prenait la politique du président José Manuel Balmaceda, s'emparent d'abord de la région des mines et du commerce extérieur, le Nord, où ils fondent un gouvernement à Iquique. C'est de ce Nord minier et exportateur qu'ils conquièrent le reste du pays, y compris la capitale, Santiago. Après cette guerre civile de 1891, à travers la lutte des partis en régime d'Assemblée, s'accentue, au fort même du gouvernement de la « Fronda », coalition des aristocrates fonciers et des nouveaux privilégiés de la fortune, la crise de la domination oligarchique au Chili et s'ouvre une nouvelle étape qui sera décisive dans la lutte ouverte entre les groupes qui cherchent à conserver la structure et les formes de la domination oligarchique et ceux qui cherchent à la modifier. L'issue de cette « révolution parlementaire » de 1891 contre le président Balmaceda marque donc un sérieux affaiblissement, à long terme, des oligarques fonciers, et, dans l'immédiat, l'élargissement de la base politique du système grâce aux effets du suffrage universel. Derrière l'immobilisme politique dû à l'instabilité gouvernementale, un réaménagement social est en gestation au Chili : le feu couve sous la cendre.

L'État brésilien du Rio Grande do Sul nous offre un cas de guerre civile à l'échelle régionale, de 1893 à 1895, avec la tentative de révolution fédéraliste menée à partir de l'Uruguay par des exilés « rio-grandeses » hostiles aux républicains de l'État groupés dans le parti républicain du Rio Grande (PRR). Ce parti s'est constitué autour du gouverneur Julio de Castilhos, l'homme fort de l'État, dont le contrôle à partir de 1892 est absolu, non seulement sur l'appareil du parti, mais encore sur l'exécutif et le législatif de l'État, les gouvernements municipaux, l'organisation de la police et de l'armée. A défaut d'une restauration du régime impérial, les fédéralistes plaident en faveur d'un régime parlementaire, déclenchant la guerre civile la plus sanglante de l'histoire du Brésil. En trente et un mois, elle fait 12000 morts sur une population totale de l'État de l'ordre du million d'habitants. C'est à ce prix que le centralisme présidentialiste, au niveau de l'État, triomphe du parlementarisme décentralisateur des fédéralistes, et que la « Serra » est plus fortement reliée et associée désormais au littoral.

D'autres pays connaissent également des guerres civiles politiques et sociales, comme l'Uruguay, en 1897, où blancos et colorados se combattent les armes à la main ; la Colombie, de 1898 à 1901, où conservateurs et libéraux s'affrontent sans merci, le Venezuela où, de 1899 à 1903, le régime de Cypriano Castro doit mener la dernière guerre civile du pays, avant l'ère des dictatures venues de Tachira dont la stabilité, payée au prix de la liberté, servira de cadre politique au développement des affaires.

Il est difficile de donner une signification globale à ce retour de fréquence du phénomène belliqueux, précédant une nouvelle période de paix relative à partir du début du XXe siècle, en dehors de l'expression violente de la lutte de l'ancien et du nouveau, le premier résistant à la percée du second qui l'ébranle. Une indication non équivoque cependant réside dans le fait qu'après ces guerres de toutes sortes, la note dominante presque partout — l'exception, ici, confirmant la règle — est la consolidation au pouvoir des forces d'argent, c'est-à-dire des groupes devant leur fortune moins à la propriété foncière traditionnelle (l'ancienne source quasi exclusive de prestige et de pouvoir), qu'aux nouvelles sources et aux nouveaux développements de la richesse mobilière ou à des formes d'exploitation moderne de la propriété foncière se muant en plantation capitaliste : les nouveaux magnats du commerce, de la finance, de l'industrie naissante, les rois du salpêtre chilien, les barons du café brésilien, les gros rancheros de la Société rurale argentine ont désormais partie liée avec le pouvoir. Ils sont ou tendent à devenir *los que mandan,* ceux qui commandent, tout en étant, déjà à leur tour, objet de contestation par *los de abajo,* ceux d'en bas.

Les grands changements institutionnels de 1886 à 1891

Les institutions politiques et socio-économiques éclatent ou font peau neuve, tandis que les courants littéraires se mettent à l'heure du modernisme.

L'élargissement ou le changement du personnel politique s'accompagne souvent d'une modification des institutions politiques, le mouvement de bascule qui renverse les anciennes faisant surgir les nouvelles. Par exemple, l'année 1886 voit inaugurer la nouvelle Constitution du Salvador qui consacre le triomphe des idées libérales dans une législature jusque-là conservatrice, l'avènement des régimes civils en remplacement des gouvernements militaires en Uruguay et la promulgation en Colombie d'une Constitution conservatrice et cléricale pour mettre fin à une ère de prédominance libérale. En 1889, Costa Rica organise, pour la première fois, des élections générales, au cours desquelles la campagne se fait dans un climat de liberté totale de parole et de presse propice à un franc débat autour des problèmes de l'heure, et le dépouillement du scrutin est honnête, ce qui accroît l'intérêt et la participation populaires à la vie politique.

Au cours de cette même année 1889, c'est l'avènement de la république au Brésil, à la suite de la défection de l'armée vis-à-vis du régime impérial de Don Pedro II, aboutissement du travail entrepris par la nouvelle génération de républicains nés à la vie politique après 1870 et dont le républicanisme s'alimente, pour une large part, dans la franc-maçonnerie et dans le positivisme d'Auguste Comte, sans oublier l'impact psychologique et idéologique au Brésil de la chute du Second Empire en France et de l'avènement de la IIIe République. C'est en 1870 que paraît, à Rio de Janeiro, le journal *A Republica* dont le manifeste lance le mouvement en faveur du régime républicain. La même année naît le Partido Republicano Paulista dont la première convention révèle l'ardeur et le dynamisme (1873) couronnés en 1885 par l'élection de trois de ses candidats à la députation. En 1882, c'est le parti républicain de Rio Grande do Sul qui tient sa première convention.

Deux hommes ont incarné les deux tendances qui se faisaient jour au sein du mouvement républicain pendant la dernière décennie de l'empire : l'un, Rui Barbosa, légiste et financier, patriote libéral et orateur parlementaire, est le chef de file de la tendance qu'on a appelée « Jefferson » du républicanisme brésilien, mettant l'accent sur un idéal de liberté politique et de progrès social dans la suprématie du pouvoir civil ; il sera le rédacteur principal de la Constitution de 1891. L'autre, Benjamin Constant Botelho de Magalhaes, professeur à l'École militaire et le premier des chefs historiques à avoir influencé les jeunes militaires des années 1880, est le chef de file de la tendance qu'on a appelée « Hamilton » du républicanisme brésilien, mettant l'accent sur un idéal d'ordre politique et de progrès économique. Le glissement du régime impérial au régime républicain « reflétait un glissement dans l'économie de la nation. Le centre de gravité économique s'était déplacé vers le sud, c'est-à-dire des plantations coloniales de sucre-coton-tabac-cacao de Bahia et de Pernambouc vers les terres industrielles de café-élevage de Sao Paulo, Minas Gerais, Rio de Janeiro et Rio Grande do Sul » (Hubert Herring, *A History of Latin America*, p. 847).

En 1891, c'est le tour du Chili, on l'a vu, de changer de régime politique avec l'avènement de la république parlementaire succédant à la république de prépondérance présidentielle, substitution du système des partis et du régime d'assemblée au gouvernement par le détenteur du pouvoir exécutif.

Au Pérou, c'est en 1895 que le leadership politique

passe des militaires aux civils, inaugurant une période « civilista », tournant dans l'histoire du pays.

Pour être moins spectaculaire, l'éclatement des institutions socio-économiques n'en est pas moins significatif et décisif. En 1886, c'est la suppression de l'esclavage à Cuba, et en 1888 au Brésil. Cette suppression est la conséquence logique, bien que lointaine, de l'abolition de la traite, qui a tari les sources régulières d'approvisionnement à partir d'Afrique — on n'a pu y suppléer à Cuba ni en faisant venir des Indiens du Yucatán, ni en favorisant l'immigration des coolies asiatiques : Indiens et Chinois. Elle est également due à l'extension croissante du secteur libre *de droit* (par affranchissement : par exemple, les esclaves qui ont participé à la guerre de 1868) ou *de fait* (effet du marronnage et des dévastations pendant la guerre de dix ans), et donc au déclin numérique de l'effectif des esclaves (de 400 000 à Cuba en 1850, on en enregistre 200 000 en 1877 et 100 000 en 1883). Elle est due concurremment et peut-être fondamentalement à la faible productivité et à l'enchérissement de l'esclave et donc à son poids croissant dans la formation du coût de production. Elle est due enfin à la menace que représentait une classe dangereuse, impatiente de secouer, brutalement à l'occasion, le joug servile. La fin de l'esclavage, déjà moralement discrédité par une campagne abolitionniste fervente, a pour conséquence d'homogénéiser les masses de travailleurs sur les plantations en une classe de prolétariat ouvrier et d'achever la transformation de l'industrie sucrière en industrie capitaliste.

Une évolution importante, entre-temps, affecte l'hacienda traditionnelle dans certaines régions de certains pays. Sous la pression d'une demande croissante, elle se transforme en unité de production soucieuse de rentabilité et de profit. Du manoir seigneurial ou en tout cas du domaine paraféodal et « hypocapitaliste », on passe progressivement à la plantation agro-industrielle. C'est vrai de l'estanciera uruguayenne, du rancho argentin, de la fazenda brésilienne et de la plantation fruitière en Amérique centrale (la United Fruit est fondée à la fin du siècle) et sucrière du Nord du Pérou et dans les Antilles. Ainsi, une hacienda moderne, avide de terres (dépossession des communautés indigènes) et d'équipement (besoin d'investissement), se juxtapose à l'ancienne hacienda, toujours prépondérante dans l'ensemble du faciès rural latino-américain « fin de siècle ». La nouvelle est de loin plus productive et dynamique. La comparaison entre Cuba (où la plantation sucrière s'est modernisée et concentrée en « central ») et les Antilles anglaises montre que la production de l'île espagnole passe de 595 000 tonnes en 1882 à 1 054 214 tonnes en 1894 alors que la production des Antilles anglaises réunies passe de 315 138 tonnes à 260 211 tonnes au cours de la même période (Eric Williams, *From Colombus to Castro,* p. 366). C'est qu'à Cuba presque toutes les centrales sucrières s'équipent de machines à vapeur tandis que dans les Antilles anglaises seule une plantation sur quatre le fait. En 1894, la centrale sucrière cubaine Constancia produit à elle seule autant que le total des exportations de sucre jamaïcain (pourtant produit par 140 usines). Si l'exemple de la plantation sucrière cubaine, fruitière centraméricaine et caféière brésilienne n'est pas général, on n'observe pas moins, dans les dernières années du XIXe siècle, une tendance croissante à la commercialisation des récoltes produites sur les haciendas et au paiement d'un salaire pour les prestations de travail.

Dans la population locale, la ligne de clivage entre les races, pour étanche qu'elle soit, laisse passer un flux d'échanges plus fort dans le sens indigène-blanc que dans le sens inverse. Il en résulte, puisque la ligne de clivage ethnique est aussi, en gros, une ligne de clivage économique, occupationnelle, sociale et culturelle, un métissage qui vient compliquer l'épure sociale dans son dualisme structurel. C'est la « cholification » des couches sociales intermédiaires. Ainsi, au Mexique, des hommes nouveaux, issus des classes populaires et qui sont promus dans les classes moyennes en formation, sont souvent des *mestizos,* au Salvador et au Guatemala des *ladinos,* au Brésil des *caboclos* ou des mulâtres. Les *cholos* de la côte péruvienne et du Sud et de l'Est de l'Altiplano bolivien sont assez entreprenants pour entrer en rivalité avec la caste des *criollos* auxquels il ne reste que soit à entrer en lutte avec eux, soit à trouver en eux de nouveaux points d'appui et relais pour la domination commune sur les Indiens. Le cas du Mexique est ici particulièrement éclairant, sans être unique. Dès le début de la seconde moitié du XIXe siècle, les métis sont actifs dans le commerce et ce sont eux qui ont été parmi les plus dynamiques d'abord au sein de la Reforma avec Juarez, puis dans l'appui à Porfirio Díaz au début de son règne. De même toute une tradition intellectuelle liée au groupe métis explique également la présence de celui-ci parmi les libéraux de la Reforma : les métis ont alors pratiqué l'alliance avec les classes populaires et ils ont acquis par là une expérience politique qui sera mise à profit à la fin du « Porfiriato ». L'ascension du métis et l'extension du métissage socioculturel sont un élément moteur non négligeable de la dynamique sociale qui métamorphose les sociétés latino-américaines, du moins dans la moitié supérieure de l'échelle hiérarchique sociale.

La littérature ne manque pas de refléter, dans l'un ou l'autre de ses courants principaux, la modernisation par le haut des sociétés d'Amérique latine à la fin du XIXe siècle. Les deux courants antithétiques du positivisme et du modernisme se partagent l'intellectualité américaine, mais en littérature c'est le modernisme qui l'emporte avec son « idéalisme anarchique ». Libération par rapport aux conventions et aux restrictions du passé, le modernisme, né avec la publication de *Azul* de Ruben Dario, est une rébellion littéraire contre la tradition. Donc un renouvellement par rupture et un enrichissement par apports nouveaux : couleurs, images, sons ; humanisme, *hispanidad* ; perfectionnisme du style et hardiesse de l'expression, originalité des associations et des constructions nouvelles de la forme, richesse du vocabulaire. Ruben Dario, le plus grand nom de la poésie moderniste latino-américaine, innove en expérimentant une nouvelle métrique et un nouveau vocabulaire poétique. Outre *Azul* (1888), ses recueils les plus connus comprennent *Prosas profanas* (1896) et *Canto de Vida y Esperanza* (1905). L'Uruguayen José Enrique Rodó lui dispute la popularité dans le monde intellectuel latino-américain avec son essai *Ariel* qui définit l'humanisme spiritualiste de l'Amérique latine, incarné par la figure d'Ariel, par contraste avec le matérialisme utilitariste des États-Unis d'Amérique incarné par celle de Caliban. En se proclamant moderniste en 1899, l'année d'avant la publication d'*Ariel,* Rodó définit le mouvement moderniste comme « une grande réaction qui donne son caractère et sa signification à l'évolution de la pensée à la fin de ce siècle, réaction qui, partant du naturalisme et du positivisme philosophique, les conduit, sans les dévitaliser de ce qu'ils ont de fécond, à se dissoudre dans des conceptions plus élevées... C'est dans l'art une des formes personnelles de notre idéalisme anarchique contemporain ». Une autre branche du modernisme s'épanouit en anti-impérialisme avec le Cubain José Martí, et exprime le passage du libéralisme au socialisme et au nationalisme avec l'Argentin Leopoldo Lugones (1874-1938).

2. *La mise en place des éléments de construction d'une matrice préindustrielle*

L'Amérique latine entre dans le XXe siècle à titre d'aire non industrialisée, fournisseuse de produits primaires, agricoles et miniers, et acquéreuse de produits fabriqués. Elle dépend donc, en tant que groupe de pays neufs, des centres industriels d'Europe et d'Amérique du Nord avec lesquels se sont établis, dans le cadre de la division internationale du travail, des flux de capitaux, de techniques, de marchandises et d'hommes qui sont les articulations du système économique mondial. En 1930, et davantage encore en 1950, elle sera une zone en processus d'industrialisation. Mais déjà avant la guerre de 1914, mieux encore, à l'aube du XXᵉ siècle, le processus est engagé et de manière irréversible. De ce fait, la matrice industrielle, avant 1900, ne peut pas être considérée comme vide, à moins de croire que l'industrie a été enfantée *ex nihilo,* créée à point pour inaugurer le nouveau siècle. Vide donc, certes non. Vierge à la rigueur, et encore ! En tout cas, d'une virginité qui, ayant passé l'âge de la puberté, est prête à se muer en maternité à la moindre fécondation réussie. En réalité, un dispositif a été mis en place dans les dernières décennies du XIXᵉ siècle. L'industrie peut venir et commence à venir : les préconditions sont là comme structure d'accueil et comme incitation. Ce sont elles qui remplissent la matrice préindustrielle de l'Amérique latine « fin de siècle ». Il n'est pas sans intérêt d'en inventorier, en un court chapitre, les variables caractéristiques et de saisir, dans ses rouages essentiels, le mécanisme de son fonctionnement.

Relance et croissance des exportations

Sous la pression de la demande externe produite par l'Europe industrialisée et les États-Unis en voie d'industrialisation, il s'est produit en Amérique latine un regain d'activité productive, par exemple dans le domaine de l'exploitation minière, dans des pays comme le Mexique, le Venezuela, la Colombie, le Pérou, la Bolivie, le Chili. Cette augmentation de la production affecte bien sûr le secteur traditionnel des métaux précieux, surtout l'or dont la reprise de production est très nette. Ainsi, au Venezuela, où l'activité minière redevient importante après 1870, la production totale d'or de 1871 à 1980 s'élève à 1 326 459,30 onces d'une valeur de 127 040 181,94 bolivars. De même en Colombie, la zone d'Antioquía connaît une nette relance de l'ancienne exploitation de ses gisements aurifères. Mais c'est au Mexique que le bond de l'exploitation de l'or sera le plus sensible en 1891 grâce, on l'a vu, à l'introduction du procédé de la cyanuration des métaux. Dans ce même pays, en une seule année (1890), la production d'argent double de volume à la suite de l'installation, à Monterrey et à San Luis Potosí, d'entreprises nord-américaines. « Les exportations de métaux précieux couvrent en 1898 environ 60 % de la valeur totale des exportations mexicaines et atteignent 7 millions et demi de livres sterling ; celles de la Bolivie couvrent environ 70 % des exportations nationales en 1897 avec 1 million et demi de livres sterling ; celles du Pérou atteignent 1 million de livres sterling » (Tulio Halperin Donghi).

Mais les caractères nouveaux de la demande européenne font que désormais la gamme des métaux est plus variée et plus complexe, et la liste des métaux utiles s'ajoute à celle des métaux précieux. C'est en 1895 que commence au Mexique la « fièvre du cuivre » liée à l'expansion de l'électricité et qui aura son équivalent au Pérou aux alentours de 1900 pour le même produit, avec un redémarrage toutefois moins brusque ; et pour l'étain, en Bolivie après 1900, en réponse à la demande de l'industrie des conserves principalement. Entre 1900 et 1911, la production de cuivre mexicain sera multipliée par trois, celle de l'étain bolivien, entre 1895 et 1913, par six. En réalité, la demande européenne concerne les matières premières en général et les produits du sous-sol et du sol valorisés par la révolution agricole (fertilisants) et la révolution industrielle : tels le guano péruvien (de 1850 à 1880) et le salpêtre chilien dont le boom spectaculaire commence en 1880. La production chilienne de nitrate passe de 200 000 tonnes en 1880 à plus d'un million de tonnes en 1898-1899 par suite de la demande des usines d'explosifs en Europe. Cette demande externe concerne également les produits agricoles et d'élevage dont le marché européen est de plus en plus consommateur. La superficie cultivée en Argentine passe de 40,47 millions d'hectares en 1870 à 485,64 millions en 1895 et à 2 549,51 millions en 1914. Le « cacao boom » équatorien fait de l'Équateur le premier producteur de ce produit. Outre le boom du caoutchouc, celui du café au Brésil, dont la production dépasse 15 millions de sacs de 60 kilogrammes en 1906 (contre 4 millions en 1880), fait de ce produit le nouveau maître de l'économie brésilienne, et du Brésil le maître du marché international avec plus de 75 % du café mondial en 1900. Dans les Caraïbes, Cuba double sa production sucrière de 1882 à 1894, dépassant, cette année-là, le million de tonnes. L'Argentine, qui en 1875 importait des grains, en 1887 exporte 237 000 tonnes de blé. Ainsi, la demande externe provoque partout la croissance des exportations latino-américaines. Les exportations argentines de céréales passent de 1 038 000 tonnes à 5 294 000 tonnes de 1890-1894 à 1910-1914, celles de viande congelée de 27 000 à 376 000 tonnes. L'Uruguay multiplie par trois ses exportations de laine entre 1876 et 1900. Au Paraguay commence l'extraction du tanin du quebracho et le yerba mate retrouve son importance dans le commerce extérieur. Les exportations de salpêtre chilien passent de 100 en 1880-1884 (indice de base) à 214 en 1890-1894, à 317 en 1900-1904 et à 416 en 1905-1909 !

En dix ans, le Pérou double la valeur totale de ses exportations : de 12,2 millions de livres péruviennes à 29,1 entre 1895-1899 et 1905-1909. Quant au Chili, le tableau suivant donne l'évolution de ses exportations :

Années	*Valeur (en millions de pesos)*	*Taux moyen de croissance annuelle*
1890-1894	144,6	2,7 %
1895-1899	155,8	1,5 %
1900-1904	187,5	4,1 %
1905-1909	289,5	10,8 %

Dominique Sommier, *Éveil et Blocage des économies péruvienne et chilienne*, p. 186.

Ainsi la demande européenne et nord-américaine a produit l'éveil dans la région dépendante qu'est l'Amérique latine.

Développement des forces productives à l'aide du capital étranger

Cette croissance de la production pour les exportations n'aurait pas été possible sans un développement des forces productives grâce aux innovations techniques et à la mise en place de l'infrastructure de transports et communications. On a vu le rôle de l'introduction au Mexique du procédé de cyanuration des métaux dans l'élan de la production minière. Au Pérou c'est à des innovations techniques comme le four à réverbère et la lixiviation que le cuivre doit son élan. En Argentine, il a fallu l'invention européenne du froid artificiel et le voyage expérimental du *Frigorifique* en 1876-1877 transportant de la viande congelée d'Argentine en Europe pour lancer l'élevage bovin et l'industrie de la viande. En 1887, il y a 57 bateaux frigorifiques en service régulier entre Buenos Aires et la Grande-Bretagne. En 1900, on en compte 278. De même, les voies ferrées sont un élément essentiel qui rend possible la croissance des exportations en reliant les centres de production de l'intérieur aux ports ouverts au commerce extérieur. Ainsi le Brésil développe son réseau ferroviaire de 3 400 kilomètres en 1880 à 21 300 en 1910. Le chemin de fer de San José à Puerto Limon sur la côte caraïbe rend possible l'exploitation bananière à Costa Rica, le chemin de fer de Guayaquil à Quito accompagne le « chocolat boom » en Équateur, et le chemin de fer de La Paz à Uyuni par Oruro, inauguré le 15 mai 1892, « dote la Bolivie d'un instrument indispensable à son progrès ». L'Uruguay est relativement bien desservi avec 2 560 kilomètres de voies ferrées ainsi que le Chili avec 8 000 kilomètres dont une dorsale Nord-Sud vers 1912. Quant à l'Argentine, son réseau ferroviaire passe de 9 432 kilomètres en 1890 à 16 563 kilomètres en 1900 et à 31 100 kilomètres en 1912. Transports urbains, aménagements portuaires (Santos, port du café, Guayaquil, port du cacao, Iquique, port du salpêtre, Buenos Aires, port de la viande, etc.), transports maritimes correspondent à ce développement du réseau des chemins de fer, mais c'est principalement celui-ci qui permet le contrôle du territoire, ouvre de nouveaux espaces à mettre en valeur et favorise le développement d'une conscience plus grande de l'unité nationale, en même temps qu'il remplit sa fonction économique primordiale de liaison entre les zones de production et le littoral exportateur.

Ce sont des investissements étrangers qui augmentent la capacité de production de produits primaires pour l'exportation et assurent le développement des transports, principalement du chemin de fer. Investissements avant tout anglais, jusque vers 1900, mais aussi allemands, italiens, français et américains ; mais les trois sources d'investissements les plus importantes et les plus dynamiques sont anglaises, allemandes et américaines. Pendant la période de 1880 à 1914, les investissements anglais dans la seule

Argentine représentent 8 % du total des investissements anglais *overseas,* c'est-à-dire à l'extérieur. Durant la dernière décennie du XIXe siècle, les capitaux anglais investis en Argentine passent de 15 millions à 190 millions de livres sterling. Quant au Brésil, les intérêts anglais y sont si divers et si prédominants qu'on n'a pas hésité récemment à écrire, non sans quelque exagération, que, par exemple, la Western Telegraph y a constitué, jusqu'en 1914, « un instrument puissant de l'hégémonie anglaise », et que celle-ci a fait de ce pays un *informal British Empire.* Le total des investissements anglais en Amérique latine est passé de 425 millions de livres sterling à 756,6 millions entre 1886 et 1913.

Constitution d'un marché interne

Cette croissance de la production et le développement des moyens de transport et des techniques ont des effets d'entraînement créateurs d'un véritable marché interne. En effet, il y a d'abord, dans les zones en production croissante, création de revenus croissants (salaires notamment, mais aussi profits et recettes gouvernementales) qui assure un pouvoir d'achat. Cette croissance des revenus fondée sur la croissance des exportations exerce une triple demande, supérieure à la capacité d'importer, d'aliments (céréales, viande, boissons), de biens de consommation industriels (vêtements, produits fabriqués) et de services (transport, commerce, etc.) L'effet d'entraînement et de multiplication de la croissance des exportations aboutit donc à un marché interne de produits domestiques, agricoles et industriels en expansion et à un marché monétaire.

Tel est le mécanisme qui s'est amorcé au Pérou où la valeur des exportations est supérieure à celle des importations, laissant une balance commerciale toujours excédentaire, même après le déclin du guano. Ainsi, l'évolution du rapport importations/exportations est la suivante entre 1895 et 1905 (Dominique Sommier, *op. cit.*, p. 261) : 1895-1899 : 66,3 % ; 1900-1904 : 79 % ; 1905-1909 : 84 %.

« Les profits réalisés à partir du guano et du salpêtre créèrent au Pérou les premiers éléments stables du capital commercial et bancaire. » Les détenteurs de revenus de toutes sortes (nouveaux ou additionnels, salaires, rentes et profits) sont acheteurs de biens de consommation (aliments, textiles, bière, etc.) : un marché potentiel pour une production industrielle domestique. De même à Medellín, en Colombie, par suite de la demande externe, la croissance des exportations d'or et l'essor de la production caféière sont à l'origine d'une distribution de revenus (salaires, profits de la prospérité minière, rentes et bénéfices de la prospérité caféière) dont la croissance crée un marché de consommation de viande (pour répondre à la demande, l'élevage des bêtes à cornes passe de 115 000 têtes en 1852 à plus de 360 000 en 1875) et de produits industriels (textiles, chaussures, verrerie, bière) que l'accumulation de capital et le développement du capital bancaire (8 banques à Medellín en 1885) permettent déjà de satisfaire de façon croissante avant la Première Guerre mondiale (éléments d'information sur le cas de Medellín, d'après F. Chevalier et P. Gilhodès.)

En Argentine, où le taux annuel de croissance des exportations est de 7 % entre 1880 et 1920, la croissance des revenus du fait de la « révolution dans la pampa » (blé) et celle du fait du boom de la viande s'accompagnent d'une accumulation rapide de capital urbain prêt à s'investir dans l'industrie, en même temps que se développe, sur le marché interne, un pouvoir d'achat demandeur de biens de consommation immédiate ou différée.

Mais c'est sans doute au Brésil que le phénomène a été le mieux et le plus systématiquement étudié et la relation établie entre le boom du café à São Paulo et Rio de Janeiro et le développement industriel dans ces deux villes et régions, relation de complémentarité et d'appui mutuel.

Toutefois, les effets d'entraînement et de multiplication qui viennent d'être décrits ne seraient pas opérationnels si d'autres préconditions à la naissance de noyaux d'activités de transformation créatrices de produits secondaires ne se trouvaient pas également réunies.

Du nouveau sur le marché du travail

Une des variables de la matrice préindustrielle est en effet constituée par l'existence d'un marché du travail fournisseur de main-d'œuvre en quantité et en qualité. Une double source de main-d'œuvre existe précisément au cours de cette période : l'immigration et l'exode rural. En fait, c'est surtout l'immigration qui joue ici le rôle spontanément le plus dynamique. Tel est le cas du Venezuela et de l'Uruguay. Le Brésil, pour sa part, reçoit plus de 1250000 immigrants de 1888 à 1898 : Portugais, Italiens, Allemands, Slaves, Syro-Libanais et Japonais ; pour la seule année 1891, plus de 200000. Cette immigration galopante a finalement peu à voir avec l'appel d'offre réalisé à la suite du « déficit de main-d'œuvre » provoqué par l'abolition de la traite puis de l'esclavage. Par contre, et plus directement liée à ce « déficit » par suite de la disparition de l'esclavage, dans les Caraïbes l'immigration asiatique a été systématiquement développée de 1838 à 1917. La seule Guyane britannique a reçu 238000 coolies indiens et les Antilles anglaises 306731. En 1894, le rythme des arrivages annuels dans la zone excède 10000 (d'après les recherches personnelles faites aux Archives nationales jamaïcaines à Spanishtown). Les Chinois y sont également arrivés. Déjà, en 1877, à Cuba, la plantation Flor de Cuba contient 409 Noirs et 170 Chinois, et la plantation Santa Suzanna 632 Noirs et 200 Chinois !

En Argentine, en 1885, sur une population totale de 4 millions d'habitants, 1 million était composé d'immigrants étrangers, principalement italiens et espagnols. De 1890-1894 à 1910-1914, l'effectif de la population argentine double ses dimensions. Une proportion importante de ces immigrants vient augmenter le secteur urbain. La proportion de la population urbaine en Argentine passe de moins du quart (24 %) à plus du tiers (36 %) entre 1895 et la Première Guerre mondiale. Au Chili où l'immigration est moindre, elle entre pour une large part dans l'urbanisation du pays. De 1885 à 1895 et à 1907, respectivement 14,9 %,

21,9 % et 28,6 % de la population vivent dans des villes de plus de 10000 habitants. Au Brésil, où Rio de Janeiro quintuple sa population entre 1870 et 1910, le surgissement de São Paulo, véritable ville-champignon, est connu : 25000 habitants en 1872, 65000 en 1890 et 350000 quinze ans plus tard.

L'exode rural fournit aussi son contingent avec ses conséquences à venir sur les équilibres structurels socio-ethniques. Les chantiers de mine sont une pompe aspirante pour les paysans expropriés (Indiens des communautés dépossédées comme en Colombie, au Pérou, en Bolivie) ou éliminés de l'agriculture par les progrès de l'hacienda « nouveau style ». Au Pérou, l'appel de main-d'œuvre, après s'être exercé en direction des Noirs et des coolies chinois, se tourne vers l'intérieur : les indigènes de la sierra. La conséquence en est une mobilité indigène nouvelle, l'Indien passant deux à trois mois dans les mines et retournant passer le reste de l'année dans la sierra pour cultiver les terres.

Mais le marché de main-d'œuvre implique aussi la qualification d'une partie de son effectif. Nombre d'immigrants sont des ouvriers européens ayant donc déjà une expérience du travail industriel et certains sont des ouvriers qualifiés. Et puis, l'Angleterre est prête à en fournir quelques-uns. N'a-t-elle pas, dès 1857, lors de la construction de la première ligne de chemin de fer en Argentine, envoyé un ingénieur anglais pour superviser les travaux et 160 ouvriers anglais ? Le capital humain qualifié est un des éléments de la tétralogie anglaise en Amérique du Sud dont les trois autres sont le capital financier, l'équipement et le combustible (charbon). Entre-temps, sur place, l'instruction fait des progrès et le niveau de la formation s'élève. L'évolution de la scolarité dans l'enseignement primaire brésilien est la suivante pour les enfants de 7 à 11 ans : 12,4 % en 1889, 18,4 % en 1910 et 26,4 % en 1920. Au Chili, les dépenses publiques consacrées à l'instruction passent de 3,8 % du budget de l'État en 1880-1884 à 7,8 % en 1885-1889, à 8,4 % en 1900-1904 et à 10,2 % en 1905-1909. A la suite de quoi, 32 % de la population sont alphabétisés en 1895 et 40 % en 1907. Dans nombre de pays se sont créées des écoles « vocationnelles » : écoles d'arts et métiers comme au Pérou, écoles de mines comme en Colombie, écoles de sciences appliquées comme en Haïti. Le début du XXe siècle trouve le Brésil avec deux écoles d'ingénieurs et des facilités de *training* pour les ingénieurs métallurgiques. Les universités sont réorganisées comme au Pérou, de nouvelles naissent, parfois privées comme l'Université catholique du Chili créée en 1888. Des Latino-Américains reviennent diplômés d'instituts techniques anglais, américains, allemands ou suisses.

De l'artisanat à l'industrie

Encore faut-il, quand toutes ces variables sont mises en corrélation, qu'il y ait, pour inciter l'entrepreneur, l'attrait d'un profit intéressant, c'est-à-dire important, rapide et sûr, vu son désir naturel d'amortir au plus vite le capital investi tout en faisant un gain substantiel. Ainsi la Santiago Nitrate Co, l'année même de sa fondation avec un capital de 300 000 livres sterling, est à même de distribuer des dividendes de l'ordre de 51 772 livres. Sur le marché interne également, les perspectives de profit deviennent un puissant stimulant à l'investissement dans l'industrie des biens de consommation. En un premier stade, l'artisanat essaie de répondre à la demande nouvelle, puis les dimensions du marché dépassent sa capacité de production ou, en tout cas, le passage de l'atelier à la manufacture puis à l'usine diminue le coût de production, assure une plus grande productivité et donc une élévation du taux de profit.

De fait, les dernières décennies du XIXe siècle, après avoir vu proliférer les ateliers d'artisans puis se multiplier les manufactures, voient se développer les fabriques, les usines. Ainsi, au Venezuela, entre 1880 et 1890, les ateliers d'artisans augmentent de taille à Caracas et à Valencia et l'on passe aux manufactures. A la fin du siècle, celles-ci emploient jusqu'à 60 journaliers. Elles sont en passe, avec la concentration et l'équipement technique, de devenir des petites entreprises industrielles. Certaines le sont d'ailleurs déjà. Au Chili, l'artisanat en 1900 groupe 250 000 personnes. Mais l'intérêt est déjà éveillé pour la production industrielle interne. La Société de développement industriel (Sociedad de Fomento Fabril) est fondée en 1883 et le ministère de l'Industrie est créé en 1888. Avant 1900, l'industrie apparaît : moulins à farine (minoteries), industries mécaniques (fonderies pour produire les rails de chemin de fer), raffineries de sucre (par exemple celle de Vina del Mar), tanneries, chaussures, textiles et bière. En 1900, une centaine d'entreprises industrielles emploient 6 300 personnes dont 1 650 dans les industries alimentaires, 1 335 dans l'industrie du bois, 1 330 dans les fonderies, 1 150 dans la confection, et 485 dans les cuirs.

Au Brésil, alors qu'au début du XXe siècle la fabrication du fer et de l'acier est plus un art qu'une industrie, le taux de croissance cumulative annuelle de l'industrie du coton a déjà évolué comme suit :

Périodes	*Production totale (en %)*	*Travail (en %)*	*Métiers (en %)*
1866-1885	9,4	7,6	10
1886-1905	13,1	13,4	13,5

Nathaniel H. Left, « Long Term Brazilian Economic Development », *The Journal of Economic History*, vol. XXIX, septembre 1965, n° 3, p. 477.

Si on prend la consommation d'électricité comme indicateur d'industrialisation, d'urbanisation et de modernisation, le taux de croissance annuelle de la consommation d'énergie électrique évolue comme suit (Jean-Marie Martin, *Processus d'industrialisation et développement énergétique du Brésil*, Paris, IHEAL, 1966, p. 29) : 1883-1889 :

110 % (correspondant aux années du début) ; 1890-1900 : 11,3 % ; 1901-1910 : 29,4 %.

Les premiers pas de l'industrie sont parfois mal assurés. En Colombie, par exemple, les sieurs Barriga et Arango s'associent pour être les nouveaux propriétaires de la Compagnie Granadine et produire le fer et l'acier à partir d'un minerai qui contient du soufre et du phosphore. Bien qu'ayant fait importer d'Angleterre les machines appropriées et fait étudier le procédé Bessemer, la Ferreria de la Pradera produit des rails de chemin de fer de mauvaise qualité.

Apparition d'une catégorie sociale d'entrepreneurs

Les entrepreneurs sont parfois des nationaux qui sauront tenir et développer leurs nouvelles affaires comme dans la région de Medellín et comme bientôt Simon Patiño dans l'étain bolivien, en se donnant une dimension internationale ou plus modestement et plus communément comme les entrepreneurs indigènes des industries alimentaires et textiles un peu partout. On a allégué parfois, pour expliquer le dynamisme de leur émergence, la rencontre entre les variables déjà vues et un « coefficient spécifique ». Certains voient ce dernier dans un particularisme ethnique générateur d'un statut social en marge ou en porte à faux, en tout cas mal intégré (les juifs ou réputés tels, les « turcos » ou Syro-Libanais d'immigration récente, les « cholos » ou métis européanisés). D'autres l'assimilent à une aptitude culturelle unique ou à un héritage exceptionnel valorisé par l'accumulation des générations (les « antioqueños » en Colombie), avec cet esprit d'entreprise qui les porte à ne pas s'effrayer des innovations et à oser l'aventure, cette psychologie collective de pionniers dynamiques, ce pragmatisme inventif soucieux de rendement, cette énergie au service de l'imagination et du profit qui les ont fait appeler des « yankees » de Colombie au début du siècle ; autre exemple invoqué : les planteurs de São Paulo avec leur référence au « quatrocentao » pour dire qu'ils sont de la « race » des fondateurs de la colonie. Il faut sans doute davantage le chercher dans une incitation des conditions particulières du marché comme l'accumulation de capital opérée ailleurs, et dans une activité traditionnelle, préalablement au moment où la non-disponibilité de main-d'œuvre servile par exemple exige l'adaptation au travail libre, et/ou bien au moment où s'intensifient les activités d'une nouvelle économie de marché en expansion et que les opérations monétaires se développent comme moyen d'échanges. De ce fait, une plus grande mobilité est alors requise dans les nouvelles affaires en expansion, mobilité spatiale (déplacement de la « frontière » en Argentine et dans l'Antioquía colombienne, caractère « bandeirante », selon la judicieuse trouvaille analogique de Roger Bastide, du café dans ses déplacements incessants), mobilité historique (rupture avec son enracinement) et mobilité sociale (mouvement ascensionnel vers une catégorie supérieure de l'échelle sociale).

Les entrepreneurs sont parfois aussi des nationaux qui passent ensuite la main aux étrangers comme dans les mines chiliennes exploitées jusqu'en 1880 par les Chiliens puis par les Anglais. Ils sont, le plus souvent, directement et dès le début, des étrangers, comme à Monterrey au Mexique. Ils peuvent être aussi les deux (nationaux et étrangers) dans une coexistence vite inégale comme en Argentine, dans l'industrie de la viande.

Les moments décisifs semblent avoir été divers mais non sans quelque parenté. Tantôt une crise économique, soit dans son aspect *sectoriel* comme la faillite des Baring Brothers de Londres en 1890 et dont les répercussions affectent bien des pays d'Amérique latine, notamment l'Argentine qui connaît un krach financier en 1890-1891, soit dans ses aspects *généraux,* comme cette crise de 1890 durement ressentie au Brésil par exemple. Tantôt une guerre soit *civile* comme la « guerre des Mille Jours » (1898-1901) en Colombie, en plein milieu de laquelle ou dans la foulée de laquelle se fait le démarrage industriel à Medellín, soit *internationale* comme la Première Guerre mondiale au cours de laquelle l'industrie a progressé presque partout en Amérique latine. Tantôt enfin la phase ascendante d'un nouveau cycle Kondratieff comme en 1896, année où commence une période de hausse (phase A), qui durera de 1896 à 1914, d'un mouvement interdécennal (fluctuation économique de *cycle long* par rapport au cycle Juglar ou cycle court qui, lui, porte sur une décennie environ). Il n'est pas sans intérêt de noter que tous ces « moments » ou presque se retrouvent dans la conjoncture « fin de siècle », et cela éclaire la fécondité de la matrice préindustrielle dans cette conjoncture précise.

Le stimulant d'une politique gouvernementale de protection et de faveur

Cette industrie naissante a besoin d'être encouragée et protégée, de manière à prendre quelque vigueur pour son premier élan véritable après 1900. Au Brésil, une tradition de tarifs protecteurs existe depuis 1879 où l'on a frappé de droits de 50 % l'importation de produits de fabrication locale (60 % pour les textiles). En 1900, ces tarifs sont aggravés pour atteindre entre 50 et 80 %. En 1905 et en 1908, nouvelles aggravations sectorielles. Au Chili, les droits de base à l'importation sur les produits de consommation passent de 35 % en 1880 à 60 % en 1897.

L'État intervient directement pour aider les entreprises industrielles brésiliennes frappées par une crise de crédit dans les années 1890. En 1889, l'état de Pernambouc accorde des prêts de 28 125 livres sterling, remboursables en vingt ans à partir de la troisième année, à une quarantaine d'usines, à condition qu'elles soient capables de moudre 200 tonnes de canne par jour. Le Brésil va jusqu'à mener une politique inflationniste (déficit budgétaire et recours au papier-monnaie) accompagnée de la volonté de laisser se déprécier le taux de change entre le dollar et le milreis pour stimuler le marché interne de produits industriels locaux. Au début du XXe siècle, les milieux d'exportation obtiennent une baisse du taux de change dollar/milreis dont l'impact domestique stimule la production industrielle locale. A dire vrai, l'Argentine l'a précédé dans cette voie puisque également, sous la pression de ses exportateurs, il lui est arrivé, avant 1900, de pratiquer une politique de « sous-évaluation » monétaire, favorisant les exportations et défavorisant les importations, l'effet induit étant de stimuler la production industrielle à destination du marché intérieur. Mais au Brésil c'est plus systématique. Ce n'est pas un expédient. C'est déjà une politique.

Blocages et distorsions

Donc, à partir de l'intégration des économies latino-américaines dans le marché capitaliste mondial, des secteurs-noyaux de développement de type moderne sont susceptibles d'avoir une puissance d'ébranlement capable de mener jusqu'au seuil du démarrage industriel. Mais tous les pays d'Amérique latine sont loin de faire ces premiers pas sur les chemins de la croissance, ou, après les avoir faits, restent au stade de la diffusion primaire de la croissance. En effet, la plupart restent des économies d'enclaves à croissance vers l'extérieur, sans l'effet général d'entraînement et de multiplication, avec soit des îlots, soit un environnement d'économies d'autosubsistance à basse capacité productive. Se créent et vont persister des distorsions de croissance et surtout des mécanismes de blocage qui retardent l'industrialisation véritable et engendrent le sous-développement comme corollaire de la dépendance externe. Même à São Paulo, les entrepreneurs locaux ont manqué l'industrialisation dans le sens du développement multisectoriel intégré à base d'industrie d'équipement et « ont laissé le capital étranger prendre le contrôle du destin économique de la cité ». Comme ces économies d'enclaves sont à base d'investissements étrangers, le schéma de A. Gunder Frank se trouve alors concrètement réalisé, à savoir une chaîne de relations d'exploitation : le littoral et les enclaves, satellites d'une « métropole » extérieure, se trouvent être eux-mêmes la

« métropole » pour la partie de la sierra ou la région de l'intérieur, blanche ou métisse, qui lui sert d'arrière-pays, et celle-ci, à son tour, est une « métropole » pour les zones indiennes.

Le cas de l'Argentine, pourtant incontestablement en période de rapide croissance économique et d'intense transformation, comme on l'a vu, mais qui ne devient pas une « nation industrielle », est particulièrement révélateur, d'une part de l'effet d'impulsion exercée d'abord par l'économie européenne pour stimuler la production fondée sur l'exportation, avec pour corollaire la création d'un marché intérieur, et d'autre part du blocage de la voie d'industrialisation par l'action du centre hégémonique externe. En effet, depuis l'arrivée de Mitre au pouvoir (1862), le capital anglais a pénétré sans entraves en Argentine, au détriment de la formation d'une classe d'entrepreneurs nationaux, puisque c'est lui qui capte, avec des moyens supérieurs, les opportunités du marché en expansion. Du fait de la doctrine économique qui a prévalu de 1862 à 1914, « on en arriva à un libéralisme extrême qui bénéficia aux intérêts étrangers. On créa une structure économique fragmentée, sur des bases agro-pastorales. Le développement industriel national en fut retardé d'autant » (Horacio Cuccorese *et al., Historia argentina contemporánea 1862-1930,* vol. III, *Historia económica,* Buenos Aires, El Ateneo, 1966, p. 11). La lutte, en Argentine même, fut plutôt menée entre pays industriels pour approvisionner le pays par leurs exportations. Elle eut une répercussion défavorable sur l'évolution industrielle nationale, puisque chaque pays parvenait à imposer les produits de ses manufactures au détriment de l'industrie nationale, insuffisamment protégée par les efforts timides et isolés de protectionnisme et d'interventionnisme déjà signalés. Il y a donc bien expansion, et même croissance, mais le développement véritable est différé, comme bloqué.

Quoi qu'il en soit, les pays de l'ABC (Argentine, Brésil, Chili) et le Mexique commencent à se détacher du gros du peloton latino-américain mené ensuite par l'Uruguay et le

Costa Rica, peloton dans les premiers rangs duquel se groupent le Pérou, l'Équateur, la Colombie et le Venezuela. Le branle est donné mais la distanciation entre eux et l'hétérogénéisation structurelle à l'intérieur de chacun d'eux sont conditionnées sinon même commandées par la dépendance extérieure.

3. *Caudillisme, positivisme et capitalisme*

> Sans le capital européen, il n'y aurait eu en Amérique latine ni gouvernements stables, ni chemins de fer, ni ports.
>
> Garcia Calderón.

L'Amérique latine au XIXe siècle, a-t-on dit, est la terre des caudillos. Elle le restera au XXe siècle, le caudillisme se révélant capable de s'adapter au nouveau contexte et aux nouvelles exigences du temps. Régime politique lié, à l'origine, on l'a vu, à une forme de césarisme qui a constitué depuis l'indépendance le prototype du pouvoir politique dans cette partie du Nouveau Monde, il est d'abord le produit de l'« archaïsme » d'une vie politique correspondant à une société rurale au sein de laquelle la structure de la propriété est latifundiaire et le commandement socio-économique détenu par l'aristocratie foncière, l'Église et l'institution militaire. On pouvait donc légitimement s'attendre à le voir disparaître avec les changements de la vie économique et sociale des dernières décennies du XIXe siècle. De fait, les agents de la modernisation l'ont partout mis en cause, combattu, et sa régression comme phénomène politique était considérée comme le signe avant-coureur d'une fin d'ancien régime. Sa disparition était attendue comme la prise de la Bastille de la société traditionnelle. Le système des partis, qu'il excluait, devait partout victorieusement le remplacer. Telle était l'espérance, tel le rêve des générations de la seconde moitié du XIXe siècle.

Caudillisme et modernité

Or, voilà que le caudillisme fait preuve d'une étonnante capacité d'adaptation. Sous l'action contraignante des transformations politiques, économiques et sociales, il change de peau et c'est un caudillisme « new-look » qui se présente comme candidat à la succession du caudillisme d'origine. Dans cette métamorphose, le caudillisme demeure tel qu'en lui-même l'éternité le garde et l'évolution le change ! On le reconnaît bien avec ses attributs de toujours, sous son nouvel habit, mais celui-ci lui sied si bien et il parvient lui-même à remplir si parfaitement sa nouvelle fonction politico-sociale, son nouveau rôle dans le nouveau décor, que le nouveau personnage devient chez lui comme sa seconde nature. Cette faculté d'adaptation, le caudillisme en fera preuve également plus tard, lors de l'avènement du populisme, tel Peron, et même, plus tard encore, lors de l'avènement du socialisme, tel Fidel Castro. L'histoire des métamorphoses du caudillisme est longue de tout le développement évolutif de l'Amérique latine !

Qu'il soit resté le même, c'est évident : constatons simplement qu'il demeure un régime de pouvoir personnel entre les mains d'un autocrate souvent charismatique disposant de la force matérielle (violence réelle ou potentielle), d'une garde prétorienne, appuyé sur une clientèle personnelle et habile à se perpétuer au pouvoir en excluant la contestation politique et en assurant un arbitrage politique et social qui garantit aux amis et partisans, en échange de leur fidélité, la protection du pouvoir, les fonctions, la richesse et les honneurs.

Et pourtant, qu'il soit déjà différent, cela devient également évident quand on voit les résultats, sur lui-même, de son adaptation au modernisme politique et économique.

Faculté d'adaptation au modernisme politique ? Il s'agit essentiellement, pour le caudillisme, de s'acclimater aux formes nouvelles de la vie politique : régime constitutionnel qui affirme la substitution du règne de la loi, garante des droits civiques et des libertés citoyennes, au règne de l'autorité autocratique ; système des partis qui substitue la volonté de la majorité électorale au pouvoir de décision personnelle d'un chef, selon une règle du jeu qui réglemente la compétition en organisant la contestation. Apparemment, il ne pouvait le faire sans se nier lui-même. Le caudillisme y parvient cependant, au moins pour la forme.

Il utilise le système des partis pour parvenir au pouvoir. Soit que l'armée qu'il lève et dont il est le chef embrasse officiellement la cause d'un parti : la plupart des caudillos en puissance se paient même le luxe, tel Porfirio Díaz au Mexique, d'être à l'origine un « général » de la cause libérale. D'autres sont tout naturellement l'épée d'un parti conservateur, comme le général Reyes en Colombie. Soit que le caudillo à venir soit tout simplement le candidat d'un des deux partis et se fasse élire le plus naturellement du monde comme l'incarnation et le dépositaire de la volonté du parti majoritaire, quitte à manipuler les élections. Une fois élu, ses relations personnelles et ses favoris au sein du parti deviennent sa clientèle et la vie des partis, y compris du sien d'origine, est mise en veilleuse, simples appareils pour les périodes électorales dans l'intervalle desquelles la contestation politique entre et reste en hibernation.

Il fait les constitutions à sa mesure, les utilisant pour donner du lustre à son régime. Un caudillo « libéral » annoncera même le retour à telle constitution libérale abolie par les conservateurs ou s'en fera rédiger une toute neuve, qu'il promulguera solennellement, quitte à la manipuler, à la contourner et, s'il le faut, à la violer pour les besoins de sa politique personnelle. Souvent même, à côté de toutes les garanties classiques contre l'arbitraire du pouvoir, il fait ou laisse insérer la fameuse clause de non-rééligibilité immédiate, quitte à la faire modifier en invoquant la procédure de révision constitutionnelle au cours de son mandat, pour assurer le *continuismo* des époques nominalement révolues.

Faculté d'adaptation au modernisme économique ? Les

nouveaux développements ont mis en avant le dynamisme de l'économie dans les secteurs de pointe. Aux seigneurs de la terre, ils semblent préférer les hommes d'affaires. Au lieu de statut et de prestige social, on parle plus volontiers de gains, de profits, de richesse. Au lieu de manoir et d'hacendado, il est de plus en plus question d'entreprise et d'investisseur. Du moins, à la tête du corps social où l'on veut voir avec de nouveaux yeux les horizons nouveaux de la prospérité possible et où s'esquisse la nouvelle classification qui fait passer au premier rang les nouvelles baronnies de la fortune. De l'oligarchie aristocratique à l'oligarchie ploutocratique.

Le caudillisme, en tant que régime politique, ne risque-t-il pas d'être dépassé, d'éclater même ? Il n'en est rien. Tout au contraire, il retrouve un regain de vigueur. En effet, ce développement des affaires se fait surtout grâce aux investissements étrangers. Ce sont les compagnies privées étrangères qui contrôlent et exploitent les mines, construisent les chemins de fer, financent et font fonctionner certains services publics. Le caudillisme s'adapte pour établir avec elles un échange de services.

Car le chemin de fer est unificateur et devient un puissant auxiliaire pour l'œuvre centralisatrice du caudillo. Il ne sert pas seulement à transporter les matières premières et les marchandises, en assurant la liaison, vitale pour l'expansion économique, de l'intérieur et du littoral où se trouvent les ports (liaison zones de production et points d'exportation). Il sert, à l'occasion, à transporter des troupes et les agents du pouvoir central contre les tendances indépendantistes des « caciques » (liaison vitale, pour la sécurité politique, de la tête et des membres). Le télégraphe ne sert pas seulement à placer les commandes des firmes et les communications urgentes du monde des affaires. Il sert aussi à transmettre des ordres du pouvoir politique et les rapports urgents des représentants de la loi et de l'ordre. La collaboration est donc possible. On a même un intérêt réciproque à se prêter un appui mutuel. Paradoxe de grosses sociétés capitalistes faisant bon ménage avec le caudillisme paraféodal ? Que non ! Logique des deux systèmes plutôt, dans une alliance qui, dans les pays neufs, ces pays exportateurs de produits primaires, n'a jamais été vraiment une alliance contre nature entre le capitalisme étranger générateur à l'origine, et chez lui, de la démocratie libérale et le caudillisme local nourri, à l'origine, au sérail de la paraféodalité et maintenant, chez lui, de l'absolutisme monocratique.

Ces intérêts mutuels sont faciles à trouver. D'un côté, les compagnies investisseuses y trouvent leur compte. Le caudillisme, c'est un gouvernement fort, soustrait dans ses décisions aux formalités gênantes et parfois même contrariantes du contrôle parlementaire. C'est un régime stable avec lequel on n'a pas trop le souci du lendemain. C'est un régime d'*ordre,* condition suprême et garantie précieuse de sécurité pour les affaires. Et puis, la compréhension du caudillo s'exprime en concessions avantageuses aux compagnies, en octroi de monopoles, en exemptions fiscales et douanières. Enfin, les investissements sont, si besoin est, sous la protection de la force publique, ce qui n'est point négligeable face à une classe ouvrière dont les débuts sont, à l'occasion, marqués par des flambées de revendications où l'on sent la main des anarcho-syndicalistes, et éventuellement face à des flambées de nationalisme où l'on ne veut voir que de la xénophobie... De l'autre, le caudillo y trouve aussi son compte. Il a une source nouvelle de revenus pour entretenir, maintenir et élargir sa clientèle. Il a des contrats de travaux publics dont la réalisation, même coûteuse pour l'État, assure sa gloire et son renom d'homme de progrès. Il peut recourir à ces emprunts qui, même onéreux pour la nation, l'aident à passer un moment de difficultés. Il a accès à de nouvelles voies d'enrichissement personnel, régulièrement ou pas. Enfin, il se voit apporter des appuis sociaux efficaces, l'ouverture de milieux internationaux utiles et l'influence politique toute nouvelle de ces milieux d'affaires dont la solidarité, quand elle est effective, sait être efficace. Sans oublier qu'après tout, les investissements, sans y regarder de trop près et sans vouloir voir trop loin, c'est le progrès, l'expansion, la *prospérité.*

Ordre et prospérité. Le caudillisme prend une nouvelle dimension en adoptant cette nouvelle dénomination pour définir sa fonction. Alors qu'avant il représentait l'archaïsme, il en vient à représenter la modernisation.

« Ordre et prospérité. » Mais n'est-ce pas la formule d'Auguste Comte, père fondateur du positivisme ? Rencontre de conception, scellée par l'adoption d'un drapeau : le positivisme.

Positivisme théorique et pratique

A dire vrai, le positivisme n'est pas l'apanage exclusif du caudillisme en Amérique latine à cette date. Du nord au sud du subconscient, le positivisme a connu un succès qu'il n'a peut-être même pas eu, à ce degré, en Europe où il a pris naissance. Il y a exercé une influence considérable à la fin du XIXe siècle et au début du XXe. Certes, en traversant l'Atlantique, il s'est quelque peu transformé ou, plus exactement, l'Amérique latine d'alors a retenu du positivisme européen ce dont elle avait besoin, ce qui correspondait à son attente du moment. Et ce, même dans les pays où le caudillisme n'était pas le régime politique en vigueur.

C'est à la source européenne même que les protagonistes latino-américains du positivisme ont été s'alimenter. Par exemple, le fondateur du positivisme mexicain, Gabino Barreda (1820-1881), a étudié en France, et c'est au cours de ses études parisiennes qu'il est tombé sous l'influence d'Auguste Comte dont il sera l'adepte convaincu et fervent des idées, à son retour dans son pays natal. Mais c'est partout que le positivisme s'étudie et rayonne, au point de devenir, dans certains cas, le courant de pensée à la mode, la vogue au dire de ses adversaires, vieux conservateurs et libéraux. En général, cette diffusion du positivisme d'Auguste Comte, associé à Spencer et à Darwin, a eu pour résultat que toute une génération, mieux, plusieurs générations successives en ont été imprégnées. En tout cas, celles de la fin du siècle et du début du nouveau en ont été profondément marquées, aussi bien au Chili, en Argentine et en Uruguay qu'au Mexique, en Colombie et au Guatemala, sans oublier le Brésil et les autres.

On peut avoir le sourire facile en répétant, à la manière des romantiques et des spiritualistes de l'époque, face aux attaques de la « nouvelle vague » se réclamant d'Auguste Comte, que le positivisme, c'est le scientisme de la fin du XIXe siècle et des premières décennies du XXe. Le vrai problème est ailleurs : comment et pourquoi l'Amérique latine d'alors — ou plutôt une certaine Amérique latine d'alors — a épousé les idées positivistes avec un tel engouement ?

Réaction contre le romantisme, contre l'esprit de spéculation métaphysique, contre la foi dans les données d'imagination et de sensibilité et contre l'idéalisme spiritualiste, le positivisme veut « renoncer à tout *a priori* » et n'accepter de certitude que celle fondée sur et fournie par les sciences expérimentales. On l'a dit dans un esprit de critique : c'est la religion de la science. Ce n'est pas loin d'être vrai. Aussi s'insurge-t-elle contre la religion, la révélation, la théologie, le surnaturel au nom de la science et des réalités concrètes et pour la laïcité. L'expérience est la grande maîtresse de vie. *Magistra Vitae.* Le positivisme latino-américain va retenir du positivisme européen d'abord le caractère expérimental de toute approche de la vérité : « La connaissance des faits est seule féconde. »

L'esprit positiviste est donc soucieux de science, d'organisation rationnelle et efficace, de technicité. Bref, c'est le culte de tout ce qui est « scientifiquement organisé et techniquement efficace ». Il accorde au savoir-faire technique et à la connaissance scientifique un pouvoir incomparable, celui de réaliser le progrès par l'organisation rationnelle et scientifique de la société, mais selon un processus évolutif, la révolution étant l'ennemie de l'ordre et du progrès, et contraire aux lois de la « physique sociale ».

Esprit scientifique, conception scientifique du monde, méthodes scientifiques d'action. On comprend qu'on ait appelé l'équipe positiviste qui arrive au pouvoir au Mexique après 1892 sous le régime de Díaz *los científicos*. Nous dirions aujourd'hui les technocrates, par assimilation approximative. Il peut donc y avoir une politique « positiviste » : on peut l'étudier, et la pratiquer.

Adeptes d'un pragmatisme à l'américaine, les positivistes veulent entreprendre l'aménagement économique des pays d'Amérique latine par la voie des capitaux étrangers, des techniques européennes et de l'immigration européenne, car leur darwinisme social a pour corollaire l'assimilation de la race blanche avec le progrès. On a, à juste titre, souligné le jugement péjoratif des positivistes sur les indigènes comme source génératrice de progrès pour la nation mexicaine.

Les idées politiques des positivistes coulent alors de source. Contre le romantisme libéral, mais aussi contre le vieux conservatisme combattu par celui-ci, ils sont pour un régime autoritaire centralisé, seul capable de réaliser le programme modernisateur d'une politique fondée sur les principes de la science et destinée à organiser efficacement le progrès. Un régime autoritaire capable d'assurer l'ordre et la sécurité contre l'anarchie et contre le retour des guerres civiles, et de permettre aux « tuteurs » du peuple de travailler au progrès collectif. La doctrine positiviste préconise en Amérique latine, pour opérer la modernisation, un régime d'ordre et de progrès en application de la devise comtiste. Elle le trouvera dans le nouveau caudillisme très exactement, là où il existait ou pouvait resurgir. Les pays de caudillo ou de *coroneis* furent la terre d'élection du positivisme. Celui-ci, en outre, a ses variantes d'un pays à l'autre. Au Mexique, il est nettement antilibéral, en réaction contre la Reforma. En Argentine, il évolue vers le libéral-social jusqu'à même couvrir de son étiquette certains courants socialistes.

Une question intéressante a divisé le monde des historiens : quelle est la classe servant de support aux idées et à la politique positivistes ? De quel groupe social le positivisme était-il l'idéologie ? Une école veut, à la suite de cas observés au Mexique, au Brésil et en Argentine considérés comme dotés d'une valeur d'illustration, que le positivisme soit l'idéologie de la fraction des hacendados qui s'est convertie, comme le caudillisme, à la modernisation économique et a, de ce fait, abandonné le camp des vieux conservateurs. L'équipe des científicos comprenait en effet quelques hacendados nouveau style, d'esprit moderne et dynamique et soucieux de rentabilité. Mais en réalité ces hacendados sont devenus des « planteurs capitalistes » et appartiennent plutôt au nouveau monde des affaires qu'à l'ancien monde « terrateniente », l'ancienne oligarchie foncière. Les positivistes qui ont exploité leurs terres sont des modernisateurs, des « entrepreneurs agricoles » et des « bourgeois de l'agriculture » partisans non plus d'une oligarchie aristocratique, mais d'« un élitisme méritocratique contre la médiocratie ».

Une autre école, se fondant sur l'œuvre de Ricaurte Soler, montrant que le positivisme argentin a été capable d'évoluer jusqu'au socialisme, met en avant son aspect de « critique » plutôt que son aspect de « défense » de l'ordre établi. Pour elle, le positivisme a été capable de devenir une idéologie de contestation sociale correspondant aux intérêts de la classe ouvrière. En réalité, le cas de l'Argentine mis à part et dont Soler lui-même reconnaît l'originalité, le positivisme s'est peu soucié de l'amélioration des conditions de travail des ouvriers. On voit mal comment il aurait épousé les intérêts de la classe des travailleurs. D'ailleurs, le postulat du darwinisme social prétendait que dans la lutte pour la vie c'étaient les meilleurs qui réussissaient. Or, comme les travailleurs ne « réussissaient » pas... Cela dit, c'est un fait qu'en Argentine le positivisme, « loin d'y faire obstacle, a favorisé les *doctrines* sociales progressistes... » et que l'organe des positivistes argentins « a exalté la signification historique de la révolution bolchevique de 1917... faisant cause commune avec les idéaux de la révolution soviétique » (Ricaurte Soler, *El Positivismo Argentino,* Buenos Aires, Paidos, p. 233-234). Cette constatation n'implique pas, pour autant, que le positivisme ait été l'idéologie de classe du prolétariat latino-américain naissant.

Une troisième école, avec Arturo Adrao, se fondant sur le cas de l'Uruguay, établit une correspondance entre le succès de la diffusion du positivisme et la formation des classes moyennes. Le lien historique de concomitance, même si on veut l'interpréter comme un indicateur de corrélation, n'implique pas du tout, ici, que ces classes moyennes ont été la classe-support du positivisme qui aurait été comme leur idéologie immanente. En réalité, les classes moyennes ont souvent tendance à adopter spontanément, tout au moins en un premier temps, l'idéologie des classes supérieures dans l'espoir que cette assimilation favorisera leur intégration dans ces dites classes supérieures.

Il semble bien que le positivisme ait été l'idéologie de la nouvelle bourgeoisie d'affaires, qui ne veut ni du conservatisme des hacendados traditionnels, ni de la radicalisation du libéralisme que promet l'ascension des classes moyennes, ni du socialisme prédicateur de la lutte des classes qui, pour elle, est l'anarchie rouge. La catégorie sociale de support est la fraction de la bourgeoisie modernisante intéressée à l'industrialisation et qui a partie liée avec les intérêts étrangers, la bourgeoisie d'affaires dépendante. Mais il n'y a aucune nécessité que ce schéma ait été réalisé tel quel dans tous les pays et, de fait, il ne l'a pas été. Un témoignage cependant, et particulièrement important puisqu'il vient d'un des grands noms du positivisme latino-américain, le Mexicain Justo Sierra. Parlant des positivistes et du groupe social auquel ils appartenaient et où se trouvaient leurs intérêts, il l'a lui-même appelé sans hésiter la « bourgeoisie mexicaine ».

Capitalisme à prédominance d'investissements étrangers

Caudillisme et positivisme se rencontrent pour leur plus grand profit mutuel, le second offrant au premier une doctrine qui est à la fois une théorie de l'action et une justification, tout en présentant l'avantage politique de donner un lustre au caudillisme nouveau style. Et celui-ci offrant au positivisme une occasion de faire passer un corps d'idées dans les faits, du nuage des théories au sol des réalités concrètes dont il est si friand, bref d'offrir au positivisme un champ d'expérimentation. Leur alliance est encore fortifiée par leur communauté de vue sur le problème des investissements étrangers.

Le capitalisme qui intègre les pays d'Amérique latine dans l'économie internationale de 1880 à la Première Guerre mondiale est celui que Lénine a cru voir atteindre son stade ultime : l'impérialisme. C'est dire qu'il en a tout le dynamisme expansionniste. La modernisation recherchée par le front caudillisme-positivisme se réalisera donc sous la tutelle de l'étranger.

Certes, la période de 1889 à 1914 n'a pas introduit le capitalisme en Amérique latine. Depuis longtemps déjà, à l'époque de la prédominance quasi absolue de l'oligarchie foncière, le secteur du commerce, celui des enclaves minières et même, dans une certaine mesure, celui de l'hacienda, du moins si on considère que le grand domaine s'est formé en réponse aux « opportunités » du marché, étaient des activités de type capitaliste. Mais celles-ci n'avaient pas engendré, à l'instar du modèle endogène européen, l'accumulation de capital au rythme qui aurait permis le décollage économique, le *take off,* une partie seulement de l'explication résidant dans le fait que les gains tirés de ces activités par les nationaux passaient soit dans des investissements fonciers qui augmentaient le prestige social et le « statut » de l'hacendado, soit dans des dépenses somptuaires dissipatrices de l'accumulation.

Le modèle latino-américain de modernisation sera donc exogène. Sous la pression de la compétition internationale et sous l'aiguillon et les besoins du modèle européen que les élites latino-américaines admirent et imitent, la modernisation devient une nécessité. Un capitalisme venu d'ailleurs (Europe, puis États-Unis d'Amérique) et qui, avec ses capitaux, ses techniques, ses services et ses hommes, a du dynamisme à exporter, vient y répondre. « Sans capital européen, écrit Garcia Calderon en 1912, il n'y aurait en Amérique latine ni gouvernements stables, ni chemins de fer, ni ports. » En 1914, la valeur nominale totale des investissements étrangers en Amérique latine atteignait 8 milliards et demi de dollars américains dont un tiers en Argentine, un quart environ au Brésil et autant au Mexique (George Pendle).

C'est donc le capital étranger qui joue le rôle moteur. Un réseau bancaire, d'initiative et d'appartenance étrangères, couvre l'Amérique latine du nord au sud, de l'est à l'ouest. Cette implantation se fait à un rythme rapide entre 1890 et 1913 : les grandes banques étrangères bâtissent leurs empires financiers avec la bénédiction du caudillisme et du positivisme, mariés ou célibataires (caudillisme sans positivisme, positivisme sans caudillisme).

Ce sont d'abord, priorité d'importance, les banques anglaises. Tout un consortium bancaire s'organise autour et au sein de la London and River Plate Bank, dont la juridiction d'affaires couvre principalement l'Argentine, l'Uruguay, le Chili et aussi le Brésil, avec la possibilité, dont il ne se fait pas faute de profiter, de se constituer, sur place, en personnes morales de ces pays, avec des capitaux anglais. Il y a la London Bank of Mexico and South America dont la juridiction d'affaires couvre le Mexique, le Pérou, la Colombie et l'Équateur. Il y a la Cortes Commercial and Banking Company qui couvre le Nicaragua, la Colombie, l'Amérique centrale et jusqu'au Pérou. Il y a l'Anglo-South American Bank qui opère au Chili, en Bolivie, en Argentine et en Uruguay. Elles commencent volontiers par financer les exportations, puis elles passent ensuite dans les investissements productifs. Les affaires sont bonnes, excellentes même, ce qui permet de digérer quelques mauvais coups. Des exemples qui en disent long : les actifs de la London and River Plate Bank passent de 4 millions de livres sterling en 1880 à 32 millions en 1914 ; l'Anglo-South American Bank, anciennement Bank of Tarapaca au Chili, voit ses comptes courants dans ce pays passer de 1 à 8 millions de livres entre 1900 et 1914. Cette suprématie bancaire anglaise est alors sans égale, sinon sans rivale. Le quart des dépôts en Argentine, le tiers des dépôts au Brésil sont canalisés et détenus par les banques anglaises. Celles-ci sont capables de distribuer des dividendes qui grimpent jusqu'à 20 %.

Les autres banques européennes sont loin de laisser à la City de Londres le monopole d'exploitation d'un marché financier aussi intéressant. Il y a les banques allemandes, en tête desquelles viennent la Deutsche Bank et la Dresdner Bank. La première crée, en 1886, l'Übersee Bank (Banque allemande d'outre-mer) pour faire des affaires au Brésil, au Chili et en Argentine, et, en 1896, la chaîne des banques allemandes en Amérique latine, extrêmement efficientes à cause des meilleures facilités de crédit accordées par elles, s'enrichit de El Banco Aleman Transatlántico. Quant à la Dresdner Bank, ses filiales et dépendances, groupées dans la Sud-Amerikanische Bank (fondée en 1906), enserrent dans leurs filets le subcontinent, du Mexique à l'Argentine, tandis que la Diskonto Gesellschaft s'implante au Venezuela. La France est représentée, en Amérique, par la Banque française pour l'Amérique latine, la Banque française pour le Brésil et la Banque de l'Union parisienne. La liste s'allonge des banques italiennes, actives surtout dans le Rio de la Plata et au Brésil, des banques suisses, des banques hollandaises et belges, et, aux alentours de la fin du XIXe siècle et du début du XXe, des banques nord-américaines comme la National City Bank, la Speyer and Co, la Banque Morgan, première vague d'assaut de la puissante infanterie financière qui va envahir l'Amérique latine, et dont les centres d'intérêt principaux se localisent dans la région des Caraïbes (Cuba, Haïti, république Dominicaine et pays d'Amérique centrale), au Mexique mais aussi au Chili et au Pérou, etc.

Les années de 1890 à 1913 remplissent le chapitre des rivalités entre ces banques en Amérique latine : rivalités anglo-allemandes comme par exemple au Chili entre El Banco Aleman Transatlántico et la Bank of Tarapaca anglaise ; rivalités franco-allemandes capables de se muer en aventures communes (cf. la thèse de Raymond Poidevin sur les relations économiques franco-allemandes de 1890 à 1914) ; rivalités anglo-américaines au Mexique, etc.

Ces rivalités deviennent souvent triangulaires comme celle qui a eu lieu en Haïti en 1909-1910 entre un consortium bancaire nord-américain constitué par la National City Bank et la Speyer and Co et un syndicat de banques européennes constitué par la Banque de l'Union parisienne (française) et la Berliner Handelsgesellschaft (allemande) principalement (cf. à ce sujet mon article dans la *Revue d'histoire moderne et contemporaine*, octobre-décembre 1967). En dehors des mines où les profits, au début et dans certaines conjonctures, peuvent être considérables, poussant des pointes, exceptionnelles il est vrai, jusqu'à 100 et même une fois 200 %, ces investissements étrangers vont dans les emprunts publics. Les gouvernements latino-américains en général, les caudillos en particulier, veulent avoir des œuvres de progrès à montrer comme « réalisations » durant leur gestion. Ils ont des programmes de travaux publics et des projets de développement pour lesquels il leur faut, au préalable, faire les investissements publics d'infrastructure : de là les investissements étrangers dans les fonds d'État, matière à scandales et source de difficultés internationales en cas de défaillance. Les garanties et conditions de ces emprunts sont souvent draconiennes. L'emprunt Rothschild de 10 millions de livres sterling au Brésil était assorti du contrôle des douanes brésiliennes comme gage et de la promesse qu'avant 1901 aucun nouvel emprunt ne serait sollicité par le Brésil sans l'assentiment de la banque Rothschild. En 1886, quelque 40 % des investissements anglais en Amérique latine sont représentés par des fonds d'État.

Le secteur des chemins de fer recueille aussi les préférences des investissements étrangers. Les Anglais surtout y ont engouffré des sommes considérables, partout en Amérique latine, au Venezuela comme en Uruguay, au Chili comme en Équateur. Mais c'est surtout en Argentine que les capitaux anglais se sont investis dans les chemins de fer pour ouvrir la région de la pampa notamment. Vers 1881-1884, les conditions favorables sont réunies pour un influx de capitaux anglais dans les chemins de fer : pacification de l'intérieur contre les Indiens, gouvernement fédéral fort, capable de maintenir l'ordre et la sécurité de la propriété et solvable, demande mondiale de produits primaires (notamment de céréales et de viande), perspectives de taux de profit intéressants, disponibilité de capital et période d'intérêt pour les investissements à l'étranger à la Bourse de Londres. Aussi, entre 1885 et 1890, près de 140 millions de livres sterling vont-ils être souscrits par les Anglais pour la construction de chemins de fer en Argentine, avec un sommet en 1888 pour les nouvelles émissions et en 1891 pour la longueur de voies ferrées réalisée. Mais les charges de la dette extérieure argentine croissent jusqu'à représenter 60 % des exportations en 1890, avant que la capacité de production stimulée par les nouvelles voies ferrées ait atteint un degré d'expansion rentable, le volume des céréales exportées ne faisant un bond que vers 1893-1894 seulement. Aussi le gouvernement argentin est-il amené à suspendre les paiements de la dette extérieure en 1891, ce qui accélère la chute de l'entrée en Argentine de fonds étrangers. Mais à partir de 1895 la reprise est nette. Elle se consolide avec une montée opportune des prix. Les profits des chemins de fer reprennent leur tendance ascensionnelle, encouragée par la reprise du service de la dette en 1897 par un gouvernement argentin qui récupère sa bonne réputation auprès de la City. Un nouveau sommet sera atteint en 1910.

Mentionnons enfin, à cause de leur importance économique et sociale et de leur impact politique, l'ouverture des services publics aux investissements étrangers. « En Argentine, le port de Buenos Aires appartient à une compagnie anglaise, celui de Rosario est exploité par le groupe français Hersent... D'autres sociétés anglaises mais aussi françaises, soutenues par de puissants instituts de crédit, se chargent, dans les villes, de l'établissement et de l'exploitation des transports urbains, du téléphone et du télégraphe, de l'eau et du gaz, bientôt de l'électricité » (P. Léon). Les capitaux étrangers deviennent, *in partibus*, puissance publique.

Investissements britanniques en Amérique latine
(en milliers de livres sterling)

Pays	*Fin 1880*		*Fin 1913*	
	Investissements totaux (valeur nominale)	*Fonds d'État*	*Investissements totaux (valeur nominale)*	*Fonds d'État*
Argentine	20 339	11 234	357 740	81 582
Bolivie	1 654	1 654		
Brésil	38 869	23 060	223 895	117 363
Mexique	32 741	23 541	159 024	28 596
Chili	8 466	7 765	63 938	34 676
Uruguay	7 644	3 519	46 145	25 552
Colombie	3 073	2 100	6 654	3 388
Costa Rica	3 304	3 304	6 660	2 005
Cuba	1 231		44 444	9 687
République Dominicaine	714	714		
Équateur	1 959	1 724	2 780	183
Guatemala	544	544	1 445	1 445
Honduras	3 222	3 222	3 143	3 143
Nicaragua	206			
Paraguay	1 505	1 505	2 995	752
Pérou	36 177	32 688	25 658	1 742
Venezuela	7 654	6 403	7 950	4 228
Entreprises opérant dans plusieurs pays	10 274			
Banques			18 514	
Entreprises de navigation			15 362	
Total	*179 486*	*122 977*	*986 287*	*314 342*

J. F. Rippy, *British Investments in Latin America 1822-1949*, Minneapolis, University of Minnesota Press, 1959, p. 25.

Un nouveau secteur dans le domaine énergétique fait son entrée en 1900 : le pétrole, et c'est tout de suite important pour une Amérique latine dont les ressources connues en charbon, d'après les évaluations faites après inventaire, sauf au Chili surtout et au Mexique un peu, n'ont jamais été appréciables. C'est au Mexique que la production démarre : le pays deviendra en 1921 troisième producteur mondial. Plus tard, le Venezuela le surclassera : sa production, à lui, ne fait que commencer. Et pourtant, c'est dans ce dernier pays que le pétrole, utilisé à des fins domestiques à partir de 1878, a commencé à être exploité industriellement. C'est en 1883, en effet, que l'asphalte naturel est exploité par une compagnie qui cède à une société pétrolière de Philadelphie, en 1887, ses droits sur le lac d'asphalte naturel du Guanoco. Mais il faut attendre l'usage et la généralisation du moteur à explosion pour que le pétrole devienne l'« or noir ». La production mexicaine (compagnies anglaises et nord-américaines) est de 10 000 barils en 1901 ; elle sera de 13 millions de barils en 1911, de 55,3 millions en 1917, l'année de la Constitution de Querétaro, et de 193,4 millions en 1921, soit près du quart de la production mondiale !

Quelles sont, de 1900 à 1913, les positions respectives des investissements étrangers en Amérique latine ? D'abord l'Angleterre. A tout seigneur, tout honneur. Il faut parler ici de l'ubiquité anglaise puisqu'il n'y a pratiquement pas un pays d'Amérique latine où il n'y ait pas de capitaux anglais investis dans les mines, les chemins de fer, les services publics, les produits de base (matières premières, produits de l'agriculture et de l'élevage), le commerce, la finance, les assurances, les transports urbains et maritimes, etc. Si on peut parler de concentration, il se constate une plus grande densité de capitaux anglais dans certains pays : Argentine, Brésil, Mexique, Chili et Uruguay. Le total des investissements anglais en Amérique latine est passé on l'a vu de 425 millions de livres en 1886 à près de 1 milliard en 1913 (*voir tableau ci-contre*).

En ce qui concerne la France, ses investissements, en progression de 1890 à 1913, sont surtout actifs au Mexique, en Argentine, au Brésil et en Haïti. Dans ce dernier pays, de 1880 à 1908, la banque nationale est française et c'est le marché français qui souscrit aux emprunts d'État de 1896 et de 1910. Les Rothschild et les Schneider ont de gros intérêts dans les mines mexicaines, par exemple. En 1913, le total des investissements français en Amérique latine atteint près de 8,4 milliards, soit 18 % du chiffre global des valeurs investies par les Français à l'étranger (*cf. tableau, page suivante*).

L'Allemagne, venue tard par rapport à l'Angleterre et à la France, veut mettre les bouchées doubles. De 1895 à 1913, elle investit dans les chemins de fer (Venezuela, par exemple), dans le commerce extérieur (Équateur, par exemple), dans la banque, les mines, l'industrie, le commerce intérieur, etc., au Brésil, au Chili, en Argentine, et elle cherche à s'implanter dans toute la région autour de la mer des Caraïbes. « Des considérations économiques, financières et politiques se confondaient dans le processus qui déterminait la sélection des lieux d'investissement des capitaux allemands » (Herbert Feis, *Europe, The World's Banker, 1870-1914,* New Haven, 1930, p. 73). En 1914, le total des capitaux allemands investis en Amérique latine s'élève à 836 millions de dollars, soit 11,6 % du total des investissements étrangers en Amérique latine.

Enfin, les États-Unis d'Amérique, de 1898 à 1913, se mettent en forte position (déjà seconds pour le total des investissements étrangers en Amérique latine en 1914 avec 1 649 millions de dollars, soit 22,7 % de ce total) pour la substitution de leur hégémonie à la prépondérance européenne. Leurs capitaux fructifient dans les mines mexicaines, les voies ferrées, la banque, l'industrie, où les compagnies sont la propriété ou sous le contrôle du « management » américain ; dans le sucre cubain, devenu vite leur fief ; dans la banane centraméricaine où la United Fruit campe à partir de 1899 ; en Haïti où ils contrôlent les installations portuaires, les chemins de fer, l'électricité,

Investissements français en Amérique latine
fin 1913 (en millions de francs)

Pays	*Total*	*Fonds d'État*	*Investis-sements directs*
Argentine	2 000	640	1 360
Bolivie	100	14	86
Brésil	3 500	880	2 620
Chili	212	70	142
Colombie	15	7	8
Équateur	15	13	2
Paraguay	40		40
Pérou	50	12,5	37,5
Uruguay	200	65	135
Venezuela	50	15	35
Mexique	2 000	750	1 250
Cuba	20		20
Haïti	100	90	10
République Dominicaine	0,5		0,5
Costa Rica	38	34	4
Salvador	12		12
Guatemala	9		9
Honduras	7		7
Nicaragua	6		6
Panama	5		0,5
Total	*8 379,5*	*2 590,5*	*5 784,5*

J. F. Rippy, *French Investments in Latin America*, Inter-American Economic Affairs, Washington, automne-hiver 1948, p. 62-63.

l'industrie du sucre ; en république Dominicaine, au Honduras, au Nicaragua, où leurs intérêts financiers sont prépondérants, à côté de leurs investissements productifs ; mais aussi au Chili où ils sont notamment dans les nitrates et dans le cuivre, au Pérou dans le cuivre et le pétrole, etc. De 1897 à 1914, le total des capitaux nord-américains investis en Amérique latine a été multiplié plus de cinq fois.

Cette présence et ces activités du capital anglais, allemand, français et nord-américain (sans oublier les autres, de moindre importance mais pas forcément négligeables : suisse, italien, belge, hollandais, etc.) ont souvent suggéré l'idée non plus d'une répartition de fait de l'Amérique latine entre les intérêts rivaux des grandes puissances, mais d'un véritable partage en zones d'influence. Un de ces plans allemands de partage, proposé par Otto Richard

Investissements nord-américains en Amérique latine
par pays et par région
(en millions de dollars)

Pays ou régions	*Investissements directs*			*Investissements globaux*		
	1897	*1908*	*1914*	*1897*	*1908*	*1914*
Cuba et pays des Indes occidentales	49	196	281	49	226	336
Mexique	200	416	587	200	672	854
Autres pays de l'Amérique centrale	21	38	90	21	41	93
Amérique du Sud	38	104	323	38	130	366
Total Amérique latine	*308*	*754*	*1281*	*308*	*1069*	*1649*
Total mondial	*635*	*1639*	*2652*	*685*	*2525*	*3514*

Nations unies, CEPAL, *Foreign Capital in Latin America, op. cit.*, p. 15.

Investissements directs nord-américains
en Amérique latine par industrie
(en millions de dollars)

Activités	*1897*	*1908*	*1914*
Agriculture	58	162	243
Mines	79	303	549
Production pétrolière	5	57	110
Chemins de fer et entreprises publiques	141	162	274
Manufacture	3	30	37
Commerce	20	37	57
Autres	2	3	11
Total	*308*	*754*	*1281*

Nations unies, CEPAL, *Foreign Capital in Latin America, op. cit.*, p. 15.

Tannenberg, prévoyait un accord anglo-allemand sur le découpage en Amérique latine de trois zones : l'une allemande avec l'Argentine, le Chili, l'Uruguay, le Paraguay, le sud de la Bolivie et du Brésil ; la deuxième anglaise avec le Pérou, l'Équateur, le nord de la Bolivie et du Brésil ; et la troisième nord-américaine avec le Mexique, le Nicaragua, le Costa Rica, le Honduras, le Salvador, la Colombie, le Venezuela, Haïti et la république Dominicaine. Cette répartition politico-économique en zones horizontales successives sur la carte latino-américaine, qui n'est pas sans rappeler la division climato-botanique en zones du nord au sud de l'Afrique noire..., aurait fait à l'Allemagne, évidemment, la part belle par rapport à l'Angleterre.

En tout cas, c'est bien entre 1889 et 1913 que l'Amérique latine a été placée en orbite.

Le prototype mexicain : le « Porfiriato »

L'accord tripartite caudillisme-positivisme-capitalisme trouve son illustration la plus parfaite, en Amérique latine, au Mexique, sous le long règne du général José de la Cruz Porfirio Díaz (1876-1911), surtout au cours des deux dernières décennies de l'ère de Don Porfirio ou « Porfiriato », avec l'équipe des científicos (1892-1911).

Agé de quarante-six ans l'année de son avènement au pouvoir, Porfirio Díaz a déjà derrière lui une double carrière de soldat et d'homme politique de premier rang. Fils d'un aubergiste d'Oaxaca, métis de sang indien et espagnol, réputé brave jusqu'à la témérité depuis un geste de bravade politique accompli à l'époque du dictateur Santa Anna, ancien lieutenant de Juarez à qui il avait ouvert les portes de Mexico après avoir grandement contribué à bouter les Français hors du Mexique, auréolé d'une évasion de prison en 1865 aussi spectaculaire que largement divulguée, ancien homme fort d'Oaxaca qu'il a organisé comme son fief, Porfirio Díaz a tout pour plaire et pour réussir dans la vie politique mexicaine quand il s'empare du pouvoir en se posant en champion du libéralisme politique contre Lerdo, successeur de Juarez à la présidence. Son thème de campagne, « Suffrage effectif, pas de réélection », le présente en continuateur de la Reforma. Mais le libéral se révèle un caudillo à la poigne de fer et, vite, fait régner sur le Mexique son « diazpotisme ».

Son pouvoir absolu ne souffre aucune contestation. Filomeno Mata, qui fait paraître un journal d'opposition, *El Diario del Hogar,* l'éprouve à ses dépens en se faisant emprisonner à Belem une trentaine de fois, soit en quasi-permanence. Et encore est-il un privilégié puisqu'il a la vie sauve. Combien d'autres, arrêtés comme lui, ont été purement et simplement liquidés en application de la *ley Fuga* (la loi de fuite) qui permet de tirer sur un prisonnier qui essaie de fuir ! Dans chaque province, un homme à lui, baptisé *jefe político* (chef politique), est l'œil, l'oreille et le bras du dictateur. Les caciques ont le choix entre le plomb et l'or, application du slogan *Pan o palo* (le pain ou la trique) porté à son suprême degré, et les généraux entre une grasse carrière et la retraite oisive. Un système de transfert rapide et un jeu de promotions empêchent un militaire de s'enraciner à son poste et d'y acquérir popularité et moyens politiques. Officiellement, les institutions politiques fonctionnent, mais peuplées toutes de fidèles de Don Porfirio largement récompensés ; elles sont dociles et canalisent la volonté du maître des vies et des biens. Une garde prétorienne, au galop rapide et à la détente prompte, les *rurales,* fait régner la « pax porfiriana » sur tout le pays. « Ils tirent d'abord et enquêtent ensuite. » L'*ordre* est assuré à ce prix-là et de cette façon-là ! Mais l'efficacité politique d'un régime ne se mesure-t-elle pas, aux yeux de tout puissant césar, à la sécurité qu'il est capable d'assurer et à sa longévité ? Grâce au « diazpotisme » qui sait corrompre, se faire craindre et se faire obéir, l'ordre du Porfiriato est réalisé pour trente ans ! C'est la large « paix profirienne » — qui n'est guère troublée ni par la question anticléricale, laquelle, par suite d'un infléchissement puis d'un abandon de cet aspect de l'héritage libéral, est mise entre parenthèses (ce dont profite l'Église pour reprendre quelques forces et augmenter son recrutement de 3000 à 6000 prêtres), ni par le vieux démon des *pronunciamientos* militaires par suite de l'association au pouvoir d'une hiérarchie militaire comblée, domestiquée et contrôlée.

Cet ordre et cette sécurité, nul au Mexique, en dehors de Díaz et de ses *compadres políticos* (compères politiques) de l'entourage immédiat, ne l'apprécie plus que l'équipe de positivistes réunis autour de José Yves Limantour et de Justo Sierra. Le premier devient en 1892 un ministre des Finances très écouté, et le second un ministre de l'Instruction publique de renom. Les científicos vont faire du positivisme la philosophie politique officielle du régime. Depuis quatorze ans déjà, ils répandent leurs idées dans les colonnes du journal *La Libertad* où paraissent les signatures des frères Macedo, de Francisco

Bulnes, de José Yves Limantour, de Justo Sierra, etc. Au nom de l'ordre et de la stabilité, ils ont applaudi à toutes les réélections de Díaz (1888, 1892, 1896, 1900, 1904, 1910) en dépit des violations successives de la Constitution périodiquement amendée *ad usum delphini.* Ordre et stabilité, ce sont les conditions premières du développement industriel à l'européenne et à l'américaine dont ils sont les avocats. Ils sont convaincus qu'on ne peut gouverner le pays que par l'autorité et que seule une dictature de *progrès* peut réaliser la modernisation. Ils s'assignent le rôle de « tuteurs » dont le peuple mexicain a besoin. Pour eux, il faut payer le progrès du prix de la liberté.

Certes, Díaz n'a rien d'un doctrinaire. « En politique, je n'ai ni amour ni haine. » Mais il a été aux États-Unis dans l'intervalle entre son premier mandat (l'essai de 1876-1880) et le second (le règne de trente ans, 1880-1911). Il veut moderniser par la technique et par la science — « peu de politique et beaucoup d'administration » — et surtout par les capitaux étrangers. Les científicos trouvent donc en lui leur homme. Créoles xénophiles, intellectuels, hommes d'affaires, politiques, ils se sont répandus dans toutes les branches d'activités : les frères Macedo, par exemple, sont dans les affaires, d'autres dans la banque et l'industrie, beaucoup à l'université, un grand nombre dans l'administration, dont ceux du cabinet ministériel avec Limantour et Sierra. Tels Ramon Carral et Enrique Creel. Quant à Francisco Bulnes, il écrit tranquillement en 1903 : « Au Mexique, nous ne devons rien à la liberté et tout au despotisme : l'indépendance, les lois de la réforme, les droits individuels, la grande œuvre du général Díaz. » Jamais positivisme et caudillisme n'avaient fait et ne feront aussi bon ménage sous la bannière de l'ordre et du progrès. Le capitalisme international répond à l'appel, en important la révolution technique dans l'exploitation minière, dans les transports, dans l'agriculture et dans l'industrie. Jusqu'à l'intégration des científicos dans le gouvernement (1893), les méthodes modernes de production jouent, en effet, un faible rôle dans l'économie mexicaine ; sauf dans les mines, où les innovations technologiques ont déjà été apportées. Le tableau de la distribution de la population active et de la productivité par travailleur et par branche d'activité donne une idée de la situation du pays en 1895 :

Branches d'activité		*Productivité (en pesos 1950)*
Agriculture	66,5 %	1 146
Mines	1,80 %	5 459
Artisanat et industrie	11,51 %	1 740
Construction	2,33 %	
Transport et communication	1,60 %	3 217
Commerce	5,56 %	3 412
Services	10,34 %	
Insuffisamment spécifiées	0,36 %	

Donald B. Keesing, « Structural Change Early in Development : Mexico's Changing Industrial and Occupational Structure from 1895 to 1950 », *The Journal of Economic History*, vol. XXIX, décembre 1969, n° 4, p. 724.

Les investissements, comme de fait, affluent au Mexique de Porfirio Díaz. D'abord, on l'a vu, dans les mines, dont deux lois de 1884 et de 1892 permettent aux étrangers de posséder le sous-sol, pour attirer les investissements de l'extérieur : dans une proportion écrasante, ils sont américains. Et aussi dans les chemins de fer : à l'arrivée de Díaz, le réseau de voies ferrées avait une longueur de 800 kilomètres. En 1910, à la fin du régime, il est de 24 000 kilomètres et a grandement contribué à créer un marché national pour l'économie, permettant non seulement de transporter les minerais vers les ports, mais « aux latifundistes d'entrer dans une économie d'échanges », et au Mexique, par les effets d'entraînement et de multiplication, d'être au seuil du développement d'une économie industrielle à la naissance du XXe siècle.

A la fin du Porfiriato, le gouvernement mexicain pouvait s'enorgueillir de posséder ou de contrôler, à travers 51 % du capital social de la Compagnie nationale des Chemins de fer de Mexico, 60 % d'un réseau qui reliait entre elles les principales villes et les principales régions du pays. La suppression des droits de douane intérieure (l'*alcabala*) agit dans le même sens de l'unification du marché national. Des spécialisations agricoles régionales se précisent : sucre dans l'État de Morelos, sisal dans le Yucatán, etc.

L'économie mexicaine est alors en pleine expansion. Outre la montée rapide de la courbe de production des matières premières (argent, cuivre, plomb, sisal, or et pétrole), l'industrie enclenche son mouvement ascensionnel. Le volume de biens manufacturés double au cours de l'administration de Díaz. Ce sont d'abord des industries de biens de consommation : minoteries, verreries, brasseries, papeteries, fabriques de chaussures, et surtout usines textiles. La production de ciment fait un tel bond que le marché mexicain reçoit en 1910 près de trois fois la quantité de ciment consommée entre 1900 et 1910 (Cumberland). Mais c'est aussi l'industrie des biens d'équipement, notamment à Monterrey à proximité de laquelle on savait depuis longtemps que se trouvaient des dépôts de minerai de fer et des gisements de charbon. Le président Díaz décide de faire construire l'infrastructure ferroviaire nécessaire. Un industriel italien (Vicente Ferrara) s'associe alors à un banquier américain (Eugene Kelly) et à deux négociants, l'un français (Léon Signoret) et l'autre espagnol (Antonio Basagarti), pour lancer la Compagnie des grandes fonderies de fer et d'acier de Monterrey (mai 1900), productrice de fer, d'acier, de rails, de poutrelles, etc., en faveur de laquelle Limantour adopte une politique protectionniste : la production d'acier s'accroît de plus de 600 % entre 1903 et 1911. Le premier complexe industriel fer-acier de l'Amérique latine, la Fondidura, d'une capacité de production annuelle de 90 000 tonnes au départ, se révèle viable. Les profits sont parfois fantastiques, comme on l'a vu, pour les mines où ils ont grimpé jusqu'à des sommets de 100 à 200 %. Ils sont toujours intéressants. En sont surtout bénéficiaires, outre l'étranger et les hommes au pouvoir, un secteur d'entrepreneurs agricoles engendré durant le Porfiriato et orienté vers la production pour l'exportation et pour le marché interne, et une fraction de la bourgeoise modernisante avec les caractéristiques de l'esprit d'entrepreneur et liée à l'industrialisation, et enfin aussi un groupe de petits propriétaires du milieu urbain s'adonnant aux activités de la petite et moyenne industrie et du petit et moyen commerce (Manuel Villa). Les retombées sociales vers les classes inférieures sont à peine sensibles.

Cela dit, le Porfiriato est une période de progrès économiques incontestables. Des indicateurs sont là pour l'attester. Les recettes fiscales du gouvernement passent de 20 à 100 millions de dollars ; le commerce extérieur passe de 63 millions de dollars en 1885 à 239 millions en 1907 ; l'envoi de colis postaux passe de 5 à 192 millions d'unités. Pour la première fois dans l'histoire du Mexique, l'équilibre budgétaire est réalisé. Le standing financier du pays, à l'époque de Porfirio, est tel qu'un emprunt lancé en Allemagne est souscrit au-delà de son montant, quinze minutes après l'offre des actions sur le marché. Mexico passe de 330 000 habitants en 1890 à 470 000 en 1910, et Monterrey de 42 000 à 81 000.

A la fin du Porfiriato, les investissements étrangers atteignent près de 3 milliards et demi de pesos dont 64,46 % américains, 19,58 % anglais, 8,74 % français. Les intérêts étrangers ont la prépondérance totale dans l'infrastructure (chemins de fer, installations portuaires, télégraphes et téléphones), les mines, le pétrole, le commerce en gros, certaines branches de l'industrie, les services publics, la banque, les professions libérales. Dans le pétrole, par exemple, ce sont les Américains qui ont la majorité absolue : 58,48 %, tandis que dans l'industrie textile, ce sont les Français qui la détiennent : 62,91 %, et que dans les services publics, ce sont les Anglais : 56,39 %.

Le coût de cette modernisation s'exprime cependant en termes socio-économiques graves pour l'avenir. Les communautés indigènes ont été dépossédées au profit des grandes exploitations, souvent étrangères (les terres concédées aux étrangers couvrent le cinquième de la superficie totale) et le Mexique de 1911, c'est 97 % de ses paysans sans terre ! Sur les haciendas nouveau style, les salaires des peones sont de 25 à 40 centavos par jour et le gouvernement se soucie peu de leur sort. Il a voulu pratiquer une politique systématique d'immigration qui n'a pu être exécutée : le salut pour les científicos devait venir de la race blanche européenne. Ils n'ont pas caché la faible opinion qu'ils se faisaient des masses indigènes ! Leur xénophilie est celle des classes aisées qui se mettent à l'européenne dans leur style de vie et leur style de consommation. L'instruction qui se développe au niveau secondaire et supérieur pour les nouvelles élites et cette classe moyenne dont Díaz parle de la formation avec satisfaction ignore les villages où l'on maintient tant bien que mal un système insuffisant, mal équipé et inefficient. La condition ouvrière dans les usines, semblable à celle des ouvriers européens à l'époque de la loi d'airain des salaires et de l'enquête Le Play en 1848, suscite des mouvements de protestation, des revendications, des grèves qui deviennent plus nombreuses à partir de 1906 mais qui sont réprimées avec violence. Quand les científicos parlent au nom de la propriété, le travail doit se taire et marcher. Le Mexique de Díaz, c'est une immense entreprise d'exploitation et d'aliénation. C'est aussi le prix dont l'alliance caudillisme-positivisme-capitalisme fait payer le progrès.

En 1910, pour célébrer le centenaire du « Grito de Dolores » et le quatre-vingtième anniversaire du vieux dictateur, le monde entier vient rendre hommage à Don Porfirio et au Mexique du Porfiriato. Le vieil homme est alors au comble de la gloire. Les festivités coûtent 20 millions de pesos, mais leur magnificence dépasse réellement l'imagination. On y boit, paraît-il, 20 wagons de champagne de France ! Des États-Unis arrive un livre d'hommage consacrant Díaz comme un des plus grands hommes que l'humanité ait enfantés. Cent six leaders de la vie publique, intellectuelle, religieuse et sociale américaine s'associent à cet hommage : le vice-président des États-Unis, le secrétaire d'État et le secrétaire au Trésor, 14 députés, 20 sénateurs, 14 hauts fonctionnaires du Département d'État, des gouverneurs, des présidents d'université, des généraux et amiraux.

C'est que, selon un mot fameux, sous Díaz, si le Mexique a été une belle-mère pour la majorité des Mexicains, il a été une excellente mère pour les étrangers !

Un cas exemplaire de la série : la Colombie de Reyes (1904-1909)

La Colombie de 1904 à 1909 est une illustration exemplaire de la trilogie caudillisme-positivisme-capitalisme sous la courte mais décisive présidence de Rafael Reyes.

A son avènement au pouvoir comme l'homme fort du parti conservateur, le général Reyes s'est déjà taillé une réputation de figure légendaire, frappant et captivant l'imagination populaire. D'abord dans une aventure de plus de douze ans d'exploration à travers la jungle amazonienne au cours de laquelle ses deux frères périssent, l'un de la fièvre jaune, l'autre de l'appétit d'Indiens cannibales, mais lui-même revient vivant en 1884 pour publier le récit de ses exploits, après avoir ouvert la route fluviale de la Colombie au Brésil et révélé l'existence de vastes ressources vierges de la forêt amazonienne. Le récit de cette héroïque expédition lui procure une auréole de personnage à sensation. Ensuite dans l'armée, où sa renommée mais aussi sa vaillance dans la lutte armée contre les libéraux et dans la guerre des Mille Jours (1899-1902) l'aident à accéder au commandement en chef. Forte personnalité, il fait impression comme chef de la délégation colombienne à la conférence panaméricaine de Mexico en 1901-1902 mais est impressionné à son tour par le modèle du Porfiriato qu'il va vouloir imiter dans son pays. Il achève de fignoler son portrait lors de la sécession panaméenne, lorsque les forces d'intervention nord-américaines lui barrent la route pour l'empêcher d'aller ramener la province isthmique dans l'unité nationale, et lorsque, peu après, il essuie une rebuffade dans les démarches qu'il entreprend à Washington pour régler la question de Panama au mieux des intérêts colombiens. A cinquante-quatre ans, plus personne ne peut lui barrer la route de la présidence de la République : il est donc élu en 1904. Dès le 7 août de la même année, il jette les bases du pouvoir personnel en supprimant le Congrès et en emprisonnant quelques ex-députés rétifs ou hostiles et se saisit de la dictature. L'Assemblée nationale, qu'il convoque par la suite, est composée de membres triés sur le volet au nombre de trois par département. Il applique contre les opposants une politique de rigueur extrême, censure la presse, place les irréductibles devant le choix entre la prison ou l'exil. Les élections, menées tambour battant, dans certains cas sous le régime de la loi martiale, donnent les résultats voulus par le pouvoir avec la possibilité, aménagée par lui, de laisser une minorité libérale s'exprimer vainement à l'intérieur du système.

Il a un programme de reconstruction du pays fondé sur l'organisation scientifique des affaires nationales, qu'il confie à une équipe d'ingénieurs et de techniciens, ses científicos à lui, dont certains sont diplômés de Berkeley (États-Unis), des universités du nord-est de l'Amérique du Nord et, bien entendu, d'Europe, et qui sont convaincus de la nécessité d'aménager le territoire de façon moderne. Se développe un climat « desarrolliste » (entiché de développement) qu'entretiennent les réformes économiques du gouvernement. A l'instar de la politique de Limantour au Mexique, le gouvernement colombien réorganise les finances du pays, surtout dans le but de restaurer le crédit national sur le marché financier international, par l'épongement de la dette extérieure et la stabilisation de la monnaie.

Il pratique une politique de « porte ouverte » au capital étranger, américain principalement, et favorise l'immigration. C'est donc le schéma de la modernisation par un capital et des hommes « venus d'ailleurs ». Certes, cela n'empêche pas, par l'effet d'entraînement, la constitution de secteurs-noyaux à partir de la diffusion primaire de la croissance, qui vont engendrer, comme dans l'Antioquía, les préconditions d'un développement industriel ultérieur. Mais ce sont les investissements étrangers qui impulsent, dynamisent et modernisent à la base. Ainsi, la construction de voies ferrées reliant Bogotá à la côte par la vallée de Magdalena contribue à la fois à accélérer la formation de l'unité nationale et la constitution d'un marché national. L'agriculture se modernise et les haciendas s'agrandissent ou se reconstituent, souvent au prix de la dépossession des communautés indigènes. Mais, surtout, prend son essor la culture du café dans les fermes petites et moyennes de la vallée du Cauca, pendant que l'exploitation du caoutchouc enrichit de nouveaux pionniers et que la production sucrière se modernise. Cette croissance s'accompagne de l'apparition d'éléments vivant de salaires et ne dépendant pas de la vieille société patriarcale : ce sont les premiers bourgeonnements d'une classe ouvrière embryonnaire. Remous de surface, cependant, ou tout au plus de mi-pente car, dans ses structures profondes, le système n'est pas détruit, ce qui ne diminue d'ailleurs en rien la réalité et l'importance de ce début de modernisation. Des écoles d'agriculture sont fondées et les villes se développent ; la population urbaine est déjà de 21 % en 1918. Cali et surtout Medellín vont connaître un essor remarquable comme métropoles économiques régionales tandis qu'à Bogotá Reyes se lance dans des travaux d'embellissement coûteux.

Cette réputation d'efficience ne l'empêche toutefois pas d'être renversé en 1909 quand, sa popularité déjà minée par l'explosion nationaliste contre son projet de traité avec les États-Unis au sujet de Panama, il essaie de faire réviser la Constitution pour se maintenir au pouvoir.

Un cas mitigé : le Guatemala de Manuel Estrada Cabrera (1898-1920)

On peut discuter le rattachement de la longue expérience du dictateur Manuel Estrada Cabrera à la famille des régimes qui se sont placés sous le signe de l'alliance caudillisme-capitalisme-positivisme, car si le couple des deux premiers se trouve bien réuni pendant son règne, la référence expresse au troisième dans cette association tripartite n'est pas très explicitement faite. Certains le verraient sans doute plus à l'aise dans la catégorie des dictateurs caraïbes classiques, avec, par exemple, Juan Vicente Gomez du Venezuela (1908-1935), et accorderaient plus volontiers l'étiquette positiviste au régime de son prédécesseur Justo Rufino Barrios (1873-1885) à la présidence du Guatemala.

En réalité, l'expérience de Manuel Estrada Cabrera (1898-1920) est contemporaine de celle du Porfirio Díaz de l'époque positiviste déclarée (1893-1911) et de celle de Rafael Reyes (1904-1909) à la génération desquelles elle appartient. Sa problématique est la même et son climat aussi, bien que les deux premières aient été davantage et plus délibérément placées sous l'éclairage, favorable dans sa réputation de modernisateur, du positivisme doctrinal triomphant alors qu'elle ne s'est elle-même pas située officiellement dans la série dont le Porfiriato est le prototype à la fin du XIXe siècle et au début du XXe. Il est difficile, malgré un degré supérieur de rudesse dans le despotisme et un actif plus modeste de modernisation, de lui nier son caractère de « dictature d'ordre et de progrès » en alliance avec le capital étranger.

D'origine obscure, ayant fait une carrière civile d'homme d'appareil au sein du parti libéral jusqu'à être vice-président de la République, il recueille la succession à l'assassinat du président en exercice, en 1895. Il va garder le pouvoir vingt-deux ans.

Ses méthodes tyranniques n'ont pas peu contribué à la mauvaise réputation qu'il a légitimement acquise pendant son règne absolu : Congrès épuré des adversaires les plus gênants envoyés en prison, en exil ou dans la tombe à réfléchir, s'il leur en reste le loisir, sur les beautés de la Constitution libérale toujours officiellement en vigueur ; ordre public maintenu au prix de la violation de la vie privée (correspondance et mouchardage) ; institutions vidées de leur substance et habilement peuplées de thuriféraires à solde ; police politique efficace dans le dépistage des opposants et des suspects pour mieux assurer l'unanimité nationale de ses diverses réélections (1904, 1910, 1916) ; armée domestiquée et neutralisée par une association plus imposante que réelle au pouvoir ; censure postale et journalistique ; contrôle douanier tatillon à la recherche d'armes à feu tyrannicides ; manipulation des faiseurs d'opinion enrôlés dans la propagande en faveur du régime d'un chef qui se dépense sans compter « uniquement et exclusivement, en sacrifiant jusqu'à ses propres intérêts, pour le *progrès* de la patrie ».

Ce progrès, il le conçoit grâce au concours du capital étranger et à l'apport de l'immigration étrangère. De fait, attirés par le climat d'ordre et la stabilité du régime, les capitaux allemands et américains s'investissent dans les chemins de fer pour assurer la liaison Atlantique (mer des Caraïbes)-Pacifique, dans les routes, les transports et communications, les travaux d'aménagements portuaires (achèvement et équipement de Puerto Barrios, sur le littoral de la mer des Caraïbes), dans l'électricité. Bénéficiant de conditions très avantageuses d'établissement, des Allemands s'installent dans la production du café, développent des plantations modernes de canne à sucre, de cacao et des exploitations de caoutchouc. Mais le fait majeur, pour l'avenir, est l'implantation de la United Fruit pour le développement de la production des bananes à destination du marché nord-américain.

Les revenus tirés de ces nouvelles activités, quand ils ne sont pas distribués en prébendes, servent à doter le pays de quelques écoles et hôpitaux. Mais Don Manuel a la chance de pouvoir attirer l'attention des responsables du programme sanitaire de la Rockefeller Foundation dans la tâche d'assainissement du pays. Par contre, il aime les dépenses de prestige, les dépenses somptuaires : érection de monuments, embellissement de la capitale, aménagement de parcs à la Haussmann.

Le coût de cette politique, c'est le lourd passif retenu par l'histoire : l'aggravation de la dette publique, l'abandon des intérêts nationaux d'un petit pays devant une grande firme, une tyrannie sanglante totalement liberticide, la corruption matérielle et morale généralisée, la dépossession des indigènes, la destruction de leurs communautés *(ayllu)* et la prolétarisation des paysans soumis, à défaut d'une résurrection de l'*encomienda* (tribut en travail de l'époque coloniale s'analysant finalement en une corvée), à l'obligation du travail sur les plantations capitalistes nouvelles, à la misère des salaires de subsistance. Il laisse peu de regrets à sa mort, après qu'un soulèvement armé l'eut chassé du pouvoir en 1920.

Un cas d'espèce : le Brésil des débuts de la république (1889-1910)

Si l'on excepte le Mexique de Díaz, aucun pays d'Amérique latine n'a été plus accueillant pour le positivisme que le Brésil. C'est dans ce pays, sans doute, que la doctrine d'Auguste Comte a eu la résonance politique la plus durable. Ce n'est pas par hasard.

La rencontre entre le positivisme et le crépuscule de l'empire de Don Pedro II, loin d'être l'effet d'un coup de foudre, a été préparée par toute une évolution qui remonte au milieu du XIXᵉ siècle ou plus exactement à partir de la décennie des années 1860 quand la pensée de Comte a commencé à pénétrer et à être connue au Brésil. Le positivisme s'est fait des adeptes dans les milieux d'étudiants et dans les cercles professionnels, principalement les scientifiques et les techniciens.

En quoi le positivisme pouvait-il intéresser les Brésiliens de 1865-1868 ? D'abord parce que c'était une doctrine venue de France, et la France pour les Brésiliens du dernier tiers du XIXe siècle, c'est la mère de la culture. Ensuite, parce que c'est une tentative pour concilier l'aspiration au progrès et l'attachement à l'ordre traditionnel. Les esprits qui, tout en ne se sentant aucune sympathie pour un mouvement libéral dont la radicalisation et les excès conduisaient, selon eux, au désordre, à la guerre civile et à l'anarchie, voulaient sincèrement militer en faveur du progrès modernisateur sans détruire la hiérarchie sociale et les valeurs morales traditionnelles, trouvaient, dans le positivisme, le moyen d'être pour le mouvement sans être acculés à se trouver avec les vieux conservateurs défenseurs du *statu quo*. Et puis, au Brésil, on a tendance à rechercher les formules qui permettent d'éviter les affrontements dichotomiques et les conceptions manichéennes qui mènent à la rupture sans compromis, au divorce sans accommodement. Mais surtout, le positivisme présentait, aux yeux des Brésiliens de l'empire, le quadruple avantage d'offrir une explication du retard du Brésil, une plate-forme d'opposition à l'empire dans le républicanisme conservateur, une argumentation scientifique contre l'esclavage et un programme de développement fondé sur la science et la technique. Ajoutons que les grands changements qui s'annonçaient dans les années 1880 avaient besoin d'une doctrine porte-drapeau comme justification idéologique des intérêts socio-économiques qui travaillaient pour les amener. Disons enfin qu'il y avait à la fois une disponibilité et une soif de rigueur intellectuelle dans le sens du concret et un besoin de mysticisme, qui pouvaient, en même temps, se satisfaire dans le comtisme, lequel préconisait précisément tout aussi bien un « scientisme » qu'une nouvelle « religion » positiviste.

La campagne républicaine contre l'empire et abolitionniste contre l'esclavage — deux aspects d'un même combat — se fait donc au nom du positivisme. A l'échelon national, elle a ses animateurs en la personne, par exemple, de Benjamin Constant Botelho de Magalhaes, positiviste déclaré, partisan de la loi et de l'ordre, professeur à l'École militaire. Il est, on l'a vu, le premier des chefs historiques à avoir influencé les jeunes militaires des années 1880. Le groupe d'officiers dévoués qu'il rassemble autour de lui comprend des adeptes fervents du positivisme.

A l'échelon de la vie des États, le positivisme trouve sa terre d'élection dans le Rio Grande do Sul qui officiellement adopte le comtisme comme philosophie politique : « Un portrait de Comte était suspendu au salon du gouverneur dans la bibliothèque de l'État et les saints laïques du comtisme avaient leurs bustes encastrés dans la façade de l'immeuble. » Les deux premiers gouverneurs républicains de l'État sont des grands noms déclarés du positivisme local.

Quand, au niveau national, la république succède à l'empire, la devise d'Auguste Comte « Ordre et Progrès » est inscrite sur le drapeau de la République et la Constitution de 1891 s'inspire des *Cours de philosophie positive,* et surtout du *Système de politique positive* d'Auguste Comte. Dans le Rio Grande, la Constitution de l'État institue la « monocratie » comtienne, et la devise de son rédacteur principal, qui devient son premier gouverneur, Julio de Castilho, est « Conserver en progressant ». Ses adversaires appelleront par dérision l'État du Rio Grande « le pays de Comte » (Comtelandia).

L'alliance du positivisme et du caudillisme se réalise, malgré les apparences, parfaitement au Brésil républicain. D'abord, ce sont, au début, les militaires qui gouvernent la république après l'avoir portée sur les fonts baptismaux : Deodoro da Fonseca puis Floriano Peixoto, tous deux autocrates. Le premier n'hésite pas à chasser *manu militari* les députés du Parlement fédéral ! Le second supprime les journaux d'opposition et persécute les opposants. Mais même quand les civils arrivent au pouvoir et dirigent la période constructive (1898-1910) avec les présidents Manoel Ferraz de Campo Salles (1898-1902), Francisco de Paula Rodrigues Alves (1902-1906) et Alfonso Augusto Moreira Penna (1906-1909), c'est sous l'égide de la Constitution de 1891 qui a créé un pouvoir présidentiel plus fort que n'avait été le pouvoir impérial. Un publiciste brésilien éminent a même pu écrire — et cette citation est particulièrement éloquente ici : « Ce que la Constitution du 24 février [1891] rendit définitif, ... ce fut seulement le caudillisme hispano-américain » (José Maria Dos Santos, *La Dernière Constitution brésilienne,* Paris, 1933, p. 23).

Au niveau des États, la vie politique est dominée par un homme fort, appuyé sur une clientèle de caciques locaux, grands manipulateurs des élections. Ces hommes forts, qui sont souvent les gouverneurs de ces États, mais peuvent aussi être les « patrons » politiques du gouverneur qui est alors leur homme, sont d'incontestables caudillos. C'est le régime du « coronelisme » brésilien, homologue du caudillisme hispano-américain. La « vieille république » brésilienne (1889-1930), qu'on appelle encore la « république oligarchique », correspond au renforcement et à la consolidation du « coronelisme ». L'État du Rio Grande do Sul en offre l'illustration incontestable. De l'avènement du régime républicain (1891) jusqu'à la mort de Julio de Castilhos (1903), celui-ci demeure le maître incontesté de l'État, d'abord comme gouverneur, puis comme simple chef du parti républicain de Rio Grande. Autoritaire, il n'hésite pas à déclarer le caractère monolithique de la vie politique dans son fief. Son successeur comme gouverneur puis comme chef du PRR, Borges de Medeiros, est célèbre pour avoir coupé la parole à un de ses interlocuteurs qui commençait à s'adresser à lui par ces mots « Je veux... » : « Sachez, lui signifie-t-il en l'interrompant, que je suis ici le seul à vouloir. Vous n'avez qu'à solliciter, écouter et exécuter. »

Cette alliance du positivisme et du caudillisme a pour vertu, au Brésil comme ailleurs, d'attirer le capital étranger et de susciter l'expansion des affaires locales. On l'a vu : l'avènement de la république a, en effet, opéré un déplacement du centre de gravité économique du Brésil en faisant passer le *leadership* au Sud du café, de l'élevage et de l'industrie : São Paulo-Rio de Janeiro-Minas Gerais-Rio Grande do Sul, en substitution du Nord colonial du café, du coton, du tabac et du cacao : Bahia et Pernambouc. La « vieille république » ou « république oligarchique », ce n'est pas seulement la croissante influence des militaires dans la politique et leur intervention directe périodique, c'est aussi et surtout l'arrivée au premier plan de l'homme d'affaires : barons du café, magnats de la finance et du commerce, oligarchie industrielle urbaine, etc. C'est le régime de la collaboration lucrative des hommes d'affaires avec le gouvernement. L'illustration de cette alliance réside, par exemple, dans la politique dite de valorisation du café, par laquelle, pour empêcher l'effondrement des prix avec la croissance en flèche de la production, et donc améliorer les termes de l'échange, l'État achète le surplus et le met en stock. Pour ce faire, il est obligé de recourir à l'emprunt. On a calculé les emprunts souscrits par l'État brésilien dont le montant a été affecté à cette politique de valorisation du café : 72,7 millions de livres sterling entre 1906 et 1930. C'est sans doute cher, mais c'est à ce prix que les intérêts des barons peuvent être sauvegardés. Autre exemple non moins édifiant : la politique monétaire du gouvernement fédéral sait sauvegarder et même servir les intérêts des exportateurs de café. Il a été calculé qu'entre 1889 et 1920, alors que la valeur sterling des exportations brésiliennes croît à un taux annuel de 4 %, la dépréciation du milreis a été de l'ordre de 80 %. De même, au niveau local, oligarchie urbaine d'État et colonels de la campagne se donnent la main pour réaliser de « bonnes » élections et faire passer la « bonne » législation favorable aux « bonnes affaires ».

Le café, dans la phase ascensionnelle de son cycle, pousse à l'« aventure industrielle » ; il faut le préparer et le sécher : des machines peuvent le faire et on peut faire ces machines ! Et alors, pourquoi, dans ces ateliers de fabrication des machines pour remplir ces tâches, ne pas faire aussi des chaudières, des pompes, des instruments divers ? Une usine de São Paulo, en 1896, emploie 703 personnes à fabriquer des voitures de chemins de fer : elle est la propriété d'un planteur qui possède le chemin de fer de São Paulo. Il est donc aussi le plus grand patron industriel de la ville. Minoteries, cimenteries, verreries, tanneries, filatures de coton, tissages, ateliers mécaniques sont souvent des entreprises appartenant aux planteurs de café. On a même pu écrire que « presque toutes les entreprises brésiliennes sont venues de l'élite des plantations ».

Après l'arrangement conclu avec Rothschild en 1898 et les premiers résultats de la politique d'assainissement financier de la république, le flux des capitaux anglais va reprendre au Brésil avec une intensité accrue. L'immigration qui, elle, ne s'est pas ralentie, va atteindre de nouveaux records. Les dix premières années de la république voient affluer un total d'un million et quart de nouveaux venus et les années de 1901 à 1910 un total de 631 000. La population de l'ensemble du Brésil passe de 10 100 000 habitants en 1870 à 24 600 000 en 1910. Celle de Rio, entre 1890 et 1910, passe de 523 000 à 900 000 ; de São Paulo de 65 000 à 130 000, et de Porto Alegre de 52 000 à 130 000 habitants.

On a vu précédemment comment le cas brésilien illustre parfaitement le processus de modernisation de l'économie qui mène jusqu'au seuil du développement industriel, à partir d'une injection massive de capitaux étrangers, anglais surtout, dans les activités minières et les chemins de fer, transports et communications... Eh bien, ce seuil est franchi avant la Première Guerre mondiale. Warren Dean a mis l'accent sur le fait que la production industrielle, au Brésil, a crû plus rapidement avant 1914 que pendant la guerre. Selon lui, cette dernière aurait même retardé, ralenti, plutôt qu'accéléré le développement industriel du pays. En tout cas, on a fait observer que tous les « groupes économiques » géants de l'industrie brésilienne — les Matarrazzo, Votorontim, Jafet, Klabin et Lundgren — ont commencé leurs activités bien avant 1914.

Aussi n'est-il pas étonnant que, dès 1920, la valeur de la production industrielle à São Paulo atteindra celle des exportations de café et qu'en 1927, déjà, l'industrie domestique approvisionnera presque 90 % du marché interne pour les cotonnades.

Ce développement ne va pas sans déchirement, sans

crise, sans résistance, sans drame. La classe ouvrière est sacrifiée sur l'autel de la croissance ; elle reçoit cependant les retombées socio-économiques de l'expansion, mais, manifestement, on ne se soucie guère de son bien-être. A l'exception d'une infime minorité, généralement métisse et d'ailleurs plus « lait au café » que « café au lait », les Noirs, dont l'importance décroît numériquement avec l'arrivée en masse d'immigrants qui modifient l'équilibre ethno-démographique du Brésil, n'ont pas leur part dans cet agrandissement du gâteau. Hier encore esclaves, il leur reste à faire leur place dans une société qui, sans racisme agressif, trouve cependant tout naturel qu'ils occupent les derniers échelons de la hiérarchie économique et sociale.

L'arrière-pays, l'intérieur brésilien, vit à un autre rythme, ne respire pas le même air et est comme d'un autre âge. Le général Rondon, adepte du positivisme comtien, va parcourir à pied, en mulet, en pirogue, l'Amazonie à partir de 1890. Son incessante croisade aboutira, en 1910, à faire créer la Société de protection des Indiens. Quant à Euclides da Cunha, ce sont d'autres déshérités de l'arrière-pays qu'il découvre et révèle, après avoir réalisé un reportage sur les opérations militaires qu'il a fallu mener pendant trois ans pour écraser la résistance des *sertajenos* fanatisés par un leader politico-religieux, Antonio Maciel, dans le Nord-Est. Il en sortira un livre *Os Sertoes,* un classique de la littérature brésilienne. Mais à l'autre bout du Brésil, Rio, débarrassée de la fièvre jaune, s'embellit, construit ses palaces et s'amuse. La prospérité, c'est pour l'alliance oligarchique du pouvoir et de l'argent.

4. L'achèvement de la carte politique de l'Amérique latine par la naissance de deux États nouveaux

Au cours de la décennie qui se situe à cheval sur le XIXe et le XXe siècle, deux nouveaux États naissent à l'indépendance politique, du moins officiellement : Cuba et Panama. Tous deux sont des petits États : Cuba, 114 524 kilomètres carrés, et Panama, 75 650 kilomètres carrés (sans la zone du canal). Tous deux appartiennent à la région des Caraïbes, cet ensemble mi-insulaire, mi-continental qui entoure la mer des Caraïbes, fort justement appelée la Méditerranée américaine. Tous deux arrivent à l'indépendance au moment où se déploie l'impérialisme américain avec toute la fougue d'un jeune colosse industriel arrivé à sa phase d'expansion extérieure et impatient d'afficher sa volonté de puissance. Tous deux y parviennent successivement et, dans une certaine mesure, par suite de l'intervention militaire nord-américaine. Enfin, tous deux — Cuba en se détachant de l'Espagne, Panama en se détachant de la Colombie — font leurs premiers pas en reconnaissant ou en se voyant imposer des bases militaires sur leur territoire et un droit d'intervention des États-Unis dans leurs affaires politiques internes — Cuba par l'amendement Platt devenu partie intégrante de la première Constitution cubaine de 1901, et Panama par l'article 136 de la première Constitution de 1904. Là sans doute s'arrête la ressemblance : elle n'est cependant pas mince.

Une naissance à la césarienne : Cuba

L'arrivée à maturité de la question de l'indépendance de Cuba en 1898 est le produit d'une lente incubation. En fait, c'est l'aboutissement d'un processus historique qui remonte au début du XIXe siècle. Dès l'époque des guerres bolivariennes de libération de l'Amérique latine, les premiers mouvements en faveur de l'indépendance de l'île espagnole éclatent et se produisent périodiquement de 1825 à 1850 : celui de Francisco de Agueros et d'Andrés Manuel Sanchez (1826), du poète noir Plácido (1844), de Narciso Lopez (1849 à 1851) et de Joaquim de Aguero (1851), ce dernier allant même jusqu'à proclamer l'indépendance de Cuba à Camagüey, dans la province d'Oriente. Mouvements sans lendemain ? Les phénomènes de résurgence existent en histoire comme en géographie...

Les conditions, en ce temps-là, sont *défavorables*. A Cuba même, il manque d'unanimité en faveur de l'indépendance. Pis encore : il n'est pas sûr qu'une majorité la souhaite, en partie à cause de la présence d'une forte minorité d'esclaves noirs dont on craint qu'ils ne veuillent suivre l'exemple contagieux d'Haïti. Et puis, la force militaire espagnole dans l'île s'exprime par la présence d'une puissante garnison. De plus, Cuba n'est-elle pas l'« île toujours fidèle » ? Enfin, les États-Unis, tout à leur théorie « jeffersonienne » d'un Cuba « prolongement naturel » du territoire américain, ne sont pas disposés à aider. Bolivar lui-même, tout en l'envisageant, ne donne pas suite à des idées de libération de Cuba, en partie aussi, a-t-on dit, pour qu'il ne devienne pas un autre Haïti, ce qui laisserait à croire que ses sentiments avaient changé depuis l'époque (1814-1816) où il exprimait toute sa gratitude au président haïtien d'alors (A. Pétion) pour l'aide, jugée par lui décisive, qu'il avait reçue de l'État nègre.

A partir de la seconde moitié du XIXe siècle, la situation change et les conditions deviennent progressivement *permissives*. D'abord, la polyculture cubaine disparaît au profit de la biculture de la canne à sucre et du tabac, en attendant de passer à la monoculture de la canne. La décadence de l'élevage et des autres activités traditionnelles de cultures tropicales laisse donc place nette à l'expansion capitaliste du cycle de la canne, dont la phase ascensionnelle amène la mise en valeur des terres agricoles de l'île en processus de remembrement, pour reconstituer ou consolider le régime de la grande propriété : la plantation sucrière tropicale. Et puis, malgré le désir des planteurs espagnols *(peninsulares)* et cubains *(criollos)* de maintenir l'esclavage, le système esclavagiste est en crise depuis que l'abolition de la traite d'une part, la montée de l'économie capitaliste industrielle dans le monde d'autre part, tarissent les sources de main-d'œuvre servile et changent le marché du travail en Amérique. Enfin le système de l'exclusif fonctionnant au profit de l'Espagne révèle le double archaïsme d'un monopole de la métropole au moment où le libre-échange triomphe dans le monde et qu'un commerce fructueux pourrait se faire, avec les États-Unis par exemple, et d'une administration espagnole coloniale insensible aux vents du nord et à la volonté d'affirmation d'autonomie politique et économique des planteurs.

Un mouvement nationaliste se développe donc, dans la ligne des traditions antérieures, autour de Carlos Manuel de Cespedes, l'auteur du manifeste de Yara, *El Grito de Yara,* qui déclare créer un gouvernement républicain indépendant. La guerre d'indépendance de Cuba entre dans sa première phase qui dure dix ans (1868-1878) et au cours de laquelle s'illustre Maximo Gomez. Cette première phase se termine par le pacte de Zanjon qui est la reconnaissance de l'échec, le 12 février 1878. Elle a cependant permis à des hommes comme José Martí, Antonio Maceo et Calixto Garcia de faire leurs premières armes et d'émerger comme leaders nationalistes. C'est, si l'on veut, une répétition générale.

De la fin de cette secousse à 1895, un certain nombre de transformations s'achèvent qui créent, en faveur de l'indépendance cubaine, des conditions qui, cette fois, vont devenir *efficaces*. C'est d'abord l'arrivée des Nord-Américains dans la production sucrière cubaine où ils remplacent les planteurs espagnols, tel Edwin F. Atkins appelé à devenir un des géants économiques nord-américains à Cuba. Vers 1895, on évalue à 50 millions de dollars le montant des investissements nord-américains dans l'île. C'est ensuite le résultat de l'abolition de l'esclavage à Cuba, enfin consentie par l'Espagne en 1886. Les deux événements font apparaître et favorisent le capital et la technique des États-Unis d'Amérique à Cuba. Ils vont peser lourd dans l'accession à l'indépendance de l'île espagnole.

La crise de 1895 est la crise générale du système : économique, sociale, politique et internationale. C'est le « mélange explosif » cher à l'historien Ernest Labrousse pour expliquer la naissance des révolutions.

Crise économique. C'est la première grande crise de l'économie sucrière cubaine liée à la dépression mondiale de 1893. Dans l'île, en effet, l'avènement des grandes « centrales » a fait faire un bond à la production sucrière qui passe de 595 000 tonnes à 1 054 214 tonnes entre 1882 et 1894. Or, en Europe et même en Amérique, le sucre de betterave concurrence sérieusement le sucre de canne, malgré un contenu de saccharose inférieur. En 1894-1895, la production de sucre de betterave s'élève dans le monde à 4 725 800 tonnes, soit dix fois plus qu'en 1860, et elle représente les trois cinquièmes de la production mondiale (sucre de canne et sucre de betterave réunis) ! La concurrence des betteraviers et la montée du protectionnisme européen créent des difficultés de marché pour le sucre cubain. La chute des prix est d'autant plus inévitable que les États-Unis, aussi, se hérissent de barrières douanières, mettant fin à la faveur dont jouissait le sucre cubain sur le marché américain depuis 1890. De là la nécessité, qui devient vite une obsession, de reconquérir le marché américain.

Crise sociale. Le clivage s'approfondit vite entre les *peninsulares* et les *criollos,* créant les conditions d'un antagonisme social qui tend à s'analyser en lutte d'une bourgeoisie et des classes moyennes contre une oligarchie d'aristocrates fonciers. Il ne faut pourtant pas exagérer l'importance de cette faille dans le monde de la propriété, car elle est plus politique que sociale. Et puis, les conséquences sociales de la crise économique sont là : chômage par suite de la baisse de la *zafra* ou récolte sucrière. Dès 1892, à La Havane, un congrès ouvrier, le Congreso Regional Obrero de tendance libertaire, revendique la réduction de la journée de travail et... l'indépendance.

Crise politique. Le catalyseur a un nom : José Martí, l'homme qui fonde en 1892 le Partido Revolucionario Cubano qui milite pour l'indépendance. A New York, il organise la préparation à la relance de la guerre de liberté : Cuba libre ! En 1895 il est à Cuba et de 1895 à 1898 s'opère, par la guérilla, la « destruction du statut colonial à Cuba » dont Martí ne voit que le début puisqu'il meurt en combattant le 19 mai 1895, mais qui sera réalisée par Maximo Gomez.

Quelles sont alors les positions à Cuba ? Trois camps y existent, d'importance inégale croissante. Il y a les partisans de l'Espagne : une minorité active de peninsulares et d'intellectuels autour du général Weyler, l'élite espagnole de l'île qui tient à le rester, soit par conviction (sentiment d'appartenance et de loyalisme patriotique), soit par résignation (plutôt que de passer sous la domination nord-américaine ou, ce qui serait pire pour elle, créole). Le général Weyler a procédé à des regroupements autoritaires de la population pour mieux défendre celle-ci. Les patriotes crient que les *reconcentrados* sont, en réalité, des « camps de concentration ». C'est de bonne guerre et, en fait, c'est vrai.

Il y a les partisans de l'autonomie. Dans ce camp, on trouve une partie des criollos, en fait les plus actifs de ce camp. Mais on y trouve aussi des Cubains que l'idée de faire sécession effraie et qui craignent que l'indépendance ne s'accompagne d'une révolution sociale. Ils sont pour un compromis avec l'Espagne et n'acceptent pas l'alternative posée sèchement par un Martí catégorique : ou Yara (c'est-à-dire l'indépendance) ou Madrid. Ils croient encore possible un *self government* dans l'appartenance à l'Espagne. Parmi eux, curieusement, on trouve quelques Américains installés dans l'île et hostiles aux révolutionnaires cubains — tels Atkins ou encore A. B. Farquhar.

Enfin, il y a les partisans de l'indépendance. Leurs rangs se sont épaissis depuis l'appel de Martí puis son sacrifice. Certes, ils ne sont pas unanimes sur la meilleure voie à suivre pour aboutir à l'indépendance. Certains ont imaginé de racheter l'île à l'Espagne. Cette formule d'une indépendance par rachat est soutenue, à l'étranger, par un syndicat financier new-yorkais à la fin de 1897 et en 1898, dirigé par Samuel M. Janney (d'une firme bancaire de Wall Street) et John J. McCook qui passe pour être lié au président McKinley. Le gouvernement révolutionnaire cubain a été, un moment, tenté par l'idée de rachat et il a fait prospecter les possibilités. Deux accords ont même été signés : l'un le 5 août 1897 par Tomás Estrada Palma et Samuel Janney en vue de lancer des bons cubains pour un montant de 150 millions de dollars à 4 %, garantis par les droits de douane de la future Cuba indépendante, et l'autre en novembre 1897 réduisant le montant de l'émission à 37 millions et demi, mais dans l'esprit de ne plus rien donner à l'Espagne, car les fonds devaient être vite et exclusivement affectés à la lutte pour l'indépendance.

Mais Martí, avant de mourir, a convaincu les patriotes que seule la guerre révolutionnaire est la voie juste. Elle est celle de Calixto Garcia, elle est surtout celle de Maximo Gomez et d'Antonio Maceo, le Blanc et le Noir, les deux héros militaires de l'indépendance cubaine, le second se faisant tuer après José Martí. Elle est celle des travailleurs cubains : c'est la voie populaire.

Quelle est la situation à Cuba avant l'intervention militaire nord-américaine de 1898 ? Il est bien établi aujourd'hui par les historiens cubains, comme Felipe Martinez Arango, que pour une bonne part — la plus importante — l'essentiel de l'œuvre de libération nationale est fait. Cette thèse a été, depuis, confirmée par la publication de deux documents nord-américains. L'un, une note du secrétaire d'État Olney, d'avril 1896, reconnaît que les 60000 hommes des troupes révolutionnaires cubaines occupent déjà à cette date la plus grande partie du pays rural. L'autre, un rapport du consul général nord-américain à La Havane, en décembre 1897, qui opine que l'Espagne « ne peut plus gagner militairement », mais exprime la crainte d'une guerre de race après la victoire.

Aux États-Unis même, la température augmente de plus en plus, au sujet de la question cubaine. Les griefs américains contre l'Espagne s'expriment sur tous les tons. Cette guerre ne peut pas garder un intérêt local et un simple caractère de conflit hispano-cubain. Il y a des intérêts américains à Cuba, de tous ordres, mais surtout économiques.

On y dénonce donc les effets de cette guerre d'usure menée de part et d'autre, mais dont l'entêtement espagnol est responsable, et on reproche à l'Espagne de détruire le potentiel économique cubain. On met en relief les dommages causés aux biens des ressortissants américains. On prend position sur la légitimité de la volonté cubaine de mettre fin à l'exclusif, qui ferme l'île au commerce américain et on réclame le *free trade* qui ouvrira à l'économie américaine l'accès au marché de la grande île antillaise. A cela se mêle l'expression, souvent sincère et émue, de sentiments humanitaires et, convaincue et véhémente, de motifs idéologiques en faveur de la cause cubaine. Toute cette campagne, se situant au moment de la naissance de la presse à sensation — Hearst et Pulitzer — qui agit comme une caisse de résonance, enflamme l'opinion publique nord-américaine et la sensibilise sur les malheurs de Cuba.

Trois camps se partagent les faveurs de l'opinion agissante. Un premier groupe est en faveur de l'annexion de Cuba par les États-Unis comme solution finale naturelle du problème cubain. Il a des membres influents dans une partie du mouvement impérialiste qui s'est développé aux États-Unis depuis 1889, tel un Albert Beveridge, l'éminent sénateur, qui déclare en 1898 : « A la prière de son peuple, Cuba sera nôtre », ou encore l'influent

William Randolph Hearst pour lequel « l'avenir de Cuba est américain », ou encore Havemeyer placé à la tête du grand trust sucrier nord-américain. Une seconde tendance est favorable à l'achat, par les États-Unis, de Cuba à l'Espagne. Le ministre américain à Madrid, Woodford, fait même des démarches en ce sens auprès du gouvernement espagnol en 1898. Il y a, enfin, le groupe des partisans de l'indépendance cubaine. On y trouve de tout : les anti-impérialistes, des impérialistes et républicains dissidents comme Theodore Roosevelt, un grand nombre de démocrates, les populistes, etc. Ils ont pour eux et avec eux la grande presse. Un de ce groupe réussit à faire passer au Sénat un amendement : il s'agit du sénateur Henry Teller, du Colorado. Le texte est significatif de l'importance de la victoire remportée par ce camp. Il stipule que « les États-Unis ne peuvent intervenir que pour assurer l'indépendance de Cuba ». C'est le fameux amendement Teller.

L'*occasion* d'intervention est fournie par l'explosion, opportune, en rade de La Havane, du vaisseau le *Maine*, le 15 février 1898, faisant plus de 250 morts américains. Venant après la publication, par la grande presse, d'une lettre privée contenant, de la part du ministre espagnol aux États-Unis, Dupuy de Lome, des appréciations jugées peu flatteuses pour le président des États-Unis, c'est le feu aux poudres et l'intervention est votée. Mais sans la reconnaissance préalable du gouvernement révolutionnaire cubain. De ce fait, les États-Unis interviennent directement contre l'Espagne et, n'était-ce l'amendement Teller, il ne pourrait être dit que leur objectif est l'indépendance cubaine.

L'armée révolutionnaire cubaine a facilité le débarquement américain. Mais à aucun moment les États-Unis n'ont reconnu qu'il s'agissait d'une armée régulière. Ils n'ont pas considéré les Cubains comme des forces alliées mais comme des forces auxiliaires. Les victoires américaines sur les forces espagnoles, terrestres et navales, sont d'ailleurs rapides et à peine le bouillant et théâtral Theodore Roosevelt, engagé comme volontaire pour la libération de Cuba, a-t-il le temps de s'illustrer à la tête du régiment des *rough riders* dont il est le colonel dans l'île. L'Espagne demande alors la paix.

La polémique n'est pas morte entre Cubains et Américains au sujet de la paternité et de la responsabilité de la défaite espagnole. Pour les Cubains, on l'a vu, les Américains, par leur intervention, ont fait le *finish* : la question était déjà réglée auparavant mais cela aurait pris plus de temps et aurait coûté plus d'argent et de pertes en vies humaines et de souffrances au peuple cubain. L'intervention américaine a précipité une fin déjà inévitable : elle a été efficace mais non décisive. Pour les Américains, au contraire, tout en reconnaissant la fougue et en admirant la vaillance que les Cubains portent jusqu'à l'héroïsme, ils considèrent avoir libéré Cuba. Ils doutent que les « insurgés » cubains, avec les frictions, les dissidences et les crises dans leur commandement, auraient pu mener tambour battant la campagne de Santiago. Le poids des États-Unis a non seulement fait pencher la balance, il a été déterminant dans la libération de Cuba. Et cette conviction dicte leur comportement. C'est à eux et à eux seuls que l'Espagne demande la paix. C'est avec eux et avec eux seuls que cette paix est signée, le 10 décembre 1898, par un traité. Car pour l'Espagne aussi, la victoire est nord-américaine.

Le 1er janvier 1899 a lieu à La Havane la cérémonie de transfert de la souveraineté de Cuba à la garde des États-Unis. Non seulement l'accord du gouvernement révolutionnaire cubain n'a pas été sollicité, mais l'armée cubaine a été écartée, ce jour-là, du défilé. C'est une affaire réglée entre grands.

Cette armée révolutionnaire, l'objectif américain est de la démobiliser, malgré l'opposition clairvoyante de M. Gomez. Washington va jusqu'à consentir un effort financier pour la liquider, puisque, par une singulière opération, on remet une valeur en espèces (finalement 100 dollars) à tout soldat qui rend ses armes à sa municipalité, celle-ci devant les remettre aux Américains. Malgré tout, une partie de cette armée demeure et joue un rôle dans les régions de l'intérieur évacuées par les Espagnols. Cependant, pour maintenir l'ordre, les Américains préfèrent s'appuyer encore sur l'ancienne administration espagnole, en attendant la mise en place de la nouvelle.

Quel est alors le sort de Cuba ? Il résulte d'un double compromis entre les tendances qui divisent l'administration nord-américaine. Un compromis entre l'annexion et l'indépendance immédiate : la solution, à court terme, est une occupation militaire de transition. Elle durera près de quatre ans. Un compromis entre l'annexion et l'indépendance complète : la solution, pour le long terme, sera l'amendement Platt.

L'occupation militaire soumet Cuba à un régime provisoire de tutelle, confié à la direction du général Brook jusqu'en 1900 et du général Wood de 1900 à 1902. Elle crée une police rurale pour assurer l'ordre américain à l'intérieur. En attendant l'indépendance, Cuba est une circonscription militaire nord-américaine et les provinces des sous-circonscriptions.

Une expérience d'administration coloniale nord-américaine se développe alors à Cuba, comme à Porto Rico, elle, directement annexée. Les moyens mis à la disposition de l'autorité politico-militaire d'occupation lui permettent en effet d'entreprendre une œuvre économique et sociale de distribution de secours, de remise en ordre de l'économie et surtout de sanitation. La fièvre jaune est vaincue pour la première fois grâce aux travaux et découvertes d'un médecin cubain, le Dr Carlos Finley, et d'un médecin américain, le Dr Walter Reed.

A la faveur de cette œuvre peut alors se faire l'« occupation économique » avec une véritable invasion de Cuba par des commerçants et des investisseurs.

Cette période de transition n'est pas sans importance dans l'histoire de Cuba. Aux yeux des Américains, Cuba fait son apprentissage mais l'apprenti, ici, n'a aucune part réelle à ce qui se fait. Il est vrai que l'occupant introduit la régularité fiscale et l'équilibre budgétaire, qu'il crée des écoles, ouvre des routes, inaugure des hôpitaux, réalise des réformes judiciaires et entreprend des travaux publics à Matanzas, à Cienfuegos, à Guantanamo, à La Havane. Mais la volonté d'anglo-saxonnisation est trop évidente pour ne pas éveiller des soupçons et de la méfiance. Dans l'été 1900, 1 300 professeurs cubains font un stage aux États-Unis, à l'université Harvard. La philosophie politique de cette œuvre est, selon un rapport de Wood, de promouvoir à Cuba « une classe dirigeante conservatrice favorable aux USA ».

Entre-temps, le climat politique à Cuba s'est détérioré. Le paternalisme de l'occupant humilie et son racisme irrite. Des incidents révèlent l'ampleur et la profondeur de la frustration cubaine, comme l'affaire des funérailles de Calixto Garcia, le 11 février 1900. Le ressentiment national, vif dans le refus infligé à l'armée révolutionnaire cubaine de défiler le 1er janvier 1899, voit dans l'action américaine la violation de l'esprit de 1898 et un déni du droit à la libre disposition de Cuba.

Gomez, d'abord retiré au camp de Remedios, fait un émouvant adieu aux troupes de vétérans des guerres d'indépendance. L'écho de rumeurs annexionnistes venues des États-Unis déclenche une campagne de protestation dans la presse cubaine : les journaux *La Discusión, La Tarde, La Patria* expriment la vigilance du nationalisme cubain, cette fois dirigé contre les États-Unis.

Les élections générales, auxquelles sont conviés à participer tous les Cubains âgés de vingt et un ans, lettrés et possédant 250 dollars de biens matériels (ou alors pouvant faire la preuve de leur qualité d'anciens soldats) sont d'abord municipales (juin 1900), puis pour la Convention constitutionnelle (novembre 1900). Il en sortira la Constitution de 1901, la première Constitution nationale cubaine. A Washington, le nouveau président, Theodore Roosevelt, résistant à la tentation de rester, annonce qu'il est pour le retrait des forces d'occupation nord-américaines, mettant fin aux espérances un moment ressuscitées des annexionnistes.

A Cuba, l'atmosphère n'est pas cependant à l'enthousiasme. Au contraire. Car la bataille contre l'amendement Platt vient d'être engagée. Rédigé par le secrétaire d'État nord-américain Elihu Root et présenté au Sénat américain sous forme d'un amendement qui porte le nom de son auteur, le sénateur Platt du Connecticut, ce texte reconnaît, en effet, formellement l'indépendance de Cuba mais conditionne l'exercice de cette indépendance et de la souveraineté cubaine, en accordant un droit d'intervention aux États-Unis dans deux cas : l'un, extérieur, si l'indépendance de l'île est menacée par l'étranger, et l'autre, intérieur, si le gouvernement cubain ne se révèle pas capable d'assurer le respect des vies, des biens, des libertés et des obligations internationales sur son territoire. Et l'article 3, le plus gravement offensant pour la dignité et la souveraineté cubaines, s'accompagne d'autres par lesquels Cuba accepte de laisser en suspens le sort de l'île des Pins, alors convoitée par les Américains, et cède des bases à perpétuité (dont Guantanamo) à l'armée américaine qui prépare déjà le dispositif de contrôle et de défense du futur canal de Panama.

L'acceptation de cet amendement est présentée comme la condition du retrait américain. L'hostilité, à Cuba, ne désarme pourtant pas pendant la discussion de la Constitution. Des démonstrations de masse ont lieu dans l'île, culminant dans la nuit du 2 mars 1901. Mais le général Wood se déclare incompétent pour discuter les ordres qu'il a reçus : acceptation de l'amendement Platt ou continuation de l'occupation. C'est le diktat.

Au niveau des dirigeants comme au niveau des masses, l'hostilité est totale. Le journal *La Discusión* du vendredi saint 1901 illustre un encadré sur le « calvaire cubain » en montrant Cuba crucifiée entre Wood et McKinley et, au pied de la croix, Platt avec la lance du soldat romain. En désespoir de cause, la Constituante envoie une délégation à Washington, à la fin d'avril 1901, pour exprimer le rejet des clauses de limitation à l'indépendance contenues dans l'amendement Platt. Rien n'y fait. Le secrétaire d'État Elihu Root tergiverse, finasse, veut rassurer mais se refuse à changer un iota dans le fond et la formulation de l'amendement. C'est de toute évidence une condition *sine qua non* pour la fin de l'occupation. Alors, après avoir protesté contre l'amendement Platt avant de l'inclure, la Constituante vote affirmativement par 16 voix pour, 11 contre et 4 refus de vote, en précisant qu'elle le votait contrainte et forcée. On est le 12 juin 1901.

Commentant les événements quatre mois et demi plus tard, le général Wood, dans une lettre privée à Theodore Roosevelt, opinait : « Il y a, évidemment, peu ou pas d'indépendance laissée à Cuba avec l'amendement Platt », et il prévoit l'annexion tôt ou tard par les États-Unis.

Un traité de réciprocité commerciale achève de fixer les modalités des relations américano-cubaines et donne lieu aux États-Unis à une bataille double. Celle des betteraviers américains aux États-Unis contre les sucriers américains à Cuba. Ces derniers l'emportent à la suite de l'achat des intérêts betteraviers par la Compagnie de raffinerie du sucre, qui met ainsi tout le monde d'accord. La deuxième bataille est plus politique car elle oppose les « libéraux » démocrates aux républicains protectionnistes. Finalement, on décide de réduire de 20 % les droits sur le sucre cubain aux États-Unis contre une réduction de l'ordre de 20 % sur la plupart des produits américains à Cuba (pour certains, cette réduction va jusqu'à 40 %). C'est le traité du 11 décembre 1902. Puis l'amendement Platt est transformé à son tour en traité permanent cubano-américain, le 23 mai 1903. Un an plus tôt (20 mai 1902), le premier président élu de Cuba, Tomás Estrada Palma, a inauguré son mandat.

Ainsi, après son intervention à la césarienne pour faciliter et précipiter la naissance de Cuba qui s'avérait difficile bien qu'à terme, Washington compte ne pas sevrer le nouveau-né. Indépendante nominalement, Cuba est en fait un État sous tutelle du fait des « liens spéciaux » avec les États-Unis d'Amérique.

Une insémination réussie : Panama

Le cas de Panama pose le même problème sans doute, mais en des termes encore plus délicats, car pour la plupart des historiens américains cet État a été artificiellement créé en 1903 grâce à l'intervention militaire des États-Unis d'Amérique désireux d'avoir, aux conditions fixées par eux, un canal américain dans l'isthme. Une indépendance « exogène », si on peut dire. Ce à quoi les nationalistes panaméens rétorquent en faisant état d'une tradition sécessionniste travaillant, depuis le début du XIXe siècle, en faveur de la séparation d'avec la Colombie. L'indépendance, pour eux, est l'aboutissement d'un lent processus de transformation d'une conscience autonomiste en conscience nationale.

Voyons les faits et analysons les fondements de l'indépendance panaméenne. Il est incontestable qu'il a existé des tendances et des mouvements autonomistes très tôt dans l'isthme interocéanique. Sans remonter à l'époque espagnole qui, déjà, avait dû aménager une certaine autonomie à l'administration coloniale de la région de Panama, au sein de l'organisation générale de l'empire méso-américain de Madrid, on peut relever dans l'acte même d'indépendance de la Nouvelle-Grenade un souci de laisser Panama se donner des « règlements économiques particuliers » au sein de l'union avec la Colombie.

En 1830, le « Cabildo Pleno » de l'isthme adopte une déclaration de sécession avec volonté de créer une « administration propre » à l'isthme. En 1840 est créé l'« État libre et souverain » de Panama, d'existence éphémère. Entre 1841 et la fin du siècle, il ne se passe pas une décennie sans l'expression d'une tendance sécessionniste ou tout au moins autonomiste : par exemple, en 1861, une réunion de notables dans la ville de Santiago de Veraguas fait une « représentation » déclarant son désir que Panama se détache de la Confédération granadine. Parfois même, pour échapper à la « domination colombienne », l'idée d'un protectorat des grandes puissances (États-Unis, France et Angleterre) est lancée, comme dans le manifeste adopté dans la ville de David par le mouvement séparatiste en cette même année 1861. L'évolution interne de la Colombie, avec la lutte entre conservateurs et libéraux, et le développement des activités commerciales de transit à travers l'isthme dans la seconde moitié du XIXe siècle achèvent de « fixer » dans l'esprit des habitants la conscience des intérêts spécifiques de Panama, distincts de ceux de la Colombie.

Au tournant du siècle, le processus s'accélère, après l'échec des travaux de Lesseps et, à l'aube du XXe siècle, la solution de l'indépendance va triompher. Quels sont alors les fondements de l'indépendance panaméenne ?

Ils sont géographiques. Panama, ce resserrement du continent comme pour faciliter le passage entre l'Atlantique et le Pacifique à la hauteur médiane de l'axe nord-sud de l'hémisphère occidental, région de jungle et de marécage, à l'extrémité marginale d'une Colombie dont il se sent physiquement et psychologiquement distant, constitue, à sa manière, au XIXe siècle une « entité naturelle ». Une grande figure libérale du milieu du siècle écrit : « La nature dit qu'ici commence un autre pays, un autre peuple, une autre entité et la politique ne doit pas contrarier ses manifestations puissantes » (Justo Arosemena, « El Estado Federal de Panama », *Documentos fundamentales para la historia de la nación panameña,* Panama, Imprenta Nacional, 1953, p. 211). C'est affirmer l'existence d'une base objective au développement de l'idée nationale.

Ils sont historiques, on l'a vu, depuis l'établissement par les Espagnols d'une « Audiencia » à Panama jusqu'aux mouvements séparatistes du XIXe siècle. « La volonté de ce pays d'avoir son gouvernement propre et souverain ne peut être plus claire », écrit encore l'auteur de *L'État fédéral de Panama.* La continuité et la ténacité de ces mouvements sécessionnistes en font foi.

Ils sont socio-économiques aussi et surtout. L'isthme, c'est la région de transit, une étape sur la route des échanges. Sa vocation commerciale s'est tôt développée et l'idéal de la bourgeoisie libérale locale est de faire de Panama un « pays-foire » (M. Arosemena), une nation-emporium (José de Obaldia). C'est ici que les intérêts de la bourgeoisie isthmique entrent en contradiction avec ceux des classes dirigeantes de Colombie où dominent les conservateurs. La première va mener une lutte pour le libre-échange à travers tout le XIXe siècle et elle va constituer la classe-support du sentiment patriotique et de la conscience nationale, sans toujours se soucier d'avoir l'appui des masses populaires, appui qu'elle ne sollicitera et ne gagnera qu'à partir des travaux de creusement du canal interocéanique. Tout le monde, en effet, du haut en bas de l'échelle sociale a alors intérêt à ce que le canal se fasse à Panama et non au Nicaragua comme les États-Unis, au début, le préféraient.

Ils sont politiques. Dès 1830, le document séparatiste du « Cabildo Pleno » invoque, dans la liste des griefs contre la Colombie, que « ceux du Sud sont hostiles au commerce de l'isthme qu'ils considèrent comme *étranger* ». En 1861, la « représentation » des notables de Santiago de Veraguas justifie le séparatisme en affirmant que « les habitants de l'isthme ne comprennent point les causes des guerres civiles qui déchirent la Colombie » et que, de toute façon, « cela ne les concerne en rien ».

Un historien des idées, de nationalité panaméenne, a écrit récemment que « la conscience sociale, la conscience libérale et la conscience nationale » de la bourgeoisie panaméenne s'unifiaient pour constituer « un tout indivisible » (Ricaurte Soler).

L'occasion de l'indépendance va être double. Sur le plan interne, elle est fournie par la « guerre des Mille Jours » (1899-1902) en Colombie qui se termine par la défaite des libéraux. Or, Panama avait activement soutenu la cause libérale qui avait trouvé dans l'isthme un de ses foyers les plus décidés et son refuge final. Les dernières opérations de nettoyage et de pacification ont été précisément réalisées par Rafael Reyes, alors général en chef de l'armée colombienne. En outre, l'assassinat du guérillero populaire Victoriano Lorenzo achève de cristalliser le mécontentement et de réaliser la conjonction de la bourgeoisie libérale et des masses nationalistes.

Sur le plan extérieur, le conflit américano-colombien à propos du traité du canal va provoquer l'intervention nord-américaine. On sait comment, après avoir écarté l'Angleterre (traité Hay-Pauncefote de 1901) puis la France (projet de rachat de la Compagnie française des travaux du canal), les États-Unis ont réussi à imposer au plénipotentiaire colombien Herran, le 22 janvier 1903, la signature à Washington du traité Hay-Herran concédant aux États-Unis à bail pour cent ans et renouvelable à perpétuité une zone de 6 miles de large dans l'isthme de Panama contre une somme de 10 millions de dollars et des annuités de 250 000 dollars commençant dans neuf ans (temps prévu pour la mise en fonctionnement du canal et la perception des premiers revenus du trafic). En Colombie même, l'hostilité à cet accord, quand les conditions de ce qui n'est encore qu'un projet sont connues, est telle que des instructions sont envoyées à Herran de ne pas signer le traité. Ces instructions arrivent trois jours trop tard ! Le Sénat américain s'empresse de ratifier le traité Hay-Herran le 17 mars 1903.

C'est que depuis 1898 les États-Unis ont fait irruption dans la zone des Caraïbes où la guerre hispano-américaine leur a valu le quasi-protectorat sur Cuba, la possession de Porto Rico, tandis que dans le Pacifique les Philippines, après les îles Hawaii, se sont ajoutées à leur domaine. Se fait davantage sentir la nécessité du canal, nécessité que venait d'illustrer précisément le long périple effectué pendant la guerre hispano-américaine de 1898, par le navire de guerre *Oregon,* du Puget Sound aux eaux cubaines par le cap Horn à la pointe sud de l'Amérique pour rejoindre la flotte américaine devant Santiago de Cuba. Theodore Roosevelt devenu président à l'assassinat de McKinley, « vétéran » de la guerre d'indépendance cubaine, chantre de l'impérialisme américain et fervent disciple d'Alfred Mahan et de sa justification géopolitique de l'impérialisme en termes de puissance maritime, avec comme zone d'intérêt vital la mer des Caraïbes, veut « un canal américain, en territoire américain, avec l'argent américain ».

Le refus du Sénat colombien, à l'unanimité, sur convocation du président José Maroquin, de ratifier le traité Hay-Herran — dans l'espoir, il est vrai, de rouvrir les négociations pour obtenir des conditions plus avantageuses — paraît intolérable à Roosevelt qui fulmine contre la Colombie, « cette société corrompue et pithécoïde », contre les sénateurs colombiens, « ces méprisables petites créatures et impudents faquins », contre « les maîtres chanteurs » de Bogotá qui « ne devraient pas être libres de s'opposer de façon permanente à une des futures grandes voies de la civilisation » ! Ainsi, la résistance d'un petit pays devant la grande puissance du Nord ne doit pas rester impunie. Mais comment punir « les sénateurs brigands et voleurs de Bogotá » ? Soit en choisissant le tracé nicaraguéen. Soit tout simplement en saisissant Panama en vertu du droit de « domaine international éminent ». Dans un brouillon de message au Congrès nord-américain (message non envoyé), Theodore Roosevelt concluait : « Ma patience est à bout. »

Mais la colère intéressée du président, de la presse, des milieux impérialistes, du monde du commerce, de la finance et de l'industrie risque d'être mauvaise conseillère. Une suggestion vient à point nommé : pourquoi ne pas encourager une sécession à Panama même ? Dans une lettre du 10 octobre 1903, Roosevelt envisage cette possibilité : « Je serais enchanté de voir Panama devenir un État indépendant » ; et le président, en une autre occasion, d'établir avec complaisance une statistique originale : celle des soulèvements et mouvements sécessionnistes à Panama — et il en trouve 53 en 53 ans, soit un par année en moyenne. L'année 1903 peut donc bien, sans surprise, en amener un nouveau. Pour s'en assurer, deux officiers vont en septembre 1903 prendre le pouls de la situation là-bas.

De fait, sur place, la fermentation sécessionniste est à son plus haut degré. Des centres de préparation locaux multiplient les activités et les contacts. Il y a les patriotes populaires, ceux qui, par exemple, animent un mouvement de masse qui jouera un rôle décisif dans la ville de Panama. Il y a les autorités de la Compagnie du chemin de fer et les autorités de la Compagnie du canal qui organisent, financent, stimulent. Il y a — et ce n'est pas seulement folklorique — les pompiers de l'isthme qui, pour une fois, au lieu d'éteindre, allument l'incendie ! Il y a enfin la neutralisation des troupes colombiennes du général Huertas dont on murmure qu'elles ont été « achetées ». Il y a, prête à prendre la direction du mouvement politique, la bourgeoisie libérale qui craint de voir réaliser le tracé du Nicaragua, ce qui porterait un coup fatal à ses intérêts économiques, commerciaux surtout. Tout est donc prêt pour un nouveau soulèvement.

Le contact avec les États-Unis est assuré par l'homme qui, en fait, est la cheville ouvrière de tout ce qui se prépare : Jean-Philippe Bunau-Varilla, ingénieur français de la première Compagnie française du canal, principal détenteur des actions de la deuxième, successeur de la compagnie défunte de F. de Lesseps. Il veut vendre aux Américains les avoirs de ladite compagnie pour 40 millions de dollars. Il se fait le *lobbyist* en chef des intérêts de la Compagnie aux États-Unis. A Washington, à New York, partout, il prend des contacts, au plus haut niveau, obtient ou déclare obtenir des assurances, en tout cas, fait état de promesses précises. Aidé de l'Américain Cromwell et d'un émissaire spécial des habitants de l'isthme, le Dr Manuel Amado Guerrero, il transforme la chambre 1162 de l'hôtel Waldorf Astoria à New York en « quartier général de la révolution ». Au bout de tous ces efforts, le croiseur américain *Nashville* est envoyé dans les eaux panaméennes pour, dans l'hypothèse d'un soulèvement armé, assurer « le maintien de la liberté de transit » à travers l'isthme, c'est-à-dire, traduit en clair, empêcher le débarquement de troupes colombiennes contre les insurgés à venir. Il arrive à destination le 2 novembre 1903.

A Washington on s'impatiente. On connaît l'histoire du fameux télégramme du 3 novembre 1903 au consul américain à Panama : « Bruits de soulèvement dans l'isthme. Tenez le Département promptement et complètement informé », et sa réponse non moins fameuse, à 20 h 15 : « Aucun soulèvement actuellement. Mais on dit qu'il aura lieu cette nuit même. » Et, comme de juste, à 21 h 50, le voilà obligé d'envoyer un autre télégramme à Washington pour annoncer, cette fois, la révolte nationaliste pour l'indépendance, avec la formation d'une junte de gouvernement comprenant José Agustin Araujo, Frederic Boyd et Tomás Arias.

Le scénario mis au point par Bunau-Varilla dès lors s'exécute point par point. Les troupes colombiennes du général Reyes se voient interdire, par l'interposition des forces américaines, d'aller réprimer ce qui n'était pour la Colombie qu'une nouvelle rébellion. La République de Panama est proclamée le 4. Elle est reconnue *de facto* par les États-Unis le 6, par échange de notes entre le consul américain à Panama et la junte gouvernementale. Le 13, c'est la reconnaissance formelle, *de jure,* de l'indépendance de Panama par Washington. Roosevelt exulte. Le 18, en effet, Bunau-Varilla, avec sa nouvelle nationalité panaméenne toute fraîche et sa qualité de plénipotentiaire du gouvernement de Panama, signe le traité Hay-Bunau-Varilla qui reprend les termes du traité Hay-Herran, en élargissant la zone cédée aux États-Unis de 6 à 10 miles, en leur accordant à perpétuité les droits souverains sur cette zone et en faisant garantir, par les États-Unis, l'indépendance du nouvel État.

Aux États-Unis, la minorité anti-impérialiste a beau stigmatiser cette « diplomatie de cow-boy », condamner cette « hâte indécente » et dénoncer ce « scandale », la majorité applaudit. Le *Literary Digest* révèle que sur 70 éditeurs de journaux, 53 sont pour et 17 seulement contre. Le Sénat ratifie le 23 février 1904, par 66 voix contre 14.

En Colombie, l'indignation n'a d'égale que l'impuissance. Bogotá propose un arbitrage à Washington qui, évidemment, refuse. Le Département d'État et la Maison-Blanche sont bombardés de notes colombiennes : 12, 16, 17, 19, 20 novembre 1903 par exemple. Le 12 avril 1904, le gouvernement colombien élève et publie une nouvelle et solennelle protestation. C'est le signe d'une résignation forcée devant le fait accompli.

A Panama même, la junte provisoire de gouvernement se met à collectionner les reconnaissances internationales de l'indépendance du pays : le 16 novembre, la France reconnaît, le 30 l'Allemagne. Le 24 décembre, un cadeau de Noël arrive à Panama : c'est la reconnaissance anglaise et celle de l'Italie.

L'opinion publique, surprise par la rapidité du règlement, est ravie de l'indépendance mais déjà triste du prix qu'il a fallu payer. Certains vont même jusqu'à dénoncer les conditions de la naissance du pays à la vie internationale. Les nationalistes, toutefois, et c'est maintenant le grand nombre, se résignent provisoirement : l'indépendance leur est trop chère pour être refusée. Quant à l'aile avancée de la bourgeoisie libérale commerçante, elle salue l'ensemble des événements comme ouvrant les plus belles perspectives de développement pour le nouvel État. La première Constitution panaméenne de 1904, dans son article 136, reconnaît aux États-Unis le droit d'intervenir, non seulement pour défendre l'indépendance de Panama si celle-ci est menacée, mais aussi, comme à Cuba, pour rétablir l'ordre interne en cas de troubles mettant en insécurité la vie, les biens, les libertés et le respect des obligations internationales sur le territoire panaméen !

Dès 1904-1905, deux « demandes » panaméennes à Washington illustrent le modèle des relations d'État-client à État-patron établies entre Panama et les États-Unis : pour combattre la fièvre jaune, le nouvel État demande et reçoit le bénéfice des travaux et de l'expérience d'éradication de cette maladie réalisés à Cuba. De même pour la malaria. A cette œuvre de sanitation publique est attaché le nom du Dr William C. Gorgas de l'armée américaine. La seconde demande est d'ordre politique. A la requête du président Manuel Arnado Guerrero, les États-Unis sont invités à superviser la tenue des élections à travers le territoire de la République.

Le précédent cubain est donc appliqué à Panama, y compris l'octroi de bases militaires sur le territoire national panaméen. Cuba a donc servi de « laboratoire » pour la politique caraïbe des États-Unis, qui deviennent les tuteurs obligés des deux États qu'ils ont aidés, à un degré inégal, il est vrai, selon le cas, à naître à la vie indépendante, achevant ainsi de façonner la carte politique de l'Amérique latine.

5. *Caudillisme et nationalisme*

La première génération des caudillos, celle de l'immédiate après-indépendance, a inauguré l'ère du nationalisme dans l'histoire de l'Amérique latine indépendante. A cette époque, en effet, les hommes forts qui sont à la tête des jeunes États ont une triple fonction politique dont l'accomplissement fait d'eux les porteurs et les promoteurs de l'idéal nationaliste. D'abord le maintien de l'indépendance fraîchement acquise, soit contre un retour offensif de la métropole, soit contre les convoitises de puissances qui croient ouverte la succession des anciennes métropoles coloniales. Ce nationalisme est donc avant tout un souci de défense nationale ou d'intégrité territoriale, dans le sens de l'orgueil placé à maintenir le patrimoine national légué par les pères de la patrie. Ensuite, le combat contre les forces centrifuges internes, les particularismes régionaux, les caciquismes locaux qui risquent de disloquer les nouveaux États dans leurs assises territoriales. Ce nationalisme est donc avant tout un souci d'unité nationale ou de centralisation politique dans le sens de l'affirmation d'existence et de puissance du gouvernement central responsable du destin de la nation tout entière. Enfin, la lutte interne contre le réveil de forces nostalgiques du passé d'avant l'indépendance, particulièrement dans certains secteurs sociaux conservateurs qui avaient cru trouver dans la sécession d'avec la métropole un moyen et une formule pour se mettre à l'abri du virus libéral révolutionnaire européen, virus dont l'acclimatation sur place, craignent-ils maintenant, risque de mettre en cause leurs privilèges sociaux acquis déjà pendant la période coloniale. Ce nationalisme est donc avant tout un souci de fidélité et de pureté patriotiques ou de vigilance politique contre le camp des partisans de l'appel à l'étranger et contre la réincarnation du vieil esprit des peninsulares dans le conservatisme de caste des aristocrates.

La génération des caudillos de la période de 1889 à 1910 fait face à une autre situation. La problématique de leur nationalisme s'en trouve changée. Ils sont les contemporains d'une période qui voit les grandes puissances européennes, suivies bientôt par les États-Unis, pratiquer une politique d'expansion impérialiste, de conquêtes coloniales et de partage du monde en zones d'influence. Ils assistent, ou président, chez eux, à un processus évolutif qui commence à moderniser en permettant une plus grande intégration, et le nationalisme, sans déjà se massifier comme ce sera le cas entre les deux guerres, élargit sa base sociale. Souvent, ils se sentent eux-mêmes, en tant qu'hommes nouveaux d'origine plébéienne, les plus authentiques dépositaires de l'idéal national et leur « césarisme démocratique » ancre le nationalisme jusque dans les racines du peuple puisque celui-ci se reconnaît en eux et qu'eux se veulent ses défenseurs. Caudillisme et nationalisme : l'alliance demeure, sa raison d'être a évolué, son contenu a changé, ses domaines d'application se sont diversifiés : ce n'est plus uniquement ce nationalisme politico-juridico-militaire de la première génération, il s'est ajouté les dimensions économique, sociale et culturelle.

Les caudillos de la période 1889-1910 confrontent, en effet, trois problèmes mettant directement à l'épreuve leur nationalisme. D'abord l'héritage des guerres civiles du passé et les conséquences des guerres civiles récentes et actuelles, notamment entre fédéralistes et centralistes et entre conservateurs et libéraux. En effet, ces guerres ont causé des dommages aux biens et intérêts des ressortissants des pays étrangers. Ceux-ci, réclamant la protection et l'intervention de leurs drapeaux pour être indemnisés, provoquent les démonstrations navales et les réclamations appuyées par la force qui sont le pain quotidien de la diplomatie de la canonnière. Ces guerres ont été fort coûteuses ; elles sont souvent à l'origine de ces emprunts extérieurs aux conditions léonines et qui viennent augmenter le montant de la dette extérieure. « La guerre est le moteur de la dette publique » (Jean Bazant). Alors, devant la lourdeur des charges, le débiteur est défaillant et le créancier vient réclamer son dû à la pointe du canon des croiseurs de son pays. Ou plus simplement un incident survient, auquel se trouve mêlé ou dans lequel est concerné le ressortissant d'une grande puissance. C'est alors l'occasion d'une démonstration militaire navale assortie d'ultimatum. Ainsi, l'incident de Valparaiso, au Chili, en 1891, dans lequel sont impliqués des *marines,* provoque un blocus des côtes chiliennes et un ultimatum américain à Santiago. De même, l'arrestation à Port-au-Prince, en Haïti, d'un résident allemand, Emil Luders, est l'occasion de l'envoi par l'empire allemand d'une canonnière en rade de Port-au-Prince qui lance un ultimatum au gouvernement haïtien. Faire face à ces pressions, résister à ces démonstrations et opérations ou s'incliner en acceptant les conditions, souvent humiliantes pour l'honneur et les finances de la nation, imposées par l'étranger, tel est le dilemme posé à la fierté des caudillos.

Ensuite, le flux venu de l'est et bientôt du nord — ce dernier, plus directement menaçant — déversant hommes, capitaux et techniques de l'étranger risque, en le mettant en valeur, d'aliéner le patrimoine national : sont en cause l'identité nationale, le contrôle national de l'exploitation des ressources naturelles et la personnalité culturelle et historique de la nation. Les caudillos doivent faire face à ce revers de la médaille de la modernisation.

Enfin, déjà, comme antidote de l'ordre impérialiste qui tisse ses filets de 1889 à 1910 en laissant très habilement intactes les formes et les procédures et les instances de décision politique d'un pouvoir dont les caudillos sont très jaloux, l'idéologie anti-impérialiste est sécrétée par certains milieux d'intellectuels, de travailleurs et d'hommes politiques d'avant-garde. Les hommes forts en place doivent adopter une attitude face à ces courants qui, sur le plan extérieur, dénoncent et travaillent contre l'exploitation et la domination de l'État-patron étranger et, sur le plan intérieur, dénoncent et travaillent contre l'exploitation et la domination des travailleurs et plus particulièrement des indigènes par les « vendeurs de patrie » *(vendepatria)*. Cette thématique sera la dominante sans doute des périodes postérieures, mais déjà les germes sont posés et le processus de germination est entamé suffisamment au grand jour pour provoquer les premières prises de position intéressées.

Ces trois composantes font l'originalité de la problématique nouvelle du nationalisme latino-américain, du crépuscule du XIXe siècle à la fin de la première décennie du XXe. Les origines, la préparation et le déroulement de la révolution mexicaine en fourniront l'illustration à la fin de cette phase d'évolution de l'Amérique latine et au début de la suivante.

Le nationalisme prend alors plusieurs visages selon le domaine dans lequel il s'exprime : juridico-politique, économique et socioculturel.

L'ancien nationalisme juridico-politique continue, bien sûr, d'inspirer le comportement et la politique des gouvernements latino-américains. Nationalisme en tant que patriotisme ombrageux, pointilleux en tout ce qui touche à la souveraineté nationale, au prestige national, à la sécurité et à l'indépendance nationales, à la fierté nationale, à l'orgueil national, aux principes d'égalité des États et de non-intervention dans les affaires domestiques, etc. Tout un appareil diplomatique et tout un arsenal juridique sont alors mis en œuvre et qui mettent en avant les ministres des Affaires étrangères et les ambassadeurs dans des parties serrées entre grandes et petites puissances. Ces dernières, devant la constatation que le droit, l'arme du plus faible, pour être reconnu doit s'appuyer sur un arsenal militaire, ou bien ont engouffré des millions dans l'achat de l'artillerie lourde de Krupp ou du Creusot ou bien ont essayé de jouer sur la rivalité des grandes puissances pour se servir de l'une comme bouclier contre l'autre, expédient qui pose à son tour de nouveaux problèmes quand l'ami protecteur ou intercesseur présente sa note. Le caudillo se sent alors comme de la race des fondateurs de la patrie, à défaut d'être de leur génération et il tient à se montrer leur digne continuateur, lui qui, à dessein, multiplie les monuments et les statues en leur honneur et entretient le « culte sacré des héros de l'indépendance ». L'exaltation patriotique est entretenue par l'enseignement de l'histoire nationale — il faut entendre par là un hymne en prose, à la gloire des ancêtres — et déjà s'approche ou arrive même (c'est le cas d'Haïti en 1904, du Mexique et de l'Argentine en 1910) la célébration du premier centenaire de la geste d'indépendance. Incarnation de la nation, le caudillo, en cette qualité de « responsable du dépôt sacré », ne veut pas démériter aux yeux de ses contemporains et de la postérité. Sa fierté native ajoute une dimension personnelle à ce nationalisme presque de panache à l'espagnole ou haut en couleur à la tropicale, dans les deux cas, enclin à la témérité face à la diplomatie de la canonnière. La réalité veut, cependant, que ce nationalisme de bravade, qui enflamme l'opinion, ne soit souvent qu'un nationalisme de flambée, peu capable de mobiliser les masses de façon continue et permanente.

Nationalisme en tant qu'arbitrage entre les facteurs de division et d'hétérogénéité et entre les antagonismes. Mainteneur de l'unité nationale, le caudillo est au-dessus des factions, des particularismes locaux et des partis. C'est une des raisons pour lesquelles, même quand il arrive au pouvoir comme leader d'un parti, il ne veut pas en être le prisonnier. Il est devenu l'arbitre et c'est là une responsabilité nationale. Détenteur de l'autorité de l'État, le caudillo est au service du seul intérêt national, et du sien propre qui se confond avec le premier dans le système du caudillisme, comme on l'a vu avec la théorie de l'État — patrimoine personnel. Son sens de l'autorité ajoute une dimension personnelle à ce nationalisme qui veut maintenir l'union sacrée autour de sa personne, « l'union de tous les citoyens faisant la force de la nation ». Il sait que l'étranger est habile à jouer sur les divisions internes et à exploiter la lutte des factions. La cohésion nationale qu'il veut assurer, même par la force, est légitimée par ce souci obsédant de la sauvegarde de l'intégrité de l'État menacée dans ses composantes mêmes (territoire, population, organisation et souveraineté), par les appétits des grandes puissances.

Un nationalisme économique, tantôt primaire, tantôt déjà élaboré pour l'époque, se fait jour désormais dans la politique de certains caudillos. Certes, il ne faut pas exagérer ce trait dans une époque de xénophilie de classes dirigeantes cosmopolites. Cependant perce déjà l'inquiétude nationale, devant l'allure et l'évolution des relations économiques avec l'étranger. « Nous subissons la tyrannie du capital », se plaint un président haïtien, Lysius F. Salomon, fondateur de la Banque nationale d'Haïti, laquelle est en fait une société anonyme française. C'est que, dans les négociations d'emprunts extérieurs, dans les discussions pour l'implantation d'investissements étrangers, dans les relations commerciales où les termes de l'échange peuvent être à l'origine de déficit dans la balance des comptes et de manque à gagner budgétaire, l'étranger est souvent un partenaire coriace et veut la plus grosse part du gâteau, au détriment des intérêts des nationaux. En outre, se pose le problème de la défense du petit et moyen commerce national contre les maisons étrangères aux moyens puissants et aux relations internationales déjà tentaculaires ; celui de la défense de l'artisanat local, de la petite et de la moyenne industrie nationale contre les importateurs de produits étrangers dont les firmes productrices sont prêtes à inonder le marché intérieur ; celui d'une option entre un début d'interventionnisme étatique ou la simple correction des effets négatifs du libéralisme économique. Et les caudillos de se rendre compte, par l'expérience, que la promotion et la défense de l'intérêt national consistent de plus en plus à promouvoir et à défendre des intérêts économiques et financiers. Et puis ils font aussi de plus en plus l'expérience que des décisions de la City de Londres, un refus d'admission à la cote de la Bourse de Paris, les fluctuations des prix sur le marché de

New York ou une irrégularité dans le service de la Hamburg Amerika Linie peuvent l'emporter, en fait, sur la volonté des dirigeants latino-américains ou caraïbes. On sait le rôle qu'a joué dans les relations entre les États-Unis et l'Argentine le problème de la maladie du bétail (*foot-and-mouth disease* ou fièvre aphteuse qui a fait son apparition dans l'hémisphère vers 1870), dans le nationalisme des Argentins convaincus que c'était un prétexte habilement saisi par les producteurs de viande nord-américains pour exclure la compétition étrangère sur le marché des États-Unis (Manuel Machado, *AFTOSA : A Historical Study of Foot-and-Mouth Disease and Inter-American Relations,* Albany, State University of New York Press, 1969). Le passage de l'âge politique à l'âge économique pose un nouvel ordre de priorité et d'urgence, une nouvelle hiérarchie d'importance dans les affaires qui sollicitent la vigilance des gouvernants. Le problème, en tout cas, est posé : qu'advient-il de l'indépendance politique quand la dépendance économique affecte des secteurs vitaux, les domaines stratégiques de la vie économique ? Et l'on voit certains caudillos, dont le mérite est de s'être bien entourés de collaborateurs de valeur, se soucier de ne pas perdre le contrôle national des ressources et des leviers de la politique économique nationale, au moment où leurs pays s'ouvrent à la pénétration du capital étranger.

Le nationalisme socioculturel, dans son adaptation à la nouvelle problématique de l'évolution internationale de 1889 à la Première Guerre mondiale, est à ses premiers balbutiements. Mais, en histoire, c'est souvent le début qui est le plus révélateur et parfois même le plus important. L'ascension de nouvelles couches sociales offre de nouvelles assises au nationalisme, avec les progrès, partout ou presque en Amérique latine, de l'enseignement primaire (surtout urbain) et secondaire, et avec l'élargissement du droit de suffrage qui a pour vertu d'augmenter la participation politique. L'Argentine est dans le peloton de tête avec la loi Saenz Pena de 1912 qui établit pour la première fois le scrutin secret, le vote obligatoire, le suffrage universel masculin et un aménagement de la représentation proportionnelle pour que « la majorité puisse gouverner mais que la minorité soit entendue ». Le nationalisme devient le thème de la littérature engagée sous la forme, tantôt de l'expression culturelle du nationalisme, tantôt de l'expression du nationalisme culturel. Représentant de l'expression du nationalisme culturel, l'écrivain uruguayen José Enrique Rodó dont l'essai *Ariel,* publié en 1900, critique la culture et l'esprit nord-américains et s'inscrit dans la liste d'ouvrages qui, en réaction contre la « nordomanie » (l'expression est de Pedro Henriquez Ureña) de certains courants américanophiles, constituent le glossaire de la « yankeephobie » en Amérique latine. Face au pragmatisme et au matérialisme du Yankee Caliban, efficace, prospère mais brutal, positif et vulgaire, Rodó campe le Latino-Américain Ariel, idéaliste raffiné et attaché aux valeurs de culture. Dès 1878, son compatriote José Batlle y Ordoñez a inauguré la bataille du nationalisme culturel en plaidant, dans son journal *El Espiritu Nuevo* (L'Esprit nouveau), pour « l'émancipation de l'esprit américain de la tutelle du Vieux Monde ». Représentant à sa manière et par moments de l'expression culturelle du nationalisme, le grand Ruben Dario, poète nicaraguayen de dimension latino-américaine, dans sa protestation contre ceux qui présentaient le cosmopolitisme de sa vie comme le signe de l'absence de nationalisme dans son œuvre. Son ode à Theodore Roosevelt exprime la réaction inquiète et hostile de l'Amérique latine devant le danger couru par les souverainetés nationales au sud du Rio Grande par l'interventionnisme impérialiste des États-Unis. Représentants à la fois de l'expression culturelle du nationalisme et de l'expression du nationalisme culturel, le José Martí (Cubain) de *Nuestra America* (Notre Amérique) et le Manuel Ugarte (Argentin) de *El Destino de un continente* (Le Destin d'un continent). Les deux en appellent à la prise de conscience de la solidarité latino-américaine, politique et culturelle, contre l'hégémonie dominatrice et aliénante des États-Unis d'Amérique du Nord. Le nationalisme des pays latino-américains, dans certains de leurs courants de pensée, contre la domination, l'exploitation et l'intervention a trouvé comme interprètes systématiques ou occasionnels des caudillos aussi variés que José Santos Zelaya (1893-1909) du Nicaragua, Miguel R. Davila (1907-1911) du Honduras, Cipriano Castro (1899-1908) du Venezuela, Nord Alexis (1902-1906) d'Haïti et Carlos Erzeta (1890-1895) du Salvador.

Le Nicaragua de Zelaya (1893-1909)

Le cas de Zelaya est intéressant à plus d'un titre. Variante de la rencontre caudillisme-capitalisme, il est devenu le symbole de l'association du caudillisme et du nationalisme.

L'homme occupe une place considérable dans l'histoire de son pays. Violemment critiqué par les Américains qui ont souligné la brutalité de sa tyrannie, apprécié par les Européens qui ont reconnu sa classe exceptionnelle, il est contesté par l'historiographie de son pays qui cependant admet qu'il y a eu beaucoup d'aspects positifs sous son règne de seize ans et, en tout cas, n'hésite pas à le considérer comme « la plus haute figure de l'histoire politique du Nicaragua au cours du premier siècle d'existence de la république ».

Caudillo, il l'est dans toute la force du terme, et même au-delà. Il a le sens de son autorité de chef et ne tolère aucune opposition. Sa dictature, renseignée par un corps d'espions omniprésents et appuyée sur une police personnelle qui sait bâillonner la critique, excelle, quand il le faut, à provoquer les rébellions pour mieux écraser ceux de ses adversaires assez imprudents pour s'y être laissé entraîner.

Il a le sens de l'autorité de l'État, qu'il sait faire respecter aussi bien de ses adversaires conservateurs dont il brise toutes les révoltes, que de ses amis du parti libéral qu'il a utilisé comme tremplin pour parvenir au pouvoir. Tranchant le sempiternel conflit entre les deux villes de León et de Granada qui se disputaient, parfois à coups de canon, le privilège d'être la capitale du pays, il fonde sa capitale à Managua qu'il entreprend d'embellir. Contre l'Église qui, à son avènement, constitue toujours un État dans l'État, il mène une politique de combat : expulsion de l'évêque de León, prohibition de quelques ordres religieux, laïcité de l'enseignement, institution du mariage civil, séparation de l'Église et de l'État. La Constitution de 1905 consacre et couronne cette œuvre dont la signification politique est évidente.

Il a l'orgueil du réformateur et s'il est un homme d'ordre c'est, dans une large mesure, parce qu'il veut être un homme de progrès. Son gouvernement incite au développement de la culture du café et des bananes, cette dernière par l'octroi de concessions à la United Fruit. Zelaya, en effet, est favorable aux investissements étrangers. Il leur ouvre les portes du marché nicaraguayen, comptant sur eux et sur leurs effets d'entraînement et de multiplication pour dynamiser la croissance. L'extraction minière, le commerce, les routes, les chemins de fer et même les débuts d'une petite industrie attestent que c'est une dictature de « progrès ». Des bateaux à vapeur assurent le trafic régulier sur le lac. La liaison Atlantique (mer des Caraïbes)-Pacifique l'obsède. Il fait équiper et aménager deux ports, l'un San Juan del Norte, sur le littoral caraïbe, et l'autre, San Juan del Sur, sur le littoral Pacifique. Il projette un chemin de fer transisthmique pour lequel il lance sur le marché de Londres un grand emprunt qui tourne à l'échec et au scandale. Il s'enrichit et enrichit les siens tout en fondant quelques écoles et en accordant des bourses d'études à l'étranger.

Mais alors, où est le nationalisme de Zelaya ? Il a le sens de la grandeur nationale et son patriotisme le porte aussi bien à faire du Nicaragua — et il y parvient — le pays le plus fort économiquement et militairement de l'Amérique centrale, qu'à utiliser les services et la renommée de Ruben Dario pour faire servir celle-ci à la gloire de la nation et de son gouvernement.

Il est ombrageux en tout ce qui touche à la fierté nationale et il brave l'Angleterre en maintes occasions pour faire ensuite face à deux démonstrations de la Royal Navy.

Il met sa puissance militaire au service de sa politique étrangère : c'est le nationalisme sous sa forme offensive d'expansion et de volonté de *leadership* international. Un des plus importants résultats de sa politique de force au service de l'intérêt national est la réincorporation au Nicaragua du Royaume indien de la Mosquitia jusque-là contrôlé par les Britanniques.

Il déploie un gros effort pour établir l'hégémonie nicaraguayenne sur le Centre Amérique et réalise, à son profit, la réunion des cinq pays autrefois fondus dans une seule entité politique. Il n'hésite pas à faire pénétrer ses troupes au Honduras où il se fait l'allié de Miguel Davila. Il instigue une révolution au Salvador et s'immisce dans les affaires costariciennes. En 1905, il réussit à faire signer à ses partenaires et voisins le traité d'Amapala qui restaure l'Union centraméricaine sous le nom de « Republica Mayor de Centro-America ». Elle ne dure que trois ans.

Mais le problème central de l'administration de Zelaya, ce sont ses relations avec les États-Unis d'Amérique. Il a perçu, depuis la guerre hispano-américaine et l'affaire de Panama, qu'il fallait s'opposer à la politique d'hégémonie des États-Unis dans la mer et la région des Caraïbes et que le danger pour l'indépendance venait du colosse du Nord. Déjà il a contracté le grand emprunt de 21,5 millions de livres sterling sur le marché de Londres que se chargeait de lancer le syndicat d'Ettelburg, en dépit de l'hostilité des États-Unis au projet, et malgré les pressions exercées sur lui pour qu'il donne la préférence au marché nord-américain et notamment à la banque Morgan. De même sa politique centraméricaine a une pointe antiaméricaine très nette.

Le climat des relations américano-nicaraguayennes est vite tendu. Des gestes et incidents viennent l'alourdir, tel l'incident des drapeaux nord-américains à l'occasion de la répression d'un défilé d'opposants prenant prétexte de la célébration de l'élection du président Taft en 1908 pour faire, en brandissant des drapeaux nord-américains, une manifestation contre le gouvernement de Managua.

L'offre nord-américaine de construction d'un canal inter-océanique sur le territoire nicaraguayen contre un prêt de 15 millions de dollars n'étant pas retenue, l'astucieux caudillo semble avoir fait des ouvertures secrètes jusqu'au Japon — ou le laisse dire — pour la construction du canal suivant le tracé nicaraguayen, à moins qu'il ne s'agisse d'une invention d'adversaires pour attiser la colère nord-américaine.

Une chose est certaine, c'est que Zelaya est décidé à ne pas ménager ses efforts pour s'opposer aux immixtions des États-Unis dans les affaires de l'isthme et de la région centraméricaine.

Pour bien montrer qu'il est le maître chez lui et qu'il entend le rester, il annule le contrat de concession de la Luz and Los Angeles Mining Company dont le secrétaire d'État nord-américain Philander Knox est l'un des principaux actionnaires et dont les établissements de la filiale à Bluefields (Nicaragua) sont gérés par le propre neveu de Knox. C'est déjà trop.

Or, voilà qu'en 1909 quelques étrangers, dont deux soldats nord-américains, sont arrêtés, surpris en flagrant délit dans leur besogne de dynamiteurs au profit des rebelles. Zelaya fait exécuter les deux coupables. C'est la goutte d'eau qui fait déborder le vase : Washington décide la rupture des relations diplomatiques, le 1er décembre 1909. Peu après, un mouvement révolutionnaire financé par les Américains et plus qu'encouragé par l'action des agents consulaires des États-Unis, s'organise à Managua et à Bluefields et éclate dans cette dernière ville à l'instigation d'un employé nicaraguayen de la Luz, Adolfo Diaz, dont les intérêts étrangers vont faire, à la chute de Zelaya, un président tout à fait soumis à Washington.

Le Venezuela de Cipriano Castro (1899-1908)

Le président vénézuélien Cipriano Castro, qui prend le pouvoir à Caracas en 1899, est le premier d'une série de cinq dictateurs qui vont successivement diriger les destinées du pays. Ils sont tous venus, d'ailleurs, de l'État andin de Tachira. Problème intriguant de géopolitique intérieure vénézuélienne, qui souligne à la fois une originalité régionale et une solidarité régionaliste dans le choix de son entourage et du personnel politique laissé en place ou mis en position, en partant, pour la succession. En tout cas commence, avec Cipriano Castro, l'ère de l'hégémonie andine de Tachira, État montagneux, à l'économie d'élevage extensif et aux mœurs de type féodal, sans doute en corrélation avec la ténacité du phénomène du caudillisme dans la vie politique vénézuélienne jusqu'en 1945, puis de 1948 à 1958.

Continuant la tradition de son prédécesseur le plus remarquable, Guzman Blanco (1870-1878), il installe au gouvernement du pays une dictature d'ordre surtout et de progrès aussi un peu, de type un peu plus fruste cependant, surtout aux yeux de l'oligarchie de Caracas pour laquelle il est demeuré « le petit voleur de bétail des Andes ». Éleveur des montagnes de Tachira, ayant guerroyé au cours des luttes armées des années 1880 et même connu l'exil en Colombie, Cipriano Castro a pris le pouvoir en 1899 à la tête d'une armée privée, levée par ses soins, et dont l'état-major sera une pépinière de chefs d'État (caudillos) et de gouverneurs régionaux (caciques). Étranger aux subtilités et aux compromis raffinés de la société *caraqueña,* il campe au palais de Maracay avec sa rudesse d'ancien gardien de bétail illettré et sa fierté native qui ne lui ont pas appris à se courber. Sous sa férule, l'opposition a le choix entre la mort, la prison ou l'exil. Les tentatives de révolte sont réprimées dans le sang. Il s'enrichit et enrichit ses fidèles. Pour lui, l'exercice du pouvoir se concilie parfaitement avec une vie de jouissance et la détention de la puissance ne jure pas d'être associée avec les plaisirs les plus extravagants. Il faut dire aussi que ses contemporains n'ont pas manqué de caricaturer, chez l'homme, des traits de tempérament et de vie sans doute moins accusés, au point d'obscurcir sa volonté manifeste de faire une politique de progrès matériel.

Il fait entretenir et entretient lui-même le culte de sa personne, sacrée « le Moïse de la République ». Les portraits et statues du « sauveur » sont partout et le culte du chef s'exprime jusque dans le choix des jours de fête nationale. L'Université lui décerne, à son humeur, tous les titres honorifiques possibles. *Honoris causa !*

Mais surtout, Cipriano Castro est un « super-patriote ». Sa politique d'exaltation nationale et son intransigeance à résister à l'ingérence extérieure sont unanimement reconnues.

En 1901, l'Angleterre croit devoir aider, à partir de l'île voisine de Trinidad, ses adversaires politiques. Il n'hésite pas, comme mesure de rétorsion, à saisir les petits vaisseaux britanniques des Caraïbes. Il fait montre de la même intransigeance à propos d'un incident de frontière entre le Venezuela et la Guyane anglaise.

En 1902, grosse alerte. Une intervention anglo-germano-italienne est décidée contre le Venezuela auquel les trois puissances réclament des indemnités de l'ordre de 62 millions de bolivars (soit 12 millions de dollars) pour leurs intérêts lésés au cours et par suite des guerres civiles des années 1880, intérêts financiers aussi bien que commerciaux. Castro refuse de les indemniser. Les éléments de la flotte combinée établissent le blocus des côtes vénézuéliennes et un ultimatum est lancé à Castro le 7 décembre.

Le fier caudillo refuse de s'incliner et donne l'ordre d'arrêter tous les sujets anglais et allemands résidant sur le territoire national. Il faut l'intervention diplomatique amicale des États-Unis pour qu'il accepte de les relâcher, en attendant un règlement du litige. Mais les trois puissances veulent pousser leur avantage et, le 13 décembre, bombardent, en guise d'avertissement, et pour accentuer la pression, la ville de Puerto Bello et la forteresse de San Marcos, et coulent des canonnières vénézuéliennes. La riposte de Castro ne se fait pas attendre : il saisit un vapeur anglais en rade. Inquiets d'une possible violation de la doctrine de Monroe si les événements tournaient au pire, les États-Unis s'entremettent et Theodore Roosevelt amène les deux parties à accepter l'arbitrage.

L'Amérique latine s'est émue aux nouvelles provenant de Caracas. La nation vénézuélienne soutient son chef et l'opinion du continent vibre à la brave prestance du petit montagnard mal dégrossi face à l'Europe coalisée. D'Argentine, une voix s'élève, celle du ministre des Affaires étrangères Luis Drago. Il demande que soit interdit l'usage de la force pour réclamer le paiement des dettes d'État à État. Ainsi naît la fameuse « doctrine Drago » qui enrichit le droit international d'un chapitre nouveau. Entre-temps, la procédure d'arbitrage est engagée. Il en sortira une solution qui ne sera pas défavorable à la cause vénézuélienne. Castro a marqué un point.

En 1904 les choses se gâtent, cette fois avec les États-Unis puis avec la Hollande. A la suite de leurs bons et loyaux services dans la crise de 1902, les Américains croient devoir s'ingérer dans les affaires vénézuéliennes. Castro ne l'entend pas de cette oreille et bloque leurs interférences. Mieux : en 1904, il exproprie la General Asphalt Company. Les relations se détériorent jusqu'à la rupture des relations diplomatiques peu avant la fin du règne de Castro. Avec la Hollande, l'incident est mineur mais demeure significatif. Castro ne se sent pas d'humeur à tolérer que l'île hollandaise de Curaçao serve de base de départ à des raids contre son régime. Il prend l'initiative d'envoyer des agents pour les y dépister. La Hollande réagit par une démonstration navale. Mais Castro n'en a cure. Il a d'autres soucis pour lui plus graves : des soucis de santé qui sont la raison officielle d'un voyage en Europe dont il ne reviendra pas, car Juan Vicente Gomez profite de son éloignement pour se promouvoir tout naturellement de la vice-présidence à la présidence définitive (1908).

L'Haïti de Nord Alexis (1902-1906)

La petite république noire s'est engagée, timidement il est vrai, car l'instabilité politique est chronique entre 1865 et 1879 et les guerres civiles nombreuses, dans la voie qui conduit à un début relatif de modernisation de sa surface urbaine. Deux partis politiques s'y disputent l'exercice du pouvoir, tous deux soucieux d'ordre et de progrès, mais avec une différence d'accent, l'un en préconisant un régime de contrôle ou même de prépondérance parlementaire et en marquant sa préférence pour un libre-échange prudent et l'autre en réclamant un gouvernement fort et en étant orienté vers un certain protectionnisme. Le premier, le parti libéral (« le pouvoir au plus capable »), comptait, au dire de ses membres les plus connus, sur « l'excellence et l'étendue des relations » de son chef, le mulâtre Boyer Bazelais, et prétendait grouper dans ses rangs « les meilleures têtes pensantes du pays ». Le second, le parti national (« le plus grand bien au plus grand nombre »), prétendait regrouper, au dire de l'un de ses théoriciens, « une longue série d'êtres opprimés et endoloris » autour de son leader, le Noir Lysius F. Salomon en lutte contre le « parti aristocratique exclusiviste ». Il est difficile de trouver une unité idéologique ou autre très prononcée au sein de chacun de ces deux partis. A l'intérieur du parti libéral, les différences sont sensibles entre le leader politique Boyer Bazelais, homme de progrès, certes, et brillant parlementaire mais hautain et doctrinaire, l'incarnation type de l'oligarchie sociale accusée de sectarisme, et le théoricien Edmond Paul, libéral progressiste qui séduit la « jeunesse dorée », éclairée, et qui veut apporter le changement par « en haut », ou encore le sceptique Boisrond-Canal, trop réaliste pour être un novateur radical. A l'intérieur du parti national, qui fait davantage « coalition du refus et de la protestation », il y a plus que des nuances entre ceux qui parlent de former « un vaste parti conservateur » et un F. S. Manigat, accusé par les libéraux d'avoir eu des sympathies communardes alors qu'il était étudiant à Paris en 1870-1871, ce dont le défend le doctrinaire du parti national Louis-Joseph Janvier qui, pour sa part, n'hésite pas à donner des références socialistes à son programme de gouvernement. La présidence de Salomon (1879-1888) est marquée par la création de la Banque nationale d'Haïti (à capital français) et par la réforme monétaire. Elle fait adopter la loi agraire Manigat-Cameau portant distribution des terres de l'État et témoigne d'un souci d'extension et de rénovation agricoles. Elle ouvre le pays au monde extérieur par l'établissement d'un câble sous-marin entre Haïti et l'Europe, et par l'entrée du pays dans l'Union postale universelle. Sa politique extérieure liquide la dette d'indépendance à l'égard de Paris, vieille de plus d'un demi-siècle, et oriente la diplomatie haïtienne vers des rapports privilégiés avec la France républicaine pour tenir tête aux visées anglaises (la thèse du mariage d'amour avec la France, ou, seulement à défaut, du mariage de raison avec les États-Unis contre l'hostilité et les convoitises anglaises). Elle réalise un sérieux effort de développement de l'instruction publique dans les trois directions d'une réforme qualitative de l'enseignement secondaire, d'une extension quantitative de l'enseignement primaire, y compris l'enseignement rural, et d'un appel à des cadres français pour la formation des élites intellectuelles du pays et de son armée (missions universitaires et militaires françaises). Elle est cependant placée sous le signe d'une dictature sévère et impitoyable même, contre laquelle vient se briser la sanglante et vaillante insurrection libérale de 1883 lancée à partir de la Jamaïque anglaise voisine. Après Salomon, un autre caudillo, Florvil Hippolyte (1889-1896), se fait une réputation de « président de fer » à la fois à cause de son comportement terrible d'homme à poigne et de son œuvre de modernisation, consistant à multiplier dans le pays des ouvrages métalliques (ponts, marchés) et à encourager l'établissement d'une fonderie nationale.

La fin du siècle amène la crise du système traditionnel haïtien que les efforts de modernisation n'ont pas pu rénover en profondeur mais qui est encore assez vigoureux politiquement pour écarter les intellectuels modernisateurs au profit des caudillos traditionnels. D'ailleurs, l'étranger est là pour y aider, lui qui préfère souvent ces derniers aux premiers. En 1896, à la chute de Florvil Hippolyte, la candidature de François Saint Surin Manigat, ancien ministre de l'Instruction publique et de l'Intérieur de Salomon et, au dire de l'historien J. C. Dorsinvil, « l'homme politique alors le plus marquant », est lancée par « les cercles intellectuels de la capitale » liés au parti national. Il a le tort d'être loin, exilé par Hippolyte. Un général du Nord est élu : Tirésias Simon Sam, qui l'éloignera habilement en le plaçant à la tête de la mission diplomatique haïtienne à Paris où il meurt opportunément en juillet 1900. A la fin du mandat de T. S. Sam (1902), Anténor Fermin, le prestigieux ministre des Relations extérieures du temps de Florvil Hippolyte, célèbre pour avoir tenu tête aux Américains en 1890-1891, intellectuel de première classe et homme d'État à surface internationale, ancien transfuge du parti libéral, a l'appui d'une jeunesse ardente et des partisans de la régénération modernisatrice. Un vieux caudillo du Nord l'emporte sur lui : le général Nord Alexis. Ce dernier va réaliser au suprême degré en Haïti l'alliance entre le caudillisme et le nationalisme.

Et pourtant, ce n'est pas le choix qui a manqué aux grands électeurs de 1902 puisque, outre Anténor Fermin, deux autres candidats ont brigué officiellement leurs suffrages : Calisthènes Fouchard et Momplaisir Pierre. Anténor Fermin, l'idole de la jeunesse intellectuelle, est alors dans toute la force de son rayonnement et de sa popularité. Calisthènes Fouchard, l'ancien ministre des Finances de Salomon, compétent et intègre, veut offrir une alternative de progrès à ceux qui ne donnaient pas dans la grande « mode » ferministe. Quant à Momplaisir Pierre, son seul nom évoque avec prestige celui du héros de 1875, mort bravement en défendant, tout seul, sa maison assiégée par tout un régiment, victime « du système vieillot du gouvernement d'autorité » auquel le parti libéral — son parti — voulait alors « opposer le système plus adéquat du contrôle parlementaire avec son corollaire logique d'une diffusion plus large, d'une pratique plus effective des libertés citoyennes ». N'est-il pas significatif et révélateur que ce soit malgré tout à un vieillard de quatre-vingt-deux ans, incarnation vivante d'un système traditionnel en crise, qu'échoie la présidence de la République ? Frédéric Marcellin donne la clef de cet apparent paradoxe : « Cherchez, écrit-il, le vieil indicatif : le général victorieux. » En effet, l'Assemblée nationale n'a fait que ratifier par son vote du 21 décembre 1902, par 100 voix sur 115 votants, la victoire remportée par les forces du général Pierre Nord Alexis dit « Tonton Nord » qui venait d'entrer en triomphateur à Port-au-Prince, après avoir vaincu sur le terrain la grande insurrection ferministe de 1902. C'est le cas type de l'avènement d'un caudillo.

L'homme a une histoire familiale qui le lie directement à la génération des fondateurs de la patrie haïtienne puisque, fils d'un haut fonctionnaire du royaume de Henri Christophe, il a épousé la nièce de celui-ci. Il se considérait volontiers comme l'héritier de la fierté nationale christophienne et son mot favori était qu'il tenait à orgueil de transmettre intact le dépôt sacré du patrimoine national confié à ses soins. Patriote ombrageux, mêlé à soixante ans de vie politico-militaire et donc élevé au sérail de la politique traditionnelle, il fait montre, dans l'exercice du pouvoir, d'une intransigeance farouche en tout ce qui touche à l'indépendance nationale. Le pays trouve en lui un défenseur intraitable de l'intérêt national haïtien vis-à-vis de l'étranger, l'intérêt national haïtien tel qu'il le concevait.

Il le montre au moins en trois occasions spectaculaires : l'affaire du procès de la consolidation, la célébration du centenaire de l'indépendance et le problème financier lié à la question de la Banque nationale.

L'affaire du procès de la consolidation, scandale financier d'envergure, est surtout intéressante du fait de la qualité des auteurs et bénéficiaires des fraudes découvertes à l'occasion des opérations de consolidation de la dette extérieure haïtienne entre 1900 et 1903. Il s'agissait de convertir les créances de l'État en obligations de deux emprunts nouveaux à longue échéance. Au cours de l'échange de titres, des majorations gigantesques et des perceptions illégales de l'ordre de 2 millions de dollars — le revenu de l'État était alors tout au plus de 5 millions de dollars ! — ont permis non seulement à des hommes politiques de la précédente administration mais aussi à des étrangers du haut personnel de la Banque nationale de s'enrichir au détriment du Trésor public. En pareilles circonstances, on s'arrange pour étouffer l'affaire et beaucoup, au sein du gouvernement, penchent pour cette solution afin d'éviter les complications avec l'étranger. C'est mal connaître le président Nord Alexis qui décide, contre vents et marées, de faire instruire normalement l'affaire et, en dépit des pressions subies, laisse traduire les inculpés devant le tribunal criminel de Port-au-Prince. Parmi les dix principaux accusés dans ce procès à sensation, figurent le directeur de la Banque (un Français), le sous-directeur (un Allemand), le chef du service des succursales et agences (un Français) et le chef du portefeuille (un Allemand). Nord Alexis invite le tribunal à appliquer la loi fermement et sans hésiter et ce beau monde est condamné, chacun à quatre ans de travaux forcés !

Le chef de l'État haïtien ne s'est donc pas laissé arrêter par des considérations relatives au fait que les délinquants sont des ressortissants de grandes puissances dont l'une dispose de moyens de pression financiers non négligeables et dont l'autre s'est montrée récemment prête à saisir le moindre prétexte pour faire sentir à Haïti tout le poids de la diplomatie de la canonnière.

Le 1er janvier 1904 ramenait le centième anniversaire de la proclamation de l'indépendance nationale. C'est l'occasion pour Nord Alexis de ranimer le patriotisme haïtien par la célébration solennelle de ce centenaire. Les cérémonies, la participation collective, les contributions personnelles, les monuments érigés à cette occasion, les ouvrages et les discours publiés maintiennent une atmosphère de vibrant nationalisme au rappel de la beauté singulière de la révolution nationale d'indépendance d'un pays qui se considère comme le porte-drapeau de la race noire dans un monde blanc impérialiste, un pays dont l'intelligentsia s'emploie à réfuter les thèses des « détracteurs de la race noire et d'Haïti » et à publier des ouvrages comme *De l'égalité des races humaines* de Fermin, et *De la réhabilitation de la race noire* d'Hannibal Price. Le mot d'ordre du nouvel hymne national composé à cette occasion est significatif : « Du sol, soyons seuls maîtres. »

Mais c'est à propos de sa politique financière que le gouvernement de Nord Alexis montre le plus ce souci obsédant de sauvegarder l'indépendance nationale et de défendre l'intérêt du pays avant tout. Tout d'abord, il refuse, malgré les difficultés budgétaires, de revenir aux emprunts extérieurs, pratique courante avant lui mais qui lui semble porteuse d'un grave danger pour l'indépendance haïtienne. Il préfère recourir à la boîte à billets. « Le chef de l'État, écrit Charles Vorbe, était un adversaire décidé des emprunts. Sa politique favorite consistait à émettre du papier-monnaie au fur et à mesure de ses besoins. Il croyait ainsi se rendre indépendant. » L'analyse ne manque pas de lucidité quand on pense qu'un an après le départ de « Tonton Nord », la république Dominicaine voisine connaîtra l'intervention américaine pour des raisons financières. Le remède laisse toutefois beaucoup à désirer. Mais ce qui importe ici c'est que la profession d'une « opposition absolue, quasi dogmatique à l'égard des emprunts extérieurs » est dictée au chef de l'État haïtien par sa conviction que les emprunts étrangers sont « la menace la plus directe pour l'indépendance nationale ».

Sous-estimant la vigueur passionnée de ce sentiment nationaliste, la Banque nationale (société française, à capital français, à haut personnel français et au siège social parisien) refuse d'obtempérer aux ordres de paiement du gouvernement ayant pour objet des fonds provenant d'une réduction de moitié des taux d'intérêt d'anciens emprunts intérieurs haïtiens. A la fin de juillet 1905, fortement soutenue par son siège social de Paris, la Banque, faisant état d'une opposition judiciaire des créanciers de l'État, va même jusqu'à refuser d'exécuter les ordres de paiement concernant les dépenses militaires et le traitement du chef de l'État. La réplique de Nord Alexis est alors immédiate : le 1er août, le gouvernement haïtien enlève d'autorité à la

Banque le service de la trésorerie qu'il fait gérer directement par l'administration financière haïtienne. La Banque, dont c'est la source principale de revenus, ne s'en relèvera pas. Le gouvernement de Nord Alexis a montré, une fois de plus, qu'il sait « braver tous les risques de représailles, de réclamations diplomatiques » pour « redresser avec promptitude et vigueur une atteinte portée à la dignité nationale » (Chatelain).

Le Honduras de Miguel R. Davila (1907-1911)

Le Honduras, en Amérique latine, est souvent décrit, à la fin du siècle dernier, comme un pays où une petite élite maintient une façade moderne, à l'européenne, alors que le reste du peuple est plongé dans l'archaïsme de la société indigène. Cette description, en fait, vaut pour la plupart des pays de la zone des Caraïbes, à des degrés divers. Question de nuance simplement. En réalité, ce petit pays a témoigné d'une conscience nationale et d'un respect pour la Constitution qui ne sont nullement inférieurs en qualité à ceux des autres pays voisins.

A la fin du XIXᵉ siècle, le Honduras est la terre où fleurissent le caudillisme et le caciquisme, la lutte des partis conservateur et libéral n'étant qu'une étiquette pour masquer les rivalités entre les factions politiques, plus souvent sur une base régionale que sur une base idéologique. L'instabilité politique y est chronique et le caudillisme se voit contesté par un caciquisme régional encore puissant. Tegucigalpa, la capitale, a du mal à s'imposer au commandant d'Amapala, le port caraïbe. Cependant, une dictature d'ordre et de progrès a réussi à émerger du lot : celle de Policarpo Bonilla (1894-1899) dont on est unanime à reconnaître l'efficience. C'est dans la foulée de Policarpo Bonilla que veut se situer Miguel R. Davila (1907-1911).

Le pays n'a pratiquement de relations suivies et importantes qu'avec ses voisins, qui interfèrent d'ailleurs constamment dans sa vie politique, et avec les États-

Unis, qui ont le monopole de ses relations économiques extérieures. Avec l'Allemagne, en effet, le commerce est à peine notable : en 1913, les importations en provenance de l'empire allemand atteignent difficilement 900 000 marks et les exportations honduriennes vers l'Allemagne tout juste 800 000 marks ! C'est l'un des pays d'Amérique latine avec lesquels Berlin n'a pas conclu d'accord commercial fondé sur le principe de la nation la plus favorisée. La France, à la veille de la guerre, aura 7 millions de francs d'investissements directs dans le pays. Quant à l'Angleterre, elle n'y a fait que des investissements de portefeuille. A la fin de 1880, les investissements britanniques au Honduras s'élèvent à 3 222 000 livres sterling, tous placés en fonds d'État. A la fin de 1913, le montant sera de 3 143 000 livres sterling, toujours placés en fonds d'État.

Seuls donc les États-Unis dominent la vie économique du pays. Cette prédominance nord-américaine est dans l'industrie extractive. Comme partout en Amérique latine, il y a eu relance de la production des métaux précieux : or et argent. Puis, avec le développement de l'industrie électrique, l'extraction du cuivre a été activement poussée. Une compagnie américaine y campe, la New York Rosario Mining Company, qui exploite notamment les mines de cuivre de San Juanito. Cette prépondérance est aussi dans l'agriculture : la United Fruit y a installé ses plantations et ce sont ses bateaux qui assurent pratiquement le commerce extérieur du Honduras, devenant « république bananière ».

Sous Policarpo Bonilla, il y a eu la croissance classique des exportations, mais elle ne s'est pas traduite par un démarrage interne très important parce que les gains de l'exportation ont servi à l'accroissement des importations. Celles-ci, par exemple, font plus que tripler en valeur de 1890 à 1905. Cependant une petite industrie se développe vers 1900 pour le marché interne lié aux activités bananières et caféières.

Miguel R. Davila, du parti libéral, arrive au pouvoir grâce à l'appui de son allié Zelaya du Nicaragua. L'alliance entre les deux hommes et entre les deux partis a vite une couleur anti-américaine. Zelaya veut avoir Davila à ses côtés dans ses efforts pour bloquer l'avance et l'hégémonie des États-Unis en Amérique centrale. L'axe Zelaya-Davila fonctionne donc à merveille, mais les Américains soutiennent contre Davila le conservateur Manuel Bonilla.

La tension s'aggrave lorsque est constituée la « república Mayor de Centro-America » au sein de laquelle Miguel Davila fait figure de lieutenant de Zelaya dans l'orientation anti-américaine de sa politique. Ainsi, sous son administration, les relations commerciales avec les États-Unis ralentissent, au moins au chapitre des importations qui stagnent entre 1905 et 1910, en contraste avec leur courbe jusque-là croissante. Il y a même, entre ces deux dates, une baisse de 0,72 %.

Entre-temps, le conflit politique est ouvert. Des mercenaires américains organisent des raids contre le port d'Acajutla. Davila les repousse et traite les prisonniers en « flibustiers ». Les États-Unis suscitent alors de nouveau Manuel Bonilla contre lui. Le vaisseau de guerre *USS Tacoma,* dans les eaux du Honduras, prête un appui opportun à Bonilla pour déloger Davila du pouvoir. Le président qui émerge finalement en 1911, le Dr Francisco Bertrand, constituera un gouvernement très favorable à la politique américaine. Les importations en provenance des États-Unis entre 1910 et 1913 peuvent alors doubler tranquillement.

Le Salvador de Carlos Erzeta (1890-1895)

Le plus petit État d'Amérique centrale, le Salvador, au littoral donnant seulement sur le Pacifique, a eu, jusque vers le début des années 1880, une existence politique mouvementée, mais cette agitation de surface couvrait un véritable équilibre de la société traditionnelle restée profondément rurale. En tout cas, le pays avait une économie agricole qui, les indigènes mis à part, différenciait fort peu les classes sociales d'où se détachait cependant une élite socio-économique et culturelle friande de modèle européen. La rivalité armée entre libéraux et conservateurs mettait de la vie en semant la mort dans ce monde tranquille mais non sans problèmes.

Dans les années 1880, le général Francisco Mendez, à la tête des forces libérales, entreprend un programme de reconstruction après les guerres civiles. Il restaure le crédit du pays à l'étranger en épongeant la dette extérieure, il encourage les investissements étrangers, notamment dans les chemins de fer. Une compagnie anglaise, The Salvador Railways, relie alors la capitale au port d'Acajutla. Une deuxième ligne, la Central American Railways, est américaine et traverse le pays. Il fait promulguer la Constitution de 1886, triomphe du libéralisme politique, introduisant l'élection partout. Le 22 juin 1890, le commandant de l'armée, le général Carlos Erzeta, trouve le moment propice, à l'occasion d'un grand bal qui réunissait tout le monde officiel de San Salvador, pour réussir un coup d'État et établir sa dictature.

Son gouvernement est l'objet d'une véritable réinterprétation aujourd'hui, par la nouvelle école historique salvadorienne, qui met l'accent sur les aspects progressistes de sa gestion. On met en relief ses réformes dans tous les domaines : financier (principalement monétaire), militaire, économique et diplomatique. On souligne les deux traits fondamentaux de cette œuvre : son caractère *national* (promotion d'une économie nationale, défense de la souveraineté nationale, liquidation de la dette étrangère) et *social* (intervention en faveur des travailleurs urbains pour améliorer leurs conditions de travail et augmenter leurs salaires). Ce dernier aspect n'est sans doute pas étranger au mouvement de notables appelé la « révolution des 44 » qui le renverse en 1895. Il a eu le temps de montrer qu'au Salvador comme ailleurs le caudillisme pouvait fort bien faire bon ménage avec le nationalisme.

6. Conquêtes libéral-démocratiques et percées social-contestataires

En histoire, l'idée force de liberté n'a pas fini d'étonner. Le tournant du XIXe au XXe siècle et la première décennie de celui-ci témoignent que le cycle révolutionnaire du libéralisme, loin de s'achever avec les progrès réalisés depuis l'indépendance, se renouvelle pour de nouvelles conquêtes.

Un premier libéralisme en Amérique latine, nourri aux sources française des révolutions de 1789, de 1830 et de 1848, anglaise de théoriciens de l'anti-absolutisme comme Locke et Bentham et de l'école de Manchester, et américaine de la Constitution de 1776 et des idées jeffersoniennes, est resté associé à la promotion de l'individu dans sa liberté et dans ses droits. Cheval de bataille de la bourgeoisie commerçante souvent alliée aux artisans des villes, des membres des professions libérales et des professeurs d'université avec leurs étudiants, ce premier libéralisme est un libéralisme de cadres plus que de troupes. Il tend à organiser au sud du Rio Grande un *régime d'oligarchie libérale*.

Un second libéralisme s'épanouit, grâce au travail préalable fait par ce premier et à partir de ses résultats. Du droit de suffrage constitutionnellement reconnu mais censitairement accordé, il veut passer au suffrage universel. Du droit de réunion qui a permis de fonder les partis politiques, il veut passer au droit d'association, fondement juridique des syndicats (patronaux, ouvriers, professionnels). De la liberté du travail qui a permis l'abolition de l'esclavage, il veut passer à la reconnaissance du droit de grève. D'une manière générale, il veut « populariser » les droits politiques et les prolonger en droits sociaux. Cheval de bataille de la bourgeoisie d'affaires et des classes moyennes en formation, de groupes de pression comme les loges maçonniques et la presse à grand tirage, des étudiants avec leurs professeurs, ce second libéralisme est un libéralisme de troupes capables de pousser les cadres en avant. Il tend à organiser, au sud du Rio Grande, un *régime de démocratie libérale* et même, dans quelques cas avancés, avec préoccupations sociales.

Le premier libéralisme se reconnaissait à son attachement à la *Constitution,* mot à la mode, comme charte des droits individuels et civiques. Le second se reconnaît à son attachement à la *République,* mot à la mode comme forme de régime symbolisant la démocratie libérale représentative. Ce n'est pas par hasard que la république advient au Brésil. La Colombie, en 1886, est rebaptisée « république de Colombie ». Ce sont sans doute des conservateurs ou des néo-conservateurs qui le font dans les deux cas cités, mais c'est l'hommage rendu au nouveau symbole du progrès politique du temps. Au Chili, on passe de la république oligarchique à la république de démocratie représentative. En Bolivie, après 1913, un « parti républicain » se dressera contre l'oligarchie libérale.

Le prolongement, en deux nouveaux temps (qui dans certains cas et dans certains pays peuvent se confondre), sera bientôt ou est déjà au début du XXe siècle le radicalisme et le socialisme : Hipolyto Irigoyen et Juan B. Justo, pour citer en exemple le cas argentin, au cours de la deuxième phase (1910-1929).

Devant ce second libéralisme, l'oligarchie libérale adopte alors trois attitudes au choix. Soit le refus du passage du premier au second mais en s'opposant de front à ce passage, ce qui l'amène à se réconcilier avec le vieux conservatisme pour la constitution d'un front commun. Soit le refus du passage et le maintien de l'opposition au vieux conservatisme, ce qui l'amène au positivisme (l'illustration en est le juriste chilien Lastania, libéral des années 1840 qui écrira quinze ans plus tard les *Leçons de politique positive*). Soit enfin l'acceptation du passage et ce oui « franc et massif » peut déboucher dans son élan, au-delà de la démocratie libérale, sur le radicalisme et même le socialisme. On a vu que le biais du positivisme peut aussi, exceptionnellement, mener à la même destination.

Un échec sanglant : la guerre des Mille Jours en Colombie (1899-1902)

Dans un combat, même s'il est dans ce qu'on veut bien appeler « le sens de l'histoire », on ne peut pas toujours gagner. Il n'est donc pas mauvais de commencer par évoquer brièvement un cas d'échec sanglant : la guerre des Mille Jours en Colombie.

Le conflit armé entre libéraux et conservateurs a fait officiellement dans les 100 000 morts, a eu pour théâtre toutes les régions du pays et a laissé la Colombie exsangue, les finances obérées et la population démoralisée et comme traumatisée. Comment faire l'autopsie de cette crise ?

Qu'est-ce donc qui est en cause dans cet affrontement sans précédent ? Mieux qu'une crise de croissance, une crise d'orientation. Quelle force et quelle couverture idéologique allaient être données au changement qui s'annonçait sous la pression de la modernisation ? Après le triomphe de la « restauration » conservatrice sous Rafael Nuñez, véritable « retour en arrière » vers l'absolutisme centralisé et clérical, le libéralisme, comme force motrice de la marche en avant, allait-il accepter définitivement ce coup de frein, cette compression brutale et renoncer à présider au mouvement ? Or, voilà que l'homme fort meurt en 1899. Le verrou a sauté et c'est l'explosion.

Le soulèvement libéral est donc dans la logique de la situation : les forces qu'il déchaîne sont, à vrai dire, complexes et diversifiées, comme sans doute sa doctrine. Forces du refus coalisées sous la bannière libérale, forces de changement groupées sous le refus du *statu quo*, vieux fonds d'hostilités anciennes qui remontent à la surface, griefs ataviques qui en profitent pour envahir la conscience collective et s'exprimer au grand jour à nouveau, vieux règlements de comptes qui trouvent l'occasion de se réactualiser. C'est un moment, bien sûr, de la lutte de la liberté contre le despotisme et la victoire conservatrice sera quelque peu liberticide, même si elle sait s'arranger pour ne pas l'être tout à fait : le droit à l'opposition sera reconnu aux libéraux vaincus mais les conditions le rendent inefficace et inopérant.

Mais c'est plus que cela : c'est la crise qui ramène à la surface quantité d'aspirations, « à gauche » du libéralisme originel. C'est un moment de la rupture entre un catholicisme ouvert, qui se veut compréhensif et disponible pour le dialogue avec les forces de la modernisation (le catholicisme social de Léon XIII) et le catholicisme du *Syllabus* condamnant tout libéralisme comme essentiellement impie. Mais le premier est encore trop jeune (naissant à peine) pour symboliser aux yeux des masses l'image de la foi chrétienne monopolisée par les conservateurs et formalisée dans la Constitution de 1886 de Rafael Nuñez.

C'est un moment de réouverture du vieux contentieux régionaliste qui oppose notamment et notoirement, malgré les nouvelles voies de communication, l'intérieur comme par exemple l'Antioquía, vieux bastion conservateur au temps des présidents Mallarimo et Ospina (1853-1861) et la côte caraïbe ou encore l'isthme de Panama, bastion des libéraux.

C'est un moment de résurgence d'un vieux phénomène sinon de clivage, du moins de réalignement ethnique avec l'attestation de la fidélité des Noirs à la cause libérale, fidélité traditionnelle puisque les libéraux avaient été antiesclavagistes et les conservateurs esclavagistes au point d'avoir, dans un passé récent, déclenché la guerre civile en refus de l'abolition de l'esclavage en Colombie.

C'est un moment d'interférence d'influences étrangères et d'intérêts économiques liés à des milieux étrangers, donc un aspect de la rivalité des groupes financiers en quête de clientèles ou en consolidation de positions face à des intérêts opposés. C'est la dimension économique de la lutte des factions, surtout avec l'introduction des investissements de l'extérieur, la relance des activités minières et des exportations, la création d'un marché interne par suite des effets de cette relance. Les conditions de la sécession panaméenne seront fort suggestives à cet égard.

C'est même un peu un moment d'apparition ou d'expression d'aspirations vers une démocratie à préoccupations sociales, au-delà du programme officiel de démocratie représentative chère aux libéraux bon teint. Des courants hybrides de libéralisme égalitaire, de démocratie socialisante et même de socialisme utopique sont charriés pêle-mêle avec des idées plus « orthodoxes » et plus conformes à l'axe central des préoccupations des leaders libéraux.

La victoire des conservateurs montre que l'oligarchie peut donc mobiliser des masses populaires très importantes au service de sa cause, sans abandonner ni perdre son caractère d'oligarchie. Ils garderont le pouvoir jusqu'en 1930.

Le libéralisme à l'essai en Bolivie (1899-1911)

La Bolivie, de prime abord, semble présenter la réplique au cas colombien. La guerre civile « fédéraliste » qui a opposé conservateurs et libéraux se termine en 1899 par la victoire de ces derniers. Commence alors une ère libérale qui durera jusqu'en 1920.

Les deux premiers présidents de cette époque de prédominance du parti libéral sont d'abord le colonel José Manuel Pando de 1899 à 1904, puis le général Ismael Montes dont le premier mandat couvre 1904-1909 et le second les années s'étendant de 1913 à 1917.

Le libéralisme au pouvoir préside à la modernisation du pays. Celle-ci se fonde avant tout sur l'avènement de la prospérité de l'étain : 1000 tonnes en 1890 ; 15000 en 1905 ; 40000 en 1912. On a pu dire que c'est l'étain qui a fait sortir la Bolivie de l'ignorance internationale. Cette ascension est symbolisée et comme scandée par celle d'un métis de Cochabamba qui, parti de rien, va se faire une fortune colossale comme propriétaire des plus importants gisements au monde de ce métal : le roi de l'étain Simon Patiño. L'ère libérale, c'est donc l'ère de l'étain.

Il faut d'abord moderniser les structures du pays : Pando et Montes s'y emploient. Mieux placée et plus accessible que la ville historique de Sucre, La Paz devient la capitale de la Bolivie. Ce choix témoigne du déplacement du centre de gravité du pays et de l'orientation définitive vers le Pacifique auquel la nouvelle capitale est vite reliée par chemin de fer dont la ligne La Paz-Arica est achevée en 1912. Des bateaux à vapeur sur le lac Titicaca assurent la liaison avec le Pérou voisin. Les capitaux anglais s'investissent aussi bien dans ces travaux d'infrastructure et de communication que dans les mines, établissant entre l'Angleterre et la Bolivie des relations économiques spéciales. Ce quasi-monopole anglais, financier, économique et commercial, cédera quelques points à de nouveaux venus : l'Allemagne, la France et les États-Unis avant 1913. A cette date, en effet, à la suite d'un accord La Paz-Berlin de 1908, sur la base du principe de la nation la plus favorisée, la Bolivie importe pour 8 millions de marks-or de produits allemands et exporte vers Hambourg et l'empire allemand pour 30,6 millions de marks-or. De son côté, la France a investi, à la date de 1913, 100 millions de francs en Bolivie dont 14 en fonds d'État et 86 en investissements directs. Quant aux États-Unis, leur part dans les importations boliviennes de produits divers croît de 11 millions de dollars en 1890 à 106 en 1905, à 603 en 1910 et à 940 en 1913. Grâce aux revenus tirés de l'étain et aux indemnités versées par le Chili et le Brésil en compensation pour les territoires perdus, les libéraux opèrent la modernisation de l'administration d'État. Une Banque nationale est fondée, dotée du privilège exclusif d'émission des billets. Un système d'instruction publique se développe accompagné d'un anticléricalisme modéré : cessation du monopole de la reconnaissance par l'État de la seule Église catholique en 1906, institution du mariage civil en 1911.

Il devenait évident, cependant, que ce libéralisme avait perdu ce mordant qui avait suscité l'ardeur enthousiaste des jeunes avant l'avènement de l'ère libérale. La doctrine se faisant politique s'était émoussée pour coexister avec les intérêts des nouvelles fortunes de l'étain et même s'était assouplie assez pour pouvoir les représenter. On en arrivait à pouvoir assimiler le libéralisme au pouvoir, avec l'appui de l'armée, à la domination économique de « La Rosca » (l'écrou), nom donné à l'oligarchie de la fortune en Bolivie. Un nouveau libéralisme, animé surtout par la nouvelle génération, va s'organiser en « parti républicain » et afficher quelques préoccupations sociales contre la domination de l'oligarchie libérale.

Triomphe du libéralisme populaire en Équateur : Eloy Alfaro (1895-1901 et 1906-1911)

C'est entre 1895 et 1911, c'est-à-dire sous la présidence d'Eloy Alfaro (1895-1901 et 1906-1911) et celle dans l'intervalle de Leonidas Gutierez (1901-1906) que le cycle révolutionnaire du libéralisme va atteindre, en Équateur, son plus haut sommet, auquel est attaché le nom d'un héros très légendaire, Eloy Alfaro.

La république se trouve, depuis une vingtaine d'années, en pleine guerre civile entre libéraux et conservateurs, quand la victoire militaire sourit à Eloy Alfaro en 1895. Cette victoire de 1895 est sans doute, comme on l'a dit, celle de la côte sur le plateau intérieur, c'est-à-dire de la bourgeoisie chocolatière de Guayaquil sur les grandes familles d'hacendados de Quito. C'est également, pour beaucoup, la victoire de l'idée libérale contre le conservatisme, idée libérale qui s'était incarnée dans l'écrivain Juan Montalvo, l'ami et le compagnon politique d'Eloy Alfaro, dans le duel célèbre qu'il a mené, par la plume, contre le dictateur clérical Garcia Moreno. La brochure de Montalvo *Contre la dictature perpétuelle,* pénétrant clandestinement, malgré la police, en Équateur, avait produit une véritable fermentation intellectuelle et politique hostile au terrible dictateur clérical qui termina sa vie sous le couteau d'un assassin (1875). Montalvo mort à Paris, Alfaro va mettre son action au service de l'idée de l'écrivain, en un combat épique, fertile en rebondissements, riche en aventures héroïques comme celle de son invraisemblable fuite en 1884 par mer et par terre, après un combat naval contre l'ennemi. De Panama qu'il a transformé en quartier général de la révolution, il revient inlassablement donner l'assaut : celui de 1895 est enfin le bon. De Guayaquil, il monte à Quito à la tête d'une armée de *montoneras,* composée de jeunes intellectuels radicaux, d'artisans, d'ouvriers et de paysans indiens, en une marche qui couronne « l'épopée d'Alfaro, la plus haute épopée populaire de notre histoire ». L'homme est alors « l'expression la plus achevée des aspirations populaires en cette étape de la formation de la nationalité équatorienne » (Patricio Cueva). C'est donc aussi la victoire d'un homme, héros d'aventures, personnage de légende, d'une persévérance inlassable et d'une intrépidité indomptable, un caudillo au rare magnétisme personnel, un leader charismatique.

Au pouvoir, il s'attelle à détruire la « forteresse confessionnelle » laissée par Moreno et à travailler à la modernisation du pays. Contre le système théocratique conservateur, il multiplie les coups de boutoir : le « vieux combattant » veut en finir avec la puissance publique de l'Église et l'influence sociale du clergé. Les mesures anticléricales se succèdent dans une atmosphère passionnée qui fait appeler Alfaro « l'Antéchrist » par les résistants du camp clérical conservateur. Elles culminent dans la Constitution de 1906, laquelle confirme la loi sur le divorce de 1902, proclame la séparation de l'Église et de l'État, la liberté de conscience et des cultes, institue le mariage civil, établit la laïcité de l'enseignement, exproprie les biens ecclésiastiques *(ley de manos muertas)* et les nationalise au profit des hôpitaux, des asiles et de l'assistance sociale (loi de bienfaisance).

Sur le plan politique, la liberté de presse et d'opinion est décrétée ; l'élection présidentielle se fait au suffrage universel direct pour quatre ans avec une clause de non-rééligibilité immédiate. Sur le plan social, Alfaro crée des écoles, des collèges, des écoles normales. Il abolit les dîmes et les impôts sur les propriétés indigènes les plus pauvres, témoignant ainsi d'un début de préoccupation pour le sort des Indiens. Grâce à cette œuvre, la bourgeoisie commerciale et cultivée de la côte peut enfin respirer après le règne étouffant pour elle de la théocratie conservatrice de Moreno.

Sur le plan économique, en effet, l'ère libérale, c'est l'ère du cacao qui devient pratiquement la monoculture d'exportation vers l'Allemagne par le port de Hambourg et vers les États-Unis. L'Équateur devient le premier pays exportateur de cacao et son nom s'associe au cacao davantage même qu'aux chapeaux populaires qui se font dans les ateliers par tout le pays mais qu'on appelle obstinément des « panamas ». Le boom du cacao déclenche le processus classique, à partir de la croissance des exportations, vers la promotion d'un marché interne et le seuil de l'industrialisation.

Les investissements sont surtout anglais. D'abord, des investissements de portefeuille : à la fin de 1880, sur un total de 1 959 000 livres sterling, 1 724 000 étaient placées dans des fonds d'État. A la fin de 1913, sur 2 780 000 livres sterling, seulement 183 000 sont en fonds d'État et 2 597 000 sont investies dans les seuls chemins de fer. Changement significatif, on le voit.

Sous la seconde administration d'Eloy Alfaro s'achève le chemin de fer transandin qui relie Quito à Guayaquil (1908-1909), triomphe de la technique et événement économique capital : la sierra est reliée à la côte.

La France, elle, est restée fidèlement représentée en Équateur par le « capitalisme usurier ». Sur 15 millions de francs représentant le total des investissements français en 1913, 13 sont placés en fonds d'État.

Avec l'Allemagne, l'accord commercial de 1887, comportant la clause de la nation la plus favorisée, joue en faveur d'un accroissement des échanges. Le montant des exportations équatoriennes vers Hambourg et l'empire allemand s'élève à 12,6 millions de marks-or en 1913, mais les importations en provenance de l'Allemagne atteignent à peine 3 millions de marks-or.

C'est surtout aux États-Unis que l'Équateur achète. En effet, les importations en provenance des USA croissent de 715 000 dollars en 1905 à 2 215 000 en 1910 et à 2 553 000 en 1913.

Mais le climat politique de combat maintenu par le « vieux lutteur » contre la résistance croissante qu'il rencontre dans le pays se détériore et le libéralisme se scinde en deux tendances. Celle des modérés, groupés autour de l'ex- et futur président Leonidas Plaza Gutierez et des « notables » du parti, qui veulent mettre un frein à la radicalisation des réformes et s'inquiètent des tendances jugées par eux extrémistes d'Eloy Alfaro. Ils ont de plus en plus partie liée avec les *terratenentes* de Quito. Ils voient volontiers dans le parti libéral, maintenant qu'il est au pouvoir et que les réformes essentielles ont été faites, à leur avis, un « club électoral » au service de la bourgeoisie d'affaires, des hacendados et du clergé. Cette tendance est forte et Alfaro va l'apprendre à ses dépens.

Les radicaux, au contraire, fidèles à Alfaro, veulent continuer avec ardeur l'assaut contre les privilèges subsistants du vieux système patriarcal colonial. En 1912, Alfaro tente de revenir au pouvoir en dehors de la légalité pour relancer la révolution. La coalition libéral-conservatrice le fait prendre et le laisse lyncher par une populace déchaînée par la propagande haineuse de ses adversaires. Il faudra attendre 1924 avant qu'une nouvelle tentative de prise du pouvoir par les radicaux amène en Équateur une résurgence de la « Alfareada », mais cette nouvelle irruption des radicaux au pouvoir sera brève.

Les débuts de la république parlementaire au Chili (1891-1910)

Quand commence en 1891 la république parlementaire, le Chili est déjà parvenu à un certain stade de développement politique. La lutte entre les *pipiolos* (libéraux) et les *pelucones* (conservateurs) a évolué et l'épure politique s'est compliquée avec l'apparition du pluripartisme. En effet, les libéraux se sont scindés dans les années 1880 en deux factions : les libéraux modérés qui voulaient avancer à pas mesurés, sans trop brusquer les réformes, encore moins les radicaliser. Leur porte-parole d'alors, Balmaceda, déclare, face à ceux qui voulaient durcir les positions du parti, notamment à l'égard du clergé et de l'Église : « Renonçons à vouloir tout faire en peu de temps et à porter nos solutions... au-delà de ce que réclame une correcte application de la doctrine libérale. » Les autres, les « ultra-libéraux » hostiles à la temporisation et au compromis avec le camp conservateur, rejoignent les rangs soit du parti radical fondé dès 1862 et où prédominait l'influence des francs-maçons, des professeurs et des fonctionnaires et employés, soit même ceux du nouveau parti démocrate, fondé vers 1886, aux idées plus avancées et déjà socialisantes sinon même socialistes. Au niveau gouvernemental, déjà, la république autocratique et conservatrice (1831-1861) a été remplacée par la république libérale (1861-1891) au cours de laquelle quelques conquêtes politiques ont été réalisées comme l'adoption de la représentation proportionnelle (1871) et la suppression de la condition de propriétaire pour être électeur (1885).

Le Chili qui adopte le régime parlementaire est donc en pleine évolution politique. Il est surtout en pleine évolution économique. Depuis la guerre du Pacifique (1879-1881), on l'a vu, le cycle du salpêtre est dans sa phase ascensionnelle. Le salpêtre enrichit les promoteurs-investisseurs comme John Thomas North, le « roi du nitrate », il fournit au gouvernement chilien plus de la moitié de son budget. Les Anglais sont les maîtres de l'économie chilienne : ils ont investi dans le salpêtre du Nord où leur prépondérance est absolue, dans la banque, dans les chemins de fer, dans le commerce. La production de charbon du Sud en est stimulée. Des industries légères (chaussures, textiles, alimentaires), favorisées par le tarif protecteur de 1904, se développent à Santiago, à Valparaíso, tandis que l'artisanat et les manufactures s'industrialisent à Concepción. C'est le nouveau Chili des compagnies anonymes où l'étranger occupe la première place, ce Chili d'éducation française, d'armée prussienne et d'économie anglaise.

Le président Balmaceda (1886-1891) en prend conscience et veut réagir sur le plan de la politique économique qu'il veut orienter dans deux directions : la nationalisation du salpêtre et l'intervention de l'État en matière économique. Il a déjà contre lui l'aristocratie des pelucones, il s'aliène les banquiers. Et il n'a même pas, depuis les élections de 1888, une majorité au Parlement pour faire passer ses mesures. Il décide de passer outre, pour son malheur. L'accusant d'abus de pouvoir, le Parlement le dépose, appuyé par la marine. C'est la guerre civile à l'issue de laquelle Balmaceda, réfugié à l'ambassade d'Argentine, ne tarde pas à se donner la mort.

Une nouvelle période s'ouvre dans l'histoire politique du Chili : en substitution à l'autoritarisme présidentiel, s'inaugure le régime d'assemblée, à l'instar de la France de la IIIe République après la crise du 16 mai et le départ de Mac-Mahon : c'est l'ère du parlementarisme qui, comme en France, dans le contexte du pluripartisme, va s'immobiliser dans l'instabilité ministérielle de gouvernements de coalition à la vie éphémère (quelques mois, parfois quelques semaines). Ainsi vont passer les mandats présidentiels de Jorge Montt (1891-1896), de Frederico Errazuriz Echaurren (1896-1901), de German Riesco (1901-1906), de Pedro Montt (1906-1910), de Ramon Barros Luco (1910-1915) et de Juan Luis Sanfuentes (1915-1920). C'est le gouvernement de la Fronda ou de l'oligarchie élargie.

Sur le plan économique, c'est la poursuite de la croissance, au fort de l'ère de l'hégémonie du salpêtre où, entre 1890 et 1910, les firmes britanniques sont responsables des trois cinquièmes de la production totale. On a vu qu'en 1899 la Santiago Nitrate Co, fondée cette même année avec un capital de 300 000 livres sterling, paie des dividendes de 51722 livres sterling. Ce sont aussi les débuts prometteurs d'une nouvelle ère du cuivre au seuil du XXe siècle, où, cette fois, ce sont les capitaux américains qui assurent la relance. Déjà leur commerce est actif sur les côtes chiliennes. De 1880 à 1913, le commerce États-Unis-Chili est passé de 5 % en 1880 à 19 % en 1913. A partir de 1900, leur position économique sera croissante : les investissements nord-américains seront multipliés par 40 entre 1900 et 1914. Dans le domaine des chemins de fer, la dorsale Nord-Sud est achevée en 1914 : le Chili possède alors un véritable réseau national. A la veille de la Première Guerre mondiale, le commerce chilien est supérieur, à lui seul, aux commerces du Pérou, de l'Équateur et de la Colombie.

Mais l'opposition critique la gestion de la « Fronda aristocratica » nouvelle qui, au pouvoir, groupe les conservateurs et les libéraux représentants des intérêts des hacendados et des commerçants de la vallée centrale. Elle est le plus souvent assurée par les radicaux qui ne pardonnent pas aux libéraux de faire cause commune avec les conservateurs. Les élections leur permettent de gagner des points et ils commencent à avoir sinon le plus grand nombre relatif, du moins la plus grande véhémence. Ils représentent au Parlement et dans le pays un agglomérat d'intérêts et de couches sociales dont les classes moyennes urbaines constituent les assises principales. Mais celles-ci coexistent avec une partie de la bourgeoisie d'affaires du Nord minier qui veut secouer le joug de la domination de Santiago et de la vallée centrale, et aussi les propriétaires du Sud, l'ancienne région prise aux Indiens Araucans. Les motivations sont différentes mais l'association tient : c'est que le ciment est bon, qui unit dans une opposition commune au gouvernement de la Fronda de grands hommes d'affaires et entrepreneurs, des nouveaux riches, des petits fermiers, des moyens et petits employés, des francs-maçons et anticléricaux de toutes classes. A partir de 1906, le parti radical se permet même le luxe de s'orienter vers la revendication de réformes sociales plus accusées et d'un véritable régime populaire représentatif : un gouvernement démocratique.

Cette même année, un homme politique, leader de la Fédération des travailleurs chiliens, arrive à se faire élire député, mais son élection est annulée par la Chambre. Il fondera bientôt (1912) le parti socialiste ouvrier : il s'agit de Luis Emilio Recabarren. Sous l'aiguillon de l'opposition, les gouvernements successifs se mettent à faire du « social » : programme de logements sociaux sous German Riesco, ouverture de chantiers de travaux publics sous Pedro Montt, extension de l'instruction publique et législation sociale créant les assurances-accident et la semaine de 6 jours sous Ramon Barros Luco et Juan Luis Sanfuentes dont les gouvernements comprennent pour la première fois des ministres du parti démocrate.

Belle Époque au Chili comme en France ? Certes oui, quand on voit les fortunes qui se font et la vie sociale qui se mène. Mais Belle Époque pour qui ? Pas plus, sans doute, de 2 à 3 % de la population. Car la vie augmente puisque le pays est importateur de produits alimentaires (céréales, viandes) et de produits de première nécessité (laines et lainages). Il n'y a donc pas de Belle Époque pour les *inquilinos* qui gagnent quelques centimes par jour, pas pour les ouvriers des usines urbaines qui travaillent douze à quatorze heures par jour, pas pour les travailleurs « flottants », les *rotos,* qui sont obligés de faire la navette entre la campagne et la ville. Dans ce Chili de 1900-1910, il y a encore plus de 50 % d'illettrés ! La misère est réelle comme l'exploitation est dure. Un syndicalisme de combat s'organise et lutte. Les grèves se multiplient et les manifestations ouvrières aussi, réprimées parfois sans pitié : grève générale révolutionnaire à Santiago (1905), des chemins de fer et des mines à Antofagasta (1906), manifestation de 10000 ouvriers d'industries en 1907 à Iquique. C'est le début d'une « agitation sociale » qui ira grandissant : de 1911 à 1920, on enregistrera 293 grèves. La Fronda voit se lever, hostile, le monde du travail.

Le phénomène du batllisme en Uruguay (1903-1907 puis 1911-1915)

Le changement de siècle en Uruguay, État-tampon entre le Brésil et l'Argentine, est accompagné d'un changement décisif et, historiquement parlant, assez brusque dans l'évolution du pays. Jusque-là, l'Uruguay ressemblait fort aux autres pays d'Amérique latine : lutte entre *blancos* (nationaux-conservateurs appuyés par la propriété rurale, le clergé et la hiérarchie militaire) et *colorados* (libéraux appuyés par la propriété mobilière urbaine, les intellectuels, les membres des professions libérales), caudillisme, guerres civiles et turbulence chronique (40 révoltes entre 1830 et 1903 qui ont fait dire au dictateur Latorre en 1880 que le pays est « ingouvernable »), contrôle par l'étranger de secteurs économiques importants tels que les finances et le commerce extérieur, fort pourcentage d'illettrés (plus de la moitié encore en 1900), faible participation politique, oligarchie de gauchos comme dans l'Argentine voisine ou dans l'État brésilien limitrophe du Rio Grande do Sul. En moins de cinq ans, la guerre civile se voit mettre un terme et l'Uruguay est en passe de devenir l'État politiquement et socialement le plus « avancé » d'Amérique latine, un *Welfare State*. De cette véritable mutation, on crédite généralement Don José Battle y Ordoñez ; certes non sans raison. Cependant, il a dû y avoir, comme toujours en histoire, pour expliquer le phénomène du « batllisme », ce que Lucien Febvre aimait appeler la rencontre de l'initiative individuelle et de la nécessité sociale. Voyons donc de plus près si Batlle a été le père authentique et exclusif du batllisme uruguayen, comme on l'écrit souvent.

L'homme est incontestablement de la race de ceux qui agissent sur les autres et les influencent. Les contemporains — et les historiens à leur suite — l'ont dépeint doté d'une forte personnalité et ont témoigné qu'il en imposait aux autres. Né chef ? C'est beaucoup dire. Une naissance à Montevideo n'habilite pas tout un chacun à commander.

Mais lui, il a l'avantage de vivre dans une ambiance qui peut développer en lui cette vocation : il est fils de président de la République et, comme tel, a le privilège de venir achever ses études en Europe. Comment alors, au retour, ne pas faire carrière ? Vers les sommets, celle-ci se précipite : sénateur en 1898 puis conseiller d'État, puis président du Sénat et, en 1903, c'est l'élection à la présidence de la République. Oui, bien sûr. Mais alors, il aurait pu être un président comme les autres ou, tout au plus : meilleur que les autres. Il est différent. L'hérédité et la vocation sociale au cursus politique n'expliquent pas tout.

En 1900, il a quarante-quatre ans : une maturité encore jeune. Il est déjà le chef incontesté d'un parti colorado qu'il a revigoré et auquel il a rendu sa combativité. En Europe, il a fait des études juridiques : c'est le chemin qui mène à la politique en Amérique latine. Il a vu les transformations du Vieux Continent après 1870 et a été sensible, en étudiant sérieux et curieux, aux nouveaux courants d'idées qui veulent changer le monde. Aussi s'emploie-t-il en Uruguay à faire du parti de sa famille une machine politique à base populaire et veut-il le transformer en parti idéologique et en parti de masse (1886). On comprend mieux : mais il aurait pu échouer. Combien de réformateurs dorment en paix avec leurs projets irréalisés dans leur tombe ! Il y a les qualités de l'homme, cet irremplaçable « coefficient personnel » : Batlle possède, à la fois, le tempérament d'un lutteur et d'un technicien de la conciliation. Le penseur en lui sait accepter les exigences et les contingences de l'action politique : on l'a dépeint un pragmatique, voire même un opportuniste. Militant véhément et stratège habile, révolutionnaire qui sait adopter la voie tactique de l'empirisme modernisateur et socialisant, capable d'énergie quand c'est nécessaire, de souplesse quand celle-ci est payante, ce caudillo sera le vainqueur et l'extirpateur du caudillisme dans son pays natal. Mais encore faut-il que les circonstances s'y prêtent, qu'il y ait un milieu réceptif, qu'il puisse y avoir une réponse, une « correspondance » !

Une première réponse réside sans doute dans les caractéristiques de l'Uruguay, caractéristiques générales et comme permanentes, caractéristiques conjoncturelles dans les quinze dernières années du siècle. C'est un pays d'une réelle homogénéité : physique (il n'y a ni montagnes, ni jungles), ethnique (pratiquement il n'y a que des habitants de souche européenne), économique (l'élevage est l'activité par excellence), sociale (le genre de vie et le style de consommation font qu'il n'y a pas de fossé entre grands et moyens éleveurs et entre éleveurs propriétaires et éleveurs non propriétaires), religieuse (l'Église n'a pas une forte tradition de contrôle ni une forte position). Et puis il y a eu les quelques acquisitions politiques et sociales réalisées par les libéraux : extension de l'enseignement primaire, mariage civil obligatoire, début du « civilisme » à la suite de la révolution du quebracho (1886). En politique comme ailleurs, le progrès est souvent une question d'accumulation jusqu'à un seuil.

Montevideo, terre de refuge pour les exilés argentins du temps de la dictature de Rosas, a depuis lors une tradition intellectuelle d'accueil des idées de liberté et de contestation politique et sociale « avancée ». La capitale uruguayenne est donc un laboratoire d'idées « progressistes ». En 1842, le journal *Le Messager français* d'E. Taudonnet consacre un numéro spécial à la mémoire de Charles Fourier. Au cours de la *guerra grande* (1843-1852), les « chemises rouges » de Garibaldi combattent à Montevideo même contre les forces assaillantes de Rosas. En 1875, des ouvriers français, italiens, espagnols récemment arrivés fondent une Internationale...

Batlle n'avait pas tout à fait vingt et un ans quand le ministre uruguayen José Pedro Varela fait adopter la loi sur l'instruction publique obligatoire qui va former sur place à Montevideo une jeunesse ardente pour la fin du siècle, tandis que Batlle, lui, va à l'étranger. La fermentation intellectuelle est active et la vie politique s'idéologise. En 1901, Alvaro Armando Vasseur publie le manifeste du parti socialiste. En 1902, Florencio Sanchez et Angel Falco créent le Centre international d'études sociales, de tendance anarcho-syndicaliste.

A cette date, qui est l'année d'avant son avènement à la présidence de la République, Batlle est dans la bataille active depuis plus de quinze ans. Il a fondé, à Montevideo, un journal, *El Día,* dans lequel il expose ses idées et ce qui sera son programme de gouvernement : le programme de la régénération, axé sur la démocratisation politique et la modernisation sociale. Programme ambitieux, mais que l'évolution économique et sociale rend de plus en plus possible, et, bientôt, va demander.

En effet, depuis la fin de la « guerre du Paraguay » (1870), l'Uruguay est entré dans une ère de transformation économique à l'argentine : clôture des estancias au fil barbelé, immigration, capitaux anglais dans les chemins de fer et la banque, développement d'un élevage scientifique avec importation et croisement de races, création d'écoles d'agriculture et de vétérinaires. Les résultats ne tardent pas à se faire sentir : le cheptel bovin passe de 6 827 428 têtes en 1900 à 8 192 602 têtes en 1908, tandis que le troupeau d'ovins passe de 18 608 717 têtes en 1900 à 26 286 296 têtes en 1908. Le premier frigorifique est installé en 1905. A cette date, depuis près de vingt ans, l'Uruguay est rattaché, par chemin de fer, en ligne continue, au Brésil et à l'Argentine. Montevideo « la pompe aspirante » exerce une véritable « succion » des revenus et des hommes de l'arrière-pays. Des classes moyennes urbaines se développent : petite et moyenne bourgeoisie, membres des professions libérales, employés du commerce et de l'industrie, fonctionnaires et employés de l'État. Ces derniers sont 20 000 en 1900. Les nouveaux immigrants viennent généralement, au bout d'un certain temps, grossir les rangs de ces classes moyennes ou alors ceux du prolétariat urbain né avant la fin du siècle et en pleine croissance entre 1897 et 1902, les cinq années après la guerre civile de 1897 qui a établi une paix de compromis et de partage, accordant le contrôle de six des dix-neuf départements aux blancos.

Le batllisme est donc la doctrine qui correspond à ces

changements : c'est l'idéologie politique de la modernisation uruguayenne. Batlle gouverne le pays de 1903 à 1907, puis de 1911 à 1915, laissant dans l'intervalle la présidence à Claudio Wiltimann.

Le batllisme au pouvoir réalise son programme. Sur le plan politique, la liberté de la parole et de la presse est affirmée et aussi celle du suffrage. La loyauté des élections est garantie et un système de représentation proportionnelle est adopté permettant la représentation de la minorité. Les libertés municipales sont proclamées et le pouvoir présidentiel soumis à contrôle. On sait que Batlle a profité de l'intervalle entre ses deux mandats pour séjourner à nouveau en Europe d'où il revient avec la conviction qu'il faut adopter le modèle suisse du gouvernement collégial. Devant la résistance que rencontre sa proposition, il en diffère l'application mais fait associer au président un Conseil national d'administration au sein duquel l'opposition est représentée. Il fait adopter la suppression de la peine de mort, lutte contre la corruption administrative et institue la laïcité et le divorce. Il donne le droit de vote aux femmes.

Sur le plan social, le batllisme au pouvoir, c'est l'institution de l'enseignement primaire obligatoire et gratuit, c'est la protection de la femme au travail et l'établissement en sa faveur du congé de maternité, c'est la reconnaissance du droit de grève et l'encouragement aux syndicats, c'est la proclamation de la journée de huit heures. Toute cette législation, fort avancée pour l'époque, crée en Uruguay un régime de démocratie sociale progressiste.

Batlle veut aller plus loin encore, et donner une finalité sociale à sa politique économique même. Dans le cadre de la conception de la fonction sociale du capital, il déclare qu'il « ne faut pas permettre à l'industrie de détruire les êtres humains, mais qu'au contraire l'État doit la réglementer pour rendre plus heureuse la vie des masses ». Dirigisme et interventionnisme tendent alors à faire de l'État un propriétaire, avec la création de la Banque d'assurances de l'État (1911), l'établissement de monopoles d'État sur les chemins de fer (rachetés progressivement aux Anglais), le téléphone, l'hydroélectricité. L'État gère l'administration du port de Montevideo.

Les revenus tirés de l'élevage assurent les frais de cette politique de sécurité sociale. La dette extérieure est liquidée et l'équilibre budgétaire est réalisé en 1906 et en 1910.

Pour protéger l'industrie nationale « contre l'impérialisme économique étranger », Batlle fait adopter un tarif protectionniste et des mesures d'exemption fiscale interne. Et ainsi, de la démocratie politique qui se réalise, il commence à passer à la démocratie sociale dont il jette les bases (et pour laquelle il continuera de se battre jusqu'à sa mort en 1929, voix très écoutée du parti colorado).

Certes, tous les libéraux sont loin de vouloir le suivre dans cette voie. Certains font défection pour entrer dans le camp hostile des conservateurs blancos (heureusement pour lui, divisés eux aussi). D'autres se regroupent en un mouvement de résistance et font dissidence : on les appelle les *reveristes,* du nom de leur chef de file.

Mais Batlle est sur sa lancée. Dès 1911, il a pris position, publiquement, et défini la philosophie de sa politique économique : « La sphère d'influence de l'intervention de l'État s'étend dans tous les pays civilisés. Les conditions modernes ont accru le nombre d'industries qui tombent dans le domaine des services publics. L'État moderne accepte sans hésiter son statut en tant qu'organisateur économique. Il entre dans l'industrie quand la concurrence n'est plus praticable, quand le contrôle par les intérêts privés les investit d'une autorité incompatible avec le bien-être de la collectivité, quand un monopole fiscal peut offrir une grande source de revenus pour faire face à des problèmes urgents de taxation, et quand l'exportation continue de la richesse nationale est considérée comme non désirable. »

Le libéralisme, avec Batlle, achève son cycle révolutionnaire qui l'a successivement conduit à la démocratie politique, à la démocratie sociale et finalement à l'interventionnisme étatique d'inspiration nationaliste (pour ne pas dire quasi anti-impérialiste) et socialisante (pour ne pas dire quasi socialiste).

L'élan des forces de la modernisation 1910-1929

De la révolution mexicaine à la grande crise économique mondiale

La période qui va de la révolution mexicaine (1910) à la grande crise économique mondiale (1929) peut être considérée comme celle d'un vigoureux élan, en partie victorieux, des forces de la modernisation en Amérique latine. Après la préface au XXe siècle qu'est la période antérieure (1889-1910), et qui lui a permis de jeter des semelles de béton neuf dans les fondations anciennes réaménagées mais non détruites, l'édifice nouveau, ou en tout cas restauré suivant un plan nouveau, se dresse au soleil de la modernisation. L'ébranlement initié par la révolution mexicaine, l'impact de la Première Guerre mondiale et le sérieux coup de pouce donné par elle et à sa suite à l'industrialisation, la secousse provoquée par le mouvement de la réforme universitaire et le mouvement de solidarité latino-américain de l'APRA qui veut en être le prolongement politique pan-latino-américain, la croissance urbaine et la montée des classes moyennes qui l'accompagne avec les doctrines et régimes qui y correspondent, les premiers assauts organisés des forces syndicales et socialistes, la politique hégémonique agressive des États-Unis, militaire et économique dans les Caraïbes, financière et économique ailleurs, politique partout, à des degrés divers et les réactions nationalistes passionnées et enflammées qui s'y opposent, le surgissement de l'indigénisme culturel et politique constituent les forces motrices de ces deux décennies de l'histoire latino-américaine. Certes, l'archaïsme ne se laisse pas bousculer sans résistance, les régimes d'ordre et les mouvements de réaction savent montrer toute la vigueur qui leur reste ou qui leur revient : dictatures personnelles de partout ou presque, et nouvelles dynasties caraïbes, régimes militaires locaux de statu quo *et régimes spéciaux d'occupation-verrou par les* marines, *résurgences cléricalo-conservatrices et permanence des structures profondes d'exploitation et de dépendance. Mais alors que la prépondérance américaine se substitue aux anciennes hégémonies européennes, une ère de prospérité et d'optimisme économique, partition latino-américaine de la symphonie de prospérité mondiale des années 1920, fait parler, pour les pays au sud du Rio Grande, d'une « danse des millions ».*

7. *La révolution mexicaine de 1910*

La conjoncture de la chute du régime de Porfirio Díaz (1906-1911) inaugure, dans l'histoire mexicaine, une période spectaculaire, colorée, pleine de personnages épiques et d'affrontements violents, qui dure une première quinzaine d'années, suivie d'une nouvelle période de quinze ans, faite de récupération et de relance jusqu'à la fin du mandat de Lazaro Cardenas (1940). L'ensemble de ces deux périodes constitue le cycle historique de la révolution mexicaine, à l'issue duquel, assemblé pièce par pièce, émerge un Mexique nouveau, moderne et national. C'est, sans conteste, l'un des événements les plus importants du XXe siècle latino-américain.

La véritable période de destruction du Porfiriato va toutefois de l'insurrection déclenchée contre Díaz en 1910 à la proclamation de la Constitution de Querétaro en 1917 qui consacre et légalise les objectifs essentiels et les principales conquêtes de la révolution. Telle qu'elle émane des événements de cette période et de la charte fondamentale qui en ramasse les résultats, la révolution mexicaine se définit par quatre caractéristiques dominantes. Elle est libérale, ayant renversé le despotisme. Elle est créole-industrielle-urbaine, ayant brisé l'alliance hégémonique des hacendados et du secteur minier à prépondérance étrangère. Elle est agraire et indigéniste, ayant détruit le système de l'hacienda porfiriste et réhabilité les masses indiennes. Elle est nationale, ayant à la fois instauré le principe du contrôle national des ressources naturelles et de l'économie et rendu possible l'intégration des différentes composantes socio-ethniques de la population.

L'intelligibilité du phénomène révolutionnaire mexicain (Essai d'explication)

Comme bien l'on s'en doute, la révolution mexicaine de 1910 a des origines lointaines, des causes profondes et des conditions circonstancielles, ces dernières lui ayant fourni à la fois l'occasion et le détonateur de son déclenchement.

Ses origines, il faut, sans aller les chercher jusque dans la période d'indépendance qui cependant en donne comme une préfiguration ancestrale, remonter à l'époque de la Reforma politique et sociale, d'inspiration libérale, cette première révolution qui a rempli les années comprises entre 1855 et 1867, et qui a ensuite cheminé souterrainement pendant le Porfiriato comme souvenir nostalgique, comme conquêtes tangibles et comme idéal propulseur. La révolution de 1910 c'est, dans une certaine mesure, la résurgence de la Reforma. Dans une certaine mesure seulement, car, pendant la large paix porfirienne, les circonstances ont changé. Les trente-six ans de Porfiriato ont, on l'a vu, profondément marqué le pays et l'ont détourné de la voie de la Reforma, surtout à partir de l'arrivée des científicos dans les avenues du pouvoir.

Ses causes, elles sont de toutes natures : économiques, sociales, idéologiques et politiques. Tout un train de *causes économiques,* les unes d'ordre structurel, d'autres relevant de la dynamique évolutive et d'autres de caractère conjoncturel, se trouvent réunies dans la situation mexicaine des cinq dernières années du régime de Don Porfirio.

Le système porfirien a réalisé l'alliance du gouvernement, de l'agriculture latifundiaire et de l'extraction minière, ces deux dernières orientées vers l'exportation. En effet, le gouvernement de Díaz a accordé un traitement préférentiel à ces deux secteurs, tant en ce qui concerne la propriété du sol et du sous-sol que les conditions d'exploitation et la faible taxation à la production et à l'exportation, et, en retour, a reçu d'eux, pour lui-même, pour son armée, pour sa classe politique et pour les fonctionnaires, les revenus y afférents. De là cette ploutocratie urbaine dont les visiteurs de Mexico ont chanté le cadre, le niveau et le style de vie, à l'européenne ou à l'américaine. Or, l'impact de la modernisation qui s'est ensuivie, par les effets d'entraînement et de multiplication de la croissance des exportations jusqu'au développement d'un marché interne, a provoqué la formation d'une couche sociale de capitalistes intéressés à satisfaire ce marché. Ces capitalistes réclament d'une part un système de protection douanière industrielle (notamment, il est vrai, par les restrictions surtout aux *importations*) grâce à l'adoption d'un tarif protectionniste (ce qui risque de gêner sinon fondamentalement, du moins sensiblement le secteur du commerce extérieur dans lequel l'agriculture latifundiaire et l'extraction minière ont des intérêts), et d'autre part la libération de la main-d'œuvre de l'hacienda pour renforcer le marché libre du travail. Il y a là des contradictions qui mènent à des *conflits sectoriels de développement* dans l'économie. Là n'est sans doute pas la moindre explication de l'adhésion de la *bourgeoisie manufacturière* à la révolution.

Le système porfirien est à l'origine des inégalités de développement qui marquent l'économie mexicaine et provoquent des tensions déséquilibrées dans l'évolution de la croissance : inégalités de secteurs, de régions, de produits. La plus grave des premières est sans doute l'évolution du rapport entre produits miniers et matières premières, d'une part, produits alimentaires et de consommation courante, d'autre part. En prenant l'année d'avènement constitutionnel de Díaz (1877) comme indice 100, la production de matières premières en 1910 est à 126 alors que celle des denrées alimentaires locales est à l'indice 87. La production de maïs, nourriture de base des masses, passe de 2,5 millions de tonnes en 1877 à moins de 2 millions en 1910 alors que la population a augmenté. Traduit en termes de production par tête, cela représente une baisse de 50 %. Celle-ci n'est que de 25 % pour les bois. Même le blé, consommé par les classes supérieures, a baissé en 1910, au point qu'on en importe en quantités croissantes. Inégalités de développement régional : les exemples pullulent. Ainsi, dans la moitié nord du pays, les États agricoles les plus dynamiques sont ceux qui sont les plus proches des États-Unis. La plus grande part des propriétés agricoles y sont exploitées par le capital nord-américain. Cela est-il indifférent au fait que « les leaders révolutionnaires venant de cette région, comme Francisco Indalecio Madero, professent explicitement de l'admiration pour les formes de développement en tous ordres qui s'observaient aux États-Unis » ou entretiennent avec ceux-ci, à l'origine et au cours de la révolution, des relations particulières, comme Pancho Villa ? Au centre du pays, l'État de Morelos est devenu l'État sucrier par excellence, sur la base d'un développement capitaliste de l'industrie du sucre. C'est là que naîtra la révolution agraire de Zapata. Dans le Sud du pays, le Yucatán connaît la prospérité de la culture et de l'exploitation du sisal : il s'y développe une révolution autonome, aux formes quasi socialistes, que le gouvernement révolutionnaire fédéral sera obligé de combattre ! Mais bien sûr, c'est dans le Nord et dans le Centre (ville industrielle comme Monterrey, centres miniers de Durango, Chihuahua, Sinalca, région pétrolière de Tamaulipas, élevage moderne de la Laguna, industrie sucrière de Morelos, c'est-à-dire dans les États de plus grand dynamisme des secteurs agricoles, miniers et industriels) que se développent les principaux groupes révolutionnaires (Manuel Villa).

Inégalités de développement des produits dans le même secteur : le Mexique minier se déplace, des métaux précieux (or et argent) vers les métaux utiles (cuivre), pour se voir ensuite orienter vers les gisements de pétrole (dont, on l'a vu, la production passe de 10 000 barrils en 1901 à 13 millions en 1911). Là, sans doute, réside la source de ces *conflits de développement inégal dans l'économie* qui impulsent la dynamique révolutionnaire.

Le système porfirien a réalisé la concentration de la propriété terrienne à un point jamais atteint jusque-là. Cette structure agraire latifundiaire s'est développée au détriment des communautés indigènes, dont les membres, après avoir été dépossédés de leurs terres ancestrales, sont réduits au péonage ou prolétarisés au profit des nouveaux hacendados. Nulle part ailleurs le phénomène de concentration n'a atteint une ampleur aussi fantastique. On cite le cas de cette ligne de chemin de fer dans l'État d'Hidalgo traversant une seule et même propriété familiale sur plus de 120 kilomètres ! Une hacienda dans l'État de Mexico fait dans les 1 060 kilomètres carrés alors que 99,5 % des paysans y sont sans terre. Dans l'État de Chihuahua, Luis Terrazas règne sur un ensemble de domaines dont l'étendue totale est de 5 millions d'acres ! Dans le grand État agricole d'Oaxaca, on compte 2 propriétaires sur 1 000 habitants. Deux científicos acquièrent dans l'État de Californie du Sud 7 500 000 acres pour les céder ensuite à Randolph Hearst, le magnat américain de la presse. Presque tous les ministres científicos et le personnel politique, científico ou non, se font propriétaires fonciers : Pablo Martinez del Rio, Bernardo Reyes, José Yves Limantour, Ramon Carral, Enrique Creel, Rosendo Pineda, etc. Par contre, le pourcentage de chefs de famille sans terre en 1910 est de 97,1 % dans l'État de Guanajuato, 98,5 % dans l'État de Guerrero et 99,8 % dans l'État d'Oaxaca ! C'est de la superconcentration, le seuil de tolérance est atteint à partir de quoi l'explosion est possible : la réduction au péonage et la prolétarisation du monde rural créent les conditions objectives de prise de conscience révolutionnaire.

A cela s'ajoutent des éléments conjoncturels qu'on ne saurait omettre de mentionner, comme les effets négatifs sur le pouvoir d'achat des travailleurs de la réforme monétaire de 1905 réalisée par Limantour et faisant passer la monnaie mexicaine du bimétallisme argent-or au monométallisme or. La baisse des salaires réels, qui en est la conséquence, additionnée à la hausse des prix qu'on ne peut empêcher, amène chacun à se sentir concerné par cette réforme dont on a pu dire qu'elle a été pour quelque chose dans l'accueil populaire à la révolution ! Du « Grito de Dolores » (1810) à la révolution contre Díaz (1910), donc en cent ans, « le prix du maïs a augmenté de 179 %, celui du riz de 75 %, de la farine de 711 %, des pois de 565 % ». Autre élément de la conjoncture : les effets sur l'économie mexicaine, liée à celle des États-Unis, de la crise de la place et du marché de New York en 1908. La « panique » de Wall Street a des répercussions négatives sur les affaires au Mexique, répercussions qui coïncident et cumulent avec les effets de la sécheresse de 1908-1909 et de la disette qui s'ensuit. La dépression dans les mines en 1910 se traduit par des licenciements avec leur cortège de chômage et de misère.

Il y a des causes qui tiennent aux structures sociales et aux rapports sociaux à la fin du Porfiriato et qui, elles, culminent en une *crise sociale,* somme de mécontentements divers qui, nés de motifs différents, s'expriment cependant en même temps : frein de l'élan de la bourgeoisie, compression des classes moyennes, blocage des jeunes, acuité de la question ouvrière, tragédie rurale, frustration du métis, refoulement de l'Indien.

Les inégalités sociales sont criantes dans le Mexique de 1910. Elles frappent surtout les travailleurs ruraux et urbains. Répartition de la terre : environ 95 % des paysans sans terre. A l'échelon national, on recense une étendue appropriée de 200 millions d'hectares. Les *pueblos* ou villages des communautés indiennes occupent 6 % ; les latifundia ou haciendas 54 % ; les minifundia 20 % et les collectivités publiques 10 %. En 1911, le Mexique a 900 grands hacendados et une masse rurale de 9 millions de sans-terre !...

Réparation de l'éducation : l'État dépense, en 1910, 7 pesos par an pour un élève du primaire et 100 pesos pour un élève du secondaire ! Le pourcentage d'illettrés est de 80 % de la population au-dessus de 10 ans. La scolarité réelle de ceux qui sont inscrits à l'école (1 enfant sur 3 d'âge scolaire) est de 1 sur 4, les autres étant tenus éloignés de l'école par la pauvreté. Un esprit lucide de ce temps-là disait : « Si nous voulons l'instruction publique obligatoire, nous devons décréter le pain obligatoire. » De l'autre côté, l'enseignement des « humanités » se développe pour l'élite de la nation qui se voit ouvrir l'accès à l'Université nationale réorganisée en 1910.

Répartition du revenu : on a vu que les profits dans les mines sont scandaleux (sommet de 100 à 200 %) et que partout les gains sont excellents (de 20 à 40 %). Le salaire de l'ouvrier rural par contre peut descendre à 20 ou 25 centavos par jour dans des cas extrêmes et ceux des femmes et des enfants à 15 ou 10 centavos par jour. Aussi préfère-t-on employer les enfants : à la fin du XIXe siècle, dans le textile et les autres industries légères, la proportion d'enfants employés d'usines est de un huitième ! Un « sondage » réalisé dans onze usines textiles sélectionnées, à Veracruz, révèle que le salaire moyen urbain est de moins d'un peso par jour, alors que le coût de la vie est d'un peso par tête. Un médecin expliquait la faible consommation de savon par les travailleurs mexicains en disant que « le savon absorberait 25 % de leurs revenus ». On a calculé que les salaires réels de 1910 sont l'équivalent du quart des salaires de 1810. Le prix du maïs est de 3,50 pesos l'hectolitre. L'ouvrier agricole gagnant 30 à 37 centimes par jour en moyenne, cela fait l'équivalent de 10 litres de maïs ! D'un côté, le monde qui habite les résidences splendides de Mexico et des grandes villes mexicaines ou simplement qui vit dans de confortables maisons ou alors dans les grands manoirs des grands domaines, bref, qui a pignon sur rue quelque part, le monde des attelages, des tramways et déjà des « voitures automobiles », le monde des textiles anglais et des chaussures d'Europe et du pain de farine de froment. De l'autre, le monde des huttes et des *chozas* (« sous-habitat » de maisons frustes et au-dessous du « standard ») et des sans-logis (16 % à Mexico, la capitale fédérale, en 1900), le monde qui va pieds nus ou, à la rigueur, porte sandales, le monde qui porte les *mantas* de fabrication locale et mange de la *tortilla*, le monde qui noie les duretés de l'existence dans le *tlachique* ou la *tequila* dans les 1 300 bars de Mexico ou dans les *cantinas* à travers le pays. Tout ou presque tout va à la propriété. Rien ou presque rien au travail.

Conflits de classe, cette fois. Deux classes mécontentes

vont réagir à leur manière : les paysans indiens et les ouvriers. La tragédie des paysans s'exprime dans les protestations contre les dépossessions au profit des hacendados et dans les jacqueries qui commencent à devenir nombreuses à partir du début du siècle. On imagine volontiers que les communautés indiennes ne se laissent pas déposséder sans réagir. Lorsque, dans l'État de Morelos, l'hacienda d'Atlihuayan, à Yautepec, est constituée par le gouverneur Pablo Escandon avec les terres des communautés indiennes confisquées, celles-ci s'adressent aux tribunaux en vain, puis en appellent à la capitale qui leur octroie une symbolique compensation ! Dans l'État de Puebla, 65 villages se plaignent et protestent contre le fait d'avoir été dépouillés de leurs terres par les hacendados voisins. Mais que faire quand le spoliateur est le gouverneur de Veracruz ou le ministre Limantour ? Aussi, parfois, les réactions sont-elles plus violentes et il faut toute la brutale énergie des *rurales* pour briser la résistance campagnarde. Souvent les ventes ou concessions aux étrangers concernent des propriétés indiennes, comme lorsque Quintana Roo est répartie entre quelques compagnies, ce qui occasionne une série de soulèvements réprimés dans le sang. Un cas de répression spectaculaire de résistance indienne à la dépossession concerne les Indiens Yaquis, du Nord-Ouest mexicain, contre lesquels Díaz doit faire employer l'armée et dont il fait ensuite déporter les survivants par milliers dans la province méridionale du Yucatán en 1905.

Les revendications des masses indiennes en 1910 sont donc la récupération de leurs terres. Mais une partie, instruite par l'expérience ou travaillée par le courant socialiste des « partageux » ou par les socialistes chrétiens d'Antonio Diaz Soto y Gama, veut l'abolition pure et simple de l'hacienda. Ils n'ont d'ailleurs pas besoin de ces doctrines pour éprouver la faim de *terre* et la soif de *liberté,* mais la diffusion de celles-ci les y aide. L'idée de réforme agraire chemine sous le slogan bientôt populaire de « Terre et Liberté ».

Les *ouvriers* d'industrie, classe de formation récente

puisque pratiquement née comme prolétariat industriel sous le Porfiriato, ressentent la dureté de leurs conditions de travail et d'existence. Ils aspirent à de meilleurs salaires pour améliorer leur pouvoir d'achat devant l'élévation constante du coût de la vie. Ils aspirent à plus de sécurité de l'emploi et dans le travail dans les gisements de mines et dans les usines urbaines. Ils aspirent à une diminution de la durée du travail par jour et par semaine.

A vrai dire, le monde du travail non agricole est composé plus d'artisans que d'ouvriers, les premiers étant deux fois plus nombreux que les seconds. Les vrais ouvriers ont à peine dix ans d'usine. A la fin du régime de Díaz, il y a moins de 200 000 ouvriers recensés, auxquels il faut ajouter environ 80 000 mineurs des gisements d'or, d'argent et de cuivre. La composition de ce prolétariat ouvrier urbain est alors la suivante :

Maçons et tailleurs de pierre	69 018
Charpentiers et métallos industriels	29 343
Postiers, électriciens, cheminots	12 343
Dockers, peintres	13 983
Ouvriers, boulangers, « cigariers »	13 650
Autres ouvriers (dont 33 000 dans 135 usines textiles)	58 846
Total	*197 183*

Ce n'est pas encore la grande concentration, comme le montre l'exemple du textile où la dimension moyenne est inférieure à 250 ouvriers. C'est dire que les possibilités de mécontentement massif, généralisé, sont difficiles, ce qui diminue l'importance de la « force de frappe » ouvrière dans la révolution. Ils sont divisés par nationalité d'origine et plus encore par nationalité d'appartenance, les étrangers étant favorisés par rapport aux indigènes. Les artisans ont eux-mêmes des apprentis et des ouvriers travaillant avec eux et qui forment une catégorie à part. En outre, la dichotomie ville-campagne, qui est très forte, met une distance physique et sociale entre ouvriers d'usines et ouvriers agricoles et contrarie les chances de solidarité. Donc, peu de possibilités de rencontre. On verra même des ouvriers embrigadés dans la lutte contre les paysans révolutionnaires : les bataillons rouges de la Casa del Obrero Mundial seront employés contre Zapata dans le Sud et Pancho Villa dans le Nord.

D'abord réunis en corporations de métiers et en sociétés de secours mutuel, les ouvriers inaugurent très tôt une tradition de luttes sociales. Dès le 5 mars 1870 s'était constitué le Gran Circulo de Obreros de Mexico d'inspiration proudhonienne à l'origine. En 1876, au premier congrès des sociétés ouvrières du Mexique, c'est le mutualisme qui prédomine. C'est la préhistoire du syndicalisme mexicain.

En 1890, est fondée la Gran Confederación de los Trabajadores Mexicanos et en 1905 le Gran Circulo de Obreros Libres (ce dernier, dans les usines textiles de Puebla et de Veracruz). En 1907, se forme la grande Ligue mexicaine des employés des chemins de fer : elle est dissoute en 1908 par le gouvernement. Le mouvement ouvrier s'organise alors sous l'influence de l'anarcho-syndicalisme et du syndicalisme révolutionnaire. Ces courants idéologiques viennent de l'extérieur : exilés espagnols, généralement anarchistes ; immigrés français, souvent proudhoniens parfois bakouninistes ; ouvriers américains des chemins de fer et du pétrole adhérant aux syndicats radicaux des États-Unis comme les Chevaliers du travail (Knights of Labor) et les Travailleurs industriels du monde (Industrial Workers of the World).

Les grèves deviennent plus nombreuses et aussi plus violentes et plus impitoyablement réprimées à partir de 1906 : la grève des mineurs du cuivre de Cananea est faite, cette année-là, pour revendiquer le salaire minimal et la journée de huit heures. Elle est réprimée avec l'aide de 275 soldats américains appelés par le gouvernement de Sonora qui trouve les États-Unis plus proches et la capitale mexicaine sans doute trop éloignée. Au début de 1907, les ouvriers des filatures de Puebla, en grève, en appellent à l'arbitrage gouvernemental qui leur est défavorable. Deux jours plus tard, une grève des ouvriers du textile à Veracruz est réprimée par les troupes fédérales. Non seulement le gouvernement est du côté patronal, mais Díaz et les científicos veulent qu'on le sache.

Des autres catégories sociales de la société mexicaine, les *intellectuels* sont les plus sensibles à l'injustice de cet ordre de choses. Ils ont d'ailleurs leurs propres problèmes et leur propre cause de mécontentement. Partie intégrante des *classes moyennes,* ils participent au sentiment de compression ressenti par celles-ci dans la société à faible mobilité sociale, du milieu vers le haut, qu'est la société porfirienne. Elles sont de formation récente et donc d'autant plus impatientes. « Le Mexique a maintenant une classe moyenne, reconnaît Porfirio Díaz au cours d'une interview accordée au journaliste américain Crulmann, cette classe moyenne qui lui faisait défaut. La classe moyenne, poursuit-il, est le secteur dynamique de la société, ici comme partout ailleurs. » Pour ces couches moyennes nouvelles en formation et en ascension, les classes moyennes sont un lieu de passage, une étape transitoire vers les positions supérieures des classes dominantes et dirigeantes. La relative dégradation de la situation scolaire les touche, le monopole idéologique des científicos les irrite. La critique et la dénonciation du positivisme officiel sont sorties de là. Souvent de sang mêlé, ils ont hérité de la tradition intellectuelle liée au groupe métis depuis le mouvement de la Reforma et de l'expérience de l'alliance avec les classes populaires qui a marqué cette période. Paradoxalement, le développement et la diffusion de la culture dans les couches moyennes et supérieures de la société sous le Porfiriato par le ministre Justo Sierra aiguisent et renforcent leur hostilité au gouvernement. Le mouvement d'urbanisation fait sentir aux classes moyennes la précarité de leur situation. A la fin du Porfiriato, 20 % de la population vivent dans des agglomérations de 5 000 habitants et plus. Le nombre des villes de 20 000 habitants et plus passe de 22 à 29 entre

1895 et 1910 et leur population réunie croît de 44 % (Manuel Villa). Doublement frustrés à titre de membres des classes moyennes et à titre de métis, frappés et sensibilisés par la misère rurale et ouvrière, indignés par le traitement scandaleusement préférentiel réservé aux étrangers sous le règne des científicos, les intellectuels développent des idées révolutionnaires et nationalistes de critique politique et sociale : libéralisme, socialisme et nationalisme.

Le courant libéral est celui qui, dans les dernières années du Porfiriato, peut s'exprimer avec le moins de risques, et c'est déjà dangereux, comme l'expérience va le prouver, et cela le deviendra de plus en plus. A partir de 1906-1907, il se forme des cercles libéraux à Mexico et à San Luis Potosí. Le slogan principal est l'idée force de liberté contre le « diazpotisme ». C'est ce courant qui va s'opposer à la perpétuation de ce « diazpotisme », au « continuisme » de Díaz qui laisse entendre d'ailleurs imprudemment qu'il pourrait ne pas se présenter à sa septième réélection. Une brochure portant le titre de *La Réélection présidentielle de 1910* est publiée en 1908. Son auteur ? Le fils d'une riche famille de propriétaires du Nord, d'attaches porfiriennes, Francisco I. Madero. La première édition est modérée puisqu'elle reconnaît les mérites du « grand homme » mais suggère le choix d'un vice-président qui symboliserait le changement nécessaire. Devant le succès de l'opuscule, les nouvelles éditions se font plus critiques. Le mouvement « antiréélectionniste » prend le départ. En 1909, un cercle de jeunes libéraux est fondé, qui s'appelle « L'Athénée ». La même année paraît le grand ouvrage d'Andrés Molina Enriquez, *Les Grands Problèmes nationaux,* condamnation documentée de la politique agraire de Díaz avec même l'annonce de la révolution possible. Le livre, bien sûr, est interdit, ce qui accroît son succès de diffusion clandestine.

Un autre courant qui, par tactique, se cache parfois derrière le paravent libéral est en fait libertaire et anarchiste ou anarcho-syndicaliste. Dès 1900, Ricardo Flores Magon essaie de fonder un nouveau parti libéral avec pour organe le journal *La Regeneración.* Prison s'ensuit, assortie de la suppression du journal évidemment. Celui-ci reparaît aux États-Unis où R. Flores Magon, échappé de prison, trouve un asile précaire d'où il tente d'ailleurs un mouvement révolutionnaire pour abattre Díaz, mouvement qui échoue presque au premier engagement. Avec son frère Enrique, Ricardo récidivera trois ans plus tard, au cri cette fois de « Terre et liberté », pour échouer à nouveau. A la fin de janvier 1911, une troisième tentative libertaire proclame la « République socialiste de basse Californie », toujours avec les frères Flores Magon, et, une fois de plus, l'issue est dans le refuge aux États-Unis. Cependant, dès 1906, les frères Flores Magon ont lancé le programme de San Luis (Missouri) qui, avec la chute de Díaz, préconise la triple réforme anticléricale, antimilitariste et scolaire, une législation sociale en faveur des ouvriers et la réforme agraire.

Partout les esprits commencent à s'enflammer. Pendant que Díaz se prépare à célébrer grandiosement le centenaire du « Grito de Dolores », Francisco Madero, qui s'oppose maintenant ouvertement au dictateur en posant sa propre candidature à la présidence contre le puissant octogénaire, fait campagne en reprenant le slogan utilisé par Díaz lui-même en 1876 : « Suffrage effectif. Pas de réélection. » Le maderisme a une diffusion rapide : c'est une véritable contamination dans le monde intellectuel. Cela se comprend puisque, nous l'avons vu, tous les éléments de la contamination sont là : le virus, le vecteur et le milieu réceptif. Des clubs républicains se forment un peu partout. Arrêté avant les élections, puis, évidemment, battu aux résultats de celles-ci où on ne lui accorde, en haut lieu, que 196 bulletins favorables, libéré après, il lance en novembre 1910 le plan de San Luis (Potosí), essentiellement politique et à peine social. Il l'avait dit au cours de la campagne électorale, avant son emprisonnement : « Ce que le Mexicain réclame, ce n'est pas le pain, c'est la liberté pour gagner son pain. » Mais d'autres libéraux se font et sont plus « progressistes ». Dans l'État de Chihuahua, Pascual Orozco lancera le *Pacte de la*

Empacadora (1911), très avancé au point de vue social puisqu'il demande la réforme du travail ouvrier et la réforme agraire et au point de vue national, puisqu'il réclame « le Mexique aux Mexicains ».

Les causes sont donc, on le voit, déjà politiques. Au pouvoir depuis pratiquement plus d'un tiers de siècle, le « diazpotisme » a vieilli et s'est usé. La façade donne toujours l'impression de puissance comme le montre le succès national et populaire des fêtes du centenaire. Le vieux despote a encore la dent dure comme l'indique la répression des mouvements d'opposition. Mais le régime politique manque d'élasticité : les vieux monopolisent les hautes positions dans la politique et dans l'armée. C'est une véritable gérontocratie qui anime le « diazpotisme ». Don Porfirio, comblé d'honneurs et de décorations, est un octogénaire. Ses généraux sont ses contemporains pour la plupart, avec leurs souvenirs de septuagénaires ou d'octogénaires comme lui. L'appareil politico-militaire a besoin de renouvellement. Le système politique est resté figé : mêmes idées, mêmes techniques, mêmes instruments, mêmes procédures, mêmes têtes, même appareil gouvernemental. Il a besoin d'être ventilé. La liberté, trop longtemps bâillonnée, ne peut plus être contenue dans son expression : les rurales peuvent poursuivre et supprimer les mouvements, la police peut arrêter et faire disparaître les individus en vertu de la fameuse loi de fuite, les deux ne peuvent rien contre les idées en marche. On s'enhardit : le régime fait moins peur. Díaz lui-même semble disposé à tolérer, désormais, dans une certaine mesure, l'expression d'idées différentes et dissonantes. Mais pas pour longtemps ni pour très loin.

Et surtout, la division s'installe dans le bel édifice. Divisions idéologiques. Les científicos ne sont plus unanimes. Justo Sierra devient de plus en plus sceptique sur les mérites et la validité du positivisme en politique. Dès 1895, il parle de verser « dans le calice de la vie humaine une petite goutte de concorde et de justice ». Francisco Bulnes arrive à faire figure d'opposant au Sénat. C'est du « déviationnisme ». Quant à Julio Guerrero, dès 1901, il a publié *La Genèse du crime au Mexique* qui dévoile l'envers du décor porfirien, au désavantage de celui-ci. Divisions personnelles. Méfiant et ombrageux de l'emprise grandissante du général Bernardo Reyes et du ministre José Yves Limantour sur les milieux politiques officiels et sur l'appareil gouvernemental, Díaz les exile l'un et l'autre en 1909-1910. Quand, débordé, il rappellera le second, il sera trop tard.

Les causes sont idéologiques, comme on a commencé à le voir à travers les autres séries causales : libéralisme et socialisme, on l'a vu, travaillent cette société porfirienne en fermentation et grosse de l'enfantement d'un monde nouveau à la direction duquel la bourgeoisie « nationale » en formation, en s'appuyant sur le secteur urbain des classes moyennes et de la classe ouvrière grâce à une idéologie progressiste qui « institutionnalisera » la révolution, pourra plus librement développer son projet conscient.

Le nationalisme vient donc compléter ce triptyque. Les científicos ont largement et délibérément ouvert le pays à l'étranger au détriment de la nation. C'est avec complaisance et satisfaction que le sénateur Matias Romero voit « les étrangers propriétaires de la haute finance, des institutions de crédit, des usines électriques, du téléphone, du télégraphe, des chemins de fer et de toutes ces choses qui signifient la culture et le progrès au Mexique ». Le choc en retour est le mot d'ordre nationaliste de la Mexicanidad : « Le Mexique aux Mexicains. »

Ce nationalisme, dans le contexte de xénolâtrie officielle, ne pouvait être que xénophobe. Il est parfois teinté de racisme, soit d'un racisme qui ne veut pas dire son nom, comme lorsque le programme libéral de 1906 s'en prend spécifiquement à l'immigration chinoise mais en invoquant des motifs « objectifs » de concurrence déloyale sur le marché du travail ; soit d'un racisme plus ouvert comme lorsque le plan de Jalisco demande l'interdiction du mariage des Mexicains avec les Chinois et les Noirs. Mais le plus souvent, c'est un « antiracisme », protestation contre le racisme des étrangers chez eux ou sur le territoire national. Le 4 novembre 1910, la nouvelle du lynchage d'un Mexicain au Texas déclenche une émeute contre les Américains dans la ville mexicaine de Guadalajara où, pendant deux jours et deux nuits, la colonie américaine est assiégée dans ses quartiers et dans son club aux cris de « Vive Madero ! », « A bas les Gringos ! ». 1 477 étrangers sont tués au Mexique au cours de la période de la révolution allant de 1910 à 1919, soit 1,27 % du total des étrangers résidant au Mexique en 1910.

Le ressentiment est vif contre les Américains. Ce vaste sentiment antiaméricain est au Mexique une « endémie » et au Mexique de 1910-1911 une « recrudescence épidémique ». Au cri de « A mort les Gringos », on « descend » la statue de Washington à Mexico. On a, contre eux, de multiples griefs. D'abord leurs interventions passées : c'est l'affaire des « provinces volées » qui remonte à la surface. Le plan de San Diego (du 6 février 1915) parlera de reprendre les provinces perdues et de libérer les Noirs. Leurs interventions présentes comme dans l'affaire de Veracruz où s'illustreront, contre le débarquement des *marines* des États-Unis, les cadets de l'armée mexicaine (1914). On leur reproche aussi leurs attitudes individuelles : complexe de supériorité, préjugés sociaux et raciaux. On en veut à leur richesse (terres, investissements industriels) dont certains demandent la nationalisation. A l'autre bout, on reproche à un trop grand nombre d'être arrivés gueux et un journal exprime la crainte que le Mexique ne devienne la « poubelle » des États-Unis. On réagit d'une manière générale contre l'ampleur de l'américanisation du pays. 550 Américains seront assassinés en tout entre 1910 et 1919, soit 2,67 % de la colonie américaine au Mexique en 1910.

On a une rancune tenace contre les Espagnols et cela s'exprime dans le mouvement révolutionnaire dès ses débuts : Madero à Torreón en 1911, Pancho Villa dans la même ville en 1915, Pablo Gonzalez à Ciudad Victoria. On leur reproche leur appétit de terres et leur comportement comme hacendados, hostiles à la révolution paysanne qu'ils qualifient de banditisme. On leur reproche d'être des spéculateurs particulièrement accapareurs de récoltes. On trouve qu'ils se sont trop multipliés dans les épiceries, boulangeries, restaurants et bars. Le plan de Linares (du 16 septembre 1922), estimant que la moitié de la richesse privée du Mexique est entre les mains des Espagnols, demande leur totale expulsion avec le droit pour eux de réaliser et d'emporter 10 % de leurs capitaux. On leur reproche, par-dessus tout, leurs positions politiques contre le mouvement révolutionnaire et on les culpabilise collectivement de l'assassinat de Madero en 1913. 209 Espagnols seront assassinés en tout, entre 1910 et 1919, soit 0,71 % de leur effectif de 1910.

On en veut davantage aux Chinois dont le mouvement d'immigration s'est développé pendant le Porfiriato. Le reproche essentiel semble bien être celui du travail où on leur fait grief d'accepter des salaires moindres que ceux que réclament les Mexicains (jusqu'à moitié moins, dit un texte). Ce sont des concurrents redoutables : blanchisseurs, restaurateurs-cuisiniers, cordonniers, commerçants et aussi *colones* sur les terres de la campagne. On envie leur rapidité de promotion : de peones et de petits travailleurs urbains, ils passent rapidement à des positions de moyens et grands propriétaires. On les trouve difficilement assimilables et on les accable d'autant plus d'épithètes malsonnantes (laids, chétifs, opiomanes, transmetteurs de maladies, etc.) que les positivistes, les opposant aux indigènes, leur avaient trouvé des qualités de toutes sortes (travailleurs, sobres, économes, respectueux). On leur reproche leurs positions en faveur du régime porfiriste : là est l'explication de l'affaire de Torreón en juin 1911 lorsque les partisans de Madero tuent 303 Chinois. 471 Chinois seront assassinés en tout, entre 1910 et 1919, soit 3,57 % de leur effectif de 1910.

On en veut par-dessus tout aux Syro-Libanais : les *turcos* immigrés, de nationalité mexicaine mais « nés arabes », qu'on continue à considérer comme étrangers et qui occupent une place croissante dans le petit et moyen commerce et dans la propriété de la terre. D'une solidarité et d'une frugalité qui font leur réputation, on leur reproche avant tout de réussir tout en restant en marge de la vie mexicaine, sans se soucier de voir que c'est souvent celle-ci qui les marginalise. D'ailleurs, on leur fait grief, en même temps, de leurs ambitions et de leur faible assimilation. 111 Syro-Libanais dits Arabes seront assassinés entre 1910 et 1919, soit 7,25 % de leur effectif de 1910.

On ne saurait s'étonner de trouver tous ces sentiments, instincts et pulsions mêlés à l'idéologie révolutionnaire. Une révolution est souvent aussi un défoulement : le latent devient manifeste. Tout cela n'empêche pas l'authentique nationalisme d'avoir été une des forces motrices de la révolution : la volonté de récupérer le patrimoine national, la volonté de redresser la tête devant l'étranger, la volonté de contrôler l'exploitation des ressources naturelles du pays, la volonté de retrouver son identité nationale dans la dignité et la fierté de ses origines et des caractéristiques de sa communauté, la volonté d'être maître chez soi. Nationalisme économique, nationalisme politique, nationalisme culturel mènent tout naturellement à l'indigénisme, s'agissant d'un pays comme le Mexique, et cette réhabilitation de l'Indien est nécessaire après l'intoxication positiviste. Race-classe, les Indiens sont la majorité numérique et la base socio-économique de la nation, et le qualificatif de barbares dont les affublent les científicos les amène à revendiquer une authenticité qui ne peut se trouver sous les habits d'emprunt de la haute société européanisée. Le vrai Mexique, n'est-il pas là où se trouvent les vrais Mexicains ? La Mexicanidad, par son souci de se différencier de l'Europe et des États-Unis pour retrouver une authenticité de base, devait rencontrer l'Indien et s'identifier à lui. L'un des courants les plus nets issus de la révolution mexicaine sera l'indigénisme.

On s'est parfois demandé si n'ont pas joué, dans le déclenchement de la révolution mexicaine, des influences étrangères et même s'il n'y a pas eu « la main de l'étranger ». Si on entend par là une active sympathie et un concours coopérateur de certains secteurs étrangers, notamment américains, certes oui. Madero se réfugie aux États-Unis d'où il lance la révolution. Les frères Magon bénéficient de l'aide de syndicats nord-américains. Allant plus loin, on a insinué que des cercles influents nord-américains, financiers et politiques, dotés de pouvoir de décision, auraient fait sentir le poids de leur influence contre l'administration de Díaz. Celle-ci serait coupable, d'une part d'avoir mis son autorité derrière le groupe anglais Pearson de lord Cowdray, constructeur de la ligne transisthmique de Salina à Puerto Mexico qui fait concurrence au transisthmique américain de Panama, d'autre part d'avoir pris parti pour la société pétrolière britannique El Aguila contre sa rivale américaine la Standard Oil. Aurait été notée aussi défavorablement la politique de Limantour consistant à mexicaniser progressivement le réseau national des chemins de fer. Mieux : Díaz aurait refusé de renouveler la concession d'une base navale aux Américains dans la baie mexicaine de Magdalena, signant ainsi son arrêt de mort.

Rien, dans l'état actuel de la documentation, n'autorise à prendre cette argumentation pour définitive, voire même valable. Malgré les critiques que « la presse américaine laisse filtrer » contre le régime de Díaz sur le plan de la politique intérieure mexicaine jugée liberticide, les milieux officiels nord-américains et les milieux économiques dirigeants sont pour le vieux dictateur et, après lui, pour une succession régulière. Le livre d'hommages à Díaz, on l'a vu, contient les louanges les plus flatteuses sous la signature des plus hautes autorités nord-américaines, Maison-Blanche, Département d'État, Sénat, Congrès, armée et monde des affaires. Si Madero, qui a étudié aux États-Unis, est sympathique, par contre les forces qui le soutiennent sont antiaméricaines. Et puis Díaz, c'est les affaires dans l'ordre et la stabilité. Enfin avec Díaz, bien que métis lui-même, c'est la suprématie blanche reconnue. L'ambassadeur américain Henry Lane Wilson fera, après la chute de Díaz, l'apologie de son régime en ces termes : « Díaz n'était pas seulement un autocrate, mais aussi un dirigeant sage et juste, un patriote sincère et un honnête homme... Par-dessus les fondations de la barbarie, de l'ignorance et de la superstition aztèques, il a répandu un mince vernis de suprématie aryenne. » Plus pratique, comme cela se doit, l'avocat-conseil de la Panamerican Petroleum and Transport Company déclare : « Pendant la présidence de Díaz, tout alla fort bien », et le président Coolidge confirmera : « Pendant les plus de trente années du président Díaz, nous fûmes spécialement encouragés à faire des investissements », ajoutant que le « désordre » s'est installé, par la suite, au pouvoir, au Mexique.

Le déroulement de la révolution globale (1910-1913) et l'évolution de la révolution urbaine jusqu'à l'avènement d'Obregón (1913-1920)

La décision de Díaz de se faire réélire en 1910 avec comme colistier le peu populaire Ramon Carral constitue l'*occasion* pour l'entrée en lice des diverses forces qui travaillent contre le régime pour, désormais, le renverser. Pour un temps et face à l'adversaire commun, elles vont se rencontrer dans le courant, un moment unificateur, du libéralisme de Madero. C'est l'assaut final contre le « diazpotisme » à partir du lancement du plan de San Luis (Potosí), « l'étincelle qui met le feu au baril de poudre » : ce plan demande le départ de Díaz et l'organisation d'élections honnêtes en vue de la constitution d'un gouvernement qui accomplirait les desiderata de changement et de réforme. En réalité, trois, quatre mouvements éclatent simultanément et convergent vers le même objectif, acceptant la bannière du maderisme pour les mener à la victoire. Le plan de Potosí, largement diffusé dans chaque ville mexicaine, prépare l'opinion. La révolution est faite dans les esprits. Elle s'incarne alors dans le réel vécu. Une « armée révolutionnaire », fournie en armes et en munitions à partir des États-Unis, franchit la frontière à la fin de novembre 1910 avec Madero en tête. Sa marche victorieuse durera de la fin de novembre 1910 à la fin de mai 1911. Un autre mouvement, sous la direction d'un ancien peón d'une hacienda de l'État de Durango, Doroteo Arango, plus connu sous le nom de Pancho Villa, se rend maître de la majeure partie de l'État de Chihuahua dans le Nord. Au sud de la capitale fédérale, dans l'État de Morelos, un paysan indien dépossédé, âgé de trente ans, dont le nom devait devenir fameux, Emiliano Zapata, déclenche une révolution rurale sous le slogan de « Terre et Liberté ». En mai 1911, il devient évident que Díaz est perdu. Madero descend lentement mais sûrement. Pancho Villa enlève d'assaut Ciudad Juarez. Zapata, dont la cause s'est étendue de Morelos aux États voisins, s'empare du nœud ferroviaire de Cuautla. Les troupes, les garnisons, l'armée de Díaz se mutinent et se débandent. Les « trois glorieuses » de Mexico achèvent la victoire. En réalité, il s'agit des deux dernières journées révolutionnaires des 24 et 25 mai. La première journée est une importante manifestation rassemblant des milliers de citoyens lançant des slogans révolutionnaires et hostiles à Díaz ; la seconde est marquée par la fusillade de la place de la Reforma, à partir de quoi le contrôle de la situation échappe à l'octogénaire qui, abandonné et désormais sans défense, démissionne et part pour l'exil. « Liberté, constitution, élections libres et honnêtes, terre, eau, écoles, le Mexique aux Mexicains, justice sociale, etc. » : tout cela triomphe confusément, charrié par des slogans au cri desquels s'annonce l'ère de la révolution. Le 7 juin 1911 Madero fait une entrée triomphale dans la capitale en liesse : Madero le Sans Tache, Madero l'Incorruptible, Madero le Rédempteur. Le héros du jour se trouve au confluent de différents courants revendicatifs des différentes classes composant la coalition victorieuse.

Là où il faut une carrure solide d'homme d'État, avec de l'envergure, il y a un apôtre idéaliste, avec de la bonne volonté. Là où il faut un audacieux réaliste, il y a un timide spiritualiste. Là où il faut un homme de décision pour trancher, il y a un rêveur qui temporise. Là où il faut un tacticien sachant utiliser en sa faveur des rapports de forces, il y a un homme de principes qui entreprend de moraliser. Là où il faut savoir donner le pouvoir à l'imagination, il y a un visionnaire qui s'en remet à son étoile !

Toutes les demandes sont pendantes devant l'homme qui assume, après un court interrègne, les responsabilités du pouvoir en novembre 1911. Il peut en satisfaire quelques-unes mais pas toutes et pas tout de suite. La liberté ? C'est pour elle surtout qu'il a combattu. C'est une idée-force qui lui est comme personnelle. Et puis, la liberté se proclame. Madero met donc en vigueur un régime libéral, honnête, modéré qui ne satisfait personne en dehors de sa famille et de quelques familiers. La terre ? Zapata la lui réclame, au cours de discussions fameuses. Mais c'est une idée-force à laquelle il a été seulement amené à se convertir. Il comprend, certes, mais estime qu'une réforme agraire ne s'improvise pas et que la voie et les méthodes choisies par le leader paysan ne sont pas acceptables. Dans ce cas, Zapata ne désarme pas. Des réformes radicales ? Il y a surenchère et démagogie dans un Mexique subitement devenu libre après trente ans d'oppression tyrannique. Il opère une réforme administrative, mais elle est partielle et affecte surtout le personnel de la fonction publique. Il annonce une réforme de l'armée mais il ne touche pas à la puissance et à l'influence réelles des grands porfiristes que sont les généraux Bernardo Reyes et Felix Díaz (ce dernier, un neveu de l'ex-dictateur). Il fait des discours nationalistes mais veut rassurer les étrangers hostiles et leurs représentants inquiets. Il ne veut pas avaliser toutes les demandes des radicaux, mais il est considéré lui-même comme un « radical » par les intérêts qui étaient puissants sous Díaz (et le sont toujours) et par l'ambassadeur américain Henry Lane Wilson.

Il doit faire front partout. Une première tentative d'insurrection militaire fomentée par Bernardo Reyes et Felix Díaz est vaincue et les deux généraux rebelles emprisonnés, mais ils ont tout loisir en prison pour préparer un nouveau coup. Il se croit obligé de combattre la rébellion de Zapata alors qu'il éprouve quelque sympathie pour l'homme et pour sa cause. Le Nord n'est guère plus calme : le général Venustiano Carranza est en armes et Pascual Orozco y fait des siennes. Pour couronner le tout, l'ambassadeur américain jure la perte du petit doctrinaire, de concert avec les milieux économiques et la hiérarchie militaire. Il harcèle le président de mises en garde, d'avertissements et de protestations au sujet de ses ressortissants menacés, selon lui, dans leur vie et dans leurs biens. Pour comble de malheur, la nombreuse famille de Madero discrédite son régime. Le soulèvement décisif est, cette fois, mieux organisé et, pendant dix jours *(la decena tragica)*, du 9 au 18 février 1913, le sang coule à Mexico. Le coup de grâce est donné à l'infortuné et harassé président par son défenseur, le général Victoriano Huerta, qui, non seulement le dépose le 19 février, mais le laisse ou le fait assassiner avec le vice-président Pino Suarez, le 22 février 1913.

De l'assassinat de Madero (1913) à l'avènement d'Obregón (1920), la révolution mexicaine va se dérouler en un cours sinueux, difficile à suivre dans ses péripéties, fait d'ambitions rivales, d'intérêts en lutte, « d'idéalisme et de crime », d'interférences étrangères à l'occasion des guerres civiles, pour se clore par une nouvelle scène de sang : le meurtre de Carranza. Braquer notre appareil de visée pour avoir le film entier des événements importe peu ici. Deux prises de vue suffisent : un instantané pour Victoriano Huerta (1913-1914) et une pause pour Venustiano Carranza (1914-1920), pour se consacrer ensuite à l'essentiel : la Constitution de 1917.

Un dur que ce Huerta. Pas très scrupuleux dans le choix des moyens. Brave, il ne faut pas lui demander la fidélité. D'ailleurs la fidélité à quoi? Révolutionnaire avec Madero, il a comploté contre lui avec les porfiristes, après l'avoir défendu contre Pascual Orozco. Dans sa soixantième année, il peut se souvenir d'avoir contribué à l'avènement de Díaz en 1876. Mais il ne voit guère pourquoi, après avoir servi l'oncle qui l'a fait brigadier général en 1902, il servirait le neveu avec lequel il n'avait de compromis que contre Madero. Président provisoire, il se fait élire président définitif par un Congrès préalablement expurgé, en dépit des « avertissements » de Washington qui, non seulement refuse de le reconnaître, mais même, en un geste significatif qui est comme une invite, lève l'embargo sur les armes à destination de ses adversaires. Le choc vient : il lui faut compter ses amis et connaître ses adversaires.

En faveur de Huerta, à son avènement, il y a le reflux de la contre-révolution, tous ceux qui pensent qu'on a tué la révolution en tuant Madero. Il y a les conservateurs, anciens et nouveaux. Leur aile marchante est constituée par les hacendados, qui ne veulent évidemment pas entendre parler de réforme agraire. Huerta les rassure, lui qui, vieux général du Porfiriato, a ensuite, sous Madero, fait le coup de feu contre Zapata et ses forces dans le Sud. Il y a l'Église, avec, en tête, ses grands dignitaires. La libre explosion de radicalisme du temps de Madero les avait effrayés. Maintenant les voilà quiets : le nouveau régime mérite mieux que des messes et des *Te Deum*. On lui fait une « avance » d'un million de pesos. Il y a tout ce monde des investisseurs étrangers, ravis qu'on ait mis un terme au vent de folie des intellectuels maderistes et à leurs rêves de délire idéologique : ils ajoutent une large rallonge de 7 millions de pesos au prêt du clergé. Il y a les grands commerçants et industriels qui rêvent, eux, d'un retour à l'ordre et à la sécurité des affaires, sans être plus huertistes qu'autre chose. Si Huerta est le nouveau pouvoir, soit. De cet assemblage se dégage comme une odeur de porfirisme...

En face, il y a le camp de la révolution qui a perdu une bataille avec Madero, mais pas la guerre. C'est le retour de la marée révolutionnaire. En ordre dispersé, mais tous contre Huerta, l'usurpateur, combattent Pancho Villa, dans le Nord, « curieux hybride de bandit, de dictateur et de réformateur social » (Carleton Beals), et Zapata dans le Sud. Dans les villes, c'est le camp des intellectuels, écrivains et artistes, qui a commencé à construire l'image de la révolution sous les vives couleurs du nationalisme, du socialisme et de l'indigénisme, le tout encadré par un libéralisme romantique. C'est le camp des ouvriers et des artisans, partisans de la relance de la révolution dont ils attendent qu'elle leur soit enfin profitable. C'est le camp des deux généraux du Nord, Carranza et Alvaro Obregón, le second reconnaissant la préséance du premier. Carranza, de sa position de gouverneur de l'État de Coahuila, lance le plan de Guadalupe et prend le titre de chef suprême de l'armée constitutionnaliste. Le plan de Guadalupe est l'auréole idéologique de Carranza : on y condamne le cléricalisme, le latifundisme, le contrôle étranger de la fortune nationale et même le militarisme. Il en avait besoin, lui qui avait fait carrière et honorable carrière sous Don Porfirio.

Huerta doit donc combattre quatre adversaires : Carranza, Obregón, Villa et Zapata. Il succombe, après avoir perdu sa dernière chance de se faire reconnaître par les États-Unis, en refusant dignement de donner le salut de 21 coups de canon au drapeau américain *sans réciprocité* qu'exigeait Washington pour un incident mineur survenu à Tampico, et après avoir ordonné la défense de Veracruz contre une attaque punitive des États-Unis, qui se saisissent de la ville, privant ainsi Huerta de sa principale source de revenus en dehors de Mexico. Affaibli, abattu, presque sans moyens, Huerta abandonne et l'armée constitutionnaliste entre à Mexico en juillet 1914.

L'histoire des deux années suivantes voit Carranza et Obregón, tantôt garder le contrôle de Mexico et de Veracruz sans le Nord (contrôlé par Villa) et le Sud (dominé par Zapata), tantôt garder le contrôle de Veracruz (recettes douanières) et du Nord-Est (par où s'approvisionner en armes aux États-Unis) sans le Nord, le Sud et la région centrale de Mexico où Villa et Zapata réunis font la loi pendant quelques semaines, les troupes du premier chantant *La Cucaracha* et le second s'asseyant un moment, mais avec réticence (symboliquement ?), sur le fauteuil présidentiel. Mais le camp de Carranza finalement l'emporte, car ses atouts sont supérieurs : une bonne armée (l'armée constitutionnaliste), un bon stratège (le général Obregón), de bonnes finances (les douanes de Veracruz et les subsides importants et opportuns du général Alvarado qui commande au Yucatán), de bonnes armes (achetées aux États-Unis), un bon entourage d'intellectuels pour donner du lustre à l'équipe, et d'ouvriers des bataillons rouges pour en marquer l'orientation populaire, et enfin un programme politique « avancé » : élimination du caciquisme, réforme agraire, autonomie municipale, suppression du péonage, législation sociale en faveur des ouvriers. En deux batailles décisives, Celaya et León, les forces de Carranza commandées par Obregón mettent fin à la réputation d'invincibilité de Pancho Villa. Pour inaugurer sa présidence en 1915, Carranza promulgue la première loi de réforme agraire de la révolution.

Le second événement de la présidence de Carranza demeure la promulgation de la Constitution de Querétaro (1917). Elle est préparée par une assemblée de « constitutionnalistes » élus par les soins du gouvernement. Cette assemblée, dominée par le général Obregón et ses idées agraires quasi socialistes, est aussi animée par le général Francisco Mugica gagné aux idées de réforme sociale, y compris agraire. La Constitution est rédigée par José N. Macias avec la collaboration extérieure de Molina Henriquez (qu'on appelle le père intellectuel de la réforme agraire). Résumant toutes les aspirations de tous les courants d'idées qui se sont fait jour depuis 1910, la Constitution de 1917 est libérale, tout en instituant le régime présidentiel et en aménageant le cadre et les limites de la propriété privée. Elle est sociale parce qu'elle pose les principes de la réforme agraire et édicte des mesures en faveur des ouvriers et de leurs droits économiques et sociaux. Elle est nationale en affirmant la propriété nationale du sous-sol et le contrôle national des ressources naturelles par la réglementation du droit de propriété des étrangers. Elle aménage un État laïque et moderne.

Trois de ses articles sont généralement les plus commentés. L'article 27 proclame et aménage trois principes : celui de la propriété, par la nation, des terres, eaux et forêts ; cette propriété peut toutefois être déléguée à des personnes privées, étant entendu qu'à tout moment la nation se réserve le droit d'apporter à la propriété privée les restrictions nécessitées par l'intérêt national public et la justice. Celui de la propriété directe par l'État du sous-sol et de ses richesses ; cette propriété est inaliénable. Celui de la nationalité mexicaine de toute concession d'exploitation des ressources naturelles et donc passible de la seule loi mexicaine. L'article 123, véritable charte du travail mexicain, consacre la journée de huit heures, l'égalité des salaires, l'interdiction du travail des enfants, la responsabilité patronale des accidents et maladies du travail, le contrôle étatique des salaires avec établissement d'un salaire minimal, le droit syndical et le droit de grève. L'article 130, enfin, exclut l'Église de la propriété foncière, de l'état civil et de l'instruction publique, tout en garantissant la liberté religieuse. Faite pour bénéficier avant tout aux paysans et aux ouvriers mais dans l'intérêt de la bourgeoisie nationale, la Constitution de 1917 annonce la fin des privilèges des hacendados, de l'Église, des étrangers et entend établir un « contrat social de progrès » entre ouvriers et patrons.

Elle demeure le grand monument dressé par les révolutionnaires au seuil du Mexique nouveau.

De graves difficultés avec les États-Unis, qui lancent, en 1916, l'expédition punitive du général Pershing contre une provocation délibérée de Pancho Villa en territoire américain, amènent une protestation de Carranza qui est, toutefois, au retrait de la colonne Pershing, reconnu par Washington. Voulant écarter le trop puissant Obregón de la succession présidentielle, Carranza déclenche l'action victorieuse de celui-ci. Dans sa fuite vers l'étranger, alourdi d'un trop grand butin, Carranza est pris et exécuté en mai 1920.

Une nouvelle phase va pouvoir s'ouvrir, celle de la reconstruction, toutes les entraves ayant été levées pour permettre la prise du pouvoir ouvertement par la bourgeoisie nationale. Celle-ci sera chargée d'assurer le développement économique dans l'indépendance politique sur la base de l'intégration institutionnalisée de la classe ouvrière et de la paysannerie dans le nouveau système qui, de ce fait, pourra garder l'étiquette révolutionnaire. Derrière la révolution urbaine a percé la pression de la nouvelle bourgeoisie industrielle qui, si elle n'a pas toujours gardé l'initiative de la révolution, n'en a jamais perdu vraiment la direction entre 1910 et 1920. Quant à la révolution rurale, même si celle-ci a paru lui échapper, ou lui être étrangère, elle a travaillé aussi dans le sens de ses intérêts à elle, bourgeoisie d'entreprise intéressée à l'avènement d'un capitalisme dynamique national. C'est Manuel German Parra qui a écrit en 1954 : « La révolution agraire et la révolution industrielle au Mexique... sont les aspects jumeaux d'un même phénomène. La révolution agraire avait et continue d'avoir comme objectif la destruction du système de type féodal et de nature asservissante sous lequel la campagne vivait, de telle sorte que le capitalisme puisse être établi. La révolution industrielle a eu pour finalité l'établissement du régime capitaliste. » Il eût été toutefois difficile d'en convaincre Zapata !

Zapata et la révolution agraire rurale

Pancho Villa, d'origine paysanne, a fourni des troupes à la révolution urbaine avec laquelle finalement il s'est confondu en participant au courant principal de cette révolution, même quand, à l'intérieur de ce courant, et à cause de son origine et de son style d'action, sa place et son rôle ont été spécifiques et particuliers dans la lutte pour le pouvoir politique global. Général-politicien, Pancho Villa ne s'est pas adonné corps et âme à changer les structures agraires des campagnes mais à compter comme force politique dans la lutte des caciques et des caudillos révolutionnaires. C'est en ce sens qu'il appartient à la révolution urbaine, sinon de plain-pied, vu ses origines et son théâtre d'opération, du moins par la tactique de combat politique, le contenu et l'orientation politique de son action. Zapata, au contraire, appartient tout entier à la révolution agraire rurale.

Son identification avec celle-ci pose d'ailleurs un éternel problème de théorie d'histoire : celui de l'incarnation d'une idée et d'un mouvement dans un homme. En effet, ce jeune paysan indien, né dans l'État de Morelos en 1880, est devenu ou s'est fait le porte-parole des revendications des masses rurales et celles-ci l'ont suivi comme leur leader et le symbole de leur cause. Cette symbiose entre des revendications et un *leadership,* cette rencontre entre un homme et sa collectivité font l'intérêt du cas d'Emiliano Zapata.

Le milieu d'éclosion de son mouvement est connu et fort bien aujourd'hui : l'État de Morelos, en 1910-1911. Ce n'est pas un État pauvre, loin de là. Il a connu, en effet, un développement considérable avec l'implantation et l'expansion capitaliste de l'industrie sucrière, à la faveur des crises provoquées sur le marché mondial du sucre par les difficultés, sinon le retrait de Cuba, déchirée par ses guerres d'indépendance. Morelos possède les machines les plus modernes de l'époque. Grâce à cet équipement, le taux de productivité situait Morelos dans les meilleurs États de tout le Mexique. C'en était même l'État le plus riche, le seul État où, officiellement, « il n'y a pas de pauvres puisque c'est le seul État où il n'a pas été nécessaire d'établir les conférences de Saint-Vincent-de-Paul ». On y produit aussi du riz.

L'extension de la culture de la canne à sucre a accéléré le mouvement de concentration des terres, mais entre hacendados. C'est ainsi que le nombre des haciendas y est passé de 48 à 40, entre 1895 et 1910. Les haciendas couvrent alors 46 % du total de la superficie de l'État. Un chiffre est ici éloquent pour exprimer la distribution de la richesse ou plus exactement des sources et des moyens de production à Morelos : 17 personnes sont les maîtres de 38 % du territoire de l'État et de 84 % des haciendas et ranchos.

Ces familles possèdent aussi les 45 usines sucrières d'où sort le tiers de la production totale de sucre de la nation mexicaine. Les plus importants parmi les hacendados de Morelos sont Luis Garcia Pimentel : 68 159 hectares ; Emmanuel Amor : 20 250 hectares ; Romualdo Pasquel : 17 336 hectares ; Concepcion de Fernandez : 17 000 hectares et Ignacio de la Torre y Mier : 15 682 hectares.

Le sucre est un produit particulier, avec ses conséquences, non seulement sur les structures agraires, mais aussi sur les structures sociales et le régime du travail. D'une part, en effet, la culture du sucre engendre volontiers un régime de grande propriété. D'autre part, elle impose un rythme de travail saisonnier d'ouvriers agricoles lors de la *zafra* (coupe de la récolte de canne). Il en résulte la présence, à côté des peones classiques, d'un nombre considérable d'ouvriers agricoles, libres, mobiles et disposant d'une bonne partie de l'année correspondant à la morte-saison. Sur 47 000 peones de l'État de Morelos, il y a 30 000 ouvriers agricoles.

Comme partout ailleurs, mais peut-être à un degré supérieur, les haciendas se sont développées au détriment des communautés indigènes. Celles-ci — les *ejidos* — ont été dépossédées de leurs terres appropriées par les hacendados. Non sans protester. D'abord devant les tribunaux. Ainsi, les villageois de Yautepec s'adressent à la justice pour résister à l'accaparement de leurs terres par un hacendado voisin. Parmi les habitants du petit village de Anemecuilco dont les terres ont été usurpées par une grande propriété se trouve un jeune paysan du nom d'Emiliano Zapata…

Cette dépossession, qui aggrave le processus de prolétarisation des peones de l'État, provoque un ressentiment et un désir de vengeance refoulé, qui, à l'heure de la révolution rurale, jailliront des profondeurs du subconscient au niveau de la conscience. Deux antagonismes se renforcent donc et se complètent : l'antagonisme hacendados-peones (exploitation) et l'antagonisme hacienda-ejidos (dépossession). Faim de terre et soif de justice et de liberté cumulent dans la haine de l'hacendado.

Dans cet État de Morelos précisément, la propagande socialiste chrétienne de Antonio Díaz Soto y Gama a trouvé quelques milieux réceptifs et ranime, avant 1910, une vieille tradition de propension à la révolte enfouie dans les vieux récits du temps aztèque, et réveillée à la fin des années 1860 par le terrible Manuel Lozada, dans l'Ouest mexicain, le « Tigre de Nayarit » qui, avec ses forces indiennes, a tenu tête à la république jusqu'à sa mort en 1873. Dans la révolte qui se prépare, il y a comme une « réapparition atavique de Manuel Lozada ».

Dès 1910, la jacquerie rurale a éclaté dans l'État de Morelos : « Terre et Liberté. » A la nouvelle de la chute de Díaz, les paysans indiens envahissent et occupent quelques haciendas, en criant qu'ils avaient été dépossédés par les hacendados et qu'ils récupéraient leur dû. Une des haciendas occupées était celle d'Emmanuel Amor qui proteste devant Madero en juillet 1911.

Celui qui émerge aussitôt comme leader des paysans insurgés s'appelle Emiliano Zapata. Madero n'ayant pas tenu ses promesses de réforme agraire, Zapata lance le plan d'Ayala, le 28 novembre 1911, dont la paternité idéologique et rédactionnelle est attribuée au professeur Otilio Montano mais dont le contenu est du plus pur cru zapatiste. Le plan d'Ayala rejette Madero comme président pour n'avoir pas accompli les promesses de la révolution. Les préférences de Zapata pour l'occupation du fauteuil présidentiel vont à Pascal Orozco mais, à son défaut, peut-être lui faudrait-il donner de lui-même... En tout cas, ce trait n'est pas mineur puisqu'il marque la politisation du mouvement agraire rural et lui donne un *horizon national.* Et surtout, le plan d'Ayala, en son article 7, dispose que « les terres, montagnes et eaux qui ont été monopolisées entre quelques mains seront expropriées moyennant indemnité », au profit des villages et pour reconstituer les communautés, et dans son article 60 précise que « les terres, montagnes et eaux qui ont été usurpées par les hacendados, les científicos et les caciques seront rendues aux villages et aux citoyens qui en avaient les titres et dont ils ont été dépouillés par la mauvaise foi de nos propriétaires ». Ce manifeste de la révolution agraire va être connu dans tout le pays.

A Morelos même, Zapata est déjà l'idole populaire. Accusé de banditisme, il répond fièrement en décembre 1911 que « les véritables bandits sont les dépouilleurs-spoliateurs et non les victimes dépouillées ». L'écho de son soulèvement parvient à Mexico amplifié par les rumeurs d'espérance des peones et de fureur des hacendados. Le journal *El País* du 10 décembre 1911 qualifie le mouvement de Zapata d'« une sorte de communisme agraire ». Celui-ci va durer huit ans !

La lutte s'organise contre le « bandit » et les « hordes zapatistes ». Les propriétaires s'arment. L'armée locale, puis fédérale (3 000 hommes au début) entend réduire et soumettre en deux mois les insurgés. Même l'envoi du général Huerta n'arrivera pas à y suffire !

C'est qu'il est difficile de battre Zapata et ses hommes. Les mêmes paysans qui travaillent paisiblement aux champs et qu'on voit au labeur quand on passe sur les pistes sont les soldats de l'armée révolutionnaire la nuit ou au moindre signal. C'est à la fois une lutte de classes et une lutte de races, ou plutôt la lutte de classes prend l'allure d'une lutte de races. Zapata, déclarent les hacendados de Morelos, « a l'appui de l'élément indigène » qui exprime, à travers lui, « la haine et les préjugés contre les autres classes sociales ». Au début de 1912, dans la garnison de Ciudad Juarez, à l'extrême Nord, sur les rives du Rio Grande, éclatent les cris de « Viva Zapata » : il s'agit cette fois de soldats. Plus tard d'ailleurs, il y aura défection et désertion dans l'armée fédérale envoyée pour combattre les paysans insurgés.

La guérilla de Zapata campe dans le monde rural où elle plonge ses racines. Au début de 1912 déjà, la majorité des peones de Morelos sont zapatistes, au point que les hacendados doivent recruter la main-d'œuvre dans d'autres États lors de la *zafra* sucrière.

La révolution agraire fait tache d'huile. C'est sa phase offensive. Elle s'étend aux États voisins : Guerrero, Tlaxcala et Mexico « dominés, selon le président Madero, par le vandalisme zapatiste ». En 1913, la Chambre d'agriculture du Mexique organise à Mexico une grande réunion des latifundistes. Madero, de son côté, a suspendu les garanties constitutionnelles dans les États « contaminés ». A l'époque de sa plus grande extension, le mouvement zapatiste couvrira également les États d'Oaxaca, de Veracruz, d'Hidalgo, de Jalisco et même, vers le nord, les frères Cedillo animeront la flamme zapatiste à Ciudad Juarez et à San Luis Potosí.

Au moment de son apogée, le mouvement de Zapata achève de préciser son vrai visage, le visage définitif, celui de l'histoire. C'est un mouvement paysan et révolutionnaire. Une « junte révolutionnaire » est chargée de faire exécuter le plan d'Ayala. C'est l'exécutif du mouvement. Zapata a autour de lui des « conseillers » dont certains sont des citadins et des intellectuels. Manuel Palafox y joue un rôle prépondérant, comme secrétaire à l'agriculture de la « Convention souveraine ».

Les paysans zapatistes professent le respect de l'Église et de la religion : le culte de la « Vierge de Guadalupe » est des plus fervents chez eux. Zapata est hostile à l'anticléricalisme officiel. En 1916, il attaque l'« épilepsie anticléricale » de Carranza, dans son « Adresse au peuple mexicain et au corps diplomatique ».

En dehors de la réforme agraire, le mouvement n'a que des aspirations confuses. On rapporte la prédilection personnelle de Zapata pour le poème *Sinfonía de Combate* de Santiago de la Hoz, qui attaquait « cette trinité néfaste du crime : le tyran, le bourgeois et... le prêtre ». Mais on ne peut guère en tirer plus qu'une indication de goût et sans doute d'orientation...

Une chose est certaine : dans les régions contrôlées, la réforme agraire commence à être appliquée. La première application date du 30 avril 1912 et a lieu dans le village d'Ixcamilpa. La nécessité amène la radicalisation du mouvement et l'abandon de l'indemnisation préalable. « Plutôt risquer de faire mourir de faim mille bourgeois que des millions de prolétaires. » A partir du 8 septembre 1914, la réforme sera étendue aux *propriétés urbaines*.

Les tâches organisationnelles et la tactique sont maintenant au point. Après chaque combat, on cache ses armes et celles prises à l'ennemi et on reprend le travail quotidien. Avec le produit de ce travail, on achète de nouvelles armes et on finance le mouvement. Les femmes cultivent les champs quand les hommes sont retenus par une longue campagne de la lutte armée. En octobre 1912, Zapata impose une « contribution de guerre » de

1 000 pesos par semaine à chaque hacienda. Le mouvement dispose de quelques appuis extérieurs : d'anciens membres du parti libéral mexicain, des leaders révolutionnaires et même deux ou trois hacendados conciliants, tel Anténor Sala.

Mais la lutte contre lui est sans merci. Elle se livre sur un double plan, militaire et politique. On finit par dépêcher l'un des meilleurs généraux mexicains sur les lieux de la révolte : le général Pablo Gonzalez. Sur le plan politique, en faisant des concessions susceptibles d'affaiblir le mouvement, telles la loi agraire du 6 janvier 1915 et la Constitution de 1917. Des défections ont lieu, à la base du mouvement (paysans fatigués et ralliés par le camp gouvernemental) et à sa tête (départ de Palafox). C'est le reflux : l'aire contrôlée par Zapata se rétrécit comme une peau de chagrin. Il faudra quand même l'assassiner par traîtrise, le 12 avril 1919, pour mettre le point final à son épopée légendaire.

La révolution mexicaine de 1920 à 1929

Après l'éclat de la violence (1910-1920) commence une période moins chaotique et moins colorée : 1920-1929. Certes, on y trouve des rébellions (celle du général Francisco Murguia en 1921, celle d'Adolfo de la Huerta en 1923, celle des *cristeros* en 1927, etc.) et la lutte des factions rivales n'est pas éteinte (Alvaro Obregón sera assassiné en 1928, deux semaines à peine après sa réélection). Mais le cheminement révolutionnaire s'encadre et se canalise : commence le processus d'institutionnalisation. Après la période romantique de la révolution (terre, sang, orgueil, violence, amour, puissance, ambition, justice, vengeance et trahison), le besoin de récupération et d'organisation. Certes, certains voudraient en profiter pour approfondir et radicaliser davantage la révolution. En 1922, par exemple, sous l'impulsion de la révolution soviétique de 1917 et l'influence des idées marxistes, le Partido Socialista del Sureste fondé par Salvador Alvarado s'allie avec le Partido Cooperatista Nacional, le Partido Laborista Mexicano et le Partido Nacional Agrarista pour essayer, en combinant les forces de ces petites organisations isolées, de mettre sur pied une coalition susceptible d'attirer les secteurs de la gauche mexicaine. C'est également en 1922 que Felipe Carrillo Puerto, ancien travailleur des chemins de fer mexicains qui prône en langue maya la socialisation des moyens de production, devient gouverneur de l'État du Yucatán et entreprend les réformes de type socialiste dans cet État que le sisal a rendu prospère.

Mais le cours principal de la révolution est ailleurs. Trois présidences se succèdent de 1920 à 1929 : celle d'Alvaro Obregón (1920-1924), de Plutarco Elias Calles (1924-1928) et d'Emilio Portes Gil (1928-1930 : c'est une présidence provisoire). Il s'agit d'une pause pour récupérer, assimiler et consolider les acquisitions antérieures et d'une transition pour préparer les nouveaux pas en avant. La révolution veut passer à l'« âge de raison ». On se contentera ici d'analyser les grands problèmes de l'évolution interne du Mexique de 1920 à 1929, sans suivre pas à pas le déroulement chronologique événementiel.

Et d'abord le *problème agraire*. La Constitution de 1917 reçoit, au cours de cette période, un début d'application. Et la progression est sensible et rapide. D'après les statistiques officielles, Calles, pendant les trois premières années de son mandat, double presque la quantité de terres distribuées pendant les quatre années d'Obregón, soit 2 600 000 hectares. A son tour, Portes Gil, en 1929 c'est-à-dire pendant une seule année, double le chiffre de Calles. Il est donc injuste de dire que jusqu'à Lazaro Cardenas, la réforme agraire est restée lettre morte. Sans doute les terres distribuées aux paysans ne sont-elles pas les plus riches et les mieux situées. Sans doute aussi les programmes de financement du crédit agricole laissent-ils à désirer. Les *Ejidatarios* ne sont pas les mieux lotis dans cette entreprise de partage et de redistribution. Mais le processus est engagé et d'ailleurs, quand on voudrait le ralentir, ce qui reste d'énergie conquérante à la révolution, la fidélité au culte de Zapata, l'idéal agrariste rechargent en combustibles les piles de la justice sociale dans les campagnes. Bien entendu, il reste encore beaucoup à faire.

Ensuite, les organisations de masse. La révolution entend associer les masses populaires (urbaines et rurales) à l'entreprise de reconstruction nationale. En ce qui concerne les *masses rurales*, c'est au cours de cette période qu'il faut chercher les fondements, les origines et les débuts de la future Confederación Campesina du Mexique. Sans doute manifeste-t-on, Calles surtout, une préférence très nette à rechercher l'appui syndical ouvrier. Mais la population paysanne est progressivement encadrée et la révolution officielle récupère le zapatisme, pour mieux le neutraliser certes, mais pour en réaliser partiellement l'idéal. Quant aux *ouvriers*, ils sont d'abord enrôlés au sein de la CROM (Confederación Regional Obrera Mexicana) que domine la personnalité de Luis Morones et qui a l'appui de l'AFL (American Federation of Labour) et le patronage officiel du gouvernement d'Obregón. La CROM accroît le nombre de ses adhérents, à partir de sa fondation en 1918, au point de devenir un des piliers du pouvoir au Mexique. Un long chemin avait été parcouru depuis la création, en 1912, de la Casa del Obrero Mundial. De 40 000 membres en 1918, la CROM passe à 70 000 en 1919, 100 000 en 1920 et près d'un million en 1924, l'année où Luis Morones devient ministre du Travail, de l'Industrie et du Commerce.

Le syndicalisme mexicain fait alors partie de l'*establishment* révolutionnaire et s'assagit, comme en témoignent les statistiques relatives aux grèves de 1920 à 1928 (*voir la courbe ci-contre*).

Le *problème du développement économique*. L'idéologie de la bourgeoisie nationale au pouvoir est celle du « développement » pour rattraper les pays industrialisés

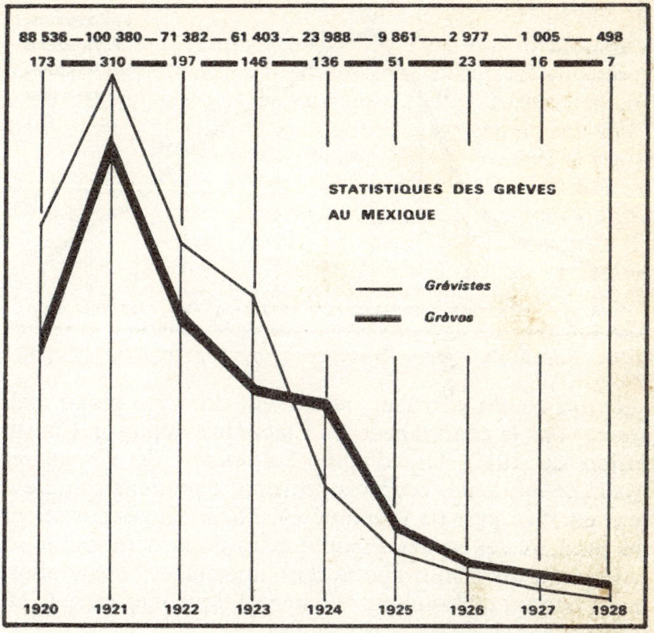

dont la voie sert de modèle. Le bilan de la période « romantique » est désastreux. C'était l'âge politique de la révolution, sa prime enfance en quelque sorte. La période réaliste commence. C'est l'âge économique de la révolution parvenue à l'âge de raison. Et la période débute mal, avec la crise d'après-guerre, celle de 1920, durement ressentie au Mexique. En 1920, les exportations d'argent rapportent 120 700 000 pesos et celles de cuivre 37 900 000. En 1921, les chiffres correspondants passent respectivement à 76 900 000 pesos et à 9 000 000. L'exportation de bétail plonge de 1 400 000 pesos à 400 000. Heureusement il y a le pétrole dont le Mexique est gros producteur et dont le prix est en hausse. Mais même là, à partir de 1921, la courbe est déclinante :

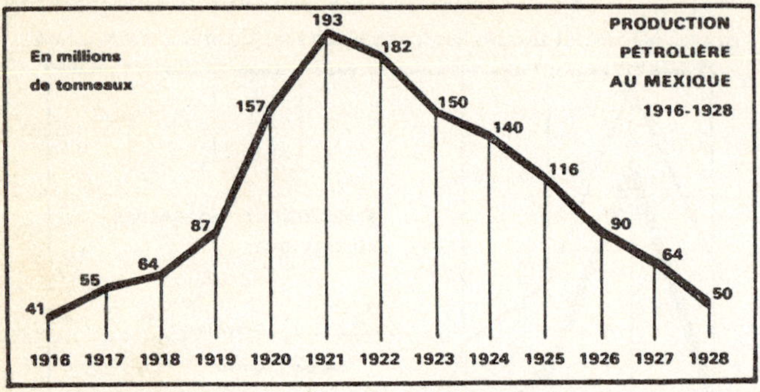

Et un conflit pétrolier, seulement différé à grand mal, couve sous la cendre avec les États-Unis depuis la Constitution de 1917. Or, d'après l'*Annuaire du Commerce extérieur mexicain,* ces trois principaux produits représentent en 1925 près de la moitié (49,36 %) des exportations du pays. A ces soucis s'ajoute celui de la dette publique extérieure qui handicape le déroulement et l'épanouissement normal du nouveau régime politique mexicain. C'est le talon d'Achille de la révolution.

La production reprend, lentement, mais effectivement, surtout à partir de 1924, comme en témoignent les statistiques de production agricole et minière :

Production agricole de 1918 à 1928
(en milliers de tonnes métriques)

Années	*Maïs*	*Riz*	*Blé*	*Pois*	*Sucre*	*Coton*	*Café*
1918	1 930	18	284	107	?	79	47
1925	1 970		251	187	2 873	43	34
1928	2 173	83	300	176	2 947	60	42

Anuario Estadístico : 1918, 1925, 1928.

Production minière de 1920 à 1930

Années	*Or* (en tonnes)	*Argent* (en tonnes)	*Cuivre* (en milliers de tonnes)	*Plomb*	*Zinc*	*Charbon*	*Minerais*
1920	22,8	2069	49,2	82,5	15,6	716	26
1924	24,6	2844	49,1	165,1	24,7	1227	52,4
1928	21,7	3376	65,1	236,5	161,7	1022	80,3
1930	20,8	3272	73,4	240,9	142,9	1294	107

Anuario Estadístico (plusieurs années) : Marvin Bernstein, *The Mexican Mining Industry 1890-1950,* New York, State University of New York, 1964 ; et William E. Cole, *Steel and Economic Growth in Mexico,* Austin, University of Texas Press, 1967.

La distribution de la population active mexicaine avec sa productivité (exprimée en pesos 1950 par travailleur) est alors la suivante pour l'année 1930 :

Activités	*Distribution (en %)*	*Productivité*
Agriculture	68,66	994
Mines	0,96	39223
Industrie	9,93	4548
Électricité	0,31	
Construction	1,95	
Transports et	1,93	7408
communications	0,07	
Commerce	5,78	8665
Service	0,64	
Insuffisamment spécifiées	0,77	

Le *problème démographique et scolaire.* Le coût de la période révolutionnaire 1910-1920 en vies humaines est considérable : certainement plus de 200 000 morts, sinon le million qu'on cite parfois. Mais de 1920 à 1930, il y a un vigoureux redressement démographique, en partie dû à l'amélioration des conditions sociales d'existence de la population, comme en témoignent les statistiques suivantes :

Années	*Taux de natalité (pour 1 000)*	*Taux de mortalité générale (pour 1 000)*	*Taux de mortalité infantile (pour 1 000)*
1923	32,0	24,4	222,4
1929	39,3	26,8	167,6
1931	43,9	25,9	137,7

Charles Cumberland, *Mexico, The Struggle for Modernity,* New York, Oxford University Press, 1968, p. 366.

Sous l'impulsion du ministre de l'Éducation nationale, José Vasconselos, un sérieux effort est fait en matière d'instruction de la jeunesse : « Les enfants du Mexique appartiennent à la révolution. » Le budget de l'Éducation s'élève à 14 % des dépenses de l'État et le nombre des écoles rurales est triplé. En 1924 seulement 25 % des gens au-dessus de 10 ans savent lire et écrire. En 1930, 51 % des jeunes entre 10 et 15 ans le savent et 42 % des enfants de 6 à 10 ans sont scolarisés, et la nouvelle formation est scientifique, humaniste, progressiste et nationale.

Le *problème religieux.* C'est celui qui reste encore le point chaud au cours de la période, c'est le problème orageux, surtout sous l'administration de Calles. L'anticléricalisme officiel, émané de la Constitution de 1917, n'avait gêné personne tant que les gouvernants ne s'étaient pas souciés d'appliquer la charte fondamentale. Il y avait bien eu quelques incidents comme la « querelle de Jalisco », État où la population ecclésiastique était fortement concentrée (8 % de la population, 20 % des prêtres en 1917), mais, finalement, tout s'était arrangé, les deux parties en présence ne voulant pas envenimer le conflit. Aussi les écoles catholiques continuaient-elles à fonctionner, les prêtres à officier et à critiquer le gouvernement dans leurs sermons.

La querelle se ranime le 5 février 1926 avec la publication d'une protestation, déjà ancienne, de l'archevêque de Mexico Mgr José Mora y del Rio. « L'épiscopat, le clergé et tous les catholiques désavouent et combattent les articles 3, 5, 27 et 130 de la présente Constitution. » C'était, en fait, une déclaration de guerre. En tout cas, elle est reçue comme telle. La réplique gouvernementale ne se fait pas attendre : expulsion des prêtres étrangers, fermeture des écoles catholiques et des séminaires, *numerus clausus* contre les prêtres dans les États. L'Église décrète alors la « grève des offices religieux » à partir du 19 août 1926.

A la campagne, principalement dans les États montagneux de l'Ouest, des bandes de guérilleros s'organisent et combattent au nom du Christ Roi, « *Viva el Cristo Rey* ». C'est le mouvement des *cristeros*. Le 20 avril 1927, quatre cents hommes armés attaquent un train de passagers reliant Mexico à Guadalajara et l'incendient. Les rapports indiquent la présence de prêtres en soutane menant l'assaut. Calles expulse alors tous les évêques et archevêques qui restaient encore au Mexique. L'intervention de l'ambassadeur américain Dwight Morrow, ami personnel de Calles, aidera à trouver en 1929 un compromis final qui sera ratifié par le Vatican le 21 juin 1929 pour la reprise, sur une nouvelle base, des services religieux après trois ans de suspension.

Le *problème du militarisme*. La victoire de la révolution, loin de « civiliser » la politique, a contribué à mettre en avant les généraux. L'exception de Madero mise à part, et ce fut un bref intermède, ce sont des militaires qui, soit à la suite de guerres civiles d'où ils émergent comme les plus forts, soit à la suite d'élections qui tiennent compte du rapport réel des forces, parviennent à la magistrature suprême de l'État. Au début de la décennie des années 1920, on compte quelque 500 généraux au Mexique ! En 1923, le ministère de la Guerre se voyait affecter directement plus du tiers des dépenses de l'État, et, indirectement, un montant qui porte le pourcentage à 43-45 %, au total, dans les dépenses du budget national. J. F. Dulles cite le mot prononcé par le général Obregón, qui pourtant avait déclaré gouverner « du bout de son pistolet » : « Le Mexique a trois ennemis principaux : le capitalisme, le cléricalisme et le militarisme. Nous pouvons affranchir le pays des deux premiers, mais qui le libérera de nous-mêmes ? » Mais Obregón n'a pas seulement des moments de lucidité aiguë, c'est un progressiste. Quoi qu'il en soit, le déclin du militarisme comme facteur décisif de la vie politique va s'accentuer sous son successeur Calles. D'après les annuaires statistiques du Mexique, cités par Pablo Gonzalez Casanova, le pourcentage des dépenses de l'État affectées à l'armée décroît sensiblement au cours de la période, avec une légère remontée à la fin, mais sans lendemain : 1924 : 43,78 % ; 1925 : 27,41 % ; 1926 : 27,40 % ; 1927 : 27,85 % ; 1928 : 29,74 %.

Enfin le *problème politique général*. Obregón et Calles n'ont pas seulement été, l'un après l'autre, les deux chefs d'État de la période : ils l'ont dominée de tout leur poids politique. En 1927, la Constitution sera amendée pour permettre une seconde élection d'Obregón et prolonger la durée du mandat présidentiel (de quatre à six ans au total) et, de fait, Obregón se fera élire en 1928, après la présidence de Calles, pour un second mandat, mais il sera alors assassiné. Quant à Calles, il est l'homme fort et riche de la période et, après sa présidence, il restera l'éminence grise, une véritable « puissance politique » par lui-même. Il choisit, à dessein, le jour même où Emilio Portes Gil inaugure sa présidence provisoire, le 1er décembre 1928, pour réunir à Querétaro une convention d'où sortira un Comité organisateur du parti national révolutionnaire ; le PNR est, dès sa naissance, un parti officiel au financement duquel tous les fonctionnaires sont appelés obligatoirement à contribuer sur leur traitement. Le PNR est l'ancêtre du parti de la révolution mexicaine, lui-même devenu, par la suite, le parti révolutionnaire institutionnel ou PRI, le *parti unique* mexicain au scin duquel désormais auront lieu les rivalités et les luttes de tendances devenues en quelque sorte des « conflits intra-familiaux ». C'est sans doute l'une des rares fois dans l'histoire du monde où une révolution se déclare elle-même « institutionnalisée ».

Le ministre de l'Instruction publique, José Vasconselos, eut à dire qu'entre 1921 et 1925 le Mexique fut l'*emporium* pédagogique de toute l'Amérique latine. Le mot est à peine exagéré. La révolution mexicaine, en effet, a une puissance d'ébranlement dont la charge a projeté ses effets sur tout le continent : nationalisme et anti-impérialisme, libéralisme et progressisme, modernisme et indigénisme. En immortalisant, dans leurs grandes fresques et dans leurs œuvres en général, les grands moments de la révolution mexicaine et de la vie du Mexique indien, les peintres Diego Rivera, David Siqueiros et J. C. Orozco — le premier, véritable « chef d'école » émergeant au début des années 1920, le deuxième, officier de l'armée révolutionnaire et leader du syndicat des artistes et sculpteurs, et le troisième, artiste révolutionnaire aux convictions politiques radicales — ont créé un art populaire national qui est un des trésors du patrimoine culturel de toute l'Amérique latine.

8. La progression sinueuse des économies

De l'impact vivifiant de la Première Guerre mondiale au boom de la « danse des millions » : 1914-1929

Entre la révolution mexicaine et la crise de 1929, l'évolution économique générale de l'Amérique latine a suivi un cours sinueux, avec une perturbation de fréquence due à la Première Guerre mondiale. Cependant, la tendance globale est à une nette croissance généralisée et, exception faite de quelques pays comme Cuba avec sa monoculture sucrière, les pays au sud du Rio Grande participent à la prospérité de la décennie des années 1920 jusqu'en 1929, au point qu'on a pu parler d'une véritable « danse des millions ».

L'avant-guerre (1910-1914)

On a trop vite dit que ce bond en avant a deux explications fondamentales, toutes les deux de type exogène : l'impact de la Grande Guerre (1914-1918) et le stimulant des affaires mondiales de 1924 à 1929 (la « prospérité Coolidge »). C'est qu'il y a, à l'intérieur de chaque pays, l'élan propre des économies à partir de la dynamique communiquée par l'essor de la période précédente. Un processus de croissance est une accumulation continue et fait fi des dates-césures de l'histoire politique.

Les débuts de la deuxième décennie du siècle ne sont donc pas seulement la suite chronologique de la fin de la première, sans solution de continuité, ils en sont le prolongement logique et solidaire, la réalisation de ses virtualités et tendances, ils en sont le résultat et l'aboutissement de l'évolution. Dans nombre de pays comme la Colombie, l'Argentine, le Chili, le Pérou et le Brésil par exemple, entre 1910 et 1914, et donc avant la guerre, le dynamisme du marché intérieur se manifeste déjà de façon plus vigoureuse et plus féconde — et le seuil est franchi à partir duquel le cap est mis sur l'industrialisation véritable.

En Colombie, malgré le ralentissement dû à la crise bancaire de 1904, la reprise, ferme dès 1907, entraîne dans son élan et vers des sommets non encore atteints jusque-là la demande interne de biens de consommation industrielle. Entre 1910 et 1914 s'inscrit une poussée des activités de transformation, notamment dans le textile, les verreries et l'industrie de la bière.

En Argentine, alors qu'il n'y avait, entre 1890 et 1895, que 12 700 kilomètres de chemins de fer et que le pays exportait 1 038 milliers de tonnes de céréales, 139 de laine et 27 de viande, entre 1910 et 1914, il y a 31 000 kilomètres de voies ferrées et le pays exporte 5 294 milliers de tonnes de céréales, 137 de laine, et 376 de viande. La croissance industrielle est de 5,2 % par an et les secteurs les plus dynamiques sont alors la chimie, les métaux, le cuir, les textiles et les industries alimentaires. Le troisième recensement national, fait en 1914, enregistre 48 779 firmes employant 410 000 ouvriers d'industrie, le nombre de ceux-ci croissant à un rythme de 4 % l'an.

Au Chili, alors que pour la période de 1905 à 1909 la moyenne annuelle de la valeur des exportations était de 289,5 millions de pesos et l'indice 241 (1880, année de base à l'indice 100), cette moyenne est de 349,5 millions de pesos et l'indice 291 entre 1910 et 1914. En 1914, à côté d'un artisanat encore important dans la confection et le bois, l'industrie chilienne compte parmi ses secteurs les plus avancés l'alimentation, le textile, les cuirs, le papier et la chimie.

Au Pérou, alors que la somme des exportations pour la période 1905-1909 était de 29,1 millions de livres péruviennes, cette somme est de 41,7 millions pour la période 1910-1914, et les industries naissantes comportent des fabriques de tissus (coton et laine comme celles de Grace), l'alimentation, notamment la boisson (par exemple le *kola inglesa* en 1912), et les chaussures, surtout concentrées à Lima et à Callao.

Quant au Brésil, on l'a vu, il a connu, entre 1910 et 1914, une croissance industrielle d'autant plus sensible que le processus d'industrialisation est à ses débuts. L'industrie cotonnière prend les devants : en 1913, le Brésil possède 1 200 000 broches. C'est avant 1914 que se sont installés et ont commencé leurs activités les « grands » et futurs « grands » de l'industrie brésilienne genre Matarrazo, Votorontim, Jafet, etc. On peut rappeler ici le fait suivant : la production industrielle du Brésil a crû plus rapidement avant 1914 que pendant la guerre elle-même.

Au total, si on essaie, juste avant la guerre, d'évaluer la place et le rôle de l'Amérique latine dans l'économie internationale, on découvre alors que sa « participation » dans les exportations mondiales atteignait en dehors du secteur minier :

pour les céréales : 17,9 % ;
pour les produits d'élevage : 11,5 % ;
pour les boissons (café, chocolat, thé, etc.) : 62,1 % ;
pour le sucre : 37,6 % ;
pour les fruits et légumes : 14,2 % ;
pour les fibres végétales : 6,3 % ;
pour les caoutchoucs, peaux et cuirs : 25,1 %.

Quelle autre région possède alors un tel « palmarès » de fournisseur de produits primaires aux pays industrialisés des deux rives de l'Atlantique nord ?

L'impact de la Grande Guerre (1914-1918)

Bien sûr, la Première Guerre mondiale ne pouvait manquer d'avoir un impact sinon décisif, ni même essentiel, du moins sensible et même important sur les économies latino-américaines en plein dynamisme de croissance. Mais, comme on vient de le voir, et il faut insister là-dessus, la guerre n'a pas créé le courant, ni n'est même à l'origine de la tendance. Elle va activer un courant et accélérer une tendance qui préexistaient. Elle jouera donc un rôle d'impulsion plus que d'inauguration. Elle engendre des conditions qui favorisent le prolongement et la consolidation de la croissance. En Argentine, elle sauve même celle-ci d'une récession qui s'annonçait, après le tournant de 1912, avec le déclin des investissements britanniques dans les chemins de fer, consécutif à la baisse du taux de profit à partir de 1909.

Encore faut-il ne pas exagérer. Warren Dean, on l'a vu, a démontré que loin de dynamiser le développement industriel au Brésil, comme on l'a cru et écrit, la guerre l'a handicapé et retardé à cause des restrictions d'importation et notamment des difficultés plus grandes à acquérir, de l'extérieur, de l'équipement industriel et à bénéficier de l'apport technologique de l'étranger.

Le cas du Brésil n'est pas isolé. Les statistiques de la CEPAL (Commission économique des Nations unies pour l'Amérique latine) montrent qu'en Argentine la part de l'industrie dans le produit national brut (PNB) est passée de 14,4 % à 15,6 % de 1905-1909 à 1910-1914, mais a baissé à 15,3 % de 1915 à 1919 pour remonter à 16,4 % de 1920 à 1924. La seule période de stagnation et même de baisse a été les années correspondant à la guerre.

D'après une étude relativement récente, la croissance industrielle du Chili qui était de 4 % par an entre 1908 et 1913 pour les cinq secteurs du textile, de la confection, des chaussures, des boissons et de l'alimentation n'est que de 1,6 % entre 1913 et 1918. Mais le Venezuela offre un exemple qui va au-delà, car il ne s'agit pas seulement de son industrialisation qui ne fait aucun progrès digne d'être noté ; c'est tout son commerce extérieur qui pratiquement stagne pendant la guerre : le tableau du commerce extérieur de ce pays de 1913 à 1918 comporte les statistiques suivantes à l'exportation :

Années	*Exportations agro-pastorales*	*Asphalte et pétrole*
	(en millions de bolivars)	
1913	150	3
1914	110	1
1915	120	2
1916	116	1
1917	118	2
1918	110	3

Frederico Brito Figueroa, *Historia economica y social de Venezuela*, t. II, p. 396.

Mais, d'une manière générale, les hostilités en Europe ont eu un effet positif sur les économies latino-américaines.

Cet effet positif n'a toutefois pas été clair ni soutenu du début à la fin. Au contraire, quand se déclenchent les opérations, il se produit une dislocation des mécanismes internationaux d'échanges et le système unitaire libéral du XIXᵉ siècle se fragmente. Les circuits normaux de flux de marchandises sont partiellement bloqués et les sources européennes de financement et d'investissements momentanément taries. Il en résulte un « passage difficile » pour les économies latino-américaines. Ce phénomène de disruption est fortement ressenti au Brésil par exemple où les prix du café et du caoutchouc chutent, un moment, et font baisser la valeur des exportations à la moitié de ce qu'elles étaient l'année précédente, provoquant la défaillance du Brésil comme État débiteur et le recours au papier-monnaie qui aggrave le marasme économique d'une difficulté financière supplémentaire.

Mais ce passage à vide, tant au Brésil qu'ailleurs, est vite dépassé, d'autant plus que pour les pays riverains du Pacifique l'inauguration en 1914 du canal de Panama a pour conséquence de raccourcir les communications avec l'Atlantique nord sur les rives duquel sont localisés les principaux marchés — les plus actifs — de consommation de produits latino-américains. Et puis, comme la guerre dure, et que l'Europe est absorbée puis épuisée avec, de toute façon, son industrie convertie en industrie de guerre, la carence de ses fournisseurs habituels place l'Amérique latine devant la nécessité de trouver une substitution locale à ses importations étrangères traditionnelles. Par contre, avec la maîtrise des océans rétablie par la Royal Navy au profit des Alliés, ceux-ci sont plus que jamais demandeurs de matières premières latino-américaines et de denrées alimentaires. Le résultat est que le secteur exportateur, responsable de l'accroissement du revenu national, reçoit un coup de fouet. L'impact de la guerre est donc différencié : négatif ou restrictif sur les importations latino-américaines en provenance d'Europe, positif et multiplicateur sur les exportations latino-américaines vers l'Atlantique nord. Ces deux effets jouent finalement dans le même sens d'un stimulant au processus de développement interne. D'un côté, les profits croissants accumulés grâce aux exportations et d'autre part la baisse du coefficient d'importation par suite de la réduction forcée, non de la capacité d'importer, mais des possibilités de le faire, produisent une expansion et une diversification de la production.

Au Mexique, la production minière pour l'exportation a évolué comme suit entre 1914 et 1918 :

Années	*Or*	*Argent*	*Cuivre*	*Plomb*	*Zinc*	*Charbon*	*Minerai de fer*
	(en tonnes)		*(en milliers de tonnes)*				
1914	8,6	857	26,6	5,7	0,7	780	
1916	11,7	926	28,4	20	37	300	20
1918	25,3	1 945	70,2	98,8	20,7	782	25,9

En dehors du charbon, c'est la hausse générale du volume de la production pour l'exportation. La guerre mondiale a insufflé du dynamisme dans le secteur de la production orientée vers le marché international. En Argentine, après une brève interruption de l'envoi des cargaisons de viande vers l'Europe, l'Angleterre reprend ses achats, pour elle, puis bientôt aussi pour la France, de viande congelée et de conserves de viande. Entre 1914 et 1918, d'après les chiffres de la Junta Nacional de Carnes (Bureau national de la viande), l'abattage total pour l'exportation double en nombre de têtes de bétail.

Les profits industriels de la viande sont alors fantastiques et ceux des exportations atteignent une énorme échelle. Les revenus tirés par le gouvernement argentin permettent à ce pays, pour la première fois dans son histoire, d'être une nation créditrice. De 1915 à 1919, grâce à une balance des comptes favorable, ce pays accumule plus de 3 milliards de pesos-or.

Au Chili, la demande européenne et nord-américaine en nitrate et en cuivre provoque une hausse importante du niveau des exportations, accompagnée d'une hausse sensible des prix. Ainsi, les exportations chiliennes qui, on l'a vu, étaient de 349,5 millions en moyenne annuelle entre 1910 et 1914 avec un taux annuel moyen de croissance de 4,1 % par an, passent à 520,2 millions entre 1915 et 1919 avec un taux annuel moyen de croissance de 9,8 %. C'est pendant la guerre — plus exactement à partir de 1915 — que démarre véritablement au Chili l'industrie textile par suite des restrictions d'importation de tissus étrangers. Quant au Brésil, la prospérité que lui vaut la guerre s'exprime en chiffres qui parlent d'eux-mêmes : les exportations de fèves sont multipliées par 400, de sucre par 6, de bœuf congelé par 10 — c'est l'apparition de ce produit au chapitre des exportations brésiliennes — pendant que celles de café, de cacao et de matières premières connaissent un bond considérable. En 1919, dans tout le pays, environ 13 % des travailleurs sont employés dans l'industrie. Le recensement industriel de 1920 (donc au sortir de la guerre) trouve 275 000 personnes engagées dans le secteur industriel, mais sur les 13336 firmes, 87 % n'ont guère plus que 4 travailleurs chacune ! Comme quoi, il faut se garder d'exagérer l'importance et la réalité de cette « industrialisation ». C'est surtout à São Paulo qu'elle a tendance à se concentrer : en 1907, la région de São Paulo comptait pour 16 % dans la production industrielle totale brésilienne ; en 1914, au début de la guerre, ce pourcentage est de 20 % et à la fin de la guerre (1902), il est passé à 33 %. Un fait capital est cependant à signaler à cause de son importance pour l'avenir : le recensement industriel de 1920 indique l'existence, à la fin de la guerre européenne à laquelle finalement le Brésil a participé par une déclaration de guerre aux puissances centrales en 1917, d'un noyau d'industries productrices de biens de capital (biens de production) dont 150 fonderies et 230 ateliers de constructions mécaniques, au total 650 de ces firmes employant en moyenne 25 travailleurs chacune. La restriction des importations provoque un manque de produits manufacturés par rapport à cet appel que se fondent ou s'étendent les usines textiles, les tanneries et fabriques de chaussures. A Cuba enfin, la hausse du prix du sucre et l'augmentation des investissements américains concourent pour produire un boom sucrier sans précédent. C'est l'époque des supercentrales comme la Cuban Cane Co, fondée en 1916 par la famille Rionda avec un capital de 50 millions de dollars et comprenant 6 fabriques. Dès la même année, elles rapportent 10 millions de dollars et l'année suivante, ce chiffre s'élève à 78 millions. Ce qui veut dire qu'en deux ans la famille Rionda récupère le capital souscrit.

Au total, le commerce extérieur des 20 républiques, qui était tombé à 2,2 milliards de dollars en 1914, est remonté à 3,9 milliards en 1918 : c'est le boom commercial.

La crise d'après-guerre et la relance (1919-1924)

La fin de la guerre produit sinon un retour à la normale, du moins un ralentissement du gonflement exceptionnel et, somme toute, accidentel du secteur des exportations latino-américaines. La chute des prix, compagne et corollaire du fléchissement des exportations, porte un coup sévère aux économies des différents pays. En Argentine, la fin de la guerre, c'est la fin du boom avec le cortège d'agitations sociales par suite des restrictions générales et de la baisse du pouvoir d'achat des travailleurs. Le scénario est le même au Chili où 1920 est une année de crise et de chômage et où, entre 1920 et 1924, le taux annuel moyen de croissance des exportations tombe à 0,6 % (alors qu'il était de 2,8 entre 1915 et 1919) ; au Brésil où la récession d'après-guerre prend les proportions d'une véritable dépression sous l'administration du président Epitacio Pessoa, avec la chute du prix du café de 0,25 dollar à 0,10 la livre entre 1919 et 1921 sur le marché de New York ; à Cuba où le prix du sucre s'effondre de 22,5 centimes la livre en mai 1920 à 3,5 centimes la livre en décembre ; et au Mexique, où, entre 1918 et 1920, la production d'or passe de 25,3 à 22,8 tonnes métriques, celle de cuivre de 70,2 à 49,2 tonnes, celle de plomb de 98,8 à 82,5 tonnes métriques, celle de zinc de 20,7 à 15,6 tonnes métriques et celle de charbon de 782 à 716 tonnes métriques : c'est un recul général.

Mais cette alerte passée, liée à l'adaptation aux conditions du retour à la paix, la relance est vigoureuse et c'est la préfiguration de la période de grande prospérité des années 1924 à 1929. Le cas chilien, une fois de plus, illustre cette évolution. Entre 1915 et 1919, la valeur annuelle moyenne des exportations a été de 520 millions et celle des importations 313,6 millions, ce qui fait un rapport importations-exportations de 60,3 %. En 1920-1924, la valeur moyenne des exportations passe à 536,6 millions et celle des importations à 352,2, ce qui fait cette fois un rapport de 65,8 %. La tendance est donc à la reprise des importations. Pour le Pérou, le rapport importations-exportations est de 50 % entre 1915 et 1919 et de 65 % entre 1920 et 1924 ! Après la guerre, se rétablit donc le flot des importations : au Brésil, on en profite pour rééquiper et moderniser l'industrie textile avec l'importation de

2800 tonnes de machines et d'outillage textiles en 1918, chiffre qui monte à 12000 tonnes en 1924-1926. Au Mexique, la reprise est réelle et générale entre 1920 et 1924, on l'a vu. Ces années d'après-guerre servent donc de tremplin au prodigieux essor des économies entre 1924 et 1929, comme le montre le cas de l'Argentine qui augmente sa production industrielle de 50 % entre 1918 et 1924.

Mais une difficulté sectorielle se pose : comment le secteur industriel, à peine né et aux débuts encore mal assurés, peut-il affronter la concurrence de produits importés qui recommencent à envahir le marché national ? Un vif débat oppose alors les partisans du « retour à la normale », c'est-à-dire au régime libre-échangiste d'avant la guerre et les avocats du protectionnisme qui défendent les intérêts du secteur industriel national. En Argentine, par exemple, malgré la bataille engagée par les industriels, l'après-guerre ramène dans ses bagages le laissez-faire et le libre-échange, au détriment des intérêts de l'industrie locale.

Le retour marqué des investissements européens et l'arrivée en force du capital nord-américain

Au cours de la décennie des années 1920, l'entrée des capitaux européens accuse une augmentation sensible, bien que modeste à la fois par rapport à l'avant-guerre et surtout par rapport aux États-Unis. C'est que l'Allemagne est accablée par les réparations en faveur desquelles ses avoirs en Amérique latine sont pratiquement liquidés : la réapparition de capitaux allemands se fera, certes, avec une détermination remarquable après 1926, mais l'Allemagne ne pourra pas reconquérir les positions perdues en 1914. Ainsi, à la veille de la crise de 1929, les citoyens de la République de Weimar n'ont guère que dans les 200 millions de dollars investis en Amérique latine, alors que les sujets de l'empire allemand de S. M. Guillaume II en avaient près de 850 millions en 1914.

La France n'est guère mieux partagée avec les 619 millions de dollars qu'elle réussit à conserver comme investissements en Amérique latine avant la crise, contre plus d'un milliard à la veille de la guerre de 1914. C'est que sa victoire militaire ne va pas sans de graves difficultés financières et une crise monétaire : tout cela provoque la liquidation d'avoirs à l'étranger, des rapatriements de capitaux. Il y a aussi le repli sur soi et sur l'exploitation de l'empire pour la fourniture de ces produits primaires à la recherche desquels on s'était intéressé en Amérique latine. Il y a enfin le remboursement par les pays latino-américains des emprunts français, ce qui produit un recul de Paris dont la position de force était puissante dans les investissements de portefeuille, vu cette prédilection du marché financier français pour les fonds d'État. Toutefois, si elle recule sensiblement en Argentine, elle se maintient moins mal au Brésil et assez bien au Mexique. Mais ces placements à l'étranger rapportent moins. C'est le cas de le dire : « Ce n'est plus le Pérou. »

L'Angleterre reste seule à tenir le coup, mais sa position *relative* se dégrade. Elle redistribue ses capitaux en les concentrant davantage sur une aire géographique qui comprend surtout l'Argentine, le Brésil et le Venezuela. Elle parvient à accroître le total du montant brut de ses investissements qui passe de 756,6 millions de livres sterling à 832 millions de 1913 à 1930. Le tableau ci-contre montre l'évolution des investissements britanniques à l'étranger.

Le nouveau capital-roi est désormais le capital nord-américain. De la région des Caraïbes où il avait déjà la prépondérance et où il renforce et consolide ses positions qu'on ne peut plus lui contester, Wall Street — comme on aime à dire en Amérique latine — a profité de la guerre pour se substituer à la City de Londres et au marché financier français de Paris en Amérique latine en général. Cette invasion est spontanée, du type déjà offert à la fin du XIXᵉ siècle dans les chemins de fer et la banane par Minor C. Keith en Amérique centrale ou dans le sucre par Atkins à Cuba. Elle est délibérée et systématique du type nouveau développé par la diplomatie du dollar dans les

Investissements britanniques en Amérique latine et dans le monde

Pays	*1913*		*1930*	
	Millions de livres sterling	*Pourcentage du total des investissements britanniques à l'étranger*	*Millions de livres sterling*	*Pourcentage du total des investissements britanniques à l'étranger*
Argentine	319,6	8,5	450	12,1
Brésil	148	3,9	190	5,1
Mexique	99	2,6	59	1,6
Chili	61	1,6	49	1,3
Uruguay	36,1	1		
Pérou	34,2	0,9		
Cuba	33,2	0,9		
Autres pays de l'Amérique latine	25,5	0,7	84	2,3
Total	*756,6*	*20,1*	*832*	*22,4*
Empire britannique		47		59
États-Unis		20		5
Amérique latine		20		22
Europe		6		8
Reste du monde		7		6
Total		*100*		*100*

The Problem of International Investments, Londres, 1937, The Royal Institute of International Affairs, p. 121-142 et 144.

deux formes que revêt celle-ci, à savoir à la fois « l'utilisation par les sociétés américaines à l'étranger de l'appui politique de leur gouvernement, appui qu'elles sollicitent et s'efforcent d'obtenir par tous les moyens imaginables » et « l'action du gouvernement américain auprès de pays étrangers pour ouvrir ces pays aux capitaux américains ou pour y faciliter l'élargissement du capital américain déjà investi » (J.-B Duroselle, *De Wilson à Roosevelt, politique extérieure des États-Unis,* Paris, A. Colin, 1950, p. 22).

A Cuba, la marche des investissements américains est rapide : 50 millions de dollars en 1898, 200 millions en 1911 et plus de 500 millions en 1920 pour atteindre 650 millions à l'époque de la crise. En république Dominicaine, ils font leur première apparition importante avec la San Domingo Improvement Company of New York et en Haïti, avec les premiers financements des chemins de fer, de l'électricité et la participation au capital de la Banque nationale par la First National City Bank et la Speyer and Co. En Amérique centrale, la United Fruit s'étend, à partir de Costa Rica à la fin du XIXe siècle, au Guatemala en 1906, au Honduras en 1912, au Salvador la même année, sans oublier Panama, la Jamaïque, la Colombie, faisant passer ses investissements de 17 millions de dollars en 1900 à 82 millions en 1913. Au Mexique, au cours de la seule dernière décennie du Porfiriato, les investissements nord-américains sont passés de 511 465 166 dollars (en 1902) à près de 1 500 000 000 de dollars en 1911, soit près des deux tiers du total des investissements étrangers dans le pays (64,46 %).

Cette marche progresse maintenant vers les États d'Amérique du Sud : Venezuela, Colombie, Brésil, Bolivie, Pérou, Chili et Argentine. Au Venezuela, c'est avant tout le pétrole découvert réellement sous Gomez et où la Standard Oil, à travers sa filiale la Creole Petroleum, acquiert une position prépondérante en rivalité avec la Royal Dutch Shell à prédominance anglaise. En 1923, la Venezuelian Gulf Company, ayant pour principal actionnaire Andrew Mellon, le grand argentier des gouvernements de Washington entre 1921 et 1932 comme secrétaire au Trésor des administrations républicaines successives, se met en ligne et deviendra le troisième partenaire en ordre d'importance. Alors qu'en 1912 les investissements anglo-hollandais étaient de 41 350 000 dollars et les américains, seulement de 3 millions de dollars, en 1929 la situation est renversée : les premiers s'élèvent à 92 141 000 dollars certes, mais les seconds grimpent à 161 565 000 dollars !

En Argentine, c'est dans l'industrie de la viande que la position anglaise de monopole dans la congélation du bœuf est contestée dès 1907 par l'arrivée de la Swift and Company, la plus grande firme américaine dans l'industrie de la viande, suivie du consortium dénommé la National

Investissements des États-Unis à l'étranger
(en millions de dollars)

Régions	*1914*	*1919*	*1924*	*1929*
I. Investissements directs				
Cuba et Indes occidentales	281,3	567,3	993,2	1 025,5
Amérique centrale	89,6	112,5	143,5	250,9
Mexique	587,1	643,6	735,4	709,2
Amérique du Sud	323,1	664,6	947,1	1 719,1
Total	*1 281,1*	*1 988,0*	*2 819,2*	*3 704,7*
II. Placements de portefeuille				
Cuba et Indes occidentales	336,3	606,2	1 101,3	1 153,9
Amérique centrale	93,2	114,8	155,3	286,3
Mexique	853,5	908,9	1 005,1	975,2
Amérique du Sud	365,7	776,2	1 411,2	3 013,8
Total	*1 648,7*	*2 406,1*	*3 672,9*	*5 429,2*
Total des investissements des États-Unis à l'étranger	*3 513,8*	*6 955,6*	*10 753,6*	*17 009,6*

Cleona Lewis, *America's Stake in International Investment*, Washington, 1938, Brookings Institution, Institute of Economic Publications, p. 606.

Packing Company, groupant Swift, Armour and Morris. C'est une arrivée en force de Chicago dans la viande argentine. Au Pérou, la Cerro de Pasco Copper Corporation s'installe dans l'exploitation en grand du cuivre, la Standard Oil dans le pétrole, la W. R. Grace and Company dans le transport maritime et les domaines les plus divers. Le président Leguia, que les États-Unis savent intéresser, prend plaisir à leur faciliter l'extension de leurs opérations au point que le capital américain supplante le capital anglais. Au Chili voisin, les Nord-Américains campent dans le cuivre où ils contrôlent jusqu'à 96 % de la production et dans les nitrates où la firme Guggenheim parviendra même plus tard à sauvegarder l'essentiel de ses intérêts malgré un vent de nationalisations sous la seconde présidence d'Alessandri (1932-1936). En Bolivie, l'étain intéresse les États-Unis au point qu'en 1924 la United States National Lead Company achète un tiers de participation dans l'empire bolivien de Patiño. Parallèlement, la Standard Oil s'installe dans le pétrole bolivien en 1922 et d'autres compagnies obtiennent des concessions de tungstène et de cuivre. En 1930, les intérêts américains l'emportent sur tous les autres dans l'industrie extractive bolivienne. Le pétrole colombien attire dans les années 1920 plus de 45 millions de dollars américains tandis que les banquiers de Wall Street font tomber sur l'État et les municipalités en Colombie, à l'instar de ce qu'ils font au Pérou et en Bolivie voisins, une manne intéressée de plus de 200 millions de dollars de prêts. A la veille de la crise de 1929, les progrès des investissements américains en dehors de « leur » zone des Caraïbes sont tels que pratiquement 35 % des placements américains en Amérique latine vont au Mexique, à l'Argentine et au Brésil, et 26 % à l'ensemble Venezuela-Colombie-Pérou-Chili. C'est l'Amérique latine tout entière qui est désormais à l'heure de New York. Pendant la seule « prospérité Coolidge » aux États-Unis, les banques nord-américaines prêtent 2 milliards de dollars à des emprunteurs latino-américains et dirigeants des destinées de leur pays !

Les deux tableaux page précédente et ci-contre montrent l'évolution et la répartition des capitaux américains en Amérique latine de la guerre de 1914 à la crise mondiale de 1929-1930 :

Investissements américains en Amérique latine fin 1930 (en millions de dollars)

Pays	*Investissements directs*	*Porte-feuille*	*Total*	*Pourcentage du total mondial des États-Unis*
Costa Rica	22	11	33	0,2
Guatemala	71	4	75	0,5
Honduras	72		72	0,5
Mexique	694		694	4,4
Nicaragua	13		13	0,1
Panama	29	18	47	0,3
Salvador	30	5	35	0,2
Cuba	936	131	1 067	6,8
République Dominicaine	70	17	87	0,6
Argentine	359	449	808	5,2
Bolivie	61	55	116	0,7
Brésil	210	347	557	3,5
Chili	441	260	701	4,5
Colombie	130	172	302	1,9
Équateur	12		12	0,1
Paraguay	12		12	0,1
Pérou	125	75	200	1,3
Uruguay	28	53	81	0,5
Venezuela	247		247	1,6
Total	*3 562*	*1 597*	*5 159*	*33*

The Problem of International Investments, p. 187.

La « danse des millions »

La période de 1924-1929 correspond à l'apogée de la prospérité économique de l'Amérique latine dans le cadre de la « croissance vers l'extérieur », prospérité dont les conditions mêmes préparent les lendemains qui déchantent, mais on est loin de s'en douter dans les capitales latino-américaines. Prospérité commerciale, élan industriel et prospérité financière se donnent la main pour assurer le zénith de l'enrichissement des classes possédantes, la coparticipation, sur un pied d'inégalité vivement ressentie toutefois, des classes moyennes aux bénéfices de ce vaste mouvement des affaires, et même des retombées sociales non négligeables jusqu'aux classes laborieuses, dont les organisations savent d'ailleurs arracher des « conquêtes » à l'égoïsme accapareur des « forces d'argent ». C'est la « danse des millions » de la deuxième moitié de la décennie des années 1920.

La prospérité commerciale est le levier qui soulève tout cet ensemble et a pour âge d'or un quinquennat à la progression peut-être plus soutenue qu'extraordinairement faste dans le secteur des exportations, qui passent de 1 593 millions de dollars en 1913 à 3 005 millions en 1928, soit donc le double du chiffre d'avant-guerre, tandis que les importations passent de 1 226 millions à 2 083 millions à la même époque. Ce commerce se fait, certes, toujours avec les pays d'Europe à qui on achète et à qui on vend par priorité — ce qui reste de la pesanteur historique — mais les États-Unis arrivent, à eux seuls, à absorber en 1928, en valeur, un montant supérieur à la moitié (947 contre 1 600 millions de dollars) de celui des exportations d'Amérique latine vers l'Europe et fournissent à peu près autant (831 millions contre 973) que l'Europe entière ne vend à l'Amérique latine. L'Angleterre ne fait d'exception à sa politique de préférence impériale qu'en faveur de l'Argentine. L'Allemagne réussit à reprendre ses ventes à l'Amérique latine (de 3,39 % des importations latino-américaines en 1920 à 12,21 % en 1925) grâce à la chaîne de banques allemandes disséminées un peu partout sur le subcontinent et aux préférences des immigrants allemands établis sur place. Mais sa part des exportations latino-américaines reste relativement faible (de 1,80 % en 1920 à 8,15 % en 1929). La France maintient la vente de ses articles de luxe mais pas le montant total de ses échanges avec l'Amérique latine entre 1923 et 1929 : elle se concentre, comme l'Angleterre, sur son empire colonial. Ce sont donc bien les États-Unis qui tendent à devenir le fournisseur principal de l'Amérique latine en produits manufacturés et le marché principal pour les matières premières en provenance du sud du Rio Grande, d'autant plus que les conditions de crédit consenties par les États-Unis sont devenues, entre-temps, plus avantageuses. Le tableau de la page suivante permet de comparer la croissance générale du commerce latino-américain de 1913 à 1927 et la part croissante qu'y prennent les États-Unis entre ces deux dates.

Ce commerce extérieur assure des balances de comptes favorables et une accumulation de réserves en devises qui, pour l'Argentine par exemple, s'élèvent à près d'un milliard de pesos-or en 1929 ! Le commerce brésilien, excédentaire pendant toute la période (de 27 % en 1924 d'après les chiffres cités par P. Léon), augmente de 123 % entre 1914 et 1929, augmentation à peu près du même ordre de grandeur que celle de l'Argentine (148 %). Au Chili où la valeur des exportations atteint 23 % du produit domestique brut, le rapport entre la valeur moyenne des importations et celle des exportations est de 63,3 % pour la période 1925-1929 et au Pérou le même rapport pour la même période est de 66 %. Entre 1924 et 1929, le commerce extérieur vénézuélien est résumé dans le tableau de la page 259.

Il y a donc de confortables excédents.

L'évolution des prix réjouit les commerçants et encourage les producteurs, en enrichissant les uns et les autres. A Cuba, la Cuban American Sugar Company paie en moyenne annuelle 7 % de dividendes au cours de la période, ce qui n'est relativement pas considérable, car à

Croissance du commerce latino-américain
(en millions de dollars)

Pays	*Commerce total*			*Commerce avec les États-Unis*		
	1927	*1913*	*Augmentation (en %)*	*1927*	*1913*	*Augmentation (en %)*
I. Amérique du Sud						
Argentine	1 799	1 008	78,4	260	97	168
Bolivie	66	58	13,7	10	1	900
Brésil	819	640	27,9	311	153	103,2
Chili	333	263	26,6	103	51	101,9
Colombie	246	61	194,2	137	22	522,7
Équateur	22	25	12	11	7	57,1
Paraguay	25	13	92,3	2	1	100
Pérou	178	73	143,8	61	13	369,2
Uruguay	183	125	46,4	33	10	230
Venezuela	152	48	216,6	63	18	250
Total	*3 823*	*2 314*	*65,2*	*991*	*373*	*165,6*
II. Amérique centrale (y compris Cuba, Mexique et Indes occidentales)						
Costa Rica	34	19	78,9	14	10	40
Guatemala	57	25	128	24	9	166,6
Honduras	28	8	250	18	6	200
Nicaragua	19	13	46,1	12	6	100
Salvador	29	16	81,2	8	5	60
Panama	18	16	12,5	14	11	27,2
Cuba	580	304	90,7	414	206	100,9
Haïti	31	19	63,1	12	7	71,4
Mexique	458	247	85,4	247	164	50,6
République Dominicaine	59	20	195	29	11	163,6
Total	*1 313*	*687*	*91,1*	*792*	*435*	*82*
Total général	*5 136*	*3 001*	*71,1*	*1 783*	*808*	*120,6*

Max Winkler, *Investments of United States Capital in Latin America*, Boston, World Peace Foundation Pamphlets, 1929, p. 277.

Commerce extérieur du Venezuela (en millions de bolivars)				
Années	*Exportations*		*Importations*	*Balance commerciale*
	agro-pastorales	*pétrole*		
1924	148	66	216	– 2
1929	185	594	453	+ 326

Porto Rico, la centrale sucrière Aguire paie des dividendes de 30 % de 1922 à 1928. Au Pérou, les superficies plantées en canne à sucre s'étendent de 37 000 hectares en 1912 à 77 000 en 1929. Le taux de croissance de la production chilienne passe de 9,5 % en 1923 à 10,6 % en 1928 d'après les statistiques élaborées par M. T. Davis et M. Ballesteros. Au Brésil, la production industrielle entre 1919 et 1929 croît de près de 30 %, avec des « inaugurations » aussi importantes que celle de la fabrication du ciment qui commence, en 1916, par une production de 13 000 tonnes pour atteindre 96 000 tonnes en 1929, et celle de la fabrication du fer et de l'acier qui commence en 1915 par une production de 8 000 tonnes d'acier pour atteindre 27 000 tonnes en 1929. Entre 1914 et 1929, la production de cuivre mexicain a augmenté de 139 %, le chilien de 626 %, celle de l'étain bolivien de 114 %, celle du pétrole de Trinidad de 1 315 %, d'Argentine de 1 075 %, du Pérou de 425 %, de Colombie de 7 000 %. Entre 1921 et 1930, la production vénézuélienne de pétrole a augmenté de 9 120 % (en neuf ans !).

Le nombre des salariés augmente et les recettes gouvernementales en hausse permettent de diversifier les dépenses de l'État. Le nombre des emplois dans le commerce et le transport au Chili passe de 183 400 en 1920 à 209 500 en 1930 (de 13,6 à 16 % de la population active).

Il faut souligner que cette augmentation se produit malgré les innovations techniques qui épargnent la main-d'œuvre. Le cas du Mexique, à ce dernier point de vue, est particulièrement révélateur puisque, jusqu'en 1930, la révolution technologique dans l'industrie, les transports et les mines a libéré plutôt qu'augmenté en proportion la main-d'œuvre employée dans ces secteurs d'activité. Les mines de cuivre et les gisements de pétrole s'adressent de façon croissante à la main-d'œuvre indienne au Pérou : 13 000 mineurs en 1905, 23 000 en 1916 et 30 000 en 1926, et les salaires distribués contribuent à constituer un marché monétaire. Dans ce même pays, les recettes fiscales du gouvernement passent de 48,3 millions de livres péruviennes à 94,9 millions de 1920-1924 à 1925-1929, ce qui permet à l'État d'assurer une part plus importante dans l'éducation et les travaux publics à partir de 1919-1920 et d'accroître ses charges sociales vers 1925-1926. Au Chili, le nombre de fonctionnaires passe de 10 900 en 1920 à 15 300 en 1930 et le personnel des services publics de l'éducation passe de 12 400 à 19 800, celui de la santé de 7 900 à 18 300 au cours de cette même décennie 1920-1930. Outre le signe du gonflement de la bureaucratie, c'est l'attestation du passage d'un État-gendarme, qui se contente de maintenir l'ordre et de gérer les finances, à un État à « responsabilités sociales » ou tout au moins « s'intéressant aux activités productives et sociales », sinon déjà même, comme en Uruguay, à un État-providence à ses débuts.

Ces différents exemples, apparemment choisis en vrac, sont cependant le signe de la transmission du dynamisme des affaires à tous les domaines d'activités et à toutes les couches de la population entre 1920 et 1930. C'est la décennie d'or pour les pays d'Amérique latine.

Bien sûr, l'enrichissement est le fait de quelques-uns. Tout le monde n'est pas Simon Patiño, le petit cholo né en 1868 à Cochabamba, en Bolivie, et qui, à peine sa majorité atteinte, abandonne les caravanes de lamas et de mules qu'il conduisait pour exploiter personnellement les intérêts récemment acquis d'un débiteur dans une petite mine d'étain. De là, il en acquiert d'autres jusqu'à devenir millionnaire en 1910. Alors, il donne une dimension internationale à ses affaires et à ses relations, acquiert des résidences à Biarritz et à Nice comme à Paris, en ajoutant à ses avoirs des mines en Malaisie et des participations à — ou créations — des firmes de raffinage d'étain en Angleterre et en Allemagne. Il se fait construire trois superbes résidences en Bolivie, dont un palais dans sa ville natale de Cochabamba. Par une de ces ironies dont les sociétés latino-américaines ont le secret, le multimillionnaire et diplomate — il a représenté la Bolivie en Espagne de 1922 à 1927 puis en France à partir de 1927 — est boudé par l'oligarchie bolivienne qui n'oublie pas ses origines de pauvre métis d'Indien inculte, alors qu'il fraie en Europe avec le Tout-Paris et le Tout-Londres et que le sort des gouvernements boliviens est entre ses mains. Le « roi de l'étain » est l'associé des Américains et des Anglais et fait la loi sur le marché international. Décennie d'or de la danse des millions pour les Patiño.

Décennie d'or aussi et danse des millions pour les autres détenteurs du pouvoir économique, du commandement social et de la direction politique de l'État. En effet, d'or est la décennie 1920-1929 pour les promoteurs industriels de la Sociedad de Fomento Fabril (Société de développement industriel) chilienne fondée en 1883, de la Sociedad Nacional de Industrias (Société nationale des industries) péruvienne, fondée en 1896, de la Unión Industrial Argentina (Union industrielle de l'Argentine), des entreprises de la région de Medellín avec leur hinterland dans l'Antioquia colombienne, du complexe industriel de Monterrey au Mexique dont la production sidérurgique redémarre, après la chute de 1924, pour atteindre près de 90 000 tonnes d'acier en 1930 à la Fundidora ! Et ces cinq cas sont cités ici comme représentants de leurs homologues industriels plus modestes dans chacun des autres pays. La décennie est d'or avec danse des millions pour les *Paulistas,* ces planteurs-industriels de São Paulo, pour les membres de la Sociedad Rural Argentina, pour les grands propriétaires sucriers de république Dominicaine et de

Cuba, cacaoyers de la région de Guayaquil en Équateur, caféiers de Colombie, bananiers d'Amérique centrale et pour les planteurs de sisal du Yucatán mexicain. La décennie est d'or pour les éleveurs de la pampa uruguayenne et des Andes vénézuéliennes, pour les derniers *seringueiros* du caoutchouc brésilien ou colombien et les extracteurs de tanin du quebracho paraguayen.

D'or est la décennie pour les promoteurs du cabotage péruvien entre Callao, le Nord et le Sud du pays, pour les transporteurs des compagnies à vapeur du lac Titicaca (Bolivie-Pérou) ou les rivières du système amazonien ou du centre-Amérique, pour les concessionnaires du transit à Panama de l'Atlantique au Pacifique à travers l'isthme, pour les commerçants d'Iquique (Chili) et de Colón (Panama), les artisans de Valencia (Venezuela) et d'Amapala (Honduras), les hôteliers, restaurateurs, propriétaires de bars et de *cantinas* à Mexico et à La Havane. Décennie d'or et danse des millions pour les spéculateurs, banquiers et brasseurs d'affaires de Medellín (Colombie), de Rio et de toutes ces foires, marchés et métropoles financières d'Amérique latine. Mais aussi décennie d'or et danse des millions pour des dirigeants politiques aux yeux desquels l'un des principaux mérites du pouvoir est d'être une source d'enrichissement personnel et de prodigalités aux amis. Certes, tous les gouvernants ne sont pas comme Carranza au Mexique qui pouvait remplir un train de ses trésors, ou comme Gomez (Venezuela) qui s'était fait construire un palais de 100 chambres à Maracay et avait réuni, rien qu'en terres, une colossale fortune de 126 562 042 bolivars. On n'a pas toujours l'occasion de tomber sur le genre de révélations qui ont permis de savoir comment et à quel degré on s'enrichissait dans la famille et autour de Leguia au Pérou. Mais la conception de l'État patrimoine privé a fait naître tant et tant de fortunes sous le ciel des capitales latino-américaines et dilapider tant et tant de fortunes dans des villes de plaisir européennes ! Car tout ce monde doré a des comptes en banque fournis aux États-Unis, en Suisse, à Londres, des résidences à Bristol, Nice, Biarritz et Paris, des places réservées aux casinos de la Côte d'Azur de la côte basque, de la Riviera italienne ou d'Allemagne et dans les villes d'eaux d'Europe où la « saison » les voit affluer. *Dolce vita* dans une reconstitution de la Belle Époque pour une minorité évaluée largement à 2 % mais qui, certainement, est encore d'effectif plus réduit. C'est en ce sens très restrictif qu'il faut comprendre l'expression alors courante à Londres, à Madrid et à Paris : « Riche comme un Argentin ».

Simon Patiño marie ses enfants dans la noblesse européenne (française et espagnole), consécration d'une évolution qui l'a fait passer de l'obscurité des pistes de caravane de l'Altiplano bolivien à l'aristocratie de la fortune et à l'aristocratie du sang. Cette Amérique latine-là n'a vraiment rien à voir avec l'Indo-Amérique des paysans indiens, cette race-classe opprimée et misérable, chère à V. R. Haya de la Torre et à Mariategui, et il est significatif que ce soit l'ancien petit muletier métis inculte de Cochabamba qui en fournisse l'illustration la plus convaincante.

9. Croissance urbaine et avènement de régimes politiques correspondant à l'ascension des classes moyennes

L'urbanisation va de pair avec l'industrialisation et, dans l'Amérique latine d'alors, plus vite qu'elle. C'est que la ville n'est pas seulement le lieu privilégié d'implantation d'entreprises nouvelles s'adonnant aux activités de transformation et aux opérations financières à l'échelle nationale. C'est un véritable pôle de croissance économique, irradiant le développement ou en étant le reflet. Par là, il est devenu le grand marché du travail. C'est, depuis longtemps déjà, un centre administratif, le centre des pouvoirs institutionnels, le lieu géométrique des instances de décision, toutes choses qui sont devenues d'une importance plus grande avec les changements technologiques et la modernisation. Par là, c'est le centre de contrôle et d'influence sur les arrière-pays. C'est, à ne pas négliger non plus, le lieu de plaisir et de loisirs plus raffinés et plus variés qu'à la campagne. Bref, la ville est, à cette étape de l'évolution de l'Amérique latine, un centre d'attraction démographique, quelle que soit l'origine de l'impulsion et de l'influx. Cortes Conde a montré, par exemple, qu'en Argentine, alors que la croissance de Buenos Aires est en corrélation avec le niveau des importations et le rythme des investissements publics et privés (généralement venus de l'extérieur), celle de Rosario est plutôt en corrélation avec le niveau des exportations et le rythme de la productivité agro-pastorale de l'intérieur.

Croissance urbaine et avènement des grandes métropoles

En 1920, le phénomène urbain est déjà devenu une réalité majeure pour nombre de pays d'Amérique latine. Non pas que la population soit déjà urbaine en proportion significative. Elle est restée majoritairement rurale et ce, en proportion écrasante comme au Brésil à 85 %, au Mexique à 75 % (1921), ou en Amérique centrale où la société est encore toute bucolique et où même les capitales portent les marques et l'allure de la vie rurale. Le Chili avec plus de 43 % de population urbaine en 1920, l'Uruguay avec 35 % et l'Argentine avec 53 % représentent des exceptions.

Mais partout la croissance urbaine a été considérable entre 1890 et 1914 *du fait de l'immigration* dont le contingent opte de façon préférentielle pour une résidence urbaine, et *du fait de l'exode rural* qui commence à drainer les paysans vers les grandes villes qui se développent. Au Chili, les villes de 10 000 habitants et plus groupent 14,9 % de la population en 1885, 21,9 % en 1895 et 28,6 % en 1907, alors que la population totale n'est passée que de 2 527 000 habitants en 1885 à 3 230 000 habitants en 1907. Les villes suivantes ont doublé leur population : Concepción au Chili entre 1890 et 1907, Monterrey au Mexique entre 1890 et 1907 également, Rio de Janeiro au Brésil entre 1890 et 1910 et Cordoba en Argentine entre 1895 et 1914. Porto Alegre, au Brésil, multiplie sa population par 2,5 entre 1890 et 1920. Les capitales suivantes ont triplé leur effectif : Montevideo (Uruguay) entre 1887 et 1914 et Buenos Aires entre 1895 et 1914. Mais São Paulo multiplie sa population par plus de 6 entre 1890 et 1910 et Bahia Blanca par 7 entre 1895 et 1914. Le mouvement est donc lancé depuis la fin du XIXᵉ siècle et, en 1920, c'est un résultat qui s'enregistre : l'existence des grandes métropoles qui concentrent un fort pourcentage de la population et des activités nationales. Au Mexique, si la population rurale tombe de 74,7 % à 66 %, c'est dans une large

Capitales (1)	*Années* (2)	*Population totale* (3)	*Population de la capitale* (4)	*Pourcentage de (4) par rapport à (3)* (5)
Buenos	1895	4 046 761	781 611	19,3
Aires	1914	8 044 294	2 034 799	25,29
Caracas	1891	2 221 572	98 572	4,43
	1920	2 479 525	118 312	4,77
Santiago	1907	3 231 022	332 724	10,30
	1930	4 287 445	696 231	16,22

Tableau construit à partir des données statistiques citées par Richard Morse, *Trends and Issues in Latin American Urban Research 1965-1970 ;* repris de *Latin American Research Review,* vol. VI, n°s 1 et 2, printemps et été 1971, part. II, p. 40 et 42.

mesure à cause du développement de Mexico. São Paulo ouvre le siècle avec 80 000 habitants. En 1925, elle en a 720 000 ! Sauf exception comme au Salvador où, jusqu'en 1920, la population de San Salvador, la capitale (66 000 habitants), ne l'emporte sur Santa Ana que de 6 000 habitants, une grande ville se détache par pays, creuse la distance par rapport aux autres : c'est le primat de la ville-capitale : Mexico, Rio, Buenos Aires, Caracas, Montevideo, Santiago, Asunción, La Havane, etc. Le tableau ci-dessus montre, pour les trois capitales Buenos Aires, Caracas et Santiago, l'évolution, entre 1890 et 1930, de la population totale de chacun des pays (Argentine, Venezuela et Chili), de celle de chacune des capitales et de la proportion de celle-ci par rapport à celle-là.

Le cas de Buenos Aires est alors singulier : la seule capitale rassemble plus du quart de la population et ce, avant la guerre déjà, la Première Guerre mondiale ! C'est que, outre le fait d'avoir été la capitale politique — ce qui compte —, Buenos Aires est devenu le grand port d'entrée en Argentine, le choix préférentiel des immigrants, le siège des organismes de crédit comme le Banco Hipotecario Nacional. La ville est éclairée à l'électricité, son système hydraulique a été modernisé. C'est la copie de Londres avec le style des banques et l'architecture des grands magasins, avec la circulation à gauche. C'est aussi la copie de Paris : grands boulevards avec les terrasses de café, théâtres, monuments et édifices publics de style parisien.

Caracas, jusqu'en 1870, ne l'emporte guère sur les autres villes vénézuéliennes, chacune desservant son arrière-pays et étant orientée vers l'Europe. Sous Guzman Blanco, les travaux publics réalisés pour le confort, l'aménagement et l'embellissement de la ville, commencent à lui assurer une certaine primauté. C'est surtout depuis 1908, sous Gomez, que le primat de Caracas s'impose, drainant à la capitale les élites régionales. A partir de 1920, Caracas diversifie ses fonctions. Ses relations et son rythme de vie deviennent plus complexes sous l'impact des profits pétroliers. Déjà dotée par Guzman Blanco, qui avait, dit-on, la nostalgie de Paris, d'un panthéon, d'un opéra et de boulevards, la ville se modernise progressivement et son dynamisme la rend capable de polariser les mouvements migratoires, le développement commercial et l'industrialisation.

Quant à Santiago, jusqu'en 1860, elle n'a pas encore surclassé sa rivale, Valparaiso. C'est au début du XXe siècle que s'affirme la primauté de la capitale chilienne et la concentration de la population entre 1907 et 1930 s'explique dans une large mesure par l'évolution de l'économie chilienne de la production des matières premières vers la production d'objets manufacturés et la fourniture de services pour le marché interne.

L'impact social de l'urbanisation : le cas des classes moyennes

La ville est un catalyseur de l'homogénéisation culturelle. C'est un moule, ou, plutôt, c'est l'agent d'érosion de l'élitisme. Pour s'en défendre, les élites préindustrielles et la nouvelle classe dirigeante urbaine-industrielle s'entendent pratiquement pour assumer la direction des métropoles nouvelles, centres polyclassistes à travers lesquels elles imposent leur ordre à l'ensemble de la société et en même temps fragmentent les classes populaires en aspirant une partie vers les couches moyennes et une autre vers le prolétariat industriel, laissant le reste développer une « culture de pauvreté » dans les zones de taudis et de misère des grandes villes d'Amérique latine.

Ces couches moyennes se rapprochent, par le genre de vie et le style de consommation, des classes supérieures dans les villes où la consommation des biens matériels et l'usage des services servent davantage à différencier que les moyens de leur acquisition. Le clivage s'établit plutôt entre ces catégories de professionnels et de moyens salariés d'une part, et la population flottante inemployée d'autre part. Mais politiquement, ces classes moyennes sont ambitieuses et leur avènement amène partout la crise de la domination oligarchique.

Quelles sont ces classes moyennes nouvelles entre 1910 et 1930 ? Quatre catégories socio-professionnelles les composent essentiellement : les fonctionnaires et employés publics ; les membres des professions libérales et les intellectuels, les petits et moyens commerçants et manufacturiers ; les employés du commerce, de la banque et de l'industrie ; et enfin les artisans et l'aristocratie ouvrière.

Le nombre des fonctionnaires et employés publics ne cesse de croître avec, d'une part, l'augmentation des revenus de l'État et, d'autre part, la diversification des tâches, fonctions et responsabilités de l'État moderne. Au Chili, l'augmentation entre 1920 et 1930 est de 50 % sans y inclure le personnel spécialisé (enseignants, médecins) et quant à ce dernier, l'effectif du personnel de l'éducation croît de près de 60 % et celui du personnel de santé d'environ 133 %. En Uruguay, en 1900, le nombre des fonctionnaires et employés inscrits au budget de l'État était de 20 000. En 1930, il est de 60 000 y compris le personnel des entreprises d'État, soit une augmentation de 300 %. Au Brésil, les forces de police des quatre États les plus importants — il s'agit de la police d'État et non de la police officielle fédérale — ont augmenté comme suit entre 1909 et 1928 :

États	*1909*	*1917*	*1928*
São Paulo	3 508	8 618	7 622
Minas Gerais	2 502	2 976	4 111
Rio Grande do Sul	1 552	2 528	3 212
Bahia	2 126	2 200	3 153

Directoria do Servico de Estatistica, *Força policial militar : 1908-1912,* Rio, 1914, p. 4-5, et Directoria General de Estatistica, *Relatorio,* Rio, 1921, p. 39-40, et *Relatorio,* Rio, 1930, p. 199.

Les deux décennies qui vont de la révolution mexicaine à la crise de 1929 ont vu également croître l'effectif des membres des professions libérales (médecins privés, pharmaciens, avocats, architectes, notaires, etc.), des intellectuels et des artistes, avec la diffusion de l'éducation de base, les progrès de l'enseignement secondaire et l'irruption des classes moyennes à l'université. Au Brésil, entre 1920 et 1930, le pourcentage des enfants scolarisés dans le primaire entre 7 et 11 ans passe de 26,4 à 39. Tous ceux qui sont passés par l'enseignement primaire, secondaire et supérieur de 1890 à 1910 sont alors sur le marché du travail. Or, au Chili, l'inscription dans les écoles primaires révèle un accroissement de 95 000 à 240 000 entre 1891 et 1909, et dans les écoles secondaires de 5 000 à 18 700 entre 1885 et 1910. L'effectif étudiants passe de 1 000 en 1886 à 2 400 en 1908. Entre 1890 et 1915, l'effectif des inscrits dans l'enseignement secondaire argentin passe de 3 300 à 11 000 et l'effectif des étudiants de Buenos Aires passe de 900 à 4 600. Entre 1890 et 1912, l'effectif d'inscrits dans l'enseignement primaire du même pays passe de 300 000 à

780 000 et celui des écoles normales de 1 300 à plus de 7 200. L'expansion des affaires fait naître ou se développer de nouvelles ou d'anciennes professions : avocats-conseils, agents immobiliers, journalistes de la presse à grand tirage et de la presse spécialisée, notaires d'affaires et courtiers en tous genres, etc. Les intellectuels et artistes trouvent un support social plus large à leurs activités créatrices et l'élargissement de l'audience stimule de nouvelles vocations et fait éclore de nouveaux talents. On est loin du temps — et c'était pourtant hier — où l'on pouvait se plaindre que « publier un livre à Buenos Aires, c'est comme réciter un sonnet de Pétrarque à la Bourse du Commerce ».

Les employés de la banque, de l'industrie, du transport et du commerce sont également une catégorie en expansion numérique. Entre 1907 et 1920, le nombre des emplois dans le commerce et les transports chiliens passe de 127 400 à 183 400 pour atteindre 209 500 en 1930. Au Mexique, le transport et les communications, le commerce et les services occupent 17,42 % du nombre des salariés en 1930. A emplois nouveaux, statuts sociaux nouveaux ! De même, les petits et moyens commerçants et manufacturiers, les artisans et l'aristocratie ouvrière grossissent également les rangs de ces classes moyennes, bien que dans des couches ou strates différenciées à l'intérieur de celles-ci.

Ainsi, dans ces classes moyennes de formation récente, certaines couches sont promues à cause de leur savoir, d'autres à cause de l'ampleur de leur porte-monnaie. Elles trouvent, dans le contexte urbain, de quoi satisfaire leur soif de statut, mais aussi leur volonté de participation au pouvoir politique.

L'étude, par Henri Favre, de l'évolution des haciendas de la région de Huancavelica (Pérou) illustre merveilleusement, à l'aide d'un cas régional concret, le déclin de la puissance de l'oligarchie des hacendados devant la montée des classes moyennes nouvelles et ambitieuses. Cette substitution se fait entre 1914 et 1920 à Huancavelica : « Dans les années 1915-1920, écrit H. Favre, le pouvoir de l'aristocratie foncière régionale est de plus en plus contesté par l'ensemble des couches moyennes de la société huancavelicaine. Une structure de classe s'ébauche, qui se heurte à l'ancienne structure pyramidale des clientèles familiales et qui l'emporte finalement sur celle-ci. En 1916, le triomphe électoral de Celestino Manchego Muñoz, jeune avocat issu d'un petit village de Castrovirreyna, dont la campagne avait été soutenue par *les commerçants et les artisans* de la ville, est bien celui d'une classe qui veut se prouver et prouver à l'aristocratie locale stupéfaite sa cohésion et sa force. En 1919, après l'avènement de Leguia, dont Manchego sera l'un des partisans les plus fidèles et l'un des conseillers les plus écoutés, le pouvoir politique passe définitivement aux mains de cette *classe moyenne de commerçants et d'artisans* d'abord, de *fonctionnaires et d'employés publics et privés* qu'engendre par la suite le développement de la bureaucratie... Politiquement écartées du pouvoir, les anciennes grandes familles ne parviennent pas à s'adapter au rythme nouveau de l'économie et elles demeurent à l'écart du mouvement de croissance accélérée qui se produit entre 1919 et 1930. » Il est à noter d'ailleurs que souvent dans l'Amérique latine indigène, les métis (*cholos* acculturés) ne sont pas les moins actifs au sein de ces couches moyennes en ascension sociale.

Partis et régimes politiques de classes moyennes

L'ascension des classes moyennes, la constitution d'un prolétariat ouvrier et la « cholification » de quelques secteurs de paysans indiens, prolétarisés par l'appel de main-d'œuvre dans les enclaves industrielles ou dans les villes, créent de nouvelles clientèles en disponibilité politique et en mal de participation politique. Des mouvements et partis à direction de classes moyennes se constituent alors pour répondre aux aspirations de ces clientèles non absorbées par les partis historiques, conservateurs et néoconservateurs, libéraux et ultra-libéraux. C'est la naissance de partis à vocation de masse, drainant les votes de ces électeurs nouveaux créés par l'élargissement du suffrage. Aux anciens partis, qui étaient des partis de cadres dans un système de suffrage censitaire, s'ajoutent et se substituent, selon le cas, des partis idéologiques de masse ou à vocation de masse : radicaux, démocrates-sociaux, nationalistes, socialisants et socialistes dans le système nouveau de suffrage élargi et déjà, pour certains pays, universel. Ces partis radicaux, démocrates progressistes ou sociaux et nationalistes socialisants constituent les organes politiques des classes moyennes capables de mobiliser les masses urbaines du prolétariat ouvrier et même, bientôt, une partie des masses rurales des paysans indiens, en leur offrant le *leadership* dont celles-ci avaient besoin et qu'elles ne pouvaient pas encore trouver dans leurs rangs. Cette alliance des classes moyennes avec les masses laborieuses sous le signe du militantisme contre la domination oligarchique et dans un front polyclassiste à direction de classes moyennes se réalise alors dans un grand nombre de pays d'Amérique latine et arrive à triompher dans quelques-uns d'entre eux. Le batllisme en Uruguay — qu'on a déjà rencontré, et qui couvre toute la période puisque José Batlle y Ordoñez reste l'homme fort et presque l'oracle de la politique uruguayenne jusqu'à sa mort en 1929 — et l'aprisme au Pérou — qu'on va rencontrer bientôt — appartiennent à ces types de partis politiques nouveaux. Alors commence à se réaliser, pour cette nouvelle génération de partis qui arrivera à maturité après 1930 comme vrais partis de masse, le triple passage d'une direction personnelle à une direction institutionnelle, d'un parti de clientèle à un parti idéologique et d'une dimension régionale à une dimension nationale. Il n'est pas sans intérêt d'essayer de les saisir à travers le destin singulier de quelques-uns d'entre eux, dans les trois pays dits de l'ABC : l'Argentine d'Hipolyto Irigoyen, le Brésil du tenentisme et le Chili d'Arturo Alessandri Palma.

a) L'Argentine d'Hipolyto Irigoyen

L'année 1890 a marqué, on l'a vu, un tournant dans l'histoire politique de l'Argentine. C'est l'année d'un significatif soulèvement populaire — vite réprimé — par suite de la crise financière et économique, avec son cortège de misère pour les masses et d'appauvrissement pour les classes moyennes durement atteintes par l'enchérissement du coût de la vie. La chute du pouvoir d'achat du peso amène les ouvriers à réclamer d'être payés en or ! C'est l'année de la « génération de 1890 » avec, dans le domaine politique, Leandro N. Alem (bientôt fondateur de l'Union civiquc radicale), Lisandro de la Torre (bientôt fondateur du parti démocrate progressiste), Juan B. Justo (bientôt fondateur du parti socialiste) et, dans le domaine culturel, Alejandro Korn, Carlos Bunge et José Ingenieros, trois des maîtres à penser de l'intelligentsia argentine d'alors. Avec cette *noventa,* le point de départ est donné à la contestation ouverte de la domination politique de l'alliance oligarchique entre les propriétaires fonciers, les commerçants et les banquiers.

De cette marée montante des aspirations des classes moyennes et populaires et de cette fermentation politico-idéologique émerge, comme la force principale en devenir, le groupe de l'Union civique radicale qui passe, après le suicide d'Alem, sous la direction de son neveu Hipolyto Irigoyen.

L'Union civique radicale, c'est avant tout un mouvement des classes moyennes, urbaines et rurales, qui lancent un défi à l'oligarchie. Mais pour cela, elles ne peuvent agir seules. Il leur faut l'appui des masses populaires urbaines et notamment du prolétariat ouvrier. L'Union civique radicale, c'est donc le front entre les classes moyennes et les masses populaires urbaines sous la direction politique des premières. Ce front s'allie aux propriétaires nouveaux riches de la partie nord du littoral, mécontents de la domination oligarchique de Buenos Aires, et accepte le renfort de vieilles familles aristocratiques qui n'ont pas pu s'intégrer au courant de la croissance économique. C'est donc un rassemblement polyclassiste en rupture avec l'ordre libéral-conservateur. Sa critique de la gestion oligarchique prend une allure révolutionnaire. Sa tactique allie, à partir de 1892, un savant dosage entre le recours à la voie électorale légale et l'adoption de la voie insurrectionnelle, tactique habile dont la principale vertu est de montrer les vices du système électoral existant et de faire planer la menace d'un coup de force de la part du mouvement qui devenait la principale force politique de l'Argentine. En 1912, à la fois par conviction personnelle de conservateur éclairé et pour jeter du lest en vue de désamorcer la bombe, le président Saenz Pena fait voter la loi de suffrage masculin universel et obligatoire, assorti d'un système de représentation personnelle. C'est enfin la porte ouverte à l'avènement au pouvoir du parti radical. Aux élections présidentielles de 1916, Hipolyto Irigoyen est élu président.

L'homme qui monte au pouvoir a soixante-six ans avec un passé de près d'un quart de siècle de complots et manœuvres politiques à l'actif de son parti. De père basque marié à la sœur d'Alem, Irigoyen naît dans les classes moyennes argentines dont il va être plus tard le porte-parole. Commissaire de police à Buenos Aires, il y apprend, dit-on, les dessous de la vie politique et sociale de la capitale. Cet homme grand (de taille) et qui rêve de devenir un grand homme aura été, dans sa vie, aussi bien professeur dans une école de filles que député au parlement provincial de Buenos Aires. Il a subi, semble-t-il, l'influence des idées du philosophe allemand Karl Kristian Krause, assimilées par lui sous la forme d'un idéalisme démocratique quelque peu confus, débouchant sur une mystique de la fraternité humaine.

Parlant peu, sans le charme personnel d'un physique avantageux, Hipolyto Irigoyen a pourtant un magnétisme qui lui vaut des attachements fanatiques. Il devient l'idole des masses populaires qui saluent son avènement comme une ère nouvelle pour le petit peuple argentin, *los de abajo*, ceux d'en bas. C'est beaucoup dire que de parler de son programme de gouvernement. Avec lui, c'est une tendance, une orientation qui arrivent au pouvoir. Son radicalisme est plus une question de style, de penchant, de comportement que de politique. Il vit simplement, fait d'une servante sa compagne et ouvre sa porte aux humbles. On le surnomme le « père des pauvres ». Mais ce réaliste a su monter un parti dont il contrôle l'appareil : ce parti devient le véhicule personnel de sa puissance, de ses idées et de son action au pouvoir.

Ce qu'il représente en 1916, du fait des 45,9 % d'électeurs qui lui ont accordé leurs suffrages à titre personnel, c'est une plate-forme politique dont les points essentiels sont les suivants : suffrage libre et honnête, liberté de la presse, gouvernement représentatif et national, Constitution républicaine et politique de « réparation sociale ». Mais plus encore que ces aspirations, ce qu'il est important de noter, c'est le véritable esprit messianique qui les accompagne et le rôle de l'émotion patriotique est une des dimensions majeures de la montée du parti radical au pouvoir. Irigoyen, c'est le pouvoir du peuple incarné dans une personnalité vigoureuse et à la chaleur communicative, bien que peu loquace en public parce que ses préférences vont au travail en petit comité.

Ce qu'il réalise au pouvoir, c'est l'essentiel de ses promesses, à condition de bien retenir leur limitation dès l'origine. Sous son gouvernement, en effet, la liberté d'expression et celle du suffrage sont respectées. Bien qu'il se soit révélé au pouvoir un caudillo menant une politique fortement marquée par sa volonté de tout décider et de tout contrôler, la vie parlementaire a été très animée et les élections ont envoyé au Parlement des ténors de l'opposition conservatrice et socialiste, qui ont su assurer une fonction de critique à l'égard de la gestion gouvernementale. Il a fait adopter une législation sociale en faveur des ouvriers (abolition du travail des enfants, repos dominical obligatoire pour tous, salaire minimal pour certaines catégories de travailleurs, recours à l'arbitrage pour les conflits sociaux). Il a rendu plus dense la carte scolaire de l'Argentine en proclamant le *droit* à l'instruction primaire et développé l'enseignement professionnel et technique. Sous son gouvernement, l'analphabétisme a reculé et le livre argentin a commencé à rayonner à travers toute l'Amérique latine. Sa politique économique a été marquée au coin d'un réel nationalisme : non seulement il a pratiqué une politique de protection tarifaire en faveur de l'industrie nationale, mais il a créé une usine frigorifique d'État pour la viande et surtout mis sur pied et en état de fonctionnement des Yacimientos Petroliferos Fiscales (YPF), monopole de production et de vente du pétrole. « L'État, dira Irigoyen, doit acquérir, jour après jour, une position de plus grande activité dans les entreprises qui fournissent des services publics, et se substituer au capital privé existant pour que le service public devienne un instrument de gouvernement. »

A la fin de son mandat, en 1912, il choisit son successeur en la personne de son coreligionnaire politique Alvear, de tendance toutefois nettement plus conciliante à l'égard des conservateurs. Le protégé s'émancipera de plus en plus de son tuteur et rassemblera autour de lui les radicaux hostiles à la trop forte domination d'Irigoyen sur le parti (les radicaux antipersonnalistes). Mais, en 1928, Irigoyen se représentera comme candidat de l'Union civique radicale et son élection prendra l'allure d'un véritable plébiscite. Il faudra d'une part l'usure du pouvoir (il est maintenant septuagénaire et bientôt octogénaire) et d'autre part la crise de 1929-1930 pour le déloger de la présidence de l'Argentine en 1930.

En tant que politique des classes moyennes au pouvoir, le radicalisme d'Irigoyen porte la marque d'une ambivalence fondamentale qui explique son ambiguïté. D'une part, l'administration d'Irigoyen, c'est « le pouvoir au peuple », c'est la critique de la gestion oligarchique et la volonté de défaire l'ordre conservateur. Pour José Luis Romero, les années d'Irigoyen sont des années de « démocratie populaire ». De l'autre, ce sont les ménagements à l'égard de l'oligarchie, la répression sanglante en 1919 des grèves ouvrières fomentées par les anarcho-syndicalistes au cours de la « semaine tragique » (janvier 1919) et la sévérité de l'intervention contre la grève des peones ruraux de Patagonie.

Le test décisif de la gestion des radicaux au pouvoir est leur attitude à l'égard de l'industrie de la viande, « principale source de richesse pour l'aristocratie foncière et élément clef de la structure économique d'import-export du pays ». Or, l'on constate que la volonté de ne pas trop effrayer les conservateurs a amené Irigoyen à choisir 5 sur 8 de ses ministres dans la Société rurale argentine, association socio-professionnelle des producteurs de viande ! Sans doute peut-on relever une tendance à soutenir les tenanciers et fermiers contre les propriétaires conservateurs absentéistes par une loi réduisant le loyer de la terre. Mais Peter Smith a dressé une très suggestive et éclairante statistique sur l'origine « partisane » des initiatives des mesures parlementaires favorables aux éleveurs et aux propriétaires de ranches entre 1916 et 1930 :

Périodes	*Nombre d'initiatives*	*Radicaux*	*Conservateurs*	*Démocrates progressistes*	*Socialistes*
1916-1922	25	70 %	18 %	8 %	4 %
1922-1928	52	52 %	38 %	4 %	6 %
1928-1930	13	75 %	17 %	5 %	8 %
Total	*90*	*60 %*	*29 %*	*5 %*	*6 %*

Le radicalisme d'Irigoyen est donc bien l'expression politique de la direction d'un front polyclassiste par les classes moyennes qui veulent, non la destruction radicale, mais le réaménagement et le contrôle du système politique et économique existant.

b) Le Brésil du tenentisme

Le Brésil d'après-guerre a du mal avec sa surproduction caféière et ses dérèglements monétaires, à se remettre de la crise de 1920-1922 et il lui faudra attendre 1926 pour participer, sous l'administration de Washington Luiz Pereira de Souza (1926-1930), à la prospérité des années 1920 en Amérique latine et dans le monde. La « vieille république » installée en 1889 naviguait entre l'armée et les féodalités des machines politiques d'État, dans les eaux de l'alliance entre l'ancienne oligarchie foncière traditionnelle et la bourgeoisie du café, sous le vent de l'influence économique étrangère principalement nord-américaine.

En effet, l'armée tenait pratiquement la république en tutelle et le général Hermes de Fonseca, président du club militaire, entendait dicter sa loi au gouvernement civil. Les États fermement tenus par les « colonels » et surtout les appareils politiques des trois États les plus importants, São Paulo, Minas Gerais, Rio Grande do Sul, décidaient pratiquement du sort du gouvernement fédéral que se partageaient alternativement Paulistas et Mineiros : c'est la politique dite du café au lait (café de São Paulo et lait de l'élevage de Minas Gerais et bientôt du Rio Grande do Sul).

Les conditions de l'élection de Silva Bernardes à la présidence et la contestation de celle-ci par le général Hermes ont contribué à discréditer le système politique. Un besoin de rénovation va se faire sentir.

Contre cette situation dégradée réagissent, en effet, en 1922, de jeunes officiers issus des classes moyennes brésiliennes : c'est le mouvement *tenentismo* (du mot *teniente* qui signifie lieutenant). Le premier soulèvement des officiers a lieu le 5 juillet 1922. Il est le fait de jeunes lieutenants de la forteresse d'Igrejinha, à Copacabana. Bien que réprimé après une défense héroïque, qui s'achève dans le sang des derniers résistants sur la plage même de Copacabana, le mouvement du 5 juillet est un événement d'une grande importance politique. Il marque le début de l'assaut contre la « vieille république oligarchique » et de son affaiblissement jusqu'à sa destruction en 1930.

Deux ans plus tard, le 5 juillet 1924, une seconde révolte des jeunes officiers éclate à São Paulo, à Sergipe et à Amazonas. São Paulo est même occupée pendant trois semaines par les insurgés.

Une troisième aura lieu dans l'État du Rio Grande do Sul en 1925 et la dernière se fera en 1926.

Le tenentisme est l'expression politique des aspirations des classes moyennes au changement. Seulement, ces classes moyennes sont, au Brésil d'alors, politiquement et numériquement faibles et d'ailleurs, dans le système électoral en vigueur, seulement 1 % de la population vote, le reste étant soit écarté des urnes en tant qu'illettré, soit découragé de voter du fait de la corruption et de la toute-puissance des appareils politiques. La petite bourgeoisie a beau être remuante, les conditions de la vie politique au Brésil ne donnaient la parole qu'à la force. Aussi est-il réservé aux cadres subalternes de l'armée, d'origine modeste (couches inférieures des classes moyennes), d'exprimer historiquement la vocation politique de ce secteur social.

Le rêve des jeunes militaires est donc celui des classes moyennes insatisfaites, de la situation économique du pays, car avec l'inflation les produits importés coûtent plus cher, et de la situation politique bouchée par le « règne des gouverneurs » selon un système en vertu duquel les gros propriétaires et la grande bourgeoisie (principalement caféière) dictent les conditions dans les États, et les États les plus influents dictent les conditions à la nation. Les petits commerçants, les intellectuels, les fonctionnaires, les petits et moyens entrepreneurs industriels, les artisans vont donc se voir remplacés par les jeunes officiers dans la recherche de la rénovation nationale, de la légitimité politique par un système vraiment représentatif, et de la justice sociale. Les rares revendications formulées par le mouvement roulent autour des thèmes comme le vote secret, la liberté de presse et d'association, la liberté et l'honnêteté des suffrages, l'alphabétisation, la réduction des impôts, le Brésil aux Brésiliens.

C'est dans le contexte de tenentisme que se produit l'épisode de la « colonne Prestes ». Luis Carlos Prestes est un ingénieur militaire dont le nom va être associé quelques années plus tard au destin du parti communiste brésilien dont il deviendra le secrétaire général. Pour l'instant, il n'en est pas encore là. Bras droit du chef de la révolte de

São Paulo, Miguel Costa, Luis Carlos Prestes est d'abord le commandant de l'état-major de celui-ci. Il entreprend de diffuser le mouvement et ses idées à travers les autres villes et régions du pays. A la tête d'une colonne d'environ 900 à 1000 hommes, constamment poursuivi par l'armée fédérale sans être battu vraiment — au contraire ! —, Prestes fait une longue marche d'avril 1925 à février 1927, parcourant dans les 24000 kilomètres, de São Paulo vers le nord-ouest puis refluant vers le sud pour traverser enfin le Matto Grosso et demander l'aide politique en Bolivie. Cet épisode, plus tard, deviendra légendaire dans les annales historiques du Brésil des années 1920.

c) Le Chili d'Arturo Alessandri Palma

Depuis l'instauration du régime parlementaire au Chili en 1891, la domination de l'oligarchie traditionnelle était entrée en crise et, à travers l'instabilité ministérielle d'un régime d'assemblée, semblable à celui de la France de la IIIe République après la crise du 16 mai et la fin politique de Gambetta, les hacendados avaient dû trouver un *modus vivendi* plus qu'un réel *modus operandi* avec la bourgeoisie minière et commerçante. Cette dernière n'avait cessé d'accroître son empire dans la vie économique chilienne : alors qu'avant la Première Guerre mondiale le capital commercial était d'appartenance étrangère dans son écrasante majorité (69 %), en 1922 la situation a évolué en faveur du capital chilien (55,5 %). Mieux encore, les Chiliens ont agrandi leurs entreprises commerciales et acquis les établissements de taille (capital supérieur à 1 million de pesos) au point de détenir 72 % des capitaux du grand commerce en 1922 au lieu de 18 % en 1915. Quoique à un degré beaucoup moindre, la progression du capital chilien dans l'industrie est sensible également dans les résultats de 1921 : probablement plus des deux cinquièmes, peut-être même près de la moitié du capital industriel. La bourgeoisie commerçante et industrielle a donc renforcé ses positions pendant la période de la « république parlementaire », au sein de l'alliance entre l'ancienne et la nouvelle ploutocratie urbaine.

Or, la conjoncture de 1920-1921 est difficile au Chili : crise économique et financière d'après-guerre, climat social très agité. Les classes moyennes urbaines, victimes de l'inflation et du taux élevé de l'intérêt, font cause commune avec les mineurs et les ouvriers d'industrie pour déloger l'aristocratie du pouvoir politique. Elles prennent la direction de la coalition politique qui va être responsable de l'élection en 1920 d'Arturo Alessandri Palma, considéré comme le « premier président du peuple chilien ». Cette coalition politique, c'est l'Alliance libérale, parti à large appui populaire. Contre l'Union conservatrice, l'Alliance libérale est créée pour capter les votes des travailleurs urbains et des secteurs modestes des classes moyennes au profit de l'alliance entre l'aile progressiste des libéraux et le parti radical. Après la conquête de la Chambre, elle a présenté la candidature à la présidence de l'avocat défenseur des ouvriers du salpêtre qui dénonce la *chusma dorada* qui gouverne le Chili : Arturo Alessandri Palma, le « lion de Tarapaca ».

L'homme a fait une carrière politique des plus classiques et son ascension dans le *cursus honorum* est tout ce qu'il y a de plus régulier. Après des études de droit à l'université du Chili, il est avocat, journaliste, membre de la direction du parti libéral, député à vingt-neuf ans (il le reste dix-huit ans), ministre de l'Industrie et des Travaux publics à quarante ans (1908), grand argentier en 1913, sénateur de la République en 1915 et finalement Premier ministre et détenteur du portefeuille de l'Intérieur en 1918.

Le président élu de 1920 est un homme d'une grande popularité. Élégant, doté d'un véritable magnétisme personnel, il a une des plus belles voix d'orateur du Chili politique. Sa parole enflammée exploite la lassitude du peuple chilien contre la domination et l'immobilisme de l'oligarchie. Orateur et un peu « comédien », il sait jouer sur les fibres de la sensibilité populaire, portant la main sur son cœur et pleurant à l'occasion, distribuant généreusement les *abrazos* (les accolades) pleins d'effusion. C'est l'idole de la multitude, le héros populaire, l'homme du jour. Le grand tribun sait donc galvaniser les masses laborieuses contre la ploutocratie, et le programme qu'il lance dans son discours de Concepción, avec ses principes avancés dans le domaine de la politique sociale, jette l'alarme dans le camp conservateur solidement retranché au Sénat. L'élection de 1920 prend des aspects de révolution sociale.

Au pouvoir, Alessandri est en butte à une opposition systématique du Sénat, qui bloque ses projets de loi et retarde l'exécution du programme de rénovation nationale et de justice sociale. Ce handicap ne sera vraiment levé qu'en 1924. Mais Alessandri, sous la pression de l'armée, s'écarte du pouvoir pendant quelques mois, pour être rappelé triomphalement par le peuple chilien. Il donne, avant son nouveau retrait du pouvoir, la Constitution de 1925 qui est considérée comme la charte de l'avènement, au Chili, de la démocratie politique véritable.

Cette Constitution de 1925 consacre la séparation de l'Église et de l'État et la liberté religieuse la plus complète. Elle décrète l'instruction primaire obligatoire. Elle restaure le présidentialisme mais en faisant élire le président directement par le suffrage universel. Et surtout, elle proclame que la propriété privée doit être réglementée de façon à lui assurer une fonction sociale dans la vie nationale chilienne : le droit de propriété doit être soumis au maintien et au progrès de l'ordre social. Les réformes d'Alessandri pendant son premier gouvernement (1920-1925) comprennent une importante législation sociale en faveur des travailleurs, un code du travail, l'établissement de l'impôt sur la rente foncière, l'institution de la Banque centrale, la loi de protection industrielle et la création des « caisses de sécurité sociale ». Une loi d'esprit nationaliste réserve 75 % des postes et emplois aux Chiliens de naissance et le gouvernement encourage la « chilianisation » du commerce et de l'industrie. Ces différentes mesures sont adoptées dans une atmosphère de combat acharné et sont pratiquement arrachées au Sénat surtout après le retour triomphal de 1925, et les mois décisifs de cette année-là avant le retrait définitif du « lion de Tarapaca » : octobre 1925 est la fin du premier gouvernement d'Alessandri. On ne le reverra pas au pouvoir avant la crise de 1929-1930 !

10. Deux mouvements de dimension subcontinentale : la réforme universitaire (1919) et l'aprisme (1924)

Il se produit, à certains moments clefs de l'évolution de l'Amérique latine, des mouvements qui, partis d'un point du subcontinent, se propagent comme des séismes d'un bout à l'autre de la région, ou veulent se donner d'emblée une dimension pan-latino-américaine, diminuant ou augmentant d'intensité selon la situation propre à chaque pays.

Sans doute ces courants transnationaux naissent-ils dans des conditions particulières et par suite de circonstances souvent occasionnelles. Mais leur aptitude à se donner une vocation plus large que celle de l'étroit horizon local ou national, les similitudes et les parentés de situation d'un pays à l'autre font vite que le phénomène s'étend, se propage comme par ondes successives et c'est l'Amérique latine tout entière qui est traversée par ses secousses et sa puissance d'ébranlement. Deux de ces mouvements ont marqué la période de 1914 à 1929. Le mouvement de la Réforme universitaire, parti de l'université argentine de Cordoba en 1919, et le mouvement péruvien de l'APRA (Alliance populaire pour la révolution américaine), parti de Mexico en 1924, constituent deux moments et deux expressions de cette solidarité de destin qui, par suite de la parenté des problèmes, lie les différents pays au sud du Rio Grande.

La réforme universitaire (1919-1929)

Problème purement universitaire ? A l'origine sans doute, et encore un bref moment, malgré le désir et les efforts de certains dirigeants du mouvement étudiant qui voulaient maintenir la pureté et la spécificité de celui-ci. Un Osvaldo Loudet, par exemple, a déclaré que « tout ce qui est en dehors des problèmes de pédagogie et de l'enseignement supérieur lui est étranger ».

Problème social et politique, au fond, dans un contexte national et international qui influe, suggère, incite, fait pression ou bien contrarie, freine et décourage. D'ailleurs les mouvements d'indépendance, au début du XIXe siècle, ont laissé des traditions de participation étudiante à l'action politique, que l'on retrouve dans les mouvements libéraux tout au long du XIXe siècle.

Le problème universitaire à Cordoba et le nouveau contexte national et international en 1918

L'université de Cordoba, éloignée de Buenos Aires et du littoral, a peu changé jusqu'en 1918 dans une Argentine et dans un monde qui ont connu des transformations profondes et souvent spectaculaires.

Petit monde qui vit en vase clos, l'université de Cordoba est un corps étranger ou presque dans la société argentine. C'est un lieu particulier où se réunissent des gens particuliers pour dire des choses particulières. Et au-dehors, on rencontre la vie, ce qui est autre chose et, en tout cas, une chose sur laquelle l'Université n'a pas de prise, sauf dans sa fonction de perpétuer et de transmettre, dans son « immobilisme marmoréen et sa distance olympienne », le Savoir.

Statistiquement et qualitativement, l'Université est réservée à une élite sociale. Les professeurs sont recrutés par cooptation et, de préférence, dans certaines familles, ce qui contribue à perpétuer le « népotisme de l'oligarchie ». L'autorité réside dans l'enseignement qui dispense des cours magistraux auxquels l'assistance est obligatoire, ce qui mène à l'examen final. L'étudiant est une « pure oreille » et s'achemine, à travers le monologue magistral et la préparation de l'épreuve des examens, vers un diplôme qu'il obtient en jurant sur l'Évangile. C'est le « droit divin du professeur d'université ». Évidemment, cette description, vraie pour l'essentiel, a cependant un relent de caricature car la loi Avellaneda (1885) qui régit l'université de Cordoba est, en fait, assez souple et accorde l'autonomie universitaire, l'élection des dirigeants et l'inviolabilité (la police n'a pas le droit de pénétrer dans le sanctuaire qu'est l'université sans un appel de l'autorité universitaire responsable). Mais les habitudes prises forment tradition et il y a, pesant de tout son poids sur l'université de Cordoba, la « pesanteur historique ».

C'est, en effet, la première université créée en Argentine et sa fondation par les jésuites (dont l'évêque de Tucumán) date de 1613. L'emprise cléricale y est encore très forte très forte en 1918, la pensée thomiste domine l'enseignement de la philosophie, un certain « dogmatisme médiéval » caractérise l'enseignement et l'université est un bastion cléricalo-conservateur. En 1918, la bibliothèque de l'université ne comporte aucun livre de Darwin, de Marx ni d'Engels. L'évêque de Cordoba, dont l'influence est grande sur l'Université, ne fait pas mystère de sa conception de celle-ci. Il s'agit, dit-il, de « lutter contre la révolution sociale qui nous menace ».

En effet, l'Argentine de 1918 est un bouillon de culture d'idées neuves et de tendances nouvelles. C'est l'époque des Korn, des Ingenieros, des Alfredo Palacios, des Leopoldo Lugones, des Susini, des Juan B. Justo, etc., progressistes pour le moins, quand ils ne sont pas franchement socialistes comme Justo et Palacios. C'est l'époque de la montée des classes moyennes, filles de la prospérité commerciale et de l'industrialisation. C'est l'époque de l'avènement au pouvoir de l'Union civique radicale, avec l'élection à la présidence en 1916 d'Hipolyto Irigoyen, l'adversaire de la « gauchocratie ». Alors, après avoir dû céder sa prééminence sociale à ces fils d'immigrants et à ces nouveaux riches *platenses* pour lesquels Buenos Aires s'embellit et se modernise, après avoir dû s'incliner devant l'avènement des radicaux au pouvoir avec leur programme subversif, il s'agit de garder le dernier, l'unique bastion : l'Université.

On comprend qu'aux yeux des réformateurs l'université de Cordoba soit le « reflet d'un monde décadent », le « siège de l'immobilisme sénile », etc.

Le contexte international aussi joue son rôle. D'abord la révolution mexicaine de 1910, avec sa Constitution de 1917, a ébranlé les esprits. Cette nation-sœur a bougé : l'exemple vient d'un pays d'Amérique latine ; on peut bouger et réussir et l'ancien monde peut s'écrouler, si on l'attaque, pour faire place au monde moderne. Il y a les conséquences de la guerre de 1914-1918, cette guerre qui a frappé les esprits en Amérique latine et provoqué une crise de confiance dans l'Europe. Décidément, il faut trouver d'autres voies puisque l'humanisme dont on créditait la culture européenne n'a pas su empêcher cette atrocité. Gabriel del Mazo, l'un des leaders du mouvement et son futur historien, déclare : « La guerre de 1914 nous a fait voir la crise de la culture européenne dont nous étions les tenants. » Il y a l'influence de la révolution bolchevique de 1917, telle qu'on a vu celle-ci dans certains cercles intellectuels d'Amérique latine. Dans un article d'éloges sur Lénine, Julio V. Gonzalez exprime un courant d'idées léninistes fort significatif de la recherche idéologique d'un certain secteur de la jeunesse argentine. Il y a aussi l'influence des idées du président Wilson et de son fameux « droit des peuples à disposer d'eux-mêmes », principe cardinal de la démocratie universelle et ferment corrosif de l'imposition autoritaire d'un ordre ou d'un statut quelconque. C'est tout un amalgame d'idées et d'influences que l'on retrouve dans l'effervescence intellectuelle des années 1917-1919.

Les antécédents et les leaders de la réforme universitaire

Cordoba, la ville, a beau être loin de la côte, elle est en Argentine, pays qui s'unifie. L'Université a beau s'ériger en tour d'ivoire, elle baigne dans un climat du temps, qui est au changement.

Déjà en 1903, les étudiants de la faculté de droit de l'université de Buenos Aires ont fait grève contre le système d'examens et en faveur de quelques réformes. Ils ont obtenu satisfaction sur certains points. C'est une indication. En 1908 se fonde la FUBA ou Fédération universitaire de Buenos Aires, groupant les étudiants des différentes facultés de cette université. En 1912, le mouvement est imité à l'université de La Plata fondée en 1890 et déjà une première tentative est faite par Osvaldo Loudet, président de la FUBA, pour fonder une fédération nationale : le projet échoue. C'est sans doute aller trop vite en besogne et certains prématurés meurent à la naissance comme chacun sait.

Le plus important est ailleurs. En 1915, José Ingenieros, qui a accepté une chaire à la faculté des lettres de Buenos Aires, fonde la *Revista de filosofia* qui, entre autres choses, réclame une réforme de l'Université. Il met en brochure une communication faite au second congrès scientifique américain à Washington en 1916, intitulée *L'Université de l'avenir,* dans laquelle il plaide en faveur de la démocratisation de l'Université et d'un rôle plus adapté aux problèmes nationaux à résoudre. En 1914, autour de José Maria Monner Sans, se forme le cercle de l'Athénée universitaire qui publie l'année suivante une revue, *Ideas,* où paraissent les articles d'hommes comme Leopoldo Lugones, José Ingenieros, Ricardo Rojas et qui consacre ses efforts à l'idée d'une réforme de l'Université. Enfin, Alfredo Palacios, qui a pu être choisi comme professeur à l'université de Buenos Aires — signe du changement —, est invité par quelques amis à faire des conférences pour des étudiants de Cordoba.

Tous ces antécédents constituent ce que les Argentins appellent le mouvement de la Préréforme universitaire. Les leaders qui vont émerger à Cordoba, berceau du mouvement, sont des jeunes étudiants de dix-neuf à vingt-quatre ans, issus de familles appartenant aux couches moyennes et supérieures de la société argentine. Julio V. Gonzalez a dix-neuf ans, Gabriel del Mazo vingt, Guillermo Watson vingt-deux, Enrique F. Barros vingt-quatre ainsi que Gregorio Bermann et Ismaël Bordabehere. C'est un mouvement d'étudiants, un mouvement de jeunes : c'est une *génération* qui s'exprime, mais le problème qu'ils posent ne peut se résoudre que sur le plan national et dans une bataille politique. De là l'ampleur que va prendre leur mouvement dans la vie nationale.

Les idées du mouvement de la Réforme universitaire

A travers tout le romantisme de la jeunesse universitaire de l'époque va s'exprimer un mouvement qui, outre son contenu universitaire propre, va être anticlérical, antimilitariste, anti-impérialiste, mais ses revendications premières sont en faveur d'une Université démocratisée et ouverte au peuple, laïcisée et modernisée, autonome et autogérée, nationale et orientée vers les problèmes du pays. C'est l'aspect universitaire de la bataille sociale et politique générale dont il devient un courant, interprétation libre des idées d'Ortega y Gasset dont l'influence est popularisée par les éditions à bon marché de son œuvre.

L'idéologie générale du mouvement est, dans une large mesure, antipositiviste ou, en tout cas, inspirée par la réaction antipositiviste animée par des intellectuels de la trempe de Korn qui préconise le « rejet du scientisme » en faveur de la « lumière de nouveaux idéaux » ou de l'envergure de Hector Ripa Alberdi qui stigmatise des dirigeants « hommes du siècle dernier, formés à la rude école de la philosophie positiviste » et demande qu'on cherche la « générosité de l'idéal » dans de « nouvelles idées ». Le positivisme, pour eux, c'est du « néo-conservatisme ».

On peut faire une distinction entre les revendications universitaires et le programme politique du mouvement, à condition de ne pas oublier que les deux se tiennent et que l'un s'appuie sur l'autre et l'explique.

Sur le strict plan universitaire, les étudiants vont critiquer le caractère traditionnel de l'université de Cordoba et demander qu'elle s'adapte aux temps nouveaux. Cette critique, pédagogique et technique au départ, devient critique de la fonction enseignante, critique du rôle de l'Université dans la société et critique de la société elle-même.

La première critique porte sur le corps professoral. Les étudiants veulent changer le mode de recrutement par cooptation à l'intérieur du monopole universitaire, en faveur d'une élection à la suite d'une libre et large compétition et après discussion comparée et contradictoire, de manière à assurer le meilleur choix possible. Au-delà des outrances verbales inévitables dénonçant l'ignorance des professeurs et surtout la momification de leur compétence, il y a là, posé à sa source, tout le problème de la qualité de l'enseignement et de la validité de son contenu. Allant plus loin encore, les étudiants demandent la périodicité de l'engagement des enseignants, de manière que l'octroi des chaires soit renouvelé de temps en temps comme stimulant pour empêcher la tentation de la routine et comme possibilité pour introduire périodiquement du sang neuf. C'est vouloir bouleverser la notion même de carrière professionnelle à l'université et s'en prendre au monopole de la fonction enseignante des professeurs titulaires, au profit des possibilités d'appel à des compétences là où elles se trouvent et quand elles se trouvent.

Une série de critiques porte sur les problèmes pédagogiques. Les étudiants demandent, à côté des cours magistraux, dont ils reconnaissent l'utilité de principe, la possibilité de discuter avec les professeurs, et le passage du savoir théorique aux travaux pratiques. Ils veulent en outre rendre facultative l'assistance aux cours (et donc supprimer l'obligation imposée jusque-là). Certains voudraient remplacer l'examen final par des formes, à trouver, de contrôle continu des connaissances. D'une manière générale, le vœu le plus fréquent est la multiplication des contacts et des échanges entre professeurs et étudiants, et la fin du monologue de l'enseignement magistral sans discussion possible en salle de cours : transformer ce monologue en dialogue.

Une autre série de critiques vise la gestion et l'administration de l'Université. Les étudiants de Cordoba veulent faire de l'université comme une « république autonome » dotée d'un gouvernement universitaire avec participation étudiante. Le gouvernement serait tripartite paritaire : professeurs, anciens diplômés et étudiants. L'autonomie de gestion, qui serait accordée aux conseils universitaires, serait administrative, financière et politique et l'université serait réellement libre et inviolable.

Les étudiants de Cordoba réclament la laïcité de leur université : ils critiquent la force de l'emprise cléricale qu'ils rendent responsable du retard scientifique. La revendication de laïcité est donc un aspect, à leurs yeux, de la lutte pour la modernisation de l'Université.

Une revendication essentielle et qui sonne nouveau est la démocratisation de l'Université. Les étudiants demandent une « Université ouverte au peuple ». Ils entendent par là, non seulement l'inévitable gratuité totale, mais l'accès aux ouvriers et aux salariés. Ils veulent jeter un pont entre le monde des métiers manuels et le monde des métiers d'intelligence.

Enfin les étudiants réclament la nationalisation de l'Université. Cela veut dire, à ce moment-là, la nationalisation de certaines universités privées, notamment des universités du littoral et de Tucumán. Cela veut dire surtout et essentiellement l'orientation de l'Université, d'un vague universalisme académique étranger au temps et au lieu, vers l'étude (et la recherche de solutions) des problèmes nationaux : réconcilier l'Université et la vie concrète, avec la spécificité de celle-ci en Amérique latine. De là ce concept de race qu'il faut prendre dans le sens de culture, de civilisation et qui apparaît dans la devise des universités : « *Por mi raza hablara el spiritu* » (L'esprit parlera par ma race), de l'université nationale autonome du Mexique, ou bien l' « *Alma Mater de la raza* » de l'université d'Antioquia, en Colombie.

En somme, il s'agit de faire d'une Université qui est en marge du changement, une Université non seulement reflet mais encore moteur de ce changement.

Sur le plan politique général, le mouvement étudiant est antioligarchique, anticlérical, anti-impérialiste et antimilitariste et il préconise la solidarité continentale. Antioligarchique, c'est la tonalité générale du mouvement, mieux : son essence même. La lutte des étudiants à l'intérieur de l'Université et la lutte des forces anti-*statu quo* (parti radical, parti démocrate progressiste, parti socialiste, courants anarcho-syndicalistes) sont deux aspects d'un même combat : la lutte contre la domination de l'oligarchie. Cette crise de la domination oligarchique vient d'aboutir, en 1916, à la fin de celle-ci avec la victoire électorale de l'Union civique radicale. Les étudiants l'attaquent à leur tour dans sa dernière Bastille : l'Université.

Anticlérical, on a vu pourquoi sur le plan universitaire. Aussi l'anticléricalisme étudiant est-il le prolongement et l'extrapolation d'un problème interne à l'Université. C'est aussi le produit d'une réflexion critique sur l'Église, le clergé et leur rôle dans la vie nationale. Anti-impérialiste, le mouvement étudiant l'est fortement et le claironne. Il suffit de citer un texte : la *Déclaration contre l'impérialisme mondial* adoptée par la Fédération universitaire argentine le 11 octobre 1920. Antimilitariste : au début, ce n'était pas une préoccupation étudiante majeure, mais l'emploi de la police contre leurs manifestations et leurs occupations de locaux universitaires les amène à voir l'armée sous l'angle de la répression. Un incident est significatif de la conception que se font les étudiants de la fonction politique de l'armée. En 1927, le ministre de la Guerre veut organiser à la faculté de droit de l'université de Buenos Aires une série de conférences sur l'armée. Un commando d'étudiants s'y oppose bruyamment et sera sanctionné d'ailleurs pour son obstruction intempestive « contraire à la liberté d'expression » que personnifie l'Université. Enfin les étudiants veulent exprimer, à travers le mouvement universitaire, la solidarité latino-américaine. Cet aspect pan-latino-américain est souligné tout au long de l'histoire du mouvement et en est une des marques originales. En 1921 se tiendra le premier congrès international des étudiants à Mexico où les militants de la réforme argentine se paieront un joli succès et qui avalisera les revendications essentielles du mouvement. Cette réforme, en somme, est une révolution.

L'historique du mouvement et son élargissement politique en Argentine

L'occasion du déclenchement du mouvement est fort bénigne dans sa double existence. D'une part, on annonce la suppression d'un dortoir et, par suite, celle de l'internat, dans un local à la disposition de la faculté de médecine et d'autre part, une ordonnance décanale rappelle et renforce l'obligation d'assistance aux cours. On est en novembre-décembre 1917 et cela se passe à l'université de Cordoba.

Les deux mesures, dont le caractère autoritaire et à leurs yeux injustifié mécontente les usagers, provoquent une protestation des étudiants des facultés de médecine et du génie auprès du ministre de l'Éducation José Salinas. La participation des étudiants-ingénieurs est significative : c'est la faculté aux idées modernes, celle où l'on trouve quelques rares enseignants à l'esprit ouvert sur le monde moderne, celle où un petit courant veut substituer le scientifico-technique au théorico-scolastique. La lettre au ministre contient déjà, d'ailleurs, l'ébauche d'autres revendications qui annonce un élargissement possible des griefs.

La réponse officielle tardant à parvenir, l'effervescence ne diminue pas, loin de là, à Cordoba où le mouvement de protestation fait tache d'huile. Un comité pour la réforme universitaire se forme et se charge de coordonner les différentes revendications qui fusent maintenant de tous côtés : c'est le comité Pro Reforma. En mars 1918, pour forcer la décision, le comité lance un mot d'ordre de grève. Le mouvement précise son objectif en trois points : la critique des méthodes et de l'orientation de l'Université, celle de l'influence religieuse et du monopole de contrôle oligarchique, celle de l'absence d'objectivité et d'esprit scientifique au sein de l'Université. Et, bien sûr, le thème obsédant de la liaison entre l'Université et la vie réelle domine toutes les préoccupations, Cordoba est en ébullition.

Soucieux de ne pas se laisser cuire à petit feu dans leur jus, à l'intérieur du « ghetto » universitaire, les étudiants font appel à l'opinion, à la recherche de sympathie pour leur cause. Ils organisent une manifestation de masse à Cordoba le 31 mars 1918. Leurs porte-parole sont alors Horacio Valès (droit), Gumersindo Sayago (médecine) et Domaël Bordebehere (génie). La FUBA (Fédération universitaire de Buenos Aires) a dépêché sur place un représentant en la personne de Gregorio Bermann qui apporte donc au mouvement de Cordoba l'appui solidaire des étudiants de Buenos Aires. Le mouvement, à Cordoba même, est également soutenu par la jeunesse libérale au sein de laquelle sont particulièrement actifs de jeunes diplômés de l'université de Cordoba, tels Arturo Orgaz et Arturo Capdevilla.

En face s'organise le camp de la résistance, en réaction contre la radicalisation et la politisation du mouvement de la Réforme. Le parti de l'ordre groupe la majorité des professeurs et des dirigeants universitaires, soutenus par le clergé officiel et l'oligarchie locale. Les autorités universitaires décident alors la fermeture de l'université. Ainsi on est passé d'un conflit spécifique, d'ordre matériel et technico-pédagogique, à un débat général d'allure politique, à une véritable confrontation en champ clos, ayant pour théâtre l'université de Cordoba.

La *confrontation générale* s'organise. Le camp de la

réforme reçoit alors l'appui massif et la solidarité de deux nouveaux amis : les syndicats et les partis politiques.

Les syndicats ouvriers, sensibles à l'appel des étudiants qui veulent créer une solidarité travailleurs manuels-travailleurs intellectuels, commencent à prendre fait et cause pour les étudiants. Les partis politiques expriment, à travers certains de leurs leaders, leur sympathie active au mouvement de la Réforme. Encouragés et comme galvanisés, les étudiants se rendent compte de la nécessité d'une organisation nationale de masse pour les représenter et le 11 avril 1918 est fondée la Fédération universitaire argentine avec pour président Osvaldo Loudet et pour principaux dirigeants : Gregorio Bermann, Gabriel del Mazo, Guillermo Watson.

Entre-temps, les démarches s'étaient multipliées auprès du ministre de l'Éducation José Salinas et directement auprès du président Irigoyen. Celui-ci décide de nommer un « médiateur » en la personne de José Nicolas Matienzo qui, après enquête, reconnaît le bien-fondé d'une partie des griefs étudiants et décide, pour aider à sortir de l'impasse, la tenue d'élections à tous les postes administratifs.

Ces élections sont fixées au 15 juin dans l'après-midi. Des trois candidats en présence, un nom sort. C'est celui d'un conservateur : Nores, comme recteur de l'université. C'est le risque de blocage de la réforme. Les étudiants, déjà chauffés à blanc par la campagne pour les élections universitaires, réagissent violemment : bris de matériels, fenêtres détruites, attaque de la chapelle des jésuites attenante à la salle de réunion. Au terme de ces émeutes et bagarres, ils décident d'occuper les locaux.

La tension est extrême. Le groupe adverse, réunissant les professeurs et les étudiants hostiles au mouvement, dénonce le « vandalisme » des réformateurs, en appelle à son tour à l'opinion et forme le comité Por Defensa de la Universidad. L'appui de l'archevêque, des parlementaires locaux et des quartiers résidentiels leur est acquis et le rectorat les encourage. Le comité Por Defensa de l'université occupe à son tour les locaux non tenus par le comité

Pro Reforma. Le débat est public et national : c'est la bipolarisation définitive de la crise.

Dans le reste du pays, les événements de Cordoba passionnent l'opinion. La Fédération universitaire argentine décrète une grève générale universitaire de quatre jours pour marquer la solidarité avec la Fédération universitaire de Cordoba (9-22 juin 1918).

Les partis politiques, cette fois, entrent dans le combat. Le parti radical, qui a des sympathies et des amis au sein du mouvement, tel Gabriel del Mazo, veut capitaliser celui-ci à son profit. Il a, en fait, partie liée avec les réformateurs, même si Irigoyen, par tactique ou par embarras, est lent à intervenir. Union civique radicale et mouvement de la Réforme universitaire ont la même origine sociale, la même idéologie réformiste, le même « romantisme inorganique ». On trouvera d'anciens réformateurs au sein de l'équipe radicale : Sanz, Aroujo, Frondizi, etc. De son côté, le parti socialiste épaule et épouse la cause des étudiants. Son organe *Vanguardia* est alors rempli d'éditoriaux sur la réforme. Les grands ténors du parti, Alfredo Palacios, Marion Bravo, sont des hommes de la réforme. Au Parlement, Juan B. Justo, au nom du parti socialiste, provoque un débat sur la question. A l'initiative de Julio V. Gonzalez, essaiera même de se former un parti politique de la réforme, le parti national réformiste, mais la tentative échouera.

La presse donne au débat un retentissement énorme. Journaux et revues comme *Nosotros, La Voz del Interior, Ideas, La Revista de Filosofia* sont des sympathisants de la réforme. Même le grand journal *La Prensa,* l'institution de Buenos Aires en tout ce qui concerne la grande presse, reconnaît la légitimité des motifs, griefs et revendications du mouvement de la Réforme, mais condamne la violence utilisée et la politisation à laquelle le mouvement se prête, d'après lui.

Le 21 juin, la FUC lance le *Manifeste de Cordoba* et en juillet se tient à Cordoba le premier congrès national des étudiants argentins, auquel toutes les fédérations sont représentées par douze délégués chacune. En sort le programme officiel de la réforme universitaire.

L'*intervention gouvernementale* se produit enfin. Tout d'abord, Irigoyen pense à envoyer comme médiateur le libéral Susini, mais le choix de ce dernier est contesté par les conservateurs qui estiment qu'il a partie liée avec les réformateurs. Sur ces entrefaites, les étudiants étant passés à l'action directe et 83 membres de la FUC ayant décidé, le 9 septembre, de prendre en charge la nouvelle administration de l'université jusqu'au règlement du conflit, malgré l'intervention de la police qui les met finalement en état d'arrestation, le président choisit d'envoyer le ministre de l'Éducation sur les lieux. Celui-ci arrive en septembre, enquête et fait son rapport. Le 7 octobre 1919, un décret présidentiel consacre la victoire du mouvement étudiant : participation étudiante aux conseils d'université, procédure électorale pour le recrutement des enseignants et renouvellement périodique de leur engagement, assistance facultative aux cours, liberté de choix entre les matières enseignées à l'intérieur d'un cadre de spécialité, flexibilité des procédures d'examen. Un nouveau conseil supérieur est formé, qui comprend des « amis » des étudiants comme Enrique Martinez Paz, nouveau vice-recteur, et Belisario Carrafa, doyen de la faculté du génie. Parmi les nouveaux professeurs, nommés à la suite des démissions dans le camp conservateur, figurent des réformistes comme Deodoro Roca et Arturo Capdevilla. C'est la charte de naissance de l'Université nouvelle, consacrant la victoire du mouvement de la Réforme universitaire. De Cordoba, le nouveau statut sera étendu, à leur demande, aux autres universités argentines. Le mouvement de la Réforme universitaire a réalisé la socialisation politique de l'étudiant argentin même si après 1922, sous la présidence d'Alvear et la résurgence conservatrice, le reflux permettra de grignoter quelques-unes des conquêtes du mouvement.

L'extension de la réforme universitaire en Amérique latine

Non seulement le continent a suivi, de 1918 à 1922, les péripéties de la lutte étudiante et les rebondissements politiques auxquels elles ont donné lieu, mais le mouvement de la Réforme universitaire s'est étendu de l'Argentine au Pérou et du Pérou à Cuba, mêlant, à l'instar du mouvement argentin, lutte pour le changement de l'Université et lutte pour le changement de la société, dans presque tous les pays au sud du Rio Grande. Dans certains cas, la lutte est universitaire et politique comme en Argentine : c'est le cas de l'Uruguay et de Cuba par exemple. Dans d'autres, elle est plus politique qu'universitaire, comme au Pérou et au Venezuela, ou plus universitaire que politique, comme en Colombie, du moins si l'on en croit German Arciniegas, l'un des leaders du mouvement de la Réforme à Bogotá. En Haïti, ce sont les étudiants qui déclencheront, en 1929, la grève contre l'occupation nord-américaine. Au Guatemala, il faudra attendre 1945 pour voir admettre, sous la présidence de Juan José Arevalo — et pour un temps seulement —, la participation paritaire des étudiants aux conseils d'université. Il faut dire qu'Arevalo a été, dans sa jeunesse, un militant du mouvement de la Réforme dans les universités argentines. Par contre, d'autres universités ne furent pas affectées : l'université de Quito en Équateur, par exemple, ou le furent peu comme l'Université brésilienne.

En retour, le mouvement de Cordoba a servi d'inspiration, de modèle et d'incitation à des mouvements semblables dans d'autres pays d'Amérique latine. Certains animateurs ou sympathisants argentins n'ont pas caché leur désir d'exporter le mouvement de la Réforme. Alfredo Palacios, dès mai 1919, se fait le propagandiste de celle-ci au Pérou et en Bolivie. Lettres et télégrammes de soutien et d'encouragement partent d'Argentine vers les pays latino-américains à l'adresse des mouvements d'étudiants en lutte pour la réforme chez eux : le combat s'élargit mais il reste le même.

Au Pérou, la Fédération des étudiants (FEP), sous la conduite d'un jeune étudiant de vingt-quatre ans, Victor Raúl Haya de la Torre, a déclenché et mené à bien la bataille de la réforme, en obtenant gain de cause — pour un temps — avec la loi organique de l'enseignement de 1920. Difficile a été la conquête du *cogobierno* à l'université San Marcos à Lima. Pour cet objectif ont lutté, aux côtés de Haya de la Torre, des jeunes comme Manuel Seoane et Luis Alberto Sanchez. Dès 1923, Haya de la Torre est exilé par Leguia. Mais il est indiqué, puisqu'on ne peut suivre le mouvement de la Réforme universitaire à travers son destin dans chaque pays, de retenir le cas péruvien comme l'exemple type de l'extension en Amérique latine du mouvement parti de Cordoba.

C'est en 1920 qu'à l'exemple de Cordoba un congrès d'étudiants se réunit à Cuzco pour adopter et adapter au Pérou l'essentiel des revendications lancées en 1917-1918 par les étudiants argentins. Mariategui a caractérisé d'un mot l'Université d'alors : « Au Pérou, écrit-il, l'esprit colonial avait maintenu son foyer à l'Université. » Deux slogans majeurs servent d'axe principal aux revendications de la Fédération des étudiants péruviens : *assistencia libre* et *cogobierno*. A première vue, l'assistance libre paraît une question spécifique, étroitement « corporatiste » et mineure. En réalité, elle a des implications sociales réelles et est susceptible de favoriser le changement de l'image — et de la classe — de l'étudiant traditionnel. En effet, le « señorito » peut se permettre de passer tout son temps à l'université, étant exempt de tout souci matériel grâce aux libéralités d'une famille *gamonale* (propriétaire). Tandis que le cholo, débarqué de sa province où il a fait ses études secondaires, doit travailler pour subvenir à ses besoins. L'assistance obligatoire à tous les cours le gêne. Et puis, s'il s'intéresse au grec, au latin, à la philosophie et à la littérature pour leur valeur culturelle et esthétique, il attend de ses professeurs une préparation surtout professionnelle. En outre, il entend être associé à la conduite des affaires universitaires, à l'élaboration des décisions : c'est pourquoi il réclame le *cogobierno*. Les étudiants exigent que leurs délégués soient présents au conseil des universités et participent à l'élection des professeurs.

Pour parvenir à leurs fins, ils usent d'une tactique nouvelle : la *tacha*. Littéralement, *tacha* signifie censurer. Le professeur *tachado* est boycotté par ses étudiants et mis au ban de l'université. Le mouvement étudiant obtient gain de cause en 1920 et la réforme universitaire contribue au processus de démocratisation dans le pays.

Tout est vite remis en cause par la dictature de Leguia. Mais V. R. Haya de la Torre aura eu le temps d'insuffler de la vigueur dans la vieille Université péruvienne où il n'était pas rare de voir le népotisme accumuler dans une même faculté comme professeurs : trois frères, deux cousins, un neveu, la faculté devenant ainsi un « véritable prolongement de la famille ». La jeunesse créera des « universités populaires » et, du mouvement de la Réforme, sortira le grand parti péruvien de l'APRA avec pour fondateur Haya de la Torre. En 1920, celui-ci, alors président de la FEP, signe avec Gabriel del Mazo, président de la FUA, un accord de solidarité. En 1922, il fait, à l'invitation du ministre argentin José Salinas, une tournée de conférences dans les universités d'Argentine.

Un peu partout, des leaders mènent les étudiants au combat universitaire et politique. A Asunción (Paraguay), l'écho de Cordoba réveille les étudiants. A Cuba, c'est Julio Antonio Mella qui prend la direction du mouvement et l'anime de toute sa fougue combative. Il sera en 1925 le premier secrétaire général du parti communiste cubain. C'est que dans la grande île, comme dans certains autres pays latino-américains et plus qu'eux, la diffusion des idées marxistes était active dans la jeunesse. Des traductions espagnoles à bon marché de Locke, Darwin et Marx injectaient des idées de contestation dans le corps social. Les étudiants surtout y étaient très perméables. A Caracas, ce sont Raúl Leoni et Jovito Villalba, dirigeants de la Fédération des étudiants du Venezuela, qui, en 1928, déclenchent le combat contre le dictateur Juan Vicente

Gomez. Le mouvement étudiant comprend alors également Romulo Betancourt. Villalba, Betancourt et leurs amis sont envoyés réfléchir en prison, ce qui soulève une tempête de protestation des étudiants argentins et une très officielle protestation de la part de ceux-ci auprès du gouvernement de Caracas.

Ainsi se profile une « internationale étudiante » en Amérique latine, grâce à la réforme universitaire. C'est à partir d'elle que date vraiment l'organisation d'un mouvement étudiant qui agit comme force politique.

L'aprisme (1924-1929)

L'impact politique du mouvement de la Réforme universitaire a, on l'a vu, porté Julio V. Gonzalez à profiter de l'énergie nouvelle dégagée par celui-ci, pour tenter de fonder en Argentine, un nouveau parti politique. Là où Julio V. Gonzalez a échoué, le Péruvien Victor Raúl Haya de la Torre va réussir avec la création de l'APRA (Alliance populaire révolutionnaire américaine), née dans le sillage de la Réforme universitaire.

Il n'est pas indifférent, pour la compréhension de l'apparition et du destin de l'APRA, de souligner que c'est, à l'origine, une initiative péruvienne. D'ailleurs, comme mouvement politique, l'APRA deviendra essentiellement un parti péruvien, surtout après 1930. Mais, de 1924 à 1929, la vision est transnationale et c'est au Mexique que le Péruvien fondera son Internationale latino-américaine.

Les origines, conditions d'apparition et naissance officielle de l'APRA

Le Pérou à la fin du XIXe siècle et au début du XXe connaît une croissance sensible et assez rapide. Il suffit de rappeler la courbe du commerce extérieur : 6 millions de livres sterling en 1900, 17 en 1915 et 32 en 1917. Un événement majeur dans cette évolution — outre son dynamisme interne propre — a été l'ouverture, en 1914, du canal de Panama. Un coup de fouet, la Première Guerre mondiale.

A cette croissance a participé, à côté des investissements étrangers dont le rôle est prépondérant, un « capitalisme créole » plein de vitalité et qui a sa quote-part dans la prospérité des années de 1915 à 1919. L'épure sociale se modifie, non seulement avec la puissance nouvelle de cette « bourgeoisie conquérante », mais aussi avec l'ascension de couches sociales nouvelles : classes moyennes et prolétariat ouvrier. La légitimité de l'hégémonie de l'ancienne oligarchie, comme classe sociale dominante, est mise en question. En tout cas, il y a dissociation entre l'exercice du pouvoir politique, la détention du pouvoir économique et l'investissement du commandement social. En outre, le nouveau capitalisme créole ne tarde pas à entrer en compétition avec les investissements nord-américains. Telle est la toile de fond.

Sur scène se meuvent de nouveaux acteurs sociaux : les ouvriers qui manifestent leur prise de conscience par les grèves de 1918-1919 et les étudiants dont la Fédération (FEP), fondée en 1916, combat pour la réforme universitaire. La conjonction de ces deux personnages collectifs se réalise en 1919 quand, au fort de sa grève, la Fédération des ouvriers du textile fait appel à la FEP qui lui dépêche un étudiant en lettres du nom de Victor Raúl Haya de la Torre. Les deux Fédérations — Fédération des ouvriers du textile et Fédération des étudiants du Pérou — développent ensuite l'exaltante aventure commune de la création et du fonctionnement des « universités populaires Gonzalez Prada » (1920) ; de cette collaboration positive sortira, en 1923, le Front unique des travailleurs manuels et intellectuels.

L'aprisme sera l'idéologie de la rencontre entre l'essor du mouvement ouvrier et celui du mouvement étudiant et exercera un appel très fort sur les nouvelles clientèles en disponibilité politique.

La répression envoie Haya de la Torre et ses amis en exil. Ils en profitent pour voyager, observer, étudier et prendre contact. L'Argentine, le Chili, l'Équateur, l'Europe, y compris la Russie soviétique, et le Mexique les voient séjourner, visiter ou passer. C'est dans ce dernier pays que le 7 mai 1924, Victor Raúl Haya de la Torre remet à la Fédération des étudiants mexicains un drapeau portant la carte de l'Amérique latine avec les initiales APRA (Alliance populaire révolutionnaire américaine).

Ce que veut être l'APRA à sa naissance

On a trop souvent dit que l'APRA est un mouvement à la doctrine confuse, amalgame de courants divers et contradictoires. Certes, elle n'est pas génératrice d'un véritable système politique et ses idées ne forment pas un corps de doctrine parfaitement cohérent. Mais il y a une unité d'orientation, une unité de tendances. L'APRA, c'est le produit d'un besoin d'action politique dans une situation qui offrait une chance à saisir. Elle est fille de son temps et son éclectisme vient du fait qu'elle se situe au confluent des grands courants de pensée et des grandes expériences du monde d'après la Première Guerre mondiale.

On y trouve l'influence très nette de la révolution mexicaine de 1910 et de la Constitution de 1917 qui en est issue : agrarisme et indigénisme notamment. On y voit l'influence partielle, mais évidente, du bolchevisme ou en tout cas d'une version particulière de la tendance vers le collectivisme en vogue depuis la Première Guerre mondiale. On y perçoit les relents du fascisme mussolinien à ses débuts. Elle porte la marque de la forte impression produite par l'exemple des grandes grèves anglaises des années 1920 avec le spectacle — ou spectre — de la grève générale dont la théorie avait été élaborée par Sorel. Elle est, on l'a vu, le prolongement politique de la Réforme universitaire. Elle a gardé, enfin, ses attaches avec l'authentique libéralisme politique de la fin du XIXᵉ siècle latino-américain et le résultat en est ce tempérament porté à son socialisme, qui la fait rester dans la famille des socialismes démocratiques. Elle n'a même pas pu se débarrasser entièrement des dernières traces d'anarchisme libertaire dont elle a été imprégnée à l'origine, à la source de la pensée de Gonzalez Prada et dans la pratique des ouvriers du Nord acquis, au niveau de la direction du mouvement syndical, aux tendances anarcho-syndicalistes. C'est de cet ensemble d'influences diverses et contradictoires que l'alchimie de Haya de la Torre va faire sortir la doctrine de l'APRA, quitte à ce que, par la suite, comme l'en accusent ses adversaires, l'or pur se change en plomb vil... ou tout au moins que de révolutionnaire en prétention, l'APRA devienne réformiste en réalité.

En 1924, le programme officiel de l'APRA comporte cinq points : l'action contre l'impérialisme yankee, la lutte pour l'unité politique de l'Amérique latine, la nationalisation progressive des terres et de l'industrie, l'internationalisation du canal de Panama et enfin la solidarité avec toutes les classes et tous les peuples opprimés.

Sur le plan idéologique, c'est surtout par rapport au marxisme-léninisme qu'il faut situer l'aprisme. Comme lui, il préconise la nationalisation des terres et de l'industrie. Comme lui, il veut l'union de l'ouvrier et du paysan avec l'avant-garde intellectuelle révolutionnaire. Comme lui, il préconise l'internationalisme prolétarien. Comme lui, il veut arracher le pouvoir à l'oligarchie des propriétaires des moyens de production. Comme lui, il est anti-impérialiste. Mais à l'opposé du marxisme-léninisme, il récuse la théorie de la lutte des classes, sinon sa réalité, et il rejette la dictature du prolétariat. Ainsi, si, au début, l'aprisme a scellé une alliance opportune avec le socialisme marxiste et fait un bout de chemin avec lui contre l'adversaire commun interne (l'oligarchie) et externe (l'impérialisme américain), par la suite, l'alliance se brise comme en témoignent la distance qui s'établit entre Haya de la Torre et son compatriote marxiste Carlos Mariategui, et surtout la polémique entre le leader de l'APRA et le jeune et fougueux communiste cubain Julio Antonio Mella.

Anticapitaliste et antiaméricaine mais non communiste, la doctrine de l'APRA est une « critique radicale de la société néo-coloniale » et, en tant que telle, doit être rangée parmi les forces de contestation, le courant de l'assaut du mouvement contre le *statu quo*. Elle veut impulser un parti de masse groupant les travailleurs, les classes moyennes, les paysans et les intellectuels progressistes.

La dimension pan-latino-américaine

Le destin singulier de l'APRA au Pérou comme parti politique national dans un seul pays, à partir de 1931, est sans doute d'une importance capitale dans la politique de ce pays dont elle « deviendra le dénominateur commun », mais d'une part, il convient d'en réserver l'étude pour la période d'après 1931 où l'APRA offrira la première authentique version du populisme latino-américain, et d'autre part c'est avant tout, ici, la dimension pan-latino-américaine qu'il importe de retenir.

Le fondement philosophique du « latino-américanisme » ou plutôt du continentalisme de Haya de la Torre est tiré de sa théorie mi-scientifique mi-nébuleuse de l'espace-temps historique propre à chaque civilisation. La spécificité de l'espace-temps historique de l'Amérique latine doit amener celle-ci à prendre conscience du caractère non approprié des modèles européens et nord-américains qu'il faut cesser d'imiter.

L'aprisme affirme l'existence d'un peuple continental, d'une culture continentale et d'un intérêt continental. Un peuple continental constitué par l'adjonction de deux couches : les assises sédimentaires indigènes et l'alluvionnement européen. C'est l'indigène qui fait la spécificité de l'Amérique latine et c'est la rencontre entre l'indigène et l'Européen qui fait l'originalité du peuplement. C'est pourquoi le fondateur de l'APRA parle d'Indo-Amérique et non d'Amérique latine ou d'Amérique hispanique : d'où la nécessité de réhabiliter l'Indien comme partenaire à part entière et de l'intégrer dans la communauté nationale. Une culture continentale constituée par le syncrétisme de la culture européenne et des cultures indigènes précolombiennes. De là cette valorisation du passé inca, aztèque ou maya et cette promotion des traditions et institutions léguées par ce passé, en vue de forger une authentique culture nationale, une véritable culture indo-américaine. Un intérêt continental lié à la similitude de situation externe de victime de l'impérialisme nord-américain : « L'APRA, en tant que parti du front unique national indo-américain, se distingue de tous les autres partis de gauche existant dans nos vingt républiques, quant à ses fins et quant à son organisation. Rappelons qu'aucun autre parti, sans excepter les partis communistes et socialistes, ne s'est jusqu'ici constitué avec comme objectif principal la lutte anti-impérialiste. » Cet intérêt continental peut se consolider dans des entreprises et un bien commun : c'est pourquoi Haya de la Torre lance l'idée de l'internationalisation du canal de Panama.

Il voit l'aprisme fonder l'unité politique de l'Indo-Amérique et, pour réaliser l'unité économique de celle-ci, il préconise la constitution d'une vaste zone de libre-échange. En attendant la réalisation de cette double unité, une chaîne d'États apristes doit être mise sur pied et c'est un coup d'envoi que Haya de la Torre lance le 7 mai 1924 lors de la remise symbolique du drapeau de l'APRA. Mais surtout le fondateur de celle-ci compte sur une véritable révolution culturelle à l'intérieur de chacun, pour amener la prise de conscience de la solidarité et la détermination d'œuvrer pour en faire une réalité. Il s'agit donc bien de créer l'Internationale apriste pour le peuple indo-américain.

Cette Internationale n'a jamais pu se réaliser. Cependant, il convient de noter qu'il a existé, par-delà les frontières politiques et le temps, une famille de partis apristes et qu'entre eux, quand ils étaient contemporains, ils ont créé une chaîne de solidarité, allant même, avec le

Mouvement national révolutionnaire bolivien, l'Acción Democratica du Venezuela, le Partido Colorado en Uruguay, les Febreristas au Paraguay, le parti de Libération nationale de Don Pepe Figueres au Costa Rica, le futur parti révolutionnaire dominicain de Juan Bosch (première manière) et le parti du gouverneur Muñoz Marin à Porto Rico, etc., jusqu'à concrétiser leurs affinités dans des alliances particulières et à se donner un organe commun d'expression des idées en la revue *Combate* publiée à San José de Costa Rica.

11. Les masses laborieuses et les doctrines et mouvements qui revendiquent en leur nom

Les classes moyennes ne sont pas les seules à se constituer — on s'en est déjà rendu compte — face à l'oligarchie foncière et mobilière, et à vouloir s'exprimer politiquement, du début de la seconde décennie du XXᵉ siècle à la grande crise économique mondiale de 1929. D'une part, un prolétariat ouvrier naît, s'organise et trouve son expression politique dans les mouvements et partis qui sont, se veulent ou se disent prolétariens. D'autre part, un monde indigène se réveille ou est révélé, avec sa problématique propre, et oblige la réflexion politique, en découvrant son apport fondamental à la constitution de la personnalité de base latino-américaine, à le situer, de ce fait, au cœur de la question sociale dans ces sociétés multiraciales que sont la plupart des pays au sud du Rio Grande.

Le prolétariat ouvrier, le syndicalisme et le socialisme avant 1930

Naissance et extension numérique de la classe ouvrière

On a vu comment, entre 1889 et 1910, l'expansion des affaires en Amérique latine a créé deux secteurs dont le développement engendre la naissance d'une classe ouvrière : d'une part, la relance de l'extraction minière (métaux précieux plus métaux utiles) et, d'autre part, la substitution progressive de l'activité industrielle à l'artisanat, liée à la constitution d'un marché monétaire interne demandeur de produits fabriqués. Ce nouveau marché du travail s'alimente à deux sources nouvelles : l'immigration et l'embauchage des Indiens.

C'est un fait que dans les pays d'immigration nombre des nouveaux venus s'inscrivent directement à l'embauche des nouvelles entreprises. Certains d'entre eux sont déjà des ouvriers d'industrie, excédentaires en Europe et qui viennent chercher du travail au Nouveau Monde. Les immigrants européens à São Paulo, en Argentine ou au Chili constituent ainsi une part appréciable de la nouvelle classe ouvrière latino-américaine. Dans la région des Caraïbes, les coolies indiens et chinois sont destinés à constituer la main-d'œuvre salariée (ouvriers agricoles) des plantations et des nouvelles centrales sucrières de Trinidad, de Guyane anglaise, de Jamaïque et de Cuba. De ce fait, la croissance numérique du prolétariat ouvrier latino-américain est, dans une large mesure, tributaire de l'influx migratoire prolétarien venu principalement d'Europe.

Mais les entreprises industrielles s'alimentent aussi sur place, par l'exode rural ou par ponction urbaine. L'exode rural est autant le fait de petits propriétaires, chefs de famille sous-employés sur leurs terres, comme au Chili, que le fait de paysans indiens ayant abandonné les communautés indigènes de la sierra, comme au Pérou, ou de peones indiens ayant déserté les haciendas comme au Venezuela. En effet, au Chili, le pourcentage de l'emploi masculin agricole dans la population active décroît de 59,1 % en 1885 à 45,8 % en 1930, attestant sans doute l'exploitation des possibilités de travail dans les nouvelles fabriques. Au Pérou, les recruteurs de main-d'œuvre pour le compte des nouvelles entreprises vont jusque dans la sierra « débaucher » les paysans indigènes des communautés. Rien que l'embauche sur les plantations de coton, dans les mines de cuivre et les gisements de pétrole offre 90 000 emplois nouveaux entre 1916 et 1937. Quant au Venezuela, la désertion des haciendas se fait à un rythme si rapide et si alarmant pour les propriétaires qu'en 1926 ceux-ci font des pétitions auprès du gouvernement pour qu'on arrête le programme de construction de routes et qu'on renvoie les travailleurs aux travaux agricoles.

Mais le plus grand nombre des ouvriers d'industrie est d'origine urbaine comme l'atteste le cas, qui est loin d'être singulier, des ouvriers du pétrole au Venezuela entre 1916 et 1921.

Origine des ouvriers du pétrole vénézuélien

Années	*Rurale*	*Urbaine*	*Total*
1916	1135	2140	3275
1917	1237	3038	4275
1918	1427	3373	4800
1919	1582	3628	5210
1920	1684	3751	5435
1921	3360	5355	8715

Au Chili, entre le recensement industriel de 1906 et celui de 1924, l'effectif des ouvriers des établissements industriels (sans les mineurs) est passé d'environ 53000 à 85000, soit une augmentation de 60 %. En Uruguay, dès 1903, il y a 40000 ouvriers d'industrie et au Mexique, on l'a vu, dès 1910, il y a 195000 ouvriers dont 79000 mineurs. Ainsi, partout ou presque, un prolétariat naît, d'importance numérique relativement faible mais stratégique considérable dans l'économie et, surtout, un prolétariat avec lequel désormais il faut compter en politique, bien qu'il ne soit pas en mesure d'assumer les responsabilités du pouvoir.

Conditions d'existence et actions revendicatives

Trois catégories d'ouvriers coexistent sans qu'il soit facile au début d'établir un lien, voire une solidarité quelconque entre elles : les ouvriers agricoles des plantations modernes de type capitaliste (coton, sucre, cacao, etc.) sur le littoral péruvien, équatorien ou brésilien ou dans les îles (Porto Rico, Cuba, etc.) ; les mineurs du cuivre (mexicain, péruvien, chilien) et les ouvriers des industries de transformation (sidérurgiques, textiles, mécaniques, alimentaires, etc.). Bien sûr, les conditions d'existence varient d'une catégorie et d'un pays à l'autre. D'une manière générale cependant, la classe ouvrière reçoit la portion congrue du gâteau de la croissance.

La journée de travail est longue : le plus souvent douze heures au début du siècle, parfois même quatorze. Les femmes et les enfants sont employés à cause des salaires inférieurs. Les conditions de travail sont dures au point qu'un réformateur augmentera sa popularité en faisant adopter une loi qui oblige l'employeur à fournir des chaises à la femme au travail : c'est la loi uruguayenne de la chaise (de la *silla*) votée en 1917. On a déjà décrit la vie des mineurs du Nord du Chili reprenant invariablement leur « collier de misère » et celle des ouvriers mexicains au salaire en recul, en 1910, sur celui de la fin de l'époque coloniale ! Déjà guetté par la sous-alimentation et la maladie, le travailleur industriel cherche un faux refuge dans l'alcool. La mortalité infantile qui était de 310,6 ‰ en 1907 est encore de 193 ‰ en 1927 au Mexique. La silicose guette le mineur bolivien à trente ans et la tuberculose frappe les ouvriers des frigorifiques argentins à tout moment. Les ouvriers du désert chilien d'Atacama ou des gisements de charbon gagnent dans l'enfer des mines dans les 0,20 dollar par jour en 1914. Une pratique courante est alors de distribuer une partie des salaires en produits vendus dans les « bazars » appartenant aux propriétaires. Les conditions de logement sont souvent effroyables : *chozas* impropres à l'habitation humaine et où l'on peut être de 6 à 18 par chambre, quartiers insalubres des *conventillos* de Santiago où s'entassent des travailleurs de la capitale chilienne, toute cette population flottante des *barriadas*, des *favelas*, des *villas miserias*, ancêtres des taudis du même nom d'aujourd'hui. Le dénuement du prolétariat contraste avec l'opulence des riches.

Les seules améliorations réelles ont dû être arrachées au patronat et parfois payées du sang des revendicateurs. Les grèves se multiplient entre 1900 et 1930 dans tous les pays. Les griefs sont partout les mêmes : bas salaires, durée de la journée de travail, et les revendications identiques : salaire minimal, augmentation de salaires, repos dominical, journée de huit heures.

Les illustrations sont innombrables et augmentent, pour ainsi dire, d'année en année. En 1906, la grève des chargeurs et des cheminots de la ligne Antofagasta-La Paz (Bolivie), qui éclate en janvier, devient en février grève générale à Antofagasta. En 1907, la grève des ouvriers du textile de Rio Blanco (Veracruz) est réprimée par les troupes fédérales mexicaines. En 1910, les travailleurs de Lima et de Callao (Pérou) font une grève générale de solidarité avec des ouvriers de Vitarte qui ont cessé le travail depuis trente jours. En 1916, à la suite d'une initiative du Syndicat mexicain des électriciens, une grève générale est décrétée qui est suivie par 86 000 grévistes. La même année éclate la grande grève générale brésilienne. En 1919 une grève générale de soixante-douze heures au Pérou arrache la journée de huit heures. En 1920, des ouvriers maritimes d'Argentine, d'Uruguay et du Paraguay participent à une grève commune contre l'entreprise Mikanovitch. En 1925, les mineurs chiliens du nitrate réussissent une grève de huit jours qui paralyse 130 mines. En 1929 une grève générale échoue à Bogotá (Colombie).

Mais plus encore qu'une succession au fil des ans, l'étude de cas nationaux révèle la combativité de la classe ouvrière latino-américaine à travers, tout au moins, certains de ses syndicats. C'est alors presque tous les pays qu'il faudrait passer ici en revue pour illustrer ces actions revendicatives. Retenons quelques cas. Au Chili, les années de grande grève sont 1903 (ouvriers du port à Valparaiso), 1905 (viande à Santiago), 1906 (salpêtre et chemins de fer). Mais 1919 et 1920 voient se perpétrer les répressions sanglantes de Porto Arenas et de San Gregorio. Entre 1911 et 1920, on compte 293 grèves au Chili : la très grande majorité pour demander la réduction de la journée de travail et l'augmentation des salaires. Et en 1925 on enregistre 113 grèves avec 51 198 ouvriers qui arrêtent leur travail pendant un total de 907 jours.

Au Brésil, en juillet 1917 la Fédération ouvrière de l'État de Rio Grande do Sul organise une grève générale à Porto Alegre à la suite de laquelle le gouverneur Borges accorde 5 à 25 % d'augmentation de salaires à tous les employés de l'État (y compris les employés des chemins de fer et du port) et intervient pour engager les patrons du secteur privé à en faire autant pour éviter la violence. La grève de 1929 à Rio de Janeiro et à São Paulo aura pour griefs la cherté de la vie et les bas salaires.

Au Venezuela, les premières grèves de 1911 se font pour demander une augmentation de salaires et la réduction de la durée du travail, à Caracas, à Valencia, à Mene Grande, à Cabimas et à Lagunillas.

En Colombie, une répression de grève des ouvriers de la United Fruit, dans la région de Crenaga, au cœur de la zone bananière de la côte atlantique, fait près d'un millier de victimes en 1925.

En Équateur, la grève générale des travailleurs de Guayaquil, point de départ d'une véritable tentative d'insurrection prolétarienne, est réprimée dans le sang en novembre 1922.

En Argentine, on enregistre, au cours de 1909, 138 grèves comptant 4 762 grévistes. L'année 1911 est celle des grandes grèves maritimes et ferroviaires ainsi que les années 1916-1917, mais la grève générale de 1919, à partir de l'initiative des ouvriers des usines métallurgiques Vasena, est réprimée à coups de fusil au cours de la « semaine tragique ».

Seule la révolution mexicaine, en récupérant le mouvement ouvrier, imprimera un mouvement « decrescendo » aux grèves qui passent, on l'a vu, de 173 en 1920 (avec 88 536 grévistes) à 51 en 1925 (avec 9 861 grévistes) et à 7 en 1928 (avec 498 grévistes).

Les organisations syndicales latino-américaines de 1910 à 1930

L'histoire du syndicalisme ouvrier latino-américain commence bien avant 1900 mais peut-être s'agit-il là d'une protohistoire plus que d'une histoire véritable. Dès le dernier tiers du XIXe siècle s'organisent des corporations de métiers et des *sociétés de secours mutuel.* En 1865 naissent au Mexique les premières associations de ce genre. En 1870 est créée la première société mutualiste du Guatemala. En 1878 c'est le tour de Buenos Aires de voir se fonder l'Union typographique d'aide mutuelle. Entre 1911 et 1914, la coopérative El Hogar Obrero construit cent trente maisons et entame la construction d'un immeuble de sept étages et trente-deux appartements pour ses membres à Buenos Aires.

Mais vite cette idée est dépassée et un authentique syndicalisme se développe, syndicalisme de combat qui, dès le début, a une forte coloration politique et est associé à la lutte anticapitaliste et anti-impérialiste. Ce jeune mouvement ouvrier est alors dominé par l'anarcho-syndicalisme qui dispute la direction de la représentation ouvrière au mutualisme. Dès 1876 par exemple au Mexique, le premier congrès des sociétés ouvrières du pays voit les anarcho-syndicalistes affronter avec vigueur la majorité mutualiste. C'est l'heure des *sociétés de résistance* succédant aux sociétés de secours mutuel. En 1887, l'anarchiste italien Malatesta fonde à Buenos Aires, parmi les ouvriers boulangers, le premier syndicat de résistance argentin. L'anarcho-syndicalisme engage le mouvement ouvrier dans l'action violente et la période de 1890 à 1920 est remplie de l'agitation sociale révolutionnaire instiguée par les leaders anarchistes des syndicats latino-américains. Les sociétés de résistance militent en Argentine, au Mexique, au Chili, en Uruguay, au Pérou mais aussi dans les Caraïbes comme au Salvador (Amérique centrale) et à Cuba (Grandes Antilles). Dans cette dernière île, par exemple, les sociétés de résistance sont organisées dans les établissements de la compagnie de tabac La Corona. Les anarcho-syndicalistes contrôlent le mouvement syndical argentin jusqu'en 1910 et le mouvement ouvrier péruvien jusqu'en 1919. Au Chili, les sociétés de résistance créées à partir de 1905 et de tendance anarcho-syndicaliste arrivent à regrouper 50 000 adhérents (sur une population chilienne qui ne dépasse pas alors 3 millions d'habitants !). La relève est ensuite assurée par les socialistes et bientôt par les communistes à partir de la décennie des années 1920.

Cette phase du syndicalisme latino-américain est donc marquée par la précocité de la conscience de classe dans la direction du mouvement ouvrier, sans nul doute à cause des influences anarcho-syndicalistes ; mais celles-ci ont été elles-mêmes favorisées par les conditions du développement du mouvement ouvrier latino-américain. Et d'abord l'immigration amène des ouvriers qui souvent ont acquis en Europe une expérience de lutte. Il n'est pas rare que ce soient des « persécutés politiques » qui se réfugient en Amérique latine fuyant la répression policière, patronale et gouvernementale : réfugiés italiens des luttes du Risorgimento, français de la Commune de Paris, espagnols de la brève Ire République et allemands de la lutte de Bismarck contre les socialistes. Et puis, sur place, les conditions de travail sont telles et tels les écarts sociaux que l'éveil de la conscience prolétarienne en est favorisé, d'autant plus que le syndicalisme latino-américain naît, pour ainsi dire, directement du capitalisme de la concentration, celui des grandes firmes, des trusts, des monopoles. Il ne faut pas sous-estimer non plus le fait que ce capitalisme est souvent « étranger ». Il est généralement plus facile d'être conscient de l'antagonisme d'intérêts vis-à-vis de l' « étranger exploiteur », la conscience nationale étant susceptible de favoriser la conscience de classe, dans le contexte de l'hégémonie économique et financière du capital étranger.

Ce syndicalisme en développement a tendance à se constituer d'abord par entreprise et à ne pas dépasser l'horizon professionnel sectoriel et régional. C'est alors l'action revendicative économique qui prédomine : les syndicats font de l'ouvriérisme et gagnent difficilement la bataille des salaires et des conditions de travail. Jusqu'en 1913 le Brésil est encore à ce stade avec l'apparition des premières organisations syndicales dignes de ce nom : l'Association des chauffeurs de locomotives et celle des arrimeurs.

En 1917 naît la Fédération des ouvriers du textile. Puis l'horizon s'élargit de la région à la nation et de la branche d'industrie à la classe dans son ensemble. C'est alors l'heure des fédérations et des centrales syndicales nationales, de plus en plus nombreuses entre 1910 et 1929. Ainsi, à partir de 1890, les ouvriers du tabac et les dockers de Cuba organisent des fédérations anarcho-syndicalistes. En 1892 se tient à La Havane un Congreso Regional Obrero (congrès régional ouvrier) de tendance anarcho-syndicaliste. Dès 1903 il est question d'une Confédération des travailleurs cubains. L'organisation des trois fédérations syndicales de base (sucre, tabac et chemins de fer) en rendra possible la création en 1925 : c'est la Confédération nationale des ouvriers de Cuba (CNOC). La Bolivie a sa première centrale en 1906, l'Équateur en 1922. Mais c'est en Argentine, au Chili, au Pérou et au Mexique que le processus est le moins superficiel. Dès 1891 la Fédération des travailleurs de la région argentine tient son premier congrès, de tendance social-démocrate et qui mène aussi bien la lutte revendicative ponctuelle (la journée de huit heures) que la lutte révolutionnaire d'ensemble (l'abolition de la propriété privée). Mais ce sont les anarcho-syndicalistes qui, alors, se révèlent les plus dynamiques et arrivent à prendre le contrôle de la Fédération ouvrière argentine constituée en 1901 et qu'abandonnent les socialistes pour fonder en 1903 l'Union générale des travailleurs d'Argentine. De son côté, la FOA change alors de nom pour devenir la FORA (Fédération ouvrière régionale argentine) de manière à bien marquer ses distances, ce qui n'empêche d'ailleurs pas les syndicalistes révolutionnaires, à son instigation, de noyauter l'UGT et bientôt (1906) de l'emporter sur les socialistes au sein de cette dernière. Le congrès d'unification des organisations ouvrières argentines, devenu possible à la suite de cette révolution, se tient à Buenos Aires en 1907 et regroupe 186 syndicats de toutes tendances ; mais les socialistes refusent l'entrée en masse dans la FORA proposée par la majorité anarcho-syndicaliste et se retirent. En 1917, des ouvriers des industries américaines de la viande s'organisent en syndicats sous l'égide de la FORA. La réplique d'Armour and Swift est immédiate : elle licencie les meneurs. La parade ouvrière est alors une grande grève respectée par 11 000 travailleurs qui demandent la journée de huit heures, un tarif pour les heures supplémentaires, le transport au lieu de travail et unc augmentation des salaires. Par solidarité les syndicats de marins décident de boycotter tous les cargos d'Armour and Swift. Il faudra l'intervention militaire pour briser cette grève en février 1918, « les capitalistes ayant eu l'appui de l'État » (selon le message final de la FORA).

Au Pérou, la Fédération ouvrière régionale péruvienne qui organise la grève générale de 1919 est sous le contrôle de l'anarcho-syndicalisme et il faudra attendre 1929 pour voir se former, sous l'impulsion du marxiste Mariategui, la Confédération générale des travailleurs du Pérou.

Au Chili, le 21 janvier 1900, est créée à Iquique la fédération Combinación Mancomunal de Obreros à laquelle sont affiliés pratiquement tous les travailleurs du nitrate et des entreprises urbaines de la région du Nord. De son côté la seule Fédération des ouvriers de l'imprimerie (Federación de Obreros de Imprenta), à Santiago, arrive à compter 7 000 affiliés : elle est de tendance anarcho-syndicaliste. En 1909 est fondée la Grande Fédération ouvrière du Chili qui tient son premier congrès en 1911 : c'est, en réalité, la Société mutualiste des ouvriers du chemin de fer qui a pris l'initiative de se transformer en une centrale syndicale au niveau national. En 1916, la GFOCH fait place à la FOCH, œuvre de Luis Recabarren Serrano. Sous l'impulsion de Recabarren, qui est marxiste, la FOCH précise ses objectifs et déclare que le but final est l'abolition du régime capitaliste au Chili. En 1921, la FOCH adhère à l'Internationale rouge des syndicats en réaffirmant que sa finalité est « la suppression totale de l'exploitation de l'homme par l'homme en abolissant la cause fondamentale qui l'engendre, c'est-à-dire la propriété privée ». La FOCH arrivera à grouper, selon ses dires, 140 000 adhérents en 1924, l'année du suicide de Recabarren.

Au Mexique, on a vu le rôle des syndicats anarcho-syndicalistes avant la révolution, celui de la Casa del Obrero Mundial pendant la période chaude de la révolution, et enfin la prodigieuse ascension de la CROM avec Luis Morones qui déclare grouper 50 000 membres en 1920 et 1 500 000 en 1927.

Même les petits États de la région des Caraïbes sont dans le courant, puisque, par exemple, outre le cas cubain déjà cité, le Salvador a, dès 1914, sa Confédération des ouvriers du Salvador après avoir eu, en 1900, sa Société des employés du commerce, et ses autres fédérations de branches d'activités. Dans la capitale (San Salvador) l'Alliance typographique prend dans les années 1920 la direction à la fois syndicale et politique du mouvement prolétarien. Au Nicaragua voisin, la Fédération du travail est déjà un mouvement plus politique (communiste) qu'un syndicat. La république Dominicaine aura, après 1920, sa Federación Dominicana de Trabajo. Quant au Venezuela, jusqu'en 1927, il n'a pas de centrale constituée au niveau national. En 1928 se fonde la Fédération des ouvriers du Venezuela qui groupe 34 syndicats représentant un total de 26 000 affiliés dès la première année. En 1930, le Honduras se donne sa première centrale ouvrière, la Federación Obrera Hondurena. Mais déjà depuis longtemps s'est esquissée une coordination au niveau de la zone d'Amérique centrale quand, en novembre 1911, un congrès centraméricain d'ouvriers, réuni au Salvador, s'est proposé de « concentrer tous ses efforts vers l'amélioration sociale et économique de la vie ouvrière ».

Entre ces grandes centrales nationales sont établies ou s'établissent des Internationales. Parfois ce sont celles-ci qui instiguent celles-là. Ainsi les Fédérations ouvrières régionales — dont on a vu les exemplaires argentins et péruviens mais qui en ont aussi ailleurs : en Uruguay la FORU, au Paraguay la FORP, qui constituent le forisme — fondent avec la COB (Confederaçao Operaria Brasileira) un Comité de relations des travailleurs de l'Amérique du Sud en 1913. En 1929 se tient à Buenos Aires le congrès constitutif de l'ACAT (Asociación Continental de Trabajadores) auquel participent des fédérations ouvrières régionales d'Argentine, d'Uruguay, du Paraguay, de Bolivie, la CGT du Mexique et des organisations syndicales du Pérou, de Costa Rica, du Brésil, du Guatemala, etc. Cette ACAT adhère à l'Association internationale des travailleurs de Berlin : c'est l'Internationale anarcho-syndicaliste. A l'extrême opposé fonctionne depuis 1918 une Confédération panaméricaine du travail dont le cinquième congrès réunit en 1927, outre la délégation de l'AFL nord-américaine, une quarantaine de délégués d'une douzaine de pays latino-américains : Venezuela, Colombie, Pérou, Cuba, république Dominicaine, Porto Rico, Panama, Honduras, Nicaragua, Salvador, Guatemala et Mexique. Il est à noter que cette Internationale est accusée, par la COA d'Argentine, d'être une « agence par laquelle le Département d'État des États-Unis s'efforce d'étendre sa sphère d'influence ». De fait, ce cinquième congrès refuse de retenir la protestation de la délégation nicaraguayenne contre l'intervention nord-américaine à Managua, et le sixième congrès, en 1930, marquera la fin de cette internationale quand l'AFL ira jusqu'à solliciter d'avaliser une intervention nord-américaine à Cuba. Entre ces deux extrêmes, la Fédération syndicale internationale d'Amsterdam, d'obédience socialiste, a comme adhérentes des organisations syndicales nationales latino-américaines comme la CGT argentine ou la CROM mexicaine. Au moment où se clôt notre période se tient à Montevideo le congrès constitutif de la Confédération syndicale latino-américaine groupant, au sein de l'Internationale rouge, des fédérations de Cuba, du Pérou, du Brésil, du Guatemala, de l'Uruguay, du Chili, du Mexique, et des filiales au Salvador, au Paraguay, au Costa Rica et en Argentine.

Mais ce jeune géant qu'est le syndicalisme est encore fragile, trop fragile pour être, par lui-même, une force politique déjà efficace.

Anarchisme, socialisme et communisme

Dans cette période du syndicalisme de combat, certaines centrales apportent leur appui solidaire ou leur soutien tactique à des régimes favorables comme celui d'Irigoyen en Argentine. D'autres concluent une alliance durable avec un parti d'opposition : telle la Confédération des travailleurs colombiens pendant la période de domination des conservateurs au pouvoir. D'autres, enfin, font corps avec des gouvernements nationalistes révolutionnaires, démocrates progressistes ou libéraux socialisants comme en Uruguay.

Mais d'une manière générale les syndicats constituent la force de frappe des mouvements et partis anarchistes, socialistes et communistes ou plutôt ceux-ci essaient de s'implanter dans ceux-là et y réussissent dans une certaine mesure entre 1900 et 1930.

L'*anarchisme,* alors, est en pleine flambée. Puisant aux sources doctrinales de Proudhon et de Bakounine, solidement implanté dans le mouvement syndical, comme on l'a vu, dopé par les visites et séjours d'anarchistes européens notoires comme Enrico Malatesta qui reste quatre ans à Buenos Aires de 1885 à 1889 ou Pietro Gori qui vient en Argentine en 1898, l'anarchisme marque la lutte sociale du sceau des grèves et de la violence révolutionnaire. Il est responsable d'attentats spectaculaires et « punitifs » comme en 1929, quand l'anarchiste Kurt Wilchen lance une bombe qui tue le colonel Varela, l'auteur de la répression en Patagonie. Mais il sait aussi créer des foyers de rayonnement intellectuel et politique, comme en 1902 lors de la création du Centre international d'études sociales à Montevideo. L'initiative de la création de cet « Athénée anarchiste » revient notamment à Angel Falco et à Florencio Sanchez. Ou en 1908 lors de la fondation du

Centre d'études sociales Premier Mai à Lima (Pérou) par suite de la fusion du groupe libertaire Humanidad et du Centre socialiste Primero de Mayo. Ou en 1924 lors de la mise sur pied, par des étudiants et des ouvriers de tendance anarcho-syndicaliste, du Centro Cultural Liceo Nocturno à Montevideo. De leurs innombrables organes de publication, le plus connu est sans doute *La Protesta* qui paraît à Buenos Aires.

Le *socialisme* a commencé sa pénétration en Amérique latine au milieu du siècle dernier sous la forme de l'arrivée des idées et doctrines du socialisme utopique européen (influence anglaise d'Owen et de la Fabian Society, française de Saint-Simon et de Fourier, etc.). Ainsi, en 1842, le journal *Le Messager français* d'E. Taudonnet consacre un numéro spécial à la mémoire de Charles Fourier. Trois ans après, le même écrivain commence, cette fois au Brésil, la publication de *La Revue socialiste.* Des phalanstères sont même créés en Amérique latine comme celui d'Olivera au Brésil ; le Chilien Francisco Bilbao fonde en 1850 l'éphémère Sociedad de la Igualdad (Société d'égalité) où se fait sentir l'influence du socialisme utopique qu'il a découvert lors d'un séjour en France en 1872. Albert K. Owen vient en personne au Mexique où il veut fonder une « métropole socialiste d'Occident ».

Mais il faut attendre la fin du siècle pour voir se fonder les premiers partis politiques socialistes. Au cours de la dernière décennie du siècle, sont en activité à Buenos Aires des sociétés et clubs socialistes formés par les immigrants, parmi lesquels se détache le groupe social-démocrate français « Les Égaux » et le club allemand « Vorwärts » qui prennent l'initiative d'une réunion en 1895. En sort le noyau originel du parti socialiste ouvrier argentin avec Juan B. Justo, Leopoldo Lugones, José Ingenieros et Roberto J. Payro qui font paraître *Vanguardia,* « journal socialiste scientifique défenseur de la classe ouvrière ». Le parti socialiste ouvrier est le premier en date des grands partis socialistes d'Amérique latine. Il ne reste pas longtemps seul. Déjà en 1900 le poète Diego Vicente Tejera jette les bases d'un club socialiste à La

Havane. En 1902 c'est le tour d'Alvaro Armando Vasseur de publier à Montevideo le *Manifeste du parti socialiste uruguayen* qui fonde le club Carlos-Marx dans la capitale uruguayenne. En 1910 est élu le premier député socialiste à la chambre uruguayenne, le Dr Emilio Fingoni, mais c'est à l'Argentin Alfredo Palacios qu'il était déjà échu d'être le premier député socialiste d'un Parlement en Amérique latine dès 1904 ; et en 1912, la Chambre argentine compte deux députés socialistes : Juan B. Justo et Alfredo Palacios. Cette année-là est fondé le parti socialiste brésilien tandis que, continuant ses progrès, le PSO argentin compte, en 1913, 18000 membres répartis en 60 sections. Mais deux cas appellent une attention particulière : la fondation du parti socialiste chilien par Luis Emilio Recabarren et celle du parti socialiste péruvien par José Carlos Mariategui.

L'origine du parti socialiste chilien est double et, dans ses deux aspects, tient aux activités antérieures de son fondateur Luis Emilio Recabarren Serrano. D'abord il est issu d'une scission du parti démocrate de la part de ceux qui, avec Recabarren, refusent la politique d'alliance avec les conservateurs en 1906. Ensuite il se fonde sur un noyau syndical à partir des ouvriers graphiques dont Recabarren est en 1907 le représentant. En 1912 est donc créé le parti ouvrier socialiste du Chili dû, dans une large mesure, à l'action personnelle de Recabarren. Il sera élu député d'Antofagasta trois ans avant qu'il ne mette volontairement fin à sa vie (1921-1924). Quand on sait par ailleurs la part active prise par Recabarren aux activités du secteur « dur » du parti socialiste argentin et son rôle de premier plan dans la constitution du parti socialiste international dont il parvient à être le secrétaire, on réalise que c'est un personnage d'une importance primordiale dans l'histoire du socialisme latino-américain.

La fondation du parti socialiste péruvien porte, elle, la marque des idées et de l'aventure personnelle de Mariategui, journaliste et poète, qui a fait trois rencontre successives : la première avec le mouvement de la Réforme universitaire où il a fait ses premières armes, la deuxième avec le socialisme scientifique dont il a fait la connaissance au cours d'un exil doré en Europe et enfin la troisième avec l'aprisme de V. R. Haya de la Torre, l'ancien compagnon de la Réforme universitaire dont il partage les conviction « indigénistes ». De 1924 à 1927, il fait donc un « bout de chemin » avec Haya de la Torre au sein de l'APRA dont il défend la ligne dans la revue *Amauta.* C'est alors qu'à propos du problème de la terre et de l'Indien, « premier problème du Pérou », Mariategui reconnaît l'identité de sa position avec celles de Haya de la Torre : « Nous sommes partis des mêmes points de vue de sorte qu'il est inévitable que nos conclusions soient les mêmes. » Mariategui a pris au sérieux le mot d'ordre de son fondateur que « l'APRA est l'interprétation marxiste de la réalité américaine ». Mais la rupture était dans l'ordre des choses. A travers l'APRA, en effet, ce à quoi Mariategui s'occupait, c'était de « concourir à la création du socialisme péruvien ». Devenu « marxiste convaincu et avoué », il veut, avec ou sans l'APRA, organiser « un groupe ou un parti socialiste » fondé sur l'alliance de l'intelligence, du travail ouvrier et du paysan indien. « Sur notre drapeau, écrit-il à l'occasion du deuxième anniversaire d'*Amauta,* nous inscrivons un seul mot, grand et sincère : Socialisme. »

En 1928 naît le parti socialiste péruvien avec Mariategui comme secrétaire général dont le premier soin, après avoir rompu avec l'APRA, est de rompre avec l'anarcho-syndicalisme du mouvement ouvrier de la FOR péruvienne et de créer la centrale socialiste de la Confédération générale des travailleurs du Pérou, en 1929.

Des leaders socialistes européens sont venus en Amérique latine entre 1900 et 1914 voir les progrès du mouvement socialiste et discuter de son avenir. En 1909 le socialiste italien Enrico Ferri effectue une tournée en Amérique du Sud. A Buenos Aires, il n'arrive pas à se mettre d'accord avec Juan B. Justo sur le sens du socialisme en Amérique latine. En 1911, c'est Jean Jaurès qui, à son tour, vient au Brésil, en Uruguay, en Argentine nouer d'utiles contacts et porter la bonne parole.

Le *communisme* en tant que doctrine attachée à l'existence d'un parti de la classe ouvrière ayant accepté les vingt et une conditions de la IIIe Internationale inspire la naissance, dans la décennie 1920, de la « première génération » de partis d'Amérique latine se réclamant du marxisme-léninisme : PC chilien, équatorien, argentin, uruguayen, brésilien et mexicain (1922), cubain (1925), nicaraguayen (1928), salvadorien (1929), costaricien et colombien (1930) et plus tard paraguayen (1933) et haïtien (1934), etc.

Il est à noter qu'à partir de la fin de la décennie des années 1920 s'organisent quelques groupes communistes qui préfèrent reconnaître leur allégeance vis-à-vis de la IVe Internationale créée par Trotski en 1927.

La naissance des partis communistes s'opère de trois façons. Soit par suite de la transformation du parti socialiste antérieur en parti communiste. Cette transformation s'opère par le changement du titre, l'acceptation des vingt et une conditions et l'adhésion à la IIIe Internationale. Le PC chilien naît ainsi les 1er et 2 janvier 1922 à la convention du POS, tenue à Rancagua, qui réalise la triple opération ci-dessus indiquée. Soit par suite d'une scission au sein du parti socialiste dont la minorité dissidente constitue alors un nouveau parti. Ainsi en Argentine, le parti socialiste refuse, avec Juan B. Justo, les vingt et une conditions et décide de garder son nom. La minorité dissidente crée alors le PC argentin qui adhère à la IIIe Internationale après avoir accepté les vingt et une conditions. Soit par suite de création d'office, *ex nihilo,* d'un parti communiste tout neuf, à partir, bien sûr, de communistes isolés en accord avec le programme et la tactique de l'Internationale communiste. A joué un rôle capital dans cette naissance l'action du secrétariat latin de la IIIe Internationale.

On imagine volontiers que l'adoption des trois critères ne s'est pas faite sans mal. Le cas de Mariategui fondateur, on l'a vu, du PS péruvien illustre ces difficultés entre le mouvement communiste international et les partis socialistes préexistants. Déjà perceptible en 1928 sur le plan de la tactique, la divergence est doctrinale, à la première conférence communiste latino-américaine de Buenos Aires de juin 1929, entre la tendance Mariategui et celle prévalant au sein de cette conférence qui presse le leader socialiste péruvien de créer un « véritable parti communiste idéologiquement monolithique » et, en attendant, suspend sa reconnaissance comme membre de l'Internationale communiste. En 1930, la pression se fait plus insistante de la part du secrétariat politique de l'exécutif de l'Internationale communiste : « Nous vous demandons de liquider le parti socialiste... en transformant les organisations existantes en organisations du parti communiste. » Mariategui meurt de tuberculose, le 16 avril 1930, sans avoir opéré cette transformation qui sera chose faite un mois après la disparition du fondateur du parti socialiste péruvien, à qui on reprochait de trop souligner l'importance fondamentale du problème indien au détriment de celle décisive et plus léniniste des « bataillons de fer du prolétariat ouvrier ».

Le problème indigène et la naissance des indigénismes

C'est que la réalité sociale latino-américaine ne se prête pas à la simplification du clivage en classes parfaitement constituées qui caractérise l'Europe industrielle du marxisme orthodoxe. La question sociale entremêle classes et races pour faire de l'Indien l'être opprimé par excellence de la société nationale, représentant à la fois et du même coup le travail face à la propriété et la race indienne face à la race blanche européenne. Et voilà l'épure sociale compliquée du fait de l'existence de races-classes !

Condition indienne et prise de conscience extérieure

Il n'est pas rare, en effet, dans les sociétés pluriethniques d'Amérique latine, surtout au début du siècle, qu'un homme soit et se considère indien ou noir avant d'être bourgeois ou prolétaire. Le plus souvent, il est ou reste prolétaire, dans une large mesure parce qu'il est indien ou noir et que, du fait de son appartenance à une ethnoculture, les voies de la mobilité sociale lui sont fermées. Son statut et sa fonction sociale lui sont assignés par sa race.

La condition de l'indigène s'est, à certains égards, détériorée sinon toujours quantitativement, du moins qualitativement. La sierra est son domaine plus que la côte, mais l'évolution de la seconde moitié du XIXe siècle a joué contre la « qualité de la vie » indigène. Soit qu'il ait été dépossédé des terres de sa communauté — et le phénomène n'est pas propre au Mexique de Díaz, il est attesté partout, dans les documents —, soit qu'on l'astreigne à de nouvelles obligations sur les haciendas, ou soit tout simplement qu'on le prolétarise en le faisant devenir un ouvrier agricole de plantation ou un mineur. Les salaires les plus bas sont les siens et l'« européolâtrie » des classes dirigeantes ajoute la dimension psychologique du mépris à sa condition objective d'exploité absolu. Le maïs est sa nourriture de base et son habitat est fruste, qu'il s'agisse de la *choza* mexicaine, du *huasipango* équatorien, ou des *conventillos* chiliens. Citadin, il réside dans les *barriadas* (Pérou), les *villas miserias* (Argentine), les *callampas* (Chili) ou les *favelas* (Brésil), quartiers de taudis où il fait l'apprentissage urbain. Il est analphabète, ce qui l'écarte des bureaux de vote dont l'accès est refusé juridiquement aux illettrés. Même quand la civilisation technicienne importée de l'Occident ne le happe pas, il voit ses conditions d'existence s'aggraver avec la baisse corrélative de la production des denrées de base de son alimentation et des objets de sa subsistance quotidienne. La dureté de sa vie émeut les voyageurs et certains nationaux se préoccupent de défendre et de protéger l'indigène. On a vu comment, au Brésil, le général Rondon, après avoir parcouru l'Amazonie dans les années 1890, finit par obtenir en 1910 la création du Service de protection des Indiens. Son compatriote Euclides da Cunha se demande si l'habitant de São Paulo (Paulista) ou de Rio de Janeiro (Carioca) est plus authentiquement brésilien que l'habitant de l'intérieur (sertanejo) qu'il découvre et dont il se demande, avec ce mélange d'Indien et de Noir, s'il n'est pas le vrai Brésilien... Au Pérou, en 1907, se fonde l'Association pro-indigena. En Équateur, au Paraguay, en Bolivie, la curiosité s'éveille pour l'Indien, sa condition, sa langue, son passé, sa culture.

Pendant tout le XIXe siècle, on s'est efforcé en Amérique latine d'être européen. L'homme de l'élite est un *afrancesado* qui attend l'arrivée de *La Revue des Deux Mondes,* des périodiques qui lui apportent des nouvelles de France et de ces navires qui l'approvisionnent en « articles de Paris ». Il a toujours un œil fixé sur les quais du port où accostent le Royal Mail, la Compagnie générale transatlantique ou la Hamburg Amerika Linie ou la Grace Line. Le Latino-Américain, c'est lui. L'Indien, ce « minéraloïde », appartient à un autre étage, le « bas étage », c'est-à-dire à un autre monde, un monde inférieur congénitalement. Quelle chance a l'Argentine de ne pas avoir sur son sol — puisqu'on a pratiquement exterminé les derniers — la masse, lourde à tirer, de ces indigènes quasi réfractaires à la civilisation qui, comme chacun sait, est supérieure, européenne et exclusivement européenne ! En 1907, un Mexicain déclare péremptoirement que les 5 millions d'Argentins valent mieux que les 14 millions de Mexicains, et un économiste du même pays utilise une échelle de cent — déjà la méthode quantitative ! — pour établir scientifiquement (on n'est pas positiviste pour rien) que la capacité de production de l'Anglais est de 100 et celle de l'Indien mexicain de 25, le plus bas degré possible de l'échelle puisque les Hottentots arrivent à un score de 50 à 80 et les Zoulous de 40 à 70 ! Et voici que des originaux voudraient faire accroire que le vrai, l'authentique Latino-

Américain, ce serait lui, l' « Indo-Américain », et que le vernis européen serait, tout compte fait, assez mince ! Drôle de temps que cette fin de siècle et ce début du nouveau où de telles idées aberrantes arrivent à se faire jour ! En vérité drôle de temps : la fin du monde doit être proche, comme l'annonce d'ailleurs, pour d'autres raisons, il est vrai, cet illuminé d'Antonio Conselherio, de son vrai nom Antonio Vicente Mendes Maciel, dans sa prédication à des milliers de *vaqueiros,* ses disciples fanatisés de l'État de Bahia, au Brésil !

Fin d'un monde en tout cas puisqu'on voit l'Indien relever la tête çà et là. Cette majorité numérique (souvent) transformée en minorité sociologique (toujours) s'avise de revendiquer : c'est la violence des *olvidados,* des oubliés, des « mis en marge », des « exclus ». Des soulèvements collectifs d'indigènes et de métis ont lieu en Amérique latine entre 1915 et 1917, dont les plus déterminés et les plus conséquents et les plus « heureux » ont pour théâtre le Mexique de la révolution. Décidément, il ne saurait y avoir de doute : c'est bien la fin du monde ou plutôt le monde à l'envers car c'est maintenant l'Indien qu'on veut valoriser !

La révolution mexicaine exerce, à cet égard, une influence considérable. Dans une certaine mesure, elle a tenté d'opérer un véritable renversement de valeurs, en réaction contre la suprématie raciale imposée par ces racistes de científicos. Ce contenu ethnique de la révolution mexicaine n'a pas échappé à la perspicacité de l'ambassadeur américain qui appelle de ses vœux le retour à la normale, c'est-à-dire à la domination de la race blanche, grâce à l'appui actif américain aux « réels éléments gouvernants au Mexique ». Et il précise : « Par éléments gouvernants sérieux au Mexique, je veux dire la race blanche ou ces éléments de la population en sympathie avec la race blanche. Des 14 millions d'habitants du Mexique, probablement 3 millions tomberaient dans cette catégorie... D'une manière ou d'une autre, tôt ou tard, ils regagneront leur position de contrôle au Mexique. » Quoi qu'il en soit, de cette révolution s'impose une évidence :

c'est que le problème indien est lié à celui de la terre. On va le reconnaître partout, notamment en Équateur.

Mais le cas historiquement le plus intéressant est sans doute le cas péruvien avec les deux figures de proue de l'indigénisme, Victor Raúl Haya de la Torre et José Carlos Mariategui.

L'indigénisme indien à travers le cas péruvien

Le débat culturel à la fin du siècle dernier et au début du nouveau à la recherche de l'identité latino-américaine par rapport à l'Europe et aux États-Unis débouche sur le problème de l'Indien. Y concourent également, par des voies différentes, divers autres facteurs, le renouveau d'intérêt pour les explorations géographiques, l'ethnologie et l'archéologie. Machu-Pichu, ville inca du Pérou, est redécouverte et le passé indien commence à resurgir, le présent à se « découvrir ». Ensuite la pénétration sur la côte et les morsures dans la sierra du capitalisme industriel tendent à unifier le marché national ou tout au moins à faciliter les échanges de marchandises et d'hommes entre la sierra indigène et la côte blanche et métissée. En outre, la diffusion des idées socialisantes ou socialistes parmi les intellectuels amène à poser la question de la propriété et du travail au cœur de laquelle se trouve l'Indien. Enfin, l'ascension sociale du *cholo* qui ne vit plus dans les zones ou les quartiers réservés aux Indiens pur sang et dont l'existence sert de pont entre les *mistis* blancs et les indigènes des *ayllus* de la sierra ou des riches haciendas de la côte de ce fait rappelle le problème de ces Indiens mis en marge. L'intéressant est que le métis (au sens physique et biologique de sang-mêlé) devient *cholo* (au sens social et culturel d'assimilé en position intermédiaire), c'est-à-dire capable d'ambition et d'agressivité.

Au commencement de l'indigénisme péruvien est Manuel Gonzalez Prada, penseur critique et solitaire de la société péruvienne de la fin du XIXe siècle et du début du XXe. Socialisant sinon socialiste, en tout cas « écrivain de combat » (Unamuno), Gonzalez Prada n'a cessé de dénoncer le triptyque « colonialisme, traditionalisme, cléricalisme ». Quand il meurt en 1918, à soixante-dix ans, le « grand vieillard » exerce une influence réelle sur la nouvelle génération péruvienne qui va découvrir dans ses publications posthumes une protestation cohérente contre la condition de l'Indien ou plus exactement contre ce qu'il appelle la « crucifixion d'une race » par ceux qui se disent chrétiens. L'héritage culturel de Gonzalez Prada est recueilli par Victor Raúl Haya de la Torre et José Carlos Mariategui, au sein du mouvement de la Réforme universitaire et ensuite de l'APRA.

Pour Victor Raúl Haya de la Torre, le Pérou authentique est indien et tant que les Indiens ne seront pas modernisés et intégrés dans la société nationale, il n'y aura pas de progrès véritable pour l'ensemble du pays. Il fonde dans la grandeur du passé inca la conviction que les descendants des bâtisseurs de Cuzco, de Machu-Pichu et de Cham-Chun peuvent être à la hauteur des exigences de la nouvelle période historique. Pour lui, comme pour Mariategui, « la rédemption, le salut de l'Indien, voilà le programme et le but de la rénovation péruvienne ». La réforme agraire, l'industrialisation, l'éducation sont les trois préconditions pour la réalisation de l'entreprise nationale au sein de laquelle l'Indien pourra enfin jouer de manière dynamique son rôle de « ciment historique » de la nationalité péruvienne.

Pour Mariategui qui, on l'a vu, partage les idées de Haya de la Torre sur la question indienne, l'accent toutefois doit être davantage mis sur son aspect socio-économique, « le caractère fondamentalement économique de ce problème », comme il le dit avec insistance dans les *Sept Essais sur la réalité péruvienne*. En lui se réalise la rencontre féconde entre indigénisme et socialisme. Deux citations situent sa pensée et sa position mieux qu'une longue analyse : l'affirmation selon laquelle « la question indigène découle de notre économie, elle a ses racines dans le régime de la *propriété de la terre* » et la fameuse déclaration qui définit la tâche du socialisme péruvien :

« Au Pérou, les masses — la *classe* des travailleurs — sont pour quatre cinquièmes *indigènes*. Notre socialisme ne sera pas péruvien, ni même socialiste, s'il ne se solidarise pas avec les revendications indigènes. »

Pour Haya de la Torre et Mariategui, l'indigénisme est donc une œuvre revendicative de type politique et économique à partir d'une analyse des réalités concrètes qu'il faut transformer. Il n'est alors pas étonnant que ces préoccupations trouvent leur prolongement et leur expression dans la littérature et dans l'art. C'est d'ailleurs Mariategui qui écrit : « Le problème indigène, à l'ordre du jour en politique, en économie et en sociologie, ne peut être absent de la littérature et de l'art. » Au chapitre du roman et de la nouvelle, Enrique Lopez Albujar ouvre la voie à l'indigénisme avec ses *Nouvelles andines*. De l'œuvre de son contemporain, le romancier Cesar Vallejo, se dégage « une mystique de la pauvreté qui se déchausse pour que ses pieds connaissent, nus, la dureté et la cruauté de son chemin » (Mariategui). Le courant indigéniste est encore représenté entre 1924 et 1928 par Eleodoro Vargas Vicuna et Carlos Zavaleta. Du côté de la poésie engagée, politique et révolutionnaire, Luis Gustavo Valcarcel, avec *Tempête sur les Andes* (1920), a des émules en la personne d'Uriel Garcia, d'Alejandro Romualdo Valle et de Washington Delgado. L'engagement est alors synonyme d'indigénisme, l'Indien étant l'« humus historique » de la nation péruvienne et l'indigénisme l'expression socioculturelle du nationalisme.

L'indigénisme noir : naissance de la négritude

Il n'y a pas qu'un problème indien amenant à la prise de conscience indigéniste, bien que généralement on ne pense qu'à l'indigénisme indien. Il y a aussi, dans toute la Méso-Amérique, un problème noir. A Cuba, en 1912, éclate une révolte de Noirs du parti indépendant des hommes de couleur formé autour d'Evaristo Esteñoz. Cette menace de subversion sociale alarme les propriétaires nationaux et les investisseurs étrangers. Elle est supprimée sur intervention des fusiliers marins nord-américains. Au Costa Rica réputé totalement blanc, il y a des Noirs sur la côte caraïbe, comme au Nicaragua voisin. Il y en a à Panama, en Colombie et au Venezuela, au Pérou, en Équateur et, bien sûr, dans l'immense Brésil. Dans ce dernier pays, largement crédité d'ignorer la discrimination raciale, les Noirs sont nettement victimes de l'inégalité des chances dans la structure socioprofessionnelle du pays comme le montre, par exemple, un intéressant indicateur, celui du pourcentage de chaque catégorie socio-ethnique dans les professions libérales.

	Blancs (en %)	*Métis (en %)*	*Noirs (en %)*
Population totale	62	22	14
dont *professions libérales*	90	6,7	1,8

Quant aux Antilles et à la Guyane, c'est le domaine du Noir par exellence parce que ce furent, pas excellence, les terres de sucre et du « système de plantation » à l'époque de l'esclavage colonial.

L'indigénisme noir s'appelle la négritude. Cette négritude a un berceau : Haïti, et elle a un père : le Dr Jean Price Mars. Mais elle a sa variante cubaine avec les études de Fernando Ortiz comme *Hampa Afro-Cubana-Los Negros Esclavos* (1916), *Los Cabildos Afro-Cubanos* (1923) et *Glosario de Afro-Negrismos* (1924) notamment et les poèmes de Nicolas Guillen et d'Emilio Ballagos, par exemple, et ses autres variantes locales, partout où le Noir coexiste avec d'autres races en Méso-Amérique.

Haïti, où, selon la belle expression d'Aimé Césaire, « la négritude se mit debout pour la première fois et dit qu'elle croyait en son humanité », s'est donné, depuis son indépendance-défi de 1804, une vocation de défense et illustration de la race noire et de terre du « pouvoir noir », patrie ouverte, disait la première Constitution, celle du fondateur Jean-Jacques Dessalines, à tout homme d'origine africaine ou asiatique. L'Haïtien, dans un monde du XIXe siècle à base de domination et de suprématie blanches, c'est le « Nègre vertical ».

Mais cette vocation était devenue plus une vocation littéraire qu'autre chose, car, dans la réalité, les élites haïtiennes ne juraient que par l'Europe et leur ambivalence cachait mal une « européolâtrie » poussée jusqu'à l'extrême. Cumulant et identifiant francophonie et francophilie, l'oligarchie haïtienne s'enorgueillissait du mot de Michelet qu'Haïti était la France noire et aimait à se définir comme une « province culturelle de la France ». Voir Paris et non pas mourir mais en parler toute sa vie, tel était le rêve de l'Haïtien fortuné. Les autres, c'est-à-dire 90 % de la population haïtienne, analphabète à 90 %, étaient un véritable conservatoire d'africanisme avec un vernis de « francité » de plus en plus mince au fur et à mesure qu'on descendait l'échelle sociale. Pendant ce temps-là, le système traditionnel craquait de toutes parts : déclin du revenu national par tête dû à la stagnation de la récolte du café dans un contexte de croissance démographique rapide, débandade financière intense dans le désarroi monétaire, aggravation du problème agraire avec l'émiettement de la petite propriété paysanne en microfundia éparpillés en minuscules parcelles, corruption des milieux gouvernementaux et abandon de l'intérêt national à la rapacité d'investisseurs étrangers sans scrupules, crise politique avec cinq présidents en quatre ans, exacerbation des tensions sociales dans un contexte de colère des masses qui faisait craindre au ministre Borno une « révolution socialiste » de la part de ces classes dangereuses ! C'est le naufrage du système traditionnel entre 1910 et 1915.

En 1915 se produit le « choc » (Léon Laleau) de l'occupation nord-américaine qui va durer jusqu'en 1934. Les Haïtiens sont alors confrontés, d'une part, avec la question politique de la domination étrangère et, d'autre part, soumis à la pression de la culture anglo-saxonne de ces Américains qui, admirés pour leur technologie et leur réussite commerciale et économique, manquent d'épaisseur culturelle aux yeux des élites haïtiennes et, surtout, sont aux yeux du peuple haïtien « de tous les Blancs ceux qui ont pour les Noirs le plus outrageant mépris ». C'est l'heure de la remise en cause de soi, de l'interrogation sur ce qu'on est, de l'effort pour se définir face à l'occupant, de la quête d'identité nationale. Une génération est à la recherche de boussole. A ce besoin et à cette attente un homme va répondre, sinon mieux que d'autres, du moins par un message qui a, en tout cas, plus de résonance : le Dr Jean Price Mars, le « père de l'haïtianité » (Léon Gontran Damas).

Le cas de Price Mars illustre de façon convaincante une remarque de Lucien Febvre sur « le drame perpétuel de l'homme à qui son œuvre échappe de son vivant même, son œuvre qui se déforme, qui s'altère... et qui, adoptée par la foule et déroulant ses effets au cours des temps, finit souvent par dire le contraire, très exactement, de ce qu'il voulait qu'elle dise ».

L'homme naît en 1876 dans le Nord d'Haïti, d'une famille de notables aisés, le père pasteur protestant et la grand-mère catholique fervente. Faut-il y voir une corrélation quelconque et s'autoriser à affirmer qu'il a trouvé dans le Nord héroïque les traditions christophiennes du nationalisme et à travers son expérience familiale personnelle une prédisposition à prendre conscience du drame du dualisme et à être plus sensible au problème du syncrétisme ? Après des études et un début de carrière diplomatique en Europe, Price Mars rentre en Haïti où il enseigne l'histoire nationale dans l'esprit de l'instruction civique ; le moment s'y prête : on est dans les premières années de l'occupation nord-américaine. Après deux séries de conférences sur « La vocation de l'élite », il va publier coup sur coup *Ainsi parla l'oncle* (1928), *Une étape de l'évolution haïtienne* (1929) et *Formation ethnique, folklore et culture du peuple haïtien* (1929).

En 1956, à l'occasion du jubilé des quatre-vingts ans du Dr Jean Price Mars, Léopold Senghor s'est écrié : « Il est des noms qui sonnent comme un manifeste. Tel me fut révélé le nom du Dr Jean Price Mars… Je lus *Ainsi parla l'oncle* d'un trait, comme l'eau de la citerne, au soir, après une longue étape dans le désert… », et plus loin : « Me montrant les trésors de la négritude qu'il avait découverts sur et dans la terre haïtienne, il m'apprenait à découvrir les mêmes valeurs mais vierges et plus fortes sur et dans la terre d'Afrique… Par quoi, le 15 octobre 1956 sera le quatre-vingtième anniversaire de la négritude. »

Que dit, dans cette décennie des années 1920, le message du Dr Jean Price Mars ? Il n'y a pas, chez Mars, une doctrine cohérente et nettement articulée en système. Le marsisme est plutôt original par sa thématique : c'est une orientation de pensée vers la désaliénation et la libération culturelle. Mars s'en prend vivement au « bovarysme collectif » de l'élite haïtienne, c'est-à-dire, explique-t-il, « la faculté que s'attribue une société de se concevoir autre qu'elle n'est ». Il dénonce la fatuité avec laquelle l'homme de l'élite se croit un Français coloré. Sa critique finalement va rarement au-delà. Mais elle comporte déjà d'importantes implications.

Il préconise une sorte de « révolution culturelle » par laquelle, abandonnant la « défroque de la civilisation occidentale », l'Haïtien assumerait sa négritude en prenant conscience que sa personnalité de base est africaine. Mais vis-à-vis de disciples trop zélés, Mars s'est vivement défendu d'avoir « préconisé un retour à l'Afrique ». Ce qu'il veut, c'est « relever aux yeux du peuple haïtien la valeur de son folklore » et faire retrouver à la psychologie collective l'orgueil et la fierté de la race noire. Son œuvre, à cet égard, se veut une « défense et illustration de la race noire ». Mais, là encore, Mars eut, plus tard, à se défendre à l'égard de disciples excessifs et à combattre la « légende bête » de son anti-occidentalisme. Léon G. Damas a bien saisi sa position quand il écrit qu'« exploiter les valeurs nègres, c'est travailler au rapprochement des races… dans l'esprit même du message de Price Mars à qui la négritude, j'allais dire la négristique, se doit d'être ce qu'elle est, un moment de la conscience universelle ». Abordant la question de la langue créole, il y voit, non on ne sait quel

« petit nègre », mais la langue vernaculaire des Haïtiens et même la *lingua franca* de maintes îles caraïbes. Une fois de plus, Mars eut à préciser qu'en revalorisant le créole il n'autorisait pas ses disciples à dire, en son nom, qu'il avait engagé la bataille pour le substituer au français auquel, au contraire, Mars n'a cessé publiquement de répéter son attachement. Bousculant les tabous, Mars en vient au vaudou qu'il démontre être, non une quelconque honteuse superstition, mais une véritable religion populaire. Ici, de même, Mars dut préciser par la suite que non seulement il n'était pas un adepte du vaudou (confusion entre le criminologue et le criminel que certains de ses disciples n'ont pas su éviter), mais qu'il ne préconisait pas la substitution du vaudou au catholicisme, ni ne faisait du prosélytisme religieux pour le premier. Enfin, sur la question sociale haïtienne, Mars distingue seulement les élites qu'il accuse d'exploitation, de parasitisme et, on l'a vu, du mimétisme de la copie conforme, et le peuple, indifférencié dans ses études et dont il parle d'une manière plus « populiste » que révolutionnaire. Mars est d'ailleurs plus un peintre de la vie quotidienne et de la mentalité du peuple qu'un analyste scientifique des classes sociales. Il a offert un arsenal d'idées et d'arguments au mouvement de protestation des Noirs contre la ploutocratie des métis et il acceptera tous les honneurs des premiers lorsque ceux-ci accéderont au pouvoir en se réclamant de lui, mais il s'est trouvé embarrassé fort souvent devant la paternité qui lui en était attribuée et il n'a pas voulu mourir sans s'expliquer sur le rôle du préjugé de couleur dans la question sociale en Haïti.

En dépit du manque d'organisation unitaire de sa pensée, des limitations de son combat et des carences scientifiques de son œuvre, Mars a incontestablement contribué au réveil de la conscience indigéniste noire. Mais, d'une part, son indigénisme est resté culturel et il ne l'a jamais vraiment mené à son terme politique, bien qu'il fût sénateur nationaliste et même candidat à la présidence de la République en 1930, et ne l'a pas vraiment enraciné dans le socio-économique malgré des allusions çà et là et un dernier effort tardif. D'autre part, l'ambiguïté tactique et prudente du marsisme et la souple ambivalence de Mars lui-même lui ont valu de voir son combat dénaturé par des disciples qui souvent n'avaient pas sa culture, ignoraient son sens des nuances et se voulaient nettement plus iconoclastes, sinon révolutionnaires, n'ayant pas le conditionnement social et l'appartenance de classe qui, dans une large mesure, expliquent la courbe de l'indigénisme de Price Mars lui-même, à travers une vie de privilégié sans contact réel avec les masses populaires noires. Enfin le marsisme a rencontré et séduit le marxisme haïtien alors à ses débuts. Comme Mariategui au Pérou, Jacques Roumain, futur fondateur du parti communiste en 1934, est un indigéniste. Adepte de la ligne préconisée par Price Mars à la faveur des études ethnologiques, il fait un « bout de chemin » avec celui-ci. Son roman *Gouverneurs de la rosée* sera à la fois un roman indigéniste, un roman paysan et une œuvre sociale engagée. Plus tard, les jeunes générations marxistes contesteront sans ménagement le marsisme au nom du marxisme, ce qui arrachera ce cri au vieillard chagrin avant de mourir : « Je sais bien que la nouvelle génération d'intellectuels d'Haïti, imbue des doctrines à la mode, conteste la réalité du problème noir en tant que problème scientifique et le ramène au conflit de l'humain et de l'inhumain... Un jour viendra peut-être où tous les hommes par leur propre activité créatrice briseront tous ces fétiches que sont la race, l'État, les privilèges, l'argent et se retrouveront fraternellement unis dans le travail producteur, dompté et humanisé. Peut-être ai-je fort mal compris et très mal interprété vos aspirations et vos doctrines, ô jeunesse iconoclaste et tumultueuse ! Excusez mon ignorance. Mais en attendant que s'accomplisse le miracle de ce merveilleux destin humain, permettez que je m'accroche au roc des réalités sociales, quotidiennes, qui m'amènent à déceler les antagonismes partout où sur la terre habitable l'homme est un loup pour l'homme, partout où les préjugés, les haines, les convoitises jettent les hommes les uns contre les autres dans une mêlée furieuse de meurtres, de rapines et d'abominations. Et dans cette conjoncture universelle, ceux d'entre les humains qui ont été regardés par le soleil pendant les transformations de la planète et qui ont conservé l'empreinte indélébile de la morsure astrale sont toujours, çà et là, l'objet des discriminations d'autres fils du cosmos. Hier comme aujourd'hui, ils en portent l'incontestable témoignage. »

En tout cas, pour en revenir à la décennie des années 1920, toute une école indigéniste haïtienne donne le ton à la nouvelle littérature haïtienne. Répartie à travers des rameaux divers, généralement autour d'une revue comme *La Revue indigène, La Nouvelle Ronde* ou *Les Griots,* la sève indigéniste alimente même des auteurs qui, dans une autre conjoncture, se seraient trouvés davantage d'affinités avec l'ancienne littérature de style francophile. L'indigénisme a mené son combat pour finalement aboutir à faire valoir l'idée du dualisme culturel, du syncrétisme. Nul mieux que le poète Léon Laleau n'a su exprimer cette dualité de l'âme haïtienne :

Sentez-vous cette souffrance
Ce désespoir à nul autre égal
D'apprivoiser avec des mots de France
Ce cœur qui m'est venu du Sénégal ?

12. *Coups d'État militaires et résurgence du caudillisme dans les dictatures d'ordre et d'affaires*

Contre tous ces courants d'idées et ces régimes politiques qui s'emploient à modeler une Amérique latine nouvelle sur les abandons et le recul de position de l'oligarchie, la réaction s'organise soit pour empêcher la contamination démocratique et radicale, soit pour rétablir la domination des forces d'argent, quitte pour celles-ci à réaliser sous leur égide quelques-uns des changements nécessaires. Dans les deux cas, il s'agit d'empêcher que cela saute : c'est la politique du verrou. Mais cette politique du verrou ne signifie pas blocage. Derrière les issues révolutionnaires fortement verrouillées par les coups d'État militaires et les dictatures d'ordre, il y a place pour des aménagements réels quoique limités et en tout cas la porte, elle, est large ouverte au capital étranger et à l'accélération du « développement vers l'extérieur ». C'est l'élan révolutionnaire qui est bloqué, mais la décompression se fait sur l'économique. Parfois même l'ordre n'est pas uniformément assuré au profit de l'oligarchie et l'on voit des caudillos se souvenir de leur origine populaire et rechercher l'appui des masses dans une politique dont certaines orientations ont comme un aspect démocratique et une pointe anti-oligarchique. C'est ce que Valenilla Lanz a proposé d'appeler le « césarisme démocratique ».

Les interventions militaires dans la politique

Sans être une des périodes de forte intensité du militarisme latino-américain, les deux décennies qui vont de 1910 à 1930 sont témoins d'un certain nombre d'interventions militaires dans la politique. C'est un coup d'État militaire contre le président libéral Gutierez en 1920 qui permet l'avènement en Bolivie de l'homme fort du parti républicain Bautista Saavedra (1920-1924). Un coup d'État non sanglant a permis à la dictature de Leguia de s'installer au Pérou en 1919. C'est par la force que Tinoco instaure un intermède dictatorial dans la vie politique costaricienne en 1917. C'est un coup d'État militaire de droite qui renverse le Dʳ Gonzalez Cordoba en Équateur en 1925. Au Chili, la pression et l'intervention des cadres de l'armée obligent Alessandri à donner sa démission en 1925 ; et en 1930 c'est l'armée brésilienne qui dépose Washington Luis de Souza comme l'armée argentine le fait pour Irigoyen. Dans deux pays, au cours de la période, on ne peut pas dire qu'il y a intervention de l'armée dans la politique : elle y est présente, elle y campe. C'est le Brésil des années 1910 et 1920 et le Mexique de la révolution jusqu'à Calles. Un test important de la puissance politique de l'armée réside dans le pourcentage qui lui est affecté dans les dépenses de l'État, l'évolution de ce pourcentage est souvent en corrélation avec les interventions politiques de l'armée.

L'explication élaborée de ce phénomène de l'interférence militaire dans le processus politique devrait faire intervenir une multiplicité de facteurs, les uns intérieurs à l'armée et d'autres tenant à son degré de professionnalisation, à l'origine sociale de la hiérarchie militaire, aux motivations de carrière des officiers, à l'image du militaire dans l'opinion, à la tradition militaire nationale. Samuel P. Huntington, dans une de ses généralisations éclairantes mais que les nuances et différences de la réalité concrète font souvent mentir, a caractérisé les données du problème en Amérique latine en disant qu'elles « combinent l'idéologie antimilitariste avec un haut degré de puissance politique des militaires et un faible degré de professionnalisme de l'armée ». Il est difficile de dire que prédomine, dans les années 1910 et 1920, une idéologie antimilitariste. En tout cas, alors que les courants antioligarchiques, antilatifundiaires, anticléricaux sont militants de façon continue et croissante, l'antimilitarisme s'exprime plutôt occasionnellement et la bataille des *civilistas* en faveur de la suprématie du civil au pouvoir ne culmine pas en un antimilitarisme doctrinal généralisé et agressif. Il faut donc se garder de croire que pour tous les Latino-Américains de l'époque — même au sein des forces du mouvement — l'interférence de l'armée dans la vie politique serait « anormale ». On cherche plutôt à la faire éventuellement se réaliser à son profit, l'atout majeur en politique étant d'avoir de son côté le poids de l'armée et le monopole de la force naturelle de contrainte dont elle dispose.

En effet, les cas où l'armée intervient d'elle-même et pour son compte dans la vie politique demeurent rares : perception d'un danger pour l'institution en tant que telle, conflit relatif à la réforme de l'armée, problème du budget militaire et de la solde des officiers et soldats. Le plus souvent, l'armée est *sollicitée* d'intervenir, soit par les forces politiques et groupes d'intérêt, soit du fait des situations objectives qui lui semblent exiger le recours à l'*ultima ratio* de la république, l'institution militaire étant la gardienne de la Constitution et de la pérennité de la nation.

Précisément les décennies 1910 et 1920 lui offrent des occasions d'intervention. D'une part la voie militaire demeure une voie privilégiée d'accès au pouvoir : c'est la tradition caudilliste qui fait désigner comme président le « général victorieux », qu'il soit un militaire de carrière à la tête d'une armée ou un général improvisé ayant levé une force de frappe. C'est le cas des « politiciens en uniforme ». Dans certains pays, l'intervention de l'armée se fait au service d'intérêts régionaux comme au Venezuela où cette même région de Tachira se fait pourvoyeuse coup sur coup de cinq dictatures militaires, ou en Équateur où l'armée est contrôlée par l'intérieur conservateur (Quito) contre la côte libérale (Guayaquil). Dans le contexte d'ascension des classes moyennes, l'armée — comme l'instruction — offre un canal pour la mobilité sociale verticale et les militaires issus des classes moyennes sont plus sensibles à la séduction des doctrines et mouvements politiques correspondant à l'ambition de ces classes. Dans ce climat de lutte passionnée et souvent violente entre forces du mouvement et forces du *statu quo,* ces dernières sont souvent tentées d'utiliser l'énergie inertielle de l'armée pour bloquer l'avance du mouvement, comme le font la Rosca en Bolivie et les barons du café au Brésil. Mais surtout, dans cette crise provoquée par la modernisation, des situations exceptionnellement critiques se présentent : guerres civiles, vide politique qui requièrent l'intervention — en principe exceptionnelle — de la force militaire.

Comment se réalise alors l'intervention militaire dans le processus politique ? Les histoires de l'Amérique latine distinguent les *pronunciamientos,* les *cuartelazos,* les *golpes de estado* et le *machetismo.*

Le *pronunciamiento* est le manifeste par lequel un corps d'armée ou l'armée se prononce contre un président et en faveur de l'accession d'un général au pouvoir pour le remplacer. Le *pronunciamiento* est souvent à l'origine d'une courte guerre civile qui met en avant le militaire victorieux, ou, alors, sa simple matérialisation exerce une pression politique suffisante et change de façon évidente le rapport réel des forces pour que le président au pouvoir comprenne et se retire avant l'irruption des forces de son adversaire et successeur. L'armée s'est prononcée et cela suffit pour changer le décor politique. C'est le cas des interventions militaires au Chili du 23 janvier 1915 et du 5 septembre 1924.

Le *cuartelazo,* que dans certains pays on appelle improprement *sargentada,* implique la mise en état de rébellion d'une garnison dans ses casernes *(cuartel)* ou une forteresse et, à partir de là, l'occupation stratégique des centres vitaux de communications paralyse le gouvernement finalement enfermé dans sa capitale. Le *cuartelazo* est l'exploitation d'une position politique de force par le commandement d'un établissement militaire important. Il suppose la possibilité de gagner à sa cause le reste de ce qui compte dans l'armée et surtout les autres armes (marine, aviation, artillerie, division blindée, cavalerie, infanterie selon le cas) et la capacité d'impressionner sinon de rallier l'opinion. C'est un *cuartelazo* (soulèvement de la garnison d'Arequipa) qui emporte Leguia au Pérou en 1930.

Le *golpe de estado* ou *golpe militar* est le complot militaire classique préparé dans le secret et exécuté avec promptitude pour changer le gouvernement. Tout dépend de la planification du coup, du secret dont on arrive à l'entourer, de la technique avec laquelle on se rend maître rapidement des points forts de la capitale (centres militaires et financiers, postes de communications et de propagande, etc.), de la célérité que l'on met dans l'assaut direct contre le palais présidentiel où le président doit se démettre ou perdre la liberté et souvent la vie. La participation civile dans le coup d'État permet de noyauter la *casa* présidentielle, de distinguer amis ou adversaires potentiels ou réels du coup et de prendre le président en exercice dans le filet de la trahison et d'un brusque environnement hostile. Isolé, ne pouvant passer des ordres ni se faire obéir, il n'a qu'à se démettre pour trouver, la vie sauve, le chemin de l'exil. Peu de temps doit s'écouler entre le début du coup et le moment où l'on peut annoncer au peuple le changement d'un « mauvais gouvernement » (celui qui s'en va, évidemment) par un bon et prometteur (celui qui s'installe, bien entendu). Le coup d'État se fait de préférence en week-end ou un jour férié et il doit pouvoir mettre hors d'état de nuire tous les hommes influents du camp adverse : de là ces arrestations d'hommes politiques chez eux, en pleine nuit, de préférence au petit jour, technique imitée du coup d'État de Louis Napoléon Bonaparte. En Amérique centrale, on l'a vu, un coup d'État fructueux a permis, au cours d'un bal, de faire un coup de filet sur tous les membres du gouvernement. En Bolivie, le scénario, fort bien mis au point, révèle des pratiques semblablement efficaces.

L'intervention militaire consiste souvent à placer au timon des affaires une junte qui remet ensuite le pouvoir à des civils d'une nouvelle tendance, élus à la faveur de l'interdit politique jeté sur l'ancienne équipe renversée. Elle permet le plus souvent à un homme fort — généralement le *jefe maximo* — d'émerger et, une fois l'élection assurée, de continuer à gouverner avec l'appui de l'armée sans qu'il y ait à proprement parler de régime militaire.

En période de crise, les chutes et changements fréquents de gouvernement par suite d'intervention militaire peuvent créer, pour un temps, un véritable État prétorien comme au Brésil à l'avènement de la république, ou en Haïti de 1910 à 1915.

Mais l'intervention militaire mène plus vraisemblablement à un régime fort, à une dictature durable ou renforcée par une force de mercenaires et d'hommes de main qui maintiennent le pouvoir personnel d'un homme et son règne sur le pays : c'est le cas de Juan Vicente Gomez au Venezuela.

Les grandes dictatures des années 1910-1920

Cinq dictatures sont particulièrement représentatives de la période. L'une, celle de Federico. A. Tinoco au Costa Rica, est certes un passage de météore dans un ciel démocratique, mais il est significatif qu'une dictature puisse s'installer par force et durer deux ans dans le pays de la démocratie témoin d'Amérique centrale. Celle de Carlos Ibáñez del Campo au Chili dure « seulement » quatre ans, la première fois, mais elle est emportée dans le tourbillon de la crise de 1929-1930, phénomène exceptionnel. Les autres sont de longues dictatures : celle de Gerardo Machado à Cuba (1924-1933) dure neuf ans;

celle d'Augusto B. Leguia (1919-1930) au Pérou dure onze ans et celle de Juan Vicente Gomez (1908-1935) au Venezuela dure vingt-sept ans.

Trois d'entre elles sont des dictatures caraïbes (Venezuela, Cuba et Costa Rica), dont deux des plus longues. Elles préfigurent les longues dictatures caraïbes d'immédiatement après la grande crise de 1929-1930 : Ubico du Guatemala (1931-1944), Anastasio Somoza (1933-1956) et Rafael Trujillo y Molina (1930-1961). Une seule est montée au pouvoir par élection sans s'être saisie préalablement du pouvoir : celle de Machado, mais elle a l'appui du président sortant. Les autres ont préféré l'usage des baïonnettes à l'utilisation du bulletin de vote, ce dernier d'ailleurs venant ensuite légitimer les pouvoirs de fait.

Bien que chacune porte en elle sa différence incommunicable, quelques traits caractéristiques peuvent être relevés qu'on retrouve, à des degrés divers, chez les unes et chez les autres.

Ce sont des dictatures au sens fort du mot, c'est-à-dire non seulement elles concentrent les pouvoirs entre les mains de l'exécutif sans possibilité réelle de contrôle parlementaire ni d'indépendance judiciaire, mais elles ne tolèrent aucune opposition. Ce sont des tyrannies. Sans doute s'empressent-elles toutes, à la faveur de constitutions « libérales », de proclamer l'existence de garanties des libertés politiques et des droits civiques, mais la presse est bâillonnée, les élections se font en fait sous le régime du *candidato unico* et les oppositions ont le choix entre la mort, la prison ou l'exil. Elles organisent le culte personnel du *jefe maximo* : Leguia est le fondateur de la patrie nouvelle *(patria nueva)*, le « géant du Pacifique », le « président Jupiter » ; Gomez, pourtant le plus modeste de tous, est « El Benemérito ». Elles savent se soigner et soigner leurs intérêts et le pouvoir est une source de jouissance de toutes sortes : Gomez se fait une fortune d'environ 35 millions de dollars et peuple le Venezuela d'une centaine d'enfants issus de ses performances de célibataire heureux et gâté par la nature ! Leguia se fait construire un palais de marbre.

L'efficacité politique de ces régimes est réelle en ce sens qu'ils arrivent à se maintenir au pouvoir, pour certains, pendant fort longtemps. Ces grandes dictatures s'appuient sur une armée nombreuse, d'autant plus coûteuse que le budget a pour elle des faveurs particulières et d'autant mieux équipée en navires, avions, artillerie, blindés que le gouvernement ne lésine pas sur les dépenses d'armement destinées à dissuader toute tentative de soulèvement intérieur ou d'invasion à partir de l'étranger. La police régulière est tatillonne et pratique la torture en technicienne. La police secrète est omniprésente et étend son réseau pratiquement partout. Enfin, des hommes de main sont organisés pour faire les « coups » contre les adversaires, suspects ou rivaux avec d'autant plus d'audace qu'ils sont irresponsables, couverts et impunis : ce sont les *llaneros* de Gomez, les *porristas* de Machado.

La corruption et le népotisme font partie des méthodes de gouvernement. Tinoco installe son frère comme éminence grise et les Tinoco se mettent à trois pour faire des combines avec les firmes étrangères. Le fils de Leguia reçoit une commission de 415 000 dollars pour avoir réussi à faire adopter par son père un emprunt d'une banque américaine ! Gomez assure pignon sur rue et compte en banque à chacun de ses enfants.

Ces dictatures font tout pour plaire aux investisseurs étrangers et les attirer dans le pays. Elles ont la « chance » d'être contemporaines de la « prospérité Coolidge » et de bénéficier de la « danse des millions ». On sait que les banques américaines s'emploient alors à placer des prêts auprès des gouvernements latino-américains : une « manne » de près de 2 milliards de dollars se serait ainsi déversés dans les capitales d'Amérique latine. Les investisseurs privés obtiennent des concessions pour le cuivre, le pétrole, les travaux publics, etc. La dictature est le régime idéal pour les forces d'argent internationales.

Et cependant, ces dictatures ne peuvent pas être à la légère classées comme oligarchiques et conservatrices. Les investisseurs étrangers, certes bien accueillis et bien lotis, se voient quand même opposer certaines exigences. L'oligarchie et la ploutocratie locales se voient taxer, et il est même question d'impôt sur le revenu, ce qui provoque leur hostilité à ces dictatures curieuses. Celles-ci recherchent l'appui populaire et, à cette fin, pratiquent une politique sociale qui n'est pas sans mérite pour l'époque et même Leguia se permet de faire une œuvre dont certains aspects sont pro-indiens. Ibáñez, de son côté, développe des aspects « progressistes » dans sa politique économique et sociale en faveur des travailleurs.

Enfin ces dictatures font le coup de chapeau à la démocratie en respectant apparemment les prescriptions constitutionnelles limitant la durée de leur mandat. Les dictateurs se retirent alors pour mieux rester et mettent au pouvoir des hommes de paille pendant qu'ils gardent l'exercice réel du pouvoir à partir des positions de force comme, généralement, le commandement en chef de l'armée. Au fond, ces dictatures de la loi et de l'ordre ont voulu, en politique, prendre une position d'arbitre entre l'oligarchie et la ploutocratie d'une part et les masses populaires de l'autre, de manière à n'être prisonnières ni des unes ni des autres. Il n'en demeure pas moins que le bénéfice principal de l'enrichissement collectif va avant tout aux propriétaires, aux brasseurs d'affaires et aux brasseurs d'idées. Souvent ces dictateurs se dévouent corps et âme à la tâche de gouverner, déployant une activité inlassable et travaillant d'autant plus assidûment qu'ils veulent tout savoir, tout décider, tout faire, tout contrôler. C'est le pouvoir personnel porté à son degré maximal de vérité, d'efficacité et de lourdeur.

La dictature de Juan Vicente Gomez au Venezuela (1908-1935)

C'est l'une des plus longues dictatures latino-américaines de l'époque : plus d'un quart de siècle. Monté au pouvoir en 1908, à cinquante et un ans, Juan Vicente Gomez meurt paisiblement dans son lit au pouvoir, à soixante-dix-huit ans, en 1935, après avoir présidé au démarrage du Venezuela moderne. Son régime a été pris comme « idéal type » de la dictature latino-américaine classique réalisée dans le caudillisme.

L'homme est un éleveur de bétail de Tachira, dans les Andes, où son travail et son sens pratique lui permettent de devenir propriétaire de ranches. Associé à la fortune politique de Cipriano Castro, bien qu'ignorant, il est vice-président et commandant de l'armée de 1902 à 1908. Métis rusé et ambitieux, il profite d'un voyage de Castro en Europe pour prendre le pouvoir à son compte et l'exercer à son profit.

Célibataire endurci mais friand d'aventures peu clandestines, il est, à défaut de charisme, investi du prestige du *macho* et ce n'est pas sans admiration qu'on se chuchote qu'il a plus de quatre-vingt-dix enfants reconnus ! Il a un flair étonnant pour découvrir les conspirations et il sait lire dans la pensée d'autrui. Ses contemporains, frappés par cette clairvoyance exceptionnelle, lui ont attribué des pouvoirs surnaturels et l'ont appelé le sorcier, le magicien. Cela a contribué grandement à asseoir son autorité personnelle.

Cette autorité, il en use implacablement. C'est une main de fer qui entend assurer la loi et l'ordre. Les opposants l'apprennent à leurs dépens. Gomez remplit les prisons en ayant soin d'éviter des procès gênants et en supprimant tout recours. Les plus récalcitrants sont pris en charge par la police qui sait pratiquer les tortures raffinées, macabres, tandis que les plus dangereux ont affaire à la justice expéditive des *llaneros,* milice personnelle du dictateur. La presse est mise au pas et, à ce régime, les Vénézuéliens perdent jusqu'à l'habitude et au goût de s'exprimer et d'exprimer une opinion politique dissidente.

Personnellement, il prend au sérieux l'exercice du pouvoir. Il n'est ni habitué des bonnes tables plantureuses ni amateur de boissons fortes. On a vu qu'il se rattrape sur le chapitre féminin et que son amour paternel, aussi multiplié que ses amours, sait se matérialiser en espèces sonnantes et en hectares de bonnes terres. Il ramasse une fortune colossale au point de gagner la réputation d'être l'homme le plus riche d'Amérique du Sud. Son palais de Maracay a cent chambres, plus de trois cents mètres de long et des jardins somptueux et magnifiques.

Le régime s'appuie sur une armée solide et domestiquée. Gomez l'a puissamment fortifiée, la dotant de blindés, d'avions, de mitrailleuses et d'artillerie lourde et légère. Il en prend lui-même la direction et la garde comme commandant en chef, de 1915 à 1935. A l'égard de la religion, il affiche une indifférence méprisante et le clergé n'est pas en mesure de lui créer de réels problèmes.

Le début de l'exploitation pétrolière inaugure une période d'enrichissement dont Gomez sait tirer une part substantielle pour le gouvernement, quitte à jouer, non sans habileté parfois, les Anglais contre les Américains et vice versa. Le pétrole du lac Maracaïbo est désormais un élément du système politique vénézuélien et la loi pétrolière de 1920 envoie d'importantes « royalties » alimenter les caisses de l'État. Le régime s'associe ouvertement au « big business » (grandes affaires) étranger dont il obtient l'appui financier. Gomez peut ainsi, en payant jusqu'au dernier centime de la dette extérieure, assurer la libération financière du Venezuela.

Il sait d'ailleurs s'entourer d'un personnel compétent pour concevoir et exécuter les grandes œuvres du « règne » : routes, équipement sanitaire, travaux d'art, écoles. Il entretient toute une cour de journalistes pour faire valoir ses « réalisations » et des écrivains patentés font la propagande du gouvernement et assurent la gloire du régime.

Un tel système ne pouvait plaire à la jeunesse étudiante stimulée par l'exemple étranger du mouvement de la Réforme universitaire. Une Fédération des étudiants vénézuéliens présidée par Jovito Villalba engage le combat politique contre la dictature. Son action aboutit à la crise de 1928 au cours de laquelle émergent au premier plan de l'actualité les jeunes de la « génération de 1928 » soutenus par la gauche libérale et socialiste du pays. Mais Gomez a raison de cette agitation qu'il réprime sans pitié. Il réserve d'ailleurs aux étudiants (les leaders étant en prison ou en fuite) un traitement à sa façon : il les invite au travail concret, manuel, pour leur faire perdre le goût des spéculations non réalistes, en les employant à construire des routes plutôt qu'à faire des émeutes. Les inégalités contre lesquelles proteste la jeunesse demeureront !

Alors qu'il assure, par la brutalité policière, la paix et la stabilité intérieures, ses adversaires exilés à Mexico, à New York et à Paris prennent l'univers à témoin de ses vols et de ses crimes. Il leur oppose la confection de six Constitutions « démocratiques » garantissant les libertés fondamentales, en se gardant bien d'ajouter qu'elles sont restées et resteront lettre morte sous son règne. Quand il rend le dernier soupir en 1935, le peuple reste près de deux jours, paraît-il, à ne pas croire la nouvelle en se demandant si ce n'était pas un nouveau tour que leur jouait « El Benemérito » pour amener ses adversaires à se découvrir et les frapper de sa poigne restée terrible malgré ses soixante-dix-huit ans.

La dictature de Federico Tinoco au Costa Rica (1917-1919)

L'année de l'intervention des États-Unis dans la guerre de 1914-1918 voit se produire au Costa Rica un événement bien singulier dans l'histoire de ce petit pays du Centre-Amérique : un coup d'État militaire au profit du ministre de la Guerre, le général Federico Tinoco. Depuis près d'un demi-siècle, pareil phénomène n'était arrivé dans les annales politiques costariciennes. Le fait mérite examen.

Depuis 1914, le Costa Rica traversait une crise politique à la suite du résultat incertain des élections présidentielles qui n'avaient pas pu départager les trois candidats les plus importants. Saisi de la question conformément au vœu de la Constitution, le Parlement, au lieu de faire son choix entre les deux candidats arrivés en tête, désigna un « outsider » en la personne d'Alfredo Gonzalez Flores. Le choix du *designado* suscite alors une vive contestation politique.

A cette crise politique s'ajoutent les effets de la conjoncture économique du début de la guerre en Europe, avec la rupture des circuits économiques et financiers et des flux commerciaux, occasionnée par les hostilités et surtout par la guerre navale. Pour faire face à cette situation, le chef du pouvoir exécutif propose d'établir l'impôt progressif sur le revenu, projet auquel sont hostiles et l'oligarchie locale et les entreprises étrangères. Enfin, pour achever le tableau, une sourde rivalité oppose des groupes d'intérêts pétroliers américains et anglais pour la prospection et la concession de gisements de pétrole au Costa Rica.

Le coup d'État de Tinoco prend par surprise le président Gonzalez qui avait toute confiance dans son ministre de la Guerre. Par contre, il réjouit la United Fruit, soupçonnée et accusée par le Département d'État lui-même d'avoir été l'instigatrice du coup, et la Sinclair Oil Company, rivale du groupe anglais Pearson qui semblait avoir la préférence du président déposé et réfugié avec tout son gouvernement à la légation des États-Unis à San José.

Tinoco prend, au soir du 27 janvier 1917, le contrôle de la situation d'une main ferme et établit un gouvernement arbitraire qui bâillonne la presse, opprime le peuple et supprime toute expression politique d'opposition. Non sans mal ni sans susciter un mécontentement croissant dans la population et dans les milieux politiques dirigeants. Mais le dictateur a l'appui politique et financier de Minor C. Keith, vice-président de la United Fruit, qui, en retour, bénéficie de concessions avantageuses et presse le Département d'État, hostile, à reconnaître le nouveau régime. Celui-ci s'appuie sur une armée qu'il a augmentée et fortifiée et sur la police qui traque les opposants. La corruption s'étale au grand jour, le monde des brasseurs d'affaires étant directement lié au frère du président qui est une éminence grise du régime.

Pour essayer de donner de la respectabilité au nouveau pouvoir, l'usurpateur invite les sept ex-présidents de la République encore vivants à rédiger une Constitution et se fait élire le 1er avril 1917. Mais ce « poisson d'avril » est plutôt une pilule amère, difficile à avaler pour la classe politique. Finalement la conjonction d'une opposition croissante à l'intérieur et des pressions très fortes du Département d'État qui condamne publiquement le coup d'État et refuse de reconnaître Tinoco oblige celui-ci à abandonner le pouvoir au bout de deux ans.

La dictature d'Augusto B. Leguia au Pérou (1919-1930)

L'ancien président de 1908-1912 saisit le pouvoir au Pérou en 1919 et va le garder onze ans pendant lesquels il établit sur le pays une dictature de fer. Augusto Leguia met, en effet, toute son énergie au service de l'ordre. Son pouvoir est absolu et une police vigilante envoie les critiques et les censeurs du régime se réveiller au contact des dures réalités de la prison d'État. Les apristes, après avoir été tolérés au début, sont ensuite l'objet d'âpres persécutions et les leaders arrêtés ou exilés. Le régime compte sur la loyauté d'une armée qui obtient ce qu'elle veut : argent, équipements en blindés, en artillerie, en avion, en armes modernes, privilèges de toutes sortes. En 1923, pour faire la cour à l'Église dont il escompte l'appui pour sa réélection, il décide de consacrer le Pérou au Sacré-Cœur, ce qui soulève la protestation animée d'une coalition anticléricale groupant les francs-maçons, de jeunes catholiques contestataires, les protestants, les libéraux, les anarcho-syndicalistes et surtout la Fédération des étudiants avec, à leur tête, Haya de la Torre et grossie des élèves des universités populaires Gonzalez-Prada. La répression est sanglante (deux morts, un étudiant et un ouvrier) et les leaders sont frappés d'exil.

L'ancien directeur des assurances et des banques qu'est Leguia est un admirateur des ingénieurs, techniciens, financiers et investisseurs nord-américains ; il encourage et facilite leur pénétration au Pérou : la Cerro de Pasco, la Vanadium Corporation, la Standard Oil sous le nom de la filiale péruvienne IPC (International Petroleum Company) étendent leurs opérations. Il donne une énergique impulsion à l'agriculture et aux affaires qui trouvent dans l'ordre et la stabilité les conditions et le climat propres à l'expansion capitaliste. La croissance en volume des exportations témoigne des résultats de cette politique entre 1920 et 1930 (les années d'indice de base 100 étant la moyenne de 1896-1899 pour les cuirs, la laine, le sucre et le coton ; celle de 1900-1904 pour le cuivre et celle de 1905-1909 pour le pétrole) :

Périodes	*Cuirs*	*Laine*	*Cuivre*	*Sucre*	*Coton*	*Pétrole*
1915-1919	169	187	263	237	424	560
1920-1924	103	129	219	272	681	1 158
1925-1929	156	129	308	313	843	2 973

Les rentrées de devises permettent de restaurer le crédit du Pérou sur les marchés extérieurs et les banques nord-américaines avancent à Leguia plus de 90 millions de dollars. Une véritable frénésie de travaux publics s'empare du gouvernement : routes, aménagements portuaires, travaux d'irrigation, chemins de fer. Leguia dote le pays d'équipements sanitaires, d'écoles. La sierra est traversée par les voies modernes de communication et l'avion commence à entrer dans les mœurs pour parcourir le pays. Les travaux de prestige ne sont pas oubliés : palais de marbre, modernisation et embellissement de Lima.

Mais le volet le plus étonnant de ce programme de gouvernement réside dans la politique sociale du régime qui recherche l'appui populaire, pour faire échec à l'hostilité de certains secteurs de l'oligarchie de Lima que le projet gouvernemental d'impôt sur le revenu mécontente et effraie. Une législation importante octroie des garanties sociales aux travailleurs, consacrées dans la Constitution de 1920.

A l'occasion des inaugurations des réalisations gouvernementales en faveur des ouvriers, des chômeurs et des Indiens — cette politique pro-indienne paraît démagogique à la fois à l'oligarchie et à la gauche socialiste — il organise des *fiestas* au cours desquelles il se mêle au peuple : *panem et circenses !* Au début, on l'a vu, il approuve officiellement la création et le fonctionnement des universités populaires Gonzalez-Prada pour les ouvriers.

En réalité, si Leguia fait une politique qui fondamentalement rassure l'armée, l'Église et la *gentry,* il n'entend pas se laisser dominer par elles et c'est la raison d'être de ces aspects qui cherchent à cultiver les classes moyennes et à plaire au peuple.

La poursuite de cette politique, qui a fait se multiplier par dix la dette publique, suppose une prospérité continue. Or, la crise de 1929 survient, qui frappe à mort le régime. Il ne lui survivra pas.

La dictature de Gerardo Machado à Cuba (1924-1933)

Gerardo Machado est, en 1924, l'ancien gérant de la succursale à La Havane de la General Electric Company, choisi comme candidat du parti libéral avec la bénédiction du président sortant Alfredo Zayas. Il bénéficie de l'appui des États-Unis, puissance protectrice, et promet, à son avènement, de « moraliser » le gouvernement. Très vite, il se révèle un terrible tyran, supprimant la liberté de la presse et faisant considérer à ses adversaires comme une « chance » d'être déportés. En effet, la police secrète est organisée de manière à étendre un réseau serré de contrôle sur le pays et les hommes de main du régime, les tristement célèbres *porristas,* font le coup de feu en pleine ville, assurés de l'impunité. La police fait s'acclimater à Cuba la *ley fuga* de Porfirio Díaz qui permet d'abattre un prisonnier qui prend la fuite ! Mieux encore ou pire : des hauteurs du château-prison « Morro » on précipite les prisonniers dans la mer pour servir de chère aux requins. Des dirigeants politiques arrivent à prendre le chemin de l'exil quand ils ne sont pas assassinés. Les leaders ouvriers connaissent le même sort.

Le sucre et le tourisme sont les deux piliers économiques du système. Le sucre est en crise de surproduction et le gouvernement, par la loi Verdeja, réduit la *zafra* (récolte) de 10 % et en 1927 crée par loi une Commission nationale de défense du sucre. Guerra y Sanchez publie en 1927 son grand et beau livre *Azucar y Población en las Antillas* qui est un diagnostic sévère de l'économie sucrière et lance des prophéties pessimistes sur l'avenir de cette industrie. La *zafra* de 1932-1933 ne représente plus que 50 % de celle de 1922. Il s'ensuit une sensible réduction des revenus sucriers répercutée dans une baisse des salaires qui sont ramenés en 1933 à 70 % du niveau de 1923. Le gouvernement réplique à cette situation par une tentative de diversification de l'économie cubaine et une politique protectionniste pour stimuler l'industrie privée locale.

Mais c'est surtout le tourisme qui se développe de façon prodigieuse. Cuba dispose, à cet égard, d'un certain nombre d'atouts appréciables auprès des Américains. D'abord, c'est leur île, leur « colonie » : les *marines* y débarquent à la moindre alerte et le Département d'État met un « veto à la révolution quelle qu'en soit l'origine ». La sécurité est donc assurée. En outre, l'île est proche (une centaine de miles de la côte américaine) et son climat, pendant le rude hiver américain, en fait un paradis. Et puis, l'infrastructure hôtelière se développe avec tout le cortège habituel des hôtels de luxe, night-clubs, casinos, etc. Les courses de chevaux et la loterie sont des éléments non négligeables d'attraction. Enfin — *last but not least* — par ces temps de prohibition, le recours contre la sécheresse des gosiers américains est cette oasis à la porte des USA où l'on peut boire tous les alcools interdits et y ajouter des rhums excellents, en compagnie de plantureuses créatures de la grande île « méditerranéenne » que la nécessité pousse à la prostitution.

Machado a un ambitieux programme de travaux publics et d'équipement sanitaire. Son orgueil est la construction de la *carretera central,* cette grande voie qui traverse l'île dans toute sa longueur et ouvre l'intérieur du pays sur un parcours d'un millier de kilomètres. Il fait construire un capitole de marbre qui coûte la bagatelle de 20 millions de dollars. La dette publique augmente dans des proportions inquiétantes.

La corruption s'étale au grand jour, publique et privée. L'octroi des agences de la Loterie nationale est l'occasion de corrompre d'importants personnages, y compris des parlementaires influents. Les transactions, exactions, commissions, pots-de-vin, spéculations, détournements de fonds, extorsions de toutes sortes font du monde des affaires une jungle interlope où grenouille la mafia. Une véritable « ploutocratie de scélérats » règne sur la grande île caraïbe à laquelle l'île d'Haïti voisine ne peut plus disputer le titre de « Perle des Antilles ».

Les étudiants, les syndicats, les mouvements d'inspiration socialiste résistent à la dictature. Celle-ci ferme l'université nationale et réprime avec une telle férocité que le tyran y gagne le surnom détesté de « Machado le boucher ».

Mais il continue, malgré la crise, malgré l'action terroriste des groupes de l'ABC, de contrôler la « machine politique » qu'il a mise sur pied à son avènement. Il faudra la détérioration générale de la situation et le lâchage de dernière heure des Américains pour que la dictature s'effondre en 1933.

La dictature de Carlos Ibáñez del Campo au Chili (1927-1931)

Militaire de carrière, Carlos Ibáñez del Campo est un ancien élève de l'École militaire où il est entré en 1896. Commandant de l'École des carabiniers puis directeur de l'École de cavalerie, il participe aux *pronunciamientos* militaires de 1924 et 1925. Ministre de la Guerre en 1925 puis, coup sur coup, ministre de l'Intérieur et vice-président de la République en 1927, Ibáñez est élu à la magistrature suprême en avril 1927.

Son avènement marque le retour du Chili à la dictature,

à l'exemple d'Alessandri dont d'ailleurs il exécutera une partie du programme sans l'atmosphère de combat qui a marqué le gouvernement du « lion de Tarapaca ». Il se saisit du pouvoir absolu, mettant fin aux débats, aux discussions et à la contestation parlementaires. Son régime s'appuie sur l'armée qui reconnaît en lui l'un des siens. Il augmente le traitement des officiers et la solde des soldats, pourvoit à l'équipement et à la modernisation des troupes, achète des navires, des blindés, des avions et associe les autorités militaires à l'œuvre gouvernementale. Grâce à l'armée, il arrive à supprimer toutes les tentatives insurrectionnelles. Il organise un corps d'élite, les carabiniers, fidèles et loyaux, qui supplante la police, d'ailleurs elle-même fort efficace dans la répression. Comme tout dictateur, il ne tolère pas d'opposition et les opposants comme les suspects sont arbitrairement envoyés en prison et en exil. La presse est asservie et les syndicats, apeurés, se tiennent tranquilles.

Compétent et honnête, infatigable et discipliné, il impose à l'administration un régime quasi militaire et entreprend un vaste train de réformes. Servi à souhait par la prospérité des années 1924-1929, du moins en ce qui concerne le cuivre, il compte sur le financement américain pour exécuter son programme ambitieux de gouvernement. Une activité fébrile se déploie dans les travaux publics : constructions de routes, aménagements portuaires, équipement sanitaire, locaux scolaires, chemins de fer, canaux d'irrigation, électrification du pays. Les banques américaines ne lui marchandent pas leur concours intéressé et le Chili reçoit 300 millions de dollars de prêt. La réforme scolaire, à laquelle son gouvernement attache du prix, s'accompagne de la création de bibliothèques scolaires et publiques.

Les revenus de l'industrie du cuivre sont en hausse et de plus en plus la quasi-totalité n'est plus exportée sous forme de minerai mais sous une forme assez élaborée (en barres ou assimilé). Si on prend la moyenne des années 1880-1884 comme indice de base 100, la croissance en volume du cuivre chilien exporté passe de 289 pour les années 1920-

1924 à 560 pour les années 1925-1929. Les sociétés étrangères rapatrient librement leurs bénéfices. Le cuivre, c'est de l'or ! Le rapport des importations totales aux exportations totales est de 63,3 % pour les années 1924-1929, soit une moyenne de 630,6 millions de pesos pour les exportations et 398,7 millions pour les importations, ce qui laisse une balance largement favorable.

Cependant un secteur est en difficulté : celui du salpêtre, ruiné par l'industrie allemande des explosifs artificiels. Le gouvernement d'Ibáñez vient au secours du secteur en baisse et fonde en 1930 la Compañia Salitera de Chili (COSACH) qui est une incursion dans le capitalisme d'État, en association avec des intérêts nord-américains. Mais surtout, il entreprend la reconversion des mineurs de salpêtre en planteurs sur les terres araucanes du Sud.

Le régime est incontestablement favorable aux groupes urbains d'affaires auxquels bénéficient l'intensification des échanges commerciaux, la diversification de l'économie, l'industrialisation (surtout le textile) et l'arrivée en masse du capital étranger. Mais c'est le capital chilien qui contrôle le haut commerce.

Et pourtant on ne peut pas dire que cette dictature fut systématiquement hostile aux aspirations populaires. Des lois sociales sont prises et mises en application, l'instruction publique est étendue jusqu'aux campagnes les plus reculées, une caisse des pensions est créée et même un modeste programme agraire entamé.

La crise de 1929, ici encore, vient mettre le point final à l'expérience. Les crédits cessent d'affluer des États-Unis d'Amérique, des coupes sombres doivent être opérées dans le budget de l'État dont sont victimes les fonctionnaires et employés publics, le service de la dette publique est suspendu et les étudiants commencent une agitation qui tourne à l'émeute. La popularité d'Ibáñez suit l'évolution de l'indice économique : elle plonge. Une grève générale oblige le dictateur à se retirer en 1931.

13. Hégémonies, interventions et occupations militaires nord-américaines

Jusqu'en 1889, en dehors du Mexique dont le territoire a été à plusieurs reprises au XIXe siècle la proie de l'aigle américain, « voleur de provinces », les États-Unis se sont peu occupés des affaires intérieures latino-américaines et même se sont peu préoccupés de l'Amérique latine en général, exception faite d'un faible intérêt commercial, plus sensible dans les Caraïbes avec lesquels la complémentarité économique favorisait les échanges, et exception faite également d'un intérêt politique général lié à la doctrine de Monroe alors d'aspect strictement défensif. On peut en voir une preuve dans le refus du Sénat américain d'annexer la république Dominicaine en 1870 malgré le traité signé à cette fin entre le gouvernement dominicain et l'administration du président Grant.

A partir de 1888-1889, en coïncidence étrange avec l'arrivée à maturité du capitalisme industriel nord-américain, un quart de siècle après la guerre de Sécession, et avec l'apparition d'un excédent des exportations sur les importations requérant un intérêt plus actif pour le monde extérieur, les États-Unis parviennent à la conscience de puissance que le mouvement impérialiste interne transforme en volonté de puissance. Désormais, l'Amérique latine devient un centre privilégié d'intérêt et cette nouvelle ère s'ouvre en 1889, année à partir de laquelle se déploie, en une politique concertée, cet intérêt nord-américain pour les pays au sud du Rio Grande.

L'intérêt général des États-Unis d'Amérique pour l'ensemble de l'Amérique latine

A forte coloration économique et financière, la politique des États-Unis à l'égard de l'Amérique latine est devenue de plus en plus « politique » tout en se diversifiant au fil des années.

L'intérêt économique et financier

Vis-à-vis de l'ensemble latino-américain, ce qui intéresse les États-Unis c'est avant tout un marché. D'une part, l'Amérique du Nord est devenue une grande puissance industrielle, et, d'autre part, l'Amérique latine est devenue une grande productrice de matières premières. Cette double évolution établit une liaison de complémentarité fonctionnelle dans les rapports commerciaux entre Nord et Sud du continent. Et puis, cette Amérique latine, toujours au stade de sa croissance vers l'extérieur, accueille des capitaux étrangers pour l'exploitation et la mise en valeur de ses ressources naturelles alors que les États-Unis, vers 1897-1898, commencent à disposer de capitaux excédentaires et disponibles, de plus en plus désireux de s'investir à l'extérieur. Cette double évolution établit une liaison de complémentarité fonctionnelle dans les relations financières entre Nord et Sud du continent. Tout vient donc à point nommé et tout concourt à jeter les bases du développement de l'« échange inégal » entre le centre septentrional et la périphérie méridionale du Nouveau Monde.

A la lumière de ces considérations, on s'explique la part croissante prise par les États-Unis dans le commerce extérieur des pays d'Amérique latine entre 1910 et 1923, c'est-à-dire avant le boom des années 1924-1929. Les deux tableaux suivants attestent, par rapport à la Grande-Bretagne, à l'Allemagne et à la France, la montée des

États-Unis dans les échanges de marchandises de l'Amérique latine avec le reste du monde :

Commerce extérieur de l'Amérique latine
de 1910 à 1923
(Imp. = en provenance de — Exp. = vers)
(en pourcentage du total)

Années	*États-Unis*		*Grande-Bretagne*		*Allemagne*		*France*	
	Imp.	*Exp.*	*Imp.*	*Exp.*	*Imp.*	*Exp.*	*Imp.*	*Exp.*
1910	23,50	34,46	20,02	20,87	15,55	11,13	8,35	8,63
1913	25,03	30,78	24,42	21,24	16,55	12,38	8,32	7,99
1919	48,79	44,49	15,30	18,11	0,19	0,45	3,28	11,24
1920	50,15	47,68	16,70	17,94	3,39	1,80	4,80	5,33
1921	44,37	42,01	16,87	17,52	6,22	4,91	5,36	4,26
1922	35,03	44,57	19,19	15,10	10,47	4,51	4,76	5,04
1923	36,06	45,64	19,42	16,43	10,18	4,74	5,80	5,76

Revue de l'Amérique latine, Paris, janvier 1925.

On note que, malgré un effort des puissances européennes pour reconquérir les marchés latino-américains perdus pendant la guerre, seuls les États-Unis ont en 1923 une position supérieure à celle qui était la leur en 1910. Le processus de substitution est donc sérieusement engagé et de façon irréversible bien avant la crise de 1929.

L'avance américaine est encore plus rapide en ce qui concerne les investissements. Il faut toutefois distinguer ici deux étapes. Avant la guerre, c'étaient surtout des investissements directs et le capital américain croissait en Amérique latine pratiquement au même rythme que dans le monde en général. En outre, par rapport à l'Europe, la part des États-Unis, importante, demeurait mineure. En 1914, d'une part, les investissements de portefeuille ne représentaient que 22,30 % du montant total des investissements américains en Amérique latine et ceux-ci, d'autre part, ne représentaient que 20 % du total des capitaux étrangers investis en Amérique latine. Après la guerre de 1914, les Américains s'intéressent aux fonds d'État latino-américains et les investissements de portefeuille grimpent à plus de 30 % du total des investissements américains en Amérique latine pendant que de 1914 à 1930 ce total fait plus que tripler.

Investissements des États-Unis
en Amérique latine
(en dollars)

I. Comparaison entre l'Amérique latine et le reste du monde de 1897 à 1914

Années	*En Amérique latine*	*Total investi dans le monde*
1897	308 000 000	665 000 000
1908	1 069 000 000	2 525 000 000
1914	1 649 000 000	3 514 000 000

II. Comparaison entre investissements directs et investissements de portefeuille par rapport au total des capitaux nord-américains investis en Amérique latine

Années	*Directs*	*De portefeuille*	*Total E.-U. en Amérique latine*
1914	1 281 000 000	368 000 000	1 649 000 000
1919	1 988 000 000	418 000 000	2 406 000 000
1924	2 819 000 000	854 000 000	3 673 000 000
1930	3 634 000 000	1 610 000 000	5 244 000 000

Nations Unies, *Foreign Capital in Latin America*, p. 154.

On a vu cette pénétration dans le bœuf argentin, le cuivre chilien et péruvien, l'étain bolivien, le pétrole et les mines mexicains, le pétrole vénézuélien, etc. Dès lors se pose pour l'Amérique latine le problème cher à François Perroux de la « grande firme » et de la « petite (ou moyenne) nation » dépendante. Le *yankee beef trust* est accusé dès 1909 au Parlement argentin par les frères Carlès de « fonder un empire à l'intérieur de notre République ». La Standard Oil domine l'industrie pétrolière par de puissantes filiales au Mexique, au Venezuela, en Bolivie, au Pérou, etc. La National City Bank vise au contrôle des banques centrales des pays caraïbes et s'implante dans le Sud du continent. Quant à la United Fruit, elle devient comme un symbole dans les petites « républiques bananières » d'Amérique centrale où elle fonde son « empire » : elle a des terres immenses, possède des chemins de fer, sa propre flotte marchande dont les bateaux transportent 60 % des bananes importées aux États-Unis. Ses avoirs en Amérique latine sont estimés en 1913 à 82 millions de dollars.

Croissance des relations commerciales et croissance des relations financières vont de pair à partir de la guerre de 1914 et cette forte corrélation devient une caractéristique du développement de l'Amérique latine.

Dès 1902, le secrétaire d'État Hay déclare avec emphase : « Le centre financier du monde qui a pris 1 000 ans pour passer de l'Euphrate à la Tamise et à la Seine semble devoir passer à l'Hudson du soir au matin ! »

L'intérêt politique

L'intérêt politique s'exprime sur le plan des principes par la doctrine de Monroe, sur le plan institutionnel par le panaméricanisme et sur le plan pratique par les territoires acquis, protégés ou contrôlés par les États-Unis au sud du Rio Grande.

L'intérêt de la doctrine de Monroe pour notre époque est sa réinterprétation à la fin du XIXe siècle et au début du XXe. A l'origine, elle posait le principe de non-colonisation des territoires libres d'Amérique par les puissances étrangères auxquelles le principe de non-intervention interdisait toute immixtion politique ou militaire dans les affaires du continent. « L'Amérique aux Américains », en vertu de la doctrine washingtonienne, des deux sphères, signifiait à l'adresse de l'Europe : *Hands off* (N'y touchez pas). A partir de 1889 et plus encore après la victoire de la guerre hispano-américaine de 1898, la lecture impérialiste de la doctrine de Monroe convertit le continent en chasse gardée des Nord-Américains à l'exclusion de l'Europe. L'Amérique latine se voit assigner d'être la zone d'influence et d'expansion des États-Unis dans ce vaste partage du monde auquel procède l'impérialisme des grandes puissances. « L'Amérique aux Américains » prend le sens restrictif de « L'Amérique aux *Nord-Américains* » détenteurs de la puissance dominante du continent et en vient à signifier à l'adresse de ceux-ci : *Hands on* (Faites-y main basse). C'est Theodore Roosevelt qui ajoutera en 1904 à la doctrine de Monroe le célèbre corollaire qui porte son nom et confère aux États-Unis un *droit d'intervention* en Amérique latine. Le corollaire Roosevelt a été formulé dans deux textes célèbres : le discours de Roosevelt à Chicago le 2 avril 1903 et son message au Congrès américain le 6 décembre 1904.

Le passage, essentiel ici, du discours de Chicago est le suivant : « J'ai foi en la doctrine de Monroe de tout mon cœur et de toute mon âme. Je suis convaincu que l'immense majorité de mes concitoyens partagent cette foi avec moi. Mais je préférerais infiniment nous la voir abandonner que de nous voir la mettre en avant et la claironner à tous vents sans arriver à mettre sur pied la force de combat efficace qui, en dernier ressort, peut seule la faire respecter par toute grande puissance étrangère dont l'intérêt pourrait être de la violer.

« Il y a un vieil adage qui dit : Parlez doucement et portez un gros bâton *(big stick)*. Vous irez loin. Eh bien ! si la nation américaine sait parler doucement et cependant construire et maintenir prête une marine puissante, la doctrine de Monroe ira loin. »

Quant au message au Congrès américain, le président Roosevelt y dit notamment : « Tout État dont le peuple se conduit bien peut compter sur notre cordiale amitié. Tout ce que désire ce pays-ci, c'est de voir régner dans les contrées voisines la stabilité, le bon ordre et la prospérité. Si une nation montre qu'elle sait agir de manière raisonnable et décente, si elle maintient l'ordre et remplit ses obligations, elle n'a pas à craindre d'intervention de la part des États-Unis. Mais des défaillances répétées et une carence du pouvoir se traduisant par un relâchement général des liens de la société civilisée peuvent, en Amérique comme ailleurs, nécessiter en dernière ressource l'intervention de quelque nation civilisée, et, dans l'hémisphère occidental, *l'adhésion des États-Unis à la doctrine de Monroe* peut les pousser, dans de tels cas flagrants de manquements ou d'impéritie, à exercer, bien qu'à contrecœur, *un pouvoir de police internationale.* »

Depuis 1889, sur l'initiative des États-Unis, s'est réunie à Washington la conférence des États d'Amérique constitutive du panaméricanisme institutionnel. En effet, il en est sorti la création d'un bureau d'information qui devient par la suite le bureau de l'Union panaméricaine. De 1889 à 1928, six conférences internationales des États de l'hémisphère se réunissent et s'occupent d'assurer la coopération interaméricaine en matière juridique, financière et culturelle : la première à Washington (2 octobre 1889-19 avril 1890), la deuxième à Mexico (22 octobre 1901-31 janvier 1902), la troisième à Rio de Janeiro (23 juillet-27 août 1906), la quatrième à Buenos Aires (12 juillet-30 août 1910), la cinquième à Santiago du Chili (25 mars-10 mai 1923) et la sixième à La Havane (16 janvier-20 février 1928).

Le *leadership* américain, manifeste dès le départ, n'est cependant accepté ni par le Chili ni par l'Argentine et sera contesté de façon croissante au fur et à mesure que se déroulera la politique interventionniste de Washington au sud du Rio Grande. Il n'en demeure pas moins que le panaméricanisme institutionnel, avec son siège à Washington, fait figure de structure d'accueil à l'hégémonie continentale des USA.

De fait, dans la pratique, les États-Unis ont exprimé leur intérêt politique et leur volonté de présence au sud du Rio Grande de diverses manières. Ils acquièrent des territoires comme Porto Rico, reçu de l'Espagne en 1898, et les Îles Vierges, achetées au Danemark en 1917. Ils protègent certains États comme Cuba, en vertu de l'amendement Platt et de l'obtention de la base navale de Guantanamo, et comme Panama en vertu de la Constitution panaméenne et de l'installation de leurs forces armées dans la zone du canal. Ils contrôlent financièrement des États comme le Nicaragua, le Honduras, la république Dominicaine et Haïti et potentiellement le Costa Rica et le Guatemala. Ils dominent commercialement des États comme le Brésil qui occupe la troisième place comme client et comme fournisseur du marché nord-américain et le Chili où leur part est passée, dans le commerce, de 39 % en 1915 à 47 % en 1916, à 56 % en 1918. Contrôle financier et contrôle commercial ont un poids politique dont on sent la pression dans les capitales d'Amérique latine et qui donnent à penser aux États-Unis, selon le mot d'un de leurs dirigeants, qu'ils sont « pratiquement souverains » sur le continent.

Dès 1912, le secrétaire d'État Elihu Root pouvait affirmer dans un discours public : « Notre *destinée manifeste* comme contrôleur du destin de toute l'Amérique est un fait inévitable et logique... Personne ne doute de notre mission et de notre intention de l'accomplir, ou, ce qui revient au même, de notre pouvoir de la réaliser. »

L'intérêt particulier des États-Unis d'Amérique pour la région des Caraïbes

Une partie de cette Amérique au sud du Rio Grande intéresse particulièrement les États-Unis, la région des

Caraïbes, c'est-à-dire l'ensemble des terres qui entourent la mer du même nom, cette « Méditerranée américaine », véritable mer intérieure entre Amériques du Nord et du Sud, enserrée entre des bordures littorales continentales au sud et à l'ouest et insulaires au nord et à l'est. Bordures littorales continentales d'un seul tenant, de la Guyane britannique à Panama (pourtour méridional) et de Panama au Mexique (pourtour occidental) à la jonction desquelles le resserrement de l'isthme appelait le percement d'une porte marine artificielle : le canal de Panama. Bordures littorales insulaires de Cuba à Porto Rico (pourtour septentrional) et des Îles Vierges à Trinidad (pourtour oriental) formant des ponts discontinus de la Floride au Venezuela, qui laissent entre les îles des portes marines naturelles à franchir : par exemple, entre Cuba et Haïti le canal du Vent a 90 kilomètres de large, et entre la république Dominicaine et Porto Rico, le canal Mona en a à peine une centaine. L'objectif des États-Unis est de transformer cette mer caraïbe en *mare nostrum,* d'en faire un « lac américain ».

La raison essentielle, outre la *proximité de position* et l'intérêt économique et financier, est d'ordre stratégique général en liaison avec le canal de Panama. En effet, à leurs yeux et pour la promotion de leurs intérêts, la mer des Caraïbes et les terres qui l'entourent constituent un lieu vital de passage entre les deux Amériques et entre l'Atlantique et le Pacifique (y compris entre la côte ouest et la côte est de leur propre territoire) et donc un nœud de communications facilement contrôlables par la grande puissance capable de garder les portes océanes qui y donnent accès et les approches qui en constituent des observatoires privilégiés.

A ce sujet, un double problème se pose pour les États-Unis et cet aspect géostratégique est ici un élément capital. D'une part, en effet, le problème du contrôle des itinéraires et des abords des routes (maritimes essentiellement, terrestres aussi avec la construction de la route panaméricaine) dans un espace océanique dont les États-Unis sont les riverains sur toute leur façade méridionale allant de la

Floride au Texas. D'autre part, le problème de leur *sécurité nationale* car la zone des Caraïbes, du fait qu'elle est dans dans leur proximité immédiate, constitue un secteur essentiel de leur périmètre extérieur de défense. C'est, pour eux, une « zone vitale de sécurité », une « zone de danger » une « zone d'intérêts spéciaux », une « zone dans l'orbite de leur intérêt actif ».

C'est, en effet, dans la région des Caraïbes — et uniquement dans la région des Caraïbes — que les États-Unis ont opéré les seules acquisitions territoriales permanentes au détriment de l'Amérique latine ou en Amérique latine (territoires mexicains, Porto Rico, zone du canal de Panama, Antilles danoises). C'est dans la région des Caraïbes — et dans la région des Caraïbes seule — que les États-Unis ont eu des contestations territoriales avec les pays d'Amérique latine (frontières mexicaines, île des Pins avec Cuba, îlot de la Navase avec Haïti, etc.) et demandé la cession à bail de positions stratégiques pour des bases navales (Guantanamo à Cuba, môle Saint-Nicolas en Haïti, presqu'île de Samana en république Dominicaine, bases diverses dans les Antilles anglophones). Cette constante remonte à Jefferson qui écrivait, le 23 octobre 1823, en réponse à une demande du président Monroe : « Je confesse candidement avoir toujours regardé Cuba comme l'addition la plus intéressante qui puisse jamais être faite à notre système d'États. Le contrôle que cette île, avec la péninsule de Floride, nous assurerait sur le golfe du Mexique ainsi que sur les contrées et isthmes qui le bordent, compléterait à la perfection notre confort politique. » Le commodore Alfred Mahan a donné à cette politique le support théorique général qui a inspiré le président Theodore Roosevelt lui-même, en fondant la suprématie mondiale sur la puissance navale. Selon lui, « l'intérêt national des États-Unis est de commander les mers adjacentes et d'ainsi tenir l'adversaire (potentiel) loin de leurs côtes ». Il leur faut donc des bases stratégiques. Or, comme « la vraie base protège une route commerciale active », d'une part, et que, d'autre part, « la détention de plusieurs positions de grande importance stratégique par des gouvernements faibles et instables des Caraïbes » est un « danger pour la sécurité des États-Unis », Mahan veut la domination américaine absolue dans le golfe du Mexique et la mer des Antilles. De fait, les interventions de type stratégique, réalisées par des moyens d'ordre militaire et qui se présentent comme l'application d'une politique d'expansion territoriale, soit sous la forme d'annexions pures et simples, soit sous la forme de contrôle politique, ont été limitées au secteur géographiquement déterminé de l'Insulinde américaine (Porto Rico, Panama, Cuba, etc.). C'est dans la région des Caraïbes — et dans la région des Caraïbes seule — que les États-Unis ont, en application du corollaire Roosevelt (politique du *big stick*), opéré des interventions de police (Honduras, Nicaragua, Cuba, république Dominicaine, Haïti). Ainsi le corps des fusiliers marins était devenu le corps des professionnels de la géographie politique pratique dans la zone des Caraïbes. C'est dans cette région surtout, sinon exclusivement, que les États-Unis, pratiquant la diplomatie du dollar, ont réalisé des interventions d'ordre financier aboutissant à l'établissement de contrôles américains sur les finances des États du continent (Honduras, Nicaragua, république Dominicaine, Haïti). C'est dans la région des Caraïbes essentiellement que les États-Unis, en application de la doctrine Wilson de la légitimité constitutionnelle, ont réalisé des « interventions par abstention » en refusant de reconnaître les gouvernements issus de mouvements révolutionnaires (Mexique, Costa Rica et Salvador).

La liste est intéressante des démonstrations navales et interventions militaires à motivation ou finalité punitive, préventive, stratégique, financière ou de police réalisées par les États-Unis entre 1891 et 1912. En dehors du cas du Chili en 1891, elles ont toutes lieu dans la région des Caraïbes : 1891, Chili et Haïti ; 1895, Nicaragua ; 1898, Porto Rico et Cuba ; 1899, Nicaragua ; 1902, Venezuela ; 1903, république Dominicaine et Colombie ; 1904, république Dominicaine et Guatemala ; 1906-1909, Cuba ;

1907, république Dominicaine ; 1909-1910, Nicaragua ; 1910, Honduras ; 1911, Honduras ; 1912, Nicaragua, Cuba, république Dominicaine.

Les occupations militaires de 1912 à 1929

Jusqu'en 1912, les interventions militaires nord-américaines étaient plutôt occasionnelles, locales, spécifiques, pour ainsi dire ponctuelles. C'étaient des incursions militaires. A partir de 1912, le débarquement des fusiliers marins devient le prélude à l'occupation militaire dans trois pays : le Nicaragua (1912-1925 et 1926-1933), Haïti (1915-1934) et la république Dominicaine (1916-1924).

L'occupation militaire du Nicaragua (1912-1925 et 1926-1933)

Le Nicaragua constitue le premier cas où l'intervention des *marines* se transforme en occupation militaire. Ce qui est en cause, ce sont les finances et l'économie certes, mais aussi la stratégie et la politique.

La diplomatie du dollar, pratiquée à l'égard du Nicaragua, a abouti le 6 juin 1911 au traité Knox-Castillo par lequel les banques nord-américaines devaient prendre en charge les finances du pays grâce au contrôle de la Banque nationale et au contrôle des douanes nicaraguayennes confié, avec la bénédiction du Département d'État, au colonel Clifford D. Ham. Un prêt de la J. and W. Seligman and Co, et de la Brown Brothers and Co, devait permettre la refonte de la dette publique (intérieure et étrangère) et assurer le développement. Il est intéressant de noter que c'est à cette occasion que l'expression *dollar diplomacy* a été forgée et que l'administration Taft a défini cette politique. Le Nicaragua n'est pas dépourvu de ressources (des compagnies nord-américaines exploitent les mines) et offre de bonnes occasions d'investissements (chemins de fer, transports et communications, travaux publics, électricité, etc.) qu'exploitent la Compagnie Vanderbilt et la United Fruit, cette dernière possédant près de la moitié du capital de la Bluefields Steamship Company. Une particularité à noter dans toute cette affaire : le secrétaire d'État Knox avait été l'avocat-conseil de la compagnie en faveur de laquelle le Département d'État va intervenir, ce qui explique le mot de Charles Beard sur la manière dont des « intérêts privés ont supplanté l'intérêt public dans la formulation de l'intérêt national ».

Un élément non négligeable au Nicaragua, aux yeux des États-Unis, est alors sa valeur stratégique. Sa position, entre le Honduras au nord et le Costa Rica au sud, est valorisée par le percement de l'isthme de Panama et certaines parties de son territoire commandent les accès du futur canal. Et puis le territoire nicaraguayen, grâce à la rivière San Juan et au grand lac central, peut abriter un second tracé du canal transisthmique et, à dire vrai, ce tracé avait même, avant l'isthme de Panama, les faveurs du Sénat américain. Depuis Panama (1903), le Nicaragua représente l'alternative pour une éventuelle seconde route océanique.

Enfin, des considérations politiques poussent les Américains à intervenir. Considérations de politique intérieure nicaraguayenne avec la lutte entre les conservateurs et les libéraux, les premiers étant pro-américains et les seconds de plus en plus critiques et hostiles à l'hégémonie nord-américaine dans la tradition de Zelaya. Tout un grenouillage d'interférences étrangères réelles ou supposées venait compliquer l'affaire. On prêtait des intérêts et des intrigues aux Japonais (du temps de Zelaya), aux Français et aux Anglais (en lice pour les prêts) et aux Allemands (surtout en décembre 1912).

Déjà des interférences américaines, assorties de l'envoi de bateaux de guerre dans les eaux nicaraguayennes, avaient contribué à la chute de Zelaya en octobre 1909 en soutenant et en finançant une révolte contre le dictateur libéral qualifié de *bad boy* par Washington et dont les derniers excès avaient été de vouloir casser la concession minière de la United States-Nicaragua Concession, une firme de Pittsburgh, et de faire exécuter deux dynamiteurs nord-américains pris en flagrant délit dans le camp des rebelles. Le président provisoire de 1911, Adolfo Díaz, n'est autre qu'un ancien employé de la Bluefields et ancien homme lige du consul américain, l'homme de confiance des hommes d'affaires américains. C'est sous son gouvernement qu'est signé le 6 juin 1911 le traité Knox-Castillo.

Le gouvernement Díaz est cependant mal assuré. Impopulaire, il doit tenir en respect le commandant en chef de l'armée, le général Mena, et éclipser le grand homme du parti conservateur, Emiliano Chamarro. L'inévitable se produit : le 29 juillet 1912, une initiative de Mena déclenche la guerre civile. Díaz demande l'aide américaine et Washington lui envoie un premier contingent de cent fusiliers marins puis, au fur et à mesure de l'intervention des *marines* dans la guerre civile, les renforts feront monter à 2700 l'effectif des soldats américains au Nicaragua en 1912. Mena se rend aux forces des USA le 24 septembre et les opérations de nettoyage par les *marines* ont raison des dernières positions des insurgés. Le 1er janvier 1913 les élections supervisées par les Américains et auxquelles les libéraux s'abstiennent de participer octroient un mandat de quatre ans à Adolfo Díaz dont le gouvernement signe avec Washington le traité Bryan-Chamarro le 8 février 1913 qui « régularise la situation » et cède aux États-Unis le terrain pour un canal utilisant la rivière San Juan et le grand lac, des bases navales pour quatre-vingt-dix-neuf ans aux îles Corn et dans la baie de Fonseca contre 3 millions de dollars pour amortir les dettes du Nicaragua vis-à-vis des créanciers nord-américains.

L'intervention militaire, dont les objectifs déclarés étaient d'assurer la garde de la légation des États-Unis à Managua, exposée au feu de la guerre civile, de maintenir ouvertes les communications, de protéger la vie et les biens des ressortissants nord-américains au Nicaragua et répondre à l'appel d'un gouvernement ami, se trans-n *occupation* militaire. Ce changement d'objectif marque une évolution capitale dans la politique nord-américaine. Il s'agit maintenant, non pas seulement de mettre fin à la révolte de Mena et de faire face à une occasion, mais de « maintenir l'ordre constitutionnel » en empêchant la remise en cause d'un *statu quo* favorable aux intérêts et aux vues des USA et dont ils se portent garants. Les USA assurent la « stabilité politique » au Nicaragua en maintenant une force minimale de 130 hommes officiellement considérée comme la « garde de la légation », en fait véritable force de dissuasion contre toute tentative de révolution libérale. Grâce à quoi les conservateurs, bien que minoritaires dans le pays, gardent le pouvoir.

En 1924-1925, les États-Unis croient pouvoir retirer, sans danger pour l'ordre établi, leurs forces d'occupation. Des soulèvements libéraux éclatent aussitôt en divers points du pays et le Mexique appuie le libéral Sacasa dont le gouvernement, installé à Puerto Cabezas, est reconnu par le président mexicain Calles qui lui livre des armes. Díaz proteste contre cette aide mexicaine à Sacasa qu'il qualifie de « complot bolchevique mondial », ce à quoi font écho à Washington le président Coolidge qui stigmatise l'aide mexicaine et le secrétaire d'État Kellogg qui dénonce les « activités bolcheviques » du Mexique. Le camp de Díaz subissant défaites sur défaites devant l'armée libérale conduite par le général Moncada dont la cause plus que l'homme suscite la participation populaire, les *marines* reviennent, réinstallent Díaz et désarment la population. Cette deuxième occupation (1926) va durer jusqu'en 1933.

L'occupation militaire d'Haïti (1915-1934)

Comme pour le cas nicaraguayen, l'occupation militaire d'Haïti par les *marines* nord-américains met en cause des facteurs stratégiques, financiers et politiques.

La position stratégique du pays a été revalorisée par les conditions nouvelles de la vie économique internationale. Admirablement située sur la route du canal de Panama inauguré en 1914, Haïti possède à l'extrême nord-ouest de son territoire, donnant sur le canal du Vent entre elle et Cuba, un port dont la rade abritée commandait à distance l'entrée du canal dans la mer des Caraïbes : le môle Saint-Nicolas que des textes d'époque, on l'a vu, allaient jusqu'à appeler le « Gibraltar du Nouveau Monde ». L'intérêt américain pour le môle Saint-Nicolas s'est exprimé ouvertement à partir de 1891. L'intérêt allemand aussi, ce qui ne manquait pas d'être l'objet constant des préoccupations du Département d'État. Le secrétaire d'État Bryan écrivait au président Wilson en 1913 qu'il était « important de ne pas le laisser prendre par une autre nation », et Wilson commentait, en réponse à Bryan la même année : « Rien que par l'établissement de cette base, nous pouvons peser sur la politique intérieure haïtienne. »

Le pays est, depuis 1906, dans le champ d'application de la diplomatie du dollar et le Département d'État a fait pression sur Port-au-Prince en 1910-1911 pour assurer la pénétration de la National City Bank dans le capital constitutif de la Banque nationale, à l'origine entreprise franco-allemande. Depuis, la National City Bank s'est employée à conquérir l'institution de l'intérieur tout en essayant d'acculer les gouvernements haïtiens, endettés et en mal d'argent, à accepter le contrôle des douanes. Le 17 décembre 1914, prenant prétexte de la violation par Haïti de la convention financière de 1911 et occasion des troubles politiques que connaît le pays, les *marines* d'une unité de la flotte de guerre nord-américaine débarquent à Port-au-Prince, enlèvent une partie de l'encaisse-or de fonds publics destinés au retrait du papier-monnaie et en opèrent le transfert aux États-Unis, malgré les protestations du gouvernement haïtien contre cet acte de piraterie internationale, cet « acte criminel, perpétré secrètement » et « commis en violation des lois de la République ». La Banque, arborant le drapeau américain en janvier 1915, se contente de répondre que c'était là une simple mesure de précaution et que ce « transfert n'affectait point les droits … propriété du gouvernement haïtien sur les fonds …és ».

… s'ajoute l'intérêt proprement économique. En

effet, le besoin pressant de développement économique d'Haïti est rendu impérieux par la crise générale que traverse la société traditionnelle au moment où s'intensifient les incitations de la révolution industrielle mondiale. Jusqu'à la fin du XIXe siècle, le pays avait pu vivre sur les structures économiques aménagées dans l'improvisation au début de la période nationale, à partir de ce qui restait de l'héritage colonial français saccagé et détruit de 1791 à 1803 par la révolution de libération nationale. A partir des dernières années du siècle, ces structures qui associaient des modes de travail libre et des survivances para-féodales se révèlent incapables de satisfaire les besoins d'une population en pleine croissance démographique, baignant, bon gré mal gré, dans l'atmosphère des grandes mutations économiques et techniques de la seconde moitié du siècle et soumise, malgré l'isolement du pays, à la pression de la compétitivité internationale.

L'ancienne Haïti éprouve donc un urgent besoin de modernisation par la recherche d'investissements. Un homme veut réaliser cette modernisation par une intervention et une prise en charge nord-américaine qui permettraient au capital américain de faire de bonnes affaires dans le pays : c'est le vice-président de la Banque nationale Roger L. Farnham dont le plan pour conduire à l'occupation nord-américaine est en fin de compte adopté par le Département d'État qui lui laisse carte blanche pour l'exécuter, décidé à jouer, pour sa part, son rôle dans le scénario.

Or, un article de la Constitution interdisait aux étrangers le droit de propriété immobilière, ce qui les éloignait de la production en grand du sucre, du café, du coton et du tabac haïtiens et de l'exploitation des bois du pays, notamment le bois de campêche, matière première très recherchée alors pour l'industrie des colorants. Il fallait donc changer la Constitution haïtienne ! En attendant, dès 1905, les Américains investissent dans les chemins de fer en créant la National Central Railroad, puis dans les aménagements portuaires (Compagnie du Wharf de Port-au-Prince), dans les transports urbains (Compagnie des

Tramways) et dans l'électricité (Compagnie d'Éclairage électrique).

Sur le plan politique, la prépondérance de la France, traditionnelle en tous domaines dans un pays francophone et francophile, était contestée à la fois par l'Allemagne et, bien entendu, par les États-Unis qui, assurés de supplanter la première, craignaient surtout la seconde. Celle-ci, en effet, s'était fortement implantée dans le commerce extérieur du pays dont une bonne partie se faisait par les bateaux de la Hamburg Amerika Linie, avait fait des investissements dans les chemins de fer et s'appuyait sur une petite colonie allemande peu nombreuse mais bien en cour dans l'élite haïtienne. L'arrière-pensée du Kaiser était d'établir une zone d'influence de l'empire allemand en Haïti par l'obtention d'une station de charbon, la pénétration financière et le contrôle des douanes, premier pas vers le contrôle politique. Les Allemands prenaient parti dans la politique intérieure haïtienne où ils soutenaient certaines des factions en présence. Cincinnatus Leconte, président d'Haïti en 1911 et 1912, était, disait-on, leur homme. Dès 1900-1901, l'inquiétude américaine est réelle à propos des menées allemandes en Haïti et en Amérique latine. Le secrétaire d'État Elihu Root aussi bien que le président Theodore Roosevelt envisageaient la possibilité d'une guerre contre l'Allemagne pour la défense de la doctrine de Monroe.

Or, précisement, celle-ci, dans sa réinterprétation par le corollaire Roosevelt, trouve son occasion d'application dans la situation politique intérieure haïtienne où, entre août 1911 et juillet 1915, le pays a vu passer six présidents et le dernier en date, politiquement responsable de l'assassinat des prisonniers politiques dans la prison de Port-au-Prince, est lynché par la population ivre de colère et de vengeance, juste quelques heures avant le débarquement des fusiliers marins américains, le 28 juillet 1915. N'était-ce pas là un de ces cas de « défaillances répétées et [illegible]lâchement des liens de la société civilisée » ? En outre, [illegible]uvait-on pas toujours considérer que ces guerres [illegible]oulèvements armés mettaient en danger la vie et les biens des ressortissants américains et étrangers et donc débarquer pour assurer leur protection ? Les États-Unis réalisent donc l'intervention de police prévue dans le message de Theodore Roosevelt au Congrès en 1904 pour mettre fin à une situation considérée par eux comme anarchique et aux conséquences imprévisibles. Le démocrate Wilson exécute la politique républicaine qu'il avait déclaré répudier !...

La transformation de l'intervention en occupation militaire devient rapidement un fait d'évidence. D'une part, les Nord-Américains veulent enfin imposer le contrôle des douanes et le contrôle politique auxquels s'étaient refusés obstinément les chefs d'État haïtiens jusque-là. Il fallait donc rester pour installer puis appuyer un gouvernement qui accepterait ces conditions-là, malgré l'ombrageuse susceptibilité populaire en tout ce qui touche à l'indépendance nationale. En outre, l'occupation devient, pour la politique américaine, une nécessité militaire car, dès octobre 1915, des « bandits » (c'est-à-dire des patriotes) prennent les armes contre le nouvel ordre de choses imposé fin juillet 1915 : ce n'est donc pas le moment de s'en aller. De plus, comme il y a un vide politique à remplir, il faut écarter tout candidat réfractaire au diktat américain. Or, le principal candidat d'alors, le Dr Rosalvo Bobo, avait affiché ses positions en 1915 en affirmant catégoriquement à propos de Washington : « Lui livrer nos douanes et nos finances, nous mettre sous sa tutelle, jamais, jamais ! Cela ou la disparition du pays, je choisirais la disparition. » Il fallait donc empêcher l'élection du nationaliste Bobo au profit d'un candidat plus souple, que l'occupant trouve en la personne de Sudre Dartiguenave. Celui-ci est élu *manu militari* le 16 septembre 1915, pour dix ans renouvelables, la convention légalisant l'occupation. Il faut donc occuper les ponts et empêcher que les recettes douanières aillent dans les caisses révolutionnaires de Bobo !

Que le lynchage de Vilbrun Guillaume Sam par la foule, à la légation de France où il avait pris asile, fût un simple prétexte ne saurait faire de doute car les instructions de l'amiral Caperton, l'auteur du débarquement, lui avaient été envoyées avant l'événement. Intentionnellement, le moment était bien choisi car la France, toute à sa guerre européenne, n'allait pas faire de complications pour une issue à laquelle elle était déjà préparée : elle se contentera de sauver les meubles en ce qui concerne la pratique de la langue française et le maintien du clergé français d'Haïti. L'Allemagne protestera au nom de ses intérêts, et demandera, en vain, sa part du contrôle.

Enfin on peut se demander si un peu de racisme n'a pas marqué l'action américaine. Qui a ordonné l'occupation ? Trois hommes au premier chef : le président Wilson, le secrétaire d'État Lansing et le secrétaire à la Marine Daniels. On sait que le président Wilson, l'apôtre de la croisade démocratique, était raciste et même obsédé de la nécessité de la suprématie blanche au point de vouloir étendre la ségrégation aux États-Unis au lieu de la faire reculer. Lansing, secrétaire d'État lors de l'occupation, professait ouvertement que « la race africaine est incapable de s'organiser politiquement. Il manque à cette race le génie du gouvernement. Incontestablement il y a en elle une tendance inhérente à retourner à la barbarie, à secouer le vernis de la civilisation à laquelle sa nature physique est allergique. Bien sûr, il y a beaucoup d'exceptions individuelles à cette tare congénitale mais c'est vrai de la masse comme nous en avons l'expérience ici, aux États-Unis. » Quant à Daniels, c'est un raciste de choc comme il l'avait montré au cours d'une campagne électorale très chaude en 1898 en Caroline du Nord. En 1915 il n'a pas changé car, au lendemain de l'intervention, il rappelait au président Wilson que les Haïtiens sont des nègres et qu'ils se comportent comme leurs frères de race dans le Sud des États-Unis.

L'occupation militaire de la république Dominicaine (1916-1924)

[illegible]s de la république Dominicaine constitue une [illegible]llustration de la courbe évolutive de sociétés latino-américaines en période ascensionnelle à la fin du XIXe siècle, avec la croissance classique des exportations. Des quatre produits traditionnels du pays, à savoir le sucre, le tabac, le cacao et le café, l'industrie du sucre va se détacher de façon nette mais la croissance les concerne tous les quatre. De 1888 à 1897, la production du sucre dominicain passe certes de 406147 quintaux à 800000, mais celle du café saute de 2552 quintaux à 9000 et celle du cacao bondit de 9736 quintaux à 36000. La plus grande partie des recettes de l'État provenant des droits à l'importation et à l'exportation, il en résulte des rentrées plus importantes qui permettent aux gouvernements de financer, conjointement avec des entreprises privées (nord-américaines de plus en plus), la modernisation des transports (notamment des chemins de fer) et des communications (télégraphes, téléphone), l'électrification des villes et les aménagements portuaires. Ainsi, si le chemin de fer Sanchez-La Vega est exploité par une compagnie privée, le chemin de fer Puerto Plata-Santiago est entre les mains d'une compagnie d'État, le Ferrocarril Central Dominicano, avec participation financière de la San Domingo Improvement Company, de nouvelles lignes du réseau qui seront exploitées également par la compagnie d'État. L'élément d'intérêt dans cette modernisation économique, c'est qu'elle se réalise au fur et à mesure avec une participation croissante d'investissements nord-américains à partir de la décennie des années 1890 en substitution des capitaux européens, substitution qui commence plus tôt et est plus avancée au début du siècle que dans la république limitrophe d'Haïti, la difficile voisine.

Mais déjà à l'époque du président Ulysse Heureaux, prototype du caudillo latino-américain, à l'instar d'un Guzman Blanco au Venezuela, l'habitude était prise de recourir à des particuliers (en général des commerçants et hommes d'affaires) pour les emprunts à court terme du gouvernement. Parmi les créanciers de ce dernier, on trouvait des immigrants étrangers, notamment des Italiens comme les Vicini et les Bancalari. J. B. Vicini, grand commerçant d'import-export, disposant de ses propres bateaux (y compris un « vapeur ») et d'un bureau à New York, se fait alors grand producteur sucrier et financier (c'est l'un des principaux créanciers, et, dans certains cas, associé ou représentant du dictateur Heureaux). Les difficultés financières ne manquent pas d'assaillir les successeurs de Heureaux au début du XXe siècle et l'habitude, laissée par lui, de recourir à des expédients onéreux est largement suivie par eux. L'imbroglio financier (dette externe et interne) sera un élément majeur de l'intervention des États-Unis en république Dominicaine.

La société dominicaine avait connu, au cours de la seconde moitié du XXe siècle, un processus de relative homogénéisation socio-ethnique : le métissage était devenu la caractéristique dominante de la population, laissant de part et d'autre une minorité importante de Blancs créoles, plutôt au-dessus, et une forte minorité de Noirs, nettement au-dessous. Mais l'activité économique productive avait produit une hétérogénéisation socio-politique que les contemporains lucides avaient déjà judicieusement notée : le cacao est oligarque, le sucre impérialiste et le tabac démocrate (selon les observations pleines de finesse de Pedro F. Bono). La spécialisation servait en outre de base au régionalisme.

Mais les deux points faibles de toute cette évolution, outre la lenteur de son rythme, étaient les finances et la politique. Finances et politique vont être exploitées par l'impérialisme américain à l'heure de la *big stick policy* et de la *dollar diplomacy* pour inclure la république Dominicaine parmi les États clients des États-Unis.

Venant après les occupations militaires du Nicaragua et d'Haïti, celle de la république Dominicaine paraît plus simple. En réalité, l'essentiel est fait dès 1907 avec l'établissement du contrôle financier : l'engrenage est en place dont le déroulement mènera inexorablement à l'occupation. C'est donc bien la cause financière qui a joué, ici, le rôle déterminant. Cependant les autres ne sont pas absentes et ont une force potentielle dans l'affaire : position stratégique de la république Dominicaine dont la baie de Samana excite les convoitises, velléités allemandes avant 1914 d'y établir quelque influence marquante et manifester une présence, existence de faibles intérêts financiers italiens et surtout corrélation entre politique haïtienne et politique domicaine au Département d'État, notamment en ce qui concerne la diplomatie du dollar. A cela s'ajoute, comme en Haïti, une succession de présidents entre 1911 et 1915 : en tout cinq après l'assassinat de Caceres (1906-1911) en 1911 et qui se prête à l'identification prévue par le corollaire Roosevelt, d'autant plus qu'une intervention réjouirait les responsables et promoteurs d'investissements américains en république Dominicaine comme la San Domingo Improvement Company et les planteurs sucriers.

Mais c'est le facteur financier qui, ici, commande tout. La république Dominicaine avait eu, jusqu'en 1907, une histoire financière passablement troublée. La mission d'enquête d'un spécialiste américain, le professeur Hollander, en 1906 avait conclu à un « carnaval financier » au cours duquel, de l'avis du professeur grec Andréadès, « ce pays a pratiqué à peu près toutes les formes de faillite que connaît la science financière ».

En 1905 et 1907, après l'échec d'un contrôle privé des douanes dominicaines par des banques créancières nord-américaines et sur intervention armée des États-Unis, un système de contrôle public est instauré, à la charge du gouvernement américain qui nomme un receveur disposant de 55 % des revenus dominicains pour assurer le service de la dette. En outre, le gouvernement dominicain ne peut ni accroître sa dette publique ni modifier son tarif douanier sans l'assentiment du Département d'État.

De cette situation, un certain nombre de conséquences ne tarderont pas à découler. Tout d'abord, les soulèvements armés et les guerres civiles drainent fortement les 45 % restants et la dette dominicaine s'accroît des nouveaux emprunts intérieurs que le contrôleur financier permet, ce qui suppose l'affectation d'une partie de ces 45 % au service de ces nouvelles dettes. Il devient impossible de gouverner. En outre, les Américains opèrent un véritable grenouillage dans la politique intérieure dominicaine, obligeant certains présidents à quitter le pouvoir, sur leur refus d'être les instruments de la politique du Département d'État. Sur place même, la Banque nationale de Santo Domingo, dirigée par l'Américain Samuel M. Jarvis, et la National City Bank entrent dans la valse des emprunts qui mène la république Dominicaine tout droit à la perte de son indépendance. Non content de jouer de la menace de non-reconnaissance des nouveaux gouvernements pour parvenir à ses fins, le Département d'État ira jusqu'à superviser les élections en république Dominicaine. Un homme pourtant décide de résister à cette emprise, le général Desiderio Arias, mais la politique intérieure dominicaine est le théâtre de la rivalité des factions : les partisans de Horacio Vasquez *(horacitas)* et ceux de Juan Isidro Jimenez *(jimenistas)*.

En octobre 1914, des élections supervisées par une trentaine d'observateurs américains sont favorables à Jimenez qui devient président avec la bénédiction du Département d'État, lequel espère lui faire accepter les conditions américaines. Celles-ci sont notifiées au nouveau président dominicain par la note n° 14 du ministre américain Russel en date du 19 novembre 1915. Cette note demande la nomination d'un véritable contrôleur financier nord-américain chargé de superviser la collecte des recettes et d'autoriser les dépenses du gouvernement dominicain, la suppression de l'armée dominicaine et son remplacement par une gendarmerie formée par les USA et sous le commandement d'officiers nord-américains. Soumis aux pressions contradictoires des Américains d'une part, du général Arias et du Congrès dominicain d'autre part, Jimenez démissionne le 7 mai 1916. L'amiral Caperton, dépêché en hâte des eaux haïtiennes à Santo Domingo, lance un ultimatum à Arias, le maître véritable de la capitale, de se rendre aux forces nord-américaines dans les quarante-huit heures. Mais Arias se retranche à l'intérieur du pays, le 14 mai, Caperton débarque les *marines* qui occupent la capitale dominicaine.

Le congrès dominicain étant décidé à élire président provisoire un ami d'Arias, le Dr Federico Henriquez y

Carvajal, le Département d'État y met les conditions de la note de Russel tandis que 1 800 *marines* acculent Arias à se rendre et occupent les principales villes du pays. Henriquez y Carvajal, élu, démissionne à la proclamation de la loi martiale par l'autorité occupante le 29 novembre 1916 et aussi en signe de refus des conditions nord-américaines. N'arrivant pas à former un « gouvernement acceptable » par le Département d'État, l'autorité militaire d'occupation va se constituer en gouvernement dominicain et diriger directement les affaires du pays.

Un bref commentaire comparatif des trois occupations

Les trois interventions muées ensuite en occupations militaires durables sont à la fois des interventions stratégiques, des interventions financières et des interventions de police. Les trois mettent en présence des intérêts économiques et politiques nord-américains désireux de supplanter des influences européennes, allemandes surtout, dont la concurrence était considérée par Washington comme dangereuse. Les trois qui constituaient des actes d'ingérence flagrante dans les affaires intérieures des petits pays caraïbes ont été ensuite avalisées et deviennent conventionnelles en vertu des traités imposés par les occupants aux gouvernements fantoches qu'ils installent ou soutiennent, sauf en république Dominicaine où le seul traité signé date d'avant l'occupation et concerne le seul contrôle financier.

Les trois occupations correspondent à des objectifs de longue portée du Département d'État et ont été méthodiquement préparées ; elles cumulent doctrine de Monroe, *dollar diplomacy, big stick* et politique du canal. Mais en passant de l'une à l'autre, une véritable escalade a eu lieu.

En effet, au Nicaragua en 1912, les États-Unis ont établi leur contrôle financier appuyés par une petite force militaire de dissuasion politique qui laisse en place le gouvernement et se contente de le garantir contre toute tentative de révolution. En Haïti, en 1915, les États-Unis établissent leur contrôle financier mais assorti de l'occupation totale du pays, de l'instauration d'un régime d'occupation superposé au gouvernement haïtien dont la compétence est de ce fait subordonnée, du renvoi de l'armée et du désarmement de la population en vue de la création d'une gendarmerie. En république Dominicaine, l'occupation militaire est totale, effective et exclusive. Il n'y a plus de gouvernement dominicain ou plutôt la république Dominicaine est gouvernée par les autorités militaires d'occupation qui constituent le gouvernement avec des officiers nord-américains comme ministres. La prise en charge est totale et la gendarmerie est tout de suite créée en substitution de l'armée dominicaine.

De l'un à l'autre cas, un pas de plus a été franchi chaque fois. Dans la pratique, c'est à partir du ministre de la Marine, à Washington, que ces pays sont gouvernés et l'absence de gouvernement national dominicain, le maintien d'un gouvernement haïtien et la présence d'une simple force de dissuasion à Managua ne créent pas de différences fondamentales autres que juridiques. La meilleure preuve en est que Franklin D. Roosevelt, alors sous-secrétaire d'État à la marine, se vantera d'avoir rédigé la Constitution haïtienne de 1918 et que les deux chefs des gardes dominicaine et nicaraguayenne émergeront, après la désoccupation, comme les chefs d'État respectifs de leur pays, étant passés par la pépinière de dictatures que l'occupation a, sinon en intention, du moins en fait, préparée au sein de la garde créée par les Américains.

14. Résistances armées aux occupations. Nationalisme et yankeephobie

De la révolution mexicaine à la grande crise économique mondiale de 1929, la politique expansionniste des États-Unis d'Amérique suscite des résistances en Amérique latine. Un sursaut de nationalisme provoque une explosion de « yankeephobie » qui arrive à gagner les milieux les plus divers et parvient à s'exprimer même au niveau des gouvernements, déjà avec retenue et timidité à la conférence de Santiago (1923) mais avec force et éclat à la conférence de La Havane (1928). Dans les pays occupés, la résistance prend la forme de la guérilla rurale, relayée ensuite par un nationalisme urbain croissant qui culmine en un mouvement quasi général d'opposition enfiévrée. Dans le reste de l'Amérique latine, les courants de yankeephobie s'expriment de plus en plus ouvertement et la crise de 1929 coïncide avec une crise politique très grave dans les relations Nord-Sud et leurs effets combinés seront à l'origine de la révision de la politique de Washington à l'égard de ses voisins du Sud : ce sera la politique de bon voisinage des années 1930.

La résistance armée dans les pays occupés : trois guérillas rurales

L'intervention militaire a surpris les pays concernés en plein désarroi politique et, qu'il y ait eu appel ou non, une des parties en cause s'est sentie confortée par la présence des fusiliers marins, celle que l'occupation a assise au pouvoir pour de bon. L'efficacité de la supériorité technique des États-Unis et l'ampleur de leur puissance se trouvent symboliquement incarnées dans chaque *marine* et, au début, l'intervention et l'occupation se réalisent avec une étonnante facilité dans les trois cas, sans nécessiter un trop important déploiement de forces pour contrôler la capitale, mais déjà quand il a été question de contrôler les villes de province et de prendre en charge l'administration, un personnel plus important et plus diversifié s'est révélé nécessaire. Il a fallu donc mettre en place et en marche l'appareil d'occupation.

De l'autre côté, en dehors de la capitale où s'est déroulé, comme toujours, l'essentiel de la crise, le reste de chacun des pays se réveille avec la présence physique de l'étranger foulant en maître le sol national. La première réaction nationaliste aura pour théâtre la campagne : ce sera la guérilla rurale.

Le cas de la république Dominicaine

La brusque intervention de l'occupant en pleine contestation électorale n'a rencontré, au début, que des gestes de résistance çà et là, à Salcedo, à Azua, mais ces petits noyaux ont été vite éliminés.

Par contre, dans les provinces de Seibo et de San Pedro de Macorís, dans la partie nord-est du pays, des foyers durables de résistance sont apparus sans que la lutte armée, à aucun moment, ne semble devoir culminer en un mouvement général de révolte. Il y a là un phénomène de localisation géographique du monopole de la conscience nationale investie dans une région déterminée. Pourquoi cette région ?

C'est une zone stratégique, entourant la province de Samana dont la baie a été l'objet de maintes convoitises. Elle est difficile d'accès, éloignée de la capitale Santo Domingo et mal reliée à elle. Cette absence de voies de communication aisées a assuré une quasi-indépendance à ces deux provinces où règnent des caciques locaux. Il y a donc là des conditions géographiques, favorisant un esprit d'indépendance souché à des sentiments de liberté et à des particularismes. La région est habituée à ne pas recevoir d'ordre du pouvoir central et à se conduire un peu à sa façon. L'habitat y est dispersé, ce qui le rend malaisé à contrôler, d'autant plus que c'est une aire de bois et de forêts et que les plaines broussailleuses y sont voisines de montagnes boisées, offrant de nombreux sites à embuscades et à guet-apens.

Au point de vue de l'écologie et des structures agraires, le sol est fertile et est planté en canne à sucre ; le régime de latifundium y est le droit commun, avec les grandes plantations sucrières qui comptent parmi les plus importantes du pays. L'industrie du sucre a développé un système de transport de la canne et d'acheminement de la production vers les ports d'exportation qui assurent la mobilité intrarégionale d'une partie de la population. En outre, le sucre a développé une catégorie d'ouvriers agricoles au travail saisonnier (le temps de la *zafra*), ce qui laisse place à des temps libres et accentue l'indépendance.

A dire vrai, ces provinces ont, avant l'occupation, une tradition d'insubordination. La guérilla est-elle du « banditisme » comme le dit l'occupant ou du « nationalisme » comme l'interprète l'historiographie dominicaine ? Sur un fond de « banditisme traditionnel » a poussé une conscience nationale primaire. En effet, dans ces provinces de Seibo et de Macorís, un esprit rude, fier et chevaleresque à l'espagnole règne. L'usage des armes y est l'expression fruste mais courante de la bravoure, du prestige et de l'honneur personnel ou familial et le *machismo* fleurit dans toute sa splendeur. En voulant opérer le *désarmement*, l'occupant ne pouvait que se heurter à la résistance locale. La question de vocabulaire ne saurait donc être tranchée de manière manichéenne : bandits ou patriotes. Les *gavilleros* sont des patriotes qui se font bandits tout naturellement dans des régions pareilles où le banditisme a un contenu social et politique. Fierté personnelle et fierté nationale s'identifient tout comme le sens de la liberté personnelle s'assimile au sens de l'indépendance nationale.

La guérilla dominicaine est restée primaire dans son organisation. L'unité de commandement ne semble pas y avoir jamais été réalisée. Seulement il a existé des relations de solidarité entre groupes contre l'ennemi commun. Cette guérilla rurale s'est étendue en 1917 et en 1918. Son action se réalise en raids éclair et en embuscades. Connaissant parfaitement la région, les gavilleros s'évanouissent après chaque coup et avant tout accrochage sérieux. Ils bénéficient du silence complice du milieu et les habitants de la Sabana Larga refusent de donner le moindre renseignement aux Nord-Américains. L'augmentation du nombre des maquisards et l'extension de leurs activités amènent à dépêcher vers le Nord-Est des renforts de *marines* qui enlèvent aux caciques leurs pouvoirs faute d'obtenir leur collaboration. La répression et les campagnes de ratissage ont surtout pour effet de solidariser plaines et campagnes, civils et combattants de la liberté. Exaspérés, les *marines* se livrent à des atrocités contre les civils, atrocités qui soulèvent une immense émotion et amènent Washington à dépêcher une commission d'enquête qui reconnaîtra la matérialité de quelques-unes. Même circonscrite et réduite, la guérilla a laissé « un sentiment d'hostilité et d'amertume parmi les habitants de Seibo et de San Pedro de Macorís contre l'occupation militaire et contre le peuple des États-Unis, et cette hostilité amère durera sans doute de nombreuses années », estime le diplomate américain Sumner Welles en 1924.

Le cas de la république d'Haïti

Tout comme en république Dominicaine, on s'attendait, en Haïti, à voir les Américains rétablir l'ordre et s'en aller. On escomptait une brève intervention. Le traité d'occupation et l'extension de l'appareil de contrôle sur tout le pays dessillent les yeux à plus d'un, notamment à ceux qui s'étaient réjouis, dans l'élite haïtienne, de voir les *marines* apporter à la république « l'honneur et le bonheur » selon les thèmes de la propagande d'alors.

Deux décisions vont mettre le feu aux poudres : celle de désarmer la population et l'établissement de la corvée pour les travaux publics. La résistance armée va naître dans le Nord et le Nord-Est du pays et elle aura une direction unifiée en la personne de Charlemagne Péralte, leader des *cacos* dans leur lutte contre l'occupant.

La zone de la guérilla s'étend sur 6000 kilomètres carrés et comprend une partie de la plaine du Nord et du Nord-Est, le plateau central avec les massifs de la cordillère septentrionale. Son cœur est la région de Vallières et de Mont-Organisé, zone historiquement irréductible, zone de « marronnage » et de « banditisme », zone de recrutement traditionnel pour les « généraux » en mal d'armée à lever et à faire marcher sur la capitale. C'est une région fortement accidentée, au relief tourmenté, une zone massive avec enchevêtrement de mornets (petites montagnes) et de ravins, une zone de lourds plateaux entaillés par d'étroites vallées. De rudes alignements de crêtes calcaires longent de profondes brèches creusées en canyons et en gorges sauvages par les rivières locales.

C'est la plus grande région d'élevage du pays, élevage extensif des « hattes » de Hinche et de Saint-Michel-de-l'Attalaye. En dehors de quelques bourgs sur les plateaux à terrasse, l'habitat est dispersé et les cultures traditionnelles (café et coton) voient s'adjoindre le sisal au détriment des cultures vivrières. Toute cette région connaît une situation économique dégradée vers 1910-1915 avec les coupes désordonnées des dernières réserves forestières (hauteurs de Vallières et de Mont-Organisé), et comme la frontière dominicaine n'est pas très éloignée le « passage à l'espagnol » établit un flux migratoire vers la république Dominicaine voisine. Tel est le « domaine caco ».

Qui sont les cacos? Des paysans que l'enrôlement périodique dans les armées révolutionnaires a politisés à sa façon. Braves, hirsutes et terribles, ils sont parfois réputés des « sans maman ». Pilleurs à l'occasion mais le plus souvent soldats au service d'une cause, ils inspiraient de la frayeur aux élites possédantes de Port-au-Prince qui associaient leur image à celle de la « terreur caco ». Les Américains les appelleront des « bandits ». Pour l'histoire haïtienne, ce sont eux qui vont pratiquement monopoliser la résistance armée consciente et délibérée à l'occupation nord-américaine.

Dès le surlendemain de l'intervention nord-américaine, les cacos enrôlés par Bobo marchent sur Port-au-Prince et les premiers chocs, entre le 30 juillet et le 5 août 1915, font des victimes dans les deux camps. En septembre, des engagements aux Gonaïves et au Cap-Haïtien font une quarantaine de morts dans les rangs des cacos. En octobre et novembre, il faut mener de véritables campagnes au Trou et à la Grande Rivière du Nord, tuant dans le premier cas une cinquantaine et dans le second une soixantaine de cacos. Ainsi de juillet à novembre 1915, c'est-à-dire en trois mois d'occupation, 200 cacos sont morts, victimes des balles américaines. Puis de 1916 à 1918 il n'y en aura que 250 pour trois ans ! Mais en 1919, il y en aura 1 881. On est alors en plein dans la grande révolte caco dirigée par Charlemagne Péralte.

Charlemagne Péralte, le chef du mouvement caco, est un notable, d'une famille de citadins provinciaux. Les Péralte sont une des trois familles dominantes de Hinche, le chef-lieu du plateau central, où ils sont dans le coton, le sucre brut et le rhum populaire. Charlemagne a été envoyé à la capitale faire ses études à l'institution Saint-Louis-de-Gonzague où se rencontrent les fils de l'élite haïtienne. Grâce aux atouts du « clan » des Péralte, Charlemagne fait carrière dans l'armée et il est commandant de l'arrondissement de Léogane près de Port-au-Prince en juillet 1915 quand se produit l'intervention nord-américaine. Patriote farouche, Charlemagne Péralte refuse de céder son bureau à l'occupant et encore moins d'accepter son drapeau. Il est renvoyé de l'armée et se retire alors sur ses terres de famille à Hinche. Il est alors âgé de vingt-neuf ans.

Le 11 octobre 1917, un commando d'une soixantaine

d'hommes armés attaque la maison du commandant américain de la gendarmerie de Hinche. La capture du commandant en second du commando amène à impliquer les trois frères Péralte dont deux sont arrêtés et jugés par la cour prévôtale le 4 janvier 1918. Charlemagne Péralte est condamné à cinq ans de travaux forcés et le prisonnier est employé à balayer les rues du Cap-Haïtien ! Il s'évade le 3 septembre 1918 pour organiser la résistance rurale en exploitant patriotiquement le mécontentement provoqué par la corvée exigée par l'occupant.

Le slogan officiel du mouvement est d' « acculer les envahisseurs à la mer et libérer Haïti », slogan donc essentiellement politique. Le commandant suprême, Charlemagne Péralte, dont le quartier général est dans le Nord, a pour assistant principal Benoît Battraville, commandant des cacos de la région centrale. Il est entouré d'un véritable cabinet ministériel composé de « conseillers supérieurs » et son autorité est relayée par des « généraux délégués » et des « généraux de division ». Le mouvement entretient des rapports avec les villes, notamment avec Port-au-Prince où il a des intelligences et d'où il reçoit de l'argent, des vivres, des armes et des munitions mais le tout en petites quantités par rapport aux besoins. Lors de la prise d'un des quartiers généraux de Péralte par les occupants, ceux-ci trouvent une salle de délibération meublée de 200 chaises !

Son organisation militaire est fondée sur une base de division territoriale avec le fractionnement en petites unités sous le commandement de chefs locaux. La tactique de la guérilla, adoptée à la campagne par le mouvement, veut qu'on refuse toute bataille rangée et qu'on utilise au maximum la connaissance du terrain (passages, ravines, défilés, etc.).

Le recrutement s'étend progressivement au point de compter 5000 permanents de la révolution et environ 15000 membres occasionnels utilisés pour des opérations particulières et qui reprennent ensuite leurs activités normales. Les communications sont assurées par les femmes, dont c'est l'habitude de circuler pour aller au marché, et les messages sont transmis de mille façons y compris l'usage du tam-tam et du lambi (conque marine servant de cor). L'armement comprend des carabines, des revolvers, des machettes et des piques. Mais comme on attaque par priorité les dépôts de fonds pour avoir de l'argent et les postes de gendarmerie pour avoir des armes et des munitions, l'armement s'améliorera et les troupes de Charlemagne Péralte disposeront de quelques éléments de cavalerie et d'un petit canon de campagne. Les cacos mènent la guerre économique et font tout pour couper le ravitaillement des villes.

Le mouvement caco est arrivé à prendre des « proportions alarmantes » pour l'occupant et, la gendarmerie ne pouvant suffire à la tâche, les *marines* furent envoyés directement en renfort. Pendant ce temps-là, enhardi par ses succès, Charlemagne Péralte décide de frapper une série de grands coups en attaquant les villes et les gros bourgs à cause de l'effet psychologique. C'est ainsi que sont successivement attaqués Hinche (deux fois), Maïssade, Cerca la Source, Ranquitte, Dessalines entre octobre 1918 et mars 1919. Le 7 octobre 1919, Péralte donne l'assaut à la capitale, Port-au-Prince. A ce moment-là, d'après les estimations nord-américaines, Charlemagne peut compter sur environ le cinquième de la population rurale.

Les Américains décident alors d'employer les grands moyens : utilisation de mitrailleuses, envoi d'avions de reconnaissance, missions de patrouille et de mitraillage par des hydravions basés à Bizoton dans la rade de Port-au-Prince. Des passeports intérieurs sont exigés pour les déplacements des Haïtiens et la répression frappe les civils suspects au point que le commandant général des *marines* doit rappeler à l'ordre le commandant des *marines* en Haïti au sujet des « tueries sans discrimination » *(indiscriminate killings)* perpétrées durant les campagnes militaires contre les cacos. Des paysans sont internés dans de véritables camps de concentration (dont celui de Chabert) sous prétexte de nécessité militaire de regroupement. En trois ans, 5 500 paysans y meurent, assure-t-on sans qu'on puisse en vérifier l'exactitude. Une chose est certaine cependant, c'est que la répression devient d'autant plus aveugle et exaspérée que les cacos deviennent de plus en plus entreprenants. Finalement un plan est monté pour prendre Charlemagne Péralte par traîtrise et il est abattu à bout portant, en pleine nuit, le 1er novembre 1919, par les Américains à qui la trahison avait révélé le mot de passe pour parvenir jusqu'au PC du commandant suprême à l'occasion d'un rendez-vous donné à un compatriote utilisé par les *marines*.

Après l'assassinat de Charlemagne Péralte, son réseau est progressivement détruit et la démoralisation s'installe dans le camp de la résistance rurale armée. Certes, Benoît Battraville poursuit vaillamment la lutte et attaque audacieusement Port-au-Prince le 15 janvier 1920. Jusqu'au 4 avril 1920, il est à même de multiplier les embuscades aux forces d'occupation. Mais le 18 mai 1920, le camp de Battraville est attaqué et détruit et le chef tué au combat. La pacification, assortie de la promesse d'une amnistie, amènera, pendant les dix derniers mois de la lutte, la soumission de 11 656 cacos et de 165 de leurs chefs.

Le bilan officiel des pertes admises par les Américains est de 5 officiers et 27 *marines,* 45 gendarmes ayant été blessés, tandis que les cacos auraient eu 2 250 tués. Malgré le désir évident de minimiser, pour Washington, le bilan de la guérilla rurale, la disproportion certaine des pertes indique à quel point les cacos durent mener héroïquement pendant deux ans et demi un combat inégal. Par leur bravoure, leur ténacité et leur dévouement indomptable à la cause de la libération du pays, les cacos ont représenté sous l'occupation « l'expression la plus héroïque et la plus achevée de la conscience nationale ».

Le cas du Nicaragua

La première occupation du Nicaragua (1912-1924) s'était déroulée sans difficultés majeures pour les États-Unis, sauf les demandes réitérées par l'opposition libérale de l'évacuation du territoire national et l'émotion soulevée en Amérique latine par la politique interventionniste armée de Washington en faveur des Díaz et des Chamarro maintenus au pouvoir contre la volonté du pays.

Le retrait des *marines* en 1925 montre vite que, sans l'appui des baïonnettes américaines, les conservateurs ne peuvent garder le pouvoir. Les élections de 1924 amènent en effet la formation d'un gouvernement de coalition au sein duquel les libéraux ont une large participation. Un coup d'État de Chamarro en octobre 1925 permet à Díaz de se réinstaller au pouvoir à titre de président provisoire pour combattre le soulèvement armé des libéraux de Sacasa. Washington accourt à nouveau à la rescousse de son protégé le président Díaz en envoyant au Nicaragua 6 croiseurs et 2 000 fusiliers marins.

Derrière le conflit Díaz-Sacasa se profile en réalité un autre conflit opposant les États-Unis et le Mexique de Calles à propos du pétrole mexicain pour l'exploitation duquel le gouvernement de Mexico veut appliquer la Constitution de 1917 réservant à l'État la propriété du sous-sol. Le Mexique de Calles reconnaît le gouvernement de Sacasa installé à Puerto Cabezas et lui livre des armes, des munitions tout en laissant partir, semble-t-il, quelques volontaires. Le président Díaz proteste contre cette aide mexicaine à Sacasa qualifiée par lui de partie intégrante, on l'a vu, d'un « complot bolchevique mondial » et cette thèse est reprise par Washington où le secrétaire d'État Kellogg dénonce les « activités bolcheviques » du Mexique et où le président Coolidge, dans son message au Congrès du 10 janvier 1927, insiste sur la collusion Calles-Sacasa parmi les motifs justifiant l'intervention des États-Unis en faveur du « président élu » Adolfo Díaz.

L'occupation américaine va, cette fois, se heurter à une résistance populaire armée dirigée par un personnage-symbole, César Auguste Sandino, le « bandit » des rapports militaires de l'occupant, le « David légendaire » des annales patriotiques nicaraguayennes.

Le cœur de la résistance populaire se situe dans la région de Las Segovias (les Ségovies), zone montagneuse du

Nord, proche de la frontière avec le Honduras et peuplée de métis et d'Indiens traditionnellement jaloux de leur indépendance depuis la *conquista*. Le campement principal est installé sur une des montagnes de la chaîne, El Chipote, un des lieux les plus inaccessibles de la sierra, d'où seront datés les actes de la révolution. La connaissance de la topographie locale dans ses moindres sentiers et du régime des vents et de l'écoulement des moindres ruisseaux sera un atout majeur dans la lutte des sandinistes.

Sandino est né le 18 mai 1895, d'une famille rurale, à San Rafael del Norte, petit village de Niquinohomo, dans le département de Masaya. Son père, Gregorio Sandino, est un petit propriétaire et tenancier et sa mère, Margarita Calderón, une métisse. Le petit César Auguste fait ses études primaires avant de devenir transporteur de produits agricoles à la ville (Granada, Masaya et bientôt Managua la capitale). Puis le voilà travaillant dans les mines d'or du Nord. Mobile, on le suit difficilement à travers ses déplacements. Tantôt on le trouve à l'usine Montecristo, au Honduras, dans le port de la Ceiba (1921), tantôt sur les plantations de la United Fruit au Guatemala où il travaille comme mécanicien (1922), tantôt au Mexique où il est employé à Tampico comme mécanicien de la Huateca Petroleum Company (1923). En 1926, il a amassé quelque 5 000 dollars d'économie et fréquente les milieux de francs-maçons qui l'attirent par leur idéal de liberté et de solidarité fraternelle. Il ressent la deuxième intervention militaire comme une humiliation personnelle et nationale et il décide de rentrer dans son pays où il se fait embaucher dans les mines de San Albino exploitées par une compagnie nord-américaine à Nueva Segovia.

Le point de départ est l'organisation d'un petit groupe de mineurs des puits de San Albino. Ils sont vingt-neuf et Sandino a acheté des armes par la frontière du Honduras. Ils combattent d'abord dans les rangs libéraux de l'armée du général Moncada contre l'« envahisseur yankee » et après la soumission de celui-ci, Sandino décide de continuer la lutte sous sa propre direction. « Je suis nicaraguayen et je me sens fier de ce que circule dans mes veines, plus que n'importe quel autre, le sang indien américain », lance-t-il dans son manifeste politique de juillet 1927. « Notre lutte est nationale et raciale » contre les « envahisseurs blonds ».

Très vite Sandino approfondit et élargit la base de sa lutte politique. « Je suis un travailleur de la ville », « je suis un plébéien », « j'ai surgi du sein des exploités » et « mon épée sera rédemption pour les opprimés ». Sa mission, dont il a un sens aigu, est nationale et sociale. Elle débouche sur le sens de son devoir internationaliste : « Le mouvement est national et anti-impérialiste. » « Est-ce que les gouvernements latino-américains croient que les Yankees se contenteront de la conquête du Nicaragua ? » écrit-il dans une lettre ouverte le 4 août 1928 « aux gouvernements des quinze républiques indo-espagnoles qui, bien que menacées, n'ont pas encore perdu leur souveraineté ». « C'est aujourd'hui aux peuples de l'Amérique latine que je parle ; nous sommes 90 millions de Latino-Américains et nous ne devons penser qu'à notre unification et comprendre que l'impérialisme yankee est l'ennemi le plus brutal qui nous menace et le seul qui soit décidé à supprimer au moyen de la conquête notre honneur de race et la liberté de nos pays », et il conclut sur la nécessité de former un « front unique » pour la liberté de toute l'Amérique latine. « Ma patrie, celle pour laquelle je lutte, a pour frontières celles de l'Amérique espagnole... Tant que Sandino respirera, l'indépendance de l'Amérique espagnole aura un défenseur. Jamais je ne trahirai ma cause. En cela, je me nomme fils de Bolivar. »

Le noyau initial voit accourir des volontaires comme « soldats de la liberté du Nicaragua » et la petite troupe forte d'un millier de combattants guerroie dans toute la province de Las Segovias qu'elle contrôle pratiquement, y compris la région de la capitale régionale Somoto. Elle s'enhardit et attaque des bourgs comme Jinotega et Estelé. Bientôt l'armée populaire de guérilla contrôle quatre départements et sa zone de combats s'étendra sur 32 000 kilomètres carrés. Elle s'organise alors en Armée de la souveraineté nationale du Nicaragua forte de 3 000 combattants permanents sans compter les *palmazones* (jeunes gens de quatorze à quinze ans qui font aussi le coup de feu à l'occasion) et les enrôlés temporaires pour des missions *ad hoc*. Elle dispose d'une cavalerie de 800 hommes environ et adopte le drapeau rouge et noir de la révolution. Elle a un « service d'intelligence » et met en œuvre tout un système de communications indigènes que les *marines* ne peuvent pas décoder (des cris d'oiseau, des tas de pierres, des signes sur les arbres, les mots d'ordre dans les marchés, les branchages sur les pistes, etc.). « Nous détruirons notre patrie plutôt que de la voir esclave, s'écrie le farouche patriote dans un ordre du jour de 1928. Nous incendierons les villes pour que ceux qui nous ont volés n'en aient que les cendres. » Précisément, en 1928, le général Feland avoue à Carleton Beals, à Managua : « Il me faudrait 50 000 hommes pour me débarrasser de Sandino et, même alors, ce serait un hasard ; il faudrait qu'il manque de chance ou qu'un de ses hommes le trahisse. Mes 5 000 hommes suffisent à peine à maintenir les communications et à occuper les principales garnisons. »

La devise du mouvement est « Patrie et Liberté » et son premier objectif de chasser les *marines*. Le combat va durer plus de six ans (1927-1933) avec des alternances de victoires et de revers, dans les engagements classiques plutôt favorables à l'occupant et dans les embuscades et la guérilla nettement favorables à l'armée sandiniste. Celle-ci accueille des volontaires honduriens, guatémaltèques, mexicains, vénézuéliens pour compenser ses pertes nombreuses dans cette « lutte épuisante et inégale ».

Par l'entremise du Hondurien Froylan Turcios, Sandino entretient des relations avec les Français Romain Rolland et Henri Barbusse, la Chilienne Gabriela Mistral, l'Espagnol Luis Araquistain, le Mexicain Vasconselos, les Argentins Manuel Ugarte et Alfredo Palacios. Il accorde des interviews à l'Espagnol Ramón de Belausteguigoitia, au Nord-Américain Carleton Beals, au Péruvien Cesar Falcon, au Mexicain Emiglio Maraboto.

La gauche mondiale a soutenu la lutte de Sandino. Gustavo Machado, le futur fondateur du parti communiste vénézuélien, est l'un de ses conseillers et son représentant devant le peuple mexicain, et le communiste salvadorien Agustín Farabindo Martinez est quelque temps son secrétaire. On chante *L'Internationale* pour se donner le moral dans le campement principal et la *Correspondance internationale* appelle les travailleurs et les révolutionnaires à soutenir la lutte anti-impérialiste de Sandino : « La défense et la protection de Sandino est le mot d'ordre de toutes les organisations révolutionnaires de l'Amérique latine qui veulent se protéger contre la domination impérialiste des États-Unis. »

En face, les États-Unis font donner les *marines* et la gendarmerie nationale : en tout 12 000 hommes dotés d'armes lourdes et appuyés par l'aviation (de 30 à 70 avions !). La terreur utilisée par la répression se révèle, à la pratique, la meilleure source de recrutement et de solidarité pour Sandino qui ne déposera les armes que lors du retrait des *marines* en 1933 dans le cadre de la politique de bon voisinage du président américain Franklin Delano Roosevelt.

L'indomptable lutteur fondera une coopérative agricole dans le Nord, mais sa seule existence enlevait le sommeil à plus d'un à Managua. En février 1934, au retour d'une visite au président Sacasa, Sandino est pris par traîtrise devant le palais et assassiné.

Le nationalisme urbain et la mobilisation contre l'occupant

Il semble qu'outre l'effet de surprise les interventions militaires nord-américaines ont été subies avec résignation au début dans l'espoir qu'accepter la pacification contribuerait à mettre fin le plus rapidement à une occupation temporaire. Mais dès que celle-ci révèle son vrai visage de provisoire appelé à durer, le nationalisme urbain réagit de plus en plus intensément et, refusant de reconnaître un aspect positif quelconque dans le bilan des occupations, n'aura de cesse de réclamer, jusqu'à ce qu'il l'obtienne, l'évacuation du territoire national sous la pression revendicative des peuples mobilisés.

Bilan critique des occupations

Dans les déclarations officielles nord-américaines et dans l'attente des « collaborateurs » locaux, les occupations devaient apporter un certain nombre de bienfaits dans différents domaines. Sur le plan politique, elles devaient assurer la paix civile, la sécurité et l'ordre tout en faisant faire aux peuples concernés l'apprentissage des institutions et de la procédure de la démocratie. Sur le plan économique et financier, elles devaient réaliser la mise en ordre des finances et le développement. Sur le plan socioculturel, elles devaient exécuter un programme de santé, d'instruction et de progrès social.

Le bilan politique, dans les trois pays, est une paix précaire profitant aux conservateurs restaurés au pouvoir partout, le désarmement de la population et la création d'une garde nationale d'où sortiront les dictatures qui asserviront sous leur férule les peuples désarmés des trois pays désoccupés : Trujillo et Somoza sont des créatures de l'occupation qui les place au commandement respectif des armées de leur pays lors du départ des *marines*. D'ailleurs, il était difficile à des régimes d'occupation, par nature autoritaires et oppressifs, applicateurs de la censure de la presse et fondateurs des cours prévôtales contre l'opposition, de donner des leçons de démocratie. Belle leçon de démocratie, en effet, que le comportement du commandant en chef de l'occupation intimidant en personne les parlementaires haïtiens puis finalement décrétant la dissolution des Chambres. Belle leçon de démocratie, en effet, que la loi de sédition en république Dominicaine frappant de sanction toute critique de l'occupation et la loi de diffamation punissant les insultes aux officiers de l'occupation et les discours et écrits hostiles aux autorités nord-américaines.

Le bilan économique et financier est plus controversé. Certes, le service de la dette est assuré par l'occupant mais on lui sacrifie les investissements du budget de capital, laissant l'exploitation des ressources naturelles à des compagnies privées nord-américaines. La réforme monétaire est partout entreprise et les nouveaux emprunts sont tous placés sur le marché nord-américain : réformes monétaires de 1913 au Nicaragua (1 peso = 1 dollar), de 1919 en Haïti (1 dollar = 5 gourdes), rachats de l'emprunt Eitelburg au Nicaragua, réduction de la dette de 12 à 3,5 millions de dollars en république Dominicaine, emprunts de 1922 en Haïti de 16 millions de dollars à 6 % destinés au rachat de la dette française de 1910. La modernisation agricole est entamée et un programme de travaux publics développé. En république Dominicaine, le réseau routier relie le Nord et la région de Monte Cristi à la capitale Santo Domingo et des travaux installent ou complètent le réseau téléphonique et télégraphique et aménagent les ports, tandis qu'en Haïti la liaison Cap-Haïtien - Port-au-Prince, qui demandait parfois jusqu'à trois jours, est réalisée en huit heures par les nouvelles routes nationales et que les services hydraulique, téléphonique et télégraphique sont modernisés.

Le bilan socioculturel comporte également quelques points positifs. En république Dominicaine, le développement de l'instruction publique permet de scolariser en deux ans 100 000 enfants au lieu de 18 000 auparavant et en Haïti, le développement de l'enseignement rural et de l'enseignement technique et professionnel se fait à un rythme inconnu jusque-là. Mais l'objectif est d'américaniser les peuples occupés : 65 % du budget de l'Instruction publique d'Haïti vont aux professeurs américains qui ont un salaire de 300 à 400 dollars par mois et ont en charge le dixième de l'effectif scolaire, tandis que 35 % seulement de ce budget vont aux professeurs haïtiens qui ont un salaire de 15 à 20 dollars par mois et instruisent les neuf dixièmes de l'effectif scolaire ! En matière de santé, un petit programme sanitaire est développé au Nicaragua, en liaison avec la présence des troupes nord-américaines d'occupation. En république Dominicaine, un ministère de la Santé publique est créé et un programme de salubrité générale adopté. En Haïti, le Service national de santé est réorganisé, des hôpitaux et des dispensaires sont construits, des cliniques rurales également tandis que l'École de médecine est réformée et modernisée. Mais tous ces programmes, faute de financement suffisant, restent modestes, dérisoires même par rapport aux besoins.

Et surtout, l'humiliation a été profonde, partout. La « génération de l'occupation » a été marquée comme d'un traumatisme. La modernisation amorcée a fait reculer, au profit de l'esprit mercantile et nationaliste, l'ancien esprit d'idéal, de fierté du nom et d'honneur personnel des « anciens régimes ». L'*american way of life* change jusqu'au goût des consommateurs urbains et les oligarchies locales amarrent les barques nationales au grand bateau sur le mât duquel flotte le drapeau étoilé. A la faveur de l'occupation, les firmes nord-américaines ont opéré la substitution de leur hégémonie à l'ancienne prépondérance européenne ou à ce qui en restait. C'est l'un des plus clairs résultats des occupations militaires dans les Caraïbes.

Le ressentiment national est vif et, dans le bilan final, sa place est considérable et rend difficile de ce fait toute tentative de mettre en équation des réalisations concrètes limitées et critiquables et des valeurs humaines d'attachement à la liberté, à l'indépendance nationale, à l'orgueil et à la dignité des nations occupées, sans oublier les blocages, les retards et les distorsions provoqués par les options et les programmes économiques et sociaux des autorités occupantes et le sentiment de frustration collective que les années d'occupation ont enfoui au cœur des hommes.

Le nationalisme urbain en république Dominicaine

Dès mars 1920 est fondée l'Unión Nacional Dominicana qui a un programme clair : « Évacuation pure et simple. » Le président en est Don Emiliano Tejera et le secrétaire Don Antonio Hoepelmann. Des comités s'organisent dans les principales villes et dans les villages. C'est un mouvement recruté dans toutes les classes, un mouvement d'union nationale à direction bourgeoise. Les réunions se tiennent dans les demeures des notables des villages et les résidences bourgeoises urbaines. La propagande nationaliste trouve un milieu réceptif et la réponse est positive du haut en bas de l'échelle sociale, « de la bourgeoisie au peuple ». Le mouvement lance des campagnes de contributions publiques qui lui permettent de réunir des fonds importants et même considérables. Le boycott est décidé contre tous ceux qui collaborent avec l'occupant et la bourgeoisie s'abstient de fréquenter les clubs ouverts aux officiers nord-américains. Une « semaine patriotique » est organisée en juillet 1920 avec des marches, des publications d'articles, des discours et des manifestations publiques. Le jour de l'inauguration de la présidence de Harding, des câbles lui sont envoyés de toutes les parties et de tous les secteurs de la république Dominicaine pour demander la libération du pays et, en 1921, une marche est organisée sur la résidence du gouverneur militaire. Le poète Fabio Fiallo, auteur de *La Cause célèbre,* est emprisonné, jugé, condamné à trois ans de prison et photographié dans sa cellule : la nouvelle a une répercussion énorme à l'étranger.

Une mission est envoyée en Amérique latine comprenant le Dr Federico Henriquez y Carvajal et Don Max Henriquez Ureña, qui rencontre le succès le plus certain. Le secrétaire d'État Charles Evans Hughes reconnaît que la question dominicaine envenime les relations entre Washington et les capitales latino-américaines et le Département d'État en conclut qu'il faut trouver un moyen honorable de mettre fin à l'occupation américaine.

Le *plan de 1920*, annoncé dans une proclamation du gouverneur militaire américain à Santo Domingo, l'amiral Thomas Snowden, en vertu duquel les États-Unis déclarent vouloir inaugurer un processus en vue d'un retrait rapide des forces d'occupation, propose la nomination d'une commission chargée de la refonte de la Constitution et des lois dominicaines avec l'assistance d'un conseiller technique nord-américain. Cette commission devait être composée de Mgr Nouel, archevêque de Santo Domingo, Don Francisco J. Peynado, Don Federico Velasquez, Don Jacinto de Castro auxquels on adjoindrait le président de la Cour suprême et trois nouveaux membres : Don Elisco Espaillat (ancien ministre d'Henriquez y Carvajal), Don Enrique Jimenez (du parti jimeniste) et Don Mario Firmin Cabral (l'ancien président du Sénat). Sous la pression de l'opinion publique, les membres désignés refusent de prendre part à la délibération.

Le *plan de 1921* ou plan Harding, rendu public par le nouveau gouverneur militaire, l'amiral Samuel S. Robinson, annonce un programme d'évacuation en moins de huit mois. Des élections générales, supervisées par les autorités militaires nord-américaines, auraient lieu en vue de reconstituer la Chambre et le Sénat. Ceux-ci seraient chargés de négocier avec l'occupant une convention d'évacuation pour donner décharge et quittance aux États-Unis des actes et faits de l'occupation et assurer le maintien du contrôle financier, de la garde nationale et de la mission militaire nord-américaine. Ils choisiraient ensuite le président de la République et la ratification de la convention d'évacuation permettrait le retrait des forces d'occupation. Mais les Dominicains, par la voix du Dr José Maria Cabral, déclarent ce nouveau plan inacceptable. L'amiral Robinson a beau proposer des modifications au plan Harding pour faire superviser les élections par les Dominicains eux-mêmes et faire miroiter la possibilité d'un emprunt de 10 millions de dollars pour travaux, il ne trouve pas d'interlocuteurs, car le refus dominicain de coopérer en quoi que ce soit avec l'occupant est total. Alors il lance une proclamation stipulant que faute d'accord, l'occupation continuerait au moins jusqu'au 1er juillet 1924. C'est l'impasse.

Pour en sortir, des efforts vont être faits de part et d'autre. Un rapprochement tripartite permet aux Dominicains de constituer un front commun entre les partis progressiste (ancien parti Velasquez), national (ancien parti horaciste) et libéral (ancien parti jimeniste). Une mission d'information de Don Francisco J. Peynado à Washington laisse voir une possibilité d'entente sur l'idée d'un gouvernement provisoire dominicain. Le secrétaire d'État Hughes, désireux de s'entendre avec les Dominicains sur cette nouvelle base, reçoit au Département d'État une mission de plénipotentiaires dominicains représentant les divers partis et on aboutit à un accord qui est mal accueilli en république Dominicaine par les nationalistes les plus intransigeants dans leur exaltation à faire de la surenchère et à prendre des positions maximalistes. Mais l'idée du gouvernement provisoire a fait son chemin au point que Sumner Welles, envoyé par le Département d'État pour régler les modalités de l'évacuation, peut s'aboucher avec une commission dominicaine de négociateurs auxquels est ajouté Mgr Nouel, et c'est d'un commun accord que le plan d'évacuation est publié le 19 septembre 1922.

Comme président provisoire, le choix se porte, le 1er octobre, sur Don Juan Bautista Vicini Burgos, cinquante ans, fils d'un immigrant italien qu'on a vu faire des affaires avec et pour le président Heureaux et l'un des hommes les plus riches du pays. Il se choisit comme ministre de l'Intérieur un industriel fortuné, José del Carmen Ariza. Le gouvernement provisoire est donc plus rassurant : la ploutocratie dominicaine reprend les rênes.

Les élections générales ont lieu le 15 mars 1924 et Peynado est vaincu au profit d'Horacio Vasquez (du parti national) élu président de la République et de Federico Velasquez (du parti progressiste) élu vice-président. L'inauguration a lieu le 12 juillet 1924 et dès le 18 septembre le dernier *marine* quitte le territoire dominicain. La république Dominicaine recouvrait officiellement la maîtrise de son propre destin politique de nation libre et indépendante.

Le nationalisme urbain en Haïti

L'installation de l'occupation en Haïti en juillet 1915 s'est accompagnée d'une brève et énergique mise au pas de la classe politique. Au début, « les familles les plus honorablement connues », selon les propres termes de l'occupant, s'empressent de frayer avec celui-ci : c'est la collaboration sociale, dans les clubs et dans les salons de thé de l'élite. Et puis, les classes possédantes sont partagées entre l'attachement à l'indépendance (qui, chez beaucoup, est réel) et ce sentiment inavouable (mais non moins réel) du soulagement d'être libérées de la crainte des cacos et de la révolution. La présidence de Dartiguenave (1915-1922) représente la docilité réticente, mais celle de Borno (1922-1930) se déclare pour la « collaboration franche et loyale ». Cependant le comportement de l'occupant va choquer une classe fière et habituée à sa position de classe dirigeante et qui tolère mal l'exclusivisme des « clubs américains », l'action arbitraire de l'occupant, le style américain de conduite et d'éducation, l'incompétence des *marines* improvisés gouvernants et le racisme des hommes du Sud qu'on avait eu la malencontreuse idée d'envoyer comme officiers en Haïti. Comme l'écrit John Russel dans le *New Republic,* l'occupation s'aliène les membres de l'élite.

Dès août 1915, des nationalistes fondent les journaux *La Patrie* et *Haïti intégrale* pour utiliser leur plume comme arme contre l'occupation. L'Union patriotique jette alors ses bases dans la capitale et dans le pays. Un nationalisme de la chaire (« les professeurs »), des salles de rédaction (« les journalistes ») et de salon (« les causeurs mondains ») se développe pendant que dans les campagnes Charlemagne Péralte se bat.

L'évolution économique est défavorable aux nationaux dès 1928. La Constitution de 1918 ayant levé l'interdiction traditionnellement faite aux étrangers du droit de propriété foncière, une loi du 28 juillet 1928 a autorisé la vente des domaines de l'État. La Haïtian American Sugar Company s'approprie 254,39 hectares en 1929, la Haïtian Agricultural Corporation 890,12 hectares et la Haïtian American Development Company 2 254,40 hectares ! En outre, la loi du 22 décembre 1928 stipule que la considération de la « capacité financière » doit l'emporter dans l'affermage. La loi sur l'alcool et le tabac, du 14 août 1928, est prise pour accélérer la concentration des entreprises : de 1918 à 1930 ferment en plaine du Cul-de-Sac 110 « guldives », à Saint-Michel-de-l'Attalaye 90, sans compter d'autres dans la plaine des Cayes et en plaine du Nord. De plus, l'élimination de l'élément national dans le commerce est dénoncée par les journaux *L'Essor* et *La Presse*. Enfin, la crise amène la chute du prix du café, ce qui produit une baisse sensible des recettes douanières. Les importations totales, par exemple, passent de 101 241 183 gourdes à 64 208 153 gourdes entre 1927-1928 et 1929-1930. La crise étale aux yeux de tous un bilan de faillite de l'occupation tandis que des missions sont envoyées à l'étranger, l'une de J. Jolibois (1927-1930) en Amérique latine et l'autre de l'Union patriotique, en 1929, aux USA.

L'approche des élections de 1930 échauffe les esprits. Le président Borno n'est pas rééligible : il décide de tenir les élections mais exclusivement communales en 1930. La Ligue de l'action constitutionnelle se dresse alors contre le gouvernement en réclamant des élections générales, la non-réélection, et la réintégration de la nation dans ses droits souverains. Se forme alors le Bloc nationaliste qui préconise l'action unique des ligues au sein du Comité exécutif. C'est l'union sacrée groupant aussi bien un Joseph Jolibois, des classes moyennes nationalistes, qu'un Jacques Roumain (bourgeois et marxiste) et qu'un Georges Petit ou un Élie Guérin (de la petite bourgeoisie) : ils constituent les nationalistes intégraux. Tandis que les nationalistes modérés groupent des intellectuels, des journalistes et des hommes politiques de l'*establishment* comme Placide David, Dantès Bellegarde, Ernest Chauvet et Constantin Mayard que l'exploitation d'un mot malheureux veut faire passer pour un collaborateur. Les nationalistes indigénistes, sensibles à l'appel de Price Mars, se groupent les uns autour de la *Revue indigéniste,* les autres autour de l'école historico-culturelle des Griots.

Dans le contexte de l'ardente campagne d'agitation menée à travers le pays éclate la grève des étudiants de l'École d'agronomie de Damiens, le 31 octobre 1929. Elle s'étend rapidement aux autres facultés et écoles : le 6 novembre à la faculté de droit, le 7 à l'École des sciences appliquées, le 8 à la faculté de médecine et de pharmacie, le 9 à l'École normale de jeunes filles et à l'École industrielle J.-B.-Damier. Le 10 novembre, une manifestation réunit 4000 étudiants et lycéens auxquels se joint la foule enthousiaste. Du 9 au 15 novembre, les écoles de commerce, les écoles secondaires, les écoles primaires et jusqu'aux maternelles se joignent à la grève. En province, la couverture universitaire disparaît et c'est la grève des commerçants, des trieuses de café, des portefaix. Le 4 décembre, à Port-au-Prince, les employés du Service des douanes débraient, ce qui donne le signal à la grève des fonctionnaires. C'est tout le pays qui s'arrête. L'occupant proclame la loi martiale et procède à des arrestations. Le 6 décembre, des manifestants qui se rendaient de la plaine à la ville des Cayes sont fauchés par une mitrailleuse à Marchaterre : 10 morts et 24 blessés, annonce l'occupant. En réalité, 22 morts et 51 blessés, affirment les Haïtiens. L'atmosphère enfiévrée de nationalisme se durcit en climat de tension. La grève du barreau s'y ajoute à son tour.

En Amérique latine, des journaux comme *La Nación, La Prensa de Buenos Aires* et *Le Courrier de la Plata* demandent l'évacuation. Quand le président Hoover fait sa tournée de bonne volonté en Amérique latine, il est accueilli aux cris de « Libérez Haïti ». Le 3 décembre 1929, il déclare : « Nous retirerons nos *marines* d'Haïti et du Nicaragua… Nous ne désirons nullement être représentés à l'extérieur par des *marines.* » Il envoie la commission Forbes enquêter en Haïti. Bien que celle-ci ait trouvé la bourgeoisie haïtienne animée « du désir du pouvoir plus que de la liberté intégrale », elle reconnaît que l'évacuation correspond aux aspirations du sentiment national. Le dossier de l'occupation est d'ailleurs ouvert aux États-Unis mêmes par des rapports privés (comme celui de Raymond Leslie Buell en 1929), par la presse (comme *The World*), par les institutions culturelles libérales (comme la World Peace Foundation) et par des membres influents du Congrès (William King, Borah, etc.). Tout cela aboutit au départ du président Borno et au choix d'un président provisoire, Eugène Roy, chargé d'organiser les élections législatives et présidentielles. Les premières, du 14 octobre 1930, consacrent la victoire des nationalistes et les secondes, du 18 novembre 1930, font du nationaliste Sténio Vincent le président de la désoccupation. La pression des nationalistes intransigeants est alors vive : ils exigent la désoccupation immédiate et intégrale : « Le retrait de l'occupation militaire n'est pas à négocier, clament-ils, pour la raison bien simple que nous n'avons pas négocié sa venue. » Vincent, réaliste, laisse dire les « décrocheurs de lune » et, pour sa part, le 2 décembre 1930, remet au ministre américain Dana Munro, qui a remplacé le haut-commissaire militaire, un mémorandum demandant de « dégager le pays, sans heurt, de l'emprise étrangère ». Cette désoccupation négociée par étapes de 1930 à 1933, surviendra en août 1934 avec le départ des derniers *marines* du sol haïtien.

Les courants de yankeephobie en Amérique latine

Au fur et à mesure que la pénétration des États-Unis se réalisait dans la vie économique et financière des pays d'Amérique latine et pour certains dans la vie politique, le nationalisme latino-américain devenait antiaméricain. Certes, le Mexique « placé trop loin de Dieu et trop près des États-Unis » avait des raisons, dès le milieu du XIXe siècle, pour assortir son nationalisme de yankeephobie. Mais au Chili, par exemple, quand se fonde en 1914 le parti nationaliste, le slogan adopté est : « Ni Paris, ni Londres, ni Berlin. »

A dire vrai, déjà en 1892 le très honorable *El Mercurio* et le 16 juin 1909 le *Buenos Aires Herald* ont exprimé de l'hostilité aux États-Unis et, entre 1903 et 1910, la revue chilienne *Sucesos* publiait une quinzaine de caricatures montrant les USA comme agresseurs. La dénonciation de l'impérialisme américain par les intellectuels latino-américains entre 1890 et 1910 va fuser de partout. En 1900, c'est la publication de l'*Ariel* de Rodo ; en 1898, c'était José Martí qui dénonçait le « Nord égoïste et brutal ». En 1902, Ruben Dario, dans l'*Ode à Roosevelt,* invoque la nécessité d'un contrepoids à l'Amérique anglo-saxonne qui a des tendances hégémoniques et, on l'a vu, l'Argentin Manuel Ugarte dénonce les USA comme « l'unique et véritable danger qui menace les républiques latino-américaines ».

En dehors du Mexique, trois pays connaissent des courants assez forts dans leur hostilité aux États-Unis : l'Argentine, le Chili et l'Uruguay, mais partout le nationalisme, le socialisme et l'anti-impérialisme se colorent d'antiaméricanisme.

Une étude typologique de l'antiaméricanisme

Il y a un antiaméricanisme qui s'exprime et réagit, pour ainsi dire, à l'événement. Il a pour caractéristique de ne pas être systématique et d'être très peu doctrinal. Il dénonce les interventions et les méfaits de la politique latino-américaine des États-Unis quand ils se produisent, mais souhaite visiblement une autre politique qui lui permettrait de trouver l'occasion d'exprimer son amitié pour le grand voisin du Nord. Dans cette catégorie on peut ranger le Dominicain Max Henriquez Ureña qui, dans une lettre « Au Congrès et au peuple des États-Unis d'Amérique » en date du 14 janvier 1919, dénonce « la politique de force suivie par le gouvernement du président Wilson en république Dominicaine », consistant à « supprimer » de manière illicite, « la souveraineté d'une nation sans défense », mais il espère que « l'erreur politique commise contre une nation petite et faible qui a toujours compté sur la protection et l'amitié des États-Unis » sera rectifiée. Dans cette même catégorie on peut ranger le secrétaire aux Affaires étrangères de Carranza, le Mexicain Isidro Fabela, quand, à l'occasion de la renonciation par les États-Unis à toute idée de souveraineté sur l'île cubaine des Pins, il salue cette « œuvre de justice », et ce fait moral qui, dit-il, « nous rapproche de Washington », pour conclure : « Des actes éloquents, comme celui qui se dessine, de la sincérité et de la bonne foi, voilà ce qu'il faudra de la part des États-Unis pour que l'Amérique espagnole ait confiance en eux. »

Il y a un antiaméricanisme pour ainsi dire triste, né de l'humiliation et de la frustration, et qui voit l'avenir latino-américain assombri par la domination néfaste des États-Unis et l'homme latino-américain perdre son âme devant le Yankee tout-puissant. Dans cette catégorie on peut ranger l'éducateur mexicain Delfino Valenzuela d'après ses propos rapportés par Martin Luis Guzmann, à l'occasion de l'occupation mexicaine de Veracruz : « Cette occupation militaire a toute la force d'une annonce de ce que cela peut être à plus grande échelle. Matériellement, les Américains nous ont apporté çà et là, en passant, ou font mine de nous apporter, quelques petits bienfaits, quelques améliorations externes d'importance mineure... Ce n'est pas grand-chose... Mais spirituellement, sans parler de l'humiliation fondamentale, il suffit de regarder ce qui se passe à la porte de nos boutiques et de nos débits de boisson, lorsque, pour entrer, un officier ou un soldat envahisseur descend de son cheval : parmi les oisifs qui se trouvent là, il y a toujours des gens — et ce sont des “ Veracruzanos ” — pour se disputer l'honneur et l'avantage de tenir la bride du cheval. Peu après, l'officier ou le soldat sort de la boutique, reprend sa monture et jette aux laquais une peseta... »

Il y a un antiaméricanisme qu'on pourrait appeler « intéressé » — intérêts souvent légitimes d'ailleurs — né de la rivalité économique avec les firmes américaines ou politique avec Washington. Dans cette catégorie on peut ranger les milieux de la viande en Argentine, qui sont pro-anglais dans la rivalité entre Nord-Américains et Britanniques à propos du bœuf argentin et qui s'expriment à travers le *Buenos Aires Herald*, par exemple, dans son numéro du 16 juin 1909, ou les milieux d'immigration allemande au Brésil qui sont pro-allemands et s'inquiètent de voir l'influence américaine tout supplanter à Rio et à São Paulo. De cette catégorie relève l'action antiaméricaine des milieux politiques chiliens et argentins qui s'opposent à un panaméricanisme sous égide nord-américaine parce qu'ils prétendent au *leadership* de la communauté latino-américaine face aux États-Unis. La neutralité argentine pendant la Première Guerre mondiale a comme un relent d'antiaméricanisme.

Il y a un antiaméricanisme de classe, né du fait que l'Américain, c'est le patron de l'entreprise et c'est donc contre lui qu'il faut revendiquer. La lutte de classe prend alors une allure anti-américaine : le travail est national et la propriété étrangère. Aussi les ouvriers du Nord chilien réclament-ils l'augmentation de leurs salaires, la diminution de la durée du travail et dénoncent-ils les conditions de travail imposées par le patronat. Cet anti-américanisme peut déboucher, comme on s'en doute, sur autre chose. Ce cas est innombrable en Amérique latine avec la ruée des investissements nord-américains au sud du Rio Grande. Par exemple la grève des 11 000 travailleurs des entreprises Swift and Armour en 1917 en Argentine, avec laquelle se solidarisent les dockers qui boycottent les cargos desdites entreprises, prend inévitablement une allure antiaméricaine.

Il y a un antiaméricanisme politique, qui est la forme spontanée du nationalisme brut sans idéologie politique le sous-tendant. On est antiaméricain comme on serait antijaponais si le Japon était la puissance dominatrice ! Ou bien même, on est antiaméricain parce que le parti adverse reçoit l'appui américain. Ce dernier cas est celui des milieux libéraux qu'irrite l'aide américaine aux conservateurs. Mais le premier est moins étroit : il part d'une constatation qui est la réalité de la domination américaine et comme le patriotisme veut qu'on soit maître chez soi, l'antiaméricanisme devient une norme de conduite. C'est la riposte patriotique à la domination d'où qu'elle vienne et au XIXe siècle, elle vient du nord. A ce courant participe la xénophobie dans sa variété yankeephobe.

Il y a un antiaméricanisme de caractère ethno-culturel qui oppose d'abord la latinité des élites à l'anglo-saxonnisme et ensuite l'indigénisme à l'américanisation de la vie au sud du Rio Grande. La pointe antiaméricaine est évidente non seulement dans les prises de position en faveur de la culture latine dans le grand débat de la fin du XIXe siècle, mais aussi dans tous les efforts pour promouvoir une solidarité « latine » avec la France, l'Espagne et l'Italie, dans toutes les démarches en vue de faire de l'« union latine » une réalité. Quant à l'indigénisme, il charrie tout naturellement des aspects « antiyankees », comme le montre par exemple le roman *Tungsteno* de l'indigéniste péruvien Cesar Vallejo. On a vu comment l'indigénisme a rencontré le socialisme et a fait avec lui un bout de chemin. Il suffit de rappeler, outre les cas du Péruvien Mariategui et de l'Haïtien Jacques Roumain, celui du Cubain Nicolas Guillen qui fonde en 1926 deux revues littéraires dans lesquelles il exploite des thèmes anti-impérialistes et indigénistes.

Car il y a enfin et surtout un antiaméricanisme idéologique qui prend sa source dans l'anti-impérialisme et dans le socialisme. C'est celui des socialistes argentins José Ingenieros dans *Las Fuerzas morales,* ou de Manuel Ugarte et Alfredo Palacios ; c'est celui des étudiants du mouvement de la Réforme universitaire en Argentine, comme on l'a vu ; c'est celui de Victor Raúl Haya de la Torre et de l'APRA ; c'est celui de tous les partis marxistes des décennies 1910 et 1920 ; c'est celui de la Ligue anti-impérialiste des Amériques fondée « contre la pénétration toujours croissante de l'impérialisme yankee dans nos pays » et dont le secrétaire du comité exécutif de la section vénézuélienne, Eduardo Machado, réfugié à La Havane pour fuir la tyrannie de Gomez, invite les Vénézuéliens à s'unir aux Colombiens dans la lutte commune contre Gomez et l'impérialisme américain solidaires : « Unissons-nous tous pour renverser Gomez car c'est combattre contre le Yankee usurpateur de Panama, interventionniste au Nicaragua, assassin de 3 500 Haïtiens, colonisateur de nos républiques. »

L'explosion de yankeephobie à l'occasion des occupations militaires et la conférence de La Havane (1928)

Trois pays caraïbes, on l'a vu, ont été occupés par les *marines* dans les décennies 1910 et 1920, mais tous les pays d'Amérique latine se sont sentis concernés et le pouls de l'opinion publique latino-américaine a battu à l'unisson des événements qui ont affecté le destin de la région mitoyenne entre le Nord et le Sud du continent. L'Amérique latine s'est approprié émotivement et solidairement la cause caraïbe.

On a vu comment la presse latino-américaine s'est fait l'écho des protestations des nationalistes haïtiens contre l'occupation et l'accueil que des pays aussi divers que le Chili, le Brésil, le Guatemala ont réservé à la mission des nationalistes de la petite république noire francophone des Caraïbes, au point que le président Hoover, voulant tâter le pouls de l'Amérique latine au cours d'une tournée de bonne volonté, s'est vu dire un peu partout : « Libérez Haïti ! » On peut imaginer, à partir de cet exemple, la réaction des Latino-Américains à propos des occupations en république Dominicaine et au Nicaragua, plus proches par l'appartenance commune à l'Amérique hispanophone. On a déjà vu s'exprimer la solidarité latino-américaine vis-à-vis de Sandino, héros de la résistance nicaraguayenne contre l'occupation des États-Unis. C'est que cette occupation, la première en date, « n'est pas comme certains le croient une affaire locale, c'est une affaire qui touche au sort de tous les gouvernements de l'Amérique latine ».

L'occupation militaire de la république Dominicaine, elle aussi, a soulevé la méfiance et l'hostilité contre les États-Unis à travers toute l'Amérique latine. Venant après la première occupation du Costa Rica et celle d'Haïti, c'est la goutte d'eau qui fait déborder le vase. Une tempête de protestations secoue le subcontinent du Rio Grande à la Patagonie. La presse tonne contre les Yankees au point qu'un journaliste vénézuélien est arrêté pour avoir publié un article trop incendiaire. Des écrivains élèvent la voix pour flétrir cette nouvelle violation du droit et cette politique agressive : leurs protestations indignées sont mexicaines, colombiennes, cubaines, argentines, chiliennes, équatoriennes. Des associations à travers le continent lancent des mots d'ordre et organisent des manifestations contre les États-Unis. Le Parlement colombien saisit l'occasion de l'anniversaire de la rébellion de la république Dominicaine contre l'Espagne pour adopter une résolution de solidarité avec la république-sœur martyre (18 août 1920). Des gouvernements latino-américains expriment à l'adresse du président Wilson et du Département d'État leurs inquiétudes et leurs protestations (Brésil, Uruguay) dans l'été et l'automne 1919. Le successeur de Lansing, le secrétaire d'État Bainbridge Colby, reconnaît que l'affaire dominicaine crée un handicap sérieux pour les États-Unis dans leurs relations avec l'Amérique latine.

Le contentieux entre le Nord et le Sud du continent s'alourdit de 1922 à 1929, surtout après le retour des *marines* au Nicaragua en 1926. La « danse des millions » cache mal l'aggravation, sur le plan politique, de la crise des relations entre les États-Unis et l'Amérique latine. A la sixième conférence internationale des États américains tenue à La Havane du 16 janvier au 20 février 1928, le dossier est ouvert dans une atmosphère chargée d'électricité et le procès de la politique de Washington est mené avec vigueur par les délégations latino-américaines. C'est un véritable champ de bataille diplomatique sur lequel se fait l'affrontement entre le Nord et le Sud. Le sous-comité spécial sur la non-intervention tient les débats les plus orageux de toute l'histoire des conférences panaméricaines, débats au cours desquels la délégation nord-américaine est sur la sellette, l'attaque étant menée par l'Argentine, le Salvador, le Chili et le Mexique appuyés par treize États latino-américains. En réunion plénière, la dernière séance tourne presque à l'émeute, séance au cours de laquelle les États-Unis sont accusés d'oppression et d'impérialisme à propos du débat sur l'intervention et l'égalité souveraine des États. Malgré une défense habile et mesurée du droit d'intervention dans certains cas prévus par les principes généraux du droit international, l'ancien secrétaire d'État Hughes, chef de la délégation des États-Unis, pour apaiser la tempête, doit déclarer : « Nous n'avons aucun désir de rester (au Nicaragua et en Haïti)... Nous sommes intervenus pour faire face à des situations impérieuses et temporaires d'urgence et nous nous retirerons le plus tôt possible. »

Un an après cette mémorable confrontation diplomatique, le président Hoover autorisait la publication du « mémorandum Clark » par lequel le Département d'État répudie le corollaire Roosevelt comme interprétation correcte de la doctrine de Monroe. Ce document de 236 pages spécifie que la doctrine de Monroe s'appliquait à la politique des États-Unis contre l'Europe et non des États-Unis contre l'Amérique latine. C'est l'annonce et l'amorce d'une nouvelle politique. Bien que ne constituant pas un désaveu direct de la pratique interventionniste nord-américaine, le mémorandum Clark a préparé la voie pour la politique de désengagement et de réconciliation en vue de la solidarité qui porte le nom de politique de bon voisinage. Une nouvelle ère s'annonce donc dans les relations interaméricaines juste avant que la crise de 1929 vienne en rendre l'avènement encore plus impérieux et urgent. Politique du bon voisinage et crise de 1929 : beau sujet d'histoire pour les esprits friands de recherche de priorité et d'établissement de primat ! On essaiera de montrer, dans un autre volume, la contemporanéité et la corrélation entre ces deux phénomènes par quoi s'ouvre une nouvelle période de l'évolution de l'Amérique latine au XXe siècle.

Bibliographie

Cette bibliographie sur l'évolution de l'Amérique latine au XXe siècle (période de 1889 à 1929) est le produit d'un choix nécessaire entre plus de 3 500 titres environ. On a retenu soit les ouvrages les plus importants et qui se trouvaient disponibles, soit les volumes les plus directement en rapport avec les thèmes traités ici et qui ont été le plus utilisés, compte tenu du fait qu'une bibliographie de deux à trois cents titres au maximum pour une vingtaine de pays imposait une sérieuse limitation.

A. Ouvrages généraux

Rien qu'aux États-Unis où les « Latin American Studies » constituent une spécialité universitaire largement reconnue, la liste est impressionnante d'ouvrages — de valeur inégale, il est vrai — consacrés à l'Amérique latine contemporaine. Dans les vingt républiques mêmes, elle s'allonge avec le renouveau d'intérêt pour les études historiques sur le XXe siècle latino-américain.

Guides bibliographiques

Le lecteur curieux peut se référer aux deux ouvrages bibliographiques suivants : le *Handbook of Latin American Studies (HLAS)*, publication annuelle commencée aux Presses de l'université Harvard, Cambridge, Massachusetts, 1936-1951, et continuée aujourd'hui aux Presses de l'université de Floride, Gainesville, Floride, depuis 1951. C'est un instrument de travail indispensable pour se tenir au courant, de manière systématique, des livres et des articles sur l'Amérique latine publiés chaque année, avec, pour chacun, un compte rendu et une appréciation de l'importance relative ; et la *Bibliografica historia de España e Hispano America,* publication commencée à Barcelone, Espagne, en 1953, sous la direction de Jaime Vicens Vives.

En outre, l'American Universities Field Staff a publié une bibliographie choisie : *A Select Bibliography,* consacrée à chacune des régions du monde dont la *Latin America* (L'Amérique latine), New York, 1960, avec un supplément en 1961.

On peut aussi consulter :

Humphrey (Robin A.), *Latin American History : A Guide to the Litterature in English,* New York, Londres, Oxford University Press, 1958.

Revista Interamericana de Bibliografia, revue trimestrielle spécialisée dans la bibliographie de l'Amérique latine, publiée à partir de 1951 (version espagnole), et *Inter-American Review of Bibliography* (version anglaise).

Revues et périodiques

Parmi les revues dépouillées pour ce travail, on mentionnera comme étant d'un intérêt spécial :

The Hispanic American Historical Review (HAHR), la plus importante revue trimestrielle consacrée à l'histoire de l'Amérique latine depuis un demi-siècle par les Presses de Duke University, Durham, Caroline du Nord, aux USA.

La Revista de Historia de America, publication semestrielle, à Mexico, par les soins de l'Institut panaméricain d'histoire et de géographie.

The Journal of Inter-American Studies, publication trimestrielle, à Gainesville, Floride (University of Florida Press), à partir de 1959.

L'Inter American Economics Affairs, publication trimestrielle, à Washington DC, depuis 1947.

La récente *Latin American Research Review,* qui paraît trois fois l'an aux Presses de l'université du Texas, depuis 1956.

On n'oubliera pas que chacun des pays d'Amérique latine possède au moins une revue d'histoire, souchée, généralement, à un institut ou à une société d'histoire et de géographie (par exemple, au Brésil, la *Revista do Instituto Historico e Geografico Brasileiro* ou RIHGB).

En France, les deux publications périodiques spécialisées les plus classiques sont :

Les Cahiers du monde hispanique et luso-brésilien (Caravelle) publiés par l'Institut d'études hispaniques de l'université de Toulouse.

Les Cahiers des Amériques latines (voir la série « Sciences de l'Homme ») publiés par l'Institut des hautes études d'Amérique latine, Paris, 28, rue Saint-Guillaume.

Parmi les revues non spécialisées dans l'étude de la région, mais qui consacrent de fréquentes et importantes études à l'histoire de l'Amérique latine, utilisées ici, signalons : *The Journal of Economic History,* publication trimestrielle ; *The Economic History Review,* Welwyn Garden City, Hertfordshire, en Angleterre ; et en France : *Les Annales (Economies, Sociétés, Civilisations),* Paris, Armand Colin.

En outre, la *Revue d'Histoire moderne et contemporaine* et la *Revue historique* publient, occasionnellement, quelques titres sur l'histoire de l'Amérique latine au XXe siècle.

Il y a aussi les *Cahiers d'Histoire mondiale* (« L'Amérique latine au XXe siècle »), UNESCO, Neuchâtel, Éditions de la Baconnière, 1964, p. 228-380.

Les livres consacrés à l'histoire générale de l'Amérique latine dans son ensemble

Deux instruments de travail renfermant d'utiles informations sur les hommes et les événements :

Martin (Michel Rhéta) et Lovett (Gabriel H.), *Encyclopedia of Latin American History,* Indianapolis, New York, The Bobbs Mervill Company, inc., 1968 (*revised edition by* Robert Hughes).

Hilton (Ronald) ed. *Who's Who in Latin America,* Stanford, California, Stanford University Press, 1951 (3e éd. rev.).

Et aussi le recueil d'articles et d'études en 2 volumes édité par Howard F. Cline, *Latin American History. Essays on its Study and Teaching 1898-1965,* Austin, Texas, Presses de l'université du Texas, 1967, qui n'a pas, à ma connaissance, son équivalent scientifique en français (sauf peut-être l'*Encyclopédie de l'Amérique latine,* Paris, PUF, 1954, qui n'est pas historique et comporte des contributions de valeur inégale), et surtout *Les Vingt Amériques latines* de Marcel Niedergang (2e éd. Paris, Plon, 1965), le seul ouvrage à consacrer un développement particulier à chacune des vingt républiques et dont les monographies sont une présentation vivante, par un journaliste spécialisé, de la réalité contemporaine, avec un arrière-plan historique.

Les ouvrages les plus souvent mis à contribution ici sont :

En langue anglaise :

Herring (Hubert), *A History of Latin America from the Beginnings to the Present,* Londres et New York, Jonathan Cape and A. A. Knopf, 1968, revised. De loin le plus complet et sans doute le meilleur des ouvrages consacrés par un auteur individuel à l'histoire générale de l'Amérique latine. Mais le traitement est assuré par monographies nationales à partir des indépendances. Indispensable.

Fagg (John Edwin), *Latin America. A General History,* Londres, The MacMillan Company, 1969. Très utile, ne le cède en qualité, dans son genre, qu'au Herring. Mais comme ce dernier, une vingtaine d'histoires parallèles à partir des indépendances.

Rippy (James Fred), *Latin America. A Modern History,* Ann Arbor, University of Michigan, 1958 (éd. revue). Par un des vétérans de l'étude de l'histoire latino-américaine, une étude majeure qui a vieilli sans trop perdre ses qualités premières.

Hanke (Lewis), *Contemporary Latin America,* Princeton (NJ), D. Van Nostrand, 1968.

Et deux exposés commodes mais rapides :

Pendle (George), *A History of Latin America,* Harnondsworth, Penguin Books, 1965. Utile dans ce qu'il traite, suggestif mais rapide, et est loin de tout traiter.

Wilgus (Curtis A.) et d'Eca (Paul), *Latin American History,* New York Barnes and Noble Inc., 1963 (5e éd.). Une histoire événementielle commode, informée, rapide et soignée : les faits essentiels sont mentionnés à l'adresse des étudiants en histoire latino-américaine des collèges nord-américains. Il ne faut pas y chercher un gros effort d'interprétation. C'est une simple présentation chronologique.

Bernstein (Harry), *Modern and Contemporary Latin America,* Chicago, J. B. Lippincott, 1952.

Davis (Harold E.), *History of Latin America,* New York, Ronald Press, 1968.

Dozer (Donald Marquand), *Latin America, an Interpretative History,* New York, McGraw Hill, 1962.

Humphreys (Robin A.), ed., *The Evolution of Modern Latin America,* Oxford, Clarendon Press, 1946.

James (Preston E.), *Latin America,* New York, Odyssey Press, 1959 (3e éd.).

Munro (Dana G.), *The Latin American Republic : a History,* New York, Appleton Century Crofts, 1950.

Thomas (Alfred Barnaby), *Latin America. A History,* New York, MacMillan, 1956.

Tannenbaum (Frank), *Ten Keys to Latin America,* New York, Alfred A. Knopf, 1963.

Whitaker (Arthur P.), *Latin American History since 1825,* Washington, Service Center for Teachers of History, 1961.

Wilgus (Curtis A.), *The Development of Hispanic America,* New York, Rinehart, 1947 (3ᵉ éd.).

En langue espagnole :

Griffin (Charles C.), *El Periodo Nacional en la Historia del Nuevo Mundo,* Mexico, DF, Comision de Historia, Instituto Panamericano de Geografia e Historia, Publication n° 261, 1962 (version castillane de Romero de Valle Emilio). Originalité : une présentation intégrée de l'histoire du continent (Nord et Sud). Les thèmes sont annoncés mais peu développés. Suggestif (très).

Donghi (Tulio Halperin), *Historia Contemporanea de America Latina,* Madrid, Alianza Editorial, 1970 (2ᵉ éd.). Traitement chronologique par thèmes : plus interprétatif que factuel (refus délibéré de l'histoire événementielle). L'axe majeur : le problème de la dépendance extérieure au prix, parfois, de quelques oublis et omissions d'ordre événementiel interne.

Barba (Mario Hernandez-Sanchez), *Historia Universal de America,* Madrid, 1963.

Ospina (Alfredo R.), *Historia de America,* Quito, Editorial Colon, 1960 (2ᵉ éd.).

De Galindez (Jesus), *Ibero-America : Su Evolucion politica, socio-economica, cultural y international,* New York, 1954.

Ramos (Jorge Abelardo), *Historia de la nacion latinoamericana,* Buenos Aires, A Pena Lillo, 1968.

De Gandia (Enrique), *Nueva Historia de America,* Buenos Aires, ed. Claridad, 1946,

auxquels s'ajoutent des résumés commodes mais rapides pour la période contemporaine comme :

Cuneo (Dardo), *Breve Historia de America latina española,* Buenos Aires, ed. Siglo XX, 1968.

Pereyra (Carlo), *Breve Historia de America,* Buenos Aires, Madrid, Mexico, Aguilar, 1968 (4e éd.).

Sanchez (Luis Alberto), *Breve Historia de America,* Buenos Aires, ed. Losada, 1965.

En langue française :

Chaunu (Pierre), *Histoire de l'Amérique latine,* Paris, Presse universitaires de France (coll. « Que sais-je ? »), 1951.

Chaunu (Pierre), *L'Amérique et les Américains de la préhistoire à nos jours,* Paris, Armand Colin, 1964. Une vaste fresque d'historien-architecte qui intègre le XXe siècle dans une évolution d'ensemble.

Beals (Carleton), *L'Amérique latine. Monde en révolution,* Paris, Payot (Bibliothèque historique), 1966.

Annales (ESC), « A travers les Amériques latines », *Cahier des Annales* (Introduction de Lucien Febvre), Paris, Armand Colin, 1949.

Rouma (Georges), *L'Amérique latine. L'essor sous la république et la liberté,* Bruxelles, La Renaissance du livre, 1948-1949, 2 vol.

Barbagelata (Hugo D.), *Histoire de l'Amérique espagnole,* Paris, A. Colin, 1949, 2e éd.

Livres traitant de l'histoire économique, sociale et culturelle de l'Amérique latine

Les ouvrages d'ensemble les plus importants sont :

En langue espagnole :

Vives (Jaime Vinces), *Historia social y economica de España y America,* Barcelone, Teide, 1959 (tome IV).

Furtado (Celso), *La Economica latino-americana, una sintesis desde la conquesta iberica hasta la revolucion cubana,* Santiago de Chili, Editorial Universitaria, 1969.

Cardoso (Fernando Erique) et Falleto (Enzo), *Dependencia y desarrollo en America latina,* Mexico, Siglo XXI, 1969.

En langue française :

Léon (Pierre), *Économies et Sociétés de l'Amérique latine. Essai sur les problèmes du développement à l'époque contemporaine,* Paris, Sedes, 1969.

Lambert (Jacques), *Amérique latine : structures sociales et institutions politiques,* Paris, Presses universitaires de France, 1968, 2e éd.

Lambert (Denis-Clair) et Martin (Jean-Marie), *L'Amérique latine. Économies et Sociétés,* Paris, A. Colin, 1971.

Frank (Gunder), *Capitalisme et sous-développement en Amérique latine,* Paris, Maspero, 1968.

Frank (Gunder), *Le Développement du sous-développement en Amérique latine,* Paris, Maspero, 1970.

Sosa-Rodriguez (Raul), *Les Problèmes structurels des relations économiques internationales de l'Amérique latine,* Genève, Librairie Droz, 1963 (*Études d'histoire économique, politique et sociale*, n° XLVII).

En langue anglaise :

White (George), *Outline of Latin American Economic Development,* New York, 1946.

Hanson (Simon K.), *Economic Development in Latin America,* Washington, Inter-American Affairs Press, 1951.

Hirschman (Albert O.), *Latin American Issues. Essays and Comments,* New York, The Twentieth Century Fund, 1961.

Rippy (Fred J.), *British Investments in Latin America 1822-1949,* Minneapolis, Minnesota University Press, 1950.

Sur le problème des investissements :

Winkler (Max), *Investments of United States Capital in Latin America,* Boston, World Peace Foundation, 1929.

Joslin (David), *A Century of Banking in Latin America,* Londres, Oxford University Press, 1963.

ONU, *Foreign Capital in Latin America*, New York, 1955.

May (Stacy) et Galo Plazza Lasso, *The United Fruit Company in Latin America,* Washington, National Planning Association, 1958.

Gauld (Charles), *The Last Titan : Percival Farquhar American Entrepreneur in Latin America,* Stanford University Press, 1964.

Sur l'histoire de l'industrie, on dispose de nombreux travaux, parmi lesquels :

Rippy (Fred J.), *Latin America and the Industrial Age,* New York, G. P. Putnam's Sons, 1947.

ONU-CEPAL, *The Process of Industrial development in Latin America,* New York, 1966.

Kahl (Joseph A.), *La Industrializacion en America Latina,* Mexico, Fondo de Cultura Economica, 1965.

Sur l'histoire du mouvement ouvrier :

Documentation française, *Les Mouvements syndicaux en Amérique latine. Des origines à 1945,* Paris, 1949 (*Notes et Études documentaires*, n° 111).

Alba (Victor), *Le Mouvement ouvrier en Amérique latine,* Paris, Édition ouvrières, 1953.

Troncoso (Morris Poblete), *El Movimiento obrero latino-americano,* Mexico, Fondo de Cultura economica, 1946.

Burnett (B. G.), et Troncoso (M. P.), *The Rise of Latin American Labor Movement,* New Haven, Conn. College, and University Press, 1962.

Rama (Carlos M.), *Mouvements ouvriers et socialistes : chronologie et bibliographie. L'Amérique latine 1492-1936,* Paris, Les Éditions ouvrières, 1959.

Avec ce dernier ouvrage, d'une très grande importance pour la riche documentation qu'il contient, on entre dans l'histoire du socialisme, dont traitent les ouvrages suivants :

Alba (Victor), *Historia del communismo en la America Latina,* Mexico, Ediciones Occidentales, 1954.

Craver (Earlene J.), *Study of Anarco-Syndicalism in the Latin American Countries 1900-1921,* California State College.

Alexander (Robert J.), *Communism in Latin America,* New Brunswick (New Jersey), Rutgers University Press, 1957.

Poppino (R. E.), *International Communism in Latin American : A History of the Movement 1917-1963,* New York, Free Press of Glencoe, 1964.

Les questions politiques et sociales peuvent être étudiées avec profit à partir des ouvrages suivants :

Martz (John D.) ed., *The Dynamics of Change in Latin American Politics,* Englewood Cliffs (N.J.), Prentice Hall, 1965.

Arismendi (Rodney), *Problema de una Revolucion Continental,* Ed. Pueblos Unidos, Montevideo, 1962.

Solari (Aldo E.), *Estudiantes y Politica en America Latina,* Caracas, Monte Avila Editores CA, coleccion continente, 1968.

Silvert (K. H.) *The Conflict Society : Reaction and Revolution in Latin America,* New York, American Universities Field Statt, Rev. ed., 1966 (traduction espagnole : *La Sociedad Problema, reaccion y revolucion en America Latina,* Buenos Aires, Editorial Paidos, 1969.

Silvert (K. H.), *Expectant People : Nationalism and Development,* New York, Random House, 1963.

Johnson (John J.), *Political Change in Latin America. The Emergence of the Middle Sectors,* Stanford, Stanford University Press, 1958.

Borda (Orlando Fals), *Las Revoluciones inconclusas en America Latina, 1809-1968,* Mexico, Siglo XXI ed., 1970.

Whitaker (Arthur P.), *Nationalism in Latin America, Past and Present,* Gainesville, University of Florida Press, 1962.

Humphreys (Robert A.), *Tradition and Revolt in Latin American Politics,* New York, Columbia University Press, 1969, et Londres, Werdenfield and Nicolson, 1969.

Wilgus (A. Curtis), *South American Dictators during the First Century of Independance,* Washington, 1937.

Avec une mention particulière pour les livres suivants :

Palacios (Alfredo), *Masas y elites en Ibero-America,* Buenos Aires, Ed. Columbia, 1960 (3ᵉ éd.).

Crevenna (Théo) ed., *Materiales para el estudio de la clase media en la America Latina,* Washington, 1950-1951.

Sanchez-Albomoz (Nicolas) et Luis Morenos (José), *La Poblacion en America Latina : Bosquejo historico,* Buenos Aires, Paidos, 1968.

Hardoy (Jorge Enrique) et Schaedel (Richard P.) ed., *El Proceso de urbanizacion en America Latina desde sus origines hasta nuestros dias,* Buenos Aires, Editorial del Instituto di Tella, 1969.

Morse (Richard M.), *Trends and Issues in Latin America Urban Research* 1965-1970. Repris de la *Latin American Research Review,* vol. VI, n°s 1 et 2. Cette étude est un excellent état des travaux sur les études et recherches urbaines latino-américaines dans le monde, en dégageant les tendances et les controverses, et comportant une importante bibliographie de plus de 370 titres.

Mecham (J. L.), *Church and State in Latin America : A History of Politico-Ecclesiastical Relations,* Chapell Hill. (N.C.), University of North Carolina Press, 1966 (éd. revue).

Pike (F. B.), *The Conflict between Church and State in Latin America,* New York, Alfred A. Knopf, 1964.

Lieuwen (Edwin), *Arms and Politics in Latin America,* New York, F. A. Praeger, Rev. ed., 1961.

Johnson (J. J.), *The Military and Society in Latin America,* Stanford, Stanford University Press, 1964.

Sur les questions culturelles :

Zea (Leopoldo), *Dos Etapas del pensamiento en Hispanoamerica,* Mexico, El Colegio de Mexico, 1949.

Zea (Leopoldo), *El Positivismo en Mexico : nacimiento, apogeo y decadencia,* Mexico, Fondo de Cultura Economica, 1968.

Ureña (Pedro Henriquez), *Literary Currents in Hispanic America,* Cambridge, Harvard University Press, 1949.

Hanke (Lewis), *History of Latin American Civilization. Sources and Interpretation,* Londres, Methuen and Co,

1967 (2 vol.), ou Boston (Mass.), Little, Brown and Company.

Arciniegas (German), *Latin America : A Cultural History*, New York, 1966 (trad. de l'espagnol par Joan Mac Lean). En espagnol : *El Continente de Siete Colores, Historia de la cultura en America Latina*, Buenos Aires, Ed. Sud-americana, 1970, 2e éd.

Ouvrages par zones ou groupes de pays

Ce sont souvent de petites collections ; nous en détachons quatre, d'esprit différent :

— *La collection publiée par l'Institut panaméricain de géographie et d'histoire, à Mexico, comprenant :*

Velasquez (Maria del Carmen), *Mexico, Centro America y Antillas. Periodo nacional*, Mexico, 1953.

Pereiras Salas (Eugenio), *America del Sur. Peru, Bolivia, Paraguay, Argentina, Chile, Periodo nacional*, Mexico, 1956.

— *La collection « The Modern Nations in Historical Perspective » publiée par Prentice Hall Inc., Englewood Cliffs (New Jersey), USA, dans la série « A Spectrum Book », comprenant :*

Beatly (W. D.), *Chili, Peru and Ecuador.*

Arnade (Charles) et Kolinski (Charles J.), *Bolivia, Paraguay, Uruguay.*

Burns (Bradford E.), *Brazil.*

Rodriguez (Mario), *Central America*, 1965.

Fagg (John Edwin), *Cuba, Haïti and the Dominican Republic*, 1965.

Bernstein (Barry), *Venezuela and Colombie*, 1964.

Waddell (D.A.G.), *The West Indies and the Guianas*, 1967.

Whitaker (A. P.) *Argentina*, 1964.

— *La collection « The American Foreign Policy Library » éditée par Crane Brinton aux Presses de l'université Harvard, Cambridge (Mass.), comprenant :*

Whitaker (Arthur P.), *The United States and South America : The Northern Republics,* 1948.
Perkins (Dexter), *The United States and the Carribbean.*
Cline (Howard F.), *The United States and Mexico.*
Whitaker (Arthur P.), *The United States and Argentina,* 1954.

— La collection « Nuestros Paises » éditée entre 1964 et 1969 par la Casa de Las Americas, La Havane, Cuba, comprenant :
Dalton (Roque), *Mexico.*
Dalton (Roque), *El Salvador.*
Sanchez (Milton), *Nicaragua.*
Elias Ramirez (Plutarco), *Colombia.*
Martinez Amengual (Gumersindo), *Venezuela.*
Martinez Amengual (Gumersindo), *Brasil.*
Cueva (Patricio), *Ecuador.*
Diaz de Arce (Omar), *Paraguay.*
Jorge Vera (Pedro), *Chili.*
Mortillaro (Gaspar), *Argentina.*
Bayo (Armando), *Puerto Rico.*

En outre, on dispose d'ouvrages récents sur l'histoire des Antilles dans leur ensemble :
Parry (J. H.) et Sherlock (Philipp M.) *A Short History of the West Indies,* Londres, MacMillan, 1957.
Lewis (Gordon), *The Growth of the Modern West Indies,* Londres, Macgibbon and Kee, 1968.
Williams (Eric), *From Colombus to Castro. The History of the Caribbean 1492-1969,* Londres, A. Deutsch, 1970.
Bosch (Juan), *De Cristobal Colon a Fidel Castro. El Caribe, frontera imperial,* Madrid, Alfaguara, 1970.

Et de quelques ouvrages sur l'histoire de l'Amérique centrale :
Auburn (Charles), *L'Amérique centrale,* Paris, Presses universitaires de France, coll. « Que sais-je ? », 1952.
Revert (E.), *Les Antilles,* Paris, Armand Colin, 1954.
Baudez (Claude), *Amérique centrale, Genève,* Paris, Munich, Nagel, 1970.

Parker (Franklin D.), *The Central American Republics,* Oxford University Press, 1964.

Wilgus (A. C.), *The Caribbean : The Central American Area,* Gainesville (Flo.), University of Florida Press, 1961.

Jones (Chester L.), *The Caribbean since 1900,* New York, Prentice Hall, 1936.

Karnes (Thomas L.), *The Failure of Union : Central America 1824-1960,* Chapell Hill, North Carolina University Press, 1961.

Martz (John D.), *Central America : The Crisis and the Challenge,* Chapell Hill, University of North Carolina Press, 1959.

Blanshard (Paul), *Democracy and Empire in the Caribbean, a Comparative Study in Methods of Development,* New York, Praeger, 1953.

Kepner (C. D.) et Soothill (Jay), *The Banana Empire,* New York, 1935, trad. esp. *El Imperio del Banana,* Mexico, Ed. del Caribe, 1949.

Calcott (Wilfrid H.), *The Caribbean Policy of the United States 1890-1920,* Baltimore, 1942.

Rippy (Fred J.), *The Caribbean, Danger Zone,* New York, 1940.

Proudfoot (Mary M.), *Britain and the United States in the Caribbean, a Comparative Study in Methods of Development,* New York, Praeger, 1953.

Munro (Dana G.), *Intervention and Dollar Diplomacy in the Caribbean 1900-1921,* Princeton, Princeton University Press, 1964.

B. Ouvrages par pays

Argentine

Histoire générale :

Lopez (V. Fidel), *Historia de la Republica argentina,* Buenos Aires, 1949-1950, 8 vol.

Martinez (A.) et Lewandowski (M.), *L'Argentine au XXe siècle,* Paris, A. Colin, 1912, 4e éd. revue et mise à jour.

Palacio (Ernesto), *Historia de la Argentina, 1515-1957,* Buenos Aires, 1960, 3e éd.

Pendle (George), *Argentina,* New York, Oxford University Press, 1963, 3e éd.

Rennie (Ysabel F.), *The Argentine Republic,* New York, MacMillan, 1970, 2e éd.

Touchard (Jean), avec la collaboration de Rouquie (Alain), *La République argentine,* Paris, Presses universitaires de France (coll. « Que sais-je »), 1961.

Whitaker (A. P.), *Argentina,* Englewood Cliffs (N. J.), Prentice Hall, 1964.

White (J. W.), *Argentina : The Life Story of a Nation,* New York, 1942.

Histoire économique et sociale :

Dans la monumentale *Historia Argentina Contemporanea 1862-1930* publiée par l'Academia Nacional de la Historia, à Buenos Aires, le volume III est consacré à l'histoire économique de la période : *Historia Economica* par Cuccorese Horacio, Fraboschi Roberto O, Cravioto José A., Alzaga Orlando Williams et Bose Walter B. J., Buenos Aires, El Ateneo, 1966.

Denis (P.), *La République argentine. La mise en valeur du pays,* Paris, A. Colin, 1920.

CEPAL, *El Desarrollo economico de la Argentina,* Mexico, 1959, 3 vol.

Cuccorese (Horacio Juan), *Historia economica financiera argentina (1862-1930),* Buenos Aires, El Ateneo, 1966.

Ferrer (Aldo), *The Argentine Economy,* Berkeley, University of California Press, 1967 (tr. M. M. Urquidi).

Ortiz (Ricardo M.), *Historia economica de la Argentina 1850-1930,* Buenos Aires, Ediciones Pampa y Cielo 1964, 2 vol.

Ford (A. G.), *The Gold Standard 1880-1914 : Britain and Argentina,* Londres et New York, Oxford University Press, 1962.

Di Tella (Guido) et Zymzlman (Manuel), *Las Etapas del Desarrollo Economico Argentino,* Buenos Aires, 1967.

Díaz Alejandro (Carlos), *Essays on the Argentine Economy,* New Haven (Conn.), Economic Growth Center, 1967.

Jefferson (Mark), *Peopling the Argentine Pampa,* New York, 1926.

Scobie (James R.), *Revolution on the Pampas. A Social History of Argentine Wheat 1860-1910,* Austin, The Latin American Monograph Series, ILAS, The University of Texas, 1964.

Blain (Marc A.), *L'Économie céréalière et son influence sur la croissance économique de l'Argentine 1870-1910,* Montréal (P. Q.), Canada, 1970 (thèse 3e cycle, Caen, 1970).

Giberti (Horacio), *Historia economica de la ganaderia argentina,* Buenos Aires, Ediciones Solar, Hachette, Nueva Edicion, 1961.

Romero Aguire (Manuel A.), *Ganaderia argentina : su desarrollo e industrializacion,* Buenos Aires, 1957 (pour compte de la Compañia Swift de la Plata).

Hanson (S. G.), *Argentine Meat and the British Market,* Stanford, Stanford University Press, 1938.

Smith (Peter H.), *Politics and Beef in Argentina. Patterns of Conflict and Change,* New York et Londres, Columbia University Press, 1969.

Segaut (Lorenzo), *Desarrollo agrario-pecuario y el proceso de industrializacion,* Buenos Aires, OECEI, 1964.

Sourveine (P. B.), *L'Argentine au seuil de l'industrie,* Tournai, Paris, 1927.

Lebedinsky (Mauricio), *Estructura de la Ganaderia (historica y actual). Vaquerias y estanceiras, saladeros y frigorificos, capas ganaderas,* Buenos Aires, ed. Quipo, 1967.

Watson (David J. R.), *Los Criollos y los gringos : escombros acumulados al levantar la estructura ganadera-frigorifica 1882-1940,* Buenos Aires, 1940.

Fuchs (Jaime), *La Penetracion de los trusts yanquis en la Argentina,* Buenos Aires, Editorial Cartago, 1959, 2e éd.

Sommi (Luis V.), *Los Capitales en la Argentina, Historia de su expansion,* Buenos Aires, Editorial Claridad, 1945.

Fillol (T. R.), *Social Factors in Economic Development : The Argentine Case,* Cambridge (Mass.), MIT Press, 1961.

Oddone (Jacinto) *La Burguesia terrateniente argentina, capital federal Buenos Aires, territorios nacionales,* Buenos Aires, Ediciones Libera, 1967.

Biallet Masse (Juan), *El Estado de las clases obreras argentinas a comienzos del siglo,* Cordoba, Universidad nacional, 1968.

Marotta (Sebastian), *El Movimiento sindical argentino : su genesis y desarrollo,* 4 vol., Buenos Aires, ed. Lacio, vol. 1 et 2, 1960-1961.

Bailey (Samuel), *Labor, Nationalism and Politics in Argentina,* New Brunswick (N. J.), 1967.

Oddone (Jacinto), *Historia del Socialismo argentino,* Buenos Aires, 1934, 2 vol.

Comision del comite central del partido comunista, *Esbozo de historia del Partido Comunista de la Argentina,* Buenos Aires, 1947.

Histoire politique et sociale :

Cortes Conde (Roberto) et Gallo (Ezequiel), *La Formacion de la Argentina Moderna,* Buenos Aires, Edicion Paidos, 1967.

Ramos (Jorge Abelardo), *Revolucion y contrerevolucion en la Argentina : Las masas en nuestra historia,* Buenos Aires, Editorial Plus Ultra, 1965 (t. II, *Historia de la Argentina en el siglo XX*).

Germani (Gino), *Politica y sociedad en una epoca de transicion : de la sociedad tradicional a la sociedad de masas,* Buenos Aires, Paidas, 1963.

Scobie (James R.), *Argentina. A Story of a Nation,* New York, Oxford University Press, 1964.

Di Tella (Torcuato), Gracianera (Jorge) et Germani (Gino), *Argentina, sociedad de masas,* Buenos Aires, Editorial Universitaria de Buenos Aires, 1965.

Romero (Luis Alberto), *Los Golpes militares 1812-1955*, Buenos Aires, C. Perez, 1969.
De Imaz (José Luis), *Los que mandan*, Buenos Aires, EUDEBA, 1964.
Whitaker (A. P.), *The United States and Argentina*, Cambridge (Mass.), Harvard University Press, 1954.
Peterson (Harold F.), *Argentina and the United States 1810-1860*, Albany, State University of New York, 1964.
Kennedy (J. J.), *Catholicism, Nationalism and Democracy in Argentina*, Notre Dame (Ind.), University of Notre Dame Press, 1958.
De Mazo (Gabriel), *El Radicalismo : ensayo sobre su historia y doctrina*, Buenos Aires, 1957, 3e vol.
Snow (Peter G.), *Argentine Radicalism : The History and Doctrine of the Radical Civic Union*, Iowa City, 1965.
Rodriguez (Carlos J.), *Irigoyen, su evolucion politica y social. La Union Civica Radical*, Buenos Aires, Editorial La Facultad, 1943.
Galvez (Manuel), *Vida de Hipolyto Irigoyen*, Buenos Aires, G. Kraft, 1939, 2e éd.
Sommi (Luis V.), *Hipolyto Irigoyen. Su epoca y su vida*, Buenos Aires, 1947.
Romariz (José), *La Semana tragica*, Buenos Aires, 1952.
Davis (Thomas B. Jr.), *Carlos de Alvear : Man of Revolution*, Durham, 1955.
Strasser (Carlos) ed., *Las Izquierdas en el Progreso Politico de Argentina*, Buenos Aires, Ed. Palestra, 1959.

Histoire politique et culturelle :
Tedesco (Juan C.), *Educacion y sociedad en la Argentina 1880-1900*, Buenos Aires, ed. Pannedille, 1970.
Ingenieros (José), *La Evolucion de las ideas argentinas*, Buenos Aires, J. Rosso, 1937, 4 vol.
Romero (José Luis), *A History of Argentine Political Thought*, Stanford, Stanford University Press, 1963 (trad. T.F. McGann).
Merchensky (Marcos), *Los Corrientes ideologicos en la*

historia argentina, Buenos Aires, Editorial Concordia, 1961.

Soler (Ricaurte), *El Positivismo Argentino,* Buenos Aires, Paidos, 1968.

Del Mazo (Gabriel), *La Reforma Universitaria,* tome I, *El movimiento argentino,* La Plata, 1941.

Del Mazo (Gabriel), *La Reforma Universitaria,* tome II, *Propagacion americana,* La Plata, 1941.

Del Mazo (Gabriel), *La Reforma Universitaria,* tome III, *Essayos criticos 1918-1940,* La Plata, 1941.

Del Mazo (Gabriel), *La Reforma Universitaria y lu Universidad latino-americana,* Buenos Aires, 1957.

Gonzalez (Julio V.), *La Universidad : teoria y accion de la reforma,* Buenos Aires, 1945.

Federacion universitaria de Buenos Aires, *La Reforma Universitaria 1918-1958,* Buenos Aires, 1959.

Walter (Richard J.), *Student Politics in Argentina : The University Reform and its Effects 1918-1964,* New York, Basic Books, 1968.

Bolivie

Arguedes (Alcides), *Historia general de Bolivia 1809-1911,* La Paz, 1922, trad. : *Histoire générale de la Bolivie,* Paris, F. Alcan, 1923.

Arguedes (Alcides), *Historia de Bolivia,* Barcelone, Lopez Robert, 1920-1929, La Paz, 1958.

Finot (Enrique), *Nueva Historia de Bolivia,* La Paz, 1964.

Machicado (Humberto Vasquez), De Mesa (José) et Gisbert (Teresa), *Manual de Historia de Bolivia,* La Paz.

Guzman (Augusto), *Breve Historia de Bolivia,* La Paz, 1969, 416 p.

Leonard (Olen F.), *Bolivia : Land, People and Institutions,* Washington. The Scarecrow Press, 1952.

Osborne (Harold), *Bolivia. A Land Divided,* Londres, Oxford University Press 1964, 3e éd. (Royal Institute of International Affairs).

Chavero (Mariano), *Bolivia,* Milan, Feltrinelli, 1967.
Arnade (Charles), *The Emergence of the Republic of Bolivia,* Gainesville, University of Florida Press, 1957.
Kein (Herbert S.), *Parties and Political Change in Bolivia 1880-1952,* London, Cambridge University Press, 1969.
Penaloza (Luis), *Historia economica de Bolivia,* La Paz, 1953-1954.
Molins (R. Jaime), *El Estano. Fundamento vital de Bolivia.*
Rojas (Casto), *Historia financiera de Bolivia,* Collection Enciclopedia Boliviana, Cochabamba.
Marsh (Margaret H.), *The Bankers in Bolivia* (trad. espagnole *Nuestros Banqueros en Bolivia,* éd. M. Aguilar, Madrid, 1929).
Guillermo (Lora), *Historia del Movimiento Obrero Boliviano,* t. I, *1848-1908,* La Paz, 1967, 456 p. ; t. II, *1908-1923,* La Paz, 1969, 426 p. ; t. III, *1923-1933,* La Paz, 1970, 414 p.
Osborne (Harold), *Indians of the Andes,* Cambridge (Mass.), Harvard University Press, 1952.
Ostria Gutierez (Alberto), *The Tragedy of Bolivia; a People Crucified,* New York, The Devin Adair Company, 1958 (trad. de l'espagnol).

Brésil

Histoire générale :

Denis (Pierre), *Le Brésil au XXe siècle,* Paris. A. Colin, 1909.
Lacombe (Americo Jacobina), *Brasil, periodo nacional,* Mexico, Instituto Panamericano de geografia e historia, 1956.
Calogeras (Joao Pandia), *A History of Brazil,* Chapell Hill, University of North Carolina Press, 1939 (trad. Percy A. Martin).
Basbaum (Leoncio), *Historia Sincera da Republica,* t. II, *De 1889 à 1930,* São Paulo, ed. L.B., 2e éd., 1962.
Calmon (Pedro), *Historia do Brasil,* São Paulo, Rio de Janeiro, Companhia editora nacional, 1939 *sq.,* 7 vol.

Vianna, *Historia do Brasil,* Rio de Janeiro, Companhia editora nacional, 1961, 2 vol.

Bruno (Einani Silva), *Historia do Brasil, general a regional,* São Paulo, ed. Cultrix, 1967, 7 vol.

Carone (Edgard), *A Republica velha. Instituçaves e classes sociais,* Sao Paulo, Difusao Europeia de Livro, 1970.

Bello (José Maria), *A History of Modern Brazil, 1889-1954,* Stanford, Stanford University Press, 1966, 4e éd. (trad. par J. L. Taylor).

Bums (E. Bradford), *History of Brazil,* New York, Columbia University Press, 1970.

Le Lannou (Maurice), *Le Brésil,* Paris, Armand Colin, 1955.

Mombeig (Pierre), *Le Brésil,* Paris, Presses Universitaires de France (coll. « Que sais-je ? »), 1954.

Poppino (Rollie E.), *Brazil : the Land and People,* New York, Oxford University Press, 1968.

Smith (T. Lynn) et Merchant (Alexander), *Brazil : Portrait of Half a Continent,* New York, Dryden Press, 1951.

Tapajos (Vicente), *Historia do Brasil.*

Freyre (Gilberto de Mello), *Ordem y Progreso. Brazil from Monarchy to Republic,* New York, A. A. Knopf, 1970.

Mombeig (Pierre), *Pionniers et Planteurs de São Paulo,* Paris, Armand Colin, 1952 *(Cahiers de la Fondation nationale des Sciences politiques,* n° 28).

Morse (Richard) ed., *The Bandeirantes : the Historical role of the Brazilian Pathfinders,* New York, 1965.

Love (Joseph L.), *Rio Grande do Sul and Brazilian Regionalism, 1882-1930,* Stanford, Stanford University Press, 1971.

Sodré (Nelson Werneck), *Formaçao Historica do Brasil,* São Paulo, Editora brasiliense, 1964, 3e éd.

Histoire économique :

Outre la monumentale *Histoire du café au Brésil (Historia do cafe no Brasil)* en 14 volumes,

Furtado (Celso), *The Economic Growth of Brazil : A*

Survey from Colonial to Modern Time, Berkeley, University of California Press, 1963 (*Formaçao economica do Brasil,* Rio de Janeiro, Editora Fondo de Cultura, 1959, trad. R. W. de Aguiar et E. C. Drysdale).
Prado (Carlo Jr.), *Historia economica do Brasil,* São Paulo, Editora brasiliense, 1959.
Lima (Heitor Ferreira), *Historia politico-economica e industrial do Brasil,* São Paulo, Companhia ed. nac., 1970.
Normano (J. F.), *Evoluçao economica do Brasil,* São Paulo, Companhia editora nacional, 1945.
Baer (Werner), *Industrialization and Economic Development in Brazil,* Homewood (III.), Economic Growth Center, Yale Univ. 1965.
Dean (Warren), *The Planter as Entrepreneur : The Case os São Paulo,* Austin, Texas University Press (The Latin American Monograph Series n° 37, ILAS).
Jobim (José), *Historia das Industrias no Brasil,* São Paulo, 1941.
Simonsen (R. C.), *Brazil's Industrial Evolution,* São Paulo, Escola livre de sociologia e politica, 1939.
Martin (Jean-Marie), *Processus d'industrialisation et Développement énergétique du Brésil,* Paris, 1966 (travaux et mémoires de l'Institut des hautes études d'Amérique latine, n° 14).
Spiegel (Henry William), *The Brazilian Economy : Chronic Inflation and Sporadic Industrialization,* Philadelphie, The Blakinston Company, 1949.
Luz (N. V.), *A Luta pela industrializaçao do Brasil (1808-1930),* São Paulo, Editora do Difusao Europeia do Livro, 1961.
Stein (Stanley J.), *The Brazilian Cotton Manufacture, Textile enterprise in an Underdevelopped Urea, 1850-1950,* Cambridge, Harvard University Press, 1957.
Baer (Werner), *The Development of Brazilian Steel Industry,* Nashville, Vanderbilt University Press, 1969.
Graham (Richard), *Britain and the Onset of Modernization in Brazil 1850-1914,* Cambridge, Cambridge University Press, 1968.

Manchester (Alan K.), *British Preeminence in Brazil : its Rise and Decline,* Chapell Hill, University of North Carolina Press, 1933.

Histoire politique, sociale et culturelle :

Moraze (Charles), *Les Trois Ages du Brésil, essai de politique,* Paris, Armand Colin, 1954.

Pinheiro (Paulo S.), *La Fin de la première République au Brésil : crise politique et révolution 1920-1930* (Paris, 1971, thèse 3e cycle, Fondation nationale des Sciences politiques, multigr.).

Carone (Edgar), *Revoluçoes no Brasil Contemporaneo,* t. II, *De 1889 à 1930,* São Paulo, ed. Fulgor, 3e ed.

Santa Rosa (Virginio), *Que Foi o Tenentismo ? Cadernos do Povo Brasiliera,* n° 22, Rio de Janeiro, ed. Civilizaçao Brasileira SA, 1963, 2e éd. du livre *O Sentido do Tenentismo.*

Silva (Hélio), *A Grande Marcha, 1926,* Rio de Janeiro, Civilazaçao Brasileira, 1965 (O Ciclo de Vargas).

Wagley (Charles), *Race and Class in Rural Brazil,* Paris, UNESCO, 1952.

Ianni (Octavio), *Raças e classes sociais no Brasil,* Rio de Janeiro, Civilizaçao Brasileira, 1966.

Chacon (Vamieh), *Historia des Ideias socialistas no Brasil,* Rio de Janeiro, ed. Civilizaçao Brasileira, 1965.

Da Cunha (Euclides), *Os Sertaos,* Rio de Janeiro, ed. P. de Azevedo, 1963.

Morse (Richard), *From Community to Metropolis : A Biography of São Paulo Brazil,* Gainesville, University of Florida Press, 1958.

Dc Oliveira Torres (Joao Camillo), *O Positivismo no Brasil,* Pétropolis, R.J. Ed. Vozes Ltd., 1943.

Buarque de Holanda (Sergio), *Historia general da civilizaçao brasileira,* São Paulo, Difusao europeia do livro, 1960-1972, 10 vol.

Chili

Histoire générale :

Un certain nombre d'histoires générales monumentales ne nous concernent ici que dans les un ou deux derniers volumes quand ceux-ci traitent de la fin du XIXe siècle et du début du XXe. Parmi elles :

Barros Arana (Diego), *Historia general de Chile,* Santiago, 1930, 2e éd., 16 vol.
Encina (Francisco A.), *Historia de Chile,* Santiago, Ed. Nascimento, 1940-1952, 20 vol.
Frias (Francisco), *Historia de Chile,* Santiago, 1947-1949, 4 vol.

Les histoires générales de dimension plus ordinaire comprennent :

Pena (Leonardo), *Histoire du Chili,* Paris, F. Alcan, 1927.
Encina (Francisco A.), *Resumen de la historia de Chile,* Santiago, 1954, 2 vol.
Galdames (Luis), *Estudio de la historia de Chile,* Santiago, 1945, 10e éd., trad. *A History of Chile,* Chapell Hill (N.C.), 1941, par J. J. Cox.
Valenzuela (Francisco Frias), *Manual de Historia de Chile,* Santiago, 1963.
Millar (Walterio), *Historia de Chile,* Santiago, 1963.

Et à l'intérieur d'une présentation d'ensemble du pays :

Avalos (R.), *Le Chili,* Paris, Presses universitaires de France (coll. « Que sais-je ? »), 1957.
Silvert (K. H.), *Chile, Yesterday and Today,* New York, Holt, Rinehart and Winston Inc., 1965.
Pendle (George), *The Land and People of Chile,* New York, The MacMillan Company, 1960.
Brettand (Gilbert J.), *Chile,* London, Royal Institute of International Affairs, 1956, 3e éd.

Histoire politique :

Outre le très utile

Fuentes (Jordi) et Cortes (Lia), *Diccionario historico de Chile,* Santiago, Editorial del Pacifico, 1966, 4e éd.

Rivas Vicunas (Manuel), *Historia politica y parlamentaria de Chile,* Santiago, Edicion de Biblioteca Nacional, 1964, 3 vol.

Mike (Frederick B.), *Chile and the United States 1880-1962. The Emergence of Chile's Social Crisis and the Challenge to US Diplomacy,* Notre Dame, Notre Dame University Press, 1963.

Ramirez Necochea (Hernan), *Historia del imperialismo en Chile,* Santiago, 1960.

Amunategui y Solar (Domingo), *Pipiolos y pelucones,* Santiago, Imp. y lit. Universo, 1939.

Ramirez Necochea (Hernan), *Balmaceda y la Contrarevolucion de 1891,* Santiago, ed. Universitaria, 1969, 2e éd. corrigée et augmentée.

Edwards (Alberto), *La Fronda aristocratica,* Santiago, 1945.

Halperin (Ernst), *Nationalism and Communism in Chile,* Cambridge, MIT Press, 1965.

Donoso (Ricardo), *Alessandri, agitador y demoledor : cincuenta años de historia politica de Chile,* Mexico, Fondo de Cultura Economica, 1952-1954, 2 vol.

Gil (F. G.), *Genesis and Modernization of Political Parties in Chile,* Gainesville, 1962.

Edwards (Alberto) et Frei Montalva (Eduardo), *Historia de los partidos chilenos,* Santiago, 1959.

Ramirez Necochea (Hernan), *Origen y formacion del partido communista de Chile,* Santiago, ed. Austral, 1965.

Histoire économique et sociale :

Sommier (Dominique), *Éveil et Blocage des économies péruvienne et chilienne,* Lyon, Éditions de l'AGEL, 1970 (thèse de doctorat de 3e cycle, École pratique des hautes études, VIe section).

Jobet (Julio Cesar), *Ensayo critico del desarrollo economico-social de Chile,* Santiago, Editorial Universitaria, 1955.

Vera (Mario), *La Politica economica del cobre en Chile,* Santiago, Un. of Chile Press, 1962.

Valenzuela (M. V.), *La Politica economica del cobre en Chile,* Santiago, 1961.
Pinto Santa Cruz (Anibal), *Chile, un caso de desarrollo frustrado,* Santiago, Editorial Universitaria, 1959.
Alarcon Pino (Raul), *La Classe media en Chile : origenes, caracteristicos y influencias,* Santiago, 1947.
Valenzuela (Tulio Lagos), *Bosquejo historico del movimiento obrero en Chile,* Santiago, 1941.

Colombie

Academia Colombiana de la Historia, *Historia extensa de Colombia,* Bogotá, 1965.
Henao (Jesus Maria) et Arrubla (Gerardo), *Historia de Colombia,* Bogotá, Libreria Voluntad, 1952.
Granados (Rafael M.), *Historia de Colombia,* Medellín, ed. Bedour, 1963, 7e éd.
Martz (John D.), *Colombia. A Contemporary Political Survey,* Chapell Hill, University of North Carolina Press, 1962.
Galbraith (W. O.), *Colombia,* Londres, Oxford University Press, 1953 (The Royal Institute of International Affairs).
Caballero Calderon (Eduardo), *Historia privada de los Colombianos,* Bogotá, tall. Antares, 1960.
Samin Cano (Baldonero), *Administracion Reyes 1904-1909,* Lausanne, Imprimerie de Bridel, 1909.
Lopez de Mesa (Luis), *Escrutino sociologico de la historia colombiana,* Bogotá, Editorial ABC, 1956, 2e éd.
Rippy (Fred J.), « The development of manufacturing in Columbia », *Estudios de Historica de America,* Mexico, Institut panaméricain d'histoire et de géographie, 1948, p. 107-124.
Ospina Vasquez (Luis), *Industria y proteccion en Colombia, 1810-1930,* Medellín, E.S.F., 1955.
Rippy (Fred J.), *The Capitalists and Colombia,* New York, 1931.
Aguire (Indalecio Livano), *Los Grandes Conflictos sociales*

y economicos de Nuestra Historia, Bogotá, Nueva Prense, 1962.
Nieto Arteta (Luis E.), *Economica y Cultura en la Historia de Colombia,* Bogotá, Ediciones Tercier Mundo, 1962, 2e éd.
Fals Borda (Orlando), *Peasant Society in the Colombian Andes,* Gainesville, University of Florida Press, 1957.
Fluharty (Vernon F.), *Dance of the Millions : Military Rule and the Social Revolution in Colombia 1930-1956,* Pittsburgh, University of Pittsburgh Press, 1957.
Parks (E. Taylor), *Colombia and the United States 1765-1934,* Durham (N.C.), 1935.

Cuba

Guerra y Sanchez (Ramiro), *Historia de la nacion cubana,* La Havane, ed. Historia de la nacion cubana, SA, 1952.
Chapman (Charles E.), *A History of the Cuban Republic : a Study in Hispanic American politics,* New York, Octogon Books, 1969.
Healy (David F.), *Historia de la nacion cubana,* La Havane, 1952, 10 vol.
Lamore (Jean), *Cuba,* Paris, Presses universitaires de France (coll. « Que sais-je ? »), 1970.
MacGaffey (Wyatt) et Barnet (C. R.), *Cuba : Its People, its Society, its Culture,* New York, Double Day-Anchor, 1965, Twentieth Century.
Merchan (Rafael M.), *Cuba, Justificacion de sus guerras de independencia,* La Havane, Imp. Nacional de Cuba, 1961.
Gray (Richard B.), *José Martí, Cuban Patriot,* Gainesville, Florida University Press, 1962.
Manach (Jorge), *Martí El Apostól,* Buenos Aires, Mexico, Espasa-Calpe argentina SA, 1946, 3e éd.
Lizaso (Felix), *Martí, mistico del deber,* Buenos Aires, Ed. Losada SA, 1946, 2e éd.
Gonzalez (Manuel Pedro), *José Martí,* Chapell Hill, University of North Carolina Press, 1953 ; La Havane, Centro de Estudios Martianos, 1961.

Healy (David F.), *The United States in Cuba 1898-1902,* Madison, The University of Wisconsin Press, 1963.

Rottenstein (Annie), *Contribution à l'étude de la vie quotidienne à Cuba entre 1898 et 1902,* s.l., 1970 (maîtrise d'espagnol, Nanterre).

Martinez Estrada (Enrique), *Martí : el herve y su accion revolucionaria,* Mexico, Siglo XXI, 1966.

Martinez Estrada (Enrique), *Martí Revolucionario,* La Havane, Casa de Las Americas, 1966.

Smith (Robert F.), *Background to Revolution : The Development of Modern Cuba,* New York, 1966.

Guerra y Sanchez (Ramon), *Sugar and Society in the Caribbean,* New Haven, Yale University Press, 1964 (trad. *Azucar y poblacion en las Antillas,* La Havane).

Ortiz (Fernando), *Contrapunteo cubano del tabaco y azucar,* La Havane, Universidad Central de la Villas, Direccion de Publicaciones, 1963.

Le Riverend (Julio), *Historia Economica de Cuba,* La Havane, Editorial Universitaria, 1964.

Nelson (Lowry), *Rural Cuba,* University of Minnesota Press, 1950.

Jenks (Leland Hamilton), *Our Cuban Colony : A study in Sugar,* New York, 1928.

Portell Vila (Herminio), *Historia de Cuba en sus relaciones con los Estados Unidos y España,* La Havane, 1934-1941, 4 vol.

Fitzgibbon (Russel H.), *Cuba and the United States 1900-1935,* Menasha (Wisconsin), 1935.

Smith (Robert F.), *The United States and Cuba : Business and Diplomacy 1917-1960,* New York, Bookman Associates, 1960.

Foner (Philip S.), *A History of Cuba and its Relations with the United States,* New York, International Publishers, 1962, vol. II.

Costa Rica

Quijano Quesada (Alberto), *Costa Rica : Ayer y Hoy.*

Stewart (Watt), *Keith and Costa Rica : A Biographical*

Study of Minor Cooper Keith, Albuquerque, University of New Mexico Press, 1964.

Bresanz (John), *Costa Rican Life,* New York, Colombia University Press, 1945.

Lloyd Jones (Chester), *Costa Rica and Civilization in the Caribbean,* Madison, University of Wisconsin Press, 1941.

Saenz Maroto (Alberto), *Historia agricola de Costa Rica,* Costa Rica, Ciudad Universitaria Rodrogo Facio (publication de la Universidad de Costa Rica, Seri Agronomia), 1970.

May (Stacy), *Costa Rica. A Study in Economic Development,* New York, Twentieth Century Fund, 1952.

Denton (Charles), *Patterns of Costa Rica Politics,* Boston (Mass.), Allyn and Bacon, 1971.

Équateur

Reyes (Efren Oscar), *Breve historia general del Ecuador,* Quito, ed. Fray Jodoco Ricke, 1967.

Díaz Canseco (Alfredo Pareja), *Historia del Ecuador,* Quito, 1968, 2e éd.

Díaz Conseco (Clareja), *Historia del Ecuador,* 2 vol.

Blomberg (Rolf) ed., *Ecuador : Andean Mosaic,* Stockholm, Gerber, 1952.

Blanksten (George I.), *Ecuador, Constitutions and Caudillos,* Berkeley, California University Press, 1951.

Linke (Lilo), *Ecuador, Country of Contrasts,* Londres, Oxford university Press, 1960, 3e éd.

Franklin (Albert), *Ecuador.*

Garces (Victor Gabriel), *Indigenismo,* Quito, Editorial Casa de Cultura ecuatoriana, 1957.

Icaza (Jorge), *Cholos,* Quito, Ed. Antahualpa, 1939, 2e éd. (trad. fr. L. Sobol, Paris, Seghers, 1959).

Icaza (Jorge), *Huasipungo,* Buenos Aires, Ed. Losada, 1953 (trad. fr. Georges Pillement, Paris, Paguie-Bellenand, 1967).

Salvador

Vidal (Manuel), *Historia de Centro America,* San Salvador, 1961.
Gavidia (Francisco), *Historia moderna de El Salvador,* San Salvador, 1959.
Barberena (Santiago J.), *Historia de El Salvador.*
Martin (Percy F.), *Salvador of the XXth Century.*
PC de El Salvador, *Las Masas populares Han Hecho Nuestra Historia,* San Salvador, La Verdad, 1962.
De Jongh Osborne (Lilly), *Four Keys to El Salvador,* New York, Funk and Wagnalls, 1956.
Raynolds (D. R.), *Rapid Development in Small Economies. The Exemple of El Salvador,* Londres, Pall Mall Press, New York, Fred A. Praeger, 1967.

Guatemala

Parker (Franklin D.), *The Central American Republics,* Londres et New York, Oxford University Press, 1969.
Jones (Chester L.), *Guatemala, Past and Present,* Minneapolis, University of Minnesota Press, 1940.
Villacorta-Calderon (José), *Historia de la Republica de Guatemala,* Guatemala, Tip. Nacional, 1960.
Jensen (Anny Elizabeth), *Guatemala. A Historical Survey,* New York, Exposition Press, 1955.
Rosenthal (Mario), *Guatemala : The Story of an Emergent Latin American Democracy,* New York, Twaine Publishers, 1962.
Silvert (Kahlman H.) *A Study in Government : Guatemala,* New Orleans, Tulane University Press, 1954.
Whetten (Nathan L.), *Guatemala : The Land and the People,* New Haven, Yale University Press, 1961.
Kelsey (Vera) et De Jongh Osborne (Lilly), *Four Keys to Guatemala,* New York, 1961, éd. rev.
Griffith (William J.), *Empires in the Wilderness, Foreign Colonization and Development in Guatemala 1834-1944,* Chapell Hill, University of North Carolina Press, 1965.

Solorzano Fernandez (Valentin), *Historia de la evolucion economica de Guatemala,* Mexico, Universidad Nacional autonoma de Mexico, 1947.

Haïti

Dorsainvil (J. C.), *Manuel d'Histoire d'Haïti* (avec la collaboration des frères de l'Instruction chrétienne), Port-au-Prince, Imprimerie Deschamps (nombreuses éditions).

Bellegarde (Dantès), *Histoire du peuple haïtien,* Port-au-Prince et Lausanne, Imprimerie Held, 1953.

Leyburn (James), *The Haïtian People,* New Haven et Londres, Yale University Press, 1966 (Caribbean Series 9), 2e éd.

Logan (Rayford W.), *Haïti and The Dominican Republic,* Londres, New York, Toronto, Oxford University Press, 1968.

Manigat (Leslie F.), *L'Avènement de Salomon à la présidence de la République,* Port-au-Prince, Imprimerie de l'État, 1957.

Mars (Jean Price), *Jean Pierre Boyer Bazelais et le Drame de Miragôane,* Port-au-Prince, 1948.

Mars (Jean Price), *Anténor Fermin* (manuscrit dactylographié, non encore publié, la dernière œuvre du patriarche haïtien avant sa mort).

Mars (Jean Price), *Vilbrun Guillaume Sam, ce méconnu,* Port-au-Prince, 1961.

Marcelin (Frédéric), *Le Général Nord Alexis,* Paris, Kugelman, 1909, 3 vol.

Chatelain (Joseph), *La Banque nationale. Son histoire, ses problèmes,* Port-au-Prince et Lausanne, Imprimerie Held, 1954.

Montague (Ludwell Lee), *Haïtia and the United States 1714-1938,* Durham (N.C.), Duke University Press, 1940.

Turnier (Alain), *Les États-Unis et le Marché haïtien,* Washington (D.C.) et Imprimerie Saint-Joseph, 1955.

Schreadley (Richard L.), *The American Intervention in Haïti,* MA Thesis, Flechter School, Tufts University, 1969.

Millspaugh (Arthur C.), *Haïti under American Control 1915-1930,* Boston, World Peace Foundation, 1931.

Greene Black (Emily), *Occupied Haïti,* New York, Writer's Publishing Co, 1927.

Schmidt (Hans R.), *The United States Occupation of Haïti 1915-1934,* Ph D Thesis, Rutgers University, 1968.

Beauvoir (Vilfort), *Le Contrôle financier du gouvernement des États-Unis d'Amérique sur la république d'Haïti,* Paris, Librairie du Recueil Sirey, 1930.

McCrocklin (James), *Garde d'Haïti 1915-1934,* Annapolis, 1956.

Thomas (Lowell), *Old Gimlet Eye : The Adventures of Smedley D. Butler as told to Lowell Thomas,* New York, 1933.

Danache (B.), *Le Président Dartiguenave et les Américains,* Port-au-Prince, 1950.

Sylvain (George), *Dix Années de lutte pour la liberté 1915-1925,* Port-au-Prince, 1925, 2 vol.

Mars (Jean Price), *Ainsi parla l'Oncle,* Port-au-Prince, Imprimerie de Compiègne, 1928.

Bellegarde (Dantès), *La Résistance haïtienne,* Montréal, 1957.

Moral (Paul), *L'Économie haïtienne,* Port-au-Prince, Imprimerie de l'État, 1969.

Pierre Charles (Gérard), *L'Économie haïtienne et sa voie de développement,* Paris, G.P. Maisonneuve et Lavisse, 1968.

En outre, parmi les travaux de recherches historiques faits sous ma direction à l'École normale supérieure d'Haïti de 1953 à 1961, un certain nombre ont porté précisément sur la période de 1879 à 1934, mais n'ont pas encore été publiés. Ils comprennent, pour la période qui nous intéresse, les manuscrits de :

Apollon (Anthony), sur les idées et la lutte des partis libéral et national.

Moïse (Claude), sur Anténor Fermin et le ferminisme, une évolution doctrinale.
Joachim (Benoît Brennus), sur la vie parlementaire haïtienne au début du XXᵉ siècle.
Holly (Daniel), sur le gouvernement d'Antoine Simon et ses relations extérieures (1906-1910).
Hector (Michel), sur l'attitude d'Haïti face à l'occupation américaine : collaboration et résistance.
Castor (Suzy), sur la montée et la victoire du nationalisme haïtien dans les années 1920 et 1930.

Honduras

Otero (Luis Marinas), *Honduras,* Madrid, Ediciones Cultura Hispanica, 1963.
Wilgus (Curtis) ed., *The Caribbean : The Central American Area,* Gainesville, University of Florida Press, 1961.
Stokes (William S.), *Honduras, An Area Study in Government,* Madison, University of Wisconsin Press, 1950.
Chechi (Vincent) et coll., *Honduras : A Problem in Economic Development,* New York, Twentieth Century Fund, 1959.

Mexique

Histoire générale et histoire de la révolution :

Villegas (Daniel Cosio), *Historia moderna de Mexico,* Mexico, Editorial Hermes, 1955-1965, 7 vol.
Presidencia de la Republica, *50 Años de Revolucion Mexicana en cifras,* Mexico, 1963.
Fabela (Isidro), *Documentos Historicos de la Revolucion Mexicana,* Editada por la comision de Investigacion Historica de la Revolucion Mexicana, Mexico, Fondo de la Cultura 1960-1962, 4 vol.
Palavicini (L. G.), *Historia de Mexico,* 4 vol.
Vasconselos (José), *Breve Historia de Mexico,* Mexico, 1938, 4ᵉ éd.

Sierra (Justo), *Evolucion politica del pueblo mexicano,* Mexico, Buenos Aires, Fondo de la Cultura, Economica, 1950.

Cuevas (Mariano), *Historia de la nacion mexicana,* Mexico, 1940.

Parkes (Henry B.), *Histoire du Mexique,* Paris, Payot, 1939. Traduction française d'un ouvrage dont les plus récentes éditions sont : *A History of Mexico,* Boston (Mass.), Houghton Mifflin, 1960, ou London Eyre and Spottiswoode, 1962, 3e éd.

Zavala (Silvio), *Aperçus sur l'histoire du Mexique,* Paris, Institut des hautes études d'Amérique latine, 1970 (Cahiers n° 8).

Quirk (Robert E.), *Mexico,* Englewood Cliffs (New Jersey), Prentice Hall Inc.

Ocampo (Antonio), Ocampo (Eva) et Goujon (N.), *Le Mexique, la terre, la nation, les hommes du XVIe siècle à aujourd'hui,* Verviers Gerard, 1968 (Marabout Université).

Coe (Michael D.), *Mexico,* Londres, Thanes and Hudson, New York, Frederic Praeger, 1962.

Cumberland (Charles C.), *Mexico, The Struggle for Modernity,* New York, Oxford University Press, 1968.

Brandenburg (Frank R.), *The Making of Modern Mexico,* Englewood Cliffs (New Jersey), Prentice Hall, 1964.

Simpson (Lesley Byrd), *Many Mexicos,* Berkeley, University of California Press, 1963.

Whetten (Nathan L.), *Rural Mexico,* Chicago, The University of Chicago Press, 1958.

Calcott (Wilfrid H.), *Liberalism in Mexico 1857-1929,* Stanford, 1931.

Reyes Heroles (Jesus), *El Liberalismo mexicano,* Mexico, Universidad Nacional, 1957-1958, 3 vol.

Beals (Carleton), *Porfirio Díaz, Dictator of Mexico,* Philadelphie, 1932.

Valades (José C.), *El Porfirismo, historia de un regimen,* Mexico, 1941.

Garcia Cantu (Gaston), *El Pensamiento de la reaccion*

mexicana. Historia documental 1810-1962, Mexico, Empesas Editoriales, 1965.

Crockcroft (James Donald), *Intellectual Precursors of the Mexican Revolution 1900-1913,* Austin, University of Texas Press, 1968.

Ross (Stanley), *Francisco I. Madero, Apostle of Mexican Democracy,* New York, Columbia University Press, 1955.

Cumberland (Charles C.), *Mexican Revolution, Genesis under Madero,* Austin, Texas University Press, 1952.

Quirk (R. E.), *The Mexican Revolution 1914-1915,* Bloomington, Indiana University Press, 1960.

Alperovich (Moisej S.) et Rudenko (Boris T.), *La Revolucion mexicana de 1910-1917 y la politica de los Estados Unidos,* Mexico, 1960.

Atkin (Ronald), *Revolucion a Mexico 1910-1920,* Londres, MacMillan, 1969.

Reed (John), *Mexico Insurgente,* La Havane, ed. Venceremos, 1965.

Willie (James) et Michaels (Albert L.), *Revolution in Mexico. Years of Upheaval 1910-1940,* New York, A. A. Knopf, 1969.

Brenner (Anita) et Leighton (G. R.), *The Wind that Swept Mexico : The History of the Mexican Revolution 1910-1942,* Austin et Londres, University of Texas Press, [cop. 1971] The Texas Pan American series.

Silva Herzog (Jesus), *Breve Historia de la Revolucion Mexicana,* Mexico, Fondo de Cultura Economica, 1960, 2 vol. (trad. fr. *La Révolution mexicaine,* Paris, Maspero, 1968 [Cahiers libres, n°s 109-110]).

Tannenbaum (Frank), *The Struggle for Peace and Bread,* New York, A. A. Knopf, 1960.

Cumberland (Charles C.), *The Meaning of the Mexican Revolution,* Lexington (Mass.), Heath, 1967.

Révolution agraire et rurale :

Tannenbaum (Frank), *The Mexican Agrarian Revolution,* New York, The Institute of Economica of the Brookings Institution, 1929.

Silva Herzog (Jesus), *El Agrarismo mexicano y la reforma agraria : Exposicion y critica,* Mexico, 1954.

Magana (Gildardo), *Emiliano Zapata y el agrarismo en Mexico,* Mexico, PNR de Educacion Publica y Editorial Ruta, 1934-1952, vol. I-IV.

Pinchon (Edgcumb), *Zapata, the Unconquerable,* 1941.

Womack (John), *Zapata and the Mexican Revolution,* A. A. Knopf, 1969.

Millon (Robert Paul), *Zapata. The Ideology of a Peasant Revolutionary,* New York, International Publishers, 1969.

Braddy (Haldeen), *Cock of the Walk : The Pancho Villa Legend,* 1955.

Cervantes (Frederico), *Francisco Villa y la revolucion,* Mexico, 1960.

Landsford (William Douglas), *Pancho Villa,* Paris, Stock, 1967.

Histoire économique :

Lopez Rusado (Diego), *Ensayos sobre la historica economica de Mexico,* Mexico, Imprenta Universitaria, 1957.

Fondo de Cultura Economica ed., *Mexico : 50 años de revolucion,* vol. I, *La Economia,* Mexico, 1960.

Loyo (Gilberto), *Poblacion y desarrollo economico de Mexico,* Mexico, Seleccion de Estudios latino americanos, 1963.

Parra (Manuel German), *La Industrializacion de Mexico,* Berkeley, University of California Press, 1950.

Mosk (Sanford), *Industrial Revolution in Mexico,* Berkeley, University of California Press, 1950.

Pletcher (David M.), *Rails, Mines and Progress,* Ithaca, Cornell University Press, 1958.

Cole (William E.), *Steel and Economic Growth in Mexico,* Austin, 1967.

Berstein (Marvin), *The Mexican Mining Industry 1890-1950. A Study of the Interaction of Politics, Economics and Technology,* Albany, State University of New York, 1965.

Powell (Jack Richard), *The Mexican Petroleum Industry*

1938-1950, Berkeley, University of California Press, 1956.

Vernon (Raymond), *The Dilemma of Mexico's Development : The Roles of the Private and Public Sectors,* Cambridge (Mass.), Harvard University Press, 1963.

Bazant (Jean), *Historia de la deuda exterior de Mexico 1824-1946,* Mexico, El Colegio de Mexico, 1968.

Histoire sociale et politique :

Fondo de Cultura Economica, *Mexico : 50 años de Revolucion,* vol. II, *La Vida social,* Mexico, 1960.

Apariccio (Alfonso Lopez), *El Movimiento obrero en Mexico,* Mexico, 1952.

Azuela (Mariano), *Los de Abajo, Novela de la revolucion mexicana,* Mexico, Fondo de Cultura Economica, 1965, 5e éd.

Cline (Howard), *Mexico, from Revolution to Evolution 1940-1960,* Londres, Oxford University Press, 1963.

Gonzalez Casanova (Pablo), *La Democracia en Mexico,* Mexico, Era, 1965.

Lieuwen (Edwin), *Mexican Militarism. The Political Rise and Fall of the Revolutionary Army 1910-1940,* Albuquerque, University of New Mexico Press, 1968.

Tischendorf (Alfred), *Great Britain and Mexico in the Era of Porfirio Díaz,* Durham (Caroline du Nord), Duke University Press, 1961.

Fabela (Isidro), *Historia diplomatica de la revolucion mexicana,* Mexico, Fondo de Cultura Economica, 1959.

Cline (Howard F.), *The United States and Mexico,* Cambridge (Mass.), Harvard University Press, 1963 (The American Foreign Policy Library).

Histoire culturelle :

Zea (Leopoldo), *El Positivismo en Mexico,* Mexico, Colegio de Mexico, 1943.

Zea (Leopoldo), *Apogeo y decadencia del Positivismo en Mexico,* Mexico, Fondo de Cultura Economica, 1944.

Nicaragua

Munro (Dana G.), *Intervention and Dollar Diplomacy in the Caribbean 1900-1921*, Princeton, Princeton University Press, 1964.
Cox (Jocelyn Isaac), *Nicaragua and the United States 1909-1927*, Boston, 1927.
Butler (Smedley), *Old Gimlet Eye*, New York, 1933.
Goldwert (Marven), *The Constabulary in the Dominican Republic and Nicaragua*, Gainesville, University of Florida Press, 1962.
Hall (Maximo Soto), *Nicaragua y el imperialismo norteamericano*, Buenos Aires, ed. Artes y Letras, 1928.
Bolanos (Gustavo Aleman), *Sandino : El Libertador. Estudio complete del herve de las Segovias*, El Salvador, Imprenta La Republica, 1932.
Selser (Gregorio), *Sandino, general de Hombres libres*, Buenos Aires, Ediciones Iguazu, 1966, 4e éd.

Panama

Miro (Rodrigo), *Documentos fondamentales para la historia de la nacion panamena*, Panama, Edicion de la Junta Nacional del Cincuentenario, Impr. Nacional, 1953.
Chambre des représentants, *The Story of Panama*, Comité des Affaires étrangères, Hearing on the Rainly Resolution, Washington, 1913.
Sénat américain, *Diplomatic History of the Panama Canal*, 63rd. Congress, 2nd. edition, Doc. 474.
Arosemena (Justo), et Colunje (Gill), *Teoria de la nacionalidad*, Panama, Edicion de la Revista « Tareas », 1968 (introduction de Ricaurte Soler).
Arango, *Datos para la historia de la Independencia*.
Bunau-Varilla (Philippe), *Panama, création, destruction et résurrection*, Paris, Plon, 1913, 3e éd.
Soler (Ricaurte), *Formas ideologicas de la nacion panamena*, Panama, Ediciones de la revista « Tareas », 1963, 2e éd.

Harding (Earl), *The Untold Story of Panama.*
Miner (D. C.), *The Fight for the Panama Route,* New York, 1940.
Mendez Pereira (Octavio) ed., *Antologia del Canal 1914-1939,* Panama, s.d.
Biesanz (John et Mavis), *The People of Panama,* New York, Columbia University Press, 1955.
Castiller Pimentel (Ernesto J.), *Panama y los Estados Unidos,* Panama (Panama America), 1953.
Garcia (Ismael), *Medio Siglo de Politico Panamena.*
McCain (W. D.), *The United States and the Republic of Panama,* Durham et Londres, Oxford University Press, 1937.

Paraguay

Cardozo (Efraim), *Breve Historia del Paraguay,* Buenos Aires, EUDEBA, 1965.
Warren (Harris G.), *Paraguay. An Informal History,* Norman (Oklahoma), Oklahoma University Press, 1949.
Pendle (George), *Paraguay : A Riverside Nation,* New York, Londres, Oxford University Press (Royal Institute of International Affairs), 1966, 3e éd.
Stefanich (Juan), *El Paraguay Nuevo,* Asuncion.
Raine (Philip), *Paraguay,* New Brunswick (N.J.), Scarecrow Press, 1956.
Pincus (Joseph), *The Economy of Paraguay,* New York, A. Praeger, 1968.

Pérou

Basadre (Jorge), *Historia de la Republica del Peru 1822-1933,* Lima, Ediciones Historia, 1968, 6e éd. augmentée et corrigée, 17 vol.
Sir Clements R. Markham, *Historia del Peru,* Lima, 1952, 2 éd. (trad. Luis C. Infante).

Ugarte (Ruben Vargas), *Historia general del Peru,* Lima, 1966.

Pike (Frederick B.), *The Modern History of Peru,* Londres, Weidenfeld and Nicolson, 1967, New York, Frederic A. Praeger, 1967.

Marett (Robert), *Peru,* New York, Praeger, 1969.

Owens (Ronald Jerome), *Peru,* Londres, Oxford University Press, 1963.

Mariategui (José), *Siete ensayos de interpretacion de la realidad peruana,* Lima, 1943, 2e éd. (trad. en français chez Maspero).

Busadre (Jorge), *La Multitad, la ciudad y el campo en la historia del Peru,* Lima, 1947.

Bardella (Gianfranco), *75 anõs de vida economica en el Peru 1889-1964,* Lima, Banco de Credito del Peru, 1966.

Bourricaud (François), *Pouvoir et Société dans le Pérou contemporain,* Paris, Armand Colin, 1967 (*Cahiers de la Fondation nationale des Sciences politiques,* n° 149).

Ford (Thomas R.), *Man and Land in Peru,* Gainesville, University of Florida Press, 1955.

Romero (E.), *Historia economica del Peru,* Buenos Aires, Editorial Sudamericano, 1949.

Sommier (Dominique), *Éveil et Blocage des économies péruvienne et chilienne,* Lyon, Éditions de l'AGEI, 1970.

Zephir (J. Remy), *Le Guano du Pérou,* Paris, Institut des hautes études d'Amérique latine, 1968.

Renaud (J.), *Le Développement économique du Pérou,* Paris, Faculté de droit, 1964.

Paynes (James L.), *Labor and Politics in Peru. The System of Political Bargaining,* New Haven (Conn.), Yale University Press, 1965.

Kantor (Harry), *The Ideology and Program of the Peruvian Aprista Movement,* Berkeley, University of California Press, 1953.

Carey (James C.), *Peru and the United States 1900-1962,* Notre Dame (Indiana), 1964.

République Dominicaine

Prichardo (Bernardo), *Resumen de historia patria,* Barcelona, Altès, 1930.

Welles (Sumner), *Naboth's Vineyard : The Dominican Republic 1844-1924,* New York, Paysan Clarke, 1928, 2 vol.

Mejia, *De Lilis à Trujillo.*

Rodman (Selden), *Quisqueya, A History of the Dominican Republic,* Seattle, University of Washington Press, 1964.

Hoetink (Harry), *El Pueblo dominicano 1850-1900* (Apuntes para su sociologia historica), Santiago (république Dominicaine), Universidad Catolica Madre y Maestra, 1971.

De La Rosa (Antonio), *Las Finanzas de Santo Domingo y el control americano,* Santo Domingo, Edicion Nacional, 1969.

US Senate, *Hearings Before a Select Committee on Haïti and Santo Domingo,* 67th. Congress, 1st. and 2nd. session, Pursuant to Senate Resolution 112.

Fiallo (Fabio), *The Crime of Wilson in Santo Domingo,* La Havane, Arellano, 1940.

Ureña (Max Enriquez), *Los Estados Unidos y la Republica Dominicana : la verdad de los hechos comprobada por datos y documentos oficiales,* La Havane, El Siglo XX, 1919.

Ureña (Max Enriquez), *Los Yanquis en Santo Domingo : la verdad de los hechos comprobada por datos y documentos oficiales,* Madrid, Aguilar, 1929.

Knight (Melvin M.), *The Americans in Santo Domingo,* New York, Vanguard Press, 1928.

Kelsey (Carl), *The American Intervention in Haïti and the Dominican Republic,* Philadelphia, 1922.

Bosch (Juan), *Composicion social dominicana. Historia e interpretacion,* Santo Domingo, Publ. Ahora, 1970.

Uruguay

Acevedo (Eduardo), *Anales historicos del Uruguay*, Montevideo, 1933-1936, 6 vol.
Paris de Oddone (M. Blanca), *Cronologia comparada de la Historia del Uruguay 1830-1945*, Montevideo, Universidad de la Republica, 1966.
Rama (Angel), *Enciclopedia Uruguay*, Montevideo, Editorial Arca/Revindo, 1969, 6 vol.
Zum Felde (Alberto), *Evolucion historica del Uruguay*, Montevideo, Maximo Garcia, 1945, 3e éd.
Pinel de Voto (Juan J.), *Historia de la Republica Oriental del Uruguay 1830-1930*, Montevideo, ed. Medina, 1966, 3e éd.
Azevedo (Pablo Blanco), *Historia de la Republica oriental del Uruguay*, 1957, 9e éd.
Traverson (Alfredo), *Historia del Uruguay*, Montevideo, 1957, 2e éd.
Benvenuto (Luis), *Breve Historia del Uruguay*, Buenos Aires, EUDEBA, 1967.
Pintos (Francisco R.), *Historia del Uruguay 1851-1938*, Montevideo, 1946.
Lindahl (Goran G.), *Uruguay New Path. A Study in Politics during the first Colegiado, 1919-1933*, Stockholm, Institute of Ibero American Studies, 1962.
Maggi (Carlos), *El Uruguay y su gente*, Montevideo, Alfa, 1965.
Fitzgibbon (Russel H.), *Uruguay. Portrait of a Democracy*, New Brunswick, Rutgers University Press, 1954, Londres, Allen and Unwin, 1956.
Pendle (George), *Uruguay*, Londres et New York, Oxford University Press for RIIA, 1965, 3e éd.
Fabregat (Enrique Rodriguez), *Batlle y Ordoñez : el reformador*, Buenos Aires, 1942.
Zavala (Justino Muniz), *Batlle, heroe civil*, Mexico, 1945.
Grompone (Antonio), *La Ideologia de Batlle*, Montevideo, Editorial Arca/Revindis, 1969.
Vanger (Milton), *José Batlle y Ordoñez : Creator of his*

Time 1902-1907, Cambridge, Harvard University Press, 1963.

Oddone (Juan Antonio), *La Formacion del Uruguay moderno. La immigracion y el desarrollo economico-social,* Buenos Aires, Editorial Universitaria de Buenos Aires, 1966.

Martinez Lamas (Julio), *Requerza y poliza del Uruguay : estudio de las causas que retardan el progreso nacional,* Montevideo, Tipografia Artantida, 1946, 2ᵉ éd.

Faroppa (Luis A.), *El Desarrollo economico del Uruguay,* Montevideo, 1965.

Universidad de la Republica, *El Proceso economico del Uruguay. Contribucion al estudio de su evolucion y perspectivas,* Montevideo, Universidad de la Republica, 1969.

Baran (José Pedro) et Nahum (Benjamin), *Historia rural del Uruguay moderno,* 1967.

Rama (Carlos M.), *Las Clases sociales en el Uruguay, estructura, morfologia,* Montevideo, ed. Nuestro tiempo, 1960.

Real de Azua (Carlos), *El Patriciado uruguayo,* Montevideo, 1963.

Pintos (Francisco R.), *Historia del movimiento obrero del Uruguay,* Montevideo, 1960 (suplemento de *Gaceta de Cultura*).

Pendle (George), *Uruguay, South America's First Welfare State,* New York, Oxford University Press, 1963, 3ᵉ éd.

Hanson (Simon G.), *Utopia in Uruguay* (Chapters in the Economic History of Uruguay), New York, Oxford University Press, 1938.

Zum Felde (Alberto), *Proceso intelectual del Uruguay,* Montevideo, Maximo Garcia, 1945, 3ᵉ éd.

Ardao (Arturo), *La Filosofia en el Uruguay en el siglo XX,* Mexico, Fondo de Cultura Economica, 1956.

Oddone (Juan), *La Universidad uruguaya desde el militarismo a la crisis (1885-1958),* Montevideo, Universidad de la Republica, 1971.

Venezuela

Gonzalez Guinan (Francisco), *Historia contemporanea de Venezuela,* Caracas, 1909-1925, 15 vol.
Venezuela Presidencia de la Republica, *Documentos que hicieron historia siglo y medio de vida republicana 1810-1962,* vol. II, Caracas, Ediciones Commemorativas del sesquicentenario de la Independencia, 1962.
Siso Martinez (J. M.), *Historia de Venezuela,* Mexico, Editorial Yocoima, Venezuela, 1954, 3e éd.
Moron (Guillermo), *A History of Venezuela,* New York, Allen and Unwin, 1964 (trad. par John Street de *Historia de Venezuela,* Madrid, Ediciones Guadaumma, 1961).
Picon Salas (Mariano) y collab., *Venezuela independiente 1819-1960,* Caracas, 1962.
Ortiz (Rafael Gallegos), *La Historia politica de Venezuela : de Cipriano Castro a Perez Jimenez,* Caracas, Imprenta Universitaria, 1960.
Marsland (W. D. and A. L.), *Venezuela through its History,* New York, Londres, Oxford University Press for RIIA, 1961.
Fortoul (José Gil), *Historia constitucional de Venezuela,* Caracas, Editorial Las Novedades, 1942, 3 vol.
Phelps (Dudley), *Los Dias de Cipriano Castro,* Caracas, 1955.
Pocaterra (José Rafael), *La Tyrannie au Venezuela. Gomez, la honte de l'Amérique,* Paris, A. Delpeuch, 1928.
Rangel (Domingo Alberto), *Los Andinos en el poder. Balance de una hegemonia 1899-1945,* Caracas, Talleres Graficos Universitarios, 1964.
Lavin (John), *A Halo for Gomez,* New York, Pageant Press Inc., 1954.
Rourke (Thomas), *Gomez, Tyrant of the Andes,* New York, Garden City : Halcyon House, 1936.
Gilmore (Robert L.), *Caudillism and Militarism in Venezuela,* Athens (Ohio), 1964.

Lanz (Laureano Vallenilla), *Cesarismo, democratico,* Caracas, Imprenta Garrido, 1952, 3ᵉ éd.

Lieuwen (Edwin), *Venezuela,* New York, Oxford University Press, 1965.

Benstein (Harry), *Venezuela y Colombia,* Mexico, éd. Diana, 1964.

Figueroa (Brito), *Historia economica y social de Venezuela,* Caracas, Universidad central de Venezuela (collection « Humanismo y Ciencia »), 1966 (t. II pour le xxᵉ siècle).

Guerrero (Luis Troconis), *La Question agraria en la historia nacional,* Caracas, Editorial del Arte, 1962.

Rippy (J. Fred), « The Dawn of Manufacturing in Venezuela », *Estudios de Historia de America,* Mexico, Institut panaméricain de géographie et d'histoire, 1948, p. 71-84.

Zavala (Domingo Masa), *Venezuela, una economia dependente,* Caracas, 1964.

Lieuwen (Edwin), *Petroleum in Venezuela : A History,* Berkeley, California University Press, 1954.

Betancourt (Romulo), *Venezuela, politica y petroleo,* Mexico, Fondo de Cultura economica, 1956.

Salcedo-Bastardo, *Historia fundamental de Venezuela,* Caracas, 3ᵉ éd. revue, 1972.

Enfin, je tiens à exprimer ma dette toute spéciale à l'égard de la trentaine d'articles suivants qui, dans la masse des articles de journaux et revues dépouillés pour ce travail, ont été particulièrement mis à contribution dans la rédaction de quelques chapitres :

Amérique latine en général

Bagu (Sergio), « Industrializacion, sociedad y dependencia en America Latina », *Revista Latino-Americana de Ciencias Sociales,* Santiago du Chili, juin-décembre 1971, nº 1-2, p. 172-197.

Chevalier (François), « Caudillos et caciques en Amérique. Contribution à l'étude des liens personnels »,

Mélanges offerts à Marcel Bataillon par les hispanistes français, Bordeaux, Féret et fils, 1962.
Rippy (J. Fred), « French Investments in Latin America », *Inter American Economic Affairs*, Washington, septembre 1948.
Morse (Richard M.), « Trends and Issues in Latin American Urban Research 1965-1970 », *Latin American Research Review*, printemps et été 1971, vol. VI, n°s 1 et 2.
Documentation française, « Les mouvements syndicaux en Amérique latine. Des origines à 1945 », *Notes et Études documentaires*, n° 111, avril 1949.

Argentine

Cortes Conde (R.), « Problemas del crecimiento industrial de la Argentina 1870-1914 », *Desarrollo economico*, Buenos Aires, avril-septembre 1963, vol. III, n°s 1 et 2.
Ford (A. G.), « British Investments in Argentina and Long Swings 1880-1914 », *The Journal of Economic History*, septembre 1971, vol. XXXI, n° 3, p. 650 *sq.*

Brésil

Alexander (Robert J.), « Brazilian Tenentismo », *Hispanic American Historical Review*, mai 1956, vol. XXXV, n° 2, p. 229-242.
Dean (Warren), « The Planter as Entrepreneur : The Case of São Paulo », *The Hispanic American Historical Review*, mai 1966, vol. XLVI, n° 2, p. 138-152.
Leff (Nathaniel H.), « Long Term Brazilian Economic Development », *The Journal of Economic History*, septembre 1969, vol. XXIX, n° 3, p. 473-493.
Marcilio (M. L.), « Industrialisation et mouvement ouvrier à São Paulo au début du XXe siècle », *Le Mouvement social*, octobre-décembre 1965, n° 53, p. 111-129.

Cuba

« La guerra del 68 », *Revista Casa de las Americas,* septembre-octobre 1968, n° 50, p. 2-128.

Chili

Centner (W.), « Great Britain and Chilean Mining 1830-1914 », *The Economic History Review,* 1942, t. 12.

Haïti

Castor (Suzy), « L'occupation américaine en Haïti », *Nouvelle Optique,* janvier 1971, vol. 1, n° 1, p. 27-43. Article dans lequel est annoncée la parution prochaine de son livre fort attendu sur la question, à Mexico, éd. Siglo XX.

Gaillard (Roger) a publié dans les colonnes du journal *Le Nouveau Monde,* au cours de l'automne 1969, à Port-au-Prince, Haïti, une belle série d'articles très informés qui constituent l'étude biographique la mieux documentée faite à cette date sur Charlemagne Péralte, série annonciatrice, à n'en pas douter, d'un grand livre sur le héros de la résistance armée haïtienne et l'action révolutionnaire de la guérilla rurale contre l'occupant nord-américain.

Manigat (Leslie F.), « La substitution de la prépondérance américaine à la prépondérance française en Haïti 1910-1911 », *Revue d'Histoire moderne et contemporaine,* décembre 1967, vol. XIV, p. 321-355.

Manigat (Leslie F.), « Les États-Unis et le secteur caraïbe de l'Amérique latine », *Revue française de science politique,* juin 1969, vol. XIX, n° 3, p. 645-683.

Mexique

Barraza (Luciano), « The Relevance of the Theory of Sectoral Clashes to the Mexican Economy », *Latin American Research Review,* 1969, vol. IV, n° 3, p. 73-87.

Chevalier (François), « Un facteur décisif de la révolution agraire au Mexique : le soulèvement de Zapata », *Annales (Économies, Sociétés, Civilisations),* 1961, vol. XVI, n° 1, p. 66-82.

Davis (Thomas B.), « Porfirio Díaz in the Opinion of his North American Contemporaries », *Revista de Historia de America,* janvier-décembre 1967, n°s 63-64, p. 79-116.

Gonzales Navarro (Moises), « Zapata y la Revolucion agraria mexicana », *Cahiers du monde hispanique et luso-brésilien,* 1967, n° 9, p. 5-31.

Gonzales Navarro (Moises), « Xenofobia y xenofilia en la revolucion mexicana », *Historia mexicana,* avril-juin 1969, vol. XVIII, n° 4, p. 569-614.

Keesing (Donald B.), « Structural Change early in Development : Mexico's Changing industrial and occupational structure from 1895 to 1950 », *The Journal of Economic History,* décembre 1969, vol. XXIX, n° 4, p. 716-738.

Maurro (Frederic), « Le développement économique de Monterrey 1890-1960 », *Cahiers du monde hispanique et luso-brésilien,* 1964, n° 2, p. 34-126.

Schmitt (Karl M.), « The Mexican Positivists and the Church State Question 1876-1911 », *A Journal of Church and State,* printemps 1966, vol. VIII, n° 2, p. 200-213.

Tannenbaum (Frank), « Agrarismo, Indianismo y Nacionalismo », *Hispanic American Historical Review,* 1943, vol. XXIII, n° 3, p. 394-423.

Villa (Manuel), « El surgimiento de sectores sociales medios y la revolucion mexicana », *Revista Latino*

Americana de Ciencias sociales FLASCO, Santiago du Chili, juin-décembre 1971, nos 1 et 2, p. 103-145.

Pérou

Favre (Henri), « L'évolution des haciendas de Huancavelica », *Cahiers des Amériques latines* (série « Sciences de l'homme »), janvier-juin 1969, n° 3, p. 68-86.

Piel (J.), « Sur l'évolution des structures de domination interne et externe dans la société péruvienne », *L'Homme et la Société,* mai 1969, n° 12.

Venezuela

Martz (John D.), « Venezuela's Generation of 28 : The Genesis of Political Democracy », *Journal of Inter American Studies,* janvier 1964, vol. VI, n° 1, p. 17-32.

Depuis la première édition de cet ouvrage, beaucoup de livres et d'articles ont été publiés sur l'histoire nationale de chaque pays de l'Amérique latine, notamment dans les collections spécialisées des universités nord-américaines, et aussi, bien sûr, en Amérique latine même. Mais peu d'ouvrages de synthèse ont paru sur notre période en tant que telle. A cet égard, il faudrait mentionner plus particulièrement le volume 5 de la collection « Cambridge Latin American History » publié sous la direction de Leslie Bethel, le livre de Pierre Riado intitulé *L'Amérique latine de 1870 à nos jours : économies, sociétés et vie politique* (Masson, 1980), ainsi que l'ouvrage spécialisé de Guy Martinière intitulé *Les Amériques latines : une histoire économique* (Grenoble, PUG, 1978).

Évidemment, les spécialistes européens des études latino-américaines (sociologues, économistes, politologues, etc.) ont publié des ouvrages, des articles, certains fort importants, sur des aspects particuliers de la vie contemporaine du sous-continent et qui sont de tout profit pour l'approche historique qui est la nôtre.

Index

Table

IMPRIMERIE BUSSIÈRE À SAINT-AMAND
DÉPÔT LÉGAL : MARS 1991. N° 12373 (3758)

Collection Points

SÉRIE HISTOIRE

H1. Histoire d'une démocratie : Athènes
Des origines à la conquête macédonienne
par Claude Mossé
H2. Histoire de la pensée européenne
1. L'éveil intellectuel de l'Europe du IXe au XIIe siècle
par Philippe Wolff
H3. Histoire des populations françaises et de leurs attitudes devant la vie depuis le XVIIIe siècle
par Philippe Ariès
H4. Venise, portrait historique d'une cité
par Philippe Braunstein et Robert Delort
H5. Les Troubadours, *par Henri-Irénée Marrou*
H6. La Révolution industrielle (1770-1880), *par Jean-Pierre Rioux*
H7. Histoire de la pensée européenne
4. Le siècle des Lumières
par Norman Hampson
H8. Histoire de la pensée européenne
3. Des humanistes aux hommes de science
par Robert Mandrou
H9. Histoire du Japon et des Japonais
1. Des origines à 1945, *par Edwin O. Reischauer*
H10. Histoire du Japon et des Japonais
2. De 1945 à 1970, *par Edwin O. Reischauer*
H11. Les Causes de la Première Guerre mondiale
par Jacques Droz
H12. Introduction à l'histoire de notre temps
L'Ancien Régime et la Révolution
par René Rémond
H13. Introduction à l'histoire de notre temps
Le XIXe siècle, *par René Rémond*
H14. Introduction à l'histoire de notre temps
Le XXe siècle, *par René Rémond*
H15. Photographie et Société, *par Gisèle Freund*
H16. La France de Vichy (1940-1944)
par Robert O. Paxton
H17. Société et Civilisation russes au XIXe siècle
par Constantin de Grunwald
H18. La Tragédie de Cronstadt (1921), *par Paul Avrich*
H19. La Révolution industrielle du Moyen Age
par Jean Gimpel
H20. L'Enfant et la Vie familiale sous l'Ancien Régime
par Philippe Ariès

H21. De la connaissance historique
par Henri-Irénée Marrou
H22. André Malraux, une vie dans le siècle
par Jean Lacouture
H23. Le Rapport Krouchtchev et son histoire
par Branko Lazitch
H24 Le Mouvement paysan chinois (1840-1949)
par Jean Chesneaux
H25. Les Misérables dans l'Occident médiéval
par Jean-Louis Goglin
H26. La Gauche en France depuis 1900
par Jean Touchard
H27. Histoire de l'Italie du Risorgimento à nos jours
par Sergio Romano
H28. Genèse médiévale de la France moderne, XIVe-XVe siècle
par Michel Mollat
H29. Décadence romaine ou Antiquité tardive, IIIe-VIe siècle
par Henri-Irénée Marrou
H30. Carthage ou l'Empire de la mer, *par François Decret*
H31. Essais sur l'histoire de la mort en Occident
du Moyen Age à nos jours, *par Philippe Ariès*
H32. Le Gaullisme (1940-1969), *par Jean Touchard*
H33. Grenadou, paysan français
par Ephraïm Grenadou et Alain Prévost
H34. Piété baroque et Déchristianisation en Provence
au XVIIIe siècle, *par Michel Vovelle*
H35. Histoire générale de l'Empire romain
1. Le Haut-Empire, *par Paul Petit*
H36. Histoire générale de l'Empire romain
2. La crise de l'Empire, *par Paul Petit*
H37. Histoire générale de l'Empire romain
3. Le Bas-Empire, *par Paul Petit*
H38. Pour en finir avec le Moyen Age
par Régine Pernoud
H39. La Question nazie, *par Pierre Ayçoberry*
H40. Comment on écrit l'histoire, *par Paul Veyne*
H41. Les Sans-culottes, *par Albert Soboul*
H42. Léon Blum, *par Jean Lacouture*
H43. Les Collaborateurs (1940-1945), *par Pascal Ory*
H44. Le Fascisme italien (1919-1945)
par Pierre Milza et Serge Berstein
H45. Comprendre la révolution russe, *par Martin Malia*
H46. Histoire de la pensée européenne
6. L'ère des masses, *par Michaël D. Biddiss*
H47. Naissance de la famille moderne, *par Edward Shorter*
H48. Mythe de la procréation à l'âge baroque
par Pierre Darmon

H49. Histoire de la bourgeoisie en France
1. Des origines aux temps modernes
par Régine Pernoud

H50. Histoire de la bourgeoisie en France
2. Les temps modernes, *par Régine Pernoud*

H51. Histoire des passions françaises (1848-1945)
1. Ambition et amour, *par Theodore Zeldin*

H52. Histoire des passions françaises (1848-1945)
2. Orgueil et intelligence, *par Theodore Zeldin* (épuisé)

H53. Histoire des passions françaises (1848-1945)
3. Goût et corruption, *par Theodore Zeldin*

H54 Histoire des passions françaises (1848-1945)
4. Colère et politique, *par Theodore Zeldin*

H55. Histoire des passions françaises (1848-1945)
5. Anxiété et hypocrisie, *par Theodore Zeldin*

H56. Histoire de l'éducation dans l'Antiquité
1. Le monde grec, *par Henri-Irénée Marrou*

H57. Histoire de l'éducation dans l'Antiquité
2. Le monde romain, *par Henri-Irénée Marrou*

H58. La Faillite du Cartel, 1924-1926
(Leçon d'histoire pour une gauche au pouvoir)
par Jean-Noël Jeanneney

H59. Les Porteurs de valises, *par Hervé Hamon et Patrick Rotman*

H60. Histoire de la guerre d'Algérie, 1954-1962
par Bernard Droz et Évelyne Lever

H61. Les Occidentaux, *par Alfred Grosser*

H62. La Vie au Moyen Age, *par Robert Delort*

H63. Politique étrangère de la France (La Décadence, 1932-1939)
par Jean-Baptiste Duroselle

H64. Histoire de la guerre froide
1. De la révolution d'Octobre à la guerre de Corée, 1917-1950
par André Fontaine

H65. Histoire de la guerre froide
2. De la guerre de Corée à la crise des alliances,1950-1963
par André Fontaine

H66. Les Incas, *par Alfred Métraux*

H67. Les Écoles historiques, *par Guy Bourdé et Hervé Martin*

H68. Le Nationalisme français, 1871-1914, *par Raoul Girardet*

H69. La Droite révolutionnaire, 1885-1914, *par Zeev Sternhell*

H70. L'Argent caché, *par Jean-Noël Jeanneney*

H71. Histoire économique de la France du XVIIIe siècle à nos jours
1. De l'Ancien Régime à la Première Guerre mondiale
par Jean-Charles Asselain

H72. Histoire économique de la France du XVIIIe siècle à nos jours
2. De 1919 à la fin des années 1970
par Jean-Charles Asselain

H73. La Vie politique sous la IIIe République, *par Jean-Marie Mayeur*

H74. La Grèce archaïque d'Homère à Eschyle, *par Claude Mossé*
H75. Histoire de la « détente », 1962-1981
par André Fontaine
H76. Études sur la France de 1939 à nos jours
par la revue « L'Histoire »
H77. L'Afrique au XXe siècle, *par Elikia M'Bokolo*
H78. Les Intellectuels au Moyen Age, *par Jacques Le Goff*
H79. Fernand Pelloutier, *par Jacques Julliard*
H80. L'Église des premiers temps, *par Jean Daniélou*
H81. L'Église de l'Antiquité tardive
par Henri-Irénée Marrou
H82. L'Homme devant la mort
1. Le temps des gisants, *par Philippe Ariès*
H83. L'Homme devant la mort
2. La mort ensauvagée, *par Philippe Ariès*
H84. Le Tribunal de l'impuissance, *par Pierre Darmon*
H85. Histoire générale du XXe siècle
1. Jusqu'en 1949. Déclins européens
par Bernard Droz et Anthony Rowley
H86. Histoire générale du XXe siècle
2. Jusqu'en 1949. La naissance du monde contemporain
par Bernard Droz et Anthony Rowley
H87. La Grèce ancienne, *par la revue « L'Histoire »*
H88. Les Ouvriers dans la société française
par Gérard Noiriel
H89. Les Américains de 1607 à nos jours
1. Naissance et essor des États-Unis, 1607 à 1945
par André Kaspi
H90. Les Américains de 1607 à nos jours
2. Les États-Unis de 1945 à nos jours, *par André Kaspi*
H91. Le Sexe et l'Occident, *par Jean-Louis Flandrin*
H92. Le Propre et le Sale, *par Georges Vigarello*
H93. La Guerre d'Indochine, 1945-1954
par Jacques Dalloz
H94. L'Édit de Nantes et sa révocation
par Janine Garrisson
H95. Les Chambres à gaz, secret d'État
par Eugen Kogon, Hermann Langbein et Adalbert Rückerl
H96. Histoire générale du XXe siècle
3. Depuis 1950. Expansion et indépendance (1950-1973)
par Bernard Droz et Anthony Rowley
H97. La Fièvre hexagonale, 1871-1968, *par Michel Winock*
H98. La Révolution en questions, *par Jacques Solé*
H99. Les Byzantins, *par Alain Ducellier*
H100. Les Croisades, *par la revue « L'Histoire »*
H101. La Chute de la monarchie (1787-1792)
par Michel Vovelle

H102. La République jacobine (1792-1794), *par Marc Bouloiseau*
H103. La République bourgeoise
de Thermidor à Brumaire (1794-1799) *par Denis Woronoff*
H104. L'Épisode napoléonien (1799-1815). Aspects intérieurs
par Louis Bergeron
H105. L'Épisode napoléonien (1799-1815). Aspects extérieurs
par J. Lovie et A. Palluel-Guillard
H106. La France des notables (1815-1848). L'évolution générale
par André Jardin et André-Jean Tudesq
H107. La France des notables (1815-1848). La vie de la Nation
par André Jardin et André-Jean Tudesq
H108. 1848 ou l'Apprentissage de la République (1848-1852)
par Maurice Agulhon
H109. De la fête impériale au mur des fédérés (1852-1871)
par Alain Plessis
H110. Les Débuts de la Troisième République (1871-1898)
par Jean-Marie Mayeur
H111. La République radicale ? (1898-1914)
par Madeleine Rebérioux
H112. La Fin d'un monde (1914-1929), *par Philippe Bernard*
H113. Le Déclin de la Troisième République (1929-1938)
par Henri Dubief
H114. De Munich à la Libération (1938-1944)
par Jean-Pierre Azéma
H115. La France de la Quatrième République (1944-1958)
1. L'ardeur et la nécessité (1944-1952)
par Jean-Pierre Rioux
H116. La France de la Quatrième République (1944-1958)
2. L'expansion et l'impuissance
par Jean-Pierre Rioux
H117. La France de l'expansion (1958-1974)
1. La République gaullienne (1958-1969)
par Serge Berstein
H118. La France de l'expansion (1958-1974)
2. Croissance et crise (1969-1974)
par Serge Berstein et Jean Pierre Rioux (à paraître)
H119. La France de 1974 à nos jours
par Jean-Jacques Becker (à paraître)
H121. Les Paysans dans la société française
par Annie Moulin
H122. Portrait historique de Christophe Colomb
par Marianne Mahn-Lot
H123. Vie et Mort de l'ordre du Temple
par Alain Demurger
H124. La Guerre d'Espagne, *par Guy Hermet*
H125. Histoire de France
sous la direction de Jean Carpentier et François Lebrun

H126. Empire colonial et Capitalisme français
par Jacques Marseille
H127. Genèse culturelle de l'Europe
par Michel Banniard
H128. Les Années trente, *par la revue « L'Histoire »*
H129. Mythes et Mythologies politiques, *par Raoul Girardet*
H130. La France de l'an Mil, *collectif*
H131. Nationalisme, Antisémitisme et Fascisme en France
par Michel Winock
H132. De Gaulle 1. Le rebelle (1890-1944)
par Jean Lacouture
H133. De Gaulle 2. Le politique (1944-1959)
par Jean Lacouture
H134. De Gaulle 3. Le souverain (1959-1970)
par Jean Lacouture
H135. Le Syndrome de Vichy, *par Henri Rousso*
H136. Chronique des années soixante, *par Michel Winock*
H137. La Société anglaise, *par François Bédarida*
H138. L'Abime 1939-1944. La politique étrangère de la France
par Jean-Baptiste Duroselle
H139. La Culture des apparences, *par Daniel Roche*
H140. Amour et Sexualité en Occident, *par la revue « L'Histoire »*
H141. Le Corps féminin, *par Philippe Perrot*
H142. Les Galériens, *par André Zysberg*
H143. Histoire de l'antisémitisme 1. L'âge de la foi
par Léon Poliakov
H144. Histoire de l'antisémitisme 2. L'âge de la science
par Léon Poliakov
H145. L'Épuration française (1944-1949), *par Peter Novick*
H146. L'Amérique latine au XXe siècle (1889-1929)
par Leslie Manigat
H201. Les origines franques (V^e^-IXe siècle), *par Stéphane Lebecq*
H202. L'Héritage des Charles (de la mort de Charlemagne aux environs de l'an mil), *par Laurent Theis*
H203. L'Ordre seigneurial (XIe-XIIe siècle), *par Dominique Barthélemy*
H204. Temps d'équilibres, temps de ruptures
par Monique Bourin-Derruau
H205. Temps de crises, temps d'espoirs, *par Alain Demurger*

Collection Points

SÉRIE POLITIQUE

1. La Démocratie, *par Georges Burdeau*
2. L'Afrique noire est mal partie, *par René Dumont*
3. Communisme, Anarchie et Personnalisme, *par E. Mounier*
4. Que faire ?, *par Lénine*
5. Machiavel, *par Georges Mounin* (épuisé)
6. Dans trente ans la Chine, *par Robert Guillain* (épuisé)
7. Citations du président Mao Tsé-toung
8. Pour une réforme de l'entreprise *par François Bloch-Lainé* (épuisé)
9. Les Socialistes, *par André Philips* (épuisé)
10. Hô Chi-minh, *par Jean Lacouture* (épuisé)
11. Histoire de la Révolution russe, 1. Février, *par L. Trotski*
12. Histoire de la Révolution russe, 2. Octobre, *par L. Trotski*
13. Réflexions sur l'histoire d'aujourd'hui *par Tibor Mende* (épuisé)
14. Histoire du syndicalisme britannique *par Henri Pelling* (épuisé)
15. Trois encycliques sociales, de Jean XXIII et Paul VI (épuisé)
16. Bilan de l'URSS, 1917-1967, *par J.-P. Nett* (épuisé)
17. Mahomet, *par Maxime Rodinson*
18. Citations du président de Gaulle, *par Jean Lacouture* (épuisé)
20. Les Libertés à l'abandon, *par Roger Errera* (épuisé)
21. Qu'est-ce que la politique ?, *par Julien Freund*
22. Citations de Fidel Castro *par Henri de La Vega et Raphaël Sorin*
23. Les lycéens gardent la parole, *par les CAL* (épuisé)
24. Les Communistes français, *par Annie Kriegel* (épuisé)
25. La CGT, *par André Barjouet* (épuisé)
26. Les 20 Amériques latines, t. 1, Brésil, *par Marcel Niedergang*
27. Les 20 Amériques latines, t. 2, *par Marcel Niedergang*
28. Les 20 Amériques latines, t. 3, *par Marcel Niedergang*
29. Introduction à une politique de l'homme, *par Edgar Morin*
30. Le Nouveau Christianisme, *par Henri de Saint-Simon*
31. Le PSU, *par Michel Rocard* (épuisé)
32. La Nouvelle Classe ouvrière, *par Serge Mallet* (épuisé)
33. Réforme et Révolution, *par André Gorz*
34. L'État SS, *par Eugen Kogon*
35. L'État, *par Georges Burdeau*
36. Cuba est-il socialiste ?, *par René Dumont* (épuisé)
37. Les Paysans dans la lutte des classes *par Bernard Lambert* (épuisé)
38. La Pensée de Karl Marx, *par Jean-Yves Calvez*

39. La Pensée politique arabe contemporaine
par Anouar Abdel-Malek
40. Pour le nouveau parti socialiste, *par Alain Savary*
41. Autogestion, *par Daniel Chauvey*
42. Un socialisme du possible, *par François Mitterrand* (épuisé)
43. La CFDT, *ouvrage collectif* (épuisé)
44. Paris libre 1871, *par Jacques Rougerie*
45. Les Nouveaux Intellectuels
par F. Bon et M.-A. Burnier (épuisé)
46. Les Origines du gauchisme, *par Richard Gombin*
47. La Société bloquée, *par Michel Crozier*
48. Classe ouvrière et Révolution
par F. Bon et M.-A. Burnier (épuisé)
49. Histoire des démocraties populaires
1. L'ère de Staline, *par François Fejtö*
50. Histoire des démocraties populaires
2. Après Staline, *par François Fejtö*
51. La Faute à Voltaire, *par Nelcya Delanoë*
52. Géographie de la faim, *par Josué de Castro*
53. Le Système totalitaire, *par Hannah Arendt*
54. Le Communisme utopique, *par Alain Touraine*
55. Japon, troisième grand, *par Robert Guillain*
56. Les Partis politiques dans la France d'aujourd'hui
par François Borella
57. Pour un nouveau contrat social, *par Edgar Faure*
58. Le Marché commun contre l'Europe
par Bernard Jaumont, Daniel Lenègre et Michel Rocard (épuisé)
59. Le Métier de militant, *par Daniel Mothé*
60. Chine-URSS, *par François Fejtö*
61. Critique de la division du travail, *par André Gorz*
62. La Civilisation au carrefour, *par Radovan Richta*
63. Les Cinq Communismes, *par Gilles Martinet* (épuisé)
64. Bilan et Perspectives, *par Léon Trotski*
65. Pour une sociologie politique, t. 1
par Jean-Pierre Cot et Jean-Pierre Mounier
66. Pour une sociologie politique, t. 2
par Jean-Pierre Cot et Jean-Pierre Mounier
67. L'Utopie ou la Mort, *par René Dumont*
68. Fascisme et Dictature, *par Nicos Poulantzas*
69. Mao Tsé-toung et la Construction du socialisme
textes inédits traduits et présentés par Hu Chi-hsi
70. Autocritique, *par Edgar Morin*
71. Nouveau Guide du militant, *par Denis Langlois* (épuisé)
72. Les Syndicats en France, t. 1, *par Jean-Daniel Reynaud* (épuisé)
73. Les Syndicats en France, t. 2, textes et documents
par Jean-Daniel Reynaud
74. Force ouvrière, *par Alain Bergounioux*

75. De l'aide à la recolonisation, *par Tibor Mende*
76. Le Patronat, histoire, structure, stratégie du CNPF
par Bernard Brizay
77. Lettre à une étudiante, *par Alain Touraine*
78. Sur la France, *par Stanley Hoffmann*
79. La Cuisinière et le Mangeur d'hommes
par André Glucksmann
80. L'Age de l'autogestion, *par Pierre Rosanvallon*
81. Les Classes sociales dans le capitalisme aujourd'hui
par Nicos Poulantzas
82. Regards froids sur la Chine, *ouvrage collectif*
83. Théorie politique, *par Saint-Just*
84. La Crise des dictatures, *par Nicos Poulantzas* (épuisé)
85. Les Dégâts du progrès, *par la CFDT*
86. Les Sommets de l'État, *par Pierre Birnbaum*
87. Du contrat social, *par Jean-Jacques Rousseau*
88. L'Enfant et la Raison d'État, *par Philippe Meyer*
89. Écologie et Politique, *par A. Gorz et M. Bosquet*
90. Les Racines du libéralisme, *par Pierre-François Moreau*
91. Syndicat libre en URSS
par le Comité international contre la répression
92. L'Informatisation de la société, *par Simon Nora et Alain Minc*
93. Manuel de l'animateur social, *par Saül Alinsky*
94. Mémoires d'un révolutionnaire, *par Victor Serge*
95. Les Partis politiques en Europe, *par François Borella*
96. Le Libéralisme, *par Georges Burdeau*
97. Parler vrai, *par Michel Rocard*
98. Mythes révolutionnaires du tiers monde, *par Gérard Chaliand*
99. Qu'est-ce que la social-démocratie ?, *par la revue « Faire »*
100. La Démocratie et les Partis politiques
par Moisei Ostrogorski
101. Crise et Avenir de la classe ouvrière
par la revue « Faire » (épuisé)
102. Le Socialisme des intellectuels, *par Jan Waclav Makhaïski*
103. Reconstruire l'espoir, *par Edmond Maire*
104. Le Tertiaire éclaté, *par la CFDT*
105. Le Reflux américain, *par la revue « Faire »*
106. Les Pollueurs, *par Anne Guérin-Henni*
107. Qui a peur du tiers monde ?
par Jean-Yves Carfantan et Charles Condamines
108. La Croissance... de la famine, *par René Dumont*
109. Stratégie de l'action non violente, *par Jean-Marie Muller*
110. Retournez les fusils !, *par Jean Ziegler*
111. L'Acteur et le Système
par Michel Crozier et Erhard Friedberg
112. Adieux au prolétariat, *par André Gorz*
113. Nos droits face à l'État, *par Gérard Soulier*

114. Les Partis politiques, *par Maurice Duverger*
115. Les « Disparus », *par Amnesty International*
116. L'Afrique étranglée, *par René Dumont et Marie-France Mottin*
117. La CGT, *par René Mouriaux*
118. Le Mal-développement en Amérique latine
par René Dumont et Marie-France Mottin
119. Les Assassinats politiques, *par Amnesty International*
120. Vaincre la faim, c'est possible
par Jean-Yves Carfantan et Charles Condamines
121. La Crise de l'État-providence, *par Pierre Rosanvallon*
122. La Deuxième Gauche, *par Hervé Hamon et Patrick Rotman*
123. Les Origines du totalitarisme. 1. Sur l'antisémitisme
par Hannah Arendt
124. La Torture, *par Amnesty International*
125. Les Origines du totalitarisme. 2. L'Impérialisme
par Hannah Arendt
126. Les Rebelles, *par Jean Ziegler*
127. Le Pari français, *par Michel Albert*
128. La Fin des immigrés
par Françoise Gaspard et Claude Servan-Schreiber
129. Les Régimes politiques occidentaux
par Jean-Louis Quermonne
130. A l'épreuve des faits, *par Michel Rocard*
131. Introduction aux relations internationales
par Jacques Huntzinger
132. Individu et Justice sociale. Autour de John Rawls
ouvrage collectif
133. Mai 68. Histoire des événements, *par Laurent Joffrin*
134. Le Libéralisme économique, *par Pierre Rosanvallon*
135. Un pays comme le nôtre, *par Michel Rocard*
136. La Nouvelle France, *par Emmanuel Todd*
137. Les Juges dans la balance, *par Daniel Soulez Larivière*
138. Les Cadets de la droite, *par Jacques Frémontier*
139. La République des fonctionnaires, *par Thierry Pfister*
140. La Question immigrée
par Jacques Voisard et Christiane Ducastelle
141. L'Impuissance publique, *par Denis Olivennes et Nicolas Baverez*
142. La Presse en France, *par Jean-Marie Charon*
143. L'Appareil administratif de l'État, *par Jean-Louis Quermonne*
144. Essais politiques, *par Václav Havel*
145. Le Parti des patrons, *par Henri Weber*
146. Un monde intolérable, *par René Dumont*

Collection Points

SÉRIE ACTUELS

A1. Lettres de prison, *par Gabrielle Russier*
A2. J'étais un drogué, *par Guy Champagne*
A3. Les Dossiers noirs de la police française
par Denis Langlois
A4. Do It, *par Jerry Rubin*
A5. Les Industriels de la fraude fiscale, *par Jean Cosson*
A6. Entretiens avec Allende, *par Régis Debray* (épuisé)
A7. De la Chine, *par Maria-Antonietta Macciocchi*
A8. Après la drogue, *par Guy Champagne*
A9. Les Grandes Manœuvres de l'opium
par Catherine Lamour et Michel Lamberti
A10. Les Dossiers noirs de la justice française
par Denis Langlois
A11. Le Dossier confidentiel de l'euthanasie
par Igor Barrère et Étienne Lalou
A12. Discours américains, *par Alexandre Soljénitsyne*
A13. Les Exclus, *par René Lenoir* (épuisé)
A14. Souvenirs obscurs d'un Juif polonais né en France
par Pierre Goldman
A15. Le Mandarin aux pieds nus, *par Alexandre Minkowski*
A16. Une Suisse au-dessus de tout soupçon, *par Jean Ziegler*
A17. La Fabrication des mâles
par Georges Falconnet et Nadine Lefaucheur
A18. Rock babies, *par Raoul Hoffmann et Jean-Marie Leduc*
A19. La nostalgie n'est plus ce qu'elle était
par Simone Signoret
A20. L'Allergie au travail, *par Jean Rousselet*
A21. Deuxième Retour de Chine
par Claudie et Jacques Broyelle et Évelyne Tschirhart
A22. Je suis comme une truie qui doute, *par Claude Duneton*
A23. Travailler deux heures par jour, *par Adret*
A24. Le rugby, c'est un monde, *par Jean Lacouture*
A25. La Plus Haute des solitudes, *par Tahar Ben Jelloun*
A26. Le Nouveau Désordre amoureux
par Pascal Bruckner et Alain Finkielkraut
A27. Voyage inachevé, *par Yehudi Menuhin*
A28. Le communisme est-il soluble dans l'alcool ?
par Antoine et Philippe Meyer
A29. Sciences de la vie et Société
par François Gros, François Jacob et Pierre Royer
A30. Anti-manuel de français
par Claude Duneton et Jean-Pierre Pagliano

A31. Cet enfant qui se drogue, c'est le mien
par Jacques Guillon
A32. Les Femmes, la Pornographie, l'Érotisme
par Marie-Françoise Hans et Gilles Lapouge
A33. Parole d'homme, *par Roger Garaudy*
A34. Nouveau Guide des médicaments, *par le Dr Henri Pradal*
A35. Rue du Prolétaire rouge, *par Nina et Jean Kéhayan*
A36. Main basse sur l'Afrique, *par Jean Ziegler*
A37. Un voyage vers l'Asie, *par Jean-Claude Guillebaud*
A38. Appel aux vivants, *par Roger Garaudy*
A39. Quand vient le souvenir, *par Saul Friedländer*
A40. La Marijuana, *par Solomon H. Snyder*
A41. Un lit à soi, *par Évelyne Le Garrec*
A42. Le lendemain, elle était souriante..., *par Simone Signoret*
A43. La Volonté de guérir, *par Norman Cousins*
A44. Les Nouvelles Sectes, *par Alain Woodrow*
A45. Cent Ans de chanson française, *par Chantal Brunschwig*
Louis-Jean Calvet et Jean-Claude Klein
A46. La Malbouffe, *par Stella et Joël de Rosnay*
A47. Médecin de la liberté, *par Paul Milliez*
A48. Un Juif pas très catholique, *par Alexandre Minkowski*
A49. Un voyage en Océanie, *par Jean-Claude Guillebaud*
A50. Au coin de la rue, l'aventure
par Pascal Bruckner et Alain Finkielkraut
A51. John Reed, *par Robert Rosenstone*
A52. Le Tabouret de Piotr, *par Jean Kéhayan*
A53. Le temps qui tue, le temps qui guérit
par le Dr Fernand Attali
A54. La Lumière médicale, *par Norbert Bensaïd*
A55. Californie (Le Nouvel Age)
par Sylvie Crossman et Édouard Fenwick
A56. La Politique du mâle, *par Kate Millett*
A57. Contraception, Grossesse, IVG
par Pierrette Bello, Catherine Dolto et Aline Schiffmann
A58. Marthe, *anonyme*
A59. Pour un nouveau-né sans risque
par Alexandre Minkowski
A60. La vie tu parles, *par Libération*
A61. Les Bons Vins et les Autres, *par Pierre-Marie Doutrelant*
A62. Comment peut-on être breton ?, *par Morvan Lebesque*
A63. Les Français, *par Theodore Zeldin*
A64. La Naissance d'une famille, *par T. Berry Brazelton*
A65. Hospitalité française, *par Tahar Ben Jelloun*
A66. L'Enfant à tout prix
par Geneviève Delaisi de Parseval et Alain Janaud
A67. La Rouge Différence, *par F. Edmonde Morin*
A68. Regard sur les Françaises, *par Michèle Sarde*

A69. A hurler le soir au fond des collèges, *par Claude Duneton avec la collaboration de Frédéric Pagès*

A70. L'Avenir en face, *par Alain Minc*

A71. Je t'aime d'amitié, *par la revue « Autrement »*

A72. Couples, *par la revue « Autrement »*

A73. Le Sanglot de l'homme blanc, *par Pascal Bruckner*

A74. BCBG, le guide du bon chic bon genre *par Thierry Mantoux*

A75. Ils partiront dans l'ivresse, *par Lucie Aubrac*

A76. Tant qu'il y aura des profs *par Hervé Hamon et Patrick Rotman*

A77. Femmes à 50 ans, *par Michèle Thiriet et Suzanne Képès*

A78. Sky my Husband ! Ciel mon mari ! *par Jean-Loup Chifflet*

A79. Tous ensemble, *par François de Closets*

A80. Les Instits. Enquête sur l'école primaire *par Nicole Gauthier, Catherine Guiguon et Maurice A. Guillot*

A81. Objectif bébé. Une nouvelle science, la bébologie *par la revue « Autrement »*

A82. Nous l'avons tant aimée, la révolution *par Dany Cohn-Bendit*

A83. Enfances, *par Françoise Dolto*

A84. Orient extrême, *par Robert Guillain*

A85. Aventurières en crinoline, *par Christel Mouchard*

A86. A la soupe !, *par Plantu*

A87. Kilos de plume, kilos de plomb *par Jean-Louis Yaïch et Dr Gérard Apfeldorfer*

A88. Grands Reportages, *collectif*

A89. François Mitterrand ou la tentation de l'histoire *par Franz-Olivier Giesbert*

A90. Génération 1. Les Années de rêve *par Hervé Hamon et Patrick Rotman*

A91. Génération 2. Les Années de poudre *par Hervé Hamon et Patrick Rotman*

A92. Rumeurs, *par Jean Noël Kapferer*

A93. Éloge des pédagogues, *par Antoine Prost*

A94. Heureux Habitants de l'Aveyron *par Philippe Meyer*

A95. Milena, *par Margarete Buber-Neumann*

A96. Plutôt russe que mort ! *par Cabu et Claude-Marie Vadrot*

A97. Une saison chez Lacan, *par Pierre Rey*

A98. Le niveau monte *par Christian Baudelot et Roger Establet*

A99. Les Banlieues de l'Islam, *par Gilles Kepel*

A100. Madame le Proviseur, *par Marguerite Genzbittel*

A101. Naître coupable, naître victime, *par Peter Sichrovsky*
A102. Fractures d'une vie, *par Charlie Bauer*
A103. Ça n'est pas pour me vanter..., *par Philippe Meyer*
A104. Enquête sur l'auteur, *par Jean Lacouture*
A105. Sky my wife ! Ciel ma femme !
par Jean-Loup Chiflet
A106. La Drogue dans le monde
par Christian Bachmann et Anne Coppel

Collection Points

SÉRIE ESSAIS

DERNIERS TITRES PARUS

152. Pouvoirs de l'horreur, *par Julia Kristeva*
153. Introduction à la philosophie de l'histoire de Hegel
par Jean Hyppolite
154. La Foi au risque de la psychanalyse
par Françoise Dolto et Gérard Sévérin
155. Un lieu pour vivre, *par Maud Mannoni*
156. Scandale de la vérité, *suivi de* Nous autres Français
par Georges Bernanos
157. Enquête sur les idées contemporaines
par Jean-Marie Domenach
158. L'Affaire Jésus, *par Henri Guillemin*
159. Paroles d'étranger, *par Élie Wiesel*
160. Le Langage silencieux, *par Edward T. Hall*
161. La Rive gauche, *par Herbert R. Lottman*
162. La Réalité de la réalité, *par Paul Watzlawick*
163. Les Chemins de la vie, *par Joël de Rosnay*
164. Dandies, *par Roger Kempf*
165. Histoire personnelle de la France, *par François George*
166. La Puissance et la Fragilité, *par Jean Hamburger*
167. Le Traité du sablier, *par Ernst Jünger*
168. Pensée de Rousseau, *ouvrage collectif*
169. La Violence du calme, *par Viviane Forrester*
170. Pour sortir du XXe siècle, *par Edgar Morin*
171. La Communication, Hermès I, *par Michel Serres*
172. Sexualités occidentales, Communications 35
ouvrage collectif
173. Lettre aux Anglais, *par Georges Bernanos*
174. La Révolution du langage poétique, *par Julia Kristeva*
175. La Méthode
2. La vie de la vie, *par Edgar Morin*
176. Théories du symbole, *par Tzvetan Todorov*
177. Mémoires d'un névropathe, *par Daniel Paul Schreber*
178. Les Indes, *par Édouard Glissant*
179. Clefs pour l'Imaginaire ou l'Autre Scène
par Octave Mannoni
180. La Sociologie des organisations, *par Philippe Bernoux*
181. Théorie des genres, *ouvrage collectif*
182. Le Je-ne-sais-quoi et le Presque-rien
3. La volonté de vouloir, *par Vladimir Jankélévitch*
183. Le Traité du rebelle, *par Ernst Jünger*

184. Un homme en trop, *par Claude Lefort*
185. Théâtres, *par Bernard Dort*
186. Le Langage du changement, *par Paul Watzlawick*
187. Lettre ouverte à Freud, *par Lou Andreas-Salomé*
188. La Notion de littérature, *par Tzvetan Todorov*
189. Choix de poèmes, *par Jean-Claude Renard*
190. Le Langage et son double, *par Julien Green*
191. Au-delà de la culture, *par Edward T. Hall*
192. Au jeu du désir, *par Françoise Dolto*
193. Le Cerveau planétaire, *par Joël de Rosnay*
194. Suite anglaise, *par Julien Green*
195. Michelet, *par Roland Barthes*
196. Hugo, *par Henri Guillemin*
197. Zola, *par Marc Bernard*
198. Apollinaire, *par Pascal Pia*
199. Paris, *par Julien Green*
200. Voltaire, *par René Pomeau*
201. Montesquieu, *par Jean Starobinski*
202. Anthologie de la peur, *par Éric Jourdan*
203. Le Paradoxe de la morale, *par Vladimir Jankélévitch*
204. Saint-Exupéry, *par Luc Estang*
205. Leçon, *par Roland Barthes*
206. François Mauriac
1. Le sondeur d'abîmes (1885-1933), *par Jean Lacouture*
207. François Mauriac
2. Un citoyen du siècle (1933-1970), *par Jean Lacouture*
208. Proust et le Monde sensible, *par Jean-Pierre Richard*
209. Nus, Féroces et Anthropophages, *par Hans Staden*
210. Œuvre poétique, *par Léopold Sédar Senghor*
211. Les Sociologies contemporaines, *par Pierre Ansart*
212. Le Nouveau Roman, *par Jean Ricardou*
213. Le Monde d'Ulysse, *par Moses I. Finley*
214. Les Enfants d'Athéna, *par Nicole Loraux*
215. La Grèce ancienne (tome 1)
par Jean-Pierre Vernant et Pierre Vidal-Naquet
216. Rhétorique de la poésie, *par le Groupe μ*
217. Le Séminaire. Livre XI, *par Jacques Lacan*
218. Don Juan ou Pavlov
par Claude Bonnange et Chantal Thomas
219. L'Aventure sémiologique, *par Roland Barthes*
220. Séminaire de psychanalyse d'enfants (tome 1)
par Françoise Dolto
221. Séminaire de psychanalyse d'enfants (tome 2)
par Françoise Dolto
222. Séminaire de psychanalyse d'enfants
(tome 3, Inconscient et destins), *par Françoise Dolto*
223. État modeste, État moderne, *par Michel Crozier*